Luigi Garlando

L'album dei sogni

ROMANZO

MONDADORI

email: lgarlando@rcs.it
Instagram: @garlandoluigi

librimondadori.it

L'album dei sogni
di Luigi Garlando
Collezione Narrative

ISBN 978-88-04-73741-4

Pubblicato in accordo con Grandi & Associati, Milano
I edizione ottobre 2021

L'album dei sogni

A Emma, ai suoi sogni

«No llores si baja el sol, porque las lágrimas no te dejan ver las estrellas.»*

* «Non piangere se tramonta il sole, perché le lacrime non ti lasciano vedere le stelle.»

ANTONIO PANINI
1897-1941

VERONICA
PANINI
(TREVISI)
1921-2011
+
GUIDO
TREVISI
1913-1992

NORMA PANINI
(LOLLI)
1922-2011
+
GIULIO CESARE
LOLLI
1912-1993

MARIA GIULIA
LOLLI
1941-1998
—
ANTONIO
LOLLI
1943-2007
—
MARCELLO
LOLLI
1948
—
LUISA
LOLLI
1952
—
TOMMASO
LOLLI
1956

MARIA LUISA
PANINI
(BERGAMINI)
1924-2004
+
VASCO
BERGAMINI
1919-1980

ROBERTA
BERGAMINI
1954
—
WALTER
BERGAMINI
1957
—
BEATRICE
BERGAMINI
1963

GIUSEPPE
PANINI
1925-1996
+
MARIA MADDALENA
SCHIAVI
(PANINI)
1925-2004

TIZIANA
PANINI
1956-2010
—
ANTONIO
PANINI
1958
—
ANNAMARIA
PANINI
1962
—
FRANCESCO
PANINI
1966

OLGA CUOGHI (PANINI)
1900-1987

EDDA PANINI
(LEONI)
1927-2018
+
LORENO
LEONI
1922-2012

PIERANGELA
LEONI
1954
—
VALERIO
LEONI
1958-1959
—
VALERIO
LEONI
1959

BENITO PANINI
1928-1996
+
LENA
STORTI
(PANINI)
1929-2009

ANTONELLA
PANINI
1962-1963
—
ANTONELLA
PANINI
1964-2013
—
CATERINA
PANINI
1966
—
RITA
PANINI
1967

UMBERTO
PANINI
1930-2013
+
ADRIANA
BERTACCHINI
(PANINI)
1933

MANUELA
FRANCESCA
PANINI
1960
—
MARCO
PANINI
1964
—
GIOVANNI
PANINI
1969
—
MATTEO
PANINI
1970

FRANCO COSIMO
PANINI
1931-2007
+
EMILIA
SPALANZANI
(PANINI)
1937

LAURA
PANINI
1961
—
SILVIA
PANINI
1962
—
MARIA TERESA
PANINI
1965
—
LUCIA
PANINI
1969
—
LUCA
PANINI
1977

PROLOGO

Telefona allo skipper dalla cabina del suo yacht ancorato in una baia di Tenerife, alle Canarie. Si lamenta in modo brusco per la temperatura troppo bassa. Ordina di alzarla immediatamente.

Strano che sia uscito in mare con così poco equipaggio a bordo. Non rientra nelle sue abitudini.

Sono le 4 del 5 novembre 1991.

Prova a prendere sonno, non ci riesce. Sale sul ponte. Di notte è abituato a urinare dalla fiancata del panfilo, questa volta prosegue fino a poppa. Anche questo è inconsueto. Si massaggia le braccia per riscaldarle.

Alle 11 del mattino il figlio lo cerca per comunicargli un appuntamento urgente a Londra con una banca. Il cellulare suona a vuoto. Contatta l'equipaggio. Il proprietario dello yacht non è nella sua cabina e in nessun'altra parte della barca. Viene allertata la polizia spagnola, che inizia subito le ricerche.

Alle 18 i sommozzatori recuperano un corpo nudo di centoquaranta chili che galleggia sull'oceano, a trentadue chilometri da Gran Canaria.

Unica ferita visibile: una graffiatura alla spalla sinistra.

L'autopsia, che non ha rinvenuto acqua nei polmoni, esclude l'annegamento e certifica la morte naturale per attacco cardiaco.

PRIMA PARTE

La vipera del corno

Il cielo blu di maggio gli vortica sopra la testa come un mulinello di fiume, e il fante Antonio Panini, classe 1897, va giù lungo disteso sulla pietraia del Carso, davanti al San Michele.

«Tonino!»

«L'hanno beccato!»

Ma non si è sentito lo sparo del cecchino, nulla. Neppure un sibilo. Solo il tonfo pesante di un corpo che non sanguina e non ha ferite.

Due soldati attraversano la trincea di corsa, curvi come virgole. Lo raggiungono. Un medico di Viterbo, lungo e secco come una baionetta, e un contadino di Como senza collo. Gli tolgono l'elmetto Adrian, gli sfilano la buffetteria delle giberne, gli sbottonano la giubba grigio-verde per farlo respirare meglio. Ha la fronte imperlata di sudore e sta tremando.

Gli spruzzano acqua sul viso da una borraccia.

Il giovane apre gli occhi e solleva lentamente il braccio destro con una smorfia di dolore.

«È vivo» annuncia il comasco.

Il medico, che gli rimbocca la manica, scopre un avambraccio gonfio come una coscia. Si notano due puntini ravvicinati al centro di un'isola di pelle livida e dura.

«Vipera del corno. Ma non l'hai vista?»

«Ho sentito una fitta, non pensavo...» si scusa quasi Antonio.

«Del corno?» chiede il contadino lombardo.

«Ha una specie di corno sul muso, come un rinoceronte, e gli occhi stretti dei gatti. Brutta bestia» spiega il medico, che usa una delle sue mollettiere per fasciare il braccio del giovane. «Qui al sole, tra le pietre, è casa sua.»

«Velenosa?»

«L'avesse morso al collo, non l'avrebbe raccontato a casa. Il braccio è più lontano dal cuore. Abbiamo tempo per salvarlo, ma non troppo. Portatelo giù in fretta.»

Due soldati aiutano il comasco a caricare Antonio sull'autocarro Fiat 15 Ter che fa la spola con l'ospedale da campo. Nel momento in cui ci mette piede sopra, il ragazzo vomita anche l'anima. Il veleno sta galoppando.

«Antonio!» esclama l'autista del Fiat 15.

Antonio, che ha appena smesso di vomitare, quasi ricomincia per lo stupore di ritrovarsi davanti a uno dei suoi dieci fratelli: «Ciola! Cosa ci fai in guerra?».

«Mi hanno mandato... E tu cosa ci fai conciato così? Ce l'abbiamo con gli austriaci, mica con le vipere.»

«Non era una vipera italiana.»

«Parti!» urla il contadino comasco.

Il Ciola mette in moto e parte. Incrocia le truppe e l'artiglieria che il generale Cadorna sta ammassando al fronte in vista dell'attacco estivo. Ha rastrellato compagnie e battaglioni in ogni modo, ha sottoposto a una nuova visita di leva i riformati per arrivare a schierare oltre un milione e mezzo di soldati. Le fabbriche stanno sfornando ordigni mai visti: bombe a mano e bombarde che sparano granate, dotate di alette da 400 mm con tiro indiretto. In questa estate 1916 il generale vuole assestare una delle sue famose "spallate", forse quella decisiva, e arrivare in fretta a Gorizia. La sesta offensiva isontina.

Il giovane Antonio Panini sta scendendo dal fronte su un carro ambulanza guidato dal fratello, contromano rispetto alla storia, avvelenato da una vipera. Prova rimorsi da inetto o, peggio, da disertore, che gli bruciano più della ferita, perché ha abbracciato il conflitto con tutti i sentimenti, ben oltre il semplice senso del dovere. Non l'hanno trascinato di forza alla chiesa di Sant'Agostino e all'educatorio di San Paolo, dove reclutavano, ma ci è corso con le sue gambe e la sua testa. Erano giorni di grande eccitazione a Modena, tanto che uno sconosciuto dai capelli troppo biondi ha rischiato il linciaggio. Se ne stava lì, fermo sotto i portici, a osservare la fila dei futuri soldati. Aveva l'aria di una spia. Buon per lui che è riuscito a dimostrare in fretta di essere soltanto un commerciante di Cremona.

Antonio vuole contribuire alla costruzione della sua patria, attaccare i pezzi d'Italia che mancano, aggiustarla come fa suo padre con le cose rotte nell'officina di Pozza. Solo che le macchine di Mami non entreranno nei libri di storia, l'Italia tutta intera invece sì.

Partire per la gloria e poi farsi cecchinare da una vipera... che figura. Ma sa di essere giovane e forte ed è sicuro che ne verrà fuori, anche se la fronte scotta e il cuore si è messo a sparare mitragliate di battiti. Nel sangue, insieme al veleno, scorrono l'irruenza dei vent'anni e la fede visionaria nel futuro di un padre inventore. Sua madre Veronica, nella speranza che fosse il tredicesimo e ultimo figlio, lo ha allattato fino a due anni e mezzo. Ce la farà.

Ne è sicuro anche il Ciola, che lancia il Fiat 15 Ter in discesa tra bocche di fuoco e due ali di facce scarne: «Non ti lascio morire, fratello. Tranquillo. Non possiamo. A casa c'è troppo lavoro che ci aspetta. Se moriamo, Mami ci ammazza».

Antonio ha il corpo in guerra. Sta male. Chiude gli occhi.

La Casarèina

«*Andàmm a tór i dù?*»

L'estate si è attardata a chiacchierare sulla soglia dell'autunno. È stata una giornata così afosa che il calendario sembrava berciare come un impostore da mercato, un *ciocapiàt* della fiera di San Geminiano. Ma quale settembre?

Per farsi perdonare, *siore e siori*, ecco in omaggio questa serata fresca che i contadini di Maranello hanno riempito di musica. Se la meritano perché alla fattoria Cuoghi si è lavorato duro dall'alba al tramonto.

Sulla stessa aia battuta ora dai ballerini e coronata dalle sedie degli spettatori sono cadute le foglie di granoturco e sono state esposte al sole le pannocchie, appese a tralicci di legno, in attesa della sgranatrice. Hanno partecipato alla spannocchiatura anche le famiglie delle fattorie vicine. I Cuoghi ricambieranno alla prima occasione, e intanto ringraziano con musica e Lambrusco. Perfino la fisarmonica sembra a corto di fiato dopo tanto lavoro.

Per tradizione, può partecipare al ballo anche chi non ha preso parte alla spannocchiatura, ma può assaggiare solo una fetta della festa: due balli, non di più. Una porzione che rispetta il dovere dell'ospitalità e insieme il sacrificio del lavoro.

«Andiamo a prendere i due?» chiede Antonio Panini.

«Sono stanco» risponde Gualtiero.

«Anch'io, ma ballando passa.»

«In licenza dovresti riposare, non ballare. Poi ti addormenti al fronte, quando sparano.»

«Al fronte si muore, in licenza bisogna pensare a vivere. Dài, *andàmm a tór i dù...*»

Antonio, oltre che a vivere, pensa alla Casarèina, alla figlia del casaro Primo Cuoghi. L'ha incontrata una volta al mercato di Pozza con due amiche, un'altra volta a Modena dove ha imparato che si chiama Olga. Ma non le ha mai parlato.

Gualtiero sbuffa e sdraia la bici sull'erba del fosso. Ha un mento poderoso e il naso lungo, come se una palla di cannone gli avesse ricacciato indietro la bocca, al centro del volto. Calza scarpe di cuoio che sembrano nuove. Invece Antonio, che non si è portato dietro un ricambio, indossa pantaloni da lavoro e scarponi logori. Nel pomeriggio hanno riparato una trebbiatrice Orsi nella fattoria di un cugino di Mami, a Maranello. Le mani sporche di grasso portano ancora i segni della lunga battaglia contro il motore che è durata fino a notte.

«Vai prima tu, poi mi presti le scarpe e ballo io» propone il giovane Panini, che si toglie la camicia e va a sciacquarsi al pozzo.

Si stira i pantaloni con i palmi, si ravvia i capelli, spinge indietro il ciuffo che gli taglia la fronte. Si sbianca le mani. Incontra un amico che lavora a bottega da Iattici, un oste di Modena. Parlano della guerra e del raccolto.

«Vieni a bere un bicchiere?»

«Più tardi. Sto aspettando un amico» si nega Antonio che non vuole avvicinarsi all'aia con quei ruderi ai piedi.

Eccolo Gualtiero. Si sfila le scarpe.

Non ha la faccia di uno che si è divertito: «Fai in fretta che ho sonno».

Antonio s'incammina verso la luce.

La Casarèina balla al centro di un cerchio con una pezzola bianca in pugno che sventola sorridendo mentre ondeggia, salta e si avvita. Un tempo si danzava soprattutto così. *Ball stacc*, i piedi si staccavano dal suolo per piroette, balzi, evoluzioni. Erano manfrine e tresconi, poi i valzer, le polche e le mazurke hanno avvicinato i corpi, le suole delle scarpe hanno cominciato a scivolare come carezze e i preti a maledire quei sabba del demonio.

Olga lascia cadere a terra la pezzola. Antonio è il più lesto a entrare nel cerchio e raccoglierla. Ne afferra un lembo, la Casarèina l'altro, tengono il fazzoletto sollevato sopra le teste mentre i ballerini passano sotto e intanto saltellano, girano su se stessi, così che la pezzola si attorciglia come la fune di una nave.

Il giovane Panini osserva il piccolo ponte di stoffa e vede vorticare il cielo sopra di sé, come sul Carso. Olga gli sta sorridendo con gli occhi stretti di una vipera. Sente un morso al collo, troppo vicino al cuore. Non guarirà mai più.

Vanno a sedersi, lui le versa acqua da una brocca. Chiacchierano, si raccontano.

«Tuo padre è quel signore che va in giro con tutte le medaglie sulla giacca, vero?»

«Si chiama Antonio come me, ma lo chiamano Mami.»

«Ha fatto il soldato?»

«No, le medaglie le ha prese per le sue invenzioni. Ha un'officina meccanica.»

«E cos'ha inventato?»

«Un torchio per le vinacce, per esempio. E poi una pompa per irrorare le viti contro la peronospera e una macchina che riscalda gli abbeveratoi delle stalle.»

«A cosa serve?»

«A non far ghiacciare l'acqua per le mucche. Così tuo padre può fare il formaggio anche d'inverno e non il gelato al latte. Ma la vera invenzione capolavoro di Mami è un'altra...»

«Quale?» chiede la Casarèina che abbocca, incuriosita.

Antonio si alza in piedi e allarga le braccia con un sorriso da rappresentante di spazzole: «Me!».

Olga scoppia a ridere a occhi stretti: «*Tsè un ciocapiàt*...».

«Tuo padre invece è quel signore con i baffoni che non mi toglie gli occhi di dosso, vero?» chiede Panini.

«Sì.»
«È armato?»
«Lui no, ma mio fratello va a caccia e ha buona mira.»
«Allora non ballo.»
«No, dài, vieni. Questo è un bel valzer.»
«Me ne resta uno.»
«Nessuno li conta.»

Ballano senza smettere di raccontarsi, con la frenesia della sfogliatura. Una parola dopo l'altra per aprirsi e conoscersi.

«Cosa ti piace?»
«Leggere i libri» risponde Olga.
«I libri?»
«Ero brava a scuola. Ho fatto anche la sesta e mi hanno premiato.»
«Una medaglia?»
«No, un romanzo. *I promessi sposi*. Me l'ha regalato la maestra dopo la sesta perché ho passato l'esame con il massimo dei voti. Diceva che dovevo continuare a studiare.»
«Perché non hai continuato?»
«Perché ho troppi fratelli. Se studiamo tutti, poi mio padre deve fare il formaggio da solo.»
«Lo aiuti?»
«Faccio anche lavori da sarta. Però continuo a leggere i libri. A te cosa piace?»
«I motori. Aggiustare le cose e magari inventarle, come mio padre. Ho messo un motore alla glicerina a una bici e adesso sembra una moto. So anche disegnare. Vedrai, ti spedirò delle lettere. E poi mi piacciono gli aerei. Ho chiesto di passare all'aeronautica militare per prendere il brevetto di volo.»
«Non hai paura?»
«Ho più paura delle vipere.»

La Casarèina si china a raccogliere un chicco di mais: «Tienilo. Porta fortuna».

Gualtiero si sbraccia a bordo pista, con le scarpe rotte di Antonio ai piedi e palate di sonno negli occhi. Il giovane Panini gli mostra le cinque dita aperte per chiedergli di pazientare, poi riporta la mano sul fianco della Casarèina. Con l'altra mano stringe delicatamente la sua. Tra pochi giorni tornerà a impugnare un fucile Carcano. C'è tempo per il sonno e per la guerra.

«Una volta ti ho vista al mercato di Pozza con le tue amiche.»

«E io ti ho visto che mi guardavi.»

Olga sorride con occhi da gatto.

Per davvero il Casaro, che ora sta tirando la pipa a cavalcioni di una sedia, non li perde di vista.

Quando Antonio raggiunge finalmente le biciclette, trova Gualtiero addormentato sull'erba del fosso. Scuotergli una spalla è come molestare un alveare. Si ritrova investito da un vespaio di insulti: «Ma lo sai che ore sono, coglione? Ti sei ballato i due, i cento, i mille... E io più coglione di te che ti ho prestato anche le scarpe! Adesso vado direttamente nei campi senza passare dal letto! Lo sai?».

Antonio neanche ci prova a giustificarsi, a ripararsi dalle vespe.

Inforca la bici e si allontana nel buio con un'allegria da ubriaco. Come se la guerra fosse finita, come se tutti quei chicchi di mais che brillano in cielo, sopra di lui, fossero monete che gli appartengono.

L'inferno sui monti

Olga pedala fino alla fattoria del Cocchi, il fabbro, per consegnare lavori di cucito che faranno parte del corredo della sposa. Lo sposo è in guerra.

La madre della sposa versa un liquore d'erbe alla Casarèina e va a posare sulla stufa un pentolone di acqua che sciaborda perché la Bianca zoppica. Appese alla parete annerita, sopra il fuoco, una fila di pentole di rame, forgiate dal fabbro che sta lavorando in cortile, accanto alla fucina.

«Hai sentito dei soldati arrivati a Modena?»

«No» risponde Olga.

«L'inferno, mamma mia... l'inferno...» sospira la moglie del fabbro con le mani giunte così strette che si sbiancano le dita.

«Quale inferno?»

«Treni pieni di ragazzi mezzi morti, fasciati, in barella... Li hanno caricati sulle ambulanze e portati negli ospedali» racconta la Bianca. «Altri soldati li hanno raccolti a Mirandola e Castelfranco, sbandati che sono arrivati a piedi da ogni angolo. Li tengono prigionieri nei campi come fossero nemici. Li interrogano tutto il giorno. E poi la povera gente che spinge carri con le poche cose che ha messo in salvo di fretta. Hanno riempito le strade. Un po' li hanno sistemati a piazzale Re Astolfo, un po' nelle fabbriche.»

«Ma da dove arrivano?» domanda impressionata Olga.

«Dalla guerra.»

«Ma la guerra la stiamo vincendo. Io leggo i giornali di mio padre...»

«I giornali scrivono quello che vogliono, Casarèina. Per tenerci buoni. Io ho parlato con gente che ha parlato con quei soldati. Cose da pelle d'oca... Su quelle montagne è scoppiato l'inferno: bombe, fuoco, gas tossici... L'inferno... I tedeschi hanno sfondato il fronte italiano e sono arrivati fino alla pianura. I nostri soldati sono in fuga, insieme alla povera gente, perché il nemico avanza verso di noi... I primi a scappare sono stati gli ufficiali, i comandanti, raccontano i feriti arrivati a Modena. E così quei poveri ragazzi sono rimasti per ore immersi fino alle ginocchia nel fango delle trincee, bombardati dal fuoco e dai gas, in attesa di ordini che non arrivavano, prima di ordinarsi da soli la ritirata... E adesso gli ufficiali li trattano anche come traditori e vanno dicendo che abbiamo perso la battaglia per la vigliaccheria dei soldati che sono scappati invece di combattere. Ma migliaia di morti non sono scappati, sono ancora lassù sui monti. All'inferno. Questo raccontano a Modena.»

La Bianca si stacca dalla stufa e taglia la stanza zoppicando come un ferito per raggiungere il tavolo e considerare il lavoro della sarta.

Olga osserva attraverso la finestra le vampate di fuoco della fucina e ascolta le martellate del fabbro che rimbombano come colpi di mortaio.

"Chissà se servirà ancora questo corredo" pensa la Cocchi accarezzando la stoffa come fosse un neonato. "Dove sarà lo sposo?"

"Dove sarà Antonio?" si chiede la Casarèina pedalando verso Modena. È stata colpita da una cannonata di angoscia che le ha lasciato un buco alla bocca dello stomaco. La parola "inferno", ripetuta mille volte dalla Bianca, non le esce più dalle orecchie. E neppure le martellate del fabbro.

Dopo la sfogliatura, il giovane Panini era venuto altre volte in visita alla fattoria dei Cuoghi. Una sera si era portato dietro un proiettore rudimentale, recuperato chissà dove, forse nella bottega da inventore di Mami. Aveva fatto stendere un lenzuolo e proiettato un film, guadagnandosi molte simpatie. La gente si era portata le sedie da casa.

Solo il Casaro non aveva abbassato il fucile: «Quel ragazzo ti fa vedere cose che non esistono».

Olga si era messa a ridere.

Un'altra sera Antonio si era attardato più del solito, dopo una giornata di lavoro e, braccato dal sonno, aveva sdraiato la sua moto alla glicerina in un fosso e ci si era addormentato accanto. Si era svegliato con parecchi occhi addosso. Pensavano che avesse avuto un incidente e fosse morto. Reagì ai soccorsi più seccato che grato: «*Ma a-n's pól gnànch durmìr in pès?*».

Poi tornò sul Carso. È passato un anno dalle pannocchie, è arrivato un altro autunno che ora è già maturo, ben oltre la vendemmia. Nei primi mesi il giovane Panini aveva mantenuto la promessa e spedito dal fronte lettere piene di disegni. Da un po' di settimane tace: nulla.

La Casarèina non vuole collegare quel silenzio all'inferno di cui ha appena sentito raccontare. Pedala veloce, quasi con rabbia, come se uno strappo secco delle ruote potesse spezzare il filo che unisce un'assenza certa a una morte possibile.

Davanti alla stazione di Modena un reggimento attende il treno che lo porterà al fronte: un quadrato di soldati seduti a terra con grossi zaini accanto. Sembrano lumaconi. Altri fanti marciano, in formazione, lungo la via Emilia. I portici sono presidiati da cassette di terra e sacchi di sabbia.

Olga non aveva mai immaginato che la guerra potesse rendersi così visibile, che potesse arrivare così vicina.

Da un momento all'altro potrebbe anche piombare giù dal cielo.

L'ordinanza del sindaco Gambigliani-Zoccoli, incollata alle colonne dei portici, spiega cosa fare nell'eventualità:

In caso di incursioni di aeronavi nemiche sulla città, saranno dati alla cittadinanza i seguenti segnali di allarme:

NELLE ORE DIURNE

Verrà esploso un colpo di cannone in Cittadella.

Si effettueranno contemporaneamente tre salve, con petardi da situarsi: uno presso il giardino della Scuola Militare, un altro presso i locali dell'Azienda Elettrica, ed un terzo presso il Distretto Militare.

Sarà mantenuta la segnalazione con le cornette che verranno suonate da 5 ciclisti, i quali percorreranno la città nelle 5 zone in cui essa è stata divisa; però verrà modificato il suono in modo che non abbia più a confondersi con quello delle cornette usate per il servizio della nettezza urbana.

APPENA UDITO L'ALLARME È FATTO D'OBBLIGO

1. Di chiudere IMMEDIATAMENTE in tutte le abitazioni, stabilimenti, istituti pubblici e privati, I ROBINETTI DEI CONTATORI A GAS
2. Di aprire i vetri e chiudere le persiane o imposte di case private, scuole, opifici ecc.
3. Di lasciare aperte le porte delle case, per dare modo ai concittadini di poter entrarvi nel momento del pericolo per cercarvi un riparo
4. Di proibire l'uscita dei ragazzi dalle scuole, degli operai dagli opifici ecc.
5. Di sospendere il servizio telefonico privato e dei tram elettrici

NELLE ORE DI NOTTE

Sarà suonata a martello la campana della Ghirlandina per la durata di 15 minuti.

Appena passato il pericolo, saranno suonate a festa, per la durata di 10 minuti, le campane della Ghirlandina, di San Biagio e di San Francesco.

C'è stato bisogno di uno sforzo comunale per non confondere la guerra con l'immondizia.

"Forse Antonio è già stato trasferito all'aviazione, lontano dalla pietraia delle vipere, e non è stato coinvolto dall'inferno sui monti" prova a convincersi la Casarèina ricordando quando le aveva confidato la passione per il volo un anno prima.

Stavano ballando su chicchi di granoturco.

Sente ancora la mano di lui delicatamente appoggiata al fianco.

Sapone e Caporetto

I fanti Antonio Panini e Amedeo Grimaldi escono da un bosco di robinie. Osservano una casa colonica che sembra caduta da un aereo in mezzo a un campo, lontana dalla strada, dal paese e dalle altre cascine raccolte. La raggiungono tenendo imbracciato il fucile. Rallentano mentre si avvicinano.

Esitano davanti alla porta d'ingresso. Grimaldi ci sputa sopra, poi la apre con una scarpata. La casa sembra disabitata, ma la tavola è apparecchiata, con il cibo sopra.

«Una trappola?» chiede Antonio.

Amedeo, basso e compatto come una stufa, affonda il cucchiaio in una zuppa di patate: «Non so, però è buona».

Si tolgono gli elmetti, le giberne, posano a terra i fucili e svuotano i piatti facendo il giro delle sedie, con una voracità da animali. Un regalo assurdo, nel cuore della ritirata e della carestia, ma neanche tanto, perché l'allarme dei "turchi alle porte" è passato di bocca in bocca e i contadini friulani sono sfollati in tutta fretta, anche con il cibo nei piatti. Ha un senso quella zuppa di patate ancora quasi calda.

Non mangiavano da tre giorni, se non qualche frutto staccato dagli alberi. Per tre notti hanno marciato nei campi, lontano dalle strade, senza soste e senza sonno.

Antonio non resiste e si sdraia sul letto di paglia, vicino al camino che è ancora rosso di brace. Alla fine, le gambe smettono di sostenere il peso del corpo. È una sensazione che assomiglia alla felicità.

«Io vado a casa» annuncia Grimaldi, che afferra un coltellaccio dalla tavola e stacca le mostrine dalla giacca militare. Sputa per terra.

«Farai la fine di quei tre, se ti prendono.»

Tre soldati italiani, fucilati come disertori, in un paese ora disabitato. Panini e Grimaldi li hanno trovati seduti con la schiena contro il muro bianco di una chiesa. Sembravano mendicanti che aspettavano all'uscita della messa.

«Le pallottole dei tedeschi non fanno meno male» si giustifica Amedeo mentre srotola le mollettiere. «La guerra è persa. Quello che dovevo fare l'ho fatto. Eri sul Rombon tu? Io sì. Li hai visti quelli dell'87° in prima linea? Io sì. Mi hanno spedito a controllare che non avessero abbandonato la postazione. Sono tornato e ho riferito: "Sono saldi al loro posto, ma per sempre. Come le statue di Pompei...". Impietriti dai gas, con le nostre maschere sul muso che ti proteggono come un paio di mutande sulla bocca. Ne ho fatte e ne ho viste. Ora posso solo scappare. A casa invece posso uscire a pescare in mare e dare una mano alla famiglia. Il mio vecchio non può più farcela da solo. E poi farò i soldi con il sapone e mi godrò la vita.»

«Il sapone?» chiede Antonio.

«Ci hai fatto caso che Savona suona come sapone? Io abito lì vicino. E poi c'è il sapone di Marsiglia. Nelle nostre zone l'olio non manca e conosciamo bene l'arte della saponificazione. Olio, grassi, sego, lisciva... Ricordatelo: sapone. Fatti una fabbrica anche tu e diventerai ricco. Dammi retta. È l'affare del momento. Dopo la guerra la gente avrà una gran voglia di togliersi dalla pelle tutto questo schifo. Si laverà ogni cinque minuti. Come io sputo a terra ogni cinque minuti perché mi è rimasto in bocca l'amaro dei gas. La guerra ti sporca anche dentro. Servirà una montagna di sapone per tornare uomini e noi gliela daremo.»

Amedeo Grimaldi stacca un sacco di iuta dal muro, lo apre in due con il coltellaccio e se lo getta sulle spalle come un mantello, per mimetizzare ancora di più la giacca militare.

Saluta: «In bocca al lupo, Panini. Non addormentarti che te li ritrovi addosso. E vienimi a trovare, se passi dal mare».

Esce, si riaffaccia dopo un attimo: «Ricordati il sapone».

Antonio si addormenta e si ritrova addosso gli incubi che sono anche peggio dei tedeschi.

Fontane di terra zampillano verso il cielo a ogni boato. I corpi saltano in aria come fieno sollevato da un rastrello. Alle 2 di notte del 24 ottobre 1917 scoppia l'apocalisse. Dal monte Rombon una valanga di bombe si rovescia sulle trincee italiane, immerse nella nebbia e battute dalla pioggia. Dal nulla sbucano granate convenzionali e gas sconosciuti che sterminano l'87° Reggimento. Un martellamento ininterrotto fino alle 4, quando si spalanca un silenzio di morte. Dopo mezz'ora riparte il bombardamento, contrastato dai nostri cannoni, questa volta.

Ecco la spallata dell'Impero austro-ungarico dopo le undici di Cadorna.

La Germania ha deciso di soccorrere l'alleato logorato dalla guerra di posizione e ha spostato truppe dal fronte occidentale, agli ordini del generale Otto von Below, che fa scivolare sul fondovalle i fanti della 14ª Armata, protetti dalla nebbia. Sono organizzati in piccoli e agili battaglioni d'assalto, armati di mitragliette moderne, granate e lanciafiamme. Alle 9, prima della fine del bombardamento, attaccano le nostre trincee.

È la 12ª Divisione Slesiana a sfondare il fronte italiano nel tratto tra Plezzo e Tolmino e in poche ore raggiunge Caporetto, all'imbocco della valle del Natisone, punto strategico per tagliare la strada all'esercito italiano che ripiega. Il generale von Below non interrompe l'offensiva, punta il Friuli e la Carnia, morde al collo il nemico che si disperde in pianura scappando verso sud.

È una ritirata scomposta, disordinata, disperata, la nostra.

Eppure nei giorni precedenti le spie avevano segnalato uno spostamento sospetto di truppe sui monti e l'arrivo dei rinforzi tedeschi. C'era da aspettarselo un attacco del genere, invece nulla. I vertici dell'esercito italiano non hanno mosso un dito. Non hanno neppure interrato i cavi per le telecomunicazioni così che, dopo le prime granate, è stato quasi subito impossibile far circolare ordini in trincea. Ordini che, per altro, nessuno riusciva a prendere. Soldati nella nebbia e senza guida: buio totale. Nel fango, sotto una pioggia di bombe, strozzati alla gola dai gas.

Ma la colpa cadrà tutta sulla 2ª Armata che ha ceduto vilmente in prima linea invece di resistere. I veri responsabili, eleganti, nel parlamento romano, scaricheranno le colpe su morti senza nome.

La ritirata è un istinto più che un comando. Così come la fuga dei civili, allarmati dai "turchi alle porte". Ingolfano le strade con carri pieni di mobili e sacchi gonfi di vestiti, si mescolano alle truppe e all'artiglieria, cercano di attraversare il Tagliamento prima che i soldati facciano saltare i ponti per arrestare l'avanzata austro-tedesca. Vogliono arrivare a Padova e prendere i treni che portano a sud.

Oltre un milione di profughi, 40.000 soldati uccisi, molti giustiziati per tradimento, 300.000 fatti prigionieri. Da ora in poi Caporetto vorrà dire disfatta.

Antonio Panini ha trovato finalmente suo fratello. Lo estrae ferito da un'ambulanza che una granata ha ribaltato come una tartaruga.

«Ciola! Ciola!»

Se lo carica sulle spalle e lo sdraia sulla barella di un convoglio militare che procede a passo d'uomo. Marcia al suo fianco per diversi chilometri, finché una pattuglia di tedeschi spunta dall'argine di un fosso e comincia a sparare. Un'imboscata.

Antonio guarda in faccia il soldato biondo che lo colpisce al petto, ma non fa in tempo a morire perché un tonfo lo sveglia.

Qualcuno ha aperto la porta del casolare con una pedata.

Panini strappa la schiena dal paglericcio, impugna il fucile in tutta fretta e si trova sotto il tiro di un paio di moschetti. Lo stallo dura un attimo. I tre nella stanza si specchiano e si riconoscono: sono vestiti uguali, hanno la stessa faccia scavata dalla fame e dalla paura.

«Ti sei mangiato tutto da solo?» chiede il primo, che abbassa la canna.

«No, eravamo in due» spiega Antonio. «Ma non c'era molto.»

«Buono, però» commenta il secondo soldato che passa la mano sul fondo dei piatti e si lecca le dita.

«Di dove sei?» chiede Panini.

«Di Formigine» risponde il primo soldato.

«La mia famiglia viene da Formigine, frazione di Corlo. Ora stiamo a Pozza di Maranello.»

«Ho degli zii falegnami a Maranello: i Castelli.»

«Li conosco. Hanno costruito i banconi dell'officina di mio padre.»

«Vai a casa?»

Antonio pensa a suo padre, ai suoi tanti fratelli, ai nipoti che corrono nella corte, alla Casarèina che balla reggendo la pezzola sopra la testa. Ma più pensa a loro, più gli monta un istinto assurdo, superiore alla voglia di raggiungerli: quello di proteggerli.

«No» risponde. «E voi?»

«Ci aggreghiamo al 120° Reggimento dell'Emilia. Dovremmo raggiungerlo dopo il Tagliamento, a Codroipo.»

«Abbiamo un dispaccio per il tenente colonnello. Ripieghiamo a Fossalta di Piave. Stanno scavando trincee, la linea del fronte correrà lungo il fiume, fino al Monte Grappa. Forse ci toccherà presidiarlo.»

«Vengo con voi» decide il fante Panini.

È già notte fuori. Una notte di novembre gelida e pungente come una baionetta che fa rintanare il collo tra le spalle. I tre fanti italiani si mettono in marcia sul ciglio della strada, protetti dal buio.

Antonio e il soldato di Formigine parlano sottovoce in dialetto, con le parole della loro terra: è l'unico modo per tornare a casa senza scappare.

Foto di fidanzamento

Anche il Piave diventerà proverbiale. Vorrà dire resistere con tutte le proprie forze a un'avversità, sopravvivere a dispetto delle attese, redimersi da una precedente, infamante debolezza, scoprire di avere una dimensione eroica nel punto più basso dell'umiliazione.

Il generale von Below sa che Francia e Inghilterra stanno inviando soccorsi agli alleati e sa che presto dovrà restituire truppe tedesche al fronte occidentale, perciò accelera le operazioni, ordina di proseguire l'offensiva e di invadere la pianura veneta oltre il Monte Grappa, ma sbatte inaspettatamente contro il muro difensivo dell'esercito italiano che si è ricompattato lungo la linea del Piave.

A combattere in modo splendido, eroico, sul Grappa, ultimo baluardo, sono soldati con la faccia da bambino, i ragazzi del '99, ma anche divisioni della Seconda Armata, considerata responsabile di Caporetto, e tanti di quei soldati bollati come fuggiaschi e codardi dai propri superiori.

In realtà, l'eroismo non è mai mancato, mancava semmai l'organizzazione difensiva che riesce a tessere Armando Diaz, nuovo capo di stato maggiore, sull'orlo del baratro, a un passo da una guerra persa. Luigi Cadorna, deposto dopo Caporetto, sapeva solo procedere a spallate.

Tutti gli attacchi degli imperiali e dei tedeschi vengono respinti. L'ultimo il 12 novembre, una ventina di giorni dopo l'apocalisse. L'offensiva di Otto von Below è stata definitivamente fermata. La guerra torna a essere guerra di posizione, logorio di trincea. Si è solo spostata, dalle montagne alla pianura.

Una cosa però i vertici del nostro esercito l'hanno imparata dalla disfatta: che i soldati meritano una diversa considerazione, un trattamento più umano. Devono essere informati, coinvolti maggiormente nelle ragioni e negli sviluppi del conflitto perché lo sentano, almeno in parte, come una cosa loro. Per quanto possibile, devono essere migliorate anche le condizioni di vita al fronte. È lo stesso generale Diaz che promuove un servizio di propaganda. In trincea cominciano a circolare giornali, si organizzano programmi di istruzione e di svago. E aumenta il numero di licenze concesse. Così il fante Antonio Panini, dopo oltre un anno di guerra, può tornare a casa, per il Natale 1917.

Cerca un passaggio all'esterno della stazione di Modena dove sono parcheggiati carri e veicoli a motore, non lontano dall'area delle ambulanze. Riceve un paio di "mi spiace" prima che una voce alle sue spalle annunci: «Ti porto io, vado a Castellarano».

«Grazie. Scendo quando la strada gira e proseguo a piedi.»

«Ma va', ti ci porto. Devo mica celebrare la messa. Non mi sta aspettando nessuno. Hai già marciato abbastanza, credo. Dammi il sacco...» si offre l'uomo anziano che lo carica sul carretto di legno con un'agilità imprevista.

Indossa una giubba di fustagno logora, da lavoro, e un curioso cappello di velluto sopra lunghi capelli grigi. Impugna le briglie e fa partire il cavallo con uno schiocco della lingua.

Antonio, seduto nel carretto, osserva la sua campagna velata di nebbia e gli avanzi di neve nei campi, una spruzzata di sale bianco sulle zolle gelate. Dopo tanti giorni di ritirata, gli sembra strano potersi spostare da un posto all'altro senza doversi preoccupare del pericolo, essere sicuro che non gli succederà nulla da qui all'arrivo, neppure se chiude gli occhi. Arriva a Maranello addormentato.

Il vecchio lo scuote: «Dove vado adesso?».

«Mi scusi. Di là» indica.

Fa rotolare il sacco a terra, poi con un balzo salta giù dal carretto: «La ringrazio davvero. È stato molto gentile».

«Mi sto allenando a trasportare soldati. Aspetto mio figlio dal fronte» sorride l'uomo togliendosi il cappello.

«Dov'è ora?»

«È entrato a Gorizia, poi non so.»

«Tornerà presto. Torniamo tutti.»

Il fante s'incammina lungo il corridoio di pioppi che porta alla fattoria dei Panini. I primi a riconoscerlo sono i bambini che strillano e corrono per la corte a portare la notizia: «Zio Antonio! C'è lo zio! È tornato!».

Fratelli e sorelle maggiori, cognati e cognate spuntano da tutte le parti come topi da un solaio in fiamme. Lo abbracciano, gli ripetono che è dimagrito, lo riempiono di domande.

Antonio vede il padre lontano che esce dalla stalla, osserva la scena, ma entra in casa. I fratelli si scambiano sguardi perplessi. Dopo qualche minuto, Mami sbuca fuori con la giacca carica di medaglie. Avanza tintinnando. Il cerchio dei parenti si allarga.

«Sei in licenza?» domanda il patriarca.

È come se gli avesse chiesto: "Sei scappato?".

Il fante Panini estrae dalla tasca della giacca grigio-verde il foglio dell'esercito.

Si abbracciano al centro della corte, Antonio sente al petto la puntura delle medaglie del padre.

Le sorelle mettono sul fuoco pentoloni d'acqua che poi versano in una tinozza nella stalla. Mentre si lava, Antonio ripensa al commilitone di Savona, compagno di ritirata. È vero: il sapone ti tira via la guerra dalla pelle, ti lascia in pace, più ancora che pulito. Ne parla a tavola con Mami: una produzione di sapone.

«La gente avrà una gran voglia di vestirsi bene e tornare a ballare pulita e profumata» conclude Antonio.

«Non è mica una stupidata» commenta Ciola.

«Inventi una macchina che taglia il sapone in blocchi e lo vendiamo al mercato» suggerisce Pietro, il fratello maggiore.

«No, non è una stupidata» sancisce Mami.

Le cognate hanno tirato la pastella e preparato i tortellini, poi hanno cucinato la carne, che significa festa. È tutto così buono che Antonio ha quasi paura di farsi male a mandare giù il cibo, come quando guardi il sole dopo essere stato a lungo al buio. Beve un sorso di vino, scherza con i bambini che gli chiedono di tutto. Si sente protetto da questa tavolata d'affetti e di sangue in comune, lunga come una trincea.

A Mami non basta. Vuole anche la foto, così nel pomeriggio arriva da Sassuolo il fotografo con tutto l'armamentario e mette in posa i Panini, grandi e piccoli. Antonio si siede per terra con le gambe incrociate e un cappello tutto storto sulla fronte per divertire i ragazzi. È sempre stato lo zio preferito. Gli altri dietro, seduti o in piedi, sono più di cinquanta. Mami al centro con le medaglie al petto.

A operazione conclusa, Antonio prende da parte il fotografo.

La Casarèina riconosce immediatamente il ronzio della bici alla glicerina, anche se debole e ancora lontano. Le è rimasto impigliato nei ricordi come un moscone tra le tende di una finestra. Non lo confonderebbe tra altri cento rumori simili.

Esce dall'acetaia trattenendo l'istinto di correre, si pulisce le mani nel grembiule mentre scende le scale, si sistema i capelli che si aprono ai lati della fronte come un sipario.

Antonio si è preparato un discorso per il padre di Olga, ha studiato le parole una a una con grande cura, le ha girate e rigirate nelle frasi per renderle più espressive e convincenti, ma quando arriva nella corte la Casarèina lo abbraccia con la rincorsa, lo bacia e non c'è più tanto da spiegare, solo da nascondere l'imbarazzo perché i familiari e gli operai, spettatori della scena, si sono messi spontaneamente ad applaudire, come quando veniva con il proiettore e dava vita a un lenzuolo bianco.

Il Casaro deve prendere atto che quel ragazzo non fa vedere

solo cose che non ci sono. Quel bacio esiste per davvero. Primo Cuoghi avanza al centro della corte e saluta il giovane soldato con una stretta da uomo.

Il giorno dopo Antonio torna con il fotografo di Sassuolo. Vuole la foto ufficiale del fidanzamento.

Si è vestito elegante, con la giacca e la cravatta, anche se le scarpe sono impolverate. È seduto di trequarti, con la gamba sinistra accavallata alla destra e un gomito sullo schienale. Non sta guardando il fotografo, ma Olga che indossa una camicetta con il collo di pizzo, fatta con le sue mani, e una cintura scura alla vita.

«Voltati che poi vieni storto.»

«È più naturale così» spiega Panini. «Sorridi anche tu, sembri una statua.»

«Non ci riesco, se guardo la macchina fotografica.»

«Allora guarda questo...» Tira fuori il chicco di mais porta fortuna. «Funziona.»

«Non perderlo che la guerra non è finita.»

«Ma non torno al fronte. Hanno accettato la richiesta. Passo al Corpo Aeronautico Militare. Subito. Vado a Novara a prendere il brevetto di volo.»

«Ah sì, perché a volare in cielo non si rischia niente...»

«Di sicuro lassù non arrivano i gas e le vipere.»

«Voltati che il fotografo è pronto.»

«Quando la guerra finisce, atterro, ci sposiamo e facciamo dieci figli.»

«Taci, stupido, che ti sente...»

Pum! Lampo di magnesio.

La Casarèina, diciassette anni, viene fuori così: rigida, come una bambina imbronciata nella foto di classe, le sopracciglia ravvicinate. Lui, vent'anni, sorride di profilo, rilassato sulla panca, scomposto come un sacco vuoto, *spanizzo* e leggero come fosse già in volo.

Rosa di guerra

«Un Ansaldo S.V.A. 10!» sbalordisce Giorgetti, il livornese che conosce anche le viti di ogni aereo che esiste al mondo.

Lo osserva mentre esce lentamente dall'hangar come un bambino osserverebbe un dinosauro che spunta da una caverna. Gli allievi del campo volo di Cameri sorridono spesso della sua passione esagerata.

«Chiudi la bocca che ti atterra dentro un Bleriot...» scherza Antonio.

«È l'ultima evoluzione dello S.V.A. Non c'è niente di meglio tra le nuvole: biplano biposto da ricognizione e bombardamento, lungo 8 metri e 10, tocca i 215 chilometri orari, 650 chilometri di autonomia, una mitragliatrice fissa per il pilota e una maneggiabile per il passeggero, 75 chili di bombe di carico» snocciola Giorgetti. «È il primo che vedo dal vero.»

«Lo sta pilotando il capitano Palli» fa notare un allievo.

Natale Palli è il loro eccezionale istruttore di volo, che proprio qui a Cameri, vicino a Novara, prese il brevetto nel 1915, e nei tre anni successivi si è ricoperto di gloria e di onorificenze per arditi voli di ricognizione in territorio nemico. Gli allievi del corso di volo lo ascoltano e lo temono con il rispetto che si deve agli eroi. Il capitano ha in aviazione due fratelli della sua stessa stoffa: Silvio e Italo.

L'avvento improvviso delle forze tedesche ha cambiato lo scenario della guerra in cielo, come in terra. Fino all'autunno del 1917, i ricognitori del Regio Esercito, che raccoglievano informazioni e guidavano l'artiglieria sul fronte isontino, dettavano legge. I potenti Caproni, che potevano trasportare 145 chilogrammi di bombe, seminavano il terrore oltre i nostri confini. L'Impero austro-ungarico era in netta inferiorità. Ma all'improvviso la comparsa della Jagdstaffel, la terribile squadriglia da caccia tedesca, ha colorato i cieli e riequilibrato le forze. I velivoli pitturati con colori sgargianti, come l'Albatros vermiglio di Manfred von Richthofen, il Barone Rosso, hanno cominciato a ronzare minacciosamente nei cieli italiani. L'abbattimento di due aerei del Regio Esercito, il 26 settembre, sul monte Testa di cavallo, ha segnato l'inizio di una nuova partita.

Da qui la necessità di infoltire lo stormo della nostra aeronautica e di istruire in fretta nuovi piloti, come il fante Panini.

«Strano però...» osserva Giorgetti affilandosi il mento.

«Strano che?» chiede il romano Landoni.

«Il capitano è seduto dietro, al posto che di solito è del passeggero. Io ho visto sempre e solo piloti seduti davanti» spiega Giorgetti. «Osservate... Hanno spostato i comandi a leva all'esterno della fusoliera, all'altezza del sedile posteriore. Credo sia un modello speciale, modificato apposta.»

«Apposta per cosa?»

«Non lo so. Lo chiederemo al capitano» risponde il livornese.

Natale Palli porta il biplano all'imbocco della pista di decollo, poi scende e si avvia a passo deciso verso la palazzina del campo volo.

I tre allievi lo accolgono allineati con il saluto militare.

«Le esercitazioni di volo sono spostate al pomeriggio» annuncia il capitano, che ha un gregge di riccioli corti affacciati sulla fronte alta. «Potete restare, ma solo se dimenticherete ciò che vedrete e ciò che avete già visto, quindi anche l'aereo che c'è in pista.»

«Un Ansaldo S.V.A. 10!» esclama Giorgetti con un impeto d'entusiasmo.

Il capitano lo fulmina: «Allora non mi sono spiegato!».

Il livornese annuisce mortificato, ma più ancora rammaricato per essersi bruciato la domanda: come può ora chiedergli del pilota al posto del passeggero?

Un'ora più tardi il cancello del campo volo di Cameri accoglie una Fiat 70 così lucida che sembra nuova. Si ferma accanto alla palazzina. Smonta un uomo in tenuta da aviatore: tuta di seta ricoperta di pelliccia, cuffia di pelle e occhialoni da volo in pugno. È completamente calvo, con una benda sull'occhio destro. Dev'essere una persona di rango, perché il capitano gli va incontro e lo saluta con deferenza.

«Mi sembra di averlo già visto quell'uomo» commenta Antonio osservando la scena da lontano.

«Ci credo che l'hai visto...» sorride Landoni. «È D'Annunzio, il poeta. Il Vate Gabriele D'Annunzio! È famoso anche a Parigi.»

«Poeta e soldato» si affretta a precisare l'enciclopedico Giorgetti. «Ha partecipato alla conquista del Veliki, alla battaglia sul Timavo, era a Caporetto, ha bombardato Parenzo e Pola... L'occhio lo ha perso in un volo su Trieste, l'aereo ha sbattuto contro un banco di sabbia e lo ha sbalzato fuori. Ha picchiato la testa contro la mitragliatrice. In un altro volo radente, sulla dorsale dell'Ermada, lo hanno ferito al polso ed è rientrato con 134 fori di pallottole nella fusoliera. Non ha paura neanche del demonio quello lì...»

I due aviatori raggiungono l'aereo in pista e salgono a bordo.

Il livornese si illumina. «Ecco perché hanno modificato lo S.V.A. 10! Per permettere al Vate di stare davanti! Il capitano piloterà da dietro.»

Il biplano si stacca dolcemente da terra e si rimpicciolisce in lontananza, verso Milano, poi curva con un'ampia parabola e torna indietro. Al terzo passaggio, lascia cadere sul campo volo una pioggia di foglietti di carta, una miriade di coriandoli che sbiancano un tratto di cielo.

I tre allievi li aspettano a faccia in su, come uccellini in un nido. Antonio è il primo ad afferrarne uno con una zampata in aria: «Non c'è scritto niente».

«Sono fogli bianchi» conferma Giorgetti.

«Si vede che il Vate oggi non aveva l'ispirazione» scherza il romano.

L'atterraggio è ancora più dolce del decollo.

I due aviatori parlottano fitto mentre s'incamminano verso l'automobile nera, si scambiano le impressioni sul volo, sorridono spesso, evidentemente sono soddisfatti del collaudo.

Antonio si avvia verso di loro.

«Dove vai? Sei pazzo, Panini? Il capitano ti ammazza! Fermati...» lo richiama Giorgetti.

Antonio li raggiunge proprio mentre D'Annunzio sta per mettere un piede sulla Fiat 70: «Mi scusi se oso, signore...».

L'espressione del volto del capitano Palli è quella di un vulcano che sta per esplodere: «Panini...».

Il Vate tappa il cratere con un leggero sorriso: «Natale, mai trattenere un soldato che osa. Altrimenti come la vinciamo la guerra?».

«Vede, la mia morosa ama leggere libri, ha fatto anche la sesta, e lei è un poeta famoso, conosciuto perfino a Parigi. Io credo che se potessi spedirle una lettera con la sua firma sopra sarebbe molto felice» spiega Antonio porgendo il foglietto bianco che ha carpito al volo.

Il Vate lo prende e s'incammina verso la palazzina: «Non si dica mai che ho deluso una fanciulla. Come si chiama?».

«Olga» risponde l'aspirante aviatore.

«Olga?» ripete D'Annunzio con una punta di sorpresa. «Allora mi sarà ancora più naturale scriverle due parole. Sei fortunato.»

Nell'ufficio del campo volo, il poeta si fa consegnare penna e calamaio e scrive una breve dedica per la fidanzata del soldato.

«Sei stato al fronte?»

«Sul San Michele, signore» risponde Antonio.

«Allora ti ho volato sulla testa. C'ero anch'io lassù. Sei stato a Caporetto?» chiede ancora il poeta.

«Per poco. Ci hanno fatto scappare in fretta.»

«Però poi sul Piave non abbiam piegato di un'ugna!» esclama il Vate con un impeto d'orgoglio restituendo il foglietto. «Ti piace volare?»

«Fin da bambino. Anzi, da quando non camminavo ancora» risponde Antonio. «Credo sia per via degli olmi.»

«Perché gli olmi?» domanda incuriosito D'Annunzio, che rallenta il passo.

«Mia madre faceva la foglia sugli olmi» prova a spiegare Panini. «Dalle nostre parti si dice così. Saliva sui rami più alti e metteva le foglie in un sacco. Quello è il foraggio migliore che c'è. Io restavo giù ad aspettare, seduto sull'erba, ai piedi dell'albero. Guardavo in su, soprattutto quando avevo fame. Volevo volare da mia mamma, dal mio latte. Capivo che il meglio stava in alto e che valeva la pena staccarsi da terra. Non so come dire, ero già un aviatore.»

«Hai ragione, soldato. È proprio così: il cielo è madre. Qualsiasi cosa tu abbia fatto o non fatto sulla terra, puoi volargli in braccio e ti terrà su.»

Alla sera, in camerata, sdraiato sulla sua branda, Antonio Panini scrive una lettera alla morosa, sul retro del foglio firmato da Gabriele D'Annunzio.

"Olga mia, non hai neanche idea della magia che stai tenendo tra le mani: questa carta è piovuta dal cielo e ci ha scritto sopra un grande poeta."

Più rilegge la dedica del Vate, più si riempie d'ammirazione per lui: "A Olga, rosa di guerra".

La sua fidanzata è esattamente quello: un ricordo di bellezza, un profumo di ricordi che lo aiuta a restare vivo in questi campi di morte. È un sentimento che prova da sempre, e come lui chissà quanti soldati, ma mai sarebbe riuscito a esprimerlo in tre sole parole, così precise e definitive: rosa di guerra.

È giusto che un poeta del genere sia famoso perfino a Parigi.

Antonio lo ammira molto di più per quelle tre parole che per i 134 fori nella fusoliera.

Il Vate nel pomeriggio è volato a Venezia in gran segreto. Dalla sua Olga.

La Casarèina e la Venturina.

La Grande Guerra è finita

Alle ore 5.50 del 9 agosto 1918 undici aerei Ansaldo S.V.A. 10 della 87ª Squadriglia Serenissima decollano dal campo d'aviazione San Pelagio di Due Carrare, a sud di Padova. Sono dieci monoposto, l'undicesimo apparecchio è stato modificato per ospitare due piloti: il capitano Natale Palli, che aziona i comandi, siede dietro, Gabriele D'Annunzio davanti. Il Vate ha radunato gli aviatori scelti nell'hangar prima della partenza e ha imposto il giuramento: «Se io non arriverò a Vienna, non tornerò indietro. Vale anche per voi».

Tre aerei devono abbandonare quasi subito la missione per problemi tecnici e rientrano a San Pelagio. Un'avaria al motore costringe il tenente Giuseppe Sarti all'atterraggio di fortuna in territorio nemico, a Wiener Neustadt. Viene fatto prigioniero mentre il suo Ansaldo prende fuoco.

Gli altri sette proseguono e vengono intercettati in volo da due caccia austriaci che però non sparano. Rientrano immediatamente per avvertire il Comando del pericolo imminente, senza trovare ascolto. Nessuno crede all'ipotesi di un attacco nemico dal cielo.

Alle 9.20 i piloti italiani scendono indisturbati fino a 800 metri di quota e rovesciano sulla città di Vienna centinaia di migliaia di volantini tricolori. I piloti possono distinguere benissimo i cittadini viennesi che si ammassano nelle piazze per raccogliere e leggere i fogli che cadono dal cielo. Un formicaio in movimento.

Il testo lo ha scritto D'Annunzio in persona. In realtà, il volantino che leggono i cittadini di Vienna, in tedesco, è una sorta di traduzione in prosa, alla portata di tutti, perché il Vate, eccitato dall'impresa, si era impennato nei cieli di un'altissima retorica non facilmente comprensibile.

VIENNESI!

Imparate a conoscere gli Italiani.

Noi voliamo su Vienna, potremmo lanciare bombe a tonnellate. Non vi lanciamo che un saluto a tre colori: i tre colori della libertà.

Noi Italiani non facciamo la guerra ai bambini, ai vecchi, alle donne.

Noi facciamo la guerra al vostro Governo nemico delle libertà nazionali, al vostro cieco testardo crudele Governo che non sa darvi né pace né pane, e vi nutre d'odio e d'illusioni.

VIENNESI!

Voi avete fama di essere intelligenti. Ma perché vi siete messi l'uniforme prussiana? Ormai, lo vedete, tutto il mondo s'è volto contro di voi.

Volete continuare la guerra? Continuatela, è il vostro suicidio. Che sperate? La vittoria decisiva promessavi dai Generali Prussiani? La loro vittoria decisiva è come il pane dell'Ucraina: si muore aspettandola.

POPOLO DI VIENNA, pensa ai tuoi casi. Svegliati!

VIVA LA LIBERTÀ!

VIVA L'ITALIA!

VIVA L'INTESA!

La pattuglia attraversa il cielo grigio di Vienna e fa ritorno verso l'Italia: Wiener Neustadt, Graz, Lubiana e Trieste... Atterra al campo d'aviazione alle 12.40: mille chilometri percorsi in sette ore, grazie alle modifiche apportate agli Ansaldo S.V.A. 10 che hanno permesso un'autonomia di volo eccezionale.

I giornali italiani esaltano il "folle volo" del Vate e "le rondini bianche" su Vienna, ma ancora più forti sono le reazioni in campo nemico. I quotidiani criticano e attaccano i vertici militari, incapaci di prevedere, intercettare e fermare aerei arrivati fino al cuore dell'Impero. Cosa sarebbe successo se, invece di volantini, gli italiani avessero scaricato bombe?

È un'ulteriore spallata alla credibilità e al morale degli austro-ungarici che stanno scivolando verso la sconfitta e, al contrario, un'esaltante prova di forza dell'Esercito Regio che trasmette una scossa di ottimismo alle trincee italiane.

Il 3 novembre i campanili di Modena suonano a festa e lanciano un messaggio di gioia che corre verso la campagna. Trento e Trieste sono state liberate, l'Austria ha firmato l'armistizio, la Germania lo farà presto. È finita una guerra che ha lasciato in città oltre settemila lutti. Da oggi le trombette torneranno ad annunciare solo l'immondizia, non più le bombe.

Le chiese sono bocche spalancate che intonano il *Te Deum*. La Casarèina canta con gli occhi lucidi tra le panche affollate di Sant'Agostino, insieme ai fratelli. Si immagina in piedi, là in fondo, davanti all'altare, vestita da sposa, anche se sa che la ferma di Antonio durerà ancora. Ma senza un nemico armato.

Antonio ha imparato a volare come gli uccelli, senza fare male a nessuno. Ha preso il brevetto da pilota il 28 settembre 1918, quando la Grande Guerra stava sfumando. Il libretto di volo racconta che quel giorno a Cameri ha raggiunto i 5650 metri d'altezza, a bordo di un Aviatic 120HP. Nella foto che ha spedito a Olga appare seduto sulla carlinga di un monomotore Gabarda, con il giubbotto da pilota addosso. Neppure questa volta guarda in macchina. È ancora di profilo e, in posa affettata da *spanizzo*, con sguardo assorto, scruta qualcosa lontano che probabilmente è il futuro.

Sogno solo te

La manovella della zangola che trasforma la panna in burro va azionata alla giusta velocità, perché se la piccola botte di legno ruota troppo piano o troppo in fretta il latte non sbatte e non si rapprende. Olga, grazie all'abitudine, ce l'ha nel braccio il ritmo buono, non deve neppure concentrarsi per riprodurlo. Può anche distrarsi, guardare lontano, perdersi nei pensieri e il braccio continuerà a girare per conto suo, come la lancetta di un orologio, mai troppo in anticipo o troppo in ritardo.

L'orologio però si arresta di colpo. Quel puntino scuro che si sta avvicinando è il postino e ha nella borsa di cuoio una lettera che la riguarda. *Lo sente.*

Si ritira a leggerla nell'angolo più intimo della fattoria, seduta nella stalla, con la schiena appoggiata al muretto della mangiatoia. Quattro vacche pezzate la osservano complici e omertose, perché il nome "Olga" risuona una prima volta nella corte con la voce grossa del padre e poi altre tre volte con un crescendo di volume e di risentimento. Il Casaro ha trovato la zangola abbandonata senza motivo e la figlia non risponde.

La Casarèina apre la busta, estrae il foglio, lo dispiega e le arriva una puntura al petto. C'è scritta una parola sola, grande, in stampatello maiuscolo: FINE. Che non pare esattamente una parola d'amore, se scritta dal fidanzato lontano.

Olga osserva gli occhi enormi della mucca che riflettono il

suo stesso sguardo vuoto. Poi però si accorge che ognuna delle quattro lettere in stampatello è un formicaio che contiene decine di parole scritte in piccolo. Sembra che si muovano. Avvicina gli occhi al foglio.

Genova lì 13.4.1920

Olga mia – Finalmente spero sia finita questa vita dopo 45 mesi che si sospira ambedue – oggi m'hanno fatto il foglio di congedo illimitato – arriverò a casa venerdì o sabato – mi è spiaciuto partire senza avvisarti ma ho pensato fosse meglio liberarmi subito – cari bacioni e saluti tuo Tonino – La presente per chiusura della nostra corrispondenza durata ben quarantacinque mesi – Sperando nella nuova vita incontrare quella felicità da tanto aspirata – T'amo tanto tanto, d'un amore impareggiabile, vivo solo per te, sogno solo te, arrivederci in settimana.

Olga sorride mentre osserva la precisione con cui sono state cesellate le lettere maiuscole che contengono le minuscole. Le linee orizzontali e verticali della effe iniziale sono perfette, ha usato senz'altro un righello, una scatola o comunque qualcosa di simile per tracciarle così dritte. Immagina il suo moroso in uno stanzone di caserma, circondato dal chiassoso via vai dei commilitoni in libera uscita, concentrato e curvo sul foglio, come un monaco nella biblioteca di un monastero. Quel regalo di tempo e di cura le sembra più prezioso di un anello.

Vivo solo per te, sogno solo te.

Torna nella corte a girare la zangola con un sorriso assente e pensieri lontani. L'amore sta diventando burro.

Quattro mesi più tardi sono già sposati e Olga ha in grembo il primo figlio.

I buchi non si mangiano

Come tradizione, Olga va ad abitare a casa dello sposo, dai Panini, che sono originari di Corlo, frazione di Formigine, ai piedi delle colline modenesi. Il primo manoscritto che fa cenno alla famiglia è del 1771, a proposito di un tale Francesco Panini, non uno stinco di santo, coinvolto in una rissa per una storia di donne. Condannato, si rifiuta di espiare spazzando la neve. Francesco Panini, alias "Bigoni" precisa la carta antica. Da qui il soprannome che ha accompagnato negli anni la famiglia Panini: i Bigoni, i *Bigoun* in dialetto.

Il problema è che lo sposo è l'ultimo di tredici fratelli, tutti già sposati e con parecchia prole. Nella cascina di Mami l'inventore, a Maranello, alloggiano una cinquantina di anime che all'ora di pranzo diventano una cinquantina di bocche.

Ecco perché Olga, che deve tirare la pastella per tutti, è tesa come non è mai stata in vita sua, neppure nel giorno del matrimonio. È più di una prova di abilità, più di un test d'accesso, più di un esame di laurea. In una famiglia patriarcale emiliana di inizio Novecento preparare la pastella, la prima pastella, è un rito di iniziazione che ha di per sé una sua impegnativa sacralità. Tirarla per cinquanta persone è un'impresa da Vello d'oro.

La Casarèina osserva spaventata il tagliere di legno davanti a sé, enorme. Le sembra di dover ricoprire di pasta tutta piazza Grande. Sette cognate si sono raccolte in un angolo della cucina, pronte a commentare, come il coro di una tragedia greca. Sta osservando anche il vecchio Mami che ha già visto all'opera un esercito di nuore e impugna il metro di paragone.

Olga prende coraggio dal sorriso del marito che abbassa leggermente il mento, come a dire "andrà tutto bene". Sbuffa verso l'alto per liberarsi la fronte da un ciuffo di capelli e si avventura nell'impresa.

Spolverizza di farina il tagliere, ci appoggia sopra l'impasto che manipola fino a renderlo liscio e compatto, lo schiaccia con alcuni colpi di mattarello che poi comincia a far rotolare avanti e indietro. Le mani parallele, al centro, si allargano durante la pressione. Gira l'impasto tondo di un quarto, in senso orario, e riprende a passare il mattarello di legno. Un altro quarto di giro. Le mani si allargano ancora dall'interno all'esterno, come se stesse nuotando a rana; si china sulla tavola e si rialza, con il ritmo di un vogatore sul fiume. Il mattarello rotola avanti e indietro, la pressione si allenta via via che la pastella si assottiglia. Concentratissima, Olga si passa una mano sulla fronte e, senza accorgersene, la imbianca di farina. Le sette cognate sorridono. È una pastella per tortellini, va resa quindi più sottile di quella per le tagliatelle. Per essere a regola d'arte, non deve superare i tre millimetri. La sposina vuole che il marito sia orgoglioso di lei davanti a tutta la famiglia, perciò vola verso il sole della perfezione, fino a scottarsi come Icaro.

La pastella si strappa in più punti, come una stoffa lisa. Olga è una sarta, ma qui i rammendi non valgono. Il coro greco tradisce sguardi di compiacimento.

Mami, il patriarca, sorride, ma punge: «*Casarèina, i bùs i-ns' mâgnen ménga!*».

L'aviatore Antonio plana in soccorso con un abbraccio alle spalle: «Tranquilla, i buchi li mangio io».

Il trattore nel fosso

L'Italia ha sconfitto l'Impero, ma non la fame, brutta bestia che non muore mai. Anzi, il conflitto l'ha esasperata. Tocca alla povera gente pagare i veri costi del conflitto. La lira vale sempre di meno, i prezzi crescono, gli stipendi si sciolgono. La rabbia monta nelle città e nelle campagne. Gli operai occupano le fabbriche per chiedere aumenti di salario e migliori condizioni di lavoro. I contadini occupano i terreni incolti, i sindacati pretendono di gestire l'occupazione e animano scioperi nelle campagne, i contadini non si riconoscono più nel patto colonico del 1908 e spediscono lettere ai proprietari dei campi, timbrate dalla Federterra, in cui chiedono nuove intese e nuove condizioni. Il fermento della Rivoluzione russa è nell'aria. Gli attivisti che vigilano sull'applicazione delle forme di protesta vengono chiamati "guardie rosse".

Ed è gente del genere che sbarra la strada al trattore Landini diretto a Gorzano. Una dozzina di forestieri. Lo sguardo di Antonio Panini li scorre tutti come un faro, alla ricerca di una faccia conosciuta che possa far da sponda nella discussione che sta per aprirsi. Ma non ne trova nessuna.

«Lo sai che oggi non si lavora?» fa il primo che mette una mano sulla ruota.

«So solo che oggi devo mangiare e lavorare mi serve» risponde l'ex aviatore.

«Se le cose non cambiano, però mangiano in pochi» osserva il secondo.

«A questo servono gli scioperi» aggiunge il terzo, che ha un bastone in mano. «A fare in modo che mangino tutti.»

«Per oggi non lavoro più» assicura Antonio.

«Bravo, però il trattore lo lasci qui» intima il primo. «Domani il tuo padrone se lo viene a prendere da solo.»

«*Al tratór l'è mée.*»

«Ah, bene. Quindi sei dalla parte dei padroni che sfruttano» deduce quello con il bastone.

«Io sono padrone delle mie cose e non sfrutto nessuno» ribatte Panini.

«Comunque il trattore lo lasci qui lo stesso e vieni a riprendertelo domani» conclude il primo a occhi fermi.

Indossa una camicia bianca sudata che sembra esplosa. Il collo è spalancato sulla canottiera, la cravatta dilatata gli ciondola sul petto come una collana.

«Ho già marciato abbastanza in guerra» fa sapere Antonio, che stringe il volante a due mani. «Preferirei tornare con il motore, se non vi dispiace.»

«Allora non hai capito.»

A un cenno della camicia bianca, il secondo afferra una gamba del Panini e, con l'aiuto di altri tre compagni, lo tira giù dal Landini. Lo immobilizzano a terra, provano a tenerlo fermo anche se scalcia e cerca di liberarsi.

Gli altri otto si schierano tutti dalla stessa parte del trattore. Spingono, si aiutano ritmando "issa!", lo sollevano da sotto e alla fine riescono a ribaltarlo nel fosso a lato della strada sterrata. Festeggiano con un urlo di soddisfazione.

A questo punto i quattro fanno volare Antonio nel fosso dall'altra parte della strada, dove scorre un rigagnolo. Panini si ritrova immerso per metà, come una rana, con il culo a mollo e le mani nel fango. Un'altra trincea. Osserva il suo trattore rovesciato su un fianco.

Il pensiero di aver fatto la guerra e di aver rischiato la vita anche per questi dodici bastardi che si stanno allontanando sghignazzando gli incendia il sangue. Sta per scattare all'attacco, come se avesse ancora l'elmetto Adrian in testa e il moschetto in pugno, ma riesce a realizzare in tempo che non avrebbe senso. Sono in tanti e con i bastoni.

Si dirige verso Pozza a passo svelto, quasi di corsa. Quando racconterà ai figli di aver fatto la Marcia su Roma, in fondo non mentirà. La sua Marcia su Roma è questa camminata isterica, in un pomeriggio autunnale del 1922, che lo porta prima a casa a cambiarsi i pantaloni bagnati e poi direttamente a iscriversi al Partito fascista. Perché servono regole rigide, e disciplina.

Oggi uno non è più libero neppure di possedere un trattore Landini.

Otto figli in dieci anni

Il cielo è bianco e compatto, senza i profili delle nuvole. Sembra tirato con il mattarello. La neve della notte ha coperto la campagna. Olga si stringe nello scialle nero e raggiunge una prima volta Antonio nell'officina di Mami. Lo trova con il Ciola e due garzoni. Ci riprova con successo un'ora più tardi. Vuole parlargli da sola, non tanto per la notizia in sé, quanto per quello che deve spiegargli dopo.

«Avremo un altro figlio» annuncia la Casarèina.

Antonio reagisce con il solito sorriso, il solito abbraccio e la solita frase che sta diventando un rito: «*Un èter miliòun!*».

Un rito, ma non un'abitudine. Il padre ha negli occhi la stessa, autentica emozione di dieci anni fa, quando Olga gli aveva annunciato l'arrivo di Veronica, la prima.

«Domani forse, oggi tutti questi milioni hanno una bocca» precisa la moglie.

«Gli daremo da mangiare» la rassicura il marito.

«Tonino, ora saremo in dieci. Dobbiamo farci una casa nostra, non possiamo più restare tutta la vita da tuo padre» annuncia Olga con uno scarto della voce. «E tu devi trovarti un lavoro.»

Antonio mostra lo straccio sporco che tiene tra le mani: «Cosa sto facendo qua dentro?».

«Un lavoro tuo, fisso, che ci porti soldi sicuri ogni mese.»

«Ci ho provato a trovarmi un lavoro mio, l'hai visto. Il sapone. Ma è andata male.»

«Non basta farlo, il sapone, bisogna saperlo vendere.»

Ha ragione Olga. Antonio non ha la furbizia del commerciante, il pelo sullo stomaco dell'affarista, l'ostinazione paziente per far crescere una nuova attività. Antonio non è un imprenditore, Antonio ha il sangue e le visioni di Mami l'inventore. È tutto in questo capannone dove ricava ciò che non c'era e aggiusta ciò che non andava, è tutto nella cassetta di legno che si è inventato per riparare le suole e i tacchi, con mille scomparti e la forma di ferro per appoggiarci la scarpa sopra. In questi dieci anni ha sperimentato ogni mestiere: ciabattino, imbianchino, parrucchiere... Antonio è un aviatore che ha bisogno di volare da un'occupazione all'altra, per non annoiarsi. Olga questa mattina è entrata nell'hangar decisa a riportarlo a terra.

Anche a lei sarebbe piaciuto seguire l'inclinazione del carattere e dei sogni: leggere, studiare. Invece è diventata *casarèina*, sarta, madre. Prima o poi arriva per tutti l'ora di planare giù.

«Potessimo comprare un'edicola, ci sarebbe lavoro per tutti. Comunque ho il brevetto di pilota, la patente per guidare le automobili e le macchine a motore. A Genova ho preso quella per le macchine a vapore. Posso pilotare anche un piroscafo o una locomotiva...» riassume Antonio con orgoglio. «So fare tutto, non sarà un problema trovare un lavoro. E con la tessera del partito sarà ancora più facile.»

«Fare il fascista è ancora più difficile che fare il sapone» commenta Olga.

Ha ragione anche qui. Conosce bene l'animo del marito, così diverso dal suo, solido, pratico, da giovane *rezdóra*. Ariete lui, capricorno lei, le due classiche metà imperfette che il matrimonio ha trasformato in una cosa sola, completa.

Antonio non ha lo spirito scaltro, l'opportunismo da carriera per scalare le gerarchie del partito o anche solo per mungerne favori, come tanti altri. Il suo è un fascismo velleitario, fatto di chiacchiere in piazza, di giornali letti e commentati con i fratelli. Un'adesione distante dalla partecipazione attiva e dalle adunate pubbliche. Probabilmente, se non gli avessero ribaltato il Landini non avrebbe neppure la tessera.

Alla fine, il contributo più sostanziale di Antonio Panini alla causa del Duce sono gli otto figli che ha sgranato uno dopo l'altro come perline di un rosario, con instancabile e puntuale devozione. «I popoli dalle culle vuote non possono conquistare un Impero» ha sancito il Duce. Ed ecco otto figli in dieci anni. Veronica è stata la prima, nel 1921, poi sono arrivate Norma e Maria Luisa. Nel 1925, finalmente, il primo maschio, Giuseppe, e, dopo Edda, altri due: Benito e Umberto. Nell'autunno di questo 1931 appena iniziato si aggiungerà l'ottavo figlio, annunciato a muso duro da Olga in officina.

È come se la Casarèina avesse sparato 134 colpi nella fusoliera e costretto l'aviatore Antonio ad atterrare per sempre nel mondo delle responsabilità; una casa, un lavoro, una famiglia.

Poche settimane più tardi infatti viene assunto dall'Accademia Militare di Modena: diciassette chilometri in bicicletta per andare e diciassette per tornare, tutti i giorni. Oltre alle mansioni di famiglio (servire ai tavoli, aiutare in cucina), deve badare alla caldaia a vapore, che sbuffa, romba, promette un decollo ma resta inesorabilmente inchiodata a terra, lontana dalle nuvole.

Ne uccido quattro

L'avvocato Ramazzini ha una lunghezza magra, e una corona di barba all'Abramo Lincoln. Stenta a controllare una frenesia misteriosa che lo costringe ad accelerare il passo ed estrarre una cipolla d'argento dal taschino del panciotto ogni due passi. Sembra covare l'attesa di qualcosa di terribilmente importante.

Antonio Panini lo segue lungo Rua Muro, la strada che collega via Emilia a corso Canalchiaro e che ricalca le antiche mura di Modena da cui ha preso il nome. Sarebbe un orgoglio trasferirsi accanto a questi palazzi eleganti che hanno fatto la storia della città: il rinascimentale Palazzo Ferrari Moreni, Palazzo Ghisellini in stile ferrarese rossettiano, la caserma di Santa Chiara che ha preso il posto del vecchio monastero seicentesco...

La Ghirlandina e i negozi del centro sono a portata di mano.

L'avvocato Ramazzini si ferma davanti a un palazzo del genere, all'altezza del numero 46. Il portone introduce a quella che un tempo era l'ala della servitù e che ora è stata riconvertita in appartamenti. Una ripida scala di settantadue gradini porta al terzo piano.

L'appartamento in questione assomiglia al padrone di casa, lungo e stretto. I Panini possono permettersene solo la metà. L'altra metà, divisa da una parete precaria, è abitata dalla famiglia Giusti. Severina, la madre, sta cercando di separare con le urla due figli avvinghiati a terra.

Ramazzini estrae la cipolla dal taschino e disapprova dondolando la testa, come se la rissa dei suoi inquilini fosse andata in scena fuori orario.

«Troppi figli, troppo piccoli e troppi maschi» si lamenta l'avvocato. «Voi quanti siete?»

«Quattro figli» mente rapido Antonio.

«Maschi?»

«Tre femmine.»

«Età?»

«Dagli undici in su» mente ancora perché, in realtà, quattro figli su otto sono di età inferiore. Franco Cosimo, l'ultimo grano del rosario, ne ha solo cinque.

«Bene» approva sollevato Lincoln. «Il bagno è nella vostra metà, perciò i Giusti ve li ritroverete sempre in casa. A parte il chiasso, brava gente, però. Gli ingressi comunque sono indipendenti. Un mese di affitto anticipato.»

«Per me va bene.» E aggiunge, come una specie di fidejussione: «Lavoro all'Accademia Militare».

Pedalando sulla strada che lo riporta a Saliceta San Giuliano, Antonio studia il piano di conquista: Franco, Umberto, Benito e Edda, i più piccoli, saranno ospitati da parenti che vivono a Modena, Giuseppe e le tre sorelle maggiori si sistemeranno subito nella casa nuova. Poi, con il tempo e l'allentamento dei controlli, avverrà il ricongiungimento della famiglia in Rua Muro, un Panini per volta.

Abitano a Saliceta da un anno circa. Prima, appena lasciata la fattoria di Mami, avevano trovato casa al Pallamaglio di Maranello, un brutto casermone di ringhiera con un solo bagno per piano e povere botteghe affacciate su un enorme cortile che un tempo ospitava partite di pallamaglio, appunto. Un piccolo mondo antico di nuova miseria. Ma per cominciare a dare forma alla famiglia andava benissimo.

Rua Muro, l'appartamento di città, è tutta un'altra cosa. Per dire: non un buco di turca a disposizione di tutti, ma una tazza in casa, su cui sedersi, che nessuno dei ragazzi ha mai sperimentato. Aver celebrato davanti a tutta la famiglia le meraviglie del nuovo domicilio, tuttavia, si è rivelato un errore strategico.

Franco, per esempio, il più piccolo, è categorico: «Anch'io voglio subito la cordicella che fa sparire tutto nel buco».

Papà deve accovacciarsi sulle ginocchia e spiegare nel modo più convincente possibile: «È solo per poche settimane. Due, tre... non di più. Promesso. E solo di notte, poi di giorno potete anche stare tutti insieme in Rua Muro. L'importante è che non vi facciate riconoscere. Mi raccomando: non dovrete mai dire che siete dei Panini. Chiaro?».

«E chi siamo allora?» chiede Benito.

«Amici dei Panini, siete passati a trovarli» spiega Antonio. «Se vi chiedono il cognome, ve ne inventate uno. Solo per poche settimane. Poi torniamo tutti insieme in Rua Muro. Promesso.»

Franco ha gli occhi lucidi: «Bandiera. Il mio cognome è Bandiera. Mi piacciono un sacco le bandiere colorate che sventolano quando c'è il vento».

«Va benissimo. Franco Bandiera. È perfetto.»

Il piano all'inizio funziona come un orologio. Ma la memoria dei bambini è una lavagna scritta con il gesso e le settimane ci passano sopra come un cancellino. Così, in un sabato di primavera, di quelli che metterebbero voglia di correre anche a uno spaventapasseri, va tutto a rotoli...

Umberto, sette anni, ha un carattere solare, aperto come una piazza, getta ponti di continuo verso gli altri. Il primo pensiero del mattino è inventarsi uno scherzo, la sua espressione di riposo è il sorriso. Dal momento che Franco è troppo piccolo e Giuseppe, il maggiore, troppo grosso, in genere il bersaglio degli scherzi diventa Benito, che ha solo due anni in più e, soprattutto, la permalosità ideale... Che gusto c'è a punzecchiare uno che non reagisce?

Benito ha il carattere ispido di un cactus, tiene tutti a distanza, la sua espressione di riposo è una smorfia di diffidenza, con il naso arricciato, come se avvertisse sempre un cattivo odore.

Umberto conosce tutte le sue manie: a tavola Benito sala ogni cosa in maniera esagerata e non sopporta che qualcuno posi le scarpe sul poggiapiedi della sua sedia. Per questo Umberto ce le appoggia spesso.

Benito ha un po' le orecchie a sventola e non sopporta che ci scherzino sopra. Per questo Umberto lo chiama *Tirabusciòun*. Con quelle estremità che si allargano in orizzontale, sembra un cavatappi. E quando glielo dice, per esasperare ancora di più il concetto, allarga le braccia. Come sta facendo ora in Rua Muro. Lui e Giuseppe ridono a braccia aperte, davanti a Benito che sta prendendo fuoco. Perché il fratello maggiore ha un carattere allegro come il suo e Umberto, furbo, lo coinvolge sempre per averne protezione.

Benito alla fine esplode in una santabarbara di insulti da osteria e, digrignando i denti, si lancia all'inseguimento dei fratelli che hanno imboccato di corsa il portone del 46.

L'avvocato Ramazzini si vede superato in tromba da Giuseppe, che riconosce come suo inquilino, ma sbarra la strada a Umberto: «Dove vai tu? Chi sei?».

«Panini!» esclama il ragazzino che gli scivola via e prosegue lungo i settantadue scalini.

«E tu?»

«Panini!» risponde Benito, livido di rabbia.

«E tu?»

«Panini!» ripete Franco che ha dimenticato le bandiere e non vuole farsi tagliare fuori dal gioco dei fratelli più grandi.

Lincoln si pianta in mezzo alla corte, furibondo, e sfilando la cipolla dal panciotto ogni due minuti si dispone all'attesa di Antonio che arriva in bicicletta insieme alle prime ombre della sera.

Lo assale con la foga di un maresciallo che ha sorpreso il colpevole con la pistola fumante in pugno.

«Lei mi ha mentito! Mi ha detto che ha quattro figli e invece ne ha molti di più! E uno è piccolissimo! Traditore!»

Antonio arrangia una difesa prima ancora di smontare dalla sella: «Lei ha ragione, ma posso spiegarle...».

«Lei non deve spiegare nulla! Lei deve raccogliere i suoi stracci e andarsene dalla mia casa prima di notte!»

Le urla hanno richiamato gli inquilini alle finestre, anche Olga che si asciuga le mani sul grembiule. I figli sono al riparo dietro di lei. Osservano tutti il duello tra i due gladiatori sul fondo dell'arena.

Antonio, con una calma gelida da pilota di guerra, smonta dalla bicicletta e spiega con tono dimesso: «Le propongo un'altra soluzione, signor Ramazzini. Salgo e ne uccido quattro, così i conti tornano».

Non si capisce se, a dispetto dell'aria funerea, l'avvocato disponga di un insospettato senso dell'umorismo. Oppure se, più semplicemente, abbia colto negli occhi del suo affittuario la disperazione di un padre costretto a nascondere i figli per riuscire a mantenerli. Fatto sta che Lincoln accenna un sorriso e si allontana senza aggiungere altro, dopo aver augurato la buona sera, con la cipolla in pugno.

I dieci Panini dormono per la prima volta tutti insieme nell'appartamento lungo e stretto di Rua Muro 46. I ragazzi cominciano a studiare i piedi dei fratelli, che presto conosceranno nelle più intime particolarità, perché non ci sono letti per tutti e finiscono accoppiati come scarpe in scatola, uno in un verso, uno in un altro. Imparano presto anche che il signor Giusti, almeno tre volte a notte, ha bisogno di scaricare in bagno, dove c'è la cordicella magica che fa andare tutto giù in un buco.

E soprattutto, Giuseppe, che è il più grande e quindi è stato messo insieme al più piccolo, impara subito che anche Franco ha bisogno di andare in bagno ogni notte ma, a differenza del signor Giusti, non si alza.

«Te la sei fatta ancora addosso!» urla il maggiore scappando dal letto come se fosse in fiamme.

I fratelli accorrono e ridono come matti.

«State affondando, avete imbarcato acqua... Dev'esserci una falla a bordo. Scialuppe in mare!» urla Umberto.

«Hai piagnucolato un mese per usare la catenella che fa andare tutto nel buco, e allora usalo quel buco!» esclama Giuseppe.

«Ma io l'ho usato!» si giustifica Franco osservando imbarazzato il mare che ha lasciato nel letto. «Solo che stavo sognando... Credevo di essere in bagno.»

«Allora facciamo i turni, così la fai nel buco per davvero» decide il fratello maggiore.

«Quali turni?» domanda Benito arricciando il naso.

«Di notte svegliamo Franco così la va a fare in bagno. Stanotte comincio io» spiega Giuseppe.

«I turni te li fai da solo, Peppino!» ribatte Benito. «Io di notte dormo. È la tua barca che fa acqua, mica la mia...»

«Sei la solita *quàia*... Va bene, li faccio da solo, ma ogni volta che mi sveglio, mentre lui la fa in bagno, io piscio nel tuo letto!» minaccia il maggiore.

Umberto accorre a ricucire: «Dài, va bene. Li facciamo tutti i turni. Stanotte cominci tu, domani notte mi sveglio io».

Giuseppe, Peppino... Ma lo chiamano già *il Vècio*, anche se è ancora un ragazzino, perché è il fratello maggiore.

Gli *scutmài* in Emilia sono più che soprannomi, sono una fotografia dell'anima, un'ombra che ti legano al piede e che non ti stacchi più. Qualcosa che ti marchia più del tuo stesso nome. Franco è *Uèllas*, traduzione dialettale di Wallace, perché appassionato dei fumetti di Edgar Wallace, lo scrittore inglese che ha sceneggiato King Kong. Il soprannome *Uèllas* racconta bene l'intelligenza curiosa del più piccolo, la precoce e personale infatuazione per la lettura che non gli è stata certo trasmessa per contagio dai fratelli più grandi.

È andata molto peggio a Benito, che chiamano anche Tullio. E non solo per via di *Tirabusciòun*. Colpa del suo carattere ombroso che lo porta spesso a scelte impopolari, come quella appena vista di non condividere i turni di ronda notturna. «*Tsè 'na quàia!*», «Sei una cacca!» A forza di ripeterglielo, l'insulto si è fatto *scutmài: Quàia*.

Umberto invece non ne ha ancora uno. È il più scatenato, quello che ha sempre voglia di scherzare. Non sta mai fermo. È come se stesse giocando a evitare i soprannomi. Glieli scagliano dietro come frecce, ma lui li schiva e scappa via ridendo.

Il Barone Rosso

«Facciamo la foto subito?» chiede Giuseppe.

«No, prima pranziamo, altrimenti vi sporcate i vestiti. Sicuro» risponde Antonio.

«E poi è pronto. Venite a tavola» ordina Olga che posa sulla tovaglia la pentola del brodo.

Benito e Umberto si stanno contendendo un fazzoletto da legarsi al collo, lo tirano come fosse una fune per strapparselo dalle mani.

«L'ho preso prima io!» rivendica Benito.

«Sì, ma dai miei vestiti, *Quàia*!» ribatte Umberto. «Tu hai i tuoi con il tuo fazzoletto. Prendi il tuo!»

«Il mio è bucato, l'hanno mangiato i topi...»

«E allora, perché è rotto devo tenerlo io?»

Il padre interviene con un urlaccio: «*Aitt!* Basta! Volete proprio farlo a pezzi? Li abbiamo presi in prestito quei vestiti».

«Venite a tavola» ripete Olga.

Umberto strappa il foulard dalle mani del fratello e lo posa sul divano della sala, dove sono appoggiate le divise.

"*Aitt!*" è il perentorio richiamo al silenzio del capofamiglia. In genere lo tuona con un'intransigenza da caserma quando torna la sera e trova ancora nel cortile di Rua Muro qualche figlio un po' troppo agitato.

Olga riconosce l'urlo che entra dalla finestra e annuncia a chi è già in casa: «*L'è arivèe vòster pèder...*».

Brodo di carne e *al ris cun la tridùra*, la stracciatella. E poi addirittura la carne, anche se Olga è costretta a dividerla in porzioni minime. Si vede che è domenica, l'unico pranzo della settimana che raduna la famiglia al completo.

La disposizione dei posti è curiosamente asimmetrica. Antonio siede a capotavola, di fronte alla moglie. Alla sua destra Franco, poi, a scalare, Umberto, Benito e Giuseppe. Alla sua sinistra Veronica, Norma, Maria Luisa e Edda. Quindi i maschi, dal più piccolo al più grande, mentre le femmine dalla maggiore alla minore.

A fine pranzo, come tradizione, con la famiglia tutta riunita, scattano i racconti di Tonino che ha la magia dell'incantatore e sa vendere le parole meglio del sapone. Prima o poi gli chiedono sempre il racconto del Barone Rosso, che è un rito da celebrare ogni domenica, come la santa messa.

«Stavo cacciando due biplani della Jagdstaffel, alto sul San Michele.»

«Due?» chiede Franco.

«Due» conferma papà. «Ne abbatto uno che precipita come un sasso tra le nuvole e mi metto in coda all'altro che sembra in pigiama.»

«In pigiama?» chiede ancora il più piccolo dei Panini.

«Un Albatros dipinto a strisce bianche e azzurre, con la croce di ferro sulla fusoliera e una carta da gioco sull'ala: l'asso di picche.»

«Un asso dell'aviazione» deduce subito Umberto.

«Gli sono addosso. Lui cambia quota di continuo per uscire dal mirino della mia mitragliatrice. Scappa come un topo, lo bracco come un gatto. A un certo punto s'impenna in verticale, lo seguo e, quando curva verso la pianura, finalmente ce l'ho a tiro. Saluta il mondo, amico: è arrivata la tua ora... Ma i colpi che esplodono non sono i miei... Mi accorgo di avere in coda una macchia rossa.»

«Il Barone Rosso!» esclamano in coro i fratelli.

Le sorelle ascoltano in silenzio, con espressioni preoccupate, come se il combattimento fosse veramente in corso.

«Lui!» conferma Antonio. «Mi ha bucherellato la carlinga, ma non sono messo così male. Il motore risponde ancora ai comandi, anche se fuma come un camino. Precipito verso terra, sì, ma solo perché l'ho deciso io. Il Barone Rosso infatti abbocca e mi segue senza sparare. Mi accompagna verso la fossa come si fa ai funerali. A pochi secondi dallo schianto, tiro su il mio biplano e torno in cielo! Ho virato così vicino a terra che un'ala ha sbattuto contro i rami di un albero. Ci tuffiamo di nuovo nelle nuvole. Quando sbuchiamo dall'altra parte, la macchia rossa è nel raggio della mia mitragliatrice. Non gli do scampo: ra-ta-ta-ta... Stavolta sono io che lo accompagno al suo funerale, ma non scendo fino a terra perché vedo uno stormo di Jasta in avvicinamento e torno al nostro campo di aviazione.»

«Però sei stato tu ad abbattere il Barone Rosso, vero?» chiede Benito eccitato.

«Credo di sì. Da allora non ne ho più sentito parlare» risponde Antonio incrociando il sorriso di Olga e alzandosi da tavola. «Ora vestitevi che sta arrivando il fotografo.» I figli sono schierati tutti in fila, a scalare, come le canne di un organo. I genitori posano alle loro spalle.

Franco, Umberto e Benito, i più piccoli, indossano i calzoni corti, la camicia nera e il fazzoletto da balilla; Edda veste la gonna, le calze e la camicia bianca da giovane italiana; Giuseppe, in giacchetta da avanguardista, sfoggia pantaloni da saladino che si gonfiano spettacolarmente sopra le galosce bianche; anche Maria porta la camicia bianca da giovane italiana, ma con la cravatta nera sopra; l'abito scuro da giovani fasciste, le scarpe con il tacco e lo sguardo serio aumentano gli anni di Norma e Veronica.

Antonio, in divisa da squadrista, con i pantaloni rimboccati negli stivali neri, osserva minaccioso la macchina fotografica. Non ha più il ciuffo del ragazzo *spanizzo* che era. La fronte è alta e sgombra, i capelli hanno battuto in ritirata. Stringe le mani attorno al cinturone che gli fascia la pancia e divarica leggermente le gambe in una posizione che gli assicura stabilità.

Con uno sguardo del genere, pochi giorni fa, da un balcone romano di piazza Venezia, Benito Mussolini ha annunciato "l'ora delle decisioni irrevocabili" e ha dichiarato guerra alla Francia e all'Inghilterra.

Lo sguardo di Olga davanti al fotografo, invece, è ancora una volta imbarazzato, come vent'anni prima sulla panchina del fidanzamento. All'altezza del cuore porta la medaglia d'onore di "madre di famiglia numerosa". Il nono figlio, quello che avrebbe dato accesso al sussidio, non è mai arrivato. Ne ha persi due. Non sono mai arrivati neppure i *miliòun* che annunciava Tonino all'alba di ogni gravidanza, ma il superamento della soglia della settima creatura le ha consentito di appendere al muro il diploma di "madre di famiglia numerosa" conferitole in occasione della Fiera-Esposizione al Littoriale di Bologna. Per la soddisfazione del Duce: «Hanno diritto all'Impero i popoli fecondi, quelli che hanno l'orgoglio e la volontà di propagare la loro razza sulla faccia della terra».

Sulla medaglia è incisa la figura di una madre con sette figli, sul retro la "M" di Mussolini e una quercia stretta fra due fasci littori. Il nastrino che lo sostiene è verde, listato da due linee turchine. Sul nastro sono stati cuciti otto fiocchi bianchi che corrispondono ai figli.

Nessun *milioùn,* ma quella medaglia le ha garantito una ricompensa di 5 lire a figlio e qualcosa in più per certi nomi scelti nel cerchio indicato dal regime: Benito, Umberto, Maria, Edda...

Nonostante la guerra e le conseguenti ristrettezze, i soldi in casa Panini non mancano. Lo stipendio all'Accademia Militare è dignitoso e regolare, Olga fa qualche lavoretto da sarta, arrivano i primi assegni familiari e anche i primi guadagni dei figli.

Maria è stata assunta nel negozio di dischi e strumenti musicali Della Casa. Norma fa la parrucchiera. Veronica è diventata commessa in un'elegante boutique di via Emilia dove rimaglia le calze di seta delle signore bene di Modena. Un pomeriggio Antonio, che entra in Accademia all'alba e stacca alle 14, è passato a trovarla e, mentre chiacchieravano, l'ha osservata al lavoro. L'ingegno del figlio di Mami l'inventore si è rimesso in circolo.

Nei pomeriggi successivi ha ricavato degli aghi uncinati da pennini per la scrittura e ideato una vera e propria macchina per rimagliare le calze da donna. Così Veronica si è licenziata e si è messa in proprio con l'aiuto di Edda. Ha fatto affiggere alle vetrine di alcuni negozi di abbigliamento il cartello "Qui si rimagliano calze". Edda passa a raccogliere il lavoro da fare, Veronica esegue in casa i rammendi con la macchinetta del padre, poi la sorella riporta le calze ai clienti.

Edda è ancora una bambina, nei suoi giri si ferma spesso a giocare con gli amici del quartiere, e i ritardi nelle consegne sono diventati una barzelletta di famiglia. In prima fila Umberto, naturalmente, ministro degli scherzi, che tra l'altro ha una mano felice nel disegno. Ha dipinto la caricatura della sorella, trasformandola in una lumachina con un pacchetto appeso alle corna.

A quindici anni lavora già anche Giuseppe, che ha terminato il corso di avviamento professionale all'Istituto Fermo Corni. L'hanno preso come tornitore alla Fiat O.C.I. dopo un breve periodo alla Ferrari di Maranello, finito male: un giorno gli avevano dato da tenere vivo il fuoco di una fucina con un mantice. Giuseppe sposta un barile e ci si siede sopra. Passa un uomo dell'età di suo padre, dal naso grosso e gli occhi piegati in basso come i tetti delle baite: «Lavorare e stare seduti non vanno d'accordo».

«Seduto do la stessa aria e mi stanco di meno» spiega il giovane Panini.

L'uomo si allontana.

«*Mo sèt chi l'èra?*» gli chiede quasi spaventato un compagno di reparto.

«No.»

«Il Drake. Il capo.»

A fine turno comunicano a Giuseppe di non presentarsi il giorno dopo.

Il trombettiere Giuseppe

Nel fiume c'è una zuffa tra ragazzi, tre, forse quattro, non si capisce bene perché sono avvinghiati tra loro, s'immergono e riaffiorano come i coccodrilli.

«Ma è Tullio!» indica Umberto da riva.

I coccodrilli in effetti sono quattro e tre se la stanno prendendo con Benito, cercano di metterlo sott'acqua. I tre fratelli si lanciano in soccorso.

«Bravi, complimenti, tre contro uno. Siete forti...» commenta Giuseppe.

«Vediamo se lo siete ancora, adesso che siamo quattro contro tre» aggiunge Umberto con i pugni già in guardia.

«Mi chiamavano *Quàia*!» denuncia Benito che poi tossisce, deve aver bevuto un bel po' di Panaro.

«Ma anche voi lo chiamate così» si giustifica uno dei tre.

«Noi possiamo, voi no» ribatte secco Umberto.

«E adesso chiedetegli scusa» conclude Giuseppe.

I tre aggressori si scambiano un'occhiata d'intesa. Convengono silenziosamente che c'è poco altro da fare davanti al capo-economo del campo, che è il più grande di tutti, e ai suoi fratelli. A uno a uno, si scusano.

«Non basta» avverte Umberto. «Dovete portarlo fuori sul trono. Fino all'asciugamano.»

I tre si guardano perplessi.

«Fate così» spiega Panini. «Ognuno deve impugnare il polso dell'altro, incrociate le braccia. Bene, bravi... Vedete che si è formato un bel seggiolino? Accomodati, Benito.»

Il fratello si accomoda sul trono con un sorriso radioso da vero re e si fa trasportare a riva, poi corre sui sassi e raggiunge i fratelli in acqua.

«Mano qui!» ordina Peppino stendendo la sua.

I fratelli gliela ricoprono.

«Chi comanda?» urla Giuseppe.

«I Panini!» ripetono in coro gli altri tre.

«Chi comanda?»

«I Panini!»

«Viva i Panini!»

«Viva i Panini!»

Si abbracciano, si tuffano nel fiume, nuotano, si sfidano, poi Giuseppe propone la sfida: «Montami sulle spalle, *Quàia*!».

Benito si irrigidisce e molla una manata isterica sulla superficie dell'acqua: «Basta chiamarmi così! Poi lo fanno anche gli altri! Basta!».

Dopo qualche secondo d'imbarazzo, Umberto prova a ricucire: «Va bene, calmati... Non ti chiameremo più *Quàia*. Hai ragione. Ho un nome nuovo che va bene per un re. Tu sei appena stato sul trono, no? *Caille*... È francese. Ti piace? *Caille*... Senti come suona bene. *Caille*...».

Benito si ripassa in bocca la pronuncia come fosse una caramella per studiarne il gusto: «Kail...».

Suona bene. Un nome da vero re, senza la vocale in fondo come i comuni mortali: Giuseppe, Umberto, Franco...

«Sì, mi piace. Ci sto» decide Benito.

«Monta sulle spalle, Kail!» ordina il Vècio.

Benito sale, poi tocca a Umberto, infine Franco, il più leggero, scala i tre fratelli e completa la costruzione della torre con un urlo di conquista, prima di tuffarsi dall'alto nel Panaro: «Chi comanda?».

«I Panini!» rispondono gli altri tre.

I quattro fratelli Panini crescono così: sani, forti, uniti come le dita di una mano. La loro unione è la loro forza, anche in Rua Muro, dove le famiglie che abitano i palazzi più eleganti li chiamano "i selvaggi".

Comandano loro per davvero.

Questa mattina, come ogni mattina, sono partiti in treno da Modena, sono scesi a San Donnino e da lì hanno camminato per tre chilometri fino alla Colonia Elioterapica Fluviale a San Damaso, sul Panaro. È qui che passano le vacanze.

Al mattino esercizi ginnici e di disciplina militare. Al pomeriggio divertimento al fiume che è gelido quanto basta per raffreddare quest'estate torrida, insopportabile in città.

Ora, al calare della sera, Giuseppe, che oltre a essere il capo-economo è anche il trombettiere della colonia, ordina il presentat'arm. Con il braccio destro teso e la tromba nella mano sinistra, saluta il gerarca fascista venuto in visita al campo, mentre gli altri ragazzi si portano il fucile al petto, fieri come soldati, nonostante le braghette da mare.

Il gerarca si è fermato davanti a Franco, il più piccolo, che ha uno sterno da uccellino, una bretella che gli regge i calzoncini in diagonale e il mento orgogliosamente sollevato.

«Come ti chiami?» chiede l'uomo in divisa.

«Franco Panini.»

«Quanti anni hai?»

«Otto.»

«Dove lavora tuo papà?»

«All'Accademia Militare. Ha abbattuto il Barone Rosso» risponde gonfiando il petto e trattenendo il respiro il più a lungo possibile.

Il vino del colonnello

«Eccolo!» avverte Umberto, accovacciato dietro a una colonna del portico.

Una Fiat Topolino si ferma davanti al 46 di Rua Muro. Smonta un ragazzo ben vestito, con dei baffetti appena accennati. Si chiama Giulio Cesare Lolli, ha ventisette anni, è un apprezzato agronomo di Marzaglia. Norma esce dal portone e lo bacia. È più giovane di dieci anni. Stanno per sposarsi.

Norma è la più bella delle sorelle Panini. Ha un fisico asciutto e capelli chiari che si gonfiano di boccoli sulle orecchie. È una bellezza dinamica, che prende quota con il movimento, come un aquilone. Pratica l'atletica leggera.

«Che bel bacio» commenta Franco, nascosto accanto al fratello.

«Cosa ne sai tu?» chiede Umberto.

«Non è il primo che vedo.»

«E dove li hai visti gli altri?»

«Sui giornaletti.»

«Chissà com'è baciarsi?»

«Come darsi la mano, credo.»

«Ma cosa dici? Le labbra non sono mica le mani. Sono più molli. Dev'essere tutta un'altra cosa. Proviamo?» scherza Umberto per mettere in imbarazzo il fratello.

Franco lo guarda storto: «Ma sei pazzo?».

«Dài, non lo diciamo a nessuno. È solo per vedere che effetto fa. Resterà un nostro segreto. Tu fai la Norma e io Giulio» propone Umberto posando una mano sulla spalla del fratello.

Franco la schiva come se fosse sporca di fango: «Tu hai preso troppo sole al fiume...».

«Aspetta, dove vai?»

Si rincorrono, imbucano il portone del 46, ma vengono fermati quasi subito da Benito che ha la faccia scura di un temporale: «Vigliacchi! Lo so cosa vuol dire *Caille* in francese! Vuol dire quaglia, come *quàia*! Non avete mai smesso di chiamarmi merda! Vigliacchi!».

Quando Benito ha gli occhi così spiritati e i fili della rabbia scoperti, la cosa migliore è mettersi a correre. Infatti i fratelli Panini sfrecciano su e giù per il cortile urlando e minacciandosi.

Si fermano solo davanti alla ruota della bici del padre: «*Aitt!*».

Al terzo piano, Olga avverte Edda, Maria e Veronica che stanno apparecchiando la tavola: «*L'è arivèe vòster pèder...*».

Le sorelle hanno steso la tovaglia più bella e tirato fuori il servizio buono. È una serata speciale: Antonio ha invitato a cena il colonnello Borsotti, suo superiore all'Accademia Militare, che ha più volte declinato per gli impegni di lavoro, ma questa sera, finalmente, ha concesso l'onore.

Il capofamiglia vuole fare una bella figura perciò chiama a rapporto i figli ed elenca le cose da fare e da non fare, puntando lo sguardo soprattutto su Umberto, Benito e Franco, i più a rischio.

Per Giuseppe ha una missione speciale: «A un certo punto della cena, quando finiamo il vino, ti dirò di scendere in cantina a prenderne dell'altro. Tu vai da Iattici, l'oste, e compri un paio di bottiglie. Così facciamo vedere che abbiamo una cantina ben fornita e non siamo dei poveracci».

Tutto scivola via senza intoppi, per la soddisfazione di Antonio che sorride più del solito, visibilmente fiero. Olga, che si tiene sempre informata e legge i giornali, discute con spigliata disinvoltura della guerra e delle prospettive dell'Italia. I ragazzi e le ragazze raccontano le esperienze di scuola e di lavoro.

Il militare si complimenta apertamente per "la bella famiglia" e, con maggior trasporto, per i tortellini della Casarèina che, dopo vent'anni, tira la pastella a regola d'arte, senza buchi.

Il colonnello Borsotti sembra nato per dare ordini, è una specie di macchina da comando: ha un'altezza energica che intimidisce, un vocione da tenore e uno sguardo penetrante come una coltellata, reso inquietante da un curioso tic. Ogni trenta secondi, più o meno, spalanca gli occhi all'improvviso, come se avvertisse la puntura di uno spillone. Lampeggia come un faro.

La cosa rischia di creare un incidente diplomatico perché Franco e Benito, a un certo punto, cominciano a guardarsi allo stesso modo. Il papà li fulmina con un'occhiata e il pericolo si spegne.

Gran bevitore, il colonnello. Motivo per cui la recita concordata cade prima ancora che sbarchino in tavola i secondi.

«Peppino, va' in cantèina a tór dal vèin!» ordina Antonio.

«Sì, papà» obbedisce Giuseppe che si alza da tavola ed esce dalla stanza.

Si riaffaccia con un dubbio pochi secondi dopo: «Ma da Iattici pago o faccio segnare?».

In sidecar a Viserba

«Olga, preparati che ti porto al mare sul sidecar.»

La moglie lo guarda come si guarda un ubriaco.

Norma è già a Viserba. Nel pomeriggio gareggerà negli 800 metri piani, validi per i campionati regionali di atletica leggera. L'idea di Antonio, raggiungerla per fare il tifo, è anche il pretesto per una gita d'altri tempi. Solo loro due, marito e moglie, a una ventina d'anni e otto figli dal fidanzamento e dalla foto sulla panchina di legno.

«E i ragazzi?» chiede subito Olga che, appena prova a considerare seriamente la follia, si ritrova assalita da uno sciame di dubbi.

«Sono grandi abbastanza per sopravvivere un giorno da soli. Veronica è una donna, ormai.»

«E se ci succede qualcosa?»

«Ma cosa ci deve succedere? Non attraversiamo mica l'oceano, Olga. Solo centocinquanta chilometri di pianura.»

Alla fine la Casarèina, al prezzo di mille ansie, si lascia convincere, spinta anche dai figli che intravedono la prospettiva di una splendida domenica primaverile di assoluta libertà.

«Preparo un boccone da portar via.»

«Non prepari niente» ordina il marito. «Pranzeremo in trattoria. Un giorno da signori ce lo possiamo permettere.»

È il sidecar di una Saroléa, moto di fabbricazione belga, alimentata a gasogeno, con un dispositivo a carbonella costruito dallo stesso Antonio.

I figli si raccolgono nella corte per assistere alla grande partenza.

Olga li riempie di raccomandazioni prima di entrare nel suo guscio da viaggio. Indossa un casco di pelle marrone, occhialoni da moto gialli e una sciarpa bianca avvitata al collo. Antonio sembra alla guida di un Bleriot, è tornato l'aviatore che è stato, lo stesso fascinoso sorriso, lo stesso spirito sfrontato e negli occhi l'eccitazione dell'avventura. All'esterno della fusoliera non c'è una mitragliatrice, ma la donna della sua vita.

Mette in moto la Saroléa, fa urlare il motore, sussurra: «Vivo solo per te».

«Sogno solo te» risponde Olga.

Le parole d'ordine di una vita.

Bologna, Imola, Forlì, Cesena... Volano verso il loro passato più che incontro al mare. Scavalcano le brutture del Pallamaglio, la paura della fame, il dolore di tante gravidanze, di due figli persi e, mentre si parlano urlando, per superare il rombo del motore, con l'aria fresca che sbatte in faccia, si ritrovano fidanzati come un tempo, innamorati, metà imperfette in attesa di completarsi, latte prima del burro.

«Quando volavo in guerra, cercavo in cielo le nuvole che più ti assomigliavano!» urla lui.

«*Tsè un ciocapiàt!*» lo stronca lei, come la prima volta, al ballo delle pannocchie.

«Ti ho mai raccontato del Barone Rosso?»

«Mille volte. Raccontami della vipera che ti ha fatto scappare fino al Piave.»

Sbarcata dal sidecar, Olga ritrova d'incanto l'apprensione di madre e va a spedire un telegramma a casa per avvertire i figli che il viaggio è andato bene. Come fosse arrivata in America.

Norma parte piano. Dopo il primo giro di pista, ha solo due avversarie alle spalle. Il gruppo di testa è staccato di una decina di metri.

Antonio, seduto sulla tribuna di legno, sorride nervoso, mordendosi l'unghia di un pollice: «Lo sapevo. O ti sposi o corri...».

«Cosa c'entra, scusa?» chiede Olga.

«C'entra perché è sempre a spasso con Giulio e si allena molto meno di prima. Tutto qui.»

«Quindi, secondo te, le ragazze in testa sono tutte senza fidanzato» lo provoca la moglie.

Norma annulla il distacco lungo il rettilineo opposto alla tribuna con una progressione potente e rimonta il gruppo durante l'ultima curva.

Antonio si alza in piedi e urla: «Vola! Vola! Vola!».

Lo sprint finale di Norma è irresistibile, lo spettacolo di una falcata elegante e leggera. Rimbalza sulla pista come un sasso sull'acqua e taglia il traguardo per prima a braccia alzate, sorridente, senza trasmettere la minima sensazione di fatica.

Solleva i pugni al cielo anche Antonio, raggiante: «Ha vinto! Ha vinto!».

Abbraccia la moglie che non gli risparmia la frecciata: «E Giulio? Allora non è uno sciupacampionesse...».

«Cosa c'entra Giulio? Non l'ha ancora sposata. Per ora si chiama Panini. Ha vinto una Panini!»

Norma ha conquistato il titolo regionale juniores degli 800 metri con un tempo notevole: 2'50. Il record italiano è di 2'36. Riceve la medaglia dalle mani di Ondina Valla, la campionessa bolognese che ha vinto l'oro degli 80 metri ostacoli all'Olimpiade di Berlino, davanti a Hitler.

Una gioia in più in una giornata così bella da fare paura.

Infatti una sensazione strana, indefinita, ma nello stesso tempo nitida, accompagna Olga per tutto il viaggio di ritorno, mentre osserva i pioppi che sfrecciano al suo fianco, come se quella felicità al limite della perfezione l'avesse spinta un'altra volta troppo vicino al sole, come se avesse tirato troppo la pastella sul tagliere.

Usate sempre la testa

È la mattina di Ferragosto del 1941. Antonio e Olga stanno camminando verso la chiesa di Sant'Agostino per la messa. Lei, per la prima volta, legge sul viso scavato del marito il marchio della malattia. Quasi una rivelazione. Le esplode in testa l'immagine della parola FINE cesellata con tanta cura nella lettera del 1920. Lui interpreta bene lo sguardo spaventato della moglie e le sorride stanco come per darle una conferma: purtroppo è così.

Con un simile sorriso muto, pochi mesi dopo, prima di abbandonarsi al sonno della morfina per l'ultima volta, Antonio le fa capire: «Vivo solo per te». E Olga, tenendogli la mano, lo capisce bene perché sillaba: «Sogno solo te».

Antonio ha fatto appena in tempo a diventare nonno. Un mese prima è nata Maria Giulia, la primogenita di Norma. Ai figli ha lasciato una raccomandazione che ricorderanno più delle altre: «La testa. Usate sempre la testa e non sarete mai servi di nessuno».

Ha trattenuto Giuseppe qualche minuto in più: «Quando scattano i sedici anni, ti dovranno dare l'aumento. Ricordatelo». E poi: «Da stasera a cena ti siedi a capotavola».

Ulcera. La bugia buona dell'epoca per non nominare il cancro che gli ha divorato lo stomaco.

Antonio Panini si spegne il 9 novembre 1941, a quarantaquattro anni, in una mattinata grigia che piove gocce affilate come spilli. Olga è una vedova di quarantun anni con otto figli.

Benito ha scoperti anche i nervi del dolore. Si butta a terra, piange, picchia i pugni sulle piastrelle urlando parolacce da uomo: «*Brotta impestèda vàca!*».

Umberto, quello che scherza sempre, lo tira su e restano abbracciati a lungo al centro della stanza, ognuno piange sulla spalla dell'altro. Poi si unisce Franco e infine Giuseppe, che sente il dovere di non mostrare lacrime e le manda giù da dentro.

La torre del Panaro si è riformata rasoterra. I quattro Panini sono ancora uniti, abbracciati, stretti come le dita di una mano, anche nella disperazione.

È il giorno del sedicesimo compleanno di Giuseppe, che riceve in dono dal dolore la responsabilità della famiglia: è lui ora il più anziano dei maschi.

Con i soldi del primo stipendio paga di tasca sua le spese del funerale.

Per una tromba

«L'hai portata la tromba?» chiede il caporeparto.

«Eccola» risponde Giuseppe mostrando la custodia.

«Preparati che sta arrivando.»

Sta arrivando il segretario generale del Partito fascista in visita alle Officine Costruzioni Industriali dove da un paio d'anni si produce il rivoluzionario Trattore Fiat 40 Boghetto, cingolato, che può essere alimentato con diversi tipi di carburante: petrolio, gasolio, gasogeno, benzina, metano... Nel '29 gli Agnelli hanno spostato da Torino a Modena la produzione di macchine agricole, anche perché qui ci sono le acciaierie Orsi e una scuola di avviamento professionale che prepara manodopera specializzata molto affidabile. Non c'è un altro luogo in Italia dove sia più stretto il legame tra campi e motori.

Già nel '32 è stato messo in produzione il Fiat 700C, primo trattore a cingoli d'Europa.

Giuseppe apre la custodia della tromba e sbianca: «Nooo...».

«No cosa?» domanda il collega.

«Manca il bocchino.»

«Non puoi suonare senza?» chiede il caporeparto.

«No che non posso.»

«E allora vola a casa a prenderlo!» ordina il superiore, che ha il naso schiacciato di un pugile.

«Non faccio in tempo...» obietta Peppino.

«Vola!» ribadisce il caporeparto. «Vuoi farti licenziare anche qui? Come alla Ferrari...»

È l'ultima cosa che può permettersi con un padre morto, una madre che non lavora e sette fratelli. Si muove per recuperare il giaccone, ma il pugile gli sbarra la strada: «Vola, Panini!».

Giuseppe inforca la bici e pedala come non ha mai pedalato in vita sua, con solo una maglietta a maniche corte addosso. In fondo a via Cialdini, lunga come una coltellata, il gelo di gennaio gli ha già ghiacciato il sudore addosso. Svolta in via Storchi, scivola in Rua Muro, smonta in corsa con i capelli umidi di nebbia, s'ingoia i settantadue scalini a tre a tre, in apnea. Entra in casa con la foga e la disperazione di un naufrago.

«Cosa è successo?» chiede Olga preoccupata.

«Il bocchino!» spiega Giuseppe. «Ho perso il bocchino della tromba. Devo ritrovarlo subito!»

Franco, Umberto e Edda si uniscono alle ricerche.

È Umberto a ritrovarlo: «Ce l'ha Morro!».

Morro è il gatto della signora Gozzi, la vicina di casa, che passa le giornate sul davanzale della finestra dei Panini. Come diceva Antonio: «Anche lui, come tanti cristiani, ha capito che da noi qualcosa da mangiare trova sempre».

Un giorno Franco gli ha tirato uno scherzo finito male. Gli ha tuonato in un timpano con la tromba del fratello mentre dormiva sul davanzale. Il povero gatto ha fatto un balzo di terrore a pelo dritto ed è precipitato per tre piani.

Uèllas si è lanciato giù dalle scale per soccorrerlo, scosso dal rimorso, ma non l'ha trovato. Sparito. Morro si è ripresentato quattro giorni più tardi zoppicando, tutto sciancato e, con molta fatica, ha riguadagnato il davanzale della finestra. Evidentemente il furto del bocchino è stata una specie di vendetta del gatto o una strategia di prevenzione: ha silenziato la tromba per evitare altri bruschi risvegli.

Giuseppe torna a pedalare a tutta e arriva in via Razzaboni ancora più sudato di prima. L'auto del segretario regionale, scortata da due Guzzi Alce della Milizia Stradale, sta varcando il cancello della O.C.I.

Peppino la supera, sdraia la bici e corre a recuperare la sua tromba. I vertici aziendali sono già schierati all'ingresso della fabbrica per accogliere l'ospite. Con l'ultimo scatto, Giuseppe raggiunge il drappello, appena in tempo per soffiare nella tromba le prime note di benvenuto.

Alla sera, durante la cena, mentre sta raccontando ai fratelli la visita del segretario che si è complimentato con una stretta di mano, avverte i primi brividi della febbre. Trascorre la notte tossendo. La mattina seguente non riesce ad alzarsi dal letto. Una settimana più tardi il dottore gli diagnostica una pleurite. Lo ricoverano nel sanatorio di Montecatone, a Imola. Per sei mesi.

Le patate di Benito

Benito ha trovato un lavoretto da garzone in una drogheria. Questa piccola occupazione, e il fatto di essere il maschio più anziano della famiglia, in assenza di Giuseppe, lo fanno sentire in diritto di dare ancora più sfogo alle emozioni. O forse, più semplicemente, il dolore fresco e feroce di orfano incendia ancora una volta i suoi nervi scoperti. Ha tredici anni.

«Patate, patate, sempre patate!» urla. «È da mesi che mangiamo solo patate! Come faccio a stare in piedi? Oggi devo lavorare!»

«*Aitt!*» tuona Olga riprendendo l'urlo di battaglia di Antonio e indirettamente la sua autorità. «Mangia come i tuoi fratelli e stai zitto!»

Tullio fissa le patate nel piatto, come se volesse incenerirle. I fratelli osservano lui come si osserva una miccia che si sta accorciando.

Esplode.

Afferra il piatto e fa volare le patate in mezzo alla stanza: «*Brotta impestèda vàca!*».

Ci fosse stato Giuseppe, sicuramente si sarebbe alzato, avrebbe preso il fratello per un orecchio e lo avrebbe costretto a raccogliere tutto. Ora invece c'è uno stallo silenzioso. Olga non dice nulla. Osservano tutti il mucchietto di patate bollite sul pavimento che sembra sterco di cavallo.

Il primo a reagire è Umberto che, con il solito istinto da mediatore, si alza con il piatto in mano per raccogliere le patate.

Olga, con tono pacato, ma risoluto, lo blocca: «Lasciate tutto com'è. Quando avrà fame, mangerà».

Benito si alza di scatto facendo cadere la sedia alle sue spalle, ed esce di casa farfugliando altre imprecazioni in dialetto.

Edda, Maria e Veronica sparecchiano la tavola. Olga si chiude in bagno. Si appoggia con entrambe le mani al lavandino davanti allo specchio e, per la prima volta, deve confessare all'immagine che ha di fronte la paura di non farcela. Antonio e il suo stipendio non ci sono più, Giuseppe resterà per mesi in sanatorio, Norma ha un marito, ma agli altri figli deve pensare lei, in tempo di guerra, con le tessere che razionano il cibo e i ragazzi che crescono nel corpo, nelle esigenze e nelle pretese, senza la guida forte di un padre.

Se la famiglia fosse un aereo, di quelli che guidava Antonio, questo è senz'altro il punto più basso della caduta libera. Con una mano può sfiorare i rami degli alberi, come nel racconto del Barone Rosso.

La Casarèina apre il rubinetto, si sciacqua la faccia con l'acqua gelida, rialza lo sguardo. Vede una donna molto più vecchia dei suoi quarantun anni, ma ora, passato il picco di sconforto, è sicura che quella donna ce la farà a tirare su l'aereo, in un modo o nell'altro. Deve farcela per forza.

Esce dal bagno, stacca dal muro il cappotto nero, si appunta al petto la medaglia di "madre di famiglia numerosa", quella con il nastrino verde e gli otto fiocchi bianchi, si copre la testa con un foulard e avvisa: «Resto fuori un'oretta».

Benito rientra una ventina di minuti più tardi. Un fantasma che fosse passato attraverso i muri, senza la consistenza di un corpo, avrebbe suscitato la stessa attenzione. Le ragazze continuano a rigovernare, Franco sta leggendo sdraiato a letto e sillaba sottovoce le parole. Umberto, seduto a tavola, sta disegnando qualcosa che ha a che fare con un corso d'acqua.

Le patate sono ancora sul pavimento.

Benito si siede a terra con le gambe incrociate e le mangia una a una, con gli occhi lucidi.

Olga cammina a passo spedito fino a piazza Grande, poi, attraverso via Farini, raggiunge piazza Roma e il Palazzo Ducale, sede dell'Accademia Militare. Il sole pallido del primo pomeriggio è rimbalzato contro il gelo di gennaio senza scalfirlo.

«Buongiorno, devo parlare con il colonnello Borsotti» annuncia al soldato di guardia in portineria.

«La sta aspettando?» chiede la guardia.

«No, ma mi conosce» risponde Olga. «Mio marito lavorava qui, alle sue dipendenze. Si occupava delle caldaie. Sono la moglie di Antonio Panini.»

Dice "moglie" per scelta, non per errore.

Una giovane recluta guida la signora Panini attraverso il Cortile d'Onore, poi lungo la scalinata che introduce al Loggione, presidiato da imponenti statue romane, e alla teoria di stanze occupate dai vertici militari.

È gentile e commossa l'accoglienza del colonnello: «È stato tutto così veloce...».

S'informa sulla salute dei figli, chiede se in qualche modo può rendersi utile.

Olga, che si è seduta sulla poltrona davanti alla scrivania del militare, con il cappotto sulle gambe, mostra la medaglia con la quercia, la "M" di Mussolini, e va dritta al punto: «Io le culle le ho riempite. Ora dovete aiutarmi a sfamare chi c'era dentro».

Il colonnello Borsotti spalanca gli occhi. Lampeggia il tic del faro.

Il viaggio di Edda

Edda osserva la campagna morta di febbraio con la fronte appoggiata al finestrino del treno. Le piace riempirsi gli occhi di cose nuove, mai viste. È un po' come sognare. A quattordici anni, non le è capitato spesso di viaggiare. Malgrado la divertente novità, però, il procedere lento e regolare della littorina la cullano fino al sonno.

Si sveglia di soprassalto per il chiacchiericcio dei passeggeri che salgono sui vagoni.

«Siamo a Bologna?» chiede preoccupata. «Oh, mio Dio, devo scendere...»

Recupera in tutta fretta due borsoni che complicano la discesa dal treno: «Permesso... permesso... scusate...».

All'esterno della stazione, Edda chiede informazioni e individua la corriera che la trasporterà a Imola. Qui deve rassegnarsi: non c'è alternativa alle scarpe per percorrere i quattro chilometri che la separano dal sanatorio, lungo lo stradello di Montecatone. Quattro chilometri che sembreranno dieci con la zavorra di quei borsoni, in un nebbione così fitto che pare di sbatterci la testa contro.

La più giovane delle sorelle Panini s'incammina.

La fatica però viene compensata subito dalla vista del fratello.

Giuseppe è ancora pallido, ma ha ripreso carne e fiato. Non ha più bisogno di riempire un discorso di pause per portarlo a termine e anche il tono della voce è di nuovo rotondo, da Vècio... È tornato il vero Peppino, verrebbe da dire. Sta molto meglio di quanto si aspettasse Edda. E i medici glielo confermano: la convalescenza procede senza intoppi, anzi, più rapida del previsto. Salvo imprevisti, a primavera tornerà a casa con polmoni nuovi di zecca.

Anche l'umore di Giuseppe è alto. Immerge le braccia nei borsoni e si lancia alla scoperta delle sorprese come un bambino la mattina di Natale. Trova soprattutto biancheria, indumenti e cibo: dolci, biscotti...

«Ma quanta roba mi ha dato da mangiare?» sorride il Vècio. «Di' alla mamma che qui mi trattano da signore. Avanzo sempre qualcosa nel piatto.»

"Beato te..." vorrebbe commentare Edda e raccontargli delle patate di Benito, ma naturalmente evita di accennare alle difficoltà di casa.

«Questo è il regalo delle sorelle» annuncia mettendogli in mano un libro.

Giuseppe spalanca gli occhi più del colonnello Borsotti e lo sfoglia con una curiosità vorace: «Togo! Ci sono tutti gli aerei del mondo! È fantastico...».

«L'ha trovato Giulio in una libreria di Bologna e l'ha portato alla Norma per te» lo informa la sorella.

«Ringrazialo allora. Come sta la mia nipotina?»

«Meglio di noi. Mangia e dorme. E questo invece è il regalo dei fratelli.»

Sono tre giornaletti di enigmistica, grande passione di Giuseppe.

«L'idea è venuta a Franco» racconta Edda. «Sai che il conte Maffioli è un maniaco delle parole crociate. Franco gli ha chiesto il piacere di farle a matita e poi di passargliele per te. Il conte è stato davvero carino. Gliele ha fatte avere già cancellate, così adesso puoi rifarle. Ti saluta e ti manda gli auguri.»

«Uèllas è un genio» sorride Giuseppe. «Qui dentro il tempo non passa neanche a spingerlo. L'enigmistica è quel che ci vuole.»

Ma il regalo che lo emoziona di più è il disegno che gli ha fatto Umberto: la torre del Panaro. Non la solita. Giuseppe, ben piantato a gambe larghe in mezzo al fiume, tiene sulle spalle papà Antonio, che tiene sulle spalle mamma Olga, che tiene sulle spalle Veronica, che tiene sulle spalle Norma, che tiene sulle spalle Maria, che tiene sulle spalle Edda, che tiene sulle spalle Benito, che tiene sulle spalle Umberto, che tiene sulle spalle Franco... Ci sono tutti!

Una torre di dieci Panini, uno sopra l'altro, con la domanda tra virgolette "Chi comanda?" e la risposta scritta in grande con dieci punti esclamativi: "I Panini!!!!!!!!!!". Un punto esclamativo per ciascuno di loro.

Sul retro del foglio ogni fratello ha autografato un augurio per il Vècio. Uniti anche da lontano.

Edda, alleggerita dal peso dei borsoni e ancora di più dai progressi di Giuseppe, s'incammina verso la stazione delle corriere. Viene affiancata da un'automobile.

Un uomo elegante, in giacca e cravatta, chiede dal finestrino: «Se va in paese posso darle un passaggio, signorina. Sono di strada».

«Molto gentile, grazie» accetta Edda. «Mi risparmio volentieri qualche chilometro a piedi.»

«Era in visita a qualche parente?»

«Sì, mio fratello. Per fortuna sta guarendo» risponde la Panini. «Lei?»

«Mio figlio. Ma non è in questo ospedale. Come forse saprà, a Montecatone ci sono tre sanatori: uno per gli uomini, uno per le donne e uno per i militari. Mio figlio è un soldato.»

«Sta meglio?» domanda Edda.

«Credo di averlo visto per l'ultima volta» spiega l'uomo con un sorriso delicato.

Edda dice: «Ma...» e si ferma.

«Quando li portano a Montecatone, significa che non c'è più niente da fare. Lo sanno tutti. Spesso non li riportano neppure a casa. Si fermano qui. Vede, signorina?» l'uomo indica il cimitero militare dalla parte di Edda.

Oltre un cancelletto di ferro, si riconoscono le lapidi bianche che scalano una collinetta verde come un esercito di granchi.

Da Bologna a Modena, con la fronte appoggiata al finestrino, Edda non fa che pensare alla serenità assurda dell'automobilista gentile che sta per perdere un figlio, un ragazzo che aveva poco più dei suoi anni e la vita davanti, come lei. La guerra lo ha ucciso senza sparare, strappandogli il respiro dai polmoni.

Umberto tra le donne

Nell'estate del '42, come aveva auspicato Olga davanti allo specchio, il biplano della famiglia Panini riprende quota dopo aver sfiorato gli alberi.

Rientrano in casa due stipendi regolari e consistenti. La vedova Panini è stata assunta all'Accademia Militare con mansioni di sarta e tuttofare. Giuseppe, tornato in primavera dal sanatorio di Montecatone, riprende il posto di lavoro all'O.C.I. e di guida nell'appartamento in Rua Muro.

Alla sera Benito, Umberto e Franco si siedono su una panchetta di legno, ai piedi del letto, e lo ascoltano, come un tempo ascoltavano il padre. Giuseppe ha ereditato da Antonio la magia dell'incantatore, racconta storie di fabbrica, stranezze di Modena, episodi di guerra, inventa e gonfia per sbalordire, recita barzellette, propone giochi di enigmistica. Qualcuno, prima o poi, pretende sempre un duello nei cieli tra Antonio e il Barone Rosso. I più giovani pendono dal carisma del fratello maggiore, le sorelle più grandi gli riconoscono il ruolo di uomo di casa: il Vècio è la vera colla dei Panini.

Ma tutti hanno dato un contributo determinante per riportare in quota il biplano di famiglia. Edda, per esempio, la più piccola, è diventata la vera *rezdóra*. Ora che Olga passa la giornata all'Accademia Militare, si occupa della casa, della spesa, dei pasti. Ha imparato a fare miracoli. Con un finocchio riesce a sfamare otto bocche. Mette l'acqua sul fuoco, ci butta dentro una manciata di fagioli e tutto quel che trova in cucina. Danza in equilibrio sulle ristrettezze, ma Benito è molto più tranquillo perché il lungo inverno delle patate con patate sembra finito. Veronica ogni tanto porta a casa dei bei pezzi di manzo.

La sorella maggiore ha trovato un buon impiego come segretaria nello studio legale Guidelli e anche il modo per arrotondare dopo le ore d'ufficio. Ha conosciuto un tale che macella la carne clandestinamente fuori città. Sa usare bene il coltello, molto meno i numeri. Veronica lo raggiunge in bici a Villanova, in un casotto di legno in mezzo ai campi. Lo aiuta a pesare i tagli e a far di conto. In cambio riceve qualche pezzo di manzo che accartoccia e nasconde nella borsa, poi si toglie le scarpe, per pedalare meglio sulla strada sterrata del ritorno, protetta dal buio, nelle ore del coprifuoco.

Anche Umberto si dà parecchio da fare.

Di giorno segue le lezioni di avviamento professionale all'Istituto Fermo Corni, di sera quelle di disegno all'Istituto di Belle Arti Adolfo Venturi. È stato don Manzini a spingerlo sulla strada della pittura. Ha visto certi disegni tracciati dal ragazzo all'oratorio Sant'Agostino e ha deciso che tanto talento andava assecondato. Ha scritto una breve raccomandazione su un foglietto di carta e l'ha consegnata a Umberto: «Portala al preside delle Belle Arti che è un mio amico».

Mentre cammina lento verso piazza San Domenico, legge e rilegge la frase sul biglietto: "Ti mando questo rampollo che ha la mano felice".

Non ci piove che siano parole di apprezzamento per le sue qualità e un pensiero gentile del parroco per agevolargli l'ingresso alle Belle Arti. Don Manzini gli vuole bene e lui frequenta volentieri l'oratorio, ma quella parola sconosciuta, "rampollo", non lo convince. Più la ripete e meno gli torna.

Le due ultime sillabe, così riconoscibili, trasmettono l'idea di un ragazzo che vorrebbe tanto volare, ma proprio non ce la fa. Come le galline.

Comunque lo prendono all'accademia artistica e i suoi lavori vengono apprezzati: nature morte, copie di modelli, ritratti, disegni geometrici. Ma Umberto si diverte molto di più quando, d'estate, inforca la bicicletta e raggiunge l'officina di zio Luca, a Pozza di Maranello, la stessa in cui aveva lavorato suo padre.

Lo zio si è specializzato nella costruzione di cucine a basso prezzo. Umberto può finalmente mettere in pratica ciò che ha imparato all'Istituto Corni. Si esercita a saldare, a martellare, a battere il ferro. Ha la conferma che le sue mani non sono nate per dipingere, ma per sporcarsi, per impugnare oggetti, per aggiustare, per ricavare dal ferro ciò che prima non c'era. Mentre dà forma a tubi e piastre, prende forma anche il suo futuro. È come se lo vedesse smontare da un treno e venirgli incontro, sempre più riconoscibile, lungo una banchina affollata.

E poi zio Luca è burbero, ma gli vuole bene, lo riempie di consigli, lo sfida a eseguire lavori sempre più complessi. Un secondo padre. Pedalare ogni giorno per quei diciassette chilometri che un tempo percorreva il primo padre, quello scomparso, è anche un modo per stargli vicino.

In quest'estate del '42 Umberto va anche in vacanza. Lo scelgono tra tutti i balilla del quartiere per fare il trombettiere al campeggio femminile della GIL, la Gioventù Italiana del Littorio, alle Piane di Mocogno, sull'Appennino modenese. Umberto suona bene la tromba, ha imparato da Giuseppe, ma non si diverte come alla colonia sul Panaro, perché non ci sono i suoi fratelli. Anzi, non ci sono proprio maschi: solo femmine, molto più grandi di lui, che lo trattano come una mascotte. Però non è male vederle scattare ogni volta che soffia nella tromba, dalla sveglia del mattino al silenzio della sera, passando per l'alzabandiera: «Saluto al duce! Viva il duce! Saluto al re! Viva il re!».

Lo mettono a dormire nella baracca dei generi alimentari. Sogna come una volpe in un pollaio, tra sacchi di pasta, scatole di pomodori e cassette di frutta. E ogni volta che torna a casa s'infila qualcosa nello zaino, per la gioia di Tullio.

Tutti si danno da fare in famiglia per riportare in quota il biplano Panini. Maria Luisa lavora ora nel negozio di maglieria di Gina Pelati e perfino Franco, che ha undici anni, ha trovato modo di guadagnare qualche lira come garzone all'edicola di corso Canalchiaro. In realtà pagherebbe lui per farsi circondare ogni giorno da giornali e giornaletti. Si sente in un magico castello di carta. Anche il suo futuro è smontato dal treno e sta venendogli incontro, facendosi largo lungo una banchina affollata.

Dal primo agosto il Partito ha ridotto a quattro le pagine dei quotidiani. Sulla prima che sta studiando Franco c'è una foto del Duce in costume, a mollo nel mare di Riccione. L'acqua gli arriva alla pancia. Ha le mani sui fianchi, come usa quando si affaccia al balcone, ma qui sorride e sembra spensierato. Alle sue spalle si riconosce un pattino dei Bagni Anna Maria. Il giornale non dice che Claretta Petacci lo aspetta al Grand Hotel di Rimini e che le cose in Russia non si stanno mettendo bene.

Saluto al re! Viva il re!

Un anno più tardi Umberto Panini viene chiamato ancora dalla Patria a svolgere le mansioni di trombettiere in un campeggio femminile della GIL, questa volta a Montese. Le ragazze provengono in gran parte da famiglie benestanti di Bologna. Gli sembrano più belle di quelle dell'anno prima. Comunque, il giovane Panini, tredici anni, continua a non rappresentare un'insidia, se non per le scatole di pasta della cambusa.

Una mattina di fine luglio 1943, Umberto si alza dal letto, pronto a dare la sveglia al campo, come da programma, e si accorge immediatamente di qualcosa di strano nell'aria, qualcosa di elettrico.

Le ragazze sono in piedi da tempo, ma tardano a uscire dal dormitorio. Intuisce agitazione al di là dei vetri, sbircia zaini gonfi sulle brande. Deve ricorrere a un secondo squillo di tromba per convocarle all'alzabandiera. Il comandante del campo è un militare basso e robusto che non sopporta i ritardi e il disordine. Strano che non sia ancora intervenuto con il suo mitico fischietto. Le ragazze lo chiamano così, Fischietto, proprio perché attraversa la giornata come fosse al centro di un incrocio stradale, un fischio dietro l'altro, un ordine dopo l'altro. E, in fondo, a un fischietto ci assomiglia pure: piccolo, compatto, lucido anche sul cranio.

Wanda, una ragazza bionda di Zola Pedrosa che canta come

Nilla Pizzi, la sua preferita al campeggio, lo avverte sottovoce: «Preparati a scappare...».

«Da chi?»

Ma Wanda corre con le compagne ad allinearsi davanti alla bandiera tricolore.

Dagli alberi del bosco spuntano montanari barbuti, dalle braccia robuste, che guidano i loro scarponi pesanti tra le baracche. Ombre che hanno preso corpo entrando nella luce del mattino.

Il comandante del campo, che ogni giorno ha accompagnato l'ascesa del tricolore al grido di "Saluto al duce! Viva il duce! Saluto al re! Viva il re!", questa mattina dimezza il cerimoniale: «Saluto al re! Viva il re!».

Il Duce è stato arrestato a Roma. Il fascismo è caduto.

In poche ore il campeggio si svuota. Piombano da Bologna eleganti automobili che si portano via le ragazze. Sparisce anche Fischietto. Umberto resta fastidiosamente solo al centro di un cerchio di sguardi ostili, con la tromba in pugno. Una Little Big Horn di montanari emiliani.

Vorrebbe spogliarsi, gettare la tromba in un cespuglio e mettersi a correre. Si limita a togliersi il berretto da balilla e s'incammina verso il paese con tutta la disinvoltura di cui dispone, nella speranza di non essere fermato o colpito da una freccia alle spalle.

Prende la corriera per Modena e va a sedersi all'ultimo posto in fondo, quello più laterale, si schiaccia al finestrino, cerca di nascondere il più possibile la camicia nera e i calzoncini grigio-verdi da regime.

Rientra a casa attraversando strade deserte. Si accorge quasi subito dell'alone alla parete. Olga ha rimosso il diploma littorio di "madre di famiglia numerosa".

È finito in fondo a un baule, in cantina, dove sono conservati anche gli occhialoni da moto di Antonio, il berretto di pelle della gita a Viserba e le sue lettere d'amore.

Braccati dai nazisti

Due camionette Kübelwagen frenano bruscamente sull'aia della fattoria Castaldini a Campogalliano, sollevando un polverone. Quattro soldati con l'elmetto, armati di mitragliette MP40, saltano a terra prima ancora che le ruote si siano fermate.

Due si dirigono di corsa verso la casa, due verso le stalle e il fienile.

Al centro della corte sono fermi il capofamiglia, Ermete Castaldini, suo fratello Alberto e un paio di contadini che si tolgono il cappello come fossero appena entrati in chiesa. Vengono raggiunti dalla moglie di Castaldini, che ha in braccio un bimbo di un paio di anni, da una ragazza e una donna anziana, incalzate dai due nazisti.

Altri due soldati, sbucati dalla stalla, spingono a manate tre uomini al centro della corte urlando ordini in tedesco per sollecitare un passo più veloce.

Solo allora gli ufficiali, che sedevano accanto agli autisti, smontano dalle Kübelwagen.

«Buongiono signori» saluta il più alto in un italiano spigoloso, da caricatura.

«Buongiorno» risponde Ermete Castaldini.

«Complimenti davvero. Un bel bambino, già forte come un soldato, e una fanciulla bellissima, che assomiglia alla divina Clara Calamai. È la mia attrice preferita.»

Il secondo ufficiale, che ha il labbro inferiore straziato da una cicatrice, fa eco al sorriso del superiore.

Nessuno degli italiani risponde. La ragazza, Adele, che ha vent'anni e lineamenti dolci, tiene gli occhi bassi.

Il tedesco, con un cenno, rimanda i quattro soldati in perlustrazione nella fattoria e riprende: «Volevo sapere se per caso negli ultimi giorni avete incontrato qualche soldato alleato da queste parti? Inglese, francese...».

«Nessuno» risponde secco Castaldini, che ha un volto da corteccia d'albero, rugoso e impenetrabile.

«Sicuro? Pensaci bene» insiste l'ufficiale alto. «Sono stati segnalati dei paracadutisti in queste zone. Si sono lanciati di notte. Ne abbiamo catturati molti, ma non tutti.»

«Qui non è passato nessuno straniero» assicura il contadino.

«Eppure qualcuno che abita qui vicino giura di avere visto un paio di facce sconosciute nei tuoi campi. Dicono che gli offri rifugio in cambio di una mano a zappare. Sai, gli italiani fanno la gara per venderci buone informazioni.»

«Appunto. O sono bugiardi a caccia di soldi o è gente che ci vuole male» commenta Ermete. «Io fatico a sfamare i miei figli, figuriamoci altre bocche.»

«Se però ti capita in casa un nemico e ce lo consegni, guadagni 1800 lire e ne sfami tanti di figli... Li hai letti i manifesti che abbiamo appeso? Sai della ricompensa?»

«Sì, li ho letti» risponde il contadino. «E spero che un nemico scenda per davvero dal cielo nei miei campi.»

Il tedesco senza labbro intercetta uno sguardo apprensivo di Adele e urla un ordine che attraversa il cortile. Due soldati escono di corsa dalla stalla, uno impugna un forcone e comincia a sondare la montagna di fieno, l'altro sale a perlustrare il granaio.

Il bambino, che la mamma ha messo a terra per riposare le braccia, con uno scatto a sorpresa, raggiunge i tedeschi. Quello più alto lo afferra per una caviglia e lo solleva tenendolo a testa in giù, come un coniglio.

Invece di spaventarsi o piangere, il bimbo gorgoglia una risata. Deve sembrargli un gioco irresistibile il mondo capovolto.

La madre muove un passo per raggiungerlo, il marito la ferma afferrandole un braccio.

«Come si chiama?» chiede il tedesco alto che si porta il viso del bambino a un palmo dal naso.

«Giovanni» risponde il padre.

«E tu?»

«Ermete.»

«Io ti credo, Ermete, perché se i miei soldati trovano qualcosa in questa fattoria Giovanni passa dei brutti guai. E non c'è padre al mondo che metta a rischio la vita di un figlio così piccolo. Giusto?»

«Giusto» conferma il contadino.

I quattro nazisti tornano alle camionette a mani vuote.

«Ci vediamo domani, Ermete. Magari nella notte ti torna in mente qualcosa. Ricordati: 1800 lire. Ciao, Clara Calamai. Signora...» l'ufficiale stende il braccio e apre la mano di colpo.

La madre afferra al volo il figlio che le casca in braccio.

Appena le due Kübelwagen scompaiono dietro la schiena della collina, Adele corre sul granaio, apre la botola nascosta e abbraccia forte Raphael. Lo bacia.

Salta fuori anche il fratello che ordina: «Dobbiamo andarcene subito».

«Io resto» risponde Raphael.

«Vuoi che li fucilino tutti per colpa nostra?» domanda il fratello.

«Trovo un altro rifugio in zona, ma non torno in Belgio» spiega Raphael, che ha riccioli biondi e occhi celesti.

Ha un nome biblico ed è sceso dal cielo con una bellezza superiore. Adele non ha dubbi: un angelo.

I due paracadutisti belgi infilano negli zaini le loro poche cose e passano a salutare i Castaldini, prima di lasciare la fattoria.

«Grazie. Non ho ancora capito perché abbiate rischiato tanto per due sconosciuti» confessa Raphael.

«*Perché l'era la cosa giósta*» risponde Ermete.

I giornali di Franco

«Ehi, ti pago per mettere a posto i giornali, non per leggerli» ricorda l'edicolante. «Per leggerli sei tu che devi pagare me...»

«Subito» si scusa Franco, inginocchiato accanto a una pila di quotidiani.

Li libera dallo spago e li distribuisce sul palchetto dell'edicola di corso Canalchiaro, con grande cura, in modo che siano tutti allineati alla stessa altezza e siano ben visibili le diverse testate.

Scherzava, il signor Pomilio, con quel richiamo apparentemente burbero. In realtà gli piace quel ragazzino dagli occhi svegli, sempre curioso, che, tra un lavoretto e l'altro, passa la giornata a leggere tutto ciò che gli capita a tiro e poi fa un sacco di domande. Ha avuto garzoni che al massimo sbirciavano le notizie sportive.

Franco legge anche quando mangia le tigelle che si porta da casa, seduto su una cassetta di legno.

Se si è messo a studiare i quotidiani in ginocchio, prima ancora di tagliar via lo spago che li tratteneva, è perché la prima pagina parlava di una strage di partigiani sull'Appennino modenese.

All'alba i tedeschi hanno cominciato a bombardare Monchio, Susano e Costrignano. Dalla pianura è salito un serpentone di carri, camionette, cingolati. Dal cielo sono scesi i paracadutisti della divisione corazzata "Hermann Göring". Si sono dati appuntamento come a una fiera di paese e poi hanno cominciato a uccidere casa per casa: centotrentasei morti, sei sotto i dieci anni. Il giornale dice che è stata fatta pulizia dei "traditori" e dei "nemici della Patria". Come si fa a tradire la Patria a cinque anni? Vorrebbe chiederlo al signor Pomilio, ma lascia perdere.

"Traditore", "nemico della Patria", il giornale ha usato le stesse parole, qualche settimana fa, per Arturo Anderlini. E la cosa gli è sembrata ancora più strana perché il signor Anderlini lo conosceva bene. Aveva un bel negozio di occhiali in centro con un piatto di caramelle alla menta sul bancone. Una volta che ha accompagnato la mamma a provare le lenti nuove, gliene ha regalate due da mangiare subito e due da portar via. Quattro. Era gentile l'ottico.

I tedeschi gli hanno sparato al poligono Sacca, in via Cassiani, come fosse un bersaglio o un piccione da tiro a volo. A lui e ad Antonio Paltrinieri di San Felice, che tutti conoscevano come uomo buono e generoso. La loro colpa: avevano aiutato a nascondersi degli ebrei e degli alleati scappati dai campi di prigionia.

Franco ha il terrore di inginocchiarsi una mattina all'alba, prima di andare a scuola, e di leggere il nome di suo fratello Giuseppe sulla prima di un giornale ancora legato con lo spago, perché il Vècio, dopo l'8 settembre, è andato con i partigiani dalle parti di Spezzano, sopra le Salse di Nirano.

Umberto gli ripete di stare tranquillo, che non esiste il minimo pericolo. E quando glielo dice sorride addirittura e scherza alla sua maniera: «Il Vècio si è imboscato tra i nostri parenti, perché se lo prendono i fascisti lo mandano in guerra. Ha l'età buona. Cosa credi? Che sia sulle montagne a sparare? Si nasconde e intanto dà una mano agli zii nell'azienda agricola. Fa il parmigiano più che il partigiano. L'unico rischio che corre è di ingrassare. Tranquillo, Franco».

«Ma Giuseppe dice che sta con i partigiani e ha già sparato.»

«Sì, come papà ha sparato al Barone Rosso.»

Biàtta salda la luna

L'esperienza maturata con lo zio Luca, a Pozza, permette a Umberto di entrare nell'officina del rinomato fabbro Ubaldo Torricelli di Cognento.

«Cosa sai fare?» gli chiede la prima volta il titolare, sollevandosi gli occhialoni sulla fronte.

«Martellare il ferro e saldare» risponde Panini.

«Sai saldare bene? Sicuro?» domanda Torricelli.

«Mi dia cannello, acetilene, ossigeno e le saldo il sole con la luna!»

La sbruffonata è piaciuta al fabbro che, per quella sua virtù di dominare il ferro e il fuoco, è considerato una sorta di filosofo, un intellettuale del paese, e infatti, a fine giornata, molti si ritrovano da lui per chiacchierare e prendere posizione sui temi d'attualità. La bottega del Torricelli, reggiano d'importazione, è la vera piazza di Cognento, una scuola di pensiero.

Anche per questo Umberto ci viene con entusiasmo. Perché si chiacchiera e ci si diverte, ma soprattutto perché il lavoro è molto vario e ogni giorno può imparare qualcosa di nuovo: la stagnatura delle pentole, la riparazione dei motori agricoli, la battitura dei vomeri, le saldature più ardite...

Il suo futuro è avanzato ancora lungo la banchina della stazione e ormai si è reso riconoscibile in modo definitivo. La testa e le mani di Umberto Panini, così intimamente connesse, sono nate per questo: ideare, aggiustare, smontare, rimontare, saldare, stortare, raddrizzare... L'eccitante sensazione, anche nella più umile delle occupazioni, di ricreare il mondo. La più umana delle onnipotenze.

Stavolta, per quanto si agiti e giochi a schivarli, si becca anche lui il suo bravo *scutmài*. I fratelli lo hanno ribattezzato "Biàtta", che sarebbe un cuneo metallico o comunque un arnese da officina, per consacrare la sua irresistibile vocazione per la meccanica.

«Domattina accendi tu la forgia» ordina il Torricelli. «Ti ho lasciato la legna accanto. Buonanotte.»

«D'accordo, capo. Buonanotte» risponde il giovane Panini.

La forgia in genere viene accesa alle otto e mezza e attizzata di continuo durante la giornata, anche se non c'è lavoro da fare. Il fuoco deve restare vivo comunque, come all'Olimpiade.

Umberto tiene per qualche minuto le pinze sulla brace, poi le getta a terra.

Richiama l'attenzione di uno dei due figli del fabbro: «Me le passi per favore?».

Il ragazzo le impugna e le lancia in aria ululando come un lupo, prima di immergere la mano ustionata in una tinozza d'acqua fredda.

«A domani!» saluta Umberto che inforca la bici e pedala a tutta, inseguito da insulti da basso inferno.

Su quella stessa strada che porta a Modena, assiste al primo terribile bombardamento degli alleati sulla città: 14 febbraio 1944. Gli aerei anglo-americani passano una prima volta, sembrano sfumare verso est, invece invertono la rotta, scendono di quota e rovesciano il loro carico di bombe.

Una nuvola nera si allarga come un fumetto dalla bocca della Ghirlandina.

Biàtta la osserva da lontano e pedala nell'angoscia, con il terrore di non trovare più la sua famiglia. Ma Rua Muro è intatta, Olga e i suoi figli sono al sicuro. Stanno bene.

Gli alleati hanno bombardato la stazione e la parte nord della città, dove sono concentrate le fonderie e le industrie siderurgiche. Colpiti anche lo stadio Marzari, il liceo Tassoni, la villa dell'Istituto Corni a porta Sant'Agostino, la Fiat Grandi Motori in via Emilia Ovest, il mattatoio, i depositi Agip, la caserma della Cittadella...

Per arrivare a casa, passa da Sant'Agostino. Don Antonio Cenacchi, il cappellano, sta allineando i cadaveri sul pavimento della chiesa. Sono tutti a bocca aperta, come i cantanti di una corale.

Un castello di carta

L'avvocato Guidelli ha appena lasciato lo studio.

Veronica riordina la sua scrivania di segretaria, lascia in evidenza sotto il telefono un appunto che le servirà l'indomani e si alza con un sospiro di stanchezza. La giornata di lavoro non pretende altro.

Stacca dall'attaccapanni il cappotto verde e si annoda il foulard a fiori sotto la gola. È una serata di vento freddo che promette un Natale di neve.

Ha già la borsetta in mano quando il socio di Guidelli la ferma sulla porta: «Veronica, lo vuoi fare un affare?».

«Anche due» sorride la giovane Panini, sistemandosi il foulard.

«Ascolta. Non so se lo sai, ma l'edicola di corso Duomo è mia» spiega il giovane avvocato che ha una voglia a forma di Sudamerica sulla tempia destra.

«Quella accanto ai portici?» chiede Veronica.

«Quella» conferma l'avvocato. «L'ho ereditata dalla mia donna di servizio, pensa... Ma mi crea più problemi che altro. L'ho data in gestione a un farabutto che è scappato senza pagarmi l'affitto. E per la guerra, purtroppo, sono scappati anche tanti modenesi che prima compravano i giornali. Io non riesco più a starle dietro, ma voi siete in tanti in famiglia. Per voi può essere davvero un buon affare. Prendila tu, Veronica.»

«Per sapere se è un buon affare, bisogna sapere quanto costa» commenta la segretaria.

«Guarda, dammi 3000 lire subito e l'edicola è tua. Mio figlio vuole una bicicletta, così gliela compro. Altre 3000 me le darai con calma, anche a rate.»

Alla sera Veronica riferisce la proposta alla madre che manda a chiamare Giuseppe a Spezzano. Un paio di giorni dopo, i Panini sono tutti riuniti attorno alla tavola per prendere una decisione.

Olga apre il dibattito con un pensiero a favore: «Seimila lire non sono poche di questi tempi, ma un'edicola può essere un buon investimento. Dà lavoro e noi ne abbiamo bisogno».

«Fosse un buon investimento, non la scambierebbero per una bicicletta» sospetta Giuseppe, capotavola.

«Ma lui è solo e non riesce a starle dietro, noi siamo tanti» ribatte Veronica ripetendo le parole dell'avvocato.

«Chi può starle dietro, di noi?» chiede Giuseppe.

«Franco, quando non va a scuola. Gli altri quando possono» risponde Olga. «Io presto avrò le giornate libere. Dopo la guerra, all'Accademia Militare cambierà tutto. Non mi terranno.»

«Non li legge più nessuno i giornali» sostiene Benito.

«Non è vero» ribatte Franco, eccitatissimo all'idea di avere un castello di carta tutto suo. «All'edicola di corso Canalchiaro la gente viene e verrà ancora di più quando non dovrà più leggere solo di guerra e di bombardamenti.»

«Lo penso anch'io» concorda Edda. «In guerra è meglio non sapere cosa accade. Ma presto saremo in pace e la gente correrà a leggere i giornali per scoprire quali nuove possibilità offre il mondo.»

«Lo diceva anche papà del sapone» ricorda il Vècio. «Sembrava che tutti, dopo la guerra, dovessero correre a lavarsi. Poi sappiamo come è andata.»

«Cosa c'entra il sapone?» chiede Franco.

«C'entra. Perché noi *Bigoun* siamo gente di terra e di motori, non da sapone e da giornali» sentenzia Giuseppe con una serietà da adulto che gli sta larga di qualche taglia.

«Anche tuo padre era uno da macchine agricole, ma ha imparato a volare. E vi ha chiesto di usare la testa per sentirvi liberi. Un'edicola non ha padroni.»

La risposta di Olga, pronunciata come una difesa appassionata del marito, vale una sentenza della Cassazione. Si è ricordata di quella mattina gelida, a Pozza, in cui raggiunse Antonio in officina e gli ordinò di trovarsi un lavoro e una casa per la famiglia. Il marito aveva risposto che, se avessero potuto permettersi un'edicola, ci sarebbe stato da fare per tutti. L'idea gli piaceva.

Il voto decisivo perciò è stato di Antonio: i Panini acquisteranno l'edicola di corso Duomo.

SECONDA PARTE

Il seme sotto la neve

La notte del 5 gennaio 1945 a Modena vien giù una gamba di neve, un bianco spugnoso che cancella le forme, arrotonda gli spigoli e fa inchinare gli alberi.

Lungo corso Duomo sfrecciano come locomotive due ragazzi di tredici e quattordici anni che sbuffano nuvole di fiato e di impazienza. Umberto e Franco indossano i cappotti di lana grossa dei fratelli maggiori, cascati troppo in fretta su spalle troppo strette. Ma, senza guanti, con questo gelo, le maniche lunghe danno più conforto che fastidio.

Arrivato per primo in piazza Duomo, Franco allarga le braccia e solleva lo sguardo al cielo.

«*Tirabusciòun?*» chiede Umberto.

«No, sto volando come papà.»

«In che senso?»

«Guarda in su, concentrati solo sui fiocchi e ti sembrerà di salire in cielo.»

«In cielo bombardano.»

«Ma noi voliamo e basta. Giochiamo che la guerra è finita. Arriviamo fino a Rimini e vediamo la neve che si scioglie nel mare. Come si scioglie sulla lingua, guarda...»

Spalanca la bocca e ingoia i grossi fiocchi bianchi che scendono lenti come paracadutisti.

«Vai tu in cielo. Io ho una missione da compiere a terra» annuncia Umberto facendo tintinnare un mazzo di chiavi.

«Anch'io!» esclama Franco che rincorre il fratello fino ai portici di corso Duomo, all'angolo.

I due ragazzi cominciano a correre come indiani attorno a un totem coperto di neve: un chiosco ottagonale, otto ante rettangolari, alte e strette, larghe ottanta centimetri. Ci corrono attorno perché non riescono a capire da dove si entra. Scavano nella neve farinosa, ogni tanto si scaldano le mani soffiandoci sopra o ritirandole nelle maniche del cappotto. Hanno il sorriso di prima sulle labbra. La grotta del tesoro è lì davanti a loro, a portata di mano.

«È qui! Vieni!» urla Franco.

Umberto accorre con le chiavi. Quella giusta è l'ultima del mazzo.

Franco entra e s'illumina: «Non è stupenda?».

Il fratello, che ha un anno di disincanto in più, smorza: «Lo diventerà».

In effetti, per ora, l'edicola è uno sgabuzzino striminzito, vuoto e sporco, con un banchetto di legno malmesso.

È la visione del sogno, e ancora di più l'orgoglio, a trasfigurarla agli occhi del più giovane che percorre più volte l'antro angusto, come se volesse prenderne possesso calpestandolo: «Ma ci pensi? Questa è l'edicola dei Panini! Tutta nostra! Nel centro della città... La riempiremo di giornali e di riviste colorate».

Il seme sotto la neve fiorirà.

«Per cominciare va bene» decide Umberto. «Poi ne costruirò una più grande. Io so lavorare il ferro. *Agh màtt un àtim a tirèrla só.*»

La testa e le mani di Biàtta si stanno parlando, sono già al lavoro per creare un mondo.

Per ora l'edicola Panini è anche troppo grande.

Le poche testate disponibili faticano a ricoprire il legno scheggiato del banchetto: qualche copia della "Gazzetta di Modena" e del "Corriere dell'Emilia" con la sola cronaca cittadina, "Il regime fascista" di Farinacci, il ras di Cremona, amico dei tedeschi, che gli procurano la carta da stampare. Per problemi di trasporto e di collegamento, i giornali di Milano non arrivano.

Per dar vita e colore a quei pochi fogli, i Panini provano a vendere di tutto, qualche fumetto, cose raccolte in casa, francobolli, le tartarughe di cartapesta costruite dal signor Coconcelli. Quando un anziano artigiano del quartiere, che affila lamette da barba, chiede di poter fare base all'edicola, Franco, che ha solo quattordici anni, ma già un rispetto sacro delle cose da leggere, avanza il sospetto: «Non è che diventiamo un bazar?».

«Non mi importa cosa diventiamo» taglia corto Olga. «Importa quel che vendiamo. Per prima cosa, dobbiamo farci conoscere. Chi viene per le lamette magari compra anche il giornale e se lo legge a casa dopo essersi fatto la barba.»

Le tartarughe di cartapesta, posate sui quotidiani, hanno la testa mobile che va su e giù. Sembra che obbediscano alle veline di Farinacci, la Suocera del regime.

In quei primi giorni di edicola si contano più raid aerei che copie vendute. Le monete nella scatola metallica sono sassolini sul fondo di un oceano, però ogni volta che fischia l'allarme Franco abbranca la cassa e si mette a correre verso l'androne dell'Archivio Notarile, insieme agli uomini che si schiacciano il cappello in testa e alle donne che stringono le borsette al petto.

I caccia della Raf ronzano in genere alle dieci di sera. Nelle case si spengono le luci e si tappano le fessure delle persiane con gli stracci per evitare che "Pippo" – così la gente li chiama confidenzialmente – possa individuare i bersagli. I carri armati tedeschi restano accucciati sotto i portici del corso, come cagnoloni pigri.

«Il tesoro è al sicuro!» annuncia ogni volta Franco, come un rito, appena arrivato al rifugio.

Non si riferisce tanto ai soldi della cassa, quanto ai fumetti di Edgar Wallace che mette regolarmente in salvo.

Bombe su Modena

Alle 14.30 del 18 aprile 1945 un boato terrificante fa tremare l'edicola. Le tartarughe di cartapesta si mettono a dire ripetutamente sì a Farinacci.

La notizia corre veloce, come un ratto tra le macerie, e arriva quasi subito nella piazza centrale: «Hanno colpito la Ciro Menotti!».

Hanno bombardato la caserma, sede della Scuola Allievi Ufficiali di Complemento. Franco e Umberto si scambiano lo stesso sguardo di terrore, perché la caserma Menotti tocca Rua Muro, la strada dove abitano. E dopo il terrore si scambiano la stessa parola sussurrata: «Mamma». Perché Olga dovrebbe già essere lì, a dare il cambio in edicola, dopo il turno all'Accademia Militare.

Un giro di chiave e si mettono a correre verso casa, lungo il percorso che fa tutti i giorni la mamma, ma, arrivati a vicolo Coccapani, trovano un muro di fumo bianco e di disperazione: montagne di macerie, urla, gente che scava. Sono venute giù anche le case di via Malatesta.

Umberto aggredisce la montagna, la scala aiutandosi con le mani, Franco gli va dietro, tossiscono, inciampano, si sbucciano le ginocchia, a tratti proseguono a quattro zampe, la polvere raschia la gola, si schiacciano il fazzoletto sulla bocca, non si vede nulla, poi il muro bianco si squarcia davanti a una donna anziana vestita di nero che rimuove le macerie inginocchiata a terra, aiutata da una coppia più giovane, forse la figlia e il genero, forse il volto che affiora dai sassi è quello del marito, ha il cranio sfondato e la bocca sdentata spalancata, un ghigno feroce, non di dolore, ma di rabbia, come se il cadavere volesse liberarsi per mordere. La donna più anziana non ha luce né emozioni negli occhi, sembra stia passando uno straccio, quella più giovane singhiozza, Franco si è attardato a osservare la scena, ora non vede più il fratello, il fumo bianco si è fatto ancora più spesso. «Umberto!»

«Qui!» risponde il fratello. Franco sterza verso la voce, inciampa ancora, si ferisce il palmo con un coccio di piastrella, studia il sangue che affiora dopo un'attesa interminabile, tossisce, Umberto osserva un giovane uomo in canottiera che cerca di abbattere a pugni l'unica parete rimasta in piedi mentre una ragazza in lacrime, forse la moglie, prova a fermarlo, sembra impazzito, gli spunta dal collo una vena grossa come la corda di una campana, anche sul muro rimasto in piedi corre una crepa che sembra la vena di un braccio. Franco raggiunge Umberto, sono bianchi come statue di gesso, arrivano in fondo a vicolo Coccapani, attraverso la nebbia di polvere riconoscono una sagoma, sembra un'anima nell'aldilà, «la mamma» dice Franco, stentano a raggiungerla per la paura di vederla svanire, invece abbracciano un corpo vivo e le braccia di Olga si richiudono su di loro.

Quattro giorni più tardi Modena viene liberata.

È una domenica di vento e cielo chiaro. Si combatte alla Crocetta, alla Sacca a Freto, a Baggiovara, a Cognento. I partigiani avanzano verso la città e spaccano le linee tedesche. Gira la notizia di due tedeschi fuggiti in bicicletta, tra gli insulti e lo scherno della folla. I Coppi e Bartali dell'infamia. Forse solo una burla, ma la gente raccoglie volentieri la voce e la fa correre con allegria per le strade.

Gli scontri si spostano nel centro storico, divampano in piazza Sant'Agostino, dove un prete, don Ferdinando Grillini, con affannato eroismo, traghetta le anime ferite in ospedale. I partigiani raggiungono piazza Impero.

Alle undici le campane della Ghirlandina si mettono a suonare. La gente comincia a riversarsi in strada, con passo incerto e un occhio in cielo, come gli animali usciti dall'arca di Noè, preoccupati che possa piovere ancora. Lo sapranno gli alleati lassù che non è più il caso di bombardare? Per questo vengono stese sui tetti delle case lenzuola bianche che segnalano la città liberata. Con il passare dei minuti, la gente sorride sempre più convinta e si abbraccia sempre più forte, i petti finalmente si toccano, le mani vanno oltre la stoffa delle giacche e stringono le braccia. Sembrano atleti rimasti inattivi per mesi che recuperano la memoria e la dimestichezza con i gesti di un tempo.

Giuseppe guida i fratelli nella vicina caserma Ciro Menotti. Stanno saccheggiando i locali scampati al bombardamento.

«Prendete tutto quello che potete» ordina il Vècio.

Rientrati a casa, al momento del censimento del bottino, gli occhi cascano tutti addosso a Franco che ha in braccio una montagna di libri e di carte.

«Ma cos'hai preso?» chiede Benito socchiudendo gli occhi per leggere meglio da lontano.

«Libri del Touring, mappe segrete tedesche!» si illumina Franco. «Roba preziosissima!»

Giuseppe gli fa dondolare la testa con uno scappellotto: «Io mi sono spaccato la schiena per portare sulle scale questa stufa di ghisa!».

A mezzogiorno, Alfeo Corassori, il sindaco scelto dal Comitato di Liberazione Nazionale, prende possesso del palazzo comunale. Il dopoguerra irrompe ufficialmente in città al tramonto, a bordo di dieci carri armati Sherman con la stella bianca sopra. Sfilano tra due ali di folla, la gente applaude con gli occhi lucidi, solleva pezzi di cartone con su scritto "Welcome!", sventola bandiere tricolori, canta, suona fisarmoniche caricate in spalla.

Il diluvio è finito per sempre. Ecco l'arcobaleno della pace.

Ma insieme al dopoguerra si spalanca anche la stagione delle epurazioni.

Per Olga non c'è più lavoro all'Accademia Militare. La medaglia d'oro di "madre di famiglia numerosa" ha perso improvvisamente valore, come valuta fuori corso. Se non altro, potrà dedicarsi a tempo pieno all'edicola che si trasforma, giorno dopo giorno, in un affollato porto di mare, come aveva felicemente previsto. Non basta più il banchetto scheggiato. I Panini piazzano un tavolino davanti al chiosco ottagonale per esporre i giornali che arrivano da Milano e da ogni dove. Approdano le prime riviste. Tra i fogli austeri dei quotidiani spuntano macchie di colore. Non è più tempo di veline. Le tartarughe del signor Coconcelli possono anche dire no con la testa. Roberto Farinacci è stato fucilato a Vimercate. Ha chiesto di non essere bendato e di poter guardare il plotone d'esecuzione. Non gliel'hanno concesso, lo hanno messo faccia al muro, ma è riuscito a voltarsi un attimo prima degli spari e a farsi colpire al petto. Come un soldato, non come un fuggiasco.

Ora il pensiero è libero di correre dove vuole e, come un cane tenuto a lungo alla catena, non sta mai fermo. Oggi le Vespe satiriche dell'"Uomo qualunque" possono trasformare Calamandrei in Caccamandrei e spettegolare sui vizi dei politici; possono pungere in piena libertà, non solo il passato recente, appena sconfitto, ma anche le tendenze stataliste e l'ansia di vendetta dei vincitori. E allo stesso modo pungono le popolari rubriche del "Candido" di Giovanni Mosca e Giovannino Guareschi che sta per scatenare Don Camillo contro i comunisti di Peppone.

Sono fogli anche scomodi nei giorni nervosi del primissimo dopoguerra, e infatti quasi tutte le edicole della città li ignorano. Lo stesso partigiano Giuseppe accenna alla madre il tema dell'opportunità, ma la discussione finisce prima ancora di incominciare davanti alla logica ferma di Olga: «Io non voglio fare politica, io voglio vendere».

Se dalle 25.000 copie del primo numero, "L'Uomo qualunque" di Guglielmo Giannini arriva a toccare le 850.000 nel maggio di quel '45, perché non metterlo in vendita? Se tradisci la legge della domanda e dell'offerta, cambia mestiere. Se a tanti piace leggere il "Candido", perché non farglielo trovare sul tavolino davanti al chiosco?

Così la Casarèina manda i figli in bicicletta fino a Reggio Emilia per acquistare dal rivenditore copie dell'"Uomo qualunque" che a Modena nessuno osa esporre.

L'edicola Panini diventa presto il porto più trafficato della città proprio perché la gente capisce in fretta che lì può trovare di tutto, anche la "Voce monarchica", anche i francobolli da collezionare che sono da sempre una passione di Olga, così come le poesie in dialetto.

Più merce arriva in un porto e più quel porto è vivo.

Giornali al rogo

Un giorno che Olga non c'è, poche settimane dopo la Liberazione, si presentano all'edicola tre uomini. Due si assomigliano, hanno la stessa fronte stretta e lo stesso barbone da brigante, ma uno potrebbe contenere l'altro come una matrioska. Il terzo ha le guance scavate dei malati e occhialini rotondi dalla sottile montatura metallica. Una specie di bici a cavallo del naso.

Pescano proprio "L'Uomo qualunque" e il "Candido".

«Tutti?» chiede Umberto.

«Tutti» conferma il malato mentre il barbuto più grosso si riempie le braccia.

«Aspetti che li conto» si fa avanti Franco.

«Non serve» spiega il malato. «Non li compriamo, li bruciamo.»

«Ma noi li abbiamo pagati» fa notare Umberto.

«Peggio per voi» taglia corto il barbone magro. «Questa è erbaccia e l'erbaccia va strappata via, altrimenti fa crescere male le buone idee.»

«Giuseppe le sa queste cose, fatevele spiegare da lui» conclude il malato.

A casa Giuseppe spiega che in piazza Grande, dove i comunisti bruciano i giornali, davanti alla Porta dei Principi del Duomo, è stato fucilato un falegname, Emilio Po, sorpreso con una bomba di sua fabbricazione nascosta in un sacco di segatura. L'hanno torturato per estorcergli i nomi dei complici. Lo hanno cosparso di benzina e gli hanno dato fuoco. Siccome non parlava ancora, lo hanno trascinato in piazza Grande e fucilato insieme ad altri due partigiani, davanti ai famigliari.

«I libri in piazza e gli avversari li bruciavano già quelli di prima» conclude il Vècio. «Non ci siamo liberati per dare fuoco alle idee degli altri. Tenetevi pronti e non dite niente alla mamma.»

Quell'indefinito "tenetevi pronti" che sa di mistero, di missione rischiosa, di mestiere da grandi, eccita i minori dei Panini. Poche settimane più tardi, scatta la convocazione.

«Oggi tornano e noi saremo lì ad aspettarli» spiega Giuseppe, consegnando a ciascuno dei fratelli un bastone di legno, tipo quelli che ogni tanto impugna Don Camillo per fare i conti con i comunisti di Peppone.

Alle tre del pomeriggio, i quattro Panini sono schierati a protezione dell'edicola di corso Duomo, con le gambe leggermente divaricate, ben piantati a terra, pronti a sostenere una carica. Sono allineati dal più alto al più basso, come nella foto fascista. Giuseppe, vent'anni, il più grande, batte ritmicamente il bastone sul palmo destro. Franco, quattordici, il più giovane, lo imita andando a ritmo. Le quattro dita della mano si sono chiuse in un pugno.

È così che li trova Olga quando sbuca dalla penombra dei portici.

Strappa i randelli a ciascuno dei figli e li scaraventa all'interno dell'edicola: «Andate a casa. Subito. Qui resto io. La legna serve a far fuoco. Non si spreca. E la guerra è finita».

Franco, Umberto e Benito guardano Giuseppe che accenna una risposta, ma poi se la ricaccia in gola e si allontana seguito dai fratelli.

I soliti tre arrivano a sequestrare "L'Uomo qualunque" e gli altri giornali.

«Dovete farmi una ricevuta» avverte Olga.

Avesse estratto un mitra da sotto la pila del "Resto del Carlino" li avrebbe sorpresi di meno.

«Come?» chiede il barbone grosso.

«Mi serve la ricevuta delle copie che prendete» spiega l'edicolante con sguardo fermo.

I tre arretrano di un paio di passi per parlottare senza farsi ascoltare. Posano sul tavolino i giornali che avevano già requisito e si allontanano. Tornano una ventina di minuti più tardi, compilano un foglietto bianco e lo consegnano a Olga che lo restituisce subito: «La firma».

Il malato autografa il foglietto che riporta: "Abbiamo prelevato tot copie di questo e quel giornale...". Poi arraffano i fogli e vanno a bruciarli in piazza Grande.

Grazie alla ricevuta, Olga riesce a farsi pagare il maltolto e, soprattutto, a denunciare l'accaduto.

Non torneranno più.

«Hai preso un bel chiodo, ha squarciato tutto il copertone. Qui...» indica Giuseppe. «Ma adesso è come nuova. Ti ho raddrizzato anche il manubrio e ho ingrassato la catena. Provala...»

«Dovresti togliere la mano dal sellino prima» suggerisce la ragazza che ha due gambe lunghe e dritte come la Ghirlandina.

«Ah, scusa... Dimentico sempre dove le metto.»

«Può essere pericoloso.»

«Non sempre» precisa il Vècio con un sorriso da seduttore di Riviera.

La biondina monta sulla Bianchi con i freni a bacchetta, qualcosa non le torna: «Forse hai alzato il manubrio. Ora mi sembra basso il sellino».

Giuseppe corregge il difetto: «Fatto. Provala sullo stradone del castello».

«Ma è lì che ho bucato» ricorda la ragazza.

«Appunto. Almeno ritorni.»

«Certo, così ti mantengo il negozio... Cosa ti devo?» chiede la biondina mettendo mano al portafoglio.

«Non lo dicevo per i soldi, ma per gli occhi» precisa Giuseppe.

Lei sorride: «Sei gentile. Ti manderò mia nonna che ha una bici senza freni e il mio stesso colore di occhi».

Lui ritira la banconota: «Sabato sera suono alle Due Rose di Frassinoro. Con la musica me la cavo anche meglio che con le bici».

«Può essere un'idea. Al mio moroso piace ballare» promette la ragazza che spinge la bici fuori dal negozio.

Umberto, inginocchiato accanto a una ruota sgonfia, sghignazza: «Stavolta hai bucato tu, Vècio...».

«È presto per dirlo» commenta Giuseppe. «Ma hai visto che due tette?»

Biàtta dà due colpi alla pompa che ha tra le mani: «Non gliele ho gonfiate io, ma complimenti a chi lo ha fatto. Gran bel lavoro».

Il fratello fa per spostare una bici da aggiustare su un cavalletto, ma la lascia ricadere a terra con un mugolio di dolore.

«La schiena?» chiede Umberto.

«Stamattina ho faticato a scendere dal letto.»

Giuseppe Panini ha aperto una bottega da ciclista a Spezzano, dove è stato partigiano, nella terra di famiglia.

L'edicola non gli basta, ha in testa un futuro tutto suo, per ora confuso e indefinito. Un giorno dirigerà un'attività che porterà il suo nome e avrà successo anche all'estero, come quella di Enzo Ferrari che lo ha licenziato perché lavorava da seduto. Userà la testa e non avrà padroni, come ha promesso a suo padre. Questo stanzone basso e stretto è un buon passo per cominciare.

Ha coinvolto Umberto che ama le moto e non le bici, ma lo ha considerato anche lui un primo passo. In fondo, una bici è una moto senza motore. E poi Biàtta, oltre alla necessità di lavorare con le mani, per aggiustare e costruire, ha un'urgenza in più: viaggiare, spostarsi, mettersi attorno delle cose nuove. Gli sta bene lasciare Modena, avvicinarsi ai vent'anni con un'indipendenza da adulto, libero di gestire i propri spostamenti, senza la mamma e le sorelle sotto lo stesso tetto, senza dover giustificare ogni ritardo a casa. Il ragazzo degli scherzi, che scappava sempre da Benito, così veloce da evitare anche gli *scutmài*, ha una gran fretta di scoprire il mondo.

I due fratelli Panini hanno portato una ventata di allegria nelle giornate tranquille di Spezzano. Dove si siede Giuseppe, in piazza, al bar, si crea immediatamente un capannello. Racconta storie di bottega, pettegolezzi di paese, ricordi, barzellette, ogni tanto ci scappa pure il Barone Rosso e tutti stanno ad ascoltare, come i suoi fratelli quando si raccoglievano sul letto in Rua Muro. Se la serata è in bilico, alla fine, la proposta vincente è quasi sempre quella di Peppino. Ha conservato intatto il talento d'incantatore, ereditato dal padre, insieme allo spirito *spanizzo* che, scavallati i vent'anni, diventa fascino. Ride, scherza e le ragazze pendono dai suoi denti bianchi, soprattutto quando impugna la fisarmonica. Altre volte è Umberto che sta in mezzo al cerchio degli amici con la chitarra in braccio.

Comandano loro, i Panini. Li chiamano "gli americani" perché, anche se non navigano nell'oro, offrono sempre qualcosa e sono piombati in paese con l'allegria dei liberatori. Poveri, ma belli. Due ragazzoni da cinema, alti, forti, dai capelli mori.

Far coincidere la leggerezza del dopoguerra con la spensieratezza dei vent'anni è stato come far scopa di settebello. La fine dei pericoli e del coprifuoco ha chiamato la gente fuori dalle case, hanno tutti voglia di uscire per sgranchire le gambe dopo il lungo letargo bellico: camminare, ballare, pedalare... Così le ruote si bucano più spesso, i freni si logorano e i ciclisti prosperano.

I due Panini hanno preso alloggio nella bella villa del medico condotto, grazie alla legge che impone a chi ha una residenza grande di affittare stanze a chi non ce l'ha. A far da mangiare ci pensa la sorella Maria, arrivata da Rua Muro per star vicino al fidanzato che abita in zona.

Oggi da Rua Muro è arrivato anche Benito perché stasera l'Orchestra Panini sarà di scena a Frassinoro. Racconta che l'edicola va bene, che la mamma riesce a vendere di tutto, che lui non va più a bottega dal liutaio perché ha trovato un buon lavoro in un'agenzia di distribuzione di giornali, che Franco ha sempre i libri in mano, che Edda starà un po' dai Fulgeri, gli zii di Maddaloni, in Campania, produttori di mortadella, perché il suo fidanzato Loreno lavora lì.

«Ma è da Sud a Nord che si emigra» fa notare Umberto, «non il contrario.»

«Va' che i soldi, se li consegni dritti o al contrario, te li prendono lo stesso» ribatte Benito.

«Ne fanno tanti laggiù?» domanda Umberto.

«A sentire Edda, un sacco. L'azienda va a gonfie vele, perché nessuno lì fa la mortadella. E naturalmente il merito è tutto del suo Loreno...» punge Tullio.

Benito suona la batteria. In fondo, ognuno dei Panini ha lo strumento che si merita, quello più adatto al suo carattere. Giuseppe, il cantastorie, ha cominciato dai fiati, prima la tromba ai campi estivi del Duce, poi il basso tuba, ma dopo la pleurite e il sanatorio ha pensato bene di lasciare in pace i polmoni e ha preso in braccio la fisa, che respira da sola. La tromba è passata a Umberto, che però ama di più la chitarra e il basso, per quella mania di costruire tutto con le mani, anche la musica. Benito alla batteria si rilassa. Quando la suona sorride, come se qualcuno gli stesse grattando la schiena. Ha un'anima jazz. Adora il ritmo regolare e tranquillo dei tamburi che vorrebbe trasmettere anche alle sue giornate.

Ci sarebbe anche Franco, cui era destinato il clarinetto, sottile ed elegante come lui, ma Uèllas ha sempre considerato la musica tempo rubato alla lettura e, nonostante l'insistenza dei fratelli, ha lasciato un buco nell'orchestra Panini, riempito questa sera da Tolomeo, un abruzzese che Umberto ha conosciuto all'officina Mazzi.

Sono cresciuti tutti strimpellando alla scuola del Palmieri, edicolante che, a tempo perso, insegnava musica al Patronato dei Figli del Popolo, nel centro di Modena.

Passano a chiamare Carlo Chiavarino, il loro miglior amico. A Spezzano ormai si sono abituati a vederli sempre insieme: i due "americani" e il ragazzo con la tonaca nera. I tre sono inseparabili. Carlo è un seminarista, un po' più giovane di Giuseppe e un po' più vecchio di Umberto.

A bordo di un Galletto Guzzi e di una Lambretta, hanno già

fatto un tour dell'alta Italia, piantando le tende dove capitava. Tutto a carico dei Panini, naturalmente, benzina compresa, perché nelle tasche dell'amico regna una povertà francescana. Anche Carlo ha trascorsi partigiani. Approfittando della copertura della tonaca, pedalava informazioni e sigarette su in collina.

«La balera? No, grazie» declina l'amico affacciato alla finestra.

«Dài, ascolti un po' di musica e stiamo insieme» insiste Giuseppe. «Mica è peccato.»

«Lo so che non è peccato, ma devo studiare» spiega il seminarista.

«È arrivato anche Benito da Modena... Studi domani» spinge Umberto.

Alla fine, come al solito, Carlo si lascia trascinare.

Scende con la tonaca.

«Non potevi vestirti normale, per una sera?» chiede il Vècio. «Almeno alla balera...»

«Questo è il mio normale» spiega l'amico stirandosi la veste nera con le mani.

«O ti serve come sfolla-pollastre? Per tenere lontano il nemico» sospetta Giuseppe. «Di' la verità: hai paura delle tentazioni...»

«Io non ho paura di niente e non ho bisogno della tonaca per resistere alle tentazioni. Mi basta la fede» sentenzia Carlo.

«Ma perché devi resistere, poi? Hai vent'anni, non sei neanche così brutto. Alla fede ci pensi quando invecchi. È maggio, senti che aria buona... Ti sembra questo il momento di fare il prete?» imperversa il Vècio.

Umberto e Benito se la ridono.

«Ascolta. Dimmelo subito se devi andare avanti tutta la sera che torno su a studiare» taglia corto il seminarista, sbuffando.

La lotta di Giuseppe per spretare l'amico è un tormentone che va avanti da tempo: «Faccio il tiro alla fune con Dio». E la fune è l'anima candida di Carlo Chiavarino.

Arrivano alle Due Rose proprio mentre sta entrando la ragazza della bicicletta, che indossa un vestitino rosso, a pallini bianchi, stretto in vita da una cintura bianca che ha la circonferenza di un cinturino da polso. I fianchi strizzati a quel modo rendono ancora più protagonista il seno che si affaccia da una scollatura generosa. Cammina accanto a un ragazzo e una coppia di amici.

«Guarda chi c'è...» indica subito Umberto.

A Giuseppe casca la mascella: «Ma la vedi don Carlo?».

«Chi non la conosce l'Egidia?» risponde il seminarista.

«Egidia?» si sorprende il Vècio. «L'hai già confessata?»

«È la figlia del notaio Mandelli, la più bella del paese. La conoscono tutti a Spezzano» si giustifica Carlo.

«E quella mummia che l'accompagna?» s'informa Biàtta.

«L'erede di un impero di piastrelle di Sassuolo. Mettetevi il cuore in pace, figlioli» benedice il seminarista.

L'Orchestra Panini si presenta al padrone della balera, che ha un cappello da mercante di bestiame e un barbone scuro da Mangiafuoco, poi prende possesso degli strumenti sul palco. Giuseppe introduce i suoi musicisti, augura la buona serata ai presenti con una galanteria affettata, che guadagna applausi di maniera, e lancia in pista la prima mazurka. Benito suona con gli occhiali neri sul naso.

L'area da ballo è sovrastata da un profumato cielo di glicine e illuminata da un rosario di lampadine gialle. Egidia volteggia e sorride al fidanzato, ma ogni tanto lampeggia occhiate all'orchestra. Il cuore del Vècio si chiude e si apre alla speranza, come una fisarmonica.

Dopo un'ora di balli, Giuseppe annuncia una breve pausa dell'orchestra.

I ballerini si ritirano come un'onda sotto il pergolato a bordo pista, dove si trovano i tavolini e dove hanno piazzato il bancone del bar. È qui che si dirigono il moroso dell'Egidia e l'amico, mentre la figlia del notaio attraversa la pista da sola e punta l'area dei bagni.

Peppino si muove immediatamente per intercettarla.

«Ciao, Egidia. Non è mica venuta tua nonna a bottega.»

«Ah, ciao... Ha cambiato idea.»

«Cioè?»

«Dice che si diverte di più senza freni. Soprattutto in discesa.»

«Brava, nonna. Fossero tutte come lei, avrei molto più lavoro.»

«Tienitelo stretto quel lavoro» consiglia Egidia. «Se devi campare con la musica, fai la fame.»

«Non ti piace come suono?»

«Insomma...»

«Guarda che la colpa è tua, mi distrai.»

«Ah, sì certo...»

«Davvero. Apro il mantice della fisa, resto a guardare i tuoi pallini bianchi, mi dimentico di chiuderlo e perdo il ritmo» spiega il Vècio. «Non lo sapevi che anche le fisarmoniche restano a bocca aperta?»

«Sei un ciocapiatti...» sorride l'Egidia.

«Lo sapevo che venivi a ballare.»

«Tu non sai un bel niente» s'irrigidisce la ragazza. «Guarda che non sono stata io a proporlo. Avevano già prenotato il tavolino i nostri amici.»

«Vuoi bere qualcosa?» chiede Giuseppe.

«Grazie, me lo sta portando il mio moroso.»

«Non vedi che folla c'è al bar?» fa notare Giuseppe. «Ora che arriva, sei già morta di sete. Nella corte sul retro c'è un tavolino di bottiglie solo per noi artisti.»

«Tu aggiusti le bici, non sei un artista» precisa la figlia del notaio.

«Le aggiusto da artista.»

«Mi aspettano» tiene duro la ragazza, ma lo dice in modo così poco convinto che Giuseppe prende coraggio.

«Fai come la nonna, dammi retta. Molla i freni...»

L'Egidia sorride e si lascia guidare verso il tavolino degli artisti.

Il padrone della balera si avvicina nervoso ai musicisti: «Riprendiamo o no? La gente qui viene per ballare, non per guardarvi in faccia...».

«Subito» promette Umberto.

«Ma dov'è finito il Vècio?» chiede Benito.

Biàtta prova a cercarlo sotto il pergolato, dove il moroso dell'Egidia vaga con due bicchieri in mano. Chiede aiuto a Carlo, torna sul palco e trova Mangiafuoco furibondo: «Se non ricominciate tra cinque minuti, scordatevi la paga!».

«Mi spiace, ma mio fratello ha avuto un attacco terribile di mal di pancia» spiega Umberto con espressione da lutto in famiglia. «Sa, a volte queste pratiche sono lunghe e dolorose...»

«A me lo fate venire voi il mal di pancia!» ringhia il proprietario. «Suonate, suonate!»

«E adesso?» chiede l'abruzzese.

«*Brotta impestèda vàca!*» impreca Benito tirando una bacchettata sulla batteria.

«Suono io la fisa e Carlo la chitarra. L'ho visto strimpellare in chiesa» decide Umberto.

«Ma tu non sai suonare la fisa!» esclama Benito.

«Il Vècio mi ha insegnato qualcosa. Hai un'idea migliore?»

I ballerini tornano in pista, la musica riparte sgangherata come il canto di un ubriaco. La presenza del prete con la chitarra al centro dell'orchestra non passa inosservata. Molti sorridono pensando a una goliardata da artisti. Mangiafuoco, ancora più furibondo, sta torturando il cappello con le mani.

Dopo un paio di valzer, riappare Giuseppe con un sorriso beato da pastorello a Lourdes: «Mollala al Vècio, va'... Cosa ti ha fatto questa povera fisa per strozzarla così?».

Umberto riprende la chitarra, il seminarista scivola via dal palco nel modo più discreto possibile.

Benito impreca per conto suo e pesta le bacchette come se, invece del tamburo, avesse davanti la testa del fratello maggiore.

Alla fine, spente le lampadine gialle, Mangiafuoco tira fuori dalla tasca dei pantaloni un pacco di banconote e malvolentieri ne posa una parte sulla mano aperta di Giuseppe: «Sappiate che questi sono soldi rubati. Avete suonato da cani».

Il contropiede di Umberto: «Tranquillo, non diremo a nessuno che lei ha in tasca soldi rubati».

Giuseppe distribuisce la paga tra i suonatori e porge la fisarmonica a Carlo: «Me la tieni tu in moto?».

«Anche il Cireneo mi tocca fare» sospira il seminarista mettendosela in spalla.

«Grazie, reverendo. Ho la schiena che urla di dolore...» spiega il Vècio.

«Quando t'infratti con le notaie, però, non urla più» provoca Umberto.

Il sorriso di Peppino è trionfale: «Te lo dicevo, Biàtta, che non avevo bucato...».

La trippatrice

"Andàmm a vàdder" è una sfida al futuro che circola da sempre nel sangue dei Panini.

Si potrebbe fare fortuna con il sapone? «Andiamo a vedere» disse Antonio, tornato dalla Grande Guerra. La gente tornerà a informarsi sul mondo dopo la Liberazione? «Andiamo a vedere» decise la famiglia al momento di acquistare l'edicola in corso Duomo. Qualcuno comprerà dei francobolli se li infilo in una bustina? «Andiamo a vedere» ha suggerito Olga che mette in mostra di tutto, accanto ai giornali, dove un tempo dicevano di sì le tartarughe del signor Coconcelli.

Il racconto di Benito sulla fortuna trovata dagli emigranti al contrario ha lavorato i pensieri di Biàtta come un tarlo.

«Andiamo a vedere.»

E così eccolo qui Umberto Panini, con la valigia in mano e la solita voglia di allargare il mondo, mentre il treno sta rallentando nella stazione di Maddaloni. Solo al momento di scendere si rende conto che le stazioni in realtà sono due. Chiede in tutta fretta a un passeggero, ma non riesce e decifrare i suoni della risposta. Nel dubbio smonta.

Parlano in dialetto stretto anche i due interlocutori successivi. Solamente dal terzo, vestito da ferroviere, riesce a scoprire che avrebbe dovuto scendere alla fermata dopo e che l'errore gli costerà sette chilometri a piedi, sotto il sole scatenato di luglio.

Umberto si toglie la giacca e modella un cappello di carta con un foglio della "Gazzetta dello Sport" che ha prelevato dall'edicola di corso Duomo. Si è messo in testa la prima pagina che esalta "l'irresistibile impresa dell'uomo di ferro": Gino Bartali ha preceduto tutti sul traguardo di Aix-les-Bains. Solo e trionfante. Un'impresa memorabile. In due tappe ha recuperato più di venti minuti al francese Bobet e gli ha sfilato la maglia gialla. A trentaquattro anni, "con il cuore tra i denti" commenta la Rosea.

Alla vigilia della tappa decisiva, è stato raggiunto in camera da una telefonata del presidente del Consiglio, Alcide De Gasperi, che si è complimentato, lo ha incitato e lo ha supplicato di portare quella maglia fino a Parigi, in tutti i modi, perché tre giorni prima, davanti a Montecitorio, uno studente di venticinque anni ha sparato tre colpi di pistola a Palmiro Togliatti, segretario del Partito comunista, e ci sono scioperi dappertutto e morti in strada. L'orgoglio che Bartali spedisce dal Tour de France appartiene a tutti, è una mano di colla gialla che tiene insieme i pezzi. Il Ginettaccio pedala contro la guerra civile di cui parlano i giornali.

Luglio 1948.

I passanti lo guardano strano mentre cammina sotto il sole abbagliante con la valigia in mano. E non solo per il cappello di carta. Sono tutti vestiti in modo diverso dal suo, parlano in modo diverso. Questa forte sensazione di essere forestiero agli occhi di chi lo guarda non lo disturba, anzi, lo esalta, perché gli consente di immaginarsi ancora più distante da casa di quanto sia, in un'altra parte di mondo.

Arriva alla residenza dei Fulgeri con la camicia bianca incollata alla pelle, più sudato e sfatto di Gino Bartali ad Aix-les-Bains.

La sorella Edda sbalordisce come alla vista di un fantasma: «Umberto... Ma che sorpresa!».

«Non ti abbraccio perché sono sudato come un maiale...» saluta Biàtta.

«Ma perché non ci hai avvisati? Ti saremmo venuti a prendere.»

«Non c'è stato il tempo. Appena ho deciso di venire, sono saltato sul treno.»

Ed è proprio così che è andata.

«Vieni a rinfrescarti, poi ti presento tutti. Saranno felicissimi di vederti» promette la cugina Aurora.

Non mente. Il giovane Panini non si sarebbe mai aspettato un'accoglienza così affettuosa, anche perché molte di quelle persone lo conoscono appena o lo hanno soltanto sentito nominare. Per un tipo esuberante come lui, nato per stare in mezzo alla gente e far baracca, quell'entusiasmo spontaneo è una sorpresa piacevolissima. E, quando lo portano in visita ai vari reparti dell'azienda, può definitivamente concludere di aver fatto bene a emigrare al contrario. Non vede traccia di automazione. Potrà costruire qualcosa per migliorare e sveltire la produzione. Lo spirito di Mami l'inventore gli entra in circolo, le mani fremono.

È partito tutto da Verica, piccola frazione di Pavullo nel Frignano, nell'Appennino modenese, dove era radicata da generazioni la tradizione dei salumi.

A inizio Novecento, i Fulgeri, come molte altre famiglie, emigrarono a Bologna in cerca di lavoro e tanti lo trovarono proprio nella produzione della mortadella. Si creò così una vera e propria scuola di mortadellai, chiamati dai salumifici del Sud per allargare la gamma dei prodotti.

È il cugino Claudio, che ha più o meno la stessa età, a mostrargli l'azienda. È un bel ragazzo, che cura l'abbigliamento anche quando deve lavorare in fabbrica e sembra sempre appena riemerso dal pettine. Una scriminatura inesorabile come uno steccato separa due greggi di capelli scuri perfettamente in ordine in ogni ora della giornata.

Claudio apre una cella frigorifera: «Questa è una partita di interiora di animali congelate che abbiamo importato dall'America».

«Come le lavorate?» s'informa Umberto.

«Si taglia la carne in striscioline sottili, tipo la trippa.»

«Avete comprato una macchina apposta?»

«No, tutto a mano» risponde Claudio mentre guida il cugino a un lungo tavolone di legno circondato da operaie che vibrano secchi colpi di accetta.

«D'accordo che la carne l'hai comprata dagli indiani, ma l'ascia di guerra non me l'aspettavo.»

«Sono bravissime, specializzate in tagli di macelleria.»

«E hanno ancora tutte cinque dita per mano» osserva Umberto, ammirato.

In onore dell'ospite, nel fine settimana, la famiglia organizza una gita in Costiera. Affittano per tutta la giornata una barca che li porta a Capri. Durante la traversata, Umberto si riempie gli occhi di bellezza. Ne è ancora più convinto, c'è sempre un premio in fondo a un lungo viaggio. Se accetti di lasciare il tuo Panaro, puoi arrivare fino a un mare incantevole come questo.

Zio Armando, che regge il timone, getta l'ancora vicino all'arcipelago di Li Galli. I ragazzi si tuffano in acqua mentre Edda e la zia cominciano a preparare il pesce per il pranzo a bordo.

«Lo sai che queste sono le isole delle sirene?» chiede Aurora.

«Le signorine con la coda di pesce che cantano e mandano a sbattere i marinai contro gli scogli?» domanda Umberto.

«Esattamente» conferma la cugina. «Ulisse si fece legare all'albero della nave dai suoi marinai, così ascoltò il canto delle sirene senza farsi catturare.»

«Guai a chi mi lega!» minaccia Biàtta. «Io resto qui!»

«A Itaca non hai una morosa che ti aspetta?» chiede Claudio.

«No, solo il Vècio che mi fa lavorare il doppio con la scusa del mal di schiena» risponde Umberto.

Ma vorrebbe tanto che i suoi fratelli fossero con lui, in questo paradiso, a fare la torre in acqua come ai tempi della colonia fluviale: "Chi comanda? I Panini!".

Una settimana più tardi, Umberto convoca Claudio e Loreno, il fidanzato di Edda, nel capannone delle trippe e mostra l'invenzione messa a punto, una specie di ponte metallico, a cavallo di un nastro di gomma che scorre, azionato da un motorino.

«All'interno della macchina, c'è una grossa lama che scende con ritmi e tempi programmati, in base alla velocità del nastro» spiega Umberto.

«Puoi modificare le pause tra una coltellata e l'altra?» chiede Claudio.

«Certo» risponde Biàtta. «È questo che determina lo spessore delle striscioline di carne.»

Loreno recupera un blocco di interiora scongelate che scorrono sul nastro, attraversano il ponte metallico ed escono perfettamente affettate.

«Funziona! Geniale...» esulta Claudio.

«Certo che funziona, *agh cràdd*» conferma Umberto, e accarezza la macchina, come fosse un cane da caccia dopo un buon riporto.

«Praticamente una ghigliottina.»

«Proprio così. C'era bisogno della rivoluzione nell'azienda Fulgeri e la ghigliottina è un classico nelle rivoluzioni. Così le operaie non rischiano di perdere l'anulare che poi i mariti a casa si arrabbiano.»

«Come si chiama la macchina?» domanda Claudio, ripassandosi tra le dita una strisciolina di carne.

«Trippatrice» risponde Umberto allargando le braccia per sottolinearne l'evidenza, come se quel nome, la macchina, ce l'avesse scritto in fronte.

Prigioniero delle sirene di Maddaloni, Umberto resta due anni dai Fulgeri e per due estati segue lo zio Armando in Irpinia per la trebbiatura del grano. Loreno dirige le operazioni. Il compito di Biàtta è di badare al motore del trattore, collegato con una cinghia alla trebbiatrice. Di giorno si trebbia, di notte si fa il "trasporto", si traina cioè la trebbiatrice in un'altra aia. Di fatto non si dorme mai. O meglio, lui non dorme mai, perché alla guida del trattore deve seguire il contadino che gli fa strada nel buio con una lampada in mano fino alla fattoria successiva, mentre i compagni di lavoro si addormentano sulla trebbiatrice.

Si mangia una volta al giorno, pescando tutti dallo stesso pentolone dei maccheroni pepatissimi che sembrano conditi con la polvere da sparo. Le bocche prenderebbero fuoco, non fosse per la giara di vino che passa di mano in mano, sempre più velocemente. Ma se l'aglianico spegne le bocche, accende il sangue, e finisce che zio Armando, buon lottatore a suo tempo, si ritrovi, come ogni sera, al centro del cerchio dei lavoratori a sfidare qualcuno.

La luce del fuoco lo incendia di riflessi, sembra un diavolo appena sbucato dalle fiamme.

Umberto si mette in piedi: «Ecco il tuo avversario, zio...».

Armando respinge la sfida con un gesto della mano: «Sei troppo giovane per affrontare un toro».

«O tu sei troppo vecchio per affrontare un Panini?» ribatte Biàtta.

Qualcuno sghignazza, qualcuno urla, qualcuno applaude. La giara continua a girare.

«Dagli una lezione, Umberto!» lo incita il cugino.

Si allacciano, si spingono, sfiorano il fuoco. Umberto è abituato a lottare contro corpi più grossi del suo. È cresciuto accapigliandosi con Benito e Giuseppe, sul Panaro o in Rua Muro, pagando il conto degli scherzi tirati ai fratelli maggiori. Ma lo zio ha tutta un'altra forza, è per davvero come cercare di fermare un toro, e puzza allo stesso modo perché, dai primi di giugno alla fine di luglio, riposa qualche ora così, nei campi, senza lavarsi, senza mai passare da un letto.

Umberto è costretto ad arretrare, non riesce a puntare i piedi per sostenere il peso di Armando che all'improvviso lo schiaccia sulle spalle facendolo crollare a terra. Ma il ragazzo è rapido a rotolare via, in una nuvola di polvere, mandando a vuoto il tentativo dello zio che si era inginocchiato per immobilizzarlo.

Si rialza. Si allacciano ancora.

Le urla e gli incitamenti degli spettatori si gonfiano. Il combattimento sembrava finito e invece continua.

Biàtta schiaccia il naso contro il collo di Armando, che è grosso e duro come un tronco, respira il suo sudore selvaggio, lo sente ansimare come una locomotiva. È di nuovo Ulisse, questa volta contro il Ciclope. Sa che, come Ulisse, dovrà usare l'intelligenza per abbattere un gigante molto più forte di lui. Più forte ma anche più vecchio, e quindi meno resistente.

Umberto carica all'improvviso, lo zio sostiene la spinta e raccoglie le forze per restituire l'attacco, ma quando lo fa, il nipote, agile, si slaccia e si scosta di lato. Il toro, trascinato in avanti dal peso e dalla stanchezza, stramazza sulla pancia.

Umberto gli salta sulla schiena e lo immobilizza, solleva le braccia e le piega per gonfiare i bicipiti in segno di vittoria. Sotto di lui, il trofeo di caccia...

Oltre il fuoco del falò, incrocia gli occhi di una giovane donna, lavoratrice a giornata, che gli sorride come meritano gli eroi.

Nella primavera del 1950 Umberto riceve una visita a sorpresa.

Stenta qualche secondo prima di riconoscere il ragazzo in bici da corsa che ha in testa una specie di turbante di biancheria smessa e in faccia una maschera di terra attorno a occhialoni da moto. La maglietta è lurida di tutto.

«Non mi saluti neanche?» chiede il ciclista.

«Franco!» sbalordisce Biàtta. «Ma da dove arrivi?»

«Da Roma. Ho fatto il Giubileo dell'Anno Santo.»

«Da Modena a Roma in bici?»

«Io in bici. Leva invece a piedi. Lo conosci Leva, no? Il maratoneta...»

«Vuoi dire che ha corso a piedi per quattrocento chilometri?»

«Una maratona al giorno, più o meno. È un vero fenomeno. Io gli pedalavo dietro» spiega Franco. «In dieci giorni siamo arrivati a Roma. Poi lui è tornato in treno e io ho pensato di fare un salto a trovarti.»

«Be', certo. Da Roma a Napoli in bici è come da Pozza a Maranello... Sei matto come uno *sdazzo*» conclude Umberto. «Vieni a farti un bagno, va'...»

L'accoglienza dei Fulgeri naturalmente è spettacolare. Anche per Franco organizzano una gita al mare, questa volta a Scauri.

È qui, passeggiando in spiaggia, che Franco racconta di Giuseppe. Ha chiuso il negozio di Spezzano per il mal di schiena ed è tornato in Rua Muro. Si è messo a letto e ha fatto una serie di consulti medici.

«La diagnosi giusta l'ha fatta il Drake: il Vècio lavora solo da seduto. O da sdraiato» scherza Umberto.

«Purtroppo invece la diagnosi giusta è un'altra» confessa Franco. «Ha qualcosa di poco bello alle ossa.»

«Cosa vuol dire poco bello?»

«Una specie di tubercolosi alle ossa.»

«Tubercolosi?» ripete Umberto prima ancora che Franco abbia finito di pronunciare la parola.

«Dovranno immobilizzarlo con un busto di gesso. I medici consigliano di trasferirlo in un ospedale in Liguria perché gli fa bene il sole. All'ospedale Santa Corona di Pietra Ligure, probabilmente» racconta tutto d'un fiato Franco, come per togliersi un peso dalla coscienza.

Sa che suo fratello sta per esplodere. Infatti.

«E cosa aspettavate a dirmelo? Che morisse? Mi avete scritto mille lettere e non mi avete raccontato niente del Vècio! Mio fratello ha la tubercolosi e nessuno me lo dice! Cosa avete in testa? La sabbia?» urla Umberto che afferra una manciata di sassi e li scaglia in mare.

«Ma lo abbiamo saputo da pochi giorni» si giustifica Uèllas. «Lo sai com'è la mamma... Non voleva che ti preoccupassi finché i dottori non ci avessero dato la diagnosi definitiva.»

«Lo so com'è la mamma, ma non sapevo come eravate tu e Benito!» ribatte Biàtta. «Dovevate avvertirmi!»

«Per dirti cosa? Che aveva mal di schiena lo sapevi già. Appena abbiamo saputo della tubercolosi, sono venuto a dirtelo di persona. Una lettera avrebbe pedalato meno veloce di me, te lo assicuro.»

Umberto cambia tono: «Ma guarisce in fretta, vero?».

«Sì, credo di sì...» risponde Uèllas. «Il Vècio è più forte di tutto. Sai come ha già battezzato l'ospedale di Santa Corona? Santa Scarogna... È sempre allegro. È lui che consola noi.»

«Santa Scarogna... È vero, è più forte di tutto e di tutti.»

«Io a Roma ho pregato per lui» confessa Franco.

Il giorno dopo, Claudio riesce a procurare ai cugini un passaggio su un camion diretto al Nord. Caricano la bici, i bagagli e risalgono l'Italia.

Calzoni corti

Alle spalle dell'edicola Panini, sotto i portici di corso Duomo, c'è un negozio di abbigliamento per bambini. Si chiama Casa del Bambino. Franco, appena rientrato da una consegna di giornali, ancora in sella alla bicicletta, ne sta osservando la vetrina, ma lo sguardo non arriva ai manichini senza testa vestiti alla marinara. Sta osservando la sua immagine riflessa nel vetro: indossa una polo chiara, calzoni corti e sandali di cuoio su calzini color panna. Non stonerebbe dentro la vetrina: un bambino di vent'anni. "Resterò così per tutta la vita?"

Quel riflesso è una rivelazione inaspettata, come se Dio avesse squarciato le nuvole e gli avesse consegnato le tavole della legge. Un trascurabile atomo di quotidianità che si trasforma in una svolta, un solco nella terra che fa deviare il corso del fiume.

Ora sì che lo sguardo di Franco buca il vetro. Davanti ai piccoli manichini acefali, gli tornano in mente le ultime parole di suo padre: "Usate la testa e non sarete mai servi di nessuno". La sera stessa ne parla a Olga: «Mamma, voglio riprendere a studiare».

La prima risposta arriva da Benito, a suo modo: «Certo. Il Peppino sta a letto, Umberto pensa alle moto, tu vai a scuola e all'edicola sgobbo solo io...».

«Non cambia niente» lo rassicura Franco. «Farò le scuole serali dell'Enal, che sono gratuite, e lavorerò all'edicola come prima. Non rubo né soldi né tempo.»

La Casarèina, che da ragazza avrebbe voluto studiare ma non ha potuto e continua a leggere poesie dialettali tra i giornali di corso Duomo, è l'ultima al mondo che potrebbe dire di no al figlio. Ma anche Giuseppe e Umberto sono d'accordo. Un pezzo di carta in famiglia ci vuole, può fare bene a tutti.

Le quattro sorelle e Benito hanno interrotto gli studi dopo le elementari, Giuseppe e Umberto dopo il triennio all'Istituto professionale Fermo Corni.

Il timbro ufficiale alla decisione ce lo mette il Vècio, in qualità di capofamiglia, anche se momentaneamente immobilizzato: «Uno che invece di rubare le armi dalla caserma dei tedeschi si porta via i libri può solo studiare».

E così Franco Panini, che di giorno continua a occuparsi dell'edicola, di sera si mette a inseguire il diploma di ragioniere all'Ente Nazionale Assistenza Lavoratori di Modena.

Una rincorsa impegnativa: cinque anni in due. Lo bocciano in francese. Si ritira in Riviera per preparare il test di riparazione. La prima persona che incontra è l'autista di un pullman di ragazze francesi che gli chiede un'informazione stradale. Il più bel libro di testo che il buon Dio avrebbe potuto spedirgli.

A settembre supera l'esame. È un ragioniere.

Con i calzoni lunghi.

A Santa Scarogna

Franco ci sarebbe andato volentieri in bicicletta e l'ha buttata lì, ma Umberto ha sbriciolato l'ipotesi con una risata delle sue: «Sì, certo... Tu in bici, io ti vengo dietro a piedi. Come Leva».

Biàtta ha rimesso in vita il vecchio Sachs 98, una piccola moto di produzione tedesca che non vedeva la strada da anni.

Carlo Chiavarino si presenta alla partenza da Rua Muro in sella al Galletto Guzzi. Ha in testa un basco di lana e ne regala due simili ai fratelli Panini.

«Cosa ne facciamo?» chiede Umberto.

«Quello che si fa di solito con i cappelli» spiega il seminarista. «Ce li metteremo in testa. Sono dell'Azione Cattolica.»

Umberto fa per provarselo, ma frena il gesto: «Un momento. Non è che se me lo metto su, poi devo farmi prete anch'io?».

«Tranquillo, non ti prendono. Ci servono solo per trovare un posto da dormire in qualche canonica sulla strada» risponde Chiavarino. «Io i soldi per un albergo non ce li ho.»

«E cosa dobbiamo fare?» domanda ancora Umberto.

«Niente, farò tutto io. Tu dovrai tenerti solo il basco in testa, non bestemmiare e lasciare in pace la perpetua.»

Raggiungono la Liguria attraverso il percorso tracciato da Franco sulle mappe del Touring. Ronzano come calabroni lungo la pianura padana, scollinano la Cisa e si fermano a dormire in una canonica, sulla strada che s'arrampica al Passo del Bracco. Al mattino ripartono per Pietra Ligure. I berretti dell'Azione Cattolica hanno funzionato. Unico intoppo il forte mal di testa con cui si è svegliato Chiavarino. Probabilmente un colpo di freddo. Riprende il viaggio con la testa fasciata da un maglione.

«Buongiorno. Cerchiamo Giuseppe Panini» annuncia Franco.

La suora all'ingresso dell'ospedale non solleva neppure lo sguardo dal cucito: «Al terzo piano. Non potete sbagliarvi. È quello che urla come al mercato».

«Prima buona notizia» commenta Umberto. «Vuol dire che sta bene.»

L'indicazione della religiosa si rivela esatta. Saliti al terzo piano, seguono la voce del Vècio e lo trovano seduto sul suo letto, con la schiena appoggiata al cuscino, circondato da una decina di degenti in pigiama che parlano tutti insieme. Sparpagliata sulla coperta bianca c'è una marea di oggetti: scatole, fiori di carta, statuine, due bambole di stoffa, una gondola, un rosario, un fazzoletto dipinto...

«Ma che cos'è? La fiera di San Geminiano?» chiede Umberto.

«Pellaccia!» tuona il Vècio accendendo gli occhi di gioia e di sorpresa. «Ti hanno fatto ripartire dal Marocco? Franco... Carlo... Che bella sorpresa... Portate via tutta questa roba, voi, che sono arrivati i miei fratelli. Sgomberare! In fretta... Riprendiamo dopo.»

I malati raccattano la loro merce in un lampo, poi qualcuno recupera il proprio letto, qualcun altro esce dalla stanza.

«Cosa stavate facendo?» chiede incuriosito Franco.

«Gli stavo insegnando a vendere. Certi sono bravi, fanno delle belle cose, ma non conoscono la furbizia dell'affare. Magari due costruiscono lo stesso oggetto e lo vendono ai parenti a un prezzo differente, poi arriva il terzo che abbassa il costo per fregare gli altri due... E così finisce che chi compra li frega tutti e tre. Dobbiamo fare cartello, gente! Gli ho proposto: voi pensate a fabbricare, io fisso i prezzi e mi occupo della vendita. Poi vi distribuisco i soldi.»

«Si sono fidati?»

«*Agh cràdd*! Adesso guadagnano il doppio di prima... Ditemi se non sono belli questi cofanetti portagioie. Li costruisco legando insieme due ferri di cavallo, in modo che possano aprirsi e chiudersi. Vedete? Ci scrivo sopra anche il nome con un pennellino. Ogni settimana faccio il giro dei letti per sapere se sono previste visite dei parenti. "Sì, sabato verrà mia sorella." Come si chiama? "Patrizia." Bene, sul cofanetto scrivo Patrizia con il pennellino. Stai tranquillo che a Patrizia i due ferri di cavallo glieli vendo di sicuro.»

«Sei un genio, Peppino» sghignazza Biàtta.

«Guardate quel quaderno.» Giuseppe lo indica sul comodino. «Io telefono agli alberghi della zona, mi informo sulle camere libere, poi chiamo i parenti che devono arrivare a Pietra e glieli propongo. Loro risparmiano la seccatura della ricerca e le telefonate, io mi metto in tasca un buon margine di guadagno. Ho organizzato anche un Totocalcio interno. Raccolgo le schedine e le puntate che poi distribuisco a chi azzecca più risultati.»

«Tenendoti in tasca un buon margine» precisa Franco.

«Naturale, fratello. L'ho sempre pensato: chi ha più tempo, più guadagna. E qua il tempo non ci manca di sicuro. L'enigmistica, che io adoro, non basta a riempirlo tutto.»

Chiavarino raccoglie una rivista sull'armadietto, la sfoglia velocemente e commenta: «Non sembra che l'adori così tanto. Non hai fatto nemmeno un cruciverba...».

«Ti sbagli, don. Li ho fatti tutti. Ma a memoria. Ci avessi scritto sopra le risposte, avrei dovuto buttarlo via. Invece così il giornalino è come nuovo. Visto che ho anche la fisarmonica? Me l'ha procurata il prete dell'ospedale.»

«Ma riesci suonarla?»

«Solo da sdraiato.»

I fratelli hanno parlato di tutto e di tutti per tenere in sospeso la domanda, alta sulle loro teste, come un aquilone, ma ora è il momento di fermarsi e di tirarla giù.

«Come stai, Giuseppe?» chiede Franco.

«Bene. Meglio. Il peggio è alle spalle, credo. Però i primi mesi di gesso sono stati duri. Ve l'ha raccontato la Nica del Foro Boario?»

«Io non so niente» risponde Umberto.

«Dopo il primo gesso a Modena, Veronica mi ha accompagnato a fare una passeggiata al Foro Boario. Eravamo seduti sul prato. Non me ne sono accorto e le formiche mi sono salite sotto il gesso. Credevo di impazzire. Me l'hanno rotto, ero pieno di piaghe. Ma quei nove mesi immobilizzato mi hanno rimesso a posto la schiena. La penicillina e il sole qui, a Santa Scarogna, hanno fatto il resto. Il dottore mi ha detto che tra un paio di settimane potrei tornare a casa.»

«Davvero?» quasi esulta Franco.

«Sì, dovrò tenere ancora per un po' il busto, ma ora me ne hanno fatto uno di metallo che posso mettere e togliere. Altra vita. Aiutatemi a infilarlo che ci facciamo due passi in terrazza davanti al mare. C'è un sole così bello, oggi.»

È una specie di corazza di ferro, chiusa da fibbie di cuoio, che parte da sotto il mento e scende fino ai fianchi.

«Sembri don Chisciotte» osserva Franco.

«I mulini stanno già tremando» assicura il Vècio.

«Non ti dà fastidio?» chiede Chiavarino.

«In piedi no. Mi dava fastidio nelle prime settimane, quando ho dovuto tenerlo anche di notte» racconta Giuseppe. «Mi pesava sulla vescica e dovevo chiamare l'infermiera ogni mezz'ora per farmi accompagnare in bagno. Arrivava una volta su tre e poi si lamentava pure che le rompevo le scatole. Come se io mi divertissi con quella gabbia sui maroni... Allora una notte che ha esagerato gliel'ho fatta sulle scarpe.»

La risata di Umberto arriva fino al faro.

«Eccola, è lei la sfortunata...» avverte Giuseppe.

Si avvicina un'infermiera minuta, dal naso sottile, con una veletta bianca puntata sui riccioli scuri: «Signor Panini, lei oggi doveva restare a letto. Lo sa?».

«Lo so. Faccio solo due passi al sole, poi rientro. Starò a letto tutto il giorno domani, così recupero.»

«La cura segue dei tempi precisi. Non sta a lei scambiare un giorno con l'altro» insiste la ragazza.

«Sono venuti a trovarmi i miei fratelli. È un'occasione speciale. Sono sicuro che il dottore mi avrebbe dato il permesso.»

«E allora avrebbe dovuto chiederglielo, il permesso.»

Interviene Umberto: «Signorina, non insista. Ha delle scarpe così graziose. Sarebbe un peccato rovinare anche queste...».

La velocità con cui si allontana racconta bene l'indignazione della crocerossina.

«Novità a casa?» chiede Giuseppe.

«Ce ne sono, eccome. Franco, lo sai, ha cominciato la scuola serale» racconta Umberto. «Io ho trovato lavoro alla Maserati Moto.»

«Davvero? Ma è una grande notizia! Le tue amate moto, finalmente.»

«Sì, sono contento, dài. E poi è un posto fisso. Merito del Silingardi, il ragioniere che abitava vicino a noi. Te lo ricordi? Quando ha saputo che apriva la Maserati Moto, ha trovato il modo per tirarmi dentro. Conosceva bene la mia passione. Mi ha visto crescere nella bottega del Pinelli in Rua Muro.»

Chiavarino si allontana in cerca di un aiuto contro il mal di testa che gli è scoppiato di nuovo.

«Come sta Benito?» chiede il Vècio. «Fa diventare matta la mamma?»

«Era solo arrabbiato nero perché lo abbiamo lasciato a Modena» risponde Umberto. «Ma qualcuno doveva pur restare in edicola. La prossima volta viene lui.»

«Benito lavora come un treno» aggiunge Franco. «Sai che ha avuto una bella idea? Le buste sorpresa.»

«Cosa sono?» chiede Giuseppe.

«Prende un vecchio romanzo, un fumetto, un giallo, un libro di fotografia, roba che magari recupera all'agenzia di distribuzione dove lavora. Li mette in una busta, ci scrive sopra il prezzo totale, poi tira una riga sopra e lo riscrive dimezzato.»

«E li vende?»

«Al mattino mette fuori dall'edicola la cesta delle buste sorpresa e alla sera la ritira vuota. Le piazza anche nei paesi in collina. Parte con il furgone pieno e torna che è vuoto. Come dice lui: le notizie di un quotidiano il giorno dopo sono già da buttare, ma un romanzo di dieci anni fa, se non l'hai letto, è come nuovo. Il maggiordomo di un giallo non invecchia e resta l'assassino.»

«Ha ragione. Bravo, Tullio!» si complimenta Giuseppe. «Basta incuriosirla e la gente oggi compra di tutto. Lo vedo qui. Se riesco a vendere ferri di cavallo in un letto di ospedale, figurati all'edicola nel centro di Modena... Adesso che torno la facciamo volare! Anzi, è diventata piccola. Dobbiamo farcene costruire una più grande.»

«Perché farcela costruire e buttar via dei soldi?» chiede subito Umberto. «La faccio io.»

«Sei capace?» chiede il Vècio.

«Lo dicevo al Mazzi: dammi una fiamma e ti saldo il sole con la luna. Se ci manca qualche pezzo o qualche arnese, alla Maserati lo trovo di sicuro.»

«Vediamo, non è mica uno scherzo tirare su un'edicola.»

Franco pensa alle formiche del Foro Boario, le immagina che entrano nelle ossa del fratello e gliele scavano come tarme. Una quercia attaccata dall'interno. Ma non riesce proprio a vederlo come un malato. Giuseppe è il dio di sempre, il dio della forza e della protezione, il nume di famiglia. Anzi, lo è ancora di più con quell'armatura di ferro addosso che lo costringe a tenere sollevato il mento con fierezza e che s'incendia di sole, come se Giove invidioso lo stesse colpendo al petto. Il Vècio respinge i fulmini, come ha respinto la malattia. L'eroe sta per tornare in battaglia. Affacciato alla ringhiera del terrazzo, scruta il mare aperto e disegna il futuro di tutti.

Allo scadere dell'orario delle visite, Carlo non è ancora tornato.

Lo trovano che sta chiacchierando con la giovane infermiera dai riccioli neri. Lui è appoggiato con una spalla al muro, più Don Giovanni che Azione Cattolica, lei impugna un carrello metallico, carico di medicine. Nel corso della conversazione, piacevole si direbbe, lo manda avanti e indietro come una culla. Si allontana appena si rende conto dell'arrivo dell'urinatore notturno.

«Ti ha fatto passare il mal di testa?» provoca subito Umberto.

«Mi ha dato un cachet Fiat, è stata gentile» risponde il seminarista. «La sua famiglia è di Savona, come la mia. Che coincidenza.»

«Non è una coincidenza, Carlo, è un segnale di Dio» precisa Giuseppe. «Ha messo quella ragazza sulla tua strada per suggerirti la direzione giusta.»

«Non cominciare...» taglia corto il seminarista.

«Scusa, se Dio ti avesse voluto prete per davvero, ti avrebbe chiamato Monaci, Chiesa, Cardinali o chessò... Santini. Invece tu di cognome fai Chiavarino. Dimmi se non è un segnale...»

«In testa ce l'hai la tubercolosi, non alla schiena» ribatte Carlo calzando il berretto dell'Azione Cattolica. «È lì che sbagliano i medici.»

Umberto, divertito, fa rimbombare il guscio metallico del fratello con una energica pacca da meccanico.

Manuel Fangio

La gocciolina rossa che circola nella vena dell'Aerautodromo di Modena è la Maserati A6 di Juan Manuel Fangio, leggenda del volante.

«Osserva come esce dalle curve» suggerisce l'ingegner Giacomazzi. «I comuni mortali sbarbazzano le balle di paglia a bordo pista, lui scivola pulito al centro. È questo che ha fatto innamorare il Drake quando lo ha visto per la prima volta, proprio su questa pista.»

«Alla fine sono sempre le curve che ci fanno perdere la testa» commenta Umberto in qualità di doppio esperto. Donne e motori.

«Meno male che Fangio gli ha dato buca e ha detto sì alla Maserati» sospira l'ingegnere.

Domenica scorsa, a Monza, il pilota argentino ha messo in fila le tre Ferrari 500 di Farina, Villoresi, Hawthorn e ha regalato alla Maserati la prima, storica, vittoria in un Gran Premio di Formula 1. Una gara emozionante che si è decisa in un finale da brividi.

Ascari, leader della classifica e della corsa, sbaglia l'ultima curva e va in testacoda. Farina, che lo segue, esce di pista per evitarlo. Fangio passa in mezzo e mette a segno la grande beffa.

Da giorni a Modena non si parla d'altro, del trionfo della Maserati e della scornata subita da Enzo Ferrari. Così impara a licenziare il Vècio, hanno pensato un po' tutti i Panini.

El Chueco, il Gambe Storte di Balcarce, già campione del mondo nel '51, medita un'altra beffa per domenica prossima, 23 settembre 1953, giorno del quarto Gran Premio di Modena. La casa del Tridente cova la festa di un'altra prima volta, dopo i tre precedenti del Cavallino Rampante. C'è in ballo un nuovo derby nella città dei motori.

Per questa ragione Fangio sta prendendo confidenza con la pista dell'Aerautodromo, che è una sorta di centauro intrappolato tra via San Faustino, via Formigina e via Emilia Ovest: metà autodromo e metà aeroporto. All'interno del circuito perimetrale riservato alle auto da corsa, lungo 2,3 chilometri, si srotola la pista per il decollo degli aerei, larga 30 metri, con tanto di hangar e torretta di controllo.

Il Maestro arresta il bolide rosso nell'area dei box. Smonta, si sfila il casco, libera la fronte ampia come una parabolica e appoggia un sorriso argentino sulle labbra di una giovane donna dai capelli corti e dagli occhiali affilati da diva. Il gesto fa sparire dalla scena le quattro tute azzurre e i due uomini in cravatta che lo seguono senza dire nulla. Fangio si allontana abbracciato a Beba, come farebbe su una spiaggia deserta.

«Dio ha lasciato la pista, tocca agli uomini» avvisa l'ingegner Castellazzi. «Forza Panini, mettiti al lavoro...»

Umberto inforca la 125 T2, monocilindrica a due tempi, e la lancia sul rettilineo dell'Aerautodromo. Sfila davanti alle tribune principali, frena alla variante Stanguellini, sfiora le postazioni del Circolo della Biella e curva cercando di uscire al centro della pista, pulito come Fangio. Anche la sua moto è rossa. Accelera sul secondo rettilineo scatenando tutta la potenza del motore. Sorride eccitato alla velocità: non ha mai volato così forte in vita sua. Altro che il Sachs 98...

Alla Maserati ci hanno messo un attimo a capire che il ragazzo non ha solo mani buone per curare il corpo di una moto, ma sa anche ascoltarne l'anima, e l'hanno promosso subito collaudatore. Gli ingegneri si fidano delle correzioni che suggerisce dopo ogni giro in pista.

Anche perché, se Alfieri Maserati ha fondato la casa automobilistica nel 1914 e suo fratello Mario ha disegnato il marchio del tridente, ispirato alla fontana di Nettuno di Bologna, nel 1926, la sezione moto non può contare sulla stessa esperienza e sulla stessa tradizione. Anzi, è appena nata. L'anno prima l'industriale Adolfo Orsi, che aveva acquistato la Maserati nel 1937 e aveva spostato la produzione delle auto da Bologna a Modena, ha deciso di spartire il patrimonio con i fratelli.

Lui, già titolare di un gruppo siderurgico, si è tenuto le auto, mentre la sorella Ida si è presa la fabbrica di candele e accumulatori e ha acquisito l'Italmoto, azienda bolognese sull'orlo del fallimento, per poter produrre motociclette con il marchio Maserati.

I tecnici e gli ingegneri dell'Italmoto, che in un primo tempo si erano a trasferiti a Modena, nella nuova sede di produzione, sono tornati a casa in fretta e così per il giovane Panini, uno dei pochi esperti delle due ruote, si è spalancato un futuro di belle possibilità.

Umberto lo annuncia con una certa enfasi anche il giorno del Gran Premio di Modena: «Ora che alle auto è arrivato Fangio e alle moto ci sono io, la Maserati può conquistare il mondo».

Benito si affretta a pungere: «Ah, di sicuro. Magari qualcuno nel mondo si chiederà chi è Fangio, ma chi non lo conosce Biàtta?».

Umberto si è portato dietro Tullio perché è il più sportivo dei fratelli. Va spesso anche allo stadio per le partite di calcio del Modena.

E a una settimana da Monza, ecco un altro trionfo della Maserati, in un Aerautodromo affollato e appassionato: tre auto del Tridente ai primi tre posti. Dopo cento giri di pista, sotto la bandiera a scacchi sfreccia il bolide numero 24 del Maestro Fangio, seguito dall'allievo Onofre Marimon e dal barone svizzero Toulo de Graffenried.

Andreina Beba Berruet sorride, più fatale e fotografata che mai.

Non tutto però fila liscio alla Maserati.

Umberto è orgoglioso della tuta azzurra con il tridente sul taschino, così diversa dagli stracci che vestiva da saldatore, e le moto restano una passione forte, ma fatica a scendere a patti con la rigida disciplina aziendale. Come il Vècio, ha l'istinto del lavoratore in proprio, è più portato a darsi regole che a rispettarle, figlio di un aviatore che guidava strade d'aria senza steccati.

Per esempio, è abituato a mangiare quando ha fame. Invece in fabbrica la pausa spuntino è proibita. Nei primi giorni, verso le 10 di mattina, assiste regolarmente a una fitta processione nei bagni che scambia per una curiosa epidemia di incontinenza. In realtà i colleghi si chiudono nelle toilette per consumare il proprio panino fuori dai radar dei capireparto. Lui non lo farà mai.

Quando la fame bussa, tira fuori prosciutto e gnocco fritto al suo tavolo da lavoro.

Non tardano ad avvicinarsi il caporeparto e il ruffiano che ha il compito di riferire alla proprietà ciò che accade in fabbrica.

«Lo sai che non si può mangiare in reparto?» chiede il capofabbrica.

«Lo so» risponde Umberto.

«Perché lo fai allora?»

«Perché ho fame.»

«Anche i tuoi colleghi, probabilmente. Però loro non mangiano» fa notare il ruffiano.

«Sì che mangiano, ma nei cessi. Io al cesso ci vado per svuotarmi, non per riempirmi.»

Nei giorni successivi, per evitare lo scontro, si limita a sbocconcellare lo gnocco fritto di nascosto, nelle pause di lavoro.

E poi la mensa. Per accedere all'area pranzo bisogna infilare un gettone di cartone nella fessura di una macchinetta. Le porzioni sono misere. Umberto prova a lamentarsi, ma non ottiene nulla, allora si arrangia per conto suo.

Appoggia il vassoio sul tavolo occupato da una collega, Loretta: «Posso?».

«Prego. Sono da sola. Ma tu non hai già mangiato?»

«Sì, ma ho ancora fame.»

«E il gettone?»

«Eccolo» ne mette uno sul tavolo. «Vedi? Lo taglio in due e con la colla restituisco spessore alle due metà, così ogni giorno raddoppio i pasti.»

Loretta studia il dischetto e sorride: «Se ti beccano, ti cacciano...».

«*Méi, acsè a vagh in Merica*» risponde il collaudatore.

«In America?» chiede la collega. «A fare cosa?»

«Il meccanico. Anche là si spaccheranno le cose. E poi voglio vedere un po' il mondo. È stupido restare sempre nello stesso posto. Come avere una casa di dieci stanze e abitarne una sola. Vieni anche tu?» chiede Umberto.

«Io non so aggiustare nulla.»

«Fai l'attrice. Guarda che di ragazze carine come te a Hollywood non ce ne hanno mica tante» sviolina Biàtta.

«Sei un ciocapiatti, Panini...» sorride Loretta.

Però è bella per davvero. Così tanto che è lei la prima a sembrarne imbarazzata. In fabbrica cammina sempre a testa bassa, con le mani dentro il grembiulaccio nero, come per abbruttirsi, ma non ci riesce. Le forme perfette, la prima sillaba del nome e la Bersagliera al cinema in questi giorni la costringono a essere la Lollo del reparto produzione.

Una settimana più tardi, i gettoni quotidiani per il pranzo sono diventati di metallo. Il cuoco non riusciva a spiegarsi perché di colpo le razioni non bastassero più per tutti.

In assoluto, il rito che Umberto detesta di più alla Maserati è quello della perquisizione all'uscita dalla fabbrica. Temono che qualcuno possa portarsi fuori qualcosa, da quando uno stimato ragioniere ha incrociato sul cancello il commendator Orsi, il padrone, e si è tolto il cappello per omaggiarlo. In testa aveva una lampadina.

A intervalli casuali, suona una sirena. L'operaio che in quel momento sta marcando il cartellino, prima di uscire, deve accomodarsi in un gabbiotto e togliersi i vestiti. Anche a Umberto è capitato di ritrovarsi in mutande, a piedi nudi, davanti a uno sconosciuto, per certificare la propria onestà.

Questa serie di piccole e grandi vessazioni ha fatto crescere la sensibilità sindacale in fabbrica, ma non è facile farsi ascoltare dalla proprietà. Sono passati solo tre anni dall'eccidio delle Fonderie Riunite di Modena.

Adolfo Orsi, proprietario anche della Maserati, aveva licenziato più di cinquecento operai per poterne assumere altrettanti slegati da partiti e sindacati. Una risposta brutale alle rivendicazioni sociali e salariali. Scoppiarono scioperi e proteste. La polizia sparò sui dimostranti, uccidendone sei e ferendone duecento. Una strage che scosse tutta l'Italia. Ai funerali partecipò Palmiro Togliatti.

Umberto non può neppure portare il motorino all'interno dell'azienda, deve lasciarlo fuori. O meglio, dovrebbe, perché, se il guardiano è distratto, s'infila con il Sachs 98. Per regolamento, nel cortile entrano solo le biciclette, che devono essere appese ai ganci, sotto la tettoia. Proibito parcheggiarle con le ruote a terra.

In genere, finito il turno, Umberto si ferma ad aspettare accanto alla tettoia. Aiuta Loretta a staccare la bici dal gancio e tornano insieme verso il centro, chiacchierando. Se lei è la Lollo, lui ha il fisico atletico, il volto allungato e il sorriso vigliacco di Vittorio Gassman. Non passano inosservati.

Per questo, una sera, l'ingegner Giacomazzi si avvicina alla tettoia e si permette un consiglio: «Umberto, dammi retta: stacca un'altra bicicletta. Non voglio perdere il mio collaudatore migliore».

Il maglione rosso

Il ragioniere Franco Panini si allaccia con cura le scarpe di cuoio che attirano riflessi di luce. Sono lucide e nuove di scatola: il regalo dei fratelli per il suo primo giorno di banca. Hanno unito i risparmi, come il Banco di San Prospero di Reggio Emilia e quello di San Geminiano di Modena che nel 1932 sono diventati Banco di San Geminiano e San Prospero, il nuovo posto di lavoro del più giovane dei fratelli Panini.

Uèllas, abito grigio e cravatta, si alza in piedi e si mostra: «Vado bene, Vècio?».

«Per me ti fanno direttore già il primo giorno» commenta Giuseppe mimando un applauso. «Digli che si tengano pronti e facciano spazio, perché appena mi rimetto in piedi e faccio decollare l'edicola vi porto i soldi con la carriola...»

Il pieno recupero di Giuseppe è una pedalata in collina: alti e bassi. Ci sono giorni in cui si sente al culmine delle forze e passa ore all'edicola, altri, come oggi, in cui fatica ad alzarsi dal letto e sente la schiena urlare di dolore.

L'appartamento di Rua Muro si è allargato, perché sono uscite spose sia Edda sia Maria Luisa. Edda, dopo cinque anni di corrispondenza e di visite, ha sposato il suo Loreno e si è stabilita definitivamente tra le mortadelle di Maddaloni. Maria Luisa ha detto sì a Vasco Bergamini. Nello stesso 1952, Norma, nel suo paradiso bucolico di Marzaglia, ha dato alla luce la quarta creatura: Luisa.

In casa è rimasta Veronica, la sorella maggiore, che si divide tra l'edicola e il suo lavoro di segretaria nello studio dell'avvocato Guidelli, tenendo sotto controllo qualche ansia sentimentale: ha superato i trent'anni e partecipato alle nozze delle sorelle più piccole.

Franco invece ha appena conosciuto l'amore, quello vero che ti sorprende alle spalle come un ladro e ti fa correre il cuore come uno spavento.

È successo a una festa di parenti, per la cardatura della lana. Il materassaio ha lavorato nella corte tutto il giorno per ridare vita ai letti e alla sera si è deciso di celebrare il rito con un po' di musica. Hanno chiamato i fratelli Panini.

Giuseppe, che era in giornata di buone forze, ha accettato a nome di tutti e ha inchiodato Franco: «Stavolta però vieni anche tu perché si festeggia il mio ritorno».

Non solo. A metà serata, con la fisa in spalla, il Vècio ha annunciato: «Non vado avanti se mio fratello Franco non fa un ballo».

Non avrebbe potuto fargli un dispetto peggiore. Franco non è una piazza aperta come Giuseppe e Umberto, è un castello in collina, ha bisogno di una certa distanza per guardare gli altri e di un ponte levatoio da tirare su ogni tanto.

Diventa rosso come il maglione sgargiante che si è messo addosso ma, se non altro, non ha l'imbarazzo della scelta perché evidentemente durante le canzoni precedenti si è guardato in giro.

Franco si alza dalla sedia e raggiunge una ragazzina che ha un golfino giallo sulle spalle, in piedi, accanto all'orchestra: «Vuoi ballare con me?».

Ha sedici anni, si chiama Emilia. Conosce Giuseppe e Umberto, ma è la prima volta che vede il fratello minore.

La musica riparte. Un valzer.

«Non ti piace ballare, vero?» chiede la ragazza.

«Si vede così tanto che non sono capace?»

«Più che altro si sente» precisa Emilia. «Sui piedi...»
«Scusami...» risponde il ballerino con un mezzo passo indietro.

Quando però, molto presto, tornano a sedersi, lei scopre che il ragazzo dal maglioncino rosso ha una magia speciale: riesce a farle vedere tutte le cose di cui le parla, i posti e le città soprattutto. Già è una piacevole sorpresa che non racconti di sport o di Ferrari come tutti i suoi amici, ma in più ha questo talento strano di usare le parole come un pennello, per disegnarle mondi davanti agli occhi.

Le piace ascoltarlo.

Si parlano anche nelle settimane successive e quando Franco viene a sapere che lei è a letto con la febbre alta a Riccovolto, frazione di Frassinoro, sull'Appennino modenese, inforca la sua bici da corsa e pedala settanta chilometri per portarle un libro, *I promessi sposi*, lo stesso che aveva ricevuto in premio Olga, quando andava a scuola. Ai margini delle pagine suggerisce quali parti del romanzo può saltare e quali meritino di essere lette con più attenzione.

Emilia si diverte soprattutto a leggere quelle note e a chiedersi se lo abbia scelto per il titolo.

Franco s'incammina emozionato e fiero verso il centro storico, badando che le suole delle scarpe nuove non gli tirino brutti scherzi sulla pietra liscia del corso.

Arriva in Duomo. Olga, incorniciata dai suoi giornali, sorride ancora più fiera. Pensa d'istinto al marito: "Tonino, abbiamo un figlio che lavora in banca".

In quel porto di mare che è un'edicola si fermano spesso anche dirigenti e gente che conta. La Casarèina, in questi mesi, è riuscita a chiacchierare spesso di suo figlio, ragioniere in gamba. Ne ha parlato perfino in chiesa, alla domenica, perché passando dalla curia si arriva dappertutto. Anche le auto migliori, a volte, hanno bisogno di una piccola spinta. Oggi il suo figlio più piccolo, quello che più ama i libri e lo studio, quello che probabilmente più le assomiglia per la stoffa dell'anima, si mette in viaggio.

Benito gli allunga "Il Resto del Carlino": «Tieni, se cammini con il giornale sotto braccio sembri un bancario vero».

«Grazie, mettici in mezzo un fumetto di Wallace che mi portava fortuna quando scappavo sotto le bombe.»

«Ora però se ti porti via la cassa ti arrestano.»

«Aggiustati la cravatta» suggerisce Olga.

Franco si specchia nella vetrina del negozio Casa del Bambino per sistemarsi il nodo. Sorride ai manichini senza testa. Ha ventidue anni, un posto fisso al Banco di San Geminiano e San Prospero. E i calzoni lunghi.

Il vitello d'oro

Giuseppe non avrebbe voluto accettare, però la dolce Veronica, che non ha figli, ma è sempre stata madre dei suoi fratelli, lo ha convinto: «A Modena si muore di caldo. Un po' di aria buona ti farà solo bene. Dài...».

E così, alla fine, il Vècio è salito sul pullman della parrocchia con la sorella per una giornata di svago sull'Appennino modenese.

Raccolte sui sedili posteriori, quattro ragazze ridono e scherzano, contagiate dalla tipica allegria d'inizio gita. Una sola è in silenzio. Sta studiando il ragazzo immobilizzato da un busto di ferro, qualche fila più avanti.

«Lo conosci?» chiede Maria indicandolo.

«No» risponde l'amica. «Poverino, così giovane...»

«E così carino» completa Maria.

«Cos'avrà?» domanda l'amica.

«Vado a chiederglielo...»

Maria risale il pullman fino a Giuseppe: «Ciao, vuoi una caramella?».

Il busto permette a Peppino una torsione minima. Non riesce a inquadrare completamente la persona che gli ha fatto la domanda. Riesce a percepire solo una vaga sensazione di bellezza, come se avesse sbirciato il mare attraverso il buco di una serratura. Invece, gli sfugge completamente la vista della caramella.

Maria, con il braccio teso, deve insistere: «Non è avvelenata, giuro...».

Giuseppe ruota il bacino per migliorare la visuale, prende la caramella: «Ah, scusa... Grazie».

Hanno lasciato libero il posto accanto al suo per consentirgli di muoversi meglio.

Maria prima lo occupa, poi chiede: «Posso?».

Il Vècio risponde con un "prego" ormai senza senso.

«Brutta storia questo coso, vero?» chiede la ragazza, facendo risuonare il busto con le nocche. «Mi sa che, se ti fermi al sole, finisci arrosto come un piccione...»

Secondo indizio che il mare sbirciato dalla serratura gli piace: parla senza imbarazzi e senza commiserazione della sua malattia, a differenza di tutti. Lui le spiega che cos'è la tubercolosi ossea, lei gli racconta che fa la parrucchiera a Milano. Lui le parla dell'edicola, lei chiacchiera e poi si alza.

«Torno dalle mie amiche, altrimenti so che me lo rinfacciano... Ci vediamo in giro più tardi.»

«A dopo» fa eco Giuseppe che la va a cercare dopo il pranzo al sacco, a Pavullo.

Lei gli offre una sigaretta: «Non puoi, vero? Con quei polmoni...».

«Non potrei, ma una ogni tanto non fa male. E poi non vedo dottori in giro.»

«A sputare fumo da quel coso sembri una locomotiva...» sorride la parrucchiera.

Sorride convinto anche il Vècio, sempre più divertito dalle parole dirette, senza sconti, della ragazza: «Ti piace Milano?».

«Molto» risponde Maria. «Perché se fumo o metto i pantaloni nessuno ci fa caso. A Modena ho sempre gli occhi addosso. Mi piace camminare in mezzo a tanta gente che non conosco. E poi i palazzi del centro sono bellissimi.»

«Lavori in un negozio del centro?»

«Sì. Dove ci sono le signore che stanno bene e che vogliono avere sempre i capelli in ordine.»

«In che zona abiti?»

«A Modena. Vado avanti e indietro in treno.»

«Tutti i giorni?»
«Prendo il primo delle 5 e torno alla sera con quello delle 10.»
«Dormi poco.»
«Dormire è uno spreco di tempo.»
Maria non gli spiega che un appartamento a Milano non potrebbe permetterselo e che ha due soli vestiti: uno addosso e l'altro a lavare. E che il suo stipendio serve a tutta la famiglia.
«Lavori anche al sabato?» domanda Giuseppe.
«No, sabato e domenica no» spiega Maria.
«Allora, se sabato prossimo sei in giro a Modena, passa a salutarmi all'edicola di corso Duomo.»
Ci passa, si vedono e non smettono più di farlo. Una sera Giuseppe esce di casa con elegante disinvoltura e raggiunge la stazione. Aspetta il treno delle 22 da Milano.
La vede apparire e scomparire come un fantasma tra le ombre scure che scivolano lungo la banchina. Sui boccoli castani porta un basco verde che spiove di lato, come il tetto di una baita.
«Ehi, cosa ci fai qui? Da dove arrivi?» chiede sorpresa Maria.
«Da casa» spiega Giuseppe. «Sono venuto a salutarti.»
Lei sorride e non ritira gli occhi.
«Hai mai baciato un ragazzo di ferro?» domanda il Vècio.
«No... proviamo» decide la parrucchiera che abbraccia l'armatura e va incontro alle labbra del Panini.
Don Chisciotte ha conquistato Dulcinea. L'impresa gli trasmette una forza nuova contro la malattia. Fissa subito un consulto all'ospedale Rizzoli di Bologna. Lo accompagna Veronica.
Il giovane dottore che studia la radiografia da sopra gli occhiali stretti conclude: «Le farebbe bene un altro periodo di elioterapia. Gliel'avranno detto che il bacillo dell'infezione patisce i raggi ultravioletti e l'aria pura. Noi abbiamo aperto un istituto elioterapico a Cortina d'Ampezzo che è all'avanguardia nella cura della tubercolosi ossea. Per il suo caso non saprei consigliarle di meglio».
«Cortina?» chiede Giuseppe cominciando a misurare la distanza da Maria.

«Sì, Cortina» conferma il giovane dottore. «Istituto Codivilla-Putti. Alessandro Codivilla e Vittorio Putti sono stati due autorevoli studiosi, uno maestro dell'altro. Entrambi hanno diretto il Rizzoli e progettato l'istituto di Cortina per curare i casi di tubercolosi ossea che si sono moltiplicati dopo la Grande Guerra. Prima di diventare un ospedale, la struttura era un vecchio hotel: il Des Alpes. Pensi, nel nostro istituto elioterapico ha soggiornato per due anni anche Alberto Moravia, che aveva la sua stessa malattia ed è stato curato proprio dal professor Putti. Arrivò da Roma che era un ragazzino, ingessato dalla testa ai piedi. Per caricarlo sul treno lo fecero passare dal finestrino, come una mummia... A Cortina, per prima cosa, gli tolsero tutto quel gesso e cominciò a star meglio.»

Lo sottolinea con enfasi, come se la notorietà dello scrittore fosse una garanzia in più di guarigione.

In casa Panini concordano tutti sull'opportunità di seguire il consiglio del medico, Olga in testa: «Abbiamo un'edicola e due stipendi fissi: ce lo possiamo permettere».

Giuseppe non ha anticipato nulla a Maria finché non è stata presa la decisione in famiglia. Ora che si sta incamminando all'appuntamento con la morosa, sotto la Ghirlandina, studia il modo più delicato per comunicarle un'assenza di mesi, e cerca di indovinare quale sarà la sua reazione.

Non la indovina: «Vengo anch'io».

Peppino sorride, la parrucchiera resta seria.

«Dici davvero?» sonda Panini.

«Certo.»

«E il tuo lavoro?» ribatte d'istinto il Vècio.

«Cortina è posto da bella gente. Io sono specializzata in teste di signore ricche. Ne troverò una» spiega la parrucchiera.

«Dovrò stare tutto il giorno in ospedale, non potrò uscire» fa presente Giuseppe.

«Ti verrò a trovare, mi farò lunghe passeggiate e dormirò quello che non ho dormito in questi anni» promette Maria.

«Camminerai poco... A settembre Cortina è già sotto la neve» commenta Peppino.

La parrucchiera gli punta un dito al petto facendo risuonare il busto di ferro: «Ascolta, Giuseppe. Se non vuoi che venga, dimmelo chiaro».

Affittano una stanza minuscola proprio sopra il Lovat, la storica pasticceria di Cortina, in corso Italia: un letto, una sedia, un bagno con lavandino, ma senza vasca. Grazie alle referenze milanesi, Maria trova subito lavoro presso un negozio di parrucchiere. Conosce una coppia di coniugi anziani. Lui è stato un direttore d'orchestra, come racconta un'intera parete della sala ricoperta da fotografie del padrone di casa con la bacchetta in mano. Sono molto affettuosi, la trattano come una figlia. Maria ogni giorno fa la piega alla signora che, in cambio, le consente di fare il bagno nella vasca. Il marito ogni giorno le regala qualche sigaretta.

Giuseppe passa quel che resta dell'estate sull'ampio terrazzo del Putti, sdraiato su un lettino, accanto a una ventina di altri degenti, nudi a parte un pannolino e gli occhiali scuri per proteggersi dai raggi ultravioletti.

Maria lo raggiunge verso sera in ospedale. Il Vècio le tiene sempre da parte qualche cosa da mangiare, quella è la sua cena. Ogni tanto escono a fare due passi e si ritrovano regolarmente davanti allo stesso bivio: cinema o un dolce al Lovat? Tutti e due non possono permetterseli. Alla fine scelgono sempre il cinema, perché un film dura più di un dolce e possono stare più a lungo insieme, al caldo, fuori dall'istituto.

Nelle ore più assolate, se Maria non lavora, si concedono brevi passeggiate nei prati per ammirare le maestose Dolomiti che s'impennano appena oltre l'ospedale. Giganti di roccia che incombono minacciosi, trasmettendo una paradossale sensazione di conforto: ai loro piedi non si sentono più piccoli, ma più uniti. Quando arriva la prima neve, Giuseppe Panini è abbronzato come un tronco d'albero. Le sedute elioterapiche sul terrazzo sono state sostituite dall'attinoterapia con le lampade al quarzo nelle sale interne.

Una sera Maria non arriva al Codivilla-Putti.

Giuseppe l'aspetta alla solita finestra, alla solita ora, ma non la vede salire. Non si preoccupa più di tanto, anzi è contento che abbia deciso di restare in paese, perché è nevicato per tutto il giorno e percorrere il sentiero sarebbe stato massacrante. Ha fatto bene. Sta nevicando ancora.

Giuseppe butta un'ultima occhiata oltre la finestra quando ormai la notte ha cancellato il bosco. Nota qualcosa di strano. Socchiude gli occhi per osservare meglio. La macchia scura nella spianata di neve, appena oltre la recinzione dell'istituto, prima non c'era. Peppino ha memoria da enigmista, non gli sfuggono i dettagli.

Quella macchia potrebbe anche essere un corpo.

Chiama subito due infermieri, indica il punto e li costringe a uscire per controllare.

«Correte!» urla dalla finestra.

I due accelerano il passo, anche se affondano fino alle ginocchia.

È proprio Maria, svenuta per la fatica e per la debolezza. Ha camminato nella neve alta e non mangia da ieri sera.

La rianimano, le danno vestiti asciutti e una tazza di brodo caldo.

Il Vècio le accarezza i capelli: «Mi hai fatto spaventare».

«La sai una cosa?» chiede la ragazza. «A casa ho un altro cappotto, bianco come la neve. Non sapevo quale portare. Poi dicono che i colori non contano...»

A inizio primavera il primario del Codivilla-Putti, professor Longoni, convoca Giuseppe nel suo ufficio. È un uomo lungo e sottile come un sigaro, austero, non ha accennato un sorriso neppure alla stretta di mano. Ma in testa, quasi per vendetta, gli sono rimasti dei divertenti capelli rossi, da discolo liceale.

«L'ho fatta chiamare perché vorrei illustrarle una possibilità, signor Panini» spiega il primario. «Da tempo stiamo studiando una nuova tecnica per la risoluzione chirurgica della tubercolosi ossea. Finalmente abbiamo deciso di introdurla nel nostro istituto.»

«In che cosa consiste?» chiede Giuseppe, incuriosito.

«Si tratta del trapianto del midollo di un vitello, con l'innesto di un supporto osseo» spiega il professore. «Grazie al trapianto, possono riprodursi cellule sane che riparano i danni del bacillo.»

«Sembra interessante, ma perché ha voluto spiegarlo proprio a me?» domanda il Vècio.

«Perché la sua situazione è critica, signor Panini» risponde il primario. «Mi perdoni se parlo in modo crudo, ma devo farlo: l'elioterapia non ha fermato la spondilite. Può averla frenata in parte, può averle dato sollievo, ma lei ha già sei vertebre intaccate e l'infezione ne intaccherà altre, inevitabilmente.»

«Parli chiaro fino in fondo, dottore. Finirò su una sedia a rotelle?»

«Temo di sì» conferma Longoni senza abbassare lo sguardo.

«Se invece mi opero, ho possibilità di restare in piedi?»

«Se il trapianto riesce, sì» conferma il primario. «Può guarire completamente.»

«Allora che dubbi abbiamo, dottore? Mi operi domani!» esclama il Vècio.

«Io ho il dovere di dirle tutto, signor Panini. Questa tecnica di trapianto animale è assolutamente nuova. In Italia sarebbe la prima volta, la terza nel mondo. Degli altri due casi non conosco l'esito. Non siamo in grado di garantirle che il trapianto riuscirà e deve sapere che l'intervento comporta dei rischi. Molti.»

«Ce l'ho il cinquanta per cento di possibilità di svegliarmi?»

«Non riesco a dirle di sì.»

«Me ne basta una, dottore» conclude Giuseppe. «A me vivere da seduto non interessa. Io ho un sacco di cose da fare e le farò sulle mie gambe. Sono un tipo fortunato, l'operazione andrà bene. Sicuro. Ho troppa voglia di vivere per morire. Avvisate il vitello che si tenga pronto.»

Questa volta imboccano l'altra strada del bivio: non il cinema, ma la pasticceria Lovat. Devono parlare.

Giuseppe nasconde i rischi e le percentuali di riuscita del trapianto, annuncia solamente la splendida possibilità di un intervento chirurgico rivoluzionario che potrebbe guarirlo definitivamente.

Poi però, per dovere di coscienza, aggiunge: «Non so se l'operazione riuscirà e come ne uscirò, Maria. Non so neanche se potrò mai avere dei figli. Dirtelo mi costa come tagliarmi un braccio, ma devo: se vuoi sentirti libera, finché non si chiarirà la situazione, io lo capisco».

La ragazza solleva uno sguardo cattivo dalla torta al cioccolato: «Tu mi hai presa, tu mi tieni».

Due giorni prima del trapianto, il professor Longoni lo accompagna nel parco dell'istituto e lo guida in una casetta di legno, davanti a un vitello di cinquanta giorni che ha un cartoncino legato a una zampa con su scritto: "Panini".

«È lui?» chiede Giuseppe.

«È lui. Pensavo le facesse piacere conoscerlo» spiega il primario.

Il Vècio si specchia negli occhi dell'animale, lo accarezza: «Fammi vivere, poi vedrai che ci divertiamo».

Rientrato in ospedale, Giuseppe scrive un telegramma e dà indicazioni alla suora del reparto sulla spedizione.

"Quando leggerai queste parole, io sarò sotto i ferri. Scusa mamma se non ti ho detto nulla, ma non volevo farvi preoccupare. Non ce n'è davvero bisogno. L'intervento mi aiuterà a guarire. Sarò presto a casa. Chiamo appena posso. Saluta i fratelli."

C'è posta per Biàtta

Il guardiano è presente e vigile al cancello di via Ciro Menotti. Umberto si rassegna e parcheggia il Sachs 98 all'esterno della Maserati.

È di buon umore. Come sempre, quando deve collaudare e non chiudersi in fabbrica. Oggi porta in pista il prototipo della 164 T4 TL, monocilindrica a 4 tempi, in uscita tra un anno. Gran bella bestia, ma le nuove sospensioni teleidrauliche, che migliorano parecchio la guida, vanno messe a punto.

Biàtta si dirige verso l'ufficio dell'ingegner Giacomazzi che però lo anticipa e si affaccia in cortile.

«Buongiorno, ingegnere» saluta il collaudatore. «Recupero la tuta e andiamo. Si porti dietro un cronometro che oggi abbasso tutti i record della pista. Sono carico come uno schioppo...»

«Aspetta, Panini» lo frena Giacomazzi con un'espressione da funerale. «Passa dagli uffici. Devi ritirare una lettera. Mi spiace...»

Umberto sorride amaro: «Licenziato?».

«Ti avevo avvertito» ricorda l'ingegnere. «Non mi hai ascoltato.»

«Non possono licenziarmi perché parlo con una collega.»

«No, però se la collega è la preferita del caporeparto possono accorgersi che fai colazione in fabbrica, che arrivi in ritardo, che falsifichi i gettoni della mensa...» spiega Giacomazzi mentre passa il fazzoletto sulle lenti degli occhiali. «C'è sempre qualche spia in cerca di un aumento. Non credo che il sindacato possa aiutarti.»

«Neanch'io» concorda il collaudatore. «Sono chiusi nel cesso a mangiarsi il panino.»

«Mi spiace. Perdo il migliore, ma non avrai problemi a trovare un altro lavoro. Buona fortuna.»

«Grazie, ingegnere. Anche per tutto quello che mi ha insegnato. Buona fortuna a lei» risponde Umberto stringendogli la mano.

S'incammina verso il cancello.

«La lettera!» gli ricorda Giacomazzi.

Biàtta si volta: «Me la spediranno. Facciamogli almeno spendere il francobollo...».

Umberto raggiunge l'edicola in corso Duomo per comunicare la notizia.

Olga gli rivolge uno sguardo severo: «Hai rubato?».

«No» giura il figlio.

«Allora va bene tutto» si rilassa la Casarèina.

«Il guaio è che sono troppo bello, mamma.»

«Lo so. La colpa è mia e di tuo padre» riconosce Olga. «Sei *spanizzo* come lui.»

«Il Vècio licenziato dalla Ferrari, tu dalla Maserati: due fenomeni» scherza acido Benito. «Solo io non posso licenziarmi e sgobbo per tutti.»

«Hai letto?» chiede Umberto. «Anche Fangio ha lasciato la Maserati. È passato alla Mercedes.»

«Non conquisterete il mondo» commenta Benito.

«Lo conquisteremo, ma ognuno per conto suo» precisa Biàtta. «Io raccolgo ancora qualche soldo poi vado in Merica.»

«Sì e io in Cina... Lavora all'edicola nuova che è meglio. Questa ormai scoppia.»

Davanti al Duomo c'è uno sposo in attesa della sposa.

Come fa sempre in questi casi, Benito urla dai portici: «*Scàpa caiòun*, finché sei in tempo!».

Olga lo riprende: «Piantala, Beni! Un giorno ci sarai tu al suo posto».

«Un giorno, sì...» borbotta sorridendo il figlio.

Per raccogliere qualche soldo, Umberto apre bottega a pochi metri da casa, in Rua Muro, accanto a piazza San Giacomo. Alla Maserati ha imparato tutto quello che gli serve e, soprattutto, un'officina di riparazioni di motociclette, di questi tempi, è una buona idea, perché l'automobile è un lusso ancora per pochi e le moto si guastano spesso.

Dopo il sangue amaro che si è fatto nella caserma Maserati, lavorare in proprio, in una delle zone più affascinanti di Modena, stare a contatto continuo con la gente lo rimette al mondo. Se Fellini accendesse la macchina da presa al mattino in piazza San Giacomo, attraversata da belle signore a ogni ora del giorno, circondata da botteghe, negozietti, osterie... e la ritirasse alla sera, si porterebbe via un film già bell'e fatto. Donne, amici, vitelloni, scherzi, motori.

L'anima di Umberto Panini è tornata a casa.

Altro che gettone di cartone e panino in bagno... Ora va a pranzo dalla mitica Zelmira o da Iòfa, in un'osteria sempre affollata da birrocciai e operai, dove si mangiano una superba pasta e fagioli e insuperabili zampetti di maiale. Ma ogni tanto il lattoniere Maccari, detto Zacòn, che batte le lamiere per fare le grondaie, frigge per tutti il baccalà sul *fugoun*, in un tegame enorme, con la legna messa a disposizione dai fratelli Corradi, falegnami.

In piazza San Giacomo c'è l'Agnese, la carbonaia, con la faccia nera dal mattino alla sera, in piedi davanti al suo bugigattolo; c'è Luciano Bellani, il magnano che aggiusta e stagna le padelle; c'è il meccanico Agide Caiumi, detto "il Mola", perché figlio di un arrotino, l'ex partigiano Tompson, che aveva una barba lunga e il giorno della Liberazione sedeva sul sidecar BMW 750 Elephant di don Nando Grillini, entrambi con il mitra a tracolla; c'è il fabbro Cavalieri, che con le sue mani enormi, il martello e la tenaglia ricava poesie di ferro battuto; c'è Alberto Vezzelli, maestro di tutti i meccanici di moto; ci sono un elettrauto, un fruttivendolo, un negozio di alimentari...

È come se la piazza fosse una bottega sola, infatti quando piove forte e i negozi si allagano, perché sono due o tre scalini sotto il livello stradale, tutti aiutano tutti a buttare fuori l'acqua.

E poi, per ultimo ma non ultimo, c'è lui, Salvatore Garofalo, detto "Maròch", ciabattino siciliano dal sangue bollente, e quindi vittima ideale degli scherzi di Umberto, come lo era Benito da piccolo. Ha bottega in via Malatesta.

È qui che si sta dirigendo Umberto con due amici.

Si sono presentati in officina con una badilata di sterco, lasciato dai cavalli dell'Accademia Militare: «Può servire?».

«Certo che può servire» si è illuminato Biàtta che ha avvolto il tutto in spessi fogli di giornale.

Il ciabattino sta lavorando seduto al suo banchetto, in fondo al negozio.

Umberto dà fuoco all'involto e lo lancia all'interno: «*Maròch! Maròch! A-t brùsa la butéga!*».

Il povero Salvatore vede il fumo, accorre spaventato e prova a spegnere le fiamme calpestandole. Danza sul fuoco come un indiano. Quando realizza in che cosa ha appena affondato le scarpe, Biàtta e i suoi sono già lontani, inseguiti dalle più terribili maledizioni mai concepite in Sicilia.

La zona Cesarini

Il dottor Scaramelli, responsabile dell'area correntisti, sta sfogliando uno schedario e sussurra tra sé: «Stronati... Stronati... Stronati Antonio, falegname...».

Franco, seduto alla scrivania accanto, completa la frase: «Conto corrente numero 4578».

Lo ha detto a bassa voce, soprappensiero, mentre stava compilando una cedola. Non pensava di essere ascoltato.

Invece il capufficio controlla sulla scheda e conferma: «Giusto».

«Mi è rimasto in testa» spiega Franco, come per scusarsi.

«Astori Valentino, vetraio» rilancia Scaramelli con un tono di sfida.

«6490» è costretto a rispondere Uèllas.

Il capufficio sgrana lo schedario: «Giusto. Manenti Ottavio, operaio fonderie Orsi...».

«7794.»

La collega Lucia Baraldi dalla scrivania accanto: «Baraldi Silvana, mia zia».

«4569.»

«Il mio conto corrente?» domanda Sandro Teodori, il quarto impiegato della stanza.

«9844.»

«Ma come fai?» chiede la Baraldi. «È pazzesco...»

«Non so, è sempre stato così fin da piccolo. Leggo le cose e mi rimangono in testa. Una dote di famiglia, credo. Mio fratello Giuseppe, per esempio, guarda un rebus o un altro gioco enigmistico e lo risolve all'istante.»

«A scuola dev'essere stato un bell'aiuto» osserva il Teodori. «Non dovevi neanche studiare.»

«Be', sì. So quasi tutta la *Divina Commedia* a memoria. I miei fratelli ne approfittavano» racconta Franco. «A tavola mi chiedevano di recitarne qualche parte, poi, mentre ero concentrato, mi fregavano la roba dal piatto...»

Memoria a parte, il figlio di Olga si è subito fatto apprezzare al Banco di San Geminiano e San Prospero, per la qualità e la serietà del suo lavoro. Il solo appunto che può muovergli Scaramelli è qualche ritardo al mattino, perché prima di presentarsi in banca, Uèllas apre l'edicola all'alba con Benito e ci resta fino all'arrivo di Olga.

«Ecco il nostro Panini in piena zona Cesarini...»

L'annuncio del capufficio all'arrivo trafelato del ragazzo, pochi minuti prima dell'inizio dell'orario di lavoro, sta diventando un tormentone che i colleghi ripetono divertiti. Qualcuno lo chiama proprio "Cesarini".

Da Renato Cesarini, un calciatore italo-argentino della Juventus, diventato proverbiale per i gol che segnava allo scadere delle partite.

Scaramelli lo cita volentieri perché ci ha giocato contro, anzi gli ha segnato anche un gol sul campo del Testaccio, in un Roma-Juve del 1935, partita decisa da una doppietta di Farfallino Borel. Il capufficio di Franco Panini è stato un buon centrocampista, cresciuto nel Modena, passato alla Roma e tornato sotto la Ghirlandina, sempre in Serie A, prima di chiudere la carriera nel Brescia, in B.

Si blocca con le mani nello schedario e lo sguardo fisso oltre la finestra. Sta sforzandosi di ricordare dove e come ha segnato il suo primo gol in Serie A. Spreme la memoria, ma non gli viene proprio. Gli sembra assurdo che possa essere svanito un ricordo del genere, così prezioso.

Scaramelli sposta lo sguardo sul giovane Panini con una punta d'invidia e di rammarico. Fosse stato un conto corrente, quel ragazzo gliel'avrebbe recuperato.

Ingrid Bergman

La prima sensazione del Vècio è di essere finito all'inferno, per via dei capelli rosso fuoco del professor Longoni, poi inquadra il sorriso di Maria e pensa al paradiso, alla fine realizza di essersi semplicemente risvegliato sulla terra, in un letto d'ospedale.

Negli occhi della parrucchiera rivede quelli dolci e lucidi del giovane vitello.

«Aveva ragione, signor Panini. Lei è un tipo fortunato» commenta il primario mostrandogli il primo sorriso da quando si conoscono.

«Questo lo si era capito fin dall'inizio» conferma Maria. «Non mi ha dovuto neppure rincorrere. Sono andata io da lui e gli ho regalato pure una caramella.»

«Alla menta» precisa Giuseppe.

«L'operazione è riuscita perfettamente, molto meglio di quanto potessi sperare» racconta il chirurgo. «Era una prima volta assoluta e non c'è stato il minimo inconveniente. Diamo pure una piccola percentuale alla mia bravura, il resto è tutto della sua buona stella.»

«Mi sta dicendo che guarirò?» chiede Peppino.

«Quando si parla di trapianti, le risposte le dà il tempo, non il dottore. Lei dovrà fare diversi controlli, i primi molto frequenti. Dovrà tornare a Cortina e rimanerci anche per settimane, ma intanto presto la rimando a casa e se tutto va come deve andare e come indicano i primi segnali dopo l'operazione, lei entro un anno potrà buttare via il busto e dimenticarsi la tubercolosi. Se la ricorderà ogni tanto, davanti a uno specchio.»

«In che senso, dottore?» domanda Giuseppe.

«L'osso che le ho inserito a supporto della colonna vertebrale le formerà una piccola cresta sulla schiena» spiega il primario.

«Come quella dei bisonti» aggiunge Maria.

«Mi piacciono i bisonti. Mi riconosco nel loro spirito. Io carico sempre a testa bassa. Immagino che l'abbia capito, professore.»

«Sì, Panini» conferma Longoni. «Sono convinto che se lei non avesse aggredito la vita con tanta fame e l'operazione con tanta fiducia, quel vitello avrebbe potuto fare ben poco.»

La penultima sera a Cortina, Giuseppe e Maria percorrono entrambe le strade del bivio: cinema e poi dolce al Lovat. L'ultima sera invece sono ospiti a casa del direttore d'orchestra e della sua signora.

Il Vècio ringrazia per l'affettuoso sostegno offerto a Maria in quei mesi e, dopo una squisita cena a base di selvaggina, in poltrona, davanti al camino e a un bicchiere di grappa secca, si lancia in un'appassionata difesa della fisarmonica che il maestro ritiene "inopportuna" in un'orchestra da teatro per una certa "volgarità" nella forma e nella "dinamica del suono".

«La suono allargando le braccia come quando abbraccio una donna» fa notare Giuseppe, reso poetico dalla gradazione della grappa. «È un mantice che soffia sul cuore e lo fa divampare. Potrà mai essere volgare l'amore, signor direttore?»

I due fidanzati partono dalla stazione Codivilla-Chiave, istituita nel 1921 proprio per servire l'ospedale di Cortina. Giuseppe monta sul treno con il busto di ferro e ripensa al giovane Moravia che passò dal finestrino in un guscio di gesso. Maria regge sul braccio il cappotto nero che le ha salvato la vita nella neve.

È una limpida mattina d'estate. Il cielo si colora di un blu perfino esagerato, come se il pittore avesse terminato il tubetto del bianco; forti, quasi arroganti, i profili delle montagne. Grazie a un vitello di cinquanta giorni, il sole non è più una medicina.

Il Vècio torna ad abbracciare la fisa qualche domenica più tardi, nella tenuta dei Lolli, a Marzaglia. Un'adunata di famiglia voluta e tessuta da Olga che da tempo non riuniva alla stessa tavola i suoi otto figli.

Ci sono tutti, anche Edda e Loreno saliti da Maddaloni per presentare la figlia Pierangela, che ha pochi mesi, come Roberta, la figlia di Maria Luisa e Vasco. Sono le ultime foglioline della pianta Panini. Maria Giulia, la nipote più grande, figlia di Norma, ha ormai tredici anni. È nata l'anno della morte di Antonio, che ha fatto appena in tempo a prenderla in braccio. Olga la guarda e ripensa alla gita in sidecar a Viserba. Sente ancora il vento sulla faccia e le parole *spanizze* del marito nelle orecchie. Lo immagina in volo come un Barone Rosso che si gode dall'alto questa splendida tavolata di sangue suo.

Veronica, zia Chicca, si coccola Marcello e Luisa, i figli più piccoli di Norma; gioca a fare la mamma che sogna di diventare, unica sorella ancora da sposare.

Umberto racconta con entusiasmo che cosa ha in testa per la nuova edicola: «Alta 2 metri e 60, lunga 3 metri e profonda 1,40. La gente non si immagina neanche cosa sta per arrivare in corso Duomo...».

«La malora! È una casa, non è un'edicola...» commenta Benito. «Ma ci sta nell'officina?»

«Ci passa appena appena dalla porta.»

«Non è troppo grande per noi?»

«Per i Panini niente è troppo» sentenzia Giuseppe seduto a gambe larghe con la fisa in braccio. «Prima ci bastava una barchetta, adesso che sono tornato e dobbiamo salpare per il mare grosso ci serve un transatlantico. L'avete letto della Ingrid Bergman che è andata a pranzo da Fini in Canalchiaro?»

«Una mia amica l'ha incontrata per strada» interviene Maria

Luisa. «Dice che è bellissima, molto più che al cinema. È gentile, l'ha salutata. Era con il suo moroso, il regista, Rossellini.»

«Le ha fatto un regalino da niente, lui: una Ferrari 375 MM da quattro milioni, costruita solo in quindici esemplari...» racconta Umberto. «Ci sono montati sopra e l'hanno guidata fino in Svezia.»

«Sì, ma cosa c'entra Ingrid Bergman con la nostra edicola?»

«C'entra perché sulla prima pagina della "Gazzetta di Modena", bella grande, c'era la foto di Rossellini, Ingrid e il Drake che pranzavano insieme al ristorante di Giorgio Fini» spiega Giuseppe. «Il vecchio Telesforo lavorava i salumi nel retrobottega, sua moglie serviva e preparava i tortellini. Oggi suo figlio dà da mangiare ai signori ed è conosciuto in tutto il mondo. È questo il salto che dobbiamo fare noi. Ora che sono tornato, dobbiamo salpare per il mare grosso. Vendere giornali non basta più.»

«A dire il vero, Giorgio Fini dà da mangiare anche a noi» precisa Maria Luisa. «Io e Vasco andiamo spesso al suo ristorante.»

«Infatti voi siete dei signori» riconosce il Vècio, senza enfatizzare l'ironia.

È per ambiziose puntualizzazioni del genere che Maria Luisa, in famiglia, viene chiamata "Diopèder", o "Napoleon".

«Conoscete Mario Morselli, il corrispondente della "Gazzetta dello Sport"?» chiede Benito.

«Non è quello che ha la drogheria in piazza Grande?» domanda Umberto.

«Esatto. È venuto a raccontarmi che il distributore di Modena ha litigato con l'editore e ora la "Gazzetta" è sulla strada. Ha suggerito all'ispettore del giornale di affidarla a noi che siamo in tanti.»

«Prendiamola! Ottimo!» ordina Giuseppe. «Ci avevo già pensato: apriamo subito un'agenzia di distribuzione. Tu, Benito, hai già lavorato nel settore e l'esperienza ce l'hai. Agenzia di distribuzione Fratelli Panini: diamo via la "Gazzetta di Modena", "La

Gazzetta dello Sport" e tutto quello che ci viene in testa. Vanno ancora bene le buste sorpresa?»

«Vanno come il pane. Anche i francobolli si vendono forte.»

«Perfetto. A Santa Scarogna li vendevo anch'io» racconta il Vècio. «Ho bazzicato la rete dei rivenditori, adesso ho una buona esperienza nella filatelia. Ci buttiamo anche lì. Li compriamo, li imbustiamo e li vendiamo. Non solo nell'edicola, li facciamo viaggiare con l'agenzia di distribuzione: giornali, buste sorpresa, riviste, fotoromanzi, francobolli... Anche le figurine piacciono tanto. Me ne sono accorto tra i malati di Pietra Ligure. Durante la guerra ci mancava il pane, adesso finire una collezione ci fa sentire la pancia piena. Dobbiamo comprare di tutto e provare a vendere di tutto. Ma ci serve una sede per l'agenzia di distribuzione.»

«Un mio cliente ha un locale in via Sant'Agata» informa Franco. «Lo affitta per poco. Me ne parlava l'altro giorno in banca.»

«Prova a trattare tu, Uèllas. Va bene. Fissiamo la base lì. In questi giorni, Benito, io e te andiamo a Milano e ci facciamo il giro degli editori per comprare tutto quello che ci sembra interessante, poi lo distribuiamo con l'agenzia. Non solo a Modena, in tutta Italia. La nave dei Panini salpa!» esclama Giuseppe mentre strizza la fisa e la fa urlare come la sirena di un transatlantico che lascia il porto.

Il bisonte è partito alla carica.

Franco in galera

Tornato a casa in Rua Muro, Giuseppe ha riattivato immediatamente con Umberto l'asse degli scherzi, che agita la famiglia fin da quando erano bambini. La giornata della povera Dinetta, l'anziana donna di servizio che Olga ha conosciuto all'Accademia Militare, diventa così un'allerta continua, l'attraversamento quotidiano di un canyon ostile.

La scintilla in genere l'accende Biàtta che per gli scherzi ha la stessa velocità di pensiero e di reazione che dimostra sul lavoro. Serve qualcosa di pratico e sicuro per tagliare la carne congelata in tante striscioline? Ecco la trippatrice.

Muore Marcella, la mamma di Olga, e ritrovano all'interno del suo materasso trenta bigliettoni da mille lire ormai fuori corso. Ecco che la fantasia criminale di Umberto si mette al lavoro per escogitare la trippatrice del caso.

Informa i fratelli della situazione, poi appende al chiodo del bagno, al posto dei ritagli di giornale che fanno da carta igienica, alcune banconote da mille lire, altre le getta direttamente nella tazza, accartocciate, come se fossero state usate.

Appena l'anziana donna di servizio le scopre, viene presa dal panico e rischia il coccolone. Che cosa fare ora? A tirare l'acqua diventerebbe anche lei complice di tanto spreco?

Nel dubbio, sparge la voce per tutto il quartiere: «*La Panèina a l'edicola la mór dal fràdd e i só fióo i sé spàzen al cul cun i bigliàtt da méll!»*, la Panini muore di freddo all'edicola, e i suoi figli si puliscono il culo con i biglietti da mille.

Il genio dello scherzo è di molti, l'eccellenza è di pochi e la si guadagna riuscendo a sfruttare gli accidenti del caso per dar seguito a ciò che si è congetturato in precedenza.

Suonano alla porta, la Dinetta va ad aprire e si ritrova davanti due carabinieri.

«Signor Umberto, ci sono i carabinieri che chiedono del signor Franco» informa la domestica.

«Vado io» risponde Biàtta che ritira la cartolina di leva a nome del fratello.

Uèllas sta per partire per il servizio militare.

Umberto torna dalla Dinetta e, dopo essersi guardato attorno per assicurarsi che non ci siano orecchie indiscrete, sussurra con intensità teatrale: «Ascolta, ti devo rivelare una cosa molto importante. Come sai, Franco lavora in banca. Strozzato dai debiti, si è portato via una bella somma dalla cassaforte e i carabinieri lo stanno cercando».

La donna sbianca e si copre la bocca con le mani: «Non è possibile...».

«Purtroppo sì. Hai notato qualcosa di strano negli ultimi giorni?»

«Le banconote nel cesso!» esclama subito la Dinetta.

«Ssshhh, parla piano!» ordina Umberto con un dito sulle labbra. «Comunque sì, quei soldi facevano parte del bottino. Mi raccomando, devi dimenticare tutto quello che hai visto e che ti ho detto. E non parlarne con nessuno. Acqua in bocca! Da questa casa non deve uscire nulla!»

«Acqua in bocca» ripete l'anziana domestica incrociando le dita sulle labbra.

Alla sera Umberto intercetta Franco che sta rincasando dalla banca, gli spiega la situazione e gli suggerisce il da farsi.

Uèllas entra in casa senza farsi vedere, si cambia e si presenta con un pigiama a righe: «Ciao Dinetta, sono appena evaso dal carcere. Devi aiutarmi a nascondermi, mi stanno braccando. Dove vado? Nell'armadio?».

Qui sospendono lo scherzo, perché la povera donna ha un mancamento. Per rianimarla devono farle annusare l'aceto e bere un bicchiere di vermut.

Tu mi hai presa, tu mi tieni

A un anno dal trapianto, il professor Longoni dichiara ufficialmente esaurita la necessità del busto metallico: «I controlli continueranno, ma può organizzare una cerimonia per la sua gabbia: seppellirla o affondarla in mare aperto...».

«No, dottore. Ci ho già pensato: sarà il mio totem in soffitta» spiega Giuseppe. «Ogni volta che le cose andranno male, mi ricorderà che ne ho superate di peggiori.»

Lo indossa per l'ultima volta la sera stessa alla stazione di Modena, in attesa del treno da Milano delle 22.

L'ultima recita di Don Chisciotte: «Con quest'armatura addosso, su questa stessa banchina, alla stessa ora, ti ho dato il primo bacio, e stasera ti chiedo di sposarmi».

«Tu mi hai presa, tu mi tieni» sorride Maria e lo bacia ancora, aggrappata alle fibbie di cuoio del busto.

La magia del ballo della cardatura invece si è dissolta in fretta. Franco ed Emilia si sono rivisti subito, poi gli spazi tra un incontro e l'altro si sono dilatati, come le gocce di una grondaia. E ora che sta per partire militare, più che la necessità di salutarla, avverte l'imbarazzo di doverle promettere qualcosa. Lei evidentemente condivide sentimenti simili, perché si salutano da amici. Non di più. Anche se si ripromettono di scriversi.

Franco Panini parte per il C.A.R. di Brescia, 15ª Squadra, 12ª

Compagnia. Poi sarà destinato alla 7ª Compagnia della Scuola specializzati delle trasmissioni di San Giorgio a Cremano, Napoli.

Il più piccolo dei Panini, che in calzoncini e piedi nudi rispondeva impettito alle domande del gerarca fascista in visita alla colonia fluviale di San Damaso, si è fatto soldato.

Spese pazze

Modena, 21 luglio 1955

Caro Franco,

Stamane abbiamo ricevuto la tua lettera con le prime impressioni della naia che complessivamente ci sembrano buone. Siamo tutti convinti che te la caverai bene, siamo solo un po' in pensiero per le spese pazze che stai facendo per i cinema e il gioco, ma speriamo che tu ti regoli in modo da non rovinarti.

Qui poco di nuovo, la solita vita in mezzo al solito caldo infernale, la gente si è squagliata e di affari se ne fanno pochi, in particolare ribasso edicola e agenzia. Umberto ne ha da lavorare, ma è il solito ritornello: poca grana. La filatelia si difende, ma solo per comprare, tutti vogliono vendere, ma siccome ci sono solo io che compro a Modena ho stretto forte il torchio, vanno via, ma poi tornano. Sono in disavanzo, ma seguo il tuo consiglio e compro cercando di farlo al meglio.

Stammi bene, caro Pellaccia. Ti saluto a nome di tutti e ti faccio i migliori auguri per un buon piazzamento.

Caramente,

Pep

Due signorine

Modena, 27 luglio 1955

Carissimo Franco,

sono tornata ieri l'altro dalla villeggiatura, dopo cinque giorni di ozio. Ci si stanca anche a far niente, perché ricordo gli impegni che ci sono a casa e i sacrifici che devono fare gli altri. Peppino, appena chiusi i conti di luglio, va a Cortina, il 17 agosto ha il controllo, ma vuole partire prima. Starà via un mese. Rimarremo a casa solo io e Beni, finché non arriverà Nica. Si vende pochissimo e il mese d'agosto sarà peggio, finito il Giro di Francia e con la gente via. Ieri mattina è venuto un violentissimo temporale con molta grandine. A Marzaglia, dalla Norma, ha fatto danni.

Già sono venute due signorine a chiedere il tuo indirizzo, ma molte non si vedono più. Saranno ai mari o ai monti.

Ti salutiamo tutti in famiglia. Baci.

Mamma

Capa logora

Modena, 10 agosto 1955

Caro Pella,

ho letto con vivo piacere le tue lettere e sono lieto di saperti in forma e, a quanto sembra, ottimista e spensierato. Domani parto alla volta di Cortina, dove farò il controllo al Putti, e di lì proseguirò per San Lorenzo in Banale e mi tratterrò una ventina di giorni, spesato dalla Post Bellica. Sento il vivo desiderio di riposarmi, sia fisicamente che spiritualmente, perché questo continuo affannarsi nei nostri lavori arriva a logorare la capa, e un po' di riposo lontano dalle diuturne preoccupazioni mi gioverà certamente. Spero di tornare in buona forma perché ho già un programma ben definito per sfondare con l'agenzia e ci sarà da muoversi. Gli affari in complesso vanno bene, anche Umberto si difende, passa qualche momento di avvilimento, ma poi si riprende. Ho staccato un tuo assegno di 50.000 lire, come margine di sicurezza, con l'intenzione di rimetterlo al suo posto.

Tu cerca di stare il meglio che puoi e pensa alla salute. I tuoi amici del Banco ti ricordano e ti salutano.

Pep

Arriva la mamma

Modena, 23 settembre 1955

Caro Franco,

ci sono rimasta un po' male per la tua lettera. Forse rimpiangerai Brescia, se non altro per la vicinanza, ma vedrai che tutto andrà a posto e ti troverai bene anche a Napoli, dato che ci sai fare. Martedì partirò per Maddaloni, verrà con me la Dina e staremo lì fino a domenica per i festeggiamenti di San Michele. Se non potrai venire tu da Edda, mi piacerebbe venirti a trovare. Vorremmo andare anche a Pompei.

L'edicola la farà Umberto, l'hanno già cominciata. Peppino sta bene e lavora tutto il giorno.

Saluti da tutta la famiglia. Baci.

Mamma

Dobbiamo dedicarci al ferro

Modena, 24 settembre 1955

Caro Franco,

siamo tutti spiaciuti che il nuovo posto non sia come ti attendevi. Restiamo comunque tranquilli, ben conoscendo il tuo senso di adattamento e il tuo spirito serafico e filosofico. Sempre in gamba, Pella. Il tempo è galantuomo, passerà anche per te e ti accorgerai che niente va perduto e che tutto serve ai fini di una sempre più larga esperienza di vita.

In cronaca diretta ti trasmetto le notizie di casa.

Edicola: dopo numerosi approcci ai fabbricanti di chioschi e constatata l'enorme spesa che avremmo incontrato, con un risultato tutt'altro che sicuro, dopo altrettante discussioni in famiglia, abbiamo preso l'eroica decisione di farla noi nella nostra officina. Ci siamo assunti un onere molto gravoso, forse superiore alle nostre possibilità, ma abbiamo completa fiducia di riuscire a fare un bel lavoro, con un risparmio netto e sicuro di circa 400.000 lire (e dico poco!).

Agenzia: solito tran tran. La "Gazzetta" va sempre bene, in aumento la vendita di riviste estere. Stagnante la vendita dei fotoromanzi, in ripresa i figurini per ragazzi. La prossima settimana andrò a Milano per cercare di sfondare da qualche parte.

Officina: lavoro continuo, anche se non in esuberanza, ma grana niente perché pochi pagano sull'unghia. Umberto continua a dire che vuole andare in Merica, come dice lui... per la delusione che gli procura questo stato di cose. Secondo me il problema è un altro: abbiamo sbagliato la scelta dell'articolo. Dovevamo avere più coraggio, trovare un locale più grande e dedicarci alla lavorazione del ferro. Le moto sono privilegio dei giovani i quali, nei più dei casi, le hanno acquistate a rate, sono pieni di debiti, a bolletta, perché mantenere una moto costa e quando capita l'imprevisto di un guasto piantano immancabilmente il chiodo a chi le ripara. La lavorazione del ferro invece è tutta un'altra cosa. Si lavora per negozi nuovi, per case, chioschi ecc. La gente che fa fare questi lavori ha già preventivato le spese e quindi pochi chiodi e poi l'articolo è di maggior guadagno. La prova del fuoco la stiamo facendo con l'edicola. Se riusciremo a farla con piena soddisfazione di tutti saremo a cavallo, perché un'edicola è quanto di più difficile e brigoso ci sia in materia. E sono certo che se si avvierà bene il nostro nuovo lavoro di fabbri allora Umberto non parlerà più di andare in Merica...

Nel complesso c'è tanto da fare, non abbiamo nemmeno il tempo di respirare. Aggiungi che la Maria è a casa e sta lavorando per impiantare un negozio da parrucchiera nei pressi della stazione delle corriere e che naturalmente si è affidata a me per la ristrutturazione del negozio e per l'acquisto del materiale. Non era certamente il momento più adatto, ma le occasioni bisogna prenderle quando capitano e quella era veramente un'occasione.

Sto bene e spero di stare sempre così, ma spero anche di riuscire a sbrigare presto tutte queste faccende e di uscirne senza danno alla salute.

Mamma, fratelli e sorelle mi incaricano di salutarti e di dirti di tenere sempre alto il morale. Stammi bene, caro Pella.

Pep

Quel soldatino

Modena, 7 ottobre 1955

Carissimo Franco,

sono tornata a casa mercoledì sera. Ho ripreso subito il mio lavoro. Sono stata molto contenta del mio soggiorno napoletano, mi è spiaciuto solo doverti lasciare così lontano e il mio pensiero corre spesso a quel soldatino che vedevo in lontananza vicino a quella colonna.

Qui tutto procede come al solito. Umberto lavora per finire l'edicola. Mentre ero via, hanno comprato un furgone Topolino così anche Beni sarà protetto dalle intemperie. È morto Iattici, l'oste. È stato urtato da una bicicletta e la caduta gli è stata fatale.

Questo è il primo compleanno che passi via da casa. Ti faccio di tutto cuore gli auguri migliori. Ti saluto e ti bacio per tutti noi.

Mamma

Figurine invendute

Modena, 11 novembre 1955

Carissimo Franco,

per la camicia, se devi tribolare, comprane una, magari colorata che ti sta più pulita. La colpa è di Edda. Quando mi scrisse di mandarti i vestiti, mi disse la camicia non la mettere che ce l'ho io. Per quello te ne ho mandata una sola.

Per la prima volta ho visto l'edicola. Mi sembra molto grande e robusta. Non so cosa diranno quelli di fronte, ma una volta che l'ha passata il comune, dovranno tacere. Ora ti parlerò un po' di Peppino, però quando tu scrivi non accennare a nulla, perché sai quanto sia permaloso. La Maria è tornata da Cortina. Prima avevano preso una bottega dietro la stazione, dato la caparra, comprato specchi e poltrone che l'Istituto di bellezza aveva scartato per il rinnovo, ma hanno speso lo stesso un sacco di soldi. Ora invece hanno deciso di sposarsi e lei di lavorare in casa. A dicembre Peppino deve fare il controllo, conta che sia l'ultimo, perciò vorrebbe sposarsi a Santo Stefano.

In casa Umberto lo sfotte e Benito è terribile, tanto che ogni tanto dobbiamo sgridarlo. A tavola gli dicono: mangia fin che ce n'hai...

Io e la Nica non gli diciamo niente, anzi lo aiutiamo per tante cose. Soldi finora non gliene abbiamo dati, ma ne ha di suoi perché prende ventimila al mese e glieli abbiamo sempre lasciati. Ora, oltre al sussidio, prende anche l'invalidità.

Benito dice che Peppino sta facendo delle fesserie, la prima è stata quella delle figurine dei calciatori S.E.P.** che mezze sono rimaste pagate e invendute, la seconda (di questa si mangia il fegato) è aver preso e pagato dieci scatole di figurine dei *Tre moschettieri* con regali, ma che non si riesce a venderle, malgrado la propaganda che ci abbiamo fatto. Quest'anno i ragazzi non ne vogliono sapere, poi sono figurine brutte e solo tre per dieci lire. Per avere il premio ce ne vogliono seicento. Ha scritto alla casa, ma ora che sono stati pagati non si fanno vivi. Il bello è che lui ha creduto di far bene e non ha chiesto consiglio a nessuno di noi.

Tu mi chiedi come faremo se si sposa. Io intendo aiutarlo per mettere su una casa come si deve e dargli un tanto al giorno, in più lasciargli sfruttare i francobolli, finché non torni a casa tu. Poi ve li dividerete e lavorerete insieme.

Ti saluto caramente. Scrivi più spesso, anche in banca.

Saluti da tutti noi. Baci.

Mamma

** Casa editrice milanese: Edizioni sportive S.E.P.

L'Emilia avrebbe un moroso

Modena, 16 novembre 1955

Caro Franco,

abbiamo ricevuto la tua lettera, è molto bella e scritta bene, si vede che la notte e un po' la paura ti hanno mosso l'estro poetico. Umberto e i fratelli vorrebbero sapere come stavano le mutande quando sei smontato di guardia.

Peppino non ha ancora trovato l'appartamento, perché vuole un primo piano e non si trova. L'edicola nuova ora è a verniciare e non so quando la mettono su.

L'Emilia si sarebbe trovata un moroso, uno di Formigine che la viene a prendere con l'automobile, ma non so altro e ti dirò proprio che non mi interessa saperne di più.

Sono andata al cinema a vedere *Oltre il destino* e nel film Luce ho visto la partita del Napoli col Bologna e ho pensato che c'eri anche tu in mezzo a quella confusione. Ieri ho visto Pareschi e mi ha detto che te la spassi con delle signorine, però credo che gli cederesti il posto volentieri...

Oggi per scherzo l'Umberto ha fatto piangere la Dina perché le ha detto che è aumentato il pane.

Ti salutano fratelli e sorelle. Baci.

Mamma

Con le napoletane non si scherza

Modena, 24 novembre 1955

Caro Franco,

sento che non sei proprio nella tua situazione, ma porta pazienza, è un dovere che hai da soddisfare. Sento che hai molto da fare, se fossi vicina ti verrei a lustrare le scarpe e a rifare il letto, ma sono molto lontana e non posso. Sento che hai una ragazza figlia del vivandiere del reggimento, lasciala andare perché con le napoletane non si scherza. Prendi un consiglio dalla tua vecchietta: non pensare alle ragazze adesso, ci penserai quando hai finito di fare il militare, così cercherai una signorina laureata perché nel matrimonio prima sembrano tutte rose, poi vengono le spine.

Benito è buono, ma Umberto è sempre il solito matto e sempre mi fa arrabbiare.

Tanti saluti e un presto arrivederci.

Dina

Voglio andare in Merica

Modena, 1 dicembre 1955

Caro Franco,

ieri abbiamo portato fuori l'edicola nuova, a dispetto di tutti quelli che dicevano che non passava dall'uscio. Per me è stata una questione di puntiglio, perché tutti erano contrari alla mia idea e cioè di costruirla noi, però ti confesso che è stato un lavoro lungo e impegnativo. Ma la posta valeva il sacrificio, per il fatto che siamo venuti a risparmiare un mucchio di bigliettoni e abbiamo fatto un lavoro come pareva a noi.

Ti confesso che mi ero assunto una grande responsabilità e per un periodo di tempo ho creduto di non farcela a finirla, poi un po' per fortuna, un po' per abilità (lo devo dire), sono arrivato a un punto che non avevo più paura. Il giorno che la vedrò in funzione sarà uno dei più belli della mia vita. Peccato che tu non potrai essere presente. A ogni modo, alla mia venuta in Marocco, che seguirà la sistemazione dell'edicola, ti renderò edotto delle fasi salienti dell'avvenimento che comprenderà tra l'altro una luculliana cenetta tra gli intimi e i collaboratori all'opera.

Basta edicola, passiamo a un altro argomento che mi sta molto a cuore e cioè il mio chiodo fisso di andare in Merica. Di tutte le voci che mi sono preso briga di interpellare, il novanta per cento sono favorevoli. Il mio pensiero è sempre rivolto là e se il marito dell'Antonietta, che tornerà in Italia per Natale, avrà delle proposte concrete, io smammo. Non so cosa ne pensi, ma tengo a farti sapere che con tutto quello che ho lavorato nell'officina, non sono riuscito a pagare il debito contratto con i fratelli. C'è una gran bolletta in giro e una concorrenza spietata.

Il nostro fratello maggiore sembra ormai deciso a compiere il grande passo. A me non me ne importa niente, però non mi sembrava il momento più opportuno, però lui crede bene così e buonanotte.

I tuoi amici stanno tutti bene, Pareschi è sempre al tango, Rolando è la solita pitocca, Ronchetti e soci continuano regolarmente a prendere la sbornia, hanno rimesso il bigliardo, ma io non ci vado quasi più.

Sono stanco e non ho più voglia di scrivere. Ti saluto caramente.

Biàtta

La nuova edicola

Modena, 12 dicembre 1955

Carissimo Franco,

ieri è andata su la tanto sospirata edicola. Tutta la maraia ha fatto commenti favorevoli e, lodando la nuova sistemazione del banco, ha avuto modo di assistere al collocamento senza prendere freddo, dato che era una giornata primaverile.

I ragazzi sono andati a letto alle 3 e poi si sono alzati alle 5. Io ho svuotato la vecchia e loro con un carro trainato da un cavallo sono andati a prendere la nuova. Così si è cominciato tutto il lavoro, continuato ininterrottamente fino alle 17.

Ti puoi ben figurare Peppino. Avesse avuto la coda, avrebbe spazzato tutto corso Duomo, compreso il piazzale. Benito tutto compiaciuto di lavorare agli ordini di Umberto, la mamma che brontolava in modo indegno.

A mio modesto parere, è molto bella. Grazie ai curiosi, oggi abbiamo venduto qualche copia di giornale in più. Tutti ci hanno fatto i complimenti (tranne la mamma).

Peppino si sposa il giorno 8 gennaio. Vanno a stare in via San Salvatore, angolo Canalchiaro. Un discreto appartamento a 150.000 lire all'anno.

A casa stiamo tutti bene. Ti saluto con affetto.

Nica

Cavatappi da nozze

Modena, 2 gennaio 1956

Caro Franco,

come sai, Peppino si sposa domenica mattina, alle ore 9 in Sant'Agostino. Ci sarà un piccolo ricevimento in casa nostra, poi, se non cambiano idea, intendono andare a Maddaloni, quindi lunedì sarebbero là e avrebbero piacere se ci fossi anche tu.

Sono andata a vedere la casa di Peppino. Il mobilio che hanno preso è molto bello, a me sembra troppo scuro, ma a loro piace così. Al materasso per il letto ci ho pensato io. La Nica e la Norma gli hanno pagato la cucina economica.

Umberto gli ha regalato due cavatappi...

Carlo Chiavarino le scarpe da sposo.

Qui nessun'altra novità.

Saluti e baci da tutti.

Mamma

Benito innamorato

Modena, 5 marzo 1956

Caro Franco,

ti annuncio il lieto evento della canarina. Ieri un uovo, oggi un altro, c'è speranza che ne faccia degli altri, dice Benito. Passa il tempo davanti alla gabbia, così indaffarato e preoccupato che fa morir dal ridere. Ora ti confido un segreto, ti prego di non farne uso al tuo ritorno. Si è trovato una fidanzata e, a quanto sembra, gli piace molto. Non si può pensarla diversamente, visto che alla domenica rinuncia ad andare al football per accompagnarla al cinema...

Si chiama Carla, fa la sarta e sta in via Pioppi. Credo che abbia vent'anni, sono tutte cose che mi ha detto lui. L'ho anche conosciuta, è molto carina. Non molto alta, ma bellina. Se sarà un amore duraturo, al tuo ritorno la conoscerai.

Con l'agenzia il lavoro prosegue abbastanza bene, anche la scorsa settimana abbiamo versato 330.000 lire e così ogni settimana, solo che abbiamo un giro di roba e tutte le favole da pagare, quindi siamo sempre a picco come le bestie.

Anche la filatelica va molto bene, solo che ci vorrebbe tempo per lavorarci attorno. Peppino aspetta con ansia il tuo ritorno.

Ora ti saluto caramente. Mi auguro di vederti presto.

Ti abbraccio
Chicca

P.S. Abbiamo fatto aggiustare il radiogrammofono, lo devono ancora portare. Abbiamo sostituito il grammofono con il microsolco misto.

Franco e Frank

Franco Panini si ammala di epatite, viene ricoverato all'ospedale militare di Milano e poi congedato.

Ad accoglierlo in banca c'è il capufficio Scaramelli che gli fa una domanda prima ancora di salutarlo: «Stronati?».

«4578» risponde sicuro Uèllas.

«Allora la memoria ti è rimasta» deduce l'ex calciatore. «A giudicare da quanto poco ti sei fatto sentire, pensavamo tutti che l'avessi persa.»

Franco riannoda tutti i fili della sua vita, compreso quello più importante, con Emilia Spalanzani. Si sono fidanzati durante una licenza per la malattia. Appena la rivede, ha la sensazione di avere ancora addosso il maglione rosso e i piedi incerti, lei lo ascolta mentre parla appassionatamente di Napoli, e le appaiono davanti agli occhi il Vesuvio, il Golfo, cose che dall'auto di quello di Formigine non vedrebbe mai, neppure se fosse a Napoli.

L'Olga ha esagerato un po' con il pettegolezzo, forse ad arte, perché aveva individuato a Maranello una ragazza che le sembrava più adatta per il figlio ragioniere. Non è vero che Remo, l'automobilista di Formigine, fosse il suo moroso, come la Casarèina ha scritto in quella lettera al militare Franco. Era semplicemente uno dei corteggiatori che l'Emilia ha fatto fuori definitivamente dopo una festa di amici, a causa di Frank Sinatra.

Per tutta la sera lui ha messo su solo dischi di The Voice, mentre lei adora Claudio Villa. Bocciato.

Franco invece l'ha conquistata durante una gita di coppia, con Umberto e Tina. Più lo ascoltava, più le raccontava cose che gli altri ragazzi non sapevano dire, più aveva la sensazione che le stesse parlando l'uomo della sua vita. Franco, la sua voce, non Frank, The Voice.

Al di là dell'oceano

Nel momento in cui, con il ritorno di Franco, la famiglia si ricompone, ecco che si stacca subito un altro pezzo. I Panini sono come i cavalli del Palio di Siena che non riescono a stare fermi tra i canapi, e così l'edicola non parte mai.

Alla fine, il punto più stabile è il fratello più irrequieto, Benito, focoso, ma dolce. Passa ore davanti alla canarina e non gli pesa restare chiuso nella gabbia dell'edicola o nello sgabuzzino dell'agenzia di distribuzione Panini in via Sant'Agata o dentro la piccola Topolino per consegnare i giornali. Benito non ha grandi sogni che lo portano lontano. Come invece Umberto.

Il progetto di Biàtta di andare in Merica sembrava diventato una barzelletta di casa, sulla quale un po' tutti hanno scherzato, e invece, poco prima del Natale del 1956, durante il pranzo della domenica che riunisce regolarmente la famiglia, il meccanico annuncia: «Il 20 gennaio parto per il Venezuela. M'imbarco a Genova».

Non ha sollevato gli occhi dal brodo.

Seguono secondi di silenzio in cui ognuno cerca di valutare dagli sguardi degli altri l'attendibilità della notizia.

Il primo a parlare è Franco: «In Venezuela dove?».

«Arrivo a Caracas e cerco subito lavoro» risponde Biàtta. «So che abbiamo dei parenti lì. Mi daranno una mano.»

«Li hai già contattati?» domanda Veronica.

«No, li cercherò sul posto.»

«Ci hai pensato bene, Biàtta?» domanda Giuseppe, capotavola.

«Vècio, non ti ho chiesto dei soldi ieri?» ribatte Umberto. «Mi servono per pagare Giovanni, il ragazzo apprendista. Suo padre me lo ha portato in officina e mi ha detto: "Se lei gli fa un occhio nero, quando Giovanni torna a casa io gli faccio nero anche l'altro con la vernice. Gli insegni qualcosa e lo faccia crescere come crede. Grazie". Se non ho neppure i due soldi per l'apprendista, dove vado?»

«Il ferro, te l'ho detto: svoltiamo nel ferro» spiega Giuseppe. «Abbiamo costruito un'edicola magnifica. Abbiamo dimostrato che cosa sappiamo fare. Infatti, lo sai bene, già un paio di giornalai di Modena ce ne hanno commissionata una simile. La gente si è rimessa in piedi dopo la guerra, tutti ora vogliono fare grandi cose, tutti vogliono costruire. I giornali lo scrivono ogni cinque minuti, Biàtta: stanno nascendo aziende nuove, l'Italia sta ripartendo alla grande. Non ci mancherà il lavoro.»

«Hai costruito l'edicola e te ne vai adesso che l'edicola può portarci i soldi?» aggiunge Benito. «È come costruirsi un'automobile e poi andare a piedi...»

«Io so che in Venezuela c'è più lavoro e meno concorrenza» conclude Umberto che impugna il coltello e lo pianta al centro del tovagliolo. «Quello che so fare qua, posso farlo là. Vado a vedere. Poi se le cose dovessero andare male, sono sempre in tempo a tornare e a fare quello che facevo prima. Non rischio nulla e intanto guardo un po' il mondo. Lo sapete che non sono nato per restare fermo in un posto.»

Olga non ha detto una parola. Si alza, raccoglie i piatti vuoti e li porta in cucina, con l'aiuto di Nica.

Si presenta la mattina seguente nell'officina di Umberto, esattamente come venticinque anni prima, in una mattina gelata, si era presentata nell'officina del marito per dirgli di trovarsi un lavoro stabile e una casa per la sua famiglia.

«La nostra forza è sempre stata quella di essere tutti uniti» spiega Olga.

«Possiamo esserlo anche da lontano, mamma.»

«No, con un oceano in mezzo non si può.»

Umberto si pulisce le mani con uno straccio, esattamente come aveva fatto suo padre nel 1931: «Al di là dell'oceano potrò aiutare di più la mia famiglia. Manderò a casa i soldi come fanno tanti emigrati. Questo vuol dire essere vicini. Lo sai, qui aggiusto le moto degli amici che non mi pagano».

«E sei sicuro che troverai tutto questo lavoro?»

«Ho parlato con tante persone che sono state da quelle parti o hanno parenti che ci vivono. Tutte mi hanno consigliato di partire. Papà ci diceva: "Usate la testa e non avrete mai padroni". Io ci ho provato a lavorare sotto un padrone, ma non ci sono riuscito. L'hai visto. Ora provo a cercare qualcos'altro.»

«Tuo padre non è mai partito» ricorda Olga.

«Non è vero. Ha preso un aereo ed è andato in cielo, mentre tutti stavano a terra, e ha provato a vendere il sapone invece del formaggio» fa notare Umberto. «Io dico che sarebbe andato in Venezuela.»

La Casarèina sorride al ricordo, raccoglie una candela elettrica, la studia e la posa con un gesto di resa: «Hai ragione, era *spanizzo* come te... Non potrò darti tanti soldi, lo sai. Ma ti farò la valigia».

Con la valigia in mano, all'alba del 19 gennaio 1957, Umberto si presenta alla stazione di Modena. Deve prendere il treno delle 5 per Genova. Alla fidanzata ha detto che sarebbe partito alle 6 per evitare un addio da film che non è nelle sue corde. Ma Tina è già lì, al binario giusto.

Si sono conosciuti la sera di san Giovanni del 1955 alla Pergola dei glicini, balera all'aperto di Pozza di Maranello. Adriana Bertacchini, detta Tina, abitava poco distante, a Gorzano, borgata di poche case.

Si era avvicinata al Panini e, senza il minimo imbarazzo, aveva spiegato: «Ciao, mi faresti ballare, per favore? Devo fare ingelosire il mio filarino».

Aveva usato proprio la parola "filarino".

«Sei fortunata, è il mio mestiere mettere a posto le cose che non funzionano» aveva risposto Umberto e l'aveva guidata al centro della pista.

Solo che stavolta aveva rotto definitivamente ciò che cercava di aggiustare, perché la Tina aveva ballato tutta la sera con lui e lui si era innamorato dell'eleganza da cigno della ragazza dal collo lungo, alta, slanciata che sembrava puntare al cielo come la Ghirlandina. Addio filarino...

Umberto e Tina hanno festeggiato insieme il Capodanno del '56 alla Casa del Popolo e quello del '57 al Re dei Veglioni, con Benito e altri amici.

«Scusa se ti ho mentito, lo sai che non sono bravo in queste cose...» balbetta Umberto con la valigia in mano. «Non so nemmeno se torno, cosa posso prometterti?»

«Non mi sono alzata alle 4 per ascoltare delle promesse, ma per darti un bacio in più» spiega la Tina. «Se ti verrà voglia di scrivermi, scrivimi e io ti rispondo. Altrimenti fai quello che devi fare. Sei bello con i capelli corti.»

«Giuseppe ha insistito perché la Maria mi mettesse in ordine» spiega Umberto.

Si baciano nel gelo di una mattina nebbiosa.

L'avventura parte male. Il transatlantico *Franca C.* in arrivo da Napoli va in avaria e deve restare una settimana nel porto di Genova per le riparazioni del caso. I passeggeri mangiano e dormono a bordo, ma per il resto della giornata stanno in giro per la città. Quando finalmente arriva il momento della partenza, Umberto ha già speso i pochi soldi che aveva raccolto Olga.

All'imbocco del molo c'è un vecchietto con una fisarmonica che urla: «Chi va in Venezuela? Chi va in Venezuela?».

Tra le braccia di quell'uomo esile, lo strumento sembra ancora più grande. Di fatto, cancella il proprietario. Si vede una fisa con le gambe che va su e giù ed emette una domanda al posto di un suono. Una domanda che nessuno raccoglie.

I passeggeri camminano veloci, immersi nei loro programmi di viaggio, magari preoccupati di un possibile ritardo. Ma Biàtta è un meccanico riparatore anche nell'anima, se ha la sensazione di poter aiutare qualcuno si ferma e ci prova, è una porta aperta, gli piace incontrare la gente, parlarci, scherzare. E poi è curioso: chi sarà questa fisarmonica con le gambe? Scatta la solita regola: andiamo a vedere.

«Io vado in Venezuela» risponde Umberto.

«Oh, bene...» sospira l'uomo con voce affannata. «Lei mi deve fare un grande piacere. Mio figlio è un musicista e lavora alla televisione venezuelana. Devo fargli arrivare questa fisarmonica. Non mi fido a spedirla. La sballottano da tutte le parti e chissà in che condizioni arriva... Lo vede che gioiellino? È nuova di zecca, ultimo modello.»

«Una vera meraviglia» riconosce Biàtta. «Certo, fosse stata un'ocarina di Budrio, la cosa sarebbe stata molto più semplice.»

«Capisco, ha ragione... Ma deve farmi questo piacere, mio figlio ne ha troppo bisogno» supplica il vecchietto. «Le sarò riconoscente per tutta la vita... Mio figlio si chiama Arturo. Lo troverà al porto di La Guaira.»

Umberto prende in braccio la fisarmonica: «Non faticherà a riconoscermi».

«Grazie davvero, lei è una brava persona» s'illumina il padre, sgravato dal macigno. «Solo un'ultima cosa. Lei la sa suonare un pochino? Perché allo sbarco dovrà dimostrare che è un suo oggetto personale e non merce da vendere.»

«Dire suonare forse è esagerato» risponde Panini, «ma qualche rumore riesco a farlo uscire. Ci ho già provato. Stia tranquillo, Arturo avrà la sua fisa e io lo ascolterò per televisione.»

Non è soltanto per cortesia d'animo che Umberto si è preso questa seccatura. La fisarmonica è uno strumento di famiglia.

Averla accanto durante la traversata sarà come poter contare sulla protezione del Vècio.

La mattina del 27 gennaio 1957 il transatlantico *Franca C.* finalmente si stacca dal porto di Genova e prende il mare.

Umberto Panini va in Merica.

Compleanno solitario

In fondo, è la sua prima vera vacanza. Se Umberto ripensa all'ultima volta che ha messo in fila così tanti giorni senza far niente, torna indietro fino alle vacanze sul Panaro con i suoi fratelli. E poi tanta gente in così poco spazio, per un carattere come il suo, è un bel divertimento, quasi una festa di paese. Passa le ore a parlare con tutti. Conosce Rosa, piacevole ragazza di Barcellona, che gli insegna le prime parole spagnole. Nasce un piccolo rito. Ogni giorno dopo pranzo, nello stesso punto sul ponte, si ritrovano per una lezione nella nuova lingua, anche se poi finisce sempre che a parlare sia soprattutto lui, e così è Rosa che impara l'italiano.

Le chiacchierate con i passeggeri alimentano l'ottimismo del giovane Panini. Non ce n'è uno che non gli decanti le splendide possibilità cui sta andando incontro. Anzi, molti s'impegnano personalmente a trovargli lavoro. Usano quasi tutti le stesse parole e la stessa promessa: «Davvero vai a Caracas alla cieca? Quando sbarchiamo, lasciami l'indirizzo. Ti dico io a chi rivolgerti per trovare una buona occupazione».

Per la maggior parte, infatti, sono italiani residenti in Venezuela che rientrano dopo una visita in patria. Sembra che a bordo della *Franca C.* si sia scatenata una gara collettiva per aiutare il ragazzo con la fisarmonica, al debutto nel nuovo continente.

Il più entusiasta è Giancarlo Bonini, giovane di Boretto, paese vicino a Brescello, ancora più *spanizzo* di Biàtta. Sono diventati amici, ormai. Cenano tutte le sere allo stesso tavolo. Lui si presenta sempre elegantissimo, in abito chiaro e cravatta, con i capelli impomatati, e ogni volta Umberto lo prende in giro.

«Scherzi? L'immagine è tutto per un venditore. E io sono di gran lunga il miglior venditore su piazza, fidati» assicura Giancarlo. «Mi vendo come ingegnere, per esempio. Non lo sono, ma tutti ci credono.»

«Cosa vendi d'altro?» chiede Biàtta.

«Di tutto» risponde Bonini. «Se voglio, rivendo questa nave al comandante in due giorni.»

«Perché vai in Venezuela?» domanda Umberto.

«Perché c'è tanto lavoro, a Maracaibo soprattutto. Voglio arrivare là, prima o poi» racconta Giancarlo. «Dove c'è petrolio c'è ricchezza. Dove c'è ricchezza si vende e si compra. E tu cosa fai?»

«Io sono il miglior meccanico su piazza. Fidati» risponde Biàtta.

«Ottimo. Allora rivendo anche te» decide il ragazzo di Boretto. «Se non hai ancora un lavoro, te lo trovo io. Verranno a prendermi in auto dei miei amici che mi porteranno a Caracas. Vieni con noi, e durante il viaggio ti dirò a chi rivolgerti.»

Scopre così che la città di Caracas dista quaranta chilometri dal porto di La Guaira. È partito da Genova senza prendere la minima informazione sulla destinazione. Non ha sfogliato neppure il libro che gli ha regalato Franco sul Venezuela, prima di partire, con tanto di mappe stradali e piantine delle città.

Umberto è così, vive d'impulsi e d'istinto.

Quella sera a cena il venditore non si è fatto vedere. È stata giornata di mare grosso, la peggiore da quando è iniziato il viaggio. L'imponente *Franca C.* è stata sballottata da onde impressionanti che ancora adesso scalano il cielo e aprono voragini spaventose. Molti passeggeri si sono sentiti male e sono rimasti chiusi nelle cuccette.

Umberto si attendeva qualche defezione a cena, ma non di ritrovarsi da solo nella sala ristorante. Unico commensale di tutta la nave. In giornata non ha avvertito nessun malessere, anzi, tutto il traballare del transatlantico gli ha messo ancora più appetito.

Anche l'orchestra ha perso i pezzi. In postazione sono rimasti solo un violino e una chitarra che attaccano "tanti auguri" appena un cameriere esce dalla cucina e, barcollando come un ubriaco, riesce a depositare sul tavolo di Umberto una piccola torta al cioccolato decorata da una candelina: «Con gli auguri del comandante».

È vero, oggi 3 febbraio 1957, Umberto Panini compie ventisette anni.

Il compleanno più assurdo della sua vita: da solo, in un salone enorme, davanti a una candelina, in compagnia di due musicanti tristi come pastori in un presepe vuoto, con l'oceano furibondo che pesta i pugni contro i vetri.

Sembra uno scherzo, di quelli che tira lui alla povera Dinetta.

Biàtta sorride al ricordo della vecchia domestica che, al momento del congedo, con gli occhi lucidi, gli ha detto: «Signor Umberto, di scherzi me ne ha fatti tanti, ma questo di andare in America è il più brutto di tutti».

La *Franca C.* attracca al molo di La Guaira domenica a mezzogiorno.

Salgono a bordo i soldati della Guardia Nacional, armati di machete, per organizzare le operazioni di sbarco.

Umberto strimpella qualche nota e riesce a ottenere il permesso di sbarcare la fisarmonica, mentre per il motorino, che ha imbarcato a Genova, un Iso Rivolta 125, non c'è niente da fare. Prova a insistere con le guardie, ma la vista dei machete gli consiglia di non tirare troppo la corda. Ci vorranno giorni per sdoganarlo dal porto, dovrà tornare a La Guaira per ritirarlo.

Biàtta scende per ultimo dal transatlantico. Si ritrova da solo, con la valigia in mano e una fisarmonica in spalla, su una banchina deserta. Tutti quelli che gli avevano promesso aiuto, compreso il venditore di Boretto, e gli avevano dato appuntamento sul molo, dopo lo sbarco, hanno preso il volo in un lampo, come uccelli dopo uno sparo.

C'è solo una ragazza con una borsa di paglia in spalla. Lo guarda, si avvicina incerta e gli chiede: «Panini?».

Il suo nome pronunciato così lontano e in una situazione del genere gli dà il sollievo di una doccia.

«Sì, Panini. Umberto» conferma Biàtta, posando a terra la fisa.

«Ciao, io mi chiamo Carmen» sorride la ragazza porgendogli la mano. «Carmen Montagnani. Dovrei essere una tua parente... Per la precisione, la figlia di un parente di un vostro lontano cugino. O qualcosa del genere...»

«L'importante è che mi conosci e che mi aiuti a capire dove sono...» sorride Umberto stringendole la mano. «Ma come avete fatto a sapere del mio arrivo?»

«Ci ha informati tua madre» risponde Carmen. «Siamo davvero contenti del tuo arrivo. Dovrai raccontarci tutto dell'Italia. E suonarci qualcosa d'italiano con la tua fisarmonica...»

«Ah, questa non è mia» spiega Biàtta guardandosi attorno. «Avrei dovuto consegnarla a un tipo, ma non lo vedo.»

In quell'attimo frena una limousine nera, lucida e lunghissima, da set americano. Smonta un uomo atletico con occhiali a specchio e clamorosa camicia verde a fiori. Due marinai, appena sbarcati dalla *Franca C.*, lo intercettano e gli stringono la mano ossequiosi, come si fa con le persone famose.

«Ma quello è Arturo Robbiati!» annuncia sorpresa Carmen.

«Lo conosci?» chiede Umberto.

«Tutti lo conoscono. È il re del tango venezuelano, una star della tv» spiega la ragazza.

Arturo si libera degli ammiratori e punta la fisarmonica: «Ecco il mio salvatore! Umberto, giusto?».

«Giusto» conferma Panini.

Il musicista si sfila gli occhiali e abbraccia Biàtta, che è sorpreso da tanta immediata confidenza. Saluta Carmen, poi si inginocchia e studia con attenzione la fisarmonica.

L'accarezza delicatamente come fosse un gatto: «Non hai neppure idea del favore che mi hai fatto, Umberto... Tra due giorni ho un concerto molto importante e la mia fisa si è danneggiata. Un gioiello come questo qui non si trova. Grazie di cuore. Ti lascio il mio recapito, se posso fare qualcosa per ricambiare lo farò volentieri».

«Una cosa ci sarebbe» approfitta Umberto. «Mi hanno detto che servono giorni per sdoganare lo scooter che mi sono portato dall'Italia.»

«A volte anche mesi» precisa Arturo. «Ma ho un buon amico qui al porto. Domani te lo faccio avere a casa già con la targa venezuelana, se mi dici dove consegnarlo. Stai a Caracas?»

«Ti do l'indirizzo di casa mia, puoi farlo arrivare lì. Umberto starà da noi» suggerisce Carmen, che pesca foglio e penna dalla borsetta di paglia.

Il musicista ringrazia ancora, saluta, carica la fisarmonica sulla limousine e sparisce.

«Be', non male avere Arturo Robbiati come amico» commenta Carmen divertita. «Il tuo Venezuela è cominciato bene, cugino...»

«Mi sa che ha ragione mia madre: il bene fatto ha l'elastico, torna sempre indietro» osserva Biàtta. «Portarmi dietro quel peso è stata una bella seccatura, ti assicuro, e, quando l'ho preso, mica sapevo che fosse del re del tango...»

Alla sera Umberto è il mattatore assoluto di una cena spettacolare.

La famiglia di Carmen ha radunato parenti e amici italiani attorno a una tavolata infinita, ricoperta di prodotti tipici e di tanta nostalgia. Biàtta riporta tutti a casa raccontando dell'Italia, della famiglia, dell'edicola, degli scherzi alla Dinetta e a Maròch... Il suo talento teatrale non poteva trovare platea migliore. La mattina seguente, Carmen compra un quotidiano di Caracas che contiene quattro pagine di offerte di lavoro. Le traduce per Umberto che martedì, a meno di quarantott'ore dallo sbarco, può già presentarsi al suo nuovo posto di lavoro: l'officina di "Muffo" Ribati, una specie di Aldo Fabrizi con un poderoso doppio mento da tacchino, un omone brusco fuori e dolce dentro.

Insieme allo scooter, il re del tango gli ha fatto recapitare a tempo di record anche i nuovi documenti venezuelani. Assunto e in regola in due giorni. Tutto così liscio e rapido, come gli avevano pronosticato sul transatlantico.

Con uno stipendio assicurato, Biàtta può prendere alloggio in una pensione del quartiere. La famiglia di Carmen ha insistito che restasse ancora a casa loro, anche perché, dopo la cena di benvenuto, è diventato un mezzo eroe del parentado, Umberto però preferisce una sistemazione indipendente.

La stanza non si allarga molto oltre il confine del letto, ma è pulita e non manca nulla. Chi è cresciuto tra il Pallamaglio e i letti accatastati di Rua Muro non si fa troppi problemi di spazio. L'unico vero problema è che il padrone della pensione chiede un paio di mensilità d'anticipo e Umberto non l'ha messo in conto. Quei soldi non ce li ha e si vergogna di chiederli a parenti che ha appena conosciuto.

Prova a convincere il titolare: «A fine mese glieli darò. Ho un lavoro fisso, può controllare all'officina Ribati».

«Mi spiace. Ho affittato a gente che è rimasta una settimana e poi è scappata senza pagare» spiega l'albergatore. «E non una volta sola...»

«Ma io non scappo» insiste Umberto. «Ho un lavoro, ho parenti nel quartiere, la famiglia Montagnani. Loro possono garantire per me.»

Il padrone è intransigente: «Ho deciso di non fare più eccezioni. È l'unico modo per fare rispettare le regole. Pagamento anticipato».

Umberto sale nella sua stanza e rimette nella valigia i vestiti che aveva appena tolto. Solo allora si accorge di due buste che gli erano sfuggite prima. Spuntano dalla tasca di uno scomparto, insieme a un santino di san Geminiano, patrono di Modena. Sulla prima c'è scritto "Da leggere quando sarai lontano", e sembra contenere una lettera. È la calligrafia di Olga. Sulla seconda, più spessa: "Da aprire solo in caso di bisogno".

La apre: contiene cinquanta dollari.

Umberto si siede sul letto con le banconote in pugno e lo sguardo fisso a un chiodo piantato al centro della parete, che sembra reggere l'alone di un quadro rimosso. Pensa a sua madre, che anche oggi avrà passato la giornata al gelo dell'edicola di corso Duomo cercando di vendere i francobolli che ha imbustato a casa la sera prima. Quella donna, non si sa come, senza dire nulla, è riuscita a rintracciare dei parenti sconosciuti che vivono al di là di un oceano e li ha convinti a presentarsi al porto per accogliere suo figlio. Poi, sempre in gran segreto, è andata in banca e ha prelevato dei dollari che ha infilato in una busta e nascosto in valigia. Soldi che le avrebbero fatto comodo, perché deve ancora rientrare dai sacrifici fatti per il matrimonio e l'appartamento del Vècio, e perché mungere latte dall'edicola e dall'agenzia è una battaglia quotidiana.

Per la prima volta da quando è partito, Biàtta avverte il senso della lontananza, gli casca addosso di colpo tutto l'oceano che ha navigato in modo spensierato. Ma nello stesso tempo, le banconote che stringe forte in pugno, fino quasi a strizzarle, lo fanno sentire legato alla sua famiglia, protetto. Sono emozioni in tempesta, come lo era il mare nel giorno del suo compleanno. Ricorda quando da piccolo giocava a pettinare i capelli lunghi della mamma e li acconciava in un bel *pipol,* una crocchia alla base della nuca.

Non è tipo facile alla commozione Umberto, che ride e scherza di tutto. Ma stavolta vacilla, lo capisce dal velo agli occhi che fa tremolare le cose attorno. Anche per questo preferisce non aprire la seconda busta e leggere le parole di Olga. Lo farà più avanti.

Finché resta chiusa, non si disperderà la magia.

Una moto al piede

Piantate le radici nella nuova terra, Umberto si butta nel lavoro a testa bassa. Vuole spaccare il mondo, costruirsi in fretta un futuro, dimostrare subito di essere il numero uno, come ha fatto alla Maserati dove in un attimo è diventato collaudatore. A differenza della caserma del Tridente, qui non ci sono orari soffocanti da rispettare, semmai una rilassata atmosfera da bottega di paese. Non c'è bisogno di chiudersi in bagno per mangiare un panino o chiedere il permesso per fumarsi una sigaretta in strada.

Dopo poche settimane, Muffo deve riconoscerlo: «Io uno che lavora tanto e in fretta come te non l'ho mai avuto».

«Per forza, prendi solo gente dal Marocco...» ribatte Biàtta.

È una battaglia quotidiana. Panini recita il ruolo del gran faticatore arrivato dal Nord Italia e si scorna con i colleghi dell'officina, emigrati tutti dalla Capitale.

«Quando ve la sdoganano a La Guaira la voglia di lavorare?» chiede a ripetizione Umberto.

Gli operai gli rispondono in dialetto, s'accende la zuffa e Muffo se la spassa come a teatro. È questo l'ambiente di lavoro che ama Biàtta.

L'unico problema dell'officina Ribati è che ci lavorano solo italiani, appunto, e così Umberto non può imparare la lingua nuova. Appena smonta dal lavoro e s'avventura in città, ha l'impressione di essere tornato ai giorni di Maddaloni, quando vagava tra persone che usavano parole incomprensibili e suoni strani.

Anche per questo ha preso l'abitudine di leggere ogni mattina "El Nacional", mentre beve il primo caffè della giornata, e di farsi tradurre le parole che non conosce.

Una notizia appena letta blocca la lenta traiettoria della tazzina. Umberto la posa sul piattino e avvicina gli occhi al foglio.

Morti due italiani in un terribile incidente stradale alle porte di Caracas. Sono stati decapitati entrambi dalle lamiere cascate dal camion che li precedeva. Il terzo viaggiatore si è salvato perché stava dormendo, sdraiato sui sedili posteriori. È stato ricoverato con ferite guaribili in pochi giorni. Il giornale fa i nomi dei tre italiani. Quello vivo si chiama Giancarlo Bonini: il venditore di Boretto.

La sera stessa, finito il lavoro da Muffo, Umberto inforca lo scooter e si lancia alla ricerca del compagno di viaggio. Fa il giro degli ospedali, operazione non facile in una città che conta quattro milioni di abitanti, ma è tipico della psicologia di Biàtta: più la sfida è ardua, più lo appassiona. E alla fine lo trova in una clinica alla periferia di Caracas.

Con i gomiti sul davanzale sta guardando dalla finestra. Ha addosso una specie di camice bianco, annodato sulla schiena in modo maldestro. Infatti la prima cosa che appare a Umberto, appena mette piede nella camera, sono le chiappe nude.

«Ehi, ce ne hai messo di tempo ad arrivare!» esclama il venditore, come se lo stesse aspettando.

«Scusa il ritardo... Come stai?» domanda subito Umberto.

«Bene, posso già uscire» risponde il Bonini. «Ma nudo sarebbe un problema. I gentili soccorritori che mi hanno tirato fuori dall'auto mi hanno portato via anche le mutande. Vammi a comprare qualcosa che poi ce ne andiamo. Naturalmente mi hanno rubato anche i soldi.»

Biàtta esce dalla clinica e torna con della biancheria, un paio di pantaloni, una camicia e un paio di scarpe di tela. All'amico presta anche duecento bolivares.

«Tra due giorni vengo alla tua pensione, ti restituisco quel che ti devo e facciamo un piano» promette Giancarlo.

Naturalmente Umberto considera persi i suoi soldi e dà per scontato che il tipo sparirà un'altra volta come aveva fatto al porto. Invece, a sorpresa, si presenta, puntuale ed elegantissimo, con il solito abito chiaro e un ambizioso panama bianco in testa.

«Che gagà...» commenta Biàtta divertito. «Devi andare a un matrimonio?»

«Te l'ho già spiegato sulla nave: l'immagine è tutto» risponde il venditore. «In questi mesi sono diventato primo rappresentante della più grande azienda di ferramenta del Venezuela. Ma era solo per mettere via qualche dollaro. Storia vecchia. Ora comincia quella vera, a Maracaibo. Tira su i tuoi stracci che si parte.»

«Tu parti, io mi sono sistemato bene e resto a Caracas.»

«Non se ne parla neanche. Ti ho già venduto a un cantiere navale come il miglior meccanico mai sbarcato dall'Europa» informa Giancarlo con una risolutezza definitiva.

«Ma se non so neanche nuotare...»

«Quando vedrai i soldi che ti offrono, camminerai sulle acque come Gesù Cristo. Ci aspettano. Abbiamo tre giorni per arrivare a Maracaibo. Il futuro è là.»

Alla fine della chiacchierata se ne convince anche Biàtta.

«Io però vengo in motorino, non posso lasciarlo qua» avverte.

«Guarda che sono settecento chilometri...»

«In un giorno di viaggio ci arrivo. Hai detto che ne abbiamo tre. Parto domani e ce la faccio.»

«Come vuoi, segnati l'indirizzo: Hotel Roma, Calle Pichincha, Maracaibo. Ci troviamo là» conclude il Bonini, che saluta sfiorandosi il panama.

Muffo ci rimane malissimo, non se l'aspettava. Rilancia con una promessa di aumento e la proposta di diventare socio dell'officina, non vuole perdere il miglior meccanico che abbia mai avuto.

Si arrende presto, quando capisce che non è questione di soldi: «Hai negli occhi un fuoco che neanche Nerone... Quando sono arrivato dall'Italia, un secolo fa, ce l'avevo anch'io. Buona fortuna, ragazzo».

«Alloggerò in un albergo che si chiama Roma. Vi penserò sempre...» promette Biàtta. «E grazie di tutto.»

L'omone gli stringe la mano e poi gliela riempie con una imprevista, generosa buonuscita che tornerà utilissima per le spese di viaggio.

A cena, Umberto si congeda dalla famiglia di Carmen, ringrazia tutti, poi, prima di addormentarsi, apre finalmente il libro che gli ha regalato Franco e studia la carta geografica per programmare il viaggio. Scopre per la prima volta che a Maracaibo c'è un lago salato grande come l'Emilia Romagna, dove finisce la strada.

Il mattino seguente si mette in viaggio a bordo dell'Iso 125, con una valigia legata dietro la schiena. Pronti, via e perde immediatamente l'orientamento nel labirinto dell'*Araña*, il gomitolo di strade che porta fuori dalla città. A guardarlo dall'alto, sembra per davvero una ragnatela e Biàtta è la mosca impigliata dentro. Impiega più di un'ora per liberarsi, ma quando imbocca la via maestra per Maracaibo non si può più sbagliare: una coltellata lunga trecento chilometri, senza una curva e senza un'indicazione.

Il ronzio costante del motore gli scava il cervello come la goccia in una grotta, monta l'attesa ansiosa di qualcosa che non arriva mai. L'orizzonte è vuoto, il calore scioglie l'asfalto in lontananza, fa tremolare l'aria e ballare la vecchia, come si dice a Modena. Diventa sempre più nitida e inquietante la sensazione di attraversare un incubo e non una pianura, mentre calano lentamente le ombre. Arriva la notte.

Umberto riconosce una specie di capanna naturale a bordo strada, un anfratto ricoperto di frasche. Sarà il suo albergo. Un soffitto migliore di questa mitragliata di stelle non lo troverebbe comunque. Sdraia il motorino nell'erba alta del campo, lo nasconde, e per essere sicuro che nessuno glielo rubi durante il sonno lega il capo di una corda alla ruota e l'altro capo alla sua caviglia. Se lo lasciano a piedi è perduto.

Alla debole luce del faro dell'Iso Rivolta 125, scrive la prima lettera alla Tina. Sente il bisogno e il piacere di farlo. Appena ripensa al suo collo elegante da cigno, riconosce nell'aria profumo di glicini.

Si addormenta subito, come suo padre quella volta che, durante una licenza di guerra, dopo aver fatto visita alla Casarèina, si era sdraiato in un fosso e l'avevano scambiato per morto.

A mezzogiorno arriva in vista del lago salato, lo attraversa a bordo del ferryboat e raggiunge l'Hotel Roma, in Calle Pichincha, gestito dall'italiano Alcide Rasconi. Nell'atrio trova Giancarlo Bonini con altri due connazionali.

Alle 7 del giorno seguente, Umberto Panini comincia a lavorare al Varadero Leri&Blagg, cantiere navale di Maracaibo che, oltre a riparare barche, offre assistenza all'industria petrolifera.

Il venditore di Boretto ha mantenuto la promessa per intero, perché i soldi che gli danno sono davvero tanti: cinquanta bolivares al giorno che corrispondono a diecimila lire. In tre giorni guadagna lo stipendio che prendeva alla Maserati in un mese. Un tesoro.

Tutto scivola via liscio e veloce anche qui, come a Caracas, finché il capocantiere non gli punta il dito contro e gli ordina: «*Hombre, tirate a l'agua a ver lo que pasò a la propela.*»***

Umberto non ha mai galleggiato in vita sua. Spende una supplica silenziosa a san Geminiano, patrono di Modena, e si tuffa dal molo.

S'immerge tenendosi ben aggrappato alla corda con una mano, mentre con l'altra tasta l'elica. Riconosce subito la parte danneggiata. Le mani di Biàtta vedono meglio degli occhi.

Sollevano la nave e la trasportano al bacino di carenaggio per la riparazione. Ordinano al Panini di smontare l'elica, una bestia da oltre duecento chili. Buon per lui che il cantiere, ben attrez-

*** «Buttati in acqua e controlla cos'è successo all'elica.»

zato, dispone di un estrattore a motore. Umberto lo conosce, lo ha già usato, lo mette in funzione, ma l'elica non ne vuole sapere di staccarsi. Prova, ci riprova, riprova un'altra volta, un'altra ancora, ma non c'è niente da fare. Intanto si sente addosso gli occhi di tutto il Varadero. Questo è il suo primo, vero banco di prova. Gronda di sudore sporco, sotto il solito sole feroce.

A Umberto piacciono le sfide, ma non gli piace perderle, men che meno se c'è un pubblico che osserva. Quell'elica che gli resiste in modo così agguerrito trasforma il ragazzo degli scherzi in un toro ferito davanti a un drappo rosso.

Vede un martello da cinque chili in un angolo del cantiere, lo recupera e con un urlo rabbioso molla la più potente martellata che abbia mai assestato in vita sua. L'elica finalmente si stacca e piomba a terra con un tonfo clamoroso.

Gli operai del Varadero tacciono di colpo.

In quel silenzio di stupore e di ammirazione, Umberto, il primo a essere meravigliato di ciò che è appena successo, esclama: «*Vàca che smartlèda!*».

Un'esclamazione che scatena un'ovazione da stadio.

Il capocantiere, Eleazar Moreno Calvo, dà istruzioni per la spedizione del pezzo rotto alla solita azienda di San Antonio, Texas, specializzata in riparazioni del genere.

Umberto si fa avanti: «Guardi che non c'è mica bisogno. Gliela aggiusto io».

«Pensi di essere capace?» domanda il capo, che ha occhi da indio e la pelle rovinata dal sole.

«Non sarà più difficile che inventare una trippatrice» risponde Umberto.

Eleazar non sa dare un senso alla parola trippatrice, ma lascia fare.

Biàtta, che fin da ragazzino saldava il sole con la luna, ci lavora per tutta la giornata e a sera consegna l'elica come nuova.

«Bravo, Smartlèda. Ottimo lavoro» si complimenta l'indio.

Battezzato da una martellata.

Tutti cercano Smartlèda

Dio parla a Umberto Panini attraverso un asino, come a Balaam nell'Antico Testamento, solo che, a differenza dell'indovino, Biàtta non raccoglie il messaggio.

Succede che sta guidando un camion della Leri&Blagg, a buona velocità, alle porte di Maracaibo, e l'animale, sbucato a sorpresa dalla fitta vegetazione, attraversa la strada. Umberto se lo trova davanti, impossibile evitarlo. Ferma il camion.

Non può far altro che afferrare per le zampe l'asino morto e trascinarlo via per liberare la carreggiata.

Ci ripassa un paio di settimane più tardi, si ricorda dell'incidente, ma non c'è più traccia della carcassa dell'asino, spolpata dagli *zamuros*, gli avvoltoi americani. Non è stata rimossa, è stata polverizzata dal sole che qui è fuoco vero, non calore. Se sai aggiustare il motore di una motocicletta te la puoi cavare anche con quello di una nave, ma non puoi trattare il sole di Maracaibo come se fosse quello di Maranello.

Biàtta non impara la lezione dell'asino e paga l'imprudenza in un sabato pomeriggio, mentre sta guidando lo scooter sulla *carretera* deserta che porta a La Concepción, dove lo attendono per un lavoro. A tradirlo è l'aria fresca della guida che gli impedisce di percepire il sole più caldo della giornata, ma il fuoco è acceso e gli arroventa il cranio. Se ne accorge di colpo: la strada gli sparisce davanti agli occhi. Fa appena in tempo ad accostare, a puntare una zona d'ombra oltre l'asfalto, che sviene.

Quando si riprende è già buio. Si sente stanco, con le ossa rotte, come se l'avessero preso a bastonate per ore, ma soprattutto è spaventato.

Mentre guida lentamente verso Maracaibo, continua a chiedersi: fossi morto, quando mi avrebbero ritrovato? Bonini è rientrato a Caracas, all'Hotel Roma, e al Varadero avrebbero cominciato a insospettirsi della mia assenza solo tra qualche giorno. La mia famiglia quando l'avrebbe saputo? Tra una settimana, dieci giorni dopo, forse...

Sono domande che lo impressionano.

Umberto si dirige direttamente in ospedale, dove lo sottopongono a una serie di esami, lo reidratano e gli curano i postumi dell'insolazione. Al mattino lo dimettono.

Per prima cosa, si libera dell'Iso Rivolta 125. Gratitudine eterna allo scooter che lo ha portato a Maracaibo durante una traversata eroica e che ha dormito una notte accanto a lui, fedele come una sposa, legato a una caviglia, ma non vuole più rischiare di finire rosolato a fuoco lento. Lo vende a un odontotecnico friulano, Francesco Maroso, che lo utilizza per consegnare protesi in città. Con i bolivares che intasca acquista due Land Rover semidistrutte, dalle quali ne ricava una più che affidabile. Ora avrà sempre un tettuccio sopra la testa.

Imparata la lezione del somaro, l'ambientamento nella fornace tropicale di Maracaibo si può dire concluso. Dopo mesi di cantiere, ormai la pelle di Biàtta è scura come quella di Alejandro ed Epaminonda, i due giovani venezuelani che lo assistono al Varadero e che gli hanno permesso di migliorare parecchio il suo spagnolo. Non è più in un'officina di soli romani, e ogni mattina continua a leggere "El Nacional".

I due assistenti fissi che gli ha assegnato l'indio Eleazar valgono come mostrine sulla giacca, il segnale di un nuovo status professionale. Come alla Maserati e da Muffo, il talento meccanico di Biàtta ci ha messo un attimo a scalare le gerarchie. Le imprese di Smartlèda, l'italiano che sa ridare vita alle navi morte, corrono per tutti i porti di Maracaibo e si colorano a ogni passaggio.

L'ultima è fresca di giorni.

Viene trainato al cantiere un rimorchiatore in avaria. A una prima, veloce perizia, non salta fuori il guasto della nave.

«Ci pensiamo dopo le feste» si arrende il capocantiere.

Sta per scattare la Settimana della Patria indetta da Marcos Peréz Jiménez, il dittatore del Venezuela, detto "il Gordito", che ama riempire il calendario di *temporadas de fiestas*, per recuperare consenso e tenere buono il popolo, che in realtà ha ben poche ragioni per restare buono. Monta il malcontento nazionale.

Il Bonini, tornato dalla capitale, piomba all'Hotel Roma: «Panini, ora ti faccio vedere cosa vuol dire divertirsi a Maracaibo! Sei pronto a perdere la testa?».

«Ah, io sono nato pronto per le feste...» risponde Umberto. «Ma a questo giro non posso proprio. Devo terminare un lavoro.»

«Lavoro? Ma non si lavora durante le feste!» esplode il ragazzo di Boretto. «Se lo sa il Gordito, ti fa arrestare... Non fare scherzi. Ci sono delle signorine che ti aspettano. Ti ho venduto come il più grande amatore italiano sbarcato a Maracaibo! Non puoi deluderle...»

«Tu mi vendi da troppe parti, ciocapiatti» ribatte Biàtta. «Mi hai venduto come il miglior meccanico di navi e adesso mi tocca ripararne una anche durante la Settimana della Patria... Colpa tua.»

«Non se ne parla neanche» decide perentorio il Bonini. «Durante le feste non si lavora. Le signorine ti aspettano. Vedrai, le venezuelane sono fatte di fuoco. Ti faccio prendere un'altra insolazione. Ho spiegato che il soprannome "Smartlèda" te lo sei guadagnato a letto, mica al cantiere.»

Non è mai capitato di dover supplicare Biàtta per far baracca con le donne, ma anche il motore di quel rimorchiatore, che si è negato al primo assalto, ha un'aria seducente agli occhi di Umberto che vive d'orgoglio. È una sfida che va raccolta assolutamente.

Per una settimana intera, mentre il Venezuela balla per strada, Biàtta si rinchiude nella sala macchine del rimorchiatore, dove la temperatura non si schioda mai dai 50 gradi, smonta il motore pezzo per pezzo, lo rimonta in un lago di sudore e, quando l'indio Eleazar torna al Varadero, dopo le feste, deve solamente riconsegnare la nave al proprietario.

Naturale che la leggenda corra per i porti di Maracaibo, dilatandosi lungo il cammino. La settimana di lavoro si riduce a un giorno. Smartlèda, l'italiano, ha smontato pezzo per pezzo il motore guasto di un rimorchiatore, da solo, e lo ha fatto ripartire. In un giorno!

E così fioccano richieste di aiuto di ogni genere.

Come questo signore che lo viene a cercare in albergo di sabato pomeriggio.

«Buongiorno, mi chiamo Rafael Bolivar Montejo» si presenta. «Sono disperato e mi hanno detto che solo lei può aiutarmi.»

«Guardi, ho lavorato anche questa mattina» spiega gentilmente Umberto. «Per un giorno e mezzo non voglio fare niente. Riparliamone lunedì.»

«Troppo tardi» assicura l'uomo che ha una sudorazione spaventosa, gocciola dalle tempie e ha due laghi salati sotto le ascelle. «Io demolisco auto, ma mi si è rotta la pressa. Nessuno riesce a ripararmela. Da giorni le navi che attraccano mi scaricano rottami che non posso comprimere. Non ho più spazio nella mia azienda, le carcasse delle auto mi stanno soffocando...»

La prima cosa che viene in mente a Umberto è che Rafael Bolivar Montejo dev'essere finito per sbaglio sotto la sua pressa, perché è basso e tarchiato come un cubo di lamiera. La seconda è che morirà annegato nei due laghi salati che si dilatano sulla sua camicia bianca a maniche corte. La terza è che la sfida non è affatto male perché con una pressa non si è mai misurato, solamente motori di auto, moto, navi, eliche, pompe per l'estrazione del petrolio, trippatrici... Quel "nessuno ci è riuscito" è la spinta decisiva per rinunciare a un pomeriggio di riposo.

A bordo della Land Rover raggiunge la fabbrica di demolizioni e in un'ora ripara la pressa.

«Lei mi ha salvato la vita!» esclama raggiante, ma non meno sudato, Montejo. «Cosa le devo?»

«Io guadagno cinquanta bolivares al giorno. Qui ho lavorato un'ora sola, ma essendo sabato, facciamo che abbia lavorato per una giornata intera. Mi dia cinquanta bolivares» conclude Umberto.

L'imprenditore scoppia a ridere: «*Tu eres tonto!* Tu sei stupido, ragazzo! Non hai imparato ancora niente dalla vita... Questo, amico mio, è un lavoro da cinquemila bolivares!».

E gliene allunga cinquecento, senza riuscire a sospettare che in realtà è stata la sfida vinta a ripagare generosamente il ragazzo.

A quasi un anno dallo sbarco in Venezuela, Umberto Panini può dirsi più che soddisfatto del passo che ha fatto, lungo quanto un oceano. Fa un mestiere che gli piace e che gli dà soddisfazioni. Ha trovato un bell'ambiente di lavoro e colleghi che stanno diventando amici. Oltre alle due Land Rover scassate, si è comprato una Millecento Fiat quasi nuova. I soldi lo vengono a cercare più di quanto lui vada a cercare loro, tanto che da tempo ha restituito ciò che gli avevano prestato la madre e i fratelli e ogni mese può inviare a casa, insieme ai saluti per tutti, una somma di denaro sempre più consistente.

Adesso sì che ha lo spirito giusto per affrontare la lettera di Olga, anche a costo di strappare la busta e far volare via la magia che lo ha accompagnato fino a qui.

Ordina ad Alcide un bicchiere di rum diplomatico e se lo gusta sulla veranda dell'Hotel Roma, insieme alla lettera della madre, quella da leggere "quando sarai lontano", affacciato sullo splendido tramonto che ha arrossato il lago. Sembra che il cielo stia sanguinando, ferito dai tralicci dei pozzi petroliferi che spuntano dall'acqua come giganti.

Caro figlio,

ricordati che sei Italiano!

Denigrare la tua Patria sarebbe come offendere la casa dove sei nato.

Come straniero, devi rispetto alla terra che ti ospita; osserva le sue leggi e i suoi costumi. Evita discussioni di qualsiasi natura per non avere mai noie con gente che non conosci a fondo.

Nel lavoro metti tutta la tua attenzione, ma non esagerare nelle ore perché il riposo ha le sue esigenze e potresti compromettere la salute.

Pensa al riposo come a un balsamo alle tue fatiche, perciò non sprecarlo in cose inutili. Conserva con cura la tua roba e il tuo denaro. Aiuta il tuo prossimo nelle tue possibilità, ma attento agli adulatori, potrebbero trarti in inganno.

Pensala come credi, ma tieniti lontano da discussioni di politica e di religione; ascolta però sempre i buoni consigli per trarne profitto.

Quando ti assale la malinconia pensa all'immensità del creato, e che, benché distanti, vediamo lo stesso cielo, ci riscalda lo stesso sole, Dio è grande e onnipotente! Pensa al domani che sarà certamente migliore.

Sera e mattina ricordati di elevare un pensiero al Signore, trovati dei buoni compagni e potendo recati con loro alla santa Messa della Domenica.

Ricordati della tua famiglia, fratelli e sorelle, della tua ragazza che ti aspetta e di tua madre che ti ha sempre nel cuore e che pensa già al tuo ritorno.

Dio ti benedica.

Tua madre.

P.S. Nella busta c'è un portafortuna. Tienitelo in tasca. Funziona. Ha riportato a casa tuo padre.

È un chicco di granoturco.

Tina, sposami

Umberto esce dall'Hotel Roma di corsa, come se stesse bruciando, e si avventa su Bonini che è seduto a un tavolino sorseggiando una Polarcita gelata.

«La rivoluzione! C'è stata la rivoluzione!» annuncia Umberto, tutto agitato.

«Ho visto. E allora?» risponde il venditore di Boretto senza scomporsi.

«Allora? Hanno rovesciato il governo, Jiménez è scappato dal Paese.»

«Umberto, in Sudamerica la rivoluzione è come il carnevale in Italia, ce n'è una all'anno.»

«Sì, ma hanno chiuso la Leri&Blagg. Stanno scappando tutti, gli americani abbandonano i pozzi, non ho più il lavoro.»

«Ascolta, Maracaibo galleggia da sempre su un mare di petrolio, che è il suo tesoro» spiega il venditore sollevando la Polarcita e posandola sul tavolino con un gesto didascalico. «Ci sarà sempre qualcuno che lo tirerà fuori e se non saranno gli americani saranno i russi, i cinesi, i marziani... E avranno sempre bisogno di noi, perché io sono il più bravo a vendere e tu il più bravo a riparare. Le cose continueranno a rompersi e la gente continuerà a comprare. Perché agitarsi? Prenditi qualche giorno di vacanza o inventati una piccola attività tua e stiamo a vedere che cosa succede.»

All'alba di questo 23 gennaio 1958, il dittatore Marcos Pérez Jiménez è salito sull'aereo presidenziale, chiamato Vacca Sacra, e ha riparato a Santo Domingo. Un mese prima aveva provato a puntellare il regime e a prolungarsi il mandato con un referendum addomesticato, ma una parte dell'esercito ha appoggiato l'insurrezione popolare, è stato proclamato uno sciopero generale, il Venezuela è sceso in strada e, alla fine, il Gordito è dovuto scappare, con l'aiuto degli americani che hanno in zona parecchi interessi.

Il lago di Maracaibo, con i pozzi abbandonati, sembra l'enorme cameretta di un bambino che ha lasciato i giocattoli in disordine. Ma è un attimo, presto torna tutto a posto, come ha previsto Bonini.

Umberto ha seguito il suo consiglio. Ha aperto l'officina Italcar, specializzata nella riparazione di auto europee, poi è stato chiamato dalla Transporte, azienda di trasporti eccezionali, gestita da un italiano, Francesco Bovinelli, che lavora per conto della Richmond Exploration, compagnia texana di ricerche petrolifere.

Addio navi.

Ora Biàtta ripara i giganteschi camion della Transporte e i *balancin*, le pompe per l'estrazione del petrolio, sia nel lago che su terra. Nel lavoro ai pozzi lo affianca e lo istruisce un barese di Conversano, Domenico Cicorella, detto "Minguccio", enciclopedia in materia. Quando Umberto può imparare cose nuove da fare con le mani e allargare la sfida è solamente felice.

Lo è anche perché il capo, Bovinelli, lo prende in simpatia, come succede di regola a Umberto per il suo carattere solare, e lo coinvolge regolarmente nelle sue battute di caccia e di pesca. Con gli amici della Transporte, guidati dall'indio Brigido che fiuta le piste giuste, impallinano *baquiros*, cinghiali, pecari, beccacce, pernici, anatre... e, navigando per il lago di Maracaibo, imbarcano cernie tropicali da mezzo quintale.

Ora le giornate di Umberto hanno un senso che va oltre le gratificazioni professionali; sono giorni pieni, rotondi, non più solo un turno di fabbrica. La sua vita ha piantato radici sempre più profonde nel nuovo mondo. Umberto Panini non è un lavoratore in trasferta, ma un uomo appagato da tutto ciò che lo circonda, e frequenta sempre meno la nostalgia del ritorno.

Guadagna ancora più di prima, perché Bovinelli lo ha voluto socio in una delle sue società e così allo stipendio si uniscono gli utili. Per il Natale 1958, Biàtta si regala una spettacolare Alfa Romeo Supersport, rossa come l'antico bolide di Juan Manuel Fangio che in questo 1958 è tornato ad attraversare la sua strada.

Umberto lo ha letto sul "Nacional".

Il pentacampione del mondo di Formula 1 doveva partecipare al Gran Premio dell'Avana, organizzato dal dittatore cubano Fulgencio Batista. Era alloggiato all'hotel Lincoln e stava parlando con alcune persone nella hall quando si è avvicinato Manuel Uziel che gli ha puntato una pistola alla testa: «Signor Fangio, sono del Movimento 26 luglio. Deve venire con me. Non mi obblighi a sparare».

Il pilota argentino ha seguito il rapitore su una Plymouth nera, per nulla spaventato, anzi ha strigliato l'autista per la pessima guida, un pilota a certe cose ci tiene. Era tranquillo perché si era convinto che fosse uno scherzo apparecchiato dal suo manager. Invece era un'azione dimostrativa dei rivoluzionari di Fidel che sottraevano alla corsa del dittatore il protagonista più atteso e davano così visibilità mondiale alla loro causa.

Il rapimento è durato ventisette ore. Fangio, che non è mai stato bendato, ha firmato autografi, ha posato per le foto e ha ballato il cha cha cha con i *barbudos* e i loro parenti. Alla fine li ha ringraziati pure perché il Gran Premio dell'Avana, che ha seguito per televisione, organizzato in modo sciagurato, si è trasformato in una carneficina: sette persone morte. I miliziani di Che Guevara gli avevano risparmiato un rischio enorme. Il Maestro ha promesso di tornare sull'isola, a rivoluzione avvenuta.

Davanti alle pagine del "Nacional", Biàtta ha riconsiderato divertito le loro vite intrecciate: entrati insieme alla Maserati, nel '53, usciti insieme, nel '54; una mattina hanno condiviso la stessa pista dell'Aerautodromo di Modena, prima Fangio in auto, poi lui in moto; e ora insieme oltreoceano, nel cuore di due rivoluzioni...

Umberto Panini si sveglia nell'anno nuovo, il 1959, come Adamo nel paradiso terrestre: ha tutto, ma gli manca una compagna. In questi due anni di Sudamerica ha conosciuto molte ragazze, anche affascinanti, ma se ripensa alla morosa che non si fece ingannare da una bugia e si presentò all'alba in stazione per la semplice ragione di un bacio, senza pretendere promesse, non ha dubbi: "Tina Bertacchini è la donna della mia vita". Dopo due anni di lontananza ne è definitivamente convinto.

Giorno dopo giorno, il sole tropicale che ha polverizzato i resti dell'asino ha dato sempre più forza al ricordo del cigno di Pozza, al suo collo bianco.

Biàtta prende carta e penna: "Tina, sposami e vieni qui".

La Nannina

A loro modo, anche Giuseppe e Benito, in viaggio tra Modena e Milano, stanno tramando una rivoluzione. Sono scesi dalla Sierra Maestra diretti all'Avana. Cercano, con il determinato ottimismo dei guerriglieri, l'idea buona per cambiare la storia dell'edicola, come quella che ha appena trovato Giorgio Fini, in questo stesso 1958, anche lui in viaggio su quattro ruote. Si è fermato nell'area di ristorazione creata da Mario Pavesi sulla Milano-Laghi e ha capito che anche i suoi piatti devono mettersi in viaggio, uscire dal ristorante e andare incontro agli italiani che riempiono le strade con nuovo spirito e nuova disponibilità di spesa. È tra casello e casello che il figlio del salumiere Telesforo proverà a sfamare la gente. Ne parlerà alla Agip.

Dovrà però aspettare dicembre per l'apertura del primo tratto dell'Autostrada del Sole, Milano-Piacenza, e l'estate del '59 perché il nuovo rettilineo d'asfalto si allunghi fino a Modena. Giuseppe e Benito infatti stanno ancora risalendo la vecchia via Emilia, a bordo del furgone Topolino.

«Come va con la Lena?» s'informa il Vècio.

«*La và ch' l'a-n và ménga*» borbotta il fratello studiando la macchina fotografica Bencini che tiene tra le mani.

«Come non va? Se uscite insieme.»

«Sì, ma come esco con la Nica, mia sorella.»

«Un po' di pazienza, vi siete appena conosciuti.»

«A trent'anni la pazienza l'ho consumata tutta. E poi, parli tu, quando mai ce l'hai avuta tu la pazienza?»

«Pellaccia, io sono rimasto nove mesi in un letto, ingabbiato nel gesso. Non è pazienza, quella?»

«No, ti sei portato la Maria in ospedale.»

«Lo sapevi fin dall'inizio che la Lena è una ragazza timida, riservata, ha i suoi tempi e il suo carattere. Non è la Dolores.»

«Ah, no di sicuro. Al moroso di Massa non serve la pazienza.»

Dolores è la sorella minore di Lena Storti. Conosce Umberto e Giuseppe fin dai tempi della bottega di biciclette, perché la sua famiglia è di Spezzano. Facevano baracca insieme. Dolores è la versione femminile di Biàtta, estroversa, allegra, una Lola Falana sempre al centro dell'attenzione, anche perché i suoi vestiti ballano tra il giallo e il rosso, raramente ripiega su colori meno sgargianti, nelle foto sorride con occhiali neri da gatta, in pose da diva americana.

La Lena invece alterna le tonalità del grigio a quelle del marrone, sempre con gusto e sobrietà. Avrebbe voluto studiare alle Belle Arti, ma i genitori gliel'hanno impedito. È diventata una sarta apprezzata, ha aperto un piccolo atelier con quattro lavoranti.

Oltre agli occhiali, Dolores ha anche un fidanzato da cinema, Mario, una specie di Rock Hudson di Massa Carrara. I genitori non vedono di buon occhio la relazione che costringe la figlia a viaggiare e a restare fuori di notte nei fine settimana, ma Dolores non è tipo da fermarsi davanti ai no. Alle Belle Arti lei ci sarebbe andata comunque.

Un giorno Giuseppe va dalla Dolores e le propone: «Senti, mio fratello e tua sorella sono ancora putti, perché non li mettiamo insieme?».

Forzano l'incontro.

A Benito lei piace subito, la Lena invece non ne vuole sapere. Lui si avventura in un corteggiamento tanto delicato, quanto cocciuto. La sarta gli impone attese in anticamera d'altri tempi. E lui ogni volta attende paziente sul divano, reggendo sulle gambe il regalo del giorno.

La prima volta si presenta con ciò che ha di più prezioso, una parte della sua collezione di monete antiche. Ama la storia, soprattutto quella dell'antica Roma, e come i suoi fratelli colleziona di tutto: binocoli, francobolli, armi d'epoca... Sa di non avere la lingua sciolta di Umberto, le monete gli servono anche per avviare la conversazione.

Alla lunga, Benito, con le attenzioni e la gentilezza, apre una breccia.

La mamma di Lena, Rita, le ripete: «È buono, prendilo».

E lei piano piano si lascia andare, asseconda ancora una volontà che non è tutta sua. Calza Benito come una scarpa che all'inizio sente troppo stretta, ma che poi camminando prende forma e, in fondo, la fa stare bene. Si fidanza, anche se non come vorrebbe lui. E comunque si tiene ben stretti i grigi e i marroni, non avverte il bisogno di rallegrare le tinte.

«Perché hai portato la macchina fotografica?» chiede Giuseppe.

«Me l'ha prestata Franco. Facciamo qualche foto a Milano da spedire a Umberto in America» spiega Benito.

«Buona idea» approva il Vècio.

Prima tappa alla "Gazzetta dello Sport", in via Galilei. Benito deve risolvere un paio di problemi legati alla distribuzione e ne approfitta per caricare sul furgoncino una pila di vecchi numeri del periodico "Sport Illustrato" da inserire nelle buste sorpresa. Fa visita anche all'amico Vito Liverani, che con il collega Walfrido Chiarini ha appena aperto l'agenzia fotografica Olympia proprio in via Galilei.

Poi si spostano nel vicino vicolo De Castillia, zona Garibaldi, nella sede delle Edizioni Astra. Devono fare rifornimento per l'edicola. Benito studia fumetti, riviste, cartoline, giochi di cartone, si concentra in particolare sul materiale datato, rimasto di magazzino, da acquistare a basso prezzo. Giuseppe invece ha occhi solo per le figurine.

È questa l'idea rivoluzionaria che gli balla in testa, è con quei rettangolini di carta che vuole ribaltare la storia: le figurine. Nonostante qualche battaglia persa in edicola, è sempre più convinto che sia la guerra giusta. Lo aveva già intuito a Santa Scarogna dai bambini che venivano in visita ai parenti e si appassionavano alle immaginette colorate che esponeva nel mercatino dell'ospedale. Ne ha avuto conferma definitiva in questi anni di bottega in corso Duomo. Ormai il Vècio lo ha capito: non si tratta solo della soddisfazione del collezionista, è soprattutto una questione di magia.

Le figurine sono i santini moderni. Valgono il san Geminiano che Olga ha nascosto nella valigia di Biàtta. Possedere l'immagine significa possedere quella persona, i suoi poteri, la lampada con il genio dentro. Il ritratto sacro ti assicura protezione, la figurina di Fausto Coppi ti riempie di forza le gambe, poi sali le scale leggero, come il Campionissimo quando rimonta il Pordoi. I troiani vedono la figurina di Achille in battaglia e la temono, perché non sanno che dietro all'armatura c'è Patroclo. La figurina dell'eroe e l'eroe sono la stessa cosa.

Gli imprenditori, che sono nati per vendere, l'hanno capito subito che a bordo di quei tappetini di carta si vola lontano. A metà Ottocento, Aristide Boucicaut, fondatore dei magazzini parigini Le Bon Marché, ogni giovedì, si metteva accanto alla cassa e, di persona, consegnava una figurina colorata ai bambini che poi costringevano le madri a tornare per continuare la collezione. Un buon affare per davvero.

In Italia sono state la Perugina e la Buitoni a imbarcarsi felicemente sui tappetini volanti. Abbinavano ai loro prodotti le figurine che riproducevano i personaggi di una trasmissione radiofonica di grande successo, "I quattro moschettieri". Chi completava 150 album si aggiudicava una Fiat Topolino, a scalare venivano assegnati premi minori.

Era il 1936, i Panini erano appena arrivati in Rua Muro. Il concorso accese una vera e propria febbre popolare, anche perché alcune figurine erano letteralmente introvabili, una su tutte, la mitica numero 20: il Feroce Saladino.

Si scatenò nel Paese una caccia assurda. La polizia arrivò ad arrestare dei falsari. Si spargevano ad arte voci interessate: «In quella rivendita, la Buitoni ha consegnato una partita di pasta con il Feroce Saladino!». E la bottega veniva presa d'assalto. Il povero Angelo Bioletto, che aveva disegnato tutta la serie, ogni giorno si ritrovava sotto casa qualcuno che gli rimproverava di essere pigro e di avere disegnato troppo pochi Saladini o, peggio, di essere disonesto e di esserseli tenuti tutti per sé.

Una follia che fece epoca e che ispirò perfino un film, *Il feroce Saladino*, di Mario Bonnard, uscito nel '37 con una comparsata di Alberto Sordi.

Poi la figurina ha spezzato il filo che la legava ai prodotti commerciali e ha cominciato a volare per conto suo, come un palloncino sfuggito dalla mano di un bambino.

Tra i protagonisti di questa trasformazione ci fu anche la casa editrice milanese che Giuseppe e Benito stanno setacciando ora.

Lotario Vecchi, imprenditore parmigiano, dopo anni di lavoro all'estero, è rientrato in Italia per fondare le Edizioni Astra e si è portato dietro un'idea che in Spagna aveva avuto grande successo: l'album *Animali di tutto il mondo*. Lo ha ristampato a Milano nel 1950 e quelle sono state, in assoluto, le prime figurine imbustate esposte in un'edicola italiana. Sono andate subito a ruba, tanto che negli anni successivi ha riproposto più volte la collezione degli animali e sempre con successo. "L'Album del koala" lo chiamavano i bambini, perché in copertina c'era un piccolo koala, aggrappato alle spalle della mamma che stava scalando un albero. Il piccolo koala guardava dritto negli occhi il lettore, con tenerezza. Lo raggiungeva. A volte è un particolare che fa la fortuna di un'intera collezione.

Appoggiato al tavolone di legno che raccoglie i vari cataloghi, Giuseppe studia alcuni vecchi album: *Cuore*, *Vita di Garibaldi*, *Guerra in Corea*... Poi si concentra sulle nuove proposte del

1958: la collezione degli *Attori del cinema*, quella dei *Divi della canzone* e le figurine del *Giro del mondo in 80 giorni*.

Sfoglia con maggiore interesse l'album *Calciatori 1958-59* che ha in copertina la parata di un portiere su sfondo azzurro. A ogni squadra è dedicata una pagina che ospita dodici figurine, la formazione titolare più l'allenatore.

Posa l'album e, sorridendo, raccoglie una pubblicazione curiosa: una striscia di dodici figurine che si può richiudere a soffietto, una sull'altra, e diventa un mazzetto solo. Ogni striscia corrisponde a una squadra: lo stemma del club, più gli undici giocatori titolari.

Giuseppe distende e raccoglie più volte la striscia dei calciatori: «Guarda questo, Ben. Sembra la mia fisa... Sono divertenti. Le prendiamo?».

«Mollale lì» suggerisce Benito che ha in braccio una pila di giornaletti. «I calciatori ce le hanno già suonate una volta.»

«Cos'hai preso?» chiede il Vècio.

«Un po' di tutto: vecchi numeri di "Jumbo" e dell'"Audace"... tanti fumetti. Ne ho trovato uno del mitico Rin-Tin-Tin... È roba a buon prezzo, da rivendere bene.»

Sono pubblicazioni marchiate dal celebre timbro Astra: "È una produzione Lampo". I fratelli Panini caricano il tutto sul furgone Topolino e prendono la via del centro.

In piazza del Duomo scattano le fotografie da spedire a Umberto. Sugli scalini del sagrato consumano i panini che si sono portati da casa, giocano con i piccioni che becchettano le briciole, poi raggiungono la vicina piazza Sant'Eufemia, accanto a corso Italia, dove hanno sede le Edizioni Didasco.

È qui che il Vècio sente uno strattone al cuore, come succede al galleggiante quando il pesce abbocca. Forse ha trovato l'idea buona...

I fiori.

Oleandro... Onassia, originaria dell'America tropicale, magari Umberto la conosce...

Orchidea, splendida... Orecchie d'orso, si trovano sulle Alpi... Origano, ma è un fiore? Papavero medicinale, medicinale perché fornisce l'oppio... Parnassia, Passiflora, rappresenta i simboli della Passione... Peonia... Pepe Caienna, ma è un fiore? Pepolino...

Giuseppe vola come un'ape di fiore in fiore, sfoglia l'album con attenzione e legge le didascalie che accompagnano le 420 figurine colorate. Caratteristiche, provenienza, virtù terapeutiche, ogni tipo di informazione su ogni petalo che esiste sulla terra.

Si avvicina un anziano impiegato della Didasco che tiene in mano una pipa spenta: «Il nostro fiore all'occhiello. È il caso di dirlo...».

«Buongiorno. È stato un album di successo, vero?» chiede Giuseppe.

«Successone rende meglio l'idea» precisa l'impiegato. «Abbiamo proposto *Fiori di tutto il mondo* per la prima volta nel 1951 e ce lo hanno spolverato via. Ogni volta che lo ristampiamo, uguale: passano gli Unni dalle edicole e non resta più un fiore... Ce lo hanno copiato un po' tutti, sa. L'Astra-Lampo ha stampato un album simile nel '56, per esempio.»

«I fiori piacciono a tutti» commenta Giuseppe.

«Perché viviamo tra i fiori, dal primo all'ultimo giorno» spiega l'uomo con la pipa. «Nasciamo e vediamo i tulipani bianchi che hanno regalato alla mamma, ci innamoriamo e spediamo rose rosse, andiamo all'altro mondo e non la smettono più di portarci crisantemi...»

«Crede che funzionerebbero ancora le figurine dei fiori?»

«I fiori sono senza tempo, mio caro signore. Ma se esiste un tempo buono, è proprio questo. L'inverno della guerra non è passato da molto, siamo ancora in una primavera di rinascita. La primavera non è la stagione dei fiori che sbocciano?»

«Nel caso, avreste un buon lotto di figurine in magazzino?» s'informa Giuseppe.

«Quante ne vuole» assicura l'uomo mettendosi in bocca la pipa.

Il Vècio acquista un album da studiare a casa con più calma

e lo mostra al fratello sul furgoncino: «Guarda se non è bello, Ben... Per me, se lo lanciamo, esplode».

«Bello, sì... Però, non so. I fiori non piacciono a tutti. Fanno starnutire.»

Dice così perché in una delle prime anticamere che gli ha imposto la Lena si è presentato con un mazzetto di azalee rosa. Lei ha ringraziato, precisando: «Le azalee non mi piacciono, mi fanno starnutire».

Ha infilato i fiori in un vaso di vetro, ma è come se li avesse gettati dalla finestra perché nel vaso non ci ha messo l'acqua.

I fratelli Panini si spostano alla casa editrice Stella, specializzata in carte da gioco e passatempi del genere. Acquistano alcuni tabelloni pieghevoli del Gioco dell'Oca e altri divertimenti in cartoncino da infilare nelle buste sorpresa.

Fanno il punto della situazione, orologio alla mano: non ci sarà tempo per passare dalla Cicogna di Villasanta, concluderanno il tour meneghino di rifornimento e documentazione alla Nannina di via Aselli che è sulla strada per imboccare la via Emilia, a sud di Milano.

Nannina è il soprannome che Luisa Grossi, titolare della casa editrice, aveva fin da bambina. Ora è una elegante signora di quarantasei anni che sembra uscita dall'album *Attori del cinema*: chignon e frangetta alla Audrey Hepburn, cachemire dolce vita, pantaloni scozzesi che le fasciano la vita, tacchi che slanciano una figura esile, barboncino nero in braccio.

Accoglie Giuseppe con esuberanza: «Caro Panini! Il mio giornalaio preferito... Un piacere rivederla».

«Piacere mio, signora» risponde Giuseppe stringendole la mano e abbozzando un inchino.

Saluta anche Benito che accenna una carezza al barboncino, ma viene scoraggiato da un rantolo del cane: «Non gli piaccio».

«Per forza. Sei nel paradiso delle figurine e non ti fidi delle figurine» spiega il Vècio. «Un cane queste cose le fiuta, Ben.»

La signora Grossi sorride: «Se per paradiso intende l'inizio della storia, devo riconoscere che è vero, senza falsa modestia. Gliel'ho mai mostrato l'Adamo degli album, il nostro primo *Figurine Tecnicolor*?».

«Lo conosco, ho visto qualche numero, ma il primo no» risponde Giuseppe.

«Venga...» lo invita la Nannina.

Benito resta nel salone a studiare le pubblicazioni più datate che riempiono gli scaffali di metallo, Giuseppe segue la titolare nel suo piccolo ufficio, un salotto elegante, intimo, dalle pareti damascate, con due poltrone Chester davanti alla preziosa scrivania in noce di fine Ottocento.

Da un cassetto della scrivania la signora Grossi estrae l'album che mette in mano all'ospite. In realtà, non si tratta di un vero e proprio album, ma di otto fogli che contengono in tutto ottantatré figurine cartonate da ritagliare.

Sulla prima pagina ce ne sono dodici: atleti (il pilota Tazio Nuvolari, la tennista Annalisa Bossi, il ciclista Elia Frosio, il fantino Pericle Mercuri...) e attrici (Ingrid Bergman, Katharine Hepburn...). La pagina 4 è occupata da dodici giocatori del Torino su sfondo giallo e da dodici dell'Internazionale su sfondo rosso. La pagina 5, intitolata *Umorismo e Caricature*, presenta venti vignette comiche. L'ultima, come la prima, mette insieme sportivi (il pilota Gigi Villoresi, il ciclista Gino Bartali...) e attori: Errol Flynn, che fu un popolare Robin Hood, e Fredric March, che vinse l'Oscar come dottor Jekyll.

«La storia moderna delle figurine ha un inizio preciso: 2 aprile 1947» racconta la Nannina senza sperpero di umiltà. «Quel giorno usciva il nostro primo album, *Figurine Tecnicolor*. Ha notato? La prima figurina è la tuffatrice Fernanda Pautasso, una donna, e io sono l'unica donna alla guida di una casa editrice. A certe cose ci tengo.»

«Orgoglio legittimo» riconosce Giuseppe. «L'album andò bene, immagino.»

«Così bene che il mese successivo, a maggio, ne stampammo

un altro di 66 figurine e a giugno un altro di 64 e a luglio un altro ancora di 66...» ricorda la titolare che ha posato il barboncino sulla poltrona di pelle.

«Una collezione al mese?»

«Appena le figurine arrivavano nelle edicole e nelle cartolerie, perché io ho allargato la distribuzione alle cartolerie, sparivano subito!» risponde la donna mimando con la mano una folata di vento. «Nel *Tecnicolor* del '47 ho messo il Grande Torino, che aveva appena vinto il quarto scudetto, e l'Inter che è una squadra di Milano. I collezionisti mi scrivevano per avere le altre formazioni. Così per due anni abbiamo prodotto un *Tecnicolor* al mese, con un paio di formazioni per volta, poi siamo passati direttamente alle figurine dei calciatori, una collezione all'anno, accompagnata da qualche altra raccolta. L'ultima, fresca di stampa, si chiama *Guerrieri, moschettieri e indiani*. È molto bella, la guardi...»

Luisa Grossi sfila un album e lo appoggia sulla scrivania.

Giuseppe lo sfoglia e conferma: «Molto interessante. Ma con i moschettieri ho già dato, signora... E in verità anche con i calciatori della S.E.P.».

«Questo da lei non me lo aspettavo, Panini» s'irrigidisce la Nannina. «Paragonare le mie figurine a quelle che ha appena pronunciato è una mancanza di rispetto. Ma li vede i miei colori? E il contrasto con gli sfondi? Pitturiamo le magliette dei calciatori a mano a una a una...»

Il barboncino rantola. Deve avere intuito il cambio di umore della padrona.

«Si figuri se mi permetterei di mancarle di rispetto, signora Grossi! Volevo solo farle sapere che con la vendita delle figurine dei calciatori non sono stato molto fortunato.»

«Non erano ancora i tempi giusti» spiega la Nannina riprendendo il tono di prima. «I segni, bisogna saper cogliere i segni. Guardi...»

Raccoglie una piccola cornice dalla scrivania e la passa all'ospite.

«Il Feroce Saladino» sillaba Giuseppe. «L'ha trovato?»

«In un negozio di via Dante. Cercavo un regalo per mia zia. Entro e un signore davanti a me prende l'ultima scatola di cioccolatini Perugina. Sapevo che alla zia piacevano un sacco. Pazienza... Invece il signore ci ripensa e posa la confezione. C'era dentro il Feroce Saladino. Perché è arrivato a me e non al signore che avevo davanti? Avevo ventiquattro anni. Un segno.»

«E si è messa a stampare figurine.»

«Non subito. Durante la guerra in questi locali mio padre gestiva una modisteria, vendeva cappelli da donna. In una sala da ballo di Montemerlo, vicino a Padova, ho conosciuto Osvaldo: colpo di fulmine. Osvaldo Losurdo. Dal cognome può intuire che non è di Bressanone... L'ho sposato lo stesso giorno in cui si è sposato mio fratello Pietro. Osvaldo era titolare di una fotolito, la Sfol, dove lavoravano veri artisti del colore. Allora mi è venuta l'idea.»

«Figurine?»

«No! Lei va troppo in fretta, Panini... Andavo in via Ferrante Aporti, vicino alla Stazione Centrale, dove avevano sede le agenzie di rappresentanza dei più grandi produttori cinematografici: la Warner, la Metro Goldwyn Mayer... Qui arrivavano le pellicole dei film che poi venivano distribuite nelle sale. Con notevole faccia tosta, mi facevo regalare le foto delle attrici e degli attori. Erano in bianco e nero, nella fotolito di Osvaldo diventavano a colori e le vendevo ai corniciai che avevano bisogno di belle immagini in vetrina per attirare i clienti e vendere le cornici. La cosa ha funzionato, si è accesa la lampadina. Perché non stampare immagini più piccole per i bambini che hanno bisogno di giocare con qualcosa di colorato dopo il buio della guerra? E sono arrivata alle figurine. Stavamo parlando di segni. Eccone un altro.»

Luisa Grossi sfila dalla libreria un album, di dimensioni ridotte, lo posa sulla scrivania: «Lo abbiamo appena distribuito: 22 figurine del Mondiale di calcio che si è disputato a giugno in Svezia».

Lo sfoglia e punta il dito su una figurina: «Lo conosce? Si chiama Pelé, è stato il più bravo, a soli diciassette anni ha fatto vincere il suo Brasile. Tutti dicono che è il nuovo dio del calcio. Quando sulla terra arriva un dio, è tempo di vangeli. Questi sono i vangeli, caro Panini, con i santini dentro. Nel Milan giocano il brasiliano Altafini e lo svedese Liedholm, nell'Inter lo svedese Skoglund... Tutti protagonisti nel Mondiale. Gli dei sono tra noi, abitano a Milano. Ora la gente può vederli anche in televisione e si innamora, poi va a giocare la schedina perché vuole diventare ricca. Sul 5, il tram che mi porta in Duomo, sento parlare solo di calcio. Un segno. Faccia come me, quando vuole scoprire che cosa interessa alle persone, prenda un tram, vada al mercato e si metta in ascolto. Guardi che non le faccio mica a tutti queste confidenze. Gliel'ho detto, Panini, lei è il mio giornalaio preferito, perché quando viene da me ha gli occhi di un commissario di polizia, è sempre in cerca di una traccia. E lo fa con passione. Si vede.»

«Ha ragione, signora, è così. Sono a caccia di una buona idea. Ma le confesso che se lei avesse i baffi passerei meno spesso...»

«Anche galante, quindi» sorride Luisa Grossi, che riprende in braccio il barboncino. «Mi creda, Panini, la sua ricerca è finita. Sono arrivati gli dei, è tempo di vangeli.»

Giuseppe si è spostato alla finestra, incuriosito dalla pianta sul davanzale. Accosta il naso ai fiori bianchi e gialli: «Profumo buonissimo».

«Ricorda quello che il conte Frangipani inventò per Caterina de' Medici, infatti la pianta si chiama proprio così: frangipani o plumeria» racconta la donna. «La cosa curiosa è che rilascia il suo aroma soprattutto di sera e ha virtù rilassanti sul sistema nervoso. Come dire: una buona carezza alla fine di una faticosa giornata di lavoro.»

"Fiori: un segno" pensa il Vècio, ma non lo dice a voce alta per non contraddire la Nannina e per non far ringhiare il cane.

Tornato sul furgone Topolino, cerca subito se tra i 420 fiori della Didasco c'è anche il frangipani. C'è.

Rientrato a casa, va a caccia di altri segni. Prende in braccio il piccolo Antonio, il secondogenito, che ha pochi mesi e gorgoglia un sorriso divertito davanti ai fiori colorati. L'album piace anche a Maria. Giocano a cercare insieme i bucaneve che raccoglievano a Cortina. Li trovano sotto la G: *Galanthus nivalis*.

Il mattino seguente Giuseppe guida fino a Spezzano per avere il timbro sacro dell'amico Carlo Chiavarino che è letteralmente entusiasta della collezione e vota per il lancio dei fiori in edicola con l'ottimismo dei puri. Anche se in realtà ha lasciato il seminario e si è fidanzato con Anna, figlia di contadini che una polmonite ha strappato dai campi e trasformato in sarta.

Il Vècio, alla fine, ha vinto anche il tiro alla fune con Dio.

Il rappresentativo

Olga, curva sul tavolino da lavoro, tiene in testa un berretto da baseball per proteggersi gli occhi dalla luce della lampada che cade a picco sulle sue mani. Sta immergendo alcune buste da lettera in una bacinella piena d'acqua.

Nell'appartamento di Rua Muro, stasera, è rimasta solo Veronica. Gli altri Panini sono usciti, nonostante il vento gelido che ha portato la neve.

«Mi ha scritto Umberto» informa la Casarèina.

«Oh, davvero? E come sta?» chiede la maggiore dei Panini. «Gli ho scritto anch'io e sono in attesa della risposta.»

«A giudicare dai soldi che ci manda direi che le cose gli vanno proprio bene. E mi sembra che riesca anche a divertirsi e che abbia dei buoni amici. Mi ha scritto un mucchio di cose, l'ho sentito allegro.»

«Ah, Biàtta si divertirebbe anche all'inferno e farebbe scherzi perfino al demonio...»

«La novità è che vuole sposarsi» aggiunge la Casarèina sprofondando delicatamente le buste che vengono a galla.

«Davvero? Ma è bellissimo!» commenta la Nica, unica signorina della famiglia. «Allora torna. Si sposerà anche lui a Sant'Agostino?»

«Si sposerà a Sant'Agostino solo la Tina, Umberto non torna.»

«Scusa mamma, non ho capito...»

«Si sposano per procura. Un fratello prenderà il posto di Umberto in chiesa, accanto alla Tina, durante la cerimonia. Così la sposa potrà imbarcarsi con il certificato di matrimonio e raggiungere il marito in Venezuela. Umberto vorrebbe che fosse Benito a sposarsi al posto suo.»

«Benito?» ripete la Nica, sorpresa. «Forse sarebbe meglio Giuseppe, è più rappresentativo.»

Olga solleva lo sguardo dalla bacinella: «Cosa significa "rappresentativo"?».

«Be', è il fratello maggiore, il capo... In città lo conoscono tutti... E poi il Vècio ha un carattere più aperto, è più da cerimonia. Ben credo che sarebbe anche a disagio.»

«Io penso che Umberto abbia scelto Benito proprio perché poco rappresentativo. Per farlo sentire importante. Gli ha sempre voluto bene, anche se da piccolo gli faceva gli scherzi e lo prendeva in giro per le orecchie a sventola. Quando mi scrive che va a caccia o a pesca a Maracaibo, aggiunge sempre: peccato non ci sia qui Benito, si divertirebbe un sacco.»

«Sì, lo scrive anche a me.»

«E trovo che sarebbe anche giusto» ragiona la Casarèina con le mani in acqua, ma ferme, le buste sono salite a galla. «Umberto è partito per l'America, Franco ha potuto studiare, Giuseppe è stato via a curarsi e poi è stato aiutato da tutti a sposarsi in un momento non facile per noi. Benito non ha mai chiesto niente ed è stato quello più presente in edicola. Se la meriterebbe, una giornata da rappresentativo.»

«Hai ragione, mamma. Però lo sai che non si può, per legge. Nel matrimonio per procura, chi recita il ruolo dello sposo non può essere scapolo.»

«Lo so. Ho chiesto in Curia se è possibile avere una deroga, ma mi hanno detto di no. Però sono contenta che Umberto abbia pensato a Benito.»

La Casarèina pesca una busta dall'acqua, stacca delicatamente il francobollo e lo ripone tra le pagine di un giornale per farlo asciugare. Poi lo infilerà insieme ad altri in una bustina di carta velina e li metterà in vendita all'edicola.

Fiori appassiti

Il bisonte non prende neanche in considerazione l'idea che possa aver sbagliato pista. Si convince che debba trattarsi di un banale problema di visibilità. Ogni volta che si presenta nell'edicola di corso Duomo, Giuseppe aggiunge qualche bustina tra i giornali, finché un giorno Olga gli chiede di fermarsi: «Peppino, mi sembra di essere già nella tomba. Sono circondata da fiori. Ancora un po' e questo diventa il chiosco di una fioraia...».

Il Vècio ha scritto di suo pugno alcuni cartelli colorati che invitano all'acquisto della collezione della Didasco. Ma nonostante la generosa esposizione e l'entusiastica propaganda, dopo un paio di mesi ha venduto pochissimi petali imbustati. Le mani che calano sul palchetto dell'edicola raccolgono un quotidiano o una rivista, mai un fiore di carta. Eppure è scoppiata la primavera.

Giuseppe fa la spola tra corso Duomo e vicolo Caselline, dove i Panini hanno trasferito l'agenzia di distribuzione, sempre nel centro storico. Il locale è più ampio di quello di via Sant'Agata, ma gli scatoloni della Didasco lo hanno riempito quasi per intero, perché quando il bisonte carica, lo fa a testa bassa. Ha comprato un lotto di oltre un milione di figurine. Molte sono state caricate sui camion che distribuiscono i giornali e si sono sparpagliate in tutta Italia, ma molte sono rimaste in agenzia, pronte a partire per rifornire le edicole.

Benito, che non è stato informato dal fratello dell'acquisto, e che non l'avrebbe condiviso, sopporta malissimo la presenza degli scatoloni. Ha la sensazione di avere alle spalle un bosco di fiori carnivori pronti a sbranarlo. Al minimo rumore, si volta sospettoso.

Ogni cinque minuti, si presenta Giuseppe a chiedergli: «Come va?».

E Benito, nervoso: «Va che non va».

Il Vècio è convinto che le vendite partiranno da un momento all'altro, è solo questione di tempo. Arriverà una richiesta di rifornimento da qualche parte d'Italia e quello sarà il segnale che la valanga si è staccata dalla montagna e comincerà a rotolare a valle, gonfiandosi sempre di più, portandosi dietro tutte le bustine del deposito. Una valanga da un milione di fiori. Non ha sbagliato lui a vendere quelle figurine, stanno sbagliando i clienti a non comprarle. La fede di Giuseppe nelle sue decisioni è inattaccabile.

Ma invece della telefonata tanto attesa, qualche settimana più tardi, arriva in vicolo Caselline il primo camion di rese che gonfia il bosco delle piante carnivore alle spalle di Benito, togliendogli ulteriore spazio e ossigeno. Nella testa di Benito, come nella pancia di un vulcano, monta una crisi di rabbia che esplode nella serata di un giovedì, quando alla solita domanda del Vècio – «Come va?» –, Benito risponde urlando: «Così va! Va che siamo sommersi dai fiori che tornano indietro! Così va!».

Straccia uno scatolone, esce dall'agenzia e rovescia in strada le bustine, come aveva fatto da piccolo con il piatto di patate bollite.

La stessa imprecazione di allora, il suo cavallo di battaglia: «*Brotta impestèda vàca!*».

Rientra e scaraventa fuori altri due cartoni sbraitando: «Così va! *Brotta impestèda...*».

I passanti si fermano, la gente esce dalle botteghe per curiosare, le auto devono frenare davanti agli scatoloni.

Giuseppe si pianta all'ingresso dell'agenzia per impedire al fratello di rientrare a prenderne altri: «Ma sei impazzito?».

«Tu sei impazzito a comprare tutta questa immondizia! Senza dirlo a nessuno...» ribatte Benito. «Ci manderai in rovina!»

«Io non rovino nessuno e da te non ho avuto una lira» risponde Giuseppe senza alzare la voce.

«Li hai avuti dalla mamma e quelli sono anche soldi miei» continua Benito.

«Tu devi solo ringraziarmi. Ti ho trovato anche una morosa che da solo non eri capace» colpisce duro il Vècio.

Benito non risponde. Stringe solamente i pugni e fa un passo avanti, rosso in faccia. Il vulcano è pronto a esplodere.

«Cosa vuoi fare con quei pugni?» chiede Giuseppe che si toglie la giacca.

L'arrivo di Franco, che è appena smontato dalla banca, è provvidenziale: «Ci diamo una calmata, ragazzi?».

I clacson delle auto si scatenano tutti insieme, come un branco di cani da caccia alla vista della volpe.

Benito sparisce a passo veloce, come quella volta delle patate bollite. Franco e Giuseppe liberano la strada dagli scatoloni e dalle bustine, aiutati da un paio di negozianti.

«Uèllas, non ce li ho i milioni che devo alla Didasco» informa il Vècio. «Ero sicuro di riuscire a vendere i fiori e di poter coprire i debiti.»

Un paio di settimane più tardi, Giuseppe entra nell'ufficio del fratello al Banco di San Geminiano e San Prospero. È come se fosse entrato in un saloon nel bel mezzo di una scazzottata fra mandriani.

Il capufficio Scaramelli sta difendendo animatamente la causa del Milan capolista che ieri ha pareggiato 3-3 sul campo del Talmone Torino, in una partita finita in rissa, con due rossoneri infortunati. Hanno segnato anche Liedholm e Altafini, finalisti nel Mondiale '58, due degli dei di cui parlava la Nannina. Un segno.

«Se non danno la vittoria al Milan a tavolino, è un'ingiustizia!» teorizza Scaramelli.

«È un'ingiustizia se gliela danno» ribatte il ragionier Teodori, tifoso della Fiorentina, in lotta per lo scudetto. «Hanno picchiato tutte e due le squadre. Lo dice anche il giornale.»

I partiti pro e contro il Milan si scannano con grida da sala della Borsa.

«Ma è sempre così?» chiede Giuseppe.

«Il lunedì sempre, negli altri giorni quasi...» risponde Franco alzandosi dalla sua scrivania. «Seguimi che ho preparato tutto nell'altra stanza.»

Il Vècio ripensa al tram numero 5 della signora Grossi. S'incammina dietro al fratello e, alla vista della documentazione appoggiata sul tavolino, in una stanza fredda come un obitorio, senza quadri alle pareti bianche, gli scappa una smorfia che Franco coglie: «Guarda che non ti devi mica vergognare...».

«Lo so, ma sono le prime cambiali che firmo in vita mia.»

«È come firmare un assegno. La prossima volta magari mettici un po' più di prudenza. Era proprio necessario comprarne tante così?»

«Mi conosci, se mi butto, mi butto. E mi butterò ancora, lo sai. Fossi stato prudente quando al Putti mi davano meno del cinquanta per cento di possibilità di sopravvivere all'operazione, ora probabilmente sarei su una sedia a rotelle.»

«Meglio aver vinto la scommessa sul vitello e aver perso quella sui fiori.»

«Infatti» sorride Giuseppe firmando la prima cambiale.

«Me lo fai un regalo, però? Fai la pace con Benito.»

Uscito dal Banco di San Geminiano, per prima cosa, il Vècio organizza il trasporto al macero degli scatoloni Didasco rimasti in agenzia. Verso sera si presenta di persona nel locale di vicolo Caselline, liberato dalle piante carnivore: «Benito, andiamo a mangiare due tagliatelle stasera?».

«Immagino che devo pagare io, sarai a bolletta.»

«Faccio una cambiale. Una in più una in meno.»

«Allora vengo...»

Alla trattoria Bianca, Benito mostra due foto che ha appena

ricevuto da Umberto. In una il fratello è in tenuta da cacciatore, con il fucile sulla spalla e la cartuccera legata alla vita. Posa con Bovinelli, l'indio Brigido e i compagni di caccia davanti a una fila di cinghiali appesi per le zampe a uno steccato di legno. Nell'altra è orgogliosamente in canottiera, con abbronzatura da muratore, su una barca. Ai suoi piedi, un tappeto di cernie mostruose.

«Devo sposare la Tina al posto suo, me lo fai il testimone?» chiede il Vècio.

«Va bene» accetta Benito, contento.

Mangiano e bevono come a un pranzo di nozze, ricordano gli scherzi di Biàtta a Maròch, ridono dei fiori di zucca del menu e di quelli di carta scaraventati nel vicolo Caselline: «Di' la verità, Tullio: erano azalee...».

Il Lambrusco fomenta l'allegria.

«Senti, ma come va il Modena calcio?» chiede a un certo punto Giuseppe.

«Eravamo alla canna del gas, poi sono arrivati i cremonesi del petrolio, quelli della Zenit, che hanno messo in cassa cento milioni, mica bruscolini... Hanno speso subito un botto sul mercato. Per ora la squadra è andata così e così, ma io credo che ci riporteranno presto in Serie A.»

Un segno.

Miele e serpenti

Umberto osserva di continuo l'orologio, a intervalli sempre più ridotti. Finalmente le lancette, lente come tartarughe tropicali, raggiungono il momento atteso. Riemerge dal locale della pompa del pozzo che stava riparando. È nero di petrolio. Afferra lo straccio che tiene infilato nella tasca posteriore della tuta da lavoro, se lo passa sulla faccia e sbianca le mani come può, mentre s'incammina verso la jeep di Francesco Bovinelli che sta studiando una mappa stesa sul cofano.

«Ti rubo un attimo, Francesco. Mi aiuti?» chiede Panini.

«A fare?» risponde il titolare della Transporte.

«A sposarmi.»

«Vuoi sposarmi?»

«Non te, la Tina. Chiedimi: "Tu, Umberto Panini, vuoi prendere la qui presente Adriana Bertacchini, detta Tina, come tua legittima sposa?".»

Bovinelli sorride: «Bertacchini?».

«Adriana Bertacchini» conferma Umberto.

L'imprenditore si rassetta i capelli per adeguarsi all'eleganza della cerimonia e imposta la voce: «Tu, Umberto Panini, vuoi prendere la qui presente Adriana Bertacchini come tua legittima sposa?».

Biàtta si dà una nuova passata di straccio sulle mani nere, lustrando con particolare attenzione l'anulare sinistro, poi risponde convinto: «Sì».

Nello stesso istante, a novemila chilometri di distanza, nella chiesa di Sant'Agostino a Modena, don Ferruccio Richeldi formula la stessa domanda a Giuseppe che, elegantissimo, risponde di sì a nome del fratello e infila l'anello al dito della Tina, radiosa nel suo vestito bianco. Una corona di fiorellini regge il velo che le spiove sulle spalle.

Benito vigila serio accanto a loro, come se temesse che il Vècio, in una pausa del rito, potesse ordinare un lotto di figurine.

La Dinetta lacrima commossa accanto a Olga: il "signor Umberto" che si sposa... A parte Edda e Loreno, che non sono saliti da Maddaloni, in chiesa ci sono tutti: i fratelli e le sorelle con mariti e fidanzati, i nove nipoti, Dolores con gli occhiali neri da gatta e il Rock Hudson di Massa Carrara accanto, Carlo Chiavarino con la moglie Anna, l'ingegnere Giacomazzi della Maserati, la Lollo in una navata laterale, gli amici, i bottegai di piazza San Giacomo.

Maròch sussurra al lattoniere Zacòn: «Quel cornuto fa gli scherzi anche al suo matrimonio. Non si è presentato...».

Solo Maria, che tiene in braccio il piccolo Antonio, ha il sorriso tirato. Ha espresso le sue riserve anche stamattina mentre Giuseppe si annodava la cravatta da sposo davanti allo specchio: «Non è che poi questa cosa rimane sulle carte e ha qualche valore?».

«Ma no... È una cerimonia formale» l'ha rassicurata il Vècio. «Tranquilla. Ti ho presa e ti tengo.»

«Sì, ma da sola. Io non ci sto nell'harem del sultano.»

Dopo la funzione, la famiglia va a pranzo alla trattoria Bianca. Giuseppe, in maniche di camicia, si siede a gambe larghe nella corte del ristorante e dà fiato alla fisa. Benito è il primo che fa ballare la sposa. Franco costringe al valzer Olga, messa in guardia dall'Emilia: «Stia attenta ai piedi...».

La Casarèina trova il modo di appartarsi con la sposa. Insieme alla benedizione di suocera e agli auguri per il viaggio, le affida una missione: «Riportalo a casa in fretta».

È un sabato di cielo terso e di campagna incendiata dal sole. È il maggio del 1959.

Cinque giorni più tardi la Tina s'imbarca a Napoli sulla motonave *Sorrento*, che durante la guerra è stata precettata come nave soccorso. Dal 1954 ha ripreso il servizio passeggeri. Tutta bianca, verniciata di fresco, con il gran pavese issato.

Agli occhi della neo signora Panini, la *Sorrento* appare come la barca dei sogni. Ci sale a bordo con un senso di vertigine. A venticinque anni non è mai uscita dalla provincia di Modena e ora deve attraversare un oceano da sola. Voleva far ingelosire un filarino in una balera di campagna e si ritrova sposata, in viaggio verso l'altra faccia del mondo.

Le fanno compagnia altre cinque spose per procura, attese in Venezuela. Un gruppetto di giovani donne che non sfugge alle attenzioni degli ufficiali, alloggiati al piano superiore della motonave. Ogni sera, affacciati dall'alto, nelle loro eleganti giacchette bianche dai bottoni splendenti, cercano di intercettare le spose che passeggiano sul ponte, le salutano, le invitano a salire per chiacchierare e ascoltare la musica. Dopo una settimana di navigazione e di saluti, un paio di ragazze salgono a ballare e scoprono la comodità di altre cuccette.

Alla seconda settimana di mare, scende dalla sala di comando un ufficiale veneziano, dai baffi biondi e dalla lingua sciolta. Si presenta: «Matteo».

La Tina lo tiene cortesemente a distanza.

Stasera evidentemente il marinaio, approfittando della luna e di un mare dolce come una carezza, ha deciso di abbozzare l'abbordaggio poetico, perché comincia a parlare di pirati, tesori e isole misteriose, e getta l'arpione: «Per la legge della Filibusta, tutte le perle che trovo in mare mi appartengono. Quindi anche i suoi occhi. Lo sapeva, signorina?».

«Signora» precisa la moglie di Umberto.

È l'ora di tagliar corto. La Tina, affacciata a considerare l'oceano, immenso e misterioso come la vita cui sta andando incontro, indica una ciambella di salvataggio legata a una scialuppa: «E lei lo sa che io ho il cuore come quel salvagente? Ci sta dentro un uomo solo. Quello che mi aspetta a Caracas».

Dopo venticinque giorni di navigazione, la *Sorrento* attracca a La Guaira.

Appena la riconosce sulla passerella di sbarco, Umberto sente una *smartlèda* al cuore. Sorride. Appoggiato alla Giulietta Spider che ha appena comprato per l'occasione, Biàtta si sente seduto al cinema davanti all'attrice più bella del film: una cintura bianca le stringe il vestito azzurro alla vita, tre fili di perle attorno al collo da cigno, richiamati da orecchini simili, una borsetta bianca in pugno.

L'impressione di Tina alla vista dello sposo, che indossa una camicetta colorata a maniche corte, è molto meno entusiastica: gli appare smagrito e nero. E poi quella macchinetta italiana... Dopo tre settimane di oceano immenso, tutto le sembra rimpicciolito di colpo, anche il marito.

Glielo confessa: «Mi aspettavo un macchinone americano».

«Domani vendo la Spider e te lo compro» promette Biàtta.

Si abbracciano con qualche impaccio, recuperando dal tempo gesti lontani. Lo sposo, come avrebbe detto don Ferruccio Richeldi, può baciare la sposa.

Umberto guida verso Caracas, attraversa, questa volta senza esitazioni, la ragnatela di strade alle porte della capitale, imbocca l'arteria per Maracaibo e quando riconosce, o si convince di aver riconosciuto, l'anfratto in cui aveva dormito, ferma la Giulietta e fa scendere la sposa.

«Ho dormito qui, con il motorino legato a una caviglia» racconta alla Tina, «e qui di notte ti ho scritto la prima lettera.»

Il secondo bacio, nella capanna di foglie, è molto più disinvolto e appassionato. L'abbraccio di Umberto schiaccia la moglie contro i finestrini della Spider. Fosse stata il macchinone americano che si aspettava la Tina, ci sarebbero finiti dentro.

Arrivano a Maracaibo nel tardo pomeriggio.

Biàtta, con la sposa in braccio, entra nel nuovo appartamento che ha comprato nel quartiere di Quinta Carmucha, poi va a nascondere la Spider a un chilometro di distanza. Sa che gli amici li stanno aspettando per fare la ronda attorno alla casa durante la prima notte di nozze, come da tradizione locale. E li inganna così, cancellando i segnali della loro presenza.

Per quattro giorni Umberto e la Tina restano chiusi in casa senza mai accendere le luci. Quasi come quando era rimasto una settimana intera nella sala macchine del rimorchiatore. Con altri sentimenti e altre mansioni, ovviamente.

"Una luna di miele da vero *Smartlèda*" l'avrebbe definita Giancarlo Bonino.

La Tina si ambienta subito in un mondo così diverso, dove i quaranta gradi di temperatura sono la normalità. Ha un carattere molto simile a quello del marito, che le permette di considerare la novità e l'imprevisto come divertenti alternative alla noia e non come ostacoli da superare. Per esempio, impara presto a convivere con le iguane, che sanno mimetizzarsi e spuntano dappertutto. Un giorno perfino dal forno di casa... Un'altra volta imbraccia il fucile e fa secco un serpente corallo che stava scivolando in giardino dalle parti di Umberto. La palude selvaggia non è distante e visite del genere non sono rare.

Biàtta assomiglia a suo padre anche in questo: attira i serpenti.

La Tina si diverte in città, perché i vigili sono galanti e sensibili alla sua eleganza europea. Spesso bloccano il traffico delle *avenidas* per permetterle di attraversare e lei sfila solenne, alta, slanciata. Umberto le ha regalato una Seicento, che i venezuelani chiamano *cucaracha*. Riesce a parcheggiarla tra due macchinoni americani, evitando così di pagare la sosta.

Ma ad aiutarla a inserirsi nel nuovo mondo è soprattutto la piccola Little Italy che si è formata a Quinta Carmucha. Oltre ai Bovinelli e ai Panini ci sono anche i Dal Monte e gli Stradiotto, quattro famiglie che fanno gruppo fisso. Ogni sabato, a turno, una ospita le altre tre a cena, poi insieme vanno al cinema o a ballare.

È in una di queste serate di festa, proprio mentre sta per uscire di casa con la Tina, tutti e due eleganti, che suona alla porta un nordamericano, ancora più elegante di loro. Spiega che l'auto lo ha lasciato a piedi e che è atteso a una cena importantissima.

«Mi hanno assicurato che lei rimette al mondo anche i morti e che in Venezuela non esiste meccanico migliore» spiega l'americano che ha una pancia da bevitore.

«Probabilmente è vero, ma lo vede come siamo vestiti?» chiede Umberto. «Siamo attesi anche noi a una cena importantissima. Mi spiace.»

«La prego, non può lasciarmi a piedi...» insiste l'uomo allentandosi il colletto della camicia, stretto dal papillon. «La prego...»

Biàtta, che come sempre avverte il prurito della sfida, con uno sguardo chiede alla moglie uno sforzo di pazienza: «Torno subito...».

Raggiungono l'auto guasta. Alla prima occhiata, Umberto capisce di che cosa si tratta. Una banalità. Gli basta dare un colpo al carburatore con la chiave inglese che si è portato dietro e il motore della lussuosa Ford Zephyr riprende a ruggire.

«Lei è un santo! Mi ha salvato la vita!» esulta l'americano mettendo mano al portafoglio. «Cosa le devo?»

Biàtta, ricordando che si era preso del tonto dal demolitore d'auto, alza il tiro: «Vanno bene cinquecento bolivares».

«Cinquecento bolivares per una martellata? Ma è una esagerazione!»

«Lo vede come sono vestito? Ho dovuto piantare a casa mia moglie e farò attendere gli amici che ci aspettano a cena. Metta nel conto tutto.»

«L'ho messo nel conto, ma è troppo lo stesso!» insiste l'americano. «Dovesse farmi una fattura, cosa avrebbe il coraggio di scrivere? Sentiamo...»

«Glielo dico subito. Un bolivar per la martellata, 499 bolivares per averla saputa dare. La qualità costa, signore.»

A un anno esatto dal suo arrivo, maggio 1960, la Tina mette al mondo Manuela Francesca. È felice e ha completamente dimenticato la missione che le ha affidato Olga.

Due matrimoni

In piedi, davanti all'altare della chiesa di Sant'Agostino, Veronica Panini risponde: «Sì, lo voglio».

È illuminata da un sorriso leggermente affannato, come se avesse appena recuperato il fiato dopo la lunga corsa che le ha permesso di entrare in chiesa proprio mentre il portone stava per chiudersi.

Zia Chicca ha trentotto anni, il suo sposo, Guido Trevisi, quarantasei.

Un matrimonio in zona Cesarini, direbbe Scaramelli, il capufficio di Franco.

Veronica e Guido si conoscono da quando erano ragazzi. I loro padri lavoravano insieme all'Accademia Militare, così amici da spingere delicatamente i figli a frequentarsi, ma poi Guido è partito per la carriera militare. Prima la campagna d'Africa, in seguito la Seconda guerra mondiale. È rimasto lontano da Modena per tredici anni, e i due ragazzi si sono persi di vista.

Negli ultimi tempi, Veronica aveva preso a fare coppia fissa con la Tina, perché è sconveniente che una ragazza non fidanzata vada a ballare o al cinema da sola.

Un giorno, poco prima che la Tina si imbarcasse per il Venezuela, le due amiche, a passeggio sotto i portici del Collegio, hanno incrociato Guido, elegante e ben curato come sempre, con i capelli luminosi di brillantina e una camicia bianca, fresca d'acquisto. È sempre stato un uomo affascinante, atletico, che riesce ancora a tenere a bada gli anni con bella disinvoltura.

Tina è diventata improvvisamente trasparente. In disparte sotto i portici, è rimasta a osservare Veronica e Guido che ridevano, scherzavano e se la raccontavano con la naturalezza di un tempo, come se non si fossero mai staccati. E così la moglie di Umberto non ha mai più passeggiato al fianco dell'amica, sostituita definitivamente dall'ex militare che, pochi mesi dopo, ha infilato la fede al dito di Veronica. Andranno ad abitare in via dei Balugola, vicino a corso Canalchiaro.

Accasata la figlia più grande, sette mesi più tardi, nell'agosto del 1960, Olga Panini accompagna all'altare il figlio più piccolo, Franco, che ha ventotto anni.

Emilia ne ha ventidue. È bellissima, un vitino da vespa. Il vestito da sposa glielo ha disegnato la Lena, morosa di Benito. Quello di Franco invece è stato semplicemente rinnovato. Lo ha acquistato un anno fa per il veglione, le sorelle lo hanno convinto che andava benissimo anche per il matrimonio. Riadattate anche le bomboniere, reduci da antiche nozze e riempite di confetti nuovi. Non ci sono soldi da sperperare, le figurine dei fiori pesano ancora, il grosso dei risparmi è finito nell'appartamento che abiteranno in via Pascal, dalle parti dell'Aerautodromo.

Emilia ha portato in dote solo la bellezza.

Lavorava alla Maffei, azienda tessile di Maranello. Il mestiere le piaceva, erano quasi tutte donne, aveva molte amiche, unico problema il padrone che d'inverno risparmiava sul riscaldamento e vietava di parlare durante i turni. Poi ha cominciato a lavorare da casa. Quando sono stati consegnati i macchinari, la mamma dell'Emilia è scoppiata a piangere per la paura di non riuscire a pagarli. Ora in chiesa piange di commozione.

Franco e l'Emilia hanno dovuto consultare la Curia perché hanno in comune dei parenti e neanche tanto antichi.

La cerimonia comincia presto, alle nove e mezza, per il semplice motivo che i due soli taxi in servizio a Maranello erano già stati prenotati per il matrimonio successivo. Meglio così, perché fa un caldo che scioglie i nodi delle cravatte.

A bordo dei taxi e sulle automobili, sposi e invitati si spostano al Tucano di Modena per il pranzo di nozze. Le foto in giardino, i tortellini, i brindisi, Emilia porge la guancia perché si vergogna a baciare Franco in pubblico quando gli invitati lo pretendono, la fisa del Vècio, i balli, i bambini corrono dappertutto, finalmente liberi di sporcarsi, Benito chiacchiera di calcio con Scaramelli e i colleghi della banca, la Lena osserva orgogliosa il vestito di Emilia e immagina come disegnerà il suo.

«Non pestarmi i piedi, ragazzino dal maglione rosso» sussurra la sposa al primo valzer.

«Tanto ormai non scappi più. Ti ho messa in banca» sorride lui, felice.

Alla sera partono per Firenze. Dal finestrino del treno ammirano incantati i piloni giganteschi e i viadotti della nuova Autostrada del Sole che porta le auto in cielo. Alloggiano all'hotel Argentina, tra il lungarno Vespucci e Santa Maria Novella. La mattina seguente vanno a messa in Duomo.

Mentre s'incamminano verso il centro, incrociano due anziane turiste americane dall'aria smarrita. Una regge un libro, l'altra, che indossa un curioso cappellino da pescatore schiacciato sui capelli grigi, una mappa cittadina. Franco offre aiuto. Stanno cercando il ponte del famoso incontro fra Dante e Beatrice.

«Questo è il Ponte alla Carraia» spiega Uèllas che parla un ottimo inglese. «Il Ponte Santa Trìnita è il prossimo, in quella direzione, verso Ponte Vecchio.»

«Gentilissimo» ringrazia l'americana del libro. «Siete di Firenze?»

«No, ma ho sempre amato Dante, fin da ragazzo» risponde Franco.

«Anche noi, tanto. È una bella emozione visitare la sua città» spiega la pescatrice. «Adoriamo la *Divina Commedia*.»

«Ricordate quando Dante incontra Beatrice in Purgatorio?» chiede Uèllas, che con un balzo atletico sale sul parapetto del Ponte alla Carraia.

All'americana del libro scappa un «My God...».

Franco statuario, con l'Arno che gli scorre sotto le scarpe, comincia a declamare Dante, come faceva da fidanzato per Emilia: «Sovra candido vel cinta d'uliva / Donna m'apparve sotto verde manto / vestita di color di fiamma viva...».

Le americane applaudono incantate.

L'Emilia sorride, un filo preoccupata: «Sta' attento... Non farmi vedova al primo giorno da moglie».

Raggiungono il Duomo.

Emilia è credente, cresciuta nell'oratorio della Democrazia cristiana che con la Casa del Popolo di Maranello aveva rapporti molto meno poetici di quanto raccontasse Guareschi. Volavano spesso bastonate vere e i ragazzi di una parte avevano il divieto assoluto di frequentare quelli dell'altra.

Però, alla morte di Stalin, nel 1953, Emilia sentì il bisogno di andare a firmare il quadernone che i comunisti avevano esposto. Si mimetizzò nella Casa del Popolo come una spia con foulard, cappello, occhiali scuri e bavero dell'impermeabile sollevato. Scelse l'ora di minor traffico in piazza e lasciò la sua testimonianza di lutto nell'accampamento nemico. Era convinta che la sua firma cattolica avrebbe salvato almeno un pezzo dell'anima di Baffone, nonostante tutto.

La domenica pomeriggio Franco va in zona Cascine a recuperare lo scooter che ha spedito da Modena. Caricano l'unica valigia che hanno e proseguono la luna di miele su due ruote, puntando al mare.

«Le nostre vacanze romane!» esclama Uèllas, euforico come suo padre quando aveva caricato Olga sul sidecar.

«Gregory Peck però aveva una bella Vespa, non questo rottame» corregge l'Emilia.

«Rottame? Questo è un Aermacchi Ghibli, una signora moto.»

«La Hepburn poteva sedersi elegantemente di lato, io devo mettermi i pantaloni e cavalcare a gambe larghe come un cowboy...»

In effetti l'Aermacchi ha due sellini separati, come quelli delle biciclette, e quello posteriore è leggermente sollevato, così che a Emilia tocca anche il vento in faccia.

Si fermano a Marina di Carrara, meno cara di Viareggio o Forte dei Marmi. Qualche giorno al mare, poi ritornano a Modena, anche perché Franco non vuole perdersi la maratona e le ultime gare delle Olimpiadi di Roma.

Segue i Giochi sul televisore di Olga. Lui non ce l'ha ancora. Ha il frigorifero e il forno, che comunque sono un lusso, ma il televisore no. Lo comprerà presto, grazie ai soldi che gli ha prestato sua madre per il viaggio di nozze.

Quando ha fatto per restituirglieli, la Casarèina non li ha voluti: «Tienili. Darò trecentomila lire anche a ciascuno dei tuoi fratelli».

Intanto, seduto accanto a Benito, Franco si emoziona davanti all'impresa dell'etiope Abebe Bikila che trionfa nella maratona olimpica, correndo a piedi nudi sui sanpietrini di Roma, in una suggestiva cornice di torce e pietre antiche.

Lo sapesse l'avvocato Ramazzini, sarebbe finalmente soddisfatto. Degli otto fratelli Panini che si nascondevano per sembrare quattro, ne è rimasto uno solo in Rua Muro: Benito.

Senza bisogno di ucciderli.

L'oracolo di ferro

Per la prima volta in vita sua, Giuseppe Panini sta bevendo un caffè con le auto che gli sfrecciano sotto le scarpe. Ha quasi la sensazione che gli facciano solletico ai piedi. Il futuro in persona sta transitando sulla nuova Autostrada del Sole.

Affacciato alla vetrata del primo ristoro a ponte d'Europa, progettato dall'architetto Angelo Bianchetti a Fiorenzuola d'Arda, il Vècio prova l'inebriante sensazione di poterlo cavalcare. Ha appena compiuto trentacinque anni.

Ieri sera, dopo cena, è passato in Rua Muro per informare la madre che sarebbe tornato a Milano a comprare altre figurine. Benito era al bar con gli amici.

Olga stava lavorando ai francobolli, alla luce della lampada, con il berretto da baseball in testa. «Devi ancora finire di pagare le cambiali.»

«Con il guadagno delle nuove figurine, le salderò prima.»

«L'edicola sta andando bene, l'agenzia di distribuzione dei giornali pure, i francobolli si vendono con buona resa, perché prenderci degli altri rischi?» gli ha chiesto Olga. «Non ci manca niente. Abbiamo quel che ci serve per vivere da buoni cristiani.»

«Possiamo vivere meglio» ha rilanciato Giuseppe che pesca una busta dalla bacinella d'acqua. «Finita la guerra, vendevi il "Candido" e "L'Uomo qualunque", quando li bruciavano nelle edicole. Ti sei presa dei rischi. Ci dicevi sempre: andiamo a vedere se funziona... Io voglio andare a vedere se funzionano le figurine.»

«L'hai già visto, Peppino: abbiamo perso dei milioni con quei fiori» gli ha ricordato la Casarèina.

«Era sbagliato il soggetto, mamma, non le figurine. Ne sono convinto. Questa volta funzioneranno. Lo sento, vedrai...»

«L'hai detto al Beni?» ha chiesto Olga.

«Figuriamoci... Mi avrebbe bucato le gomme del furgone.»

«E a Franco?»

«A lui sì» ha risposto Giuseppe mettendo il francobollo ad asciugare tra le pagine del giornale.

«Cosa ti ha detto?»

«Che preparerà altre cambiali.»

La Casarèina si è asciugata le mani nel grembiule: «Ho chiesto a Umberto di non partire ed è partito lo stesso. Se ti chiedessi di non comprare quelle figurine le compreresti lo stesso».

Giuseppe ha raccolto i francobolli già asciutti da imbustare, senza incrociare lo sguardo della mamma: «Però volevo dirtelo prima».

«Non ce n'era bisogno. Sei tu il capo, Peppino. Tocca a te stabilire che cosa è meglio per tutti. Decidi e poi vai a vedere. Casomai, non comprarne troppe.»

Il Vècio è tornato a casa e ha trovato Maria già addormentata. Dormivano anche Tiziana e Antonio, i figli. È salito in soffitta e ha indossato il busto di ferro badando a non fare rumore per non svegliarli. Si è allacciato le fibbie di cuoio, poi si è specchiato in un'antica *petineuse* che avrebbe dovuto arredare il negozio da parrucchiera della moglie, mai aperto. Ha ripensato agli occhi grandi del vitello di Cortina. Ha chiesto alla propria immagine: che senso avrebbe il sacrificio di quell'animale, se non vivo con coraggio?

Più si osservava con l'armatura addosso, più si vedeva come una figurina all'interno di una bustina.

Giuseppe punta direttamente l'ufficio della Nannina guidato dal profumo del frangipani che ormai lo disturba, come per anni lo disturberà la vista di un fiore.

«Il mio giornalaio preferito!» esclama Luisa Grossi, slanciata da una lunga gonna scozzese. «Ma dov'era finito, Panini? Pensavo che mi avesse dimenticata...»

«Come potrei, signora?» saluta il Vècio con un teatrale baciamano. «È solo che ho avuto qualche problema da risolvere all'edicola e non ho potuto dedicarmi alle figurine.»

«Ora vuole riprendere la caccia alla grande idea?»

«In realtà ce l'ho già. Mi sono convertito ai suoi vangeli» confida Giuseppe. «Ci ho ragionato sopra e ho raccolto un sacco di segni.»

«Può raccoglierne quanti ne vuole. Sono facili da trovare come le margherite. Guardi qua...» La donna sfoglia l'album appoggiato sulla scrivania di noce, la raccolta *Gol 1960-1961* fresca di stampa. Si ferma alla pagina del Milan e indica una figurina. «Non sembra ancora un bambino? Guardi che faccino... Ha esordito in Serie A a soli quindici anni, nell'Alessandria, è un *mandrogno*, e adesso, a diciassette, è arrivato nel grande Milan: Gianni Rivera. Lo chiamano il Golden Boy. Il pubblico se ne è già innamorato. Gioca insieme ad Altafini che ha vinto il Mondiale accanto a Pelé.»

«Il Pelé del Milan.»

«Bravo, Panini! Proprio così, il giovane Rivera può diventare il Pelé del Milan. Lo vede che ha capito? Un segno! E presto arriverà anche il Pelé dell'Inter. Un mio operaio, che è malato di calcio, mi ha raccontato che tra i giovani nerazzurri gioca il figlio del mitico Valentino Mazzola, il capitano del Grande Torino. Si chiama Sandro, dicono sia un vero fenomeno, e quest'anno arriverà certamente in prima squadra. Significa che tra poco i ragazzi faranno di tutto per avere le figurine di Mazzola e Rivera!»

«Curioso. Nel suo primo *Figurine Tecnicolor*, l'album del 1947, se non ricordo male, c'erano solo le figurine di due formazioni: il Grande Torino e l'Inter» osserva il Vècio. «Cioè, la squadra di Mazzola papà e la squadra di Mazzola figlio. Un segno?»

«Ma certo!» conferma la signora Grossi. «Ormai le ho aperto gli occhi.»

Giuseppe cerca la pagina dell'Inter per controllare se ci sia già la figurina del giovane Mazzola, ma non la trova. La prima, in alto a sinistra, su sfondo giallo, ritrae il centrocampista Bruno Bolchi, detto "Maciste" per la sua forza. Chiude l'album e studia l'immagine della copertina: il disegno umoristico di un arbitro con il fischietto in bocca e il pallone in mano che marcia impettito verso il centro del campo, seguito da una fila di giocatori con magliette colorate.

«Questa è la vostra ultima collezione di calciatori?» chiede Giuseppe.

«Sì, quest'anno ne ho stampate due» racconta la Nannina. «Una nel nostro formato abituale: 288 figurine di 4 centimetri per 5, con un album di 24,7 centimetri per 22,6; e un altro in formato gigante, con figurine di 6,1 centimetri per 7,5, ma senza album. Sa perché? Perché i bambini si stanno abituando al formato grande per via delle macchinette che ci sono in strada, quelle che metti dentro 10 lire, giri la manopola e vengono fuori la figurina e la pallina di chewing gum. Le figurine dei dispenser delle macchinette sono grandi e di cartoncino.»

«Come stanno andando?»

«A lei non dico bugie, Panini: non bene come pensavo. Il formato normale viaggia discretamente, non di più, quello gigante non si è proprio mosso. Ho provato a spingerlo aggiungendoci un album gigante in corsa, questo, ma è cambiato poco. Mi è rimasto il magazzino pieno.»

Il Vècio studia l'album gigante spuntato da un cassetto della scrivania e commenta: «Non le dico bugie neanch'io, signora. Mi perdoni, ma è proprio brutto... Perché raccogliere i giocatori per ruolo e non per squadra? I tifosi amano le maglie prima dei calciatori. E poi di alcune società ci sono tante figurine, di altre poche, del Brescia una sola... Errore. È la prima regola dello sport, la sua bellezza: sulla linea di partenza sono tutti uguali, con le stesse regole da rispettare! E anche la qualità grafica non è eccezionale. Ora il suo barboncino mi ringhierà dietro, ma mi sono sentito in dovere di dirglielo...».

«Ha fatto benissimo, Panini. E le dirò di più: sono d'accordo con lei. La verità è che ho potuto dedicarmi poco a questa collezione. Vede, io non sono la Fata Turchina, sono un'imprenditrice e devo far quadrare i conti. Perciò mi sono occupata soprattutto dei soldi certi. Guardi questi album...»

Li fa spuntare ancora dalla scrivania di noce. Sono identici a quelli della collezione *Gol 1960-1961*, ma la copertina dell'arbitro e le figurine all'interno sono personalizzate con marchi diversi.

«Ho bussato alla porta di queste aziende, una per una» racconta Luisa Grossi. «E ho proposto: "Vi stampo un album tutto per voi, così promuovete i vostri prodotti e vi tenete stretti i clienti che dovranno tornare a comprare per finire la collezione". Questo è l'album che ho fatto per la Pagliarini di Romano Lombardo, questo per la Bovolone di Verona, questo per la Wamar di Torino, questo per il Dolcificio Lombardo, questo per la Guglielmone di Mortara... Per ogni azienda ho colorato il bordo delle figurine in modo diverso. E, per essere più convincente e ricordare a tutti il successo storico della Perugina-Buitoni, mi sono presentata agli appuntamenti in fabbrica con il quadretto del Feroce Saladino autentico. Ho portato a casa dei buoni affari, mi creda.»

«Complimenti davvero, signora. Ottima idea» riconosce Giuseppe, sinceramente ammirato.

«Ora deve trovare la sua, Panini.»

«L'ho già trovata.»

«Sentiamo.»

«Le compro tutte le figurine giganti.»

«Quelle che non si vendono?» chiede Luisa Grossi, per essere sicura di aver capito bene.

«Esatto» conferma Giuseppe. «Mi prendo l'invenduto delle figurine giganti, tutte, senza l'album. Le libero il magazzino.»

«Ma io la bacio sulla fronte...»

«Non chiedo tanto, signora, mi accontento di uno sconto consistente. Lo ha detto lei, è merce che non si vende e stampata senza la massima cura. Non può pretendere un prezzo troppo alto.»

«Lei mi piace sempre di più, signor Panini» sorride la donna accendendosi una sigaretta.

Giuseppe si sforza di non riconoscere il profumo di frangipani che gli è salito al cervello.

Secchiate e badile

Giuseppe contatta la Isa di Bologna, Industrie Sacchetti & Affini, e ordina una partita di bustine di carta. Da un grossista di giocattoli, che già rifornisce l'edicola, acquista un gran numero di palloncini gonfiabili e, in quantità minore, palloni da calcio di plastica. Infine si accorda con una tipografia modenese: riceveranno fogli pieni di figurine da una casa editrice di Milano, dovranno tagliarle e stampare una parola sul retro di alcune, poi recapitarle all'Agenzia di distribuzione giornali Fratelli Panini che intanto ha cambiato sede, si è allargata ancora, e ha occupato alcune cantine in via Castelmaraldo, non lontano dalla casa di Olga. Fissa la consegna dei primi scatoloni nel tardo pomeriggio, dopo la chiusura della banca, in modo che sia presente anche Franco. Potrebbe aver bisogno di un buon mediatore per contenere la probabile sfuriata di Benito. Uèllas è senz'altro il più adatto.

Il giorno arriva.

Nell'agenzia entrano i primi fattorini con i cartoni in braccio, Giuseppe si piazza strategicamente accanto alla porta per intercettare il fratello nel caso tentasse di rovesciarli in strada un'altra volta, ma Tullio ha una reazione a sorpresa. Non getta a terra le patate, si limita alla seconda fase dell'operazione: prende e se ne va, senza commentare. Stava aggiornando il registro delle spedizioni dei giornali, si blocca, posa la penna, osserva i primi scatoloni portati dagli impiegati della tipografia, aspetta che la pila cresca, poi con molta calma si alza in piedi.

«Figurine, vero?» chiede soltanto.

«Calciatori. Ti piaceranno.»

Benito chiude il registro delle consegne, raccoglie le chiavi di casa dalla scrivania, stacca il cappotto dall'attaccapanni e s'incammina verso l'uscita. Il Vècio fa un passo indietro.

«Trovatevi un altro sgobbone. Io mi fermo qui» annuncia Tullio, e sparisce.

«Dovevi avvisarlo, prima di comprarle» commenta Franco.

«Lo sai com'è: si accende, si spegne in un attimo. Domani sarà qui al suo posto» minimizza Giuseppe che apre subito gli scatoloni.

«Come pensi di procedere?» chiede Franco.

«Per prima cosa dobbiamo mischiarle. Vedi?» domanda il Vècio pescandone una manciata da uno scatolone. «Ogni foglio stampato dalla Nannina conteneva le figurine di un giocatore solo. La tipografia le ha tagliate e naturalmente le ha messe tutte insieme nello stesso scatolone. Non possiamo rischiare che in una stessa bustina ci siano due o tre figurine uguali.»

«Come le mischiamo?»

«Così...» Giuseppe afferra uno scatolone e scaraventa le figurine contro una parete dell'agenzia, come avrebbe fatto per scagliare una secchiata d'acqua.

Dopo cinque secchiate di calciatori, si ferma e allarga le braccia: «Non mi è venuto in mente un sistema migliore...».

«Ti aiuto» si offre Franco che si toglie la giacca, la cravatta e si rimbocca le maniche della camicia bianca.

I due fratelli, uno accanto all'altro, nella cantina di via Castelmaraldo, sbattono contro il muro mezza Serie A. Secchiate di terzini e di mediani che rimbalzano e si sovrappongono, come in una zuffa da derby.

Dopo aver svuotato una decina di scatoloni, il Vècio ferma le operazioni.

Esce, raggiunge il furgoncino Topolino in strada e rientra con un badile in mano: «Ora dobbiamo mescolarle bene. Anche questo sistema è un po' rozzo, ma dovrebbe funzionare».

«In fondo noi Panini veniamo dalla campagna.»

«Bravo, Uèllas. Sono arnesi di famiglia» concorda Giuseppe che comincia a radunare i calciatori scagliati contro il muro e a farne una montagnola.

Raccoglie quelli alla base e li rovescia in cima al mucchio, ruota il badile come un mestolo nel pentolone di polenta, spiana la costruzione, raduna di nuovo le figurine, le mescola per un buon quarto d'ora, poi comincia a riempire i cartoni che ha svuotato.

«Quanto puoi rimanere?»

Franco controlla l'orologio: «Un paio d'ore».

«Anch'io. Diamoci da fare, allora» ordina il capo.

Si spostano al tavolone che occupa gran parte della seconda stanza dell'agenzia, lo liberano dalle pile di giornali rilegati, si accomodano uno accanto all'altro.

«Nella prima bustina che facciamo ci metto le tre regine: Inter, Milan e Juve» decide Giuseppe che ravana nello scatolone delle figurine e sorride alla coincidenza. Il primo milanista che gli è saltato in mano è il giovanissimo Gianni Rivera... Un segno.

Per l'Inter pesca il difensore Aristide Guarneri; per la Juve, l'attaccante gallese John Charles.

«Guarda: prendo una bustina, ci infilo dentro le tre figurine, aggiungo un palloncino colorato e chiudo la bustina con la colla. Fatto. Visto?»

«Alcune figurine hanno la scritta "valida" sul retro» nota Franco.

«Sì, l'ho fatta aggiungere io in tipografia. Sono figurine speciali. Sulla bustina c'è la spiegazione: chi ci spedisce cento "valide", avrà in dono un pallone. La Nannina vende in edicola le figurine singole che costano 10 lire l'una. Noi per 10 lire ne diamo tre, più un palloncino e la possibilità di vincere un pallone di plastica. Siamo più forti.»

«Però ora che finiamo di imbustare è già cominciato il campionato nuovo...» osserva Franco che ha pescato dallo scatolone le sue prime tre figurine.

«Se lo facciamo solo io e te sì, ma ci faremo aiutare dai parenti e dagli amici. La Norma a Marzaglia un po' di tempo libero ce l'ha, per i suoi figli sarà un gioco. La mia Maria ci darà una mano senz'altro, tu puoi chiederlo all'Emilia, se ha voglia. Sono sicuro che anche la Maria Luisa e Vasco ci aiuteranno.»

«Ah, di sicuro» sorride Franco sigillando la bustina. «Maria Napoleon dirà che lei è capace di imbustarne cento al minuto...»

«Lo chiediamo anche a Veronica e Guido. E vuoi che Carlo Chiavarino non sia della partita? Deve ancora farsi perdonare per il consiglio sui fiori... Chiediamo al Pareschi e a qualche amico del bar. Ai tuoi colleghi, che litigano sempre sul campionato, magari fa piacere prendere in mano i calciatori. Domani farò le consegne con il furgoncino. Porto le figurine, le bustine, i palloncini e la colla a chi ci vuole aiutare, così possono lavorare in casa.»

«Quando pensi di metterle fuori?» chiede Franco.

«Io credo che per la metà di gennaio saremo già in grado di rifornire i distributori e vendere le figurine nella nostra edicola. Non dobbiamo imbustarle tutte subito. L'importante è averne una buona quantità per partire, poi avremo tempo per occuparci dei rifornimenti.»

«Sempre che le figurine si vendano e ci sia bisogno dei rifornimenti...» precisa Franco con l'accortezza del contabile.

«Riforniremo, riforniremo, Uèllas. Questa volta il bisonte è sulla pista giusta. Credimi.»

Dopo cinque giorni di latitanza, Benito si ripresenta in agenzia.

È già sera. Giuseppe e Franco stanno scagliando calciatori contro il muro. Entra senza salutare. Ha un grugno da temporale che non promette niente di buono. Per un paio di minuti resta a osservare la scena, poi si dirige con passo deciso verso uno scatolone e lo afferra. Il Vècio si muove immediatamente per sbarrare l'uscita. Ci risiamo, stanno per volare le patate bollite...

Invece Tullio squarcia il cartone e con una sbracciata potente scaglia le figurine contro la parete: «*A-t dàgh 'na màn*».

Ora sono tre i Panini che tirano secchiate di Serie A contro il muro.

Il maggiore rimette mano al badile, mescola i sorrisi, gli sguardi, i colori, trasforma i giocatori in un campionato e riempie tre cartoni. Ognuno ne prende uno, si spostano al tavolone.

Benito studia le mani dei fratelli e capisce che cosa deve fare: tre giocatori e un palloncino per bustina.

A un certo punto, finalmente, fa sentire la sua voce: «Questa è sbagliata».

«Cosa è sbagliata?» chiede Giuseppe.

«Questa figurina della Juve. La maglia e il nome sono giusti, ma la faccia non è quella di Benito Sarti. La faccia è di un altro Sarti, Giuliano, portiere della Fiorentina. Lo conosco bene. Benito è un terzino.»

«Ha ragione» conferma Franco. «Li conosco anch'io. Devono avere fatto confusione con i cognomi. Hanno messo la testa di un portiere sul corpo di un difensore.»

«È la nostra fortuna» commenta Giuseppe. «Se la Nannina avesse curato meglio la collezione l'avrebbe venduta, e io non avrei trovato tutte queste figurine nel suo magazzino.»

«Per ora la fortuna è sua che le ha vendute lo stesso» brontola Tullio.

Il giorno di Natale del 1960 tutti i Panini si ritrovano a Marzaglia, nella tenuta dell'agronomo Lolli. Norma e Olga hanno tirato la pastella e preparato i tortellini. Mentre faceva rotolare avanti e indietro il mattarello, con la sapiente leggerezza imparata negli anni, la Casarèina ha chiuso gli occhi e ha risentito addosso gli sguardi affilati delle cognate, e poi, inconfondibile, quello protettivo, innamorato, di Antonio, il suo sposo. Aveva vent'anni, ora ne ha sessanta. È stata quest'emozione il vero regalo di Natale.

Ora, in piedi, a un capo della lunga tavolata di figli, figlie, generi, nuore, nipoti, Olga legge a voce alta la lettera di auguri che Umberto ha appena spedito dal Venezuela. È un modo per asciugare l'oceano e riportarlo in famiglia.

I Panini mangiano, brindano, si scambiano i regali, Giuseppe fa cantare la fisa, poi a metà pomeriggio, invece di estrarre i numeri della tombola, pescano le figurine dagli scatoloni e le infilano nelle bustine di carta. Invece di commentare le cifre estratte ("33, gli anni di Cristo... 77, le gambe delle donne..."), Benito, massimo esperto della famiglia, racconta aneddoti, statistiche e imprese dei calciatori che spuntano dagli scatoloni. I ragazzi pendono dalle sue labbra, anche perché si è portato dietro uno dei cimeli più spettacolari della sua collezione di armi: sembra un comune bastone da passeggio, ma se lo sfili dal fodero diventa un vero fucile con tanto di grilletto.

I bambini non hanno mai giocato a una tombola così coinvolgente, ma si divertono anche i grandi a recitare insieme quel nuovo rito che lega la famiglia come un filo di perle, mentre il camino crepita. Casa Lolli sembra una capanna di elfi allegramente al lavoro per confezionare i regali di Natale.

Il 21 di gennaio Benito fa caricare i primi scatoloni di figurine sui camion in partenza dall'agenzia di via Castelmaraldo per la consegna dei giornali.

Giuseppe ne prende in braccio uno e raggiunge l'edicola in corso Duomo. Sta per posare le prime bustine tra i giornali, ma si ferma alla domanda di un cliente che ha appena acquistato la "Gazzetta di Modena": «Che cosa sono?».

«Figurine di calciatori» spiega il Vècio mostrandole. «Una nuova collezione.»

«Mio figlio ha solo il pallone in testa...»

«Allora gli piaceranno di sicuro: tre per dieci lire e dentro trova anche un palloncino da gonfiare. Se è fortunato, può vincere anche un pallone vero.»

«Dieci lire? Me ne dia cinque» decide il cliente infilando una mano in tasca.

Il Vècio sorride a Olga che sta leggendo un libro di poesie, seduta sul suo storico sgabello: «*Mamèina*, ho venduto le prime figurine prima ancora di metterle in mostra. Un segno, direbbe la signora Nannina».

«Speriamo. Quando mi hai tumulata qui dentro con tutte quelle figurine di crisantemi non è stato bello, ma ritrovarmi circondata da calciatori sarebbe molto peggio.»

Ogni giorno Giuseppe deve rifornire l'edicola portando bustine da via Castelmaraldo. I bambini si presentano sempre più spesso con le monete da dieci lire che hanno due spighe su un lato e un aratro sull'altro. Rimandano ai campi, come il badile che mescola le figurine.

Una sera di metà febbraio piomba in edicola Benito, con i capelli bagnati e il bavero dell'impermeabile sollevato. Ci arriva di corsa, come se fosse inseguito da un lupo. Sta piovendo a dirotto e non si è portato dietro l'ombrello.

«Tullio, dove scappi? Piove acqua bagnata...» scherza il Vècio.

«*Gnì a vàdder!*» ordina trafelato Benito.

«Che cosa?» chiede Franco.

«Venite a vedere!»

«È successo un guaio?» domanda Olga.

Da quando è nato, guai e sfortuna l'hanno spesso preso di mira.

La Casarèina e Veronica restano all'edicola, Giuseppe, Benito e Franco s'incamminano verso la sede dell'agenzia.

Giunti sul posto, Benito indica il telefono che sta trillando.

«Suona» risponde il Vècio. «Lo hanno inventato per questo. Quando suona, bisogna rispondere.»

Tullio alza la cornetta e la posa senza rispondere. Il telefono riprende a suonare. Solleva di nuovo la cornetta e attacca ancora. Altro trillo. Così per cinque volte consecutive.

Alla sesta risponde: «Agenzia Fratelli Panini... Buonasera... Sì, certo... Duemila bustine? Domani, il camion parte domani... Tranquillo, arriverà senz'altro... Grazie a lei, Belloli... Buonasera».

Posa la cornetta e annuncia ai fratelli: «Era il rivenditore di Pesaro».

Il telefono trilla di nuovo.

«Agenzia Fratelli Panini... Buonasera, Ferrari, cosa mi racconta? Le figurine? Glielo dicevo che sarebbero andate alla grande, come la sua Samp quest'anno...» risponde Benito fissando Franco e Giuseppe. «I bambini cercheranno quella di Brighenti che sta segnando più di Sivori... Non lo ferma nessuno quel toro... Lo sa che suo fratello giocava nel mitico Modena del terzo posto? Cinquemila bustine? Sì che ce le ho! Domani pomeriggio saranno a Genova. Stia bene e forza Doria!»

Benito posa la cornetta, osserva i fratelli che rimangono muti, poi legge sul registro delle ordinazioni: «Genova, Bergamo, Milano, Pistoia, Verona, Napoli, Palermo... Tutti distributori che hanno terminato le scorte di figurine e devono rifornire le edicole e i negozi».

«Ma noi non vendiamo in Sicilia» fa notare Giuseppe.

«Dev'essere il passaparola tra rivenditori» spiega Tullio. «Mi chiama anche gente che non ho mai sentito... Lo vedete, il telefono non smette di suonare.»

Franco s'illumina: «Ma allora abbiamo fatto gol. È stupendo!».

Il Vècio invece resta serio, pensieroso. Estrae dal portafoglio un pezzo di carta e compone il numero che c'è annotato sopra: «Buonasera, signora Grossi. Sono il suo giornalaio preferito. I vangeli vanno da dio! Ma ne servono altri! Subito! I fedeli sono impazziti... Ascolti, mi faccia una ristampa delle figurine cartonate giganti, però mi cambia il dorso: invece del retinato verde, le voglio tutte nere con la didascalia sopra, alcune dovranno avere la scritta "valida". E serviranno delle modifiche grafiche, il colore delle maglie di certe squadre va ritoccato. Alcune figurine sono sbagliate, vanno rifatte. Il Sarti della Juve ha la faccia del Sarti della Fiorentina. Ha mai visto un errore in un vangelo, signora? Domattina la richiamo e le spiego le correzioni, intanto organizzi la ristampa. Tenga le macchine tutte per noi. La Bovolone e la Wamar possono aspettare. Ora tocca ai Panini. Mi servono quelle figurine il più in fretta possibile! Subito! Se c'è bisogno, veniamo a prenderle noi a Milano».

Il bisonte carica a testa bassa.

«Intanto imbustiamo tutti i calciatori che ci sono rimasti in magazzino» propone Franco, eccitato.

«A questo giro, Uèllas, niente cambiali» promette il Vècio.

«E io posso sposare la Lena senza pensare ai debiti» aggiunge Benito.

«Sposati tranquillo. Arrederemo la chiesa di Spezzano con le figurine dei fiori» scherza Giuseppe.

Franco scoppia a ridere, Benito finge di impugnare il badile.

Si affaccia Olga, che ha lasciato Veronica in edicola e ha raggiunto l'agenzia di distribuzione, preoccupata dal misterioso "venite a vedere" di Tullio inzuppato di pioggia.

«E allora?» chiede subito la madre, ansiosa. «Che cosa è successo?»

«È successo che abbiamo venduto il sapone, *mamèina*.»

Le lacrime della Lena

La Lena si osserva nello specchio della boutique di corso Emilia e si riconosce con un sorriso di soddisfazione: sì, questa sono io.

Sta provando il vestito da sposa che ha ideato e disegnato. È semplice, sobrio, senza particolari compiaciuti, ma nello stesso tempo di forte personalità per la sua eleganza asciutta. Solo una piccola concessione nel velo increspato, a buccia d'arancia. Sente che quell'abito bianco le calza a perfezione sull'anima, prima ancora che sul corpo. L'atelier ha fatto veramente un'ottima confezione, rispettando tutte le sue indicazioni.

La Lena ha dovuto spesso assecondare la volontà degli altri, incapace di reggere troppo a lungo un conflitto, più preoccupata di mettersi in salvo e di recuperare uno stato di tranquillità che di imporre la propria scelta. Ma nel giorno più importante della sua vita sarà se stessa, protetta da una corazza bianca che lei stessa ha fabbricato, impenetrabile come se fosse stata forgiata nel vulcano degli dei.

«Le sta alla perfezione, signorina» conferma la titolare della boutique stringendosi una mano nell'altra. «È bella come una regina...»

«Grazie, signora» sorride Lena. «Avete fatto un ottimo lavoro. Sono contenta.»

«Stupendo davvero» concorda Veronica, che ha accompagnato la futura cognata alla prova. «Forse anche troppo essenziale. Poteva starci un tocco d'allegria in più. Tu non ti sposi anziana come me...»

«Ma l'essenzialità è il vero pregio di questo modello» obiettta la titolare.

«Lo penso anch'io» concorda Lena. «E poi, Nica, comunque ho superato i trenta... Non sono più una ragazzina.»

La sposa si sposta nello stanzino accanto per togliersi l'abito bianco e rivestirsi.

Veronica la segue, chiude la porta alle sue spalle e l'aiuta a slacciare il vestito sulla schiena: «Senti, Lena, c'è una cosa che devo dirti. Non ti farà piacere, ma io, in coscienza, mi sento obbligata a dirtela».

La sposa cerca gli occhi della cognata nello specchio: «Dimmela allora».

La Nica esita, quasi spaventata dalle parole che sta per dire, poi le butta fuori: «Benito in questi anni di fidanzamento non ti è stato sempre fedele. È stato con altre donne. Credo sia giusto che tu lo sappia, prima di arrivare in chiesa».

La Lena lascia cadere il vestito bianco ai suoi piedi. Si sente molto più nuda di quanto dica lo specchio.

«Mi spiace» sussurra Veronica alle sue spalle.

«Non ti preoccupare, Nica. Me lo immaginavo. So di avergli chiesto dei sacrifici. Volevo sposarmi vergine. Benito ha capito che per me è importante, è rimasto con me, mi ama, mi sposa... Non potevo pretendere che diventasse un santo...» si sforza di sorridere la sposa.

«Sono contenta che l'hai presa bene.»

«E io ti ringrazio per la sincerità. Aspettami fuori. Mi rivesto e arrivo.»

Appena Veronica esce, la sposa smette di trattenere le lacrime. Le osserva che scendono lente nello specchio: "Perché? Non Benito. Perché Veronica? Perché dirmelo propria ora, quando ho il vestito da sposa addosso? Perché fare del male alla moglie di tuo fratello? Perché questa cattiveria? Quando me la sono meritata? Volevo aprire un negozio di moda, mi hanno spiegato che era meglio di no, che avrei dovuto badare alla famiglia, che presto sarebbero arrivati dei figli, che devo aiutare Benito che è sempre così impegnato... Ho rinunciato al negozio, ho detto: va bene... Perché, allora? Cosa vi ho fatto di male?".

La Lena si asciuga gli occhi, si riveste e raccoglie il vestito bianco che pesa molto più di prima. La pelle di un animale ucciso.

Benito, ecco la felicità

Benito, elegantissimo, cravatta bianca su camicia bianca, è in attesa davanti alla chiesa di Spezzano con un bouquet di fiori in mano. Il ritardo della sposa ha già superato da tempo la dimensione di rito.

Giuseppe ne approfitta per infierire.

Ogni due minuti gli dice qualcosa, tipo: «Ma allora non è vero che non ti piacciono i fiori... Non buttarli in strada come gli altri...».

Oppure gli sussurra: «Scappa fin che sei in tempo, *caiòun*!», come urlava sempre dall'edicola quando qualche sposo aspetta davanti al Duomo.

Franco invece lo riprende in primo piano con la sua cinepresa Super8. A casa si divertirà a tagliare i fotogrammi, a rimontarli, e quei primi piani di attesa nervosa diventeranno un tormentone comico.

Meno male che non c'è il più spietato di tutti, Umberto... Di sicuro il povero Benito li avrebbe rincorsi tutti e tre con il bouquet in mano, come faceva da piccolo, ringhiando sulle scale di Rua Muro, quando giocavano a *tirabusciòun*.

Poi finalmente la macchina della sposa arriva, la Lena smonta, bellissima nel suo vestito essenziale, e Benito diventa lo sposo più emozionato e più felice del mondo.

Per lui nulla è mai stato facile, neppure nascere.

È venuto al mondo settimino. Il dottore si è presentato nella camera di Olga con la placenta in una mano e il minuscolo neonato nell'altra: «Quale dei due butto via, signora?». Olga per un mese intero si è tenuto il settimo figlio attaccato al petto, sotto i vestiti, e Benito si è aggrappato alla vita, anche se non ha preso l'altezza e il talento da incantatore di Giuseppe e Umberto e neppure i riccioli e la memoria di Franco. È stato il primo a mollare gli studi e l'ultimo a sposarsi. Non ha mai inseguito sogni ambiziosi, anche la più piccola conquista gli è costata una battaglia dura, mai nulla di regalato.

Ma ora è felice, solamente felice, più di quanto pensava che si potesse essere sulla Terra. Due giorni fa quel Gagarin, che ci ha girato attorno, non l'ha provata un'emozione del genere. Quando il fotografo, a fine cerimonia, mette in posa sposi, parenti e amici per la foto di gruppo sulla scalinata della chiesa di Spezzano e chiede di sorridere, con gli immancabili occhiali neri sul naso, Benito fa il sorriso più beato di tutta la sua vita.

È felice perché l'edicola si è messa a volare e lui è stato il primo ad averle dato una spinta, ha pedalato chilometri e chilometri in salita per consegnare giornali e buste sorpresa nei paesi dell'Appennino modenese; è felice perché sta cavalcando l'appassionante avventura delle figurine insieme ai suoi fratelli, agli ordini del Vècio, di cui si è sempre sentito fedele soldato, peccato solo non ci sia Umberto; ma è felice soprattutto perché ha appena sposato la donna che ama, e stanotte, per la prima volta, la porterà nel suo letto, dopo tanta attesa e tanto desiderio. Sente di essersela meritata.

Infatti, nella semioscurità della loro casa nuova, la spoglia molto lentamente, come si scarta un regalo. Lei resta immobile come una caramella. Lui è in piedi alle sue spalle che slaccia nastri e gancetti, esattamente come Veronica nello stanzino della boutique. Per questo la Lena tiene gli occhi chiusi e ascolta le carezze del marito. Ha paura di rivedere la cognata nella specchiera davanti a sé.

La Patria non ci manca

Maracaibo, 22 aprile 1961

Carissimi cognati,

oggi è giunta la vostra lettera. Vi ringraziamo tanto della foto. Laura è veramente una bambina stupenda. Speriamo che stiate sempre bene, come possiamo dirvi di noi. Anche Manù si sta facendo grande e presto manderemo delle foto.

Cara Emilia, cosa ti sembra ad avere la tua marmocchia? Vero che sembra di volere più bene anche al marito? È una cosa inestimabile per una mamma. Anche se ci sono dei giorni che mi sento stanca morta, la vita sembra piena solo di cose belle. Sono tanto felice e questi primi anni di matrimonio me li godo al massimo, non so se è merito del Venezuela.

Dato che voi siete comprensivi e mi posso fidare, in confidenza: nessuno dei due sente il desiderio profondo della Patria. Dispiace senza dubbio essere lontani dai nostri genitori, non passa giorno che non ci pensi, però Umberto è il meccanico più bravo di Maracaibo, basti dire che viene gente anche da altre città con problemi di motori e lui riesce ad accomodarli. È capo officina, non si sporca più, solo un pochino, e per me è un sollievo.

Così, malgrado la scarogna che il dollaro è caro, riusciamo a mettere sempre insieme centosettantamila al mese. Ce li abbiamo in banca. Con tutto che il Venezuela è in crisi, viviamo da ricchi. Adesso ho preso la televisione. Spediremo presto mille dollari con una signora bolognese che a fine mese verrà in Italia e li darà alla mamma.

Siamo stati tanto felici di sentire da Ben la sua felicità. Indubbiamente l'amore è una gran cosa, trasforma le persone. Non c'è cosa più grande al mondo di un bel quadro famigliare.

Non badate ai giornali, né per qua né per Cuba. Tutte esagerazioni. Hanno bombardato e ha vinto quel maledetto Castro, sembra.

Ora vi lascio mandandovi i nostri migliori e cari saluti.

Un bacetto a Lauretta.

Tina

Maciste Bolchi

Un conto è entrare in banca per firmare delle cambiali, un conto è entrarci dopo avere depositato dieci milioni di lire. È quello che sta pensando Giuseppe davanti al sorriso spalancato del direttore della filiale del Banco di San Geminiano e San Prospero che gli viene incontro al centro del salone d'ingresso per stringergli la mano. Peppino riduce al minimo i convenevoli, va di fretta.

A un anno dall'acquisto del primo lotto di figurine, il bilancio della rivendita fatta dai fratelli Panini è di tre milioni di bustine smerciate per un guadagno netto di dieci milioni di lire. Un successo che ha superato perfino il poderoso ottimismo del Vècio.

È ora di pensare alla nuova collezione. Il bisonte è di nuovo in pista e sta già caricando, a giudicare dallo sguardo fisso e dal passo deciso con cui punta l'ufficio di Franco. La concentrazione gli impedisce distrazioni laterali.

«Ciao, Vècio» lo saluta Franco. «Com'è andata ieri a Milano? Trovato roba buona dalla Nannina?»

«Non ci siamo passati» risponde Giuseppe che si è accomodato davanti alla scrivania del fratello.

«Non dovevate cercare le figurine per il nuovo campionato?»

«Ho cambiato idea: non le compriamo, ce le facciamo noi.»

«Noi?»

«Ascolta: se esistono le figurine, significa che c'è qualcuno che le fa. Se c'è qualcuno che le fa, possiamo farle anche noi. Semplice.»

«Ma chi le fa lo fa per mestiere, noi cosa ne sappiamo?»

«Non sapevamo nulla neanche di edicole, eppure ce ne siamo costruiti una stupenda che poi hanno copiato tutti. C'è sempre una prima volta, te lo dice l'unico italiano che ha un osso di vitello nella schiena. Osserva...»

Franco raccoglie la fotografia in bianconero di un calciatore, a mezzo busto, che il fratello ha posato sulla scrivania: «È Bruno Bolchi, il centrocampista dell'Inter».

«Esatto. Benito l'ha avuta dai suoi amici fotografi dell'Olympia. È lì che siamo stati ieri» racconta Giuseppe. «Ora da questa foto in bianco e nero proviamo a tirare fuori una figurina, come ha fatto la Nannina con gli attori.»

«Io però mi intendo solo di conti correnti e di libri.»

«Sei quello che ha studiato di più e ti piacciono le cose nuove: le cineprese, le macchine fotografiche... Tu c'hai la testa. Domattina è sabato e non lavori. Ci facciamo un giro insieme per capirne di più. Hai impegni?»

«Al mattino no» risponde il fratello.

«Bene, ti aspetto all'edicola per le 10» decide Giuseppe. «Ci proviamo. Se poi ci rendiamo conto che la cosa è impossibile o costa troppo, siamo sempre in tempo a tornare dalla Nannina. Come dice la mamma: andiamo a vedere.»

«Va bene: andiamo a vedere.»

Giuseppe si riprende la foto di Bolchi. La studia un attimo prima di infilarsela nella tasca della giacca. Era la prima figurina in alto a sinistra nella pagina dell'Inter della raccolta *Gol 1960-61*. Un ragazzone di vent'anni con la faccia da cinema e una fossetta al centro del mento, tipo Kirk Douglas.

Lo chiamavano "Maciste".

Franco si presenta puntuale.

Saluta Olga che gli chiede dell'Emilia e di Lauretta. Tutto bene.

«Da dove cominciamo?» domanda.

«Dal Bononcini» risponde Giuseppe. «Te lo ricordi Giorgio?»

«Giocavamo a pallone da piccoli nel suo cortile» risponde secco Franco, che non ha problemi di memoria.

«Bravo. Abita ancora dalle parti di Rua Muro, ho l'indirizzo. Mi hanno detto che lavora nella carta. Andiamo...»

Non lo trovano in casa, ma gli indicano la bottega di un parrucchiere non distante dove potrebbero incrociarlo. Ci arrivano proprio mentre sta uscendo dal negozio, fresco di barba e capelli.

«Sì, lavoro per l'Incarta, ma faccio il rappresentante di fazzoletti e carta increspata per le arance» spiega Bononcini dopo i saluti e i ricordi. «Non credo di potervi aiutare. Di sicuro ne sa di più il mio titolare, Sirio Cattani, che è tipografo. Lo trovate alla Tipografia Mantovani, vicino alla Ghirlandina. Se volete, vi accompagno.»

Sirio Cattani, con il Bolchi in mano e un grembiule nero addosso, dondola la testa: «Non ci vogliono mica i tipi e i piombi. Qui ci vuole il cliché. È un lavoro da litografia questo, non da tipografia».

Alla parola "cliché" nella testa del Vècio non corrisponde nessuna immagine. Cerca gli occhi del fratello augurandosi di non trovarci dentro il suo stesso smarrimento.

Il Cattani coglie l'imbarazzo e prova a semplificare: «I caratteri della tipografia fanno le cose piccole, la litografia fa le cose grandi. A voi serve una lastra per riprodurre in serie le vostre immagini. Dovete rivolgervi a un litografo».

«Ce ne sono a Modena?»

«Ce n'è uno: Ivo Bertolini.»

Un'ora dopo Giuseppe e Franco entrano nella bottega di Ivo Bertolini, che studia la foto di Bolchi e conferma: «Certo, stampare immagini del genere è il mio lavoro. Si può fare. Però prima bisogna fare il fotolito».

Gli occhi del Vècio si svuotano di nuovo.

«Per la definizione dei colori, giusto?» chiede Franco.

«Esatto. I colori vanno scomposti secondo la quadricromia: giallo, rosso, blu e nero. Si fanno quattro pellicole che poi, sovrapposte, restituiscono un'immagine il più possibile simile all'originale. Con la retinatura si definisce la densità del colore, i giochi di luce-ombra. Il cromista può fare anche ritocchi a mano, con il pennellino.»

«A chi ci consiglia di rivolgerci?» domanda Franco.

«A Modena non trovate nessuno. Conosco un fotolito a Bologna, ma dicono che consegni sempre in ritardo. Ce ne sono a Milano, ma è distante. Io mi trovo bene con Badolati di Parma.»

Il sabato successivo i due fratelli Panini guidano fino a Parma.

Badolati, con il Bolchi in mano, non ha dubbi: «Perbacco, se si può fare! Tornate tra una settimana e vi restituisco questo giocatore smorto come se fosse Lazzaro: resuscitato e con un bel colorito».

Al terzo sabato, gli occhi del Vècio si riempiono di luce. Ha in mano la figurina colorata di Bruno Bolchi: l'azzurro della maglia è acceso, l'incarnato del viso sembra vero, una piccola ombra scura al centro del mento da Kirk Douglas.

Giuseppe passa l'immagine al fratello, delicatamente, come fosse un'ostia: «Uèllas, è quello che cercavamo».

«È più di quello che cercavamo» lo corregge Franco.

Olga siede a capotavola, dove un tempo sedeva l'aviatore Antonio. Ai suoi lati: Giuseppe, Benito e Franco. Riunione editoriale in Rua Muro, prima di buttarsi nella nuova avventura.

Giuseppe riassume: «Dunque, compriamo le foto a Milano, facciamo il fotolito a Parma, stampiamo a Modena e compriamo le bustine a Bologna. Questo per le figurine. L'album lo facciamo produrre a Milano, dalla Giola, perché a Modena nessuno riesce a farcelo. Come stiamo con le foto?».

«Le ho già chieste tutte a Vito dell'Olympia, il pugile, sia quelle dei giocatori sia le formazioni in posa» aggiorna Benito. «Se poi non riusciremo ad averle proprio tutte, ci procuriamo una foto tessera e la mettiamo sul corpo di un altro giocatore. Le immagini per la copertina ce le abbiamo già. Dobbiamo solo scegliere la preferita.»

«Mi sembra che siamo tutti d'accordo su Liedholm. Vero?» chiede Giuseppe tirando fuori dalle sue carte una foto in bianco e nero.

È un'azione di gioco: il centrocampista svedese, con un balzo in avanti, anticipa un avversario e respinge il pallone di testa. Nello sforzo dinamico, con le braccia spinte indietro e la testa protesa come la prua di una nave, il calciatore sembra sul punto di uscire dalla copertina.

«Sì, io sceglierei questa» conferma Franco. «Liedholm è alto, slanciato, avrebbe potuto fare atletica leggera, è il simbolo dello sportivo olimpico. Ha segnato un gol al Brasile di Pelé nella finale del Mondiale e gioca nel Milan, una delle squadre più amate in Italia.»

«E poi è sempre corretto in campo, un ottimo esempio per i bambini che compreranno le figurine» ricorda Benito.

«Va bene, allora: Liedholm in copertina. Ho visto questa foto sulla pagina della "Gazzetta" e fa un bell'effetto, disegnata a colori lo farà ancora di più. La copertina avrà sfondo giallo, così contrasta bene con il rosso e il nero della maglia, e una striscia verde in basso per dare l'effetto del campo. Passiamo all'interno dell'album.» Giuseppe distribuisce alcune prove di stampa. «Sulla prima pagina ci mettiamo l'elenco delle squadre che partecipano al campionato 1961-62 e due rettangolini importanti. Nel primo ricordiamo che con cento "valide" si può avere in regalo un pallone di cuoio, nel secondo che possono richiederci fino a dieci figurine mancanti spedendo cento lire anche in francobolli. Sarà il nostro punto di forza. Da noi non ci sono Feroci Saladini introvabili, nessuna trappola commerciale. Noi diamo la certezza ai bambini di poter terminare l'album. Se non trovano i giocatori nelle bustine, possono richiedercele. Non lo ha mai fatto nessuno. E così i genitori si fideranno di noi.»

«Ma per il concorso delle "valide" e per le mancanti, non servono autorizzazioni ministeriali o cose del genere?» chiede Franco.

«Probabilmente sì, ma dal momento che non lo sappiamo possiamo fare a meno di chiederle.»

«Degno del nostro antenato *Bigoun*, un brigante...» commenta Olga.

Più un rimprovero che una battuta, ma i figli sorridono.

Giuseppe riprende: «Dopo una pagina introduttiva, cominciano le figurine che riportano il nome del calciatore, il luogo e la data di nascita. Ogni squadra avrà due pagine: scudetto del club, figurina della formazione, gli undici titolari, più qualche riserva. Stesso spazio per le diciotto squadre, non come la Nannina che fa figli e figliastri. Altro punto di forza. Il calcio è come la legge: uguale per tutti».

«Dovremo essere bravi a non fare errori e non mettere un Sarti al posto dell'altro.»

«Bravo, Benito, giusta osservazione. È importante. I bambini sanno tutto sul calcio e pretendono che ne sappiamo anche noi. Le figurine, per esempio, andranno disposte in pagina nell'ordine della formazione: portiere, difensori, centrocampisti, attaccanti, riserve. Guai a sbagliare.»

«Mettiamo anche il Grande Torino?» chiede Franco.

«Sì, ho fatto il calcolo delle pagine: ci stanno» conferma Giuseppe. «Mi sembra una bella cosa. Gli sportivi ce l'hanno ancora nel cuore la tragedia di Superga. Per chiudere, una pagina tattica con il disegno del WM e del 4-2-4, perché ai bambini piace parlare di tattica come i grandi, poi l'albo d'oro della Serie A e della Coppa Italia. Naturalmente, per il campionato in corso mettiamo un bel punto di domanda. Cosa dite, Panini? Va bene così? O manca qualcosa?»

«Per me la cosa che manca per davvero è l'aria in Castelmaraldo» risponde Benito togliendosi gli occhiali neri. «Eravamo stretti già con le figurine della Nannina. Stavolta, se vogliamo crescere, dovremo stamparne molte di più. Ci mancherà lo spazio per lanciare le figurine contro il muro.»

«Non hai mica torto, ma affittano un altro scantinato accanto al nostro e un appartamento al pianterreno. Spostiamo al pianterreno l'agenzia di distribuzione e facciamo tutto magazzino sotto.»

«Mi sembra perfetto» approva Franco.

«Ma ci stiamo nei costi?» chiede Olga che non spreca un francobollo usato.

«Sì, *mamèina*, ci stiamo. Abbiamo messo un bel po' di fieno in banca e ne entrerà altro. Anche il Banco di San Geminiano dovrà affittare scantinati per mettere i soldi dei Panini.»

«*Vóla bàs, Baròun Ràss*» lo riprende la Casarèina.

«Domani passo io per trattare l'affitto in Castelmaraldo» s'impegna Franco. «C'è un altro problema da risolvere, credo. L'imbustamento. L'anno scorso sono bastati parenti e amici per mettere le figurine nelle bustine. Quest'anno saranno molte di più, dovremo allargare il giro. Anche perché, se vogliamo uscire a gennaio, non ci resta troppo tempo.»

«È vero. Ci ho pensato anch'io alle bustine» confessa Giuseppe. «È il problema più grosso.»

«Dovete fare come la Maria Luisa» suggerisce Olga. «Lo sapete che è una gruppista e dà lavoro a casa a quindici sarte. Fa le consegne, poi raccoglie il lavoro fatto e lo porta al capo dell'azienda tessile.»

«In realtà la Maria racconta che ne ha cinquanta, di dipendenti» precisa Benito.

«Napoleon!» esclama divertito il Vècio.

«Diopèder!» aggiunge Uèllas. «Però la mamma ha ragione. Dobbiamo servirci anche noi del lavoro a casa. Ci costerà qualcosa, ma guadagneremo tempo e anche clienti, perché le figurine che circoleranno nelle famiglie metteranno voglia ai bambini di fare la collezione...»

«Possiamo provare» conclude Giuseppe. «Riassumendo: io sto alle calcagna del fotolito e degli stampatori perché ci consegnino le figurine il più in fretta possibile. Tu, Franco, occupati dei locali in Castelmaraldo e spargi la voce in banca che diamo lavoro a casa. Tu, Benito, comincia a chiamare i rivenditori di zona, annuncia che a gennaio arriverà la nuova collezione, prendi le prenotazioni, prova a contattare edicole e negozi dove siamo scoperti. Le altre case editrici non ce l'hanno un'agenzia di distribuzione in casa come ce l'abbiamo noi. Deve diventare la nostra forza: li bruciamo sui tempi di consegna e di rifornimento.»

Olga sta pensando che in questa stessa stanza Franco, sonnambulo, pisciava negli stivali dei fratelli, Benito lanciava a terra le patate bollite, Giuseppe radunava tutti sul suo letto per raccontare la storia di Antonio che abbatteva il Barone Rosso.

In questa stessa stanza dormivano otto fratelli in quattro letti, ognuno sognava accanto ai piedi di un altro.

"Tonino, ho sposato tutti i tuoi figli, uno dopo l'altro. In questo piccolo appartamento ora sono rimasta solo io e mi sembra così grande."

È pensando al marito che le è venuta l'idea: forse c'è qualcosa di meglio di un badile per mescolare le figurine.

Il Gronchi rosa

«*Brotta impestèda vàca...*» sacramenta Benito mollando un cazzotto che fa rimbalzare le fotografie sul tavolo dell'agenzia.

«Cosa c'è, Tullio?» chiede Giuseppe.

«Manca l'Udinese!» esclama Benito.

«Ma io le ho viste le foto dell'Udinese...»

«Quelle dei giocatori. Manca la formazione in posa. Non ce l'abbiamo. Quando va in stampa Bertolini?»

«Domani.»

«*Brotta impestèda...*»

«La facciamo fare e la stampiamo dopo. Non è un grande problema.»

«Ma rischiamo l'effetto Feroce Saladino. Le figurine della collezione devono partire tutte insieme.» Benito sbircia l'orologio poi afferra la cornetta del telefono con una zampata nervosa. Spiega l'emergenza all'amico Vito Liverani dell'Olympia, che controlla l'archivio dell'agenzia e riferisce: «In casa non ce l'ho, Benito. Ma sei fortunato, *el Cines* è un caro amico. Forse ci può dare una mano».

«*El Cines?*» ripete Benito.

«Sì, Luigi Bonazzoni, detto "Cina" per gli occhi a mandorla. Gianni Brera lo chiama *el Cines*. Ci siamo conosciuti quando giocava nel Milan, ha vinto anche uno scudetto con Viani. Fino all'anno scorso lo allenava, il Milan. Adesso allena l'Udinese.»

«E come può aiutarci?»

«Sono le 5. A quest'ora l'Udinese si starà allenando» spiega Liverani. «Ora chiamo un nostro fotografo di Udine e lo mando al campo con un messaggio per il Cina. Con tutte le foto che gli ho regalato, me lo deve un favore... A fine allenamento farà indossare la divisa ufficiale ai giocatori titolari, si mettono in posa, il nostro fotografo fa lo scatto e tu domani hai la foto della formazione.»

«Stanotte, non domani» precisa Benito, che annota su un pezzo di carta l'indirizzo del fotografo di Udine, ringrazia, saluta e si alza di scatto facendo cadere la sedia.

«Non vorrai mica partire ora per Udine?» chiede Giuseppe.

Ci arriva di notte, all'alba è a Parma da Badolati per la fotolito, alla sera è di nuovo in Castelmaraldo con la figurina della formazione dell'Udinese tra le dita.

«Tullio, sei un bisonte come me» si complimenta il Vècio.

Benito sorride orgoglioso, come se il fratello maggiore gli avesse appuntato al petto una medaglia. Nessun'altra medaglia gli avrebbe dato più soddisfazione.

Alle spalle dei giocatori in maglia bianconera c'è uno sfondo scuro. L'allenamento del *Cines* è andato per le lunghe. Le altre 17 formazioni dell'album *Calciatori 1961-62* sono state fotografate di giorno. Quella figurina sarà un Gronchi rosa. Ogni volta che Benito la rivedrà, ricorderà le dieci ore guidate nella notte per evitare ai bambini lo scherzo di un Feroce Saladino. E i complimenti del Vècio.

Come il burro

Franco e Benito scagliano le figurine contro la parete del nuovo scantinato in Castelmaraldo, Giuseppe le raduna con il badile e le mescola. Ogni tanto tira una zampata nel mucchio, ne pesca una manciata e le studia da vicino, come farebbe un contadino che assaggia un chicco d'uva della bigoncia per capire se è stata una buona vendemmia.

«I colori e la stampa sembrano ottimi» commenta il Vècio.

«Hanno fatto un bel lavoro» conferma Uèllas.

Entra Olga che ordina: «Posatela qui».

«*Mamèina*...» saluta Giuseppe, sorpreso.

Due uomini in tuta da lavoro posano al centro della stanza un cubo di legno, sorretto da un cavalletto metallico.

«Una zangola!» esclama Benito.

Olga apre lo sportello: «Peppino, riempila di latte».

Il Vècio svuota alcuni cartoni di figurine non mescolate all'interno della macchina.

Quando è quasi piena, la Casarèina lo ferma con un gesto della mano, chiude lo sportello e impugna la manovella.

Dopo quarant'anni, le è rimasto ancora nel braccio il ritmo giusto: la zangola non deve girare né troppo lentamente né troppo velocemente, altrimenti il latte non sbatte e non si rapprende.

Olga ruota la manovella e sorride al polverone lontano sollevato dal postino di Pozza che le sta portando una lettera di Antonio. Corre a leggerla nell'angolo più intimo della stalla. La parola FINE è un colpo al cuore, ma poi tutto si spiega e diventa miele. Il suo moroso le annuncia la fine del servizio di leva e le promette una vita insieme. *Amo solo te, sogno solo te.* La voce del padre rimbomba nella corte perché ha trovato la zangola abbandonata con il latte che non è ancora diventato burro.

Olga si ferma.

Giuseppe apre lo sportello del cubo di legno, infila una mano dentro e pesca quattro figurine a caso: sono una diversa dall'altra.

«Funziona» annuncia.

«Certo che funziona. È lo stesso sistema che usano per mescolare i numeri del Lotto.»

«*Brèva, mamèina!*» si complimenta Benito. «Con la zangola si risparmia un sacco di tempo.»

«Tempo e uomini» precisa Franco. «Basta uno a fare tutto.»

«E si risparmierà ancora più tempo se gireremo la manovella un po' più velocemente di come ha fatto la mamma...» commenta il Vècio.

«Poi però il latte non diventa burro» avverte la Casarèina.

Franco perfeziona l'idea di Olga: fa collegare la ruota di una bicicletta, sospesa su un cavalletto, alla manovella della zangola. Il figlio di un collega di banca, studente universitario, pedala per ore nello scantinato di via Castelmaraldo, mentre studia i suoi testi di Legge. Deve solo ricordarsi di alternare quindici pedalate in avanti a quindici indietro e cambiare il carico della miscelatrice ogni tanto. La zangola mescola fino a diecimila figurine alla volta.

Capita che il ragazzo, concentrato nella lettura, fermi le gambe, soprappensiero.

Se c'è in zona Benito, scatta l'urlo: «Palla lunga e pedalare!».

Anziani, carcerati e monache

Il professor Attilio Nosotti, classe 1880, prova a fissare la morsa della zigrinatrice, ma questo maledetto tavolo non la smette di muoversi. Percezione sua. In realtà gli tremano le mani.

«Dai a me...» suggerisce la Bice sfilandogli delicatamente la macchinetta dalle mani e avvitando la morsa sul ripiano. «Ora possiamo lavorare.»

La donna pesca quattro figurine dallo scatolone, le infila nella bustina di carta che appoggia nello spazio apposito della zigrinatrice. Il marito aziona la manovella della macchinetta e ne sigilla i bordi.

«Lei non immagina quanto bene facciano questi lavoretti ai nostri nonni» spiega la direttrice della Casa di Riposo.

«Sono contento che possiamo ricambiare in qualche modo, perché loro a noi danno una bella mano» assicura Benito.

«Non parlo della paghetta, naturalmente» precisa la dirigente, «ma del fatto che si svegliano con un'occupazione che li aspetta, dovranno fare qualcosa di utile come quando erano giovani e andavano al lavoro. Mi creda, signor Panini, una giornata vuota spaventa più della morte, che è un attimo. Una giornata vuota non finisce mai.»

«E poi le figurine sono giocattoli. I nonni hanno sempre costruito i giocattoli per i bambini. Il mio era un inventore. Con gli scarti dell'officina di Pozza ha messo insieme una macchina a pedali che me la ricordo ancora.»

Benito ha conosciuto Attilio Nosotti allo stadio quando era ancora un bambino.

«Vedrà, professore, che presto metterà nelle bustine anche i giocatori del Modena. Torneremo in Serie A. Buongiorno, Bice.»

«Ah, sarebbe anche ora» commenta Attilio. «Te l'ho raccontato che io il Modena l'ho visto crescere?»

«Sì, Attilio. Ogni volta che Benito passa a trovarti glielo racconti...» sospira la moglie, paziente.

Non importa. Il professore gira la manovella della zigrinatrice come fosse quella della memoria: «Insegnavo Storia al liceo San Carlo, sai Ben? I miei studenti fondarono l'Audax Foot Ball Club. Erano bravi. Si scontravano sempre con l'altra squadra, quella degli universitari e dell'istituto tecnico, l'Associazione Studentesca del Calcio. Poi, dopo tante battaglie, hanno deciso di fare una società sola ed è nato il nostro Modena. Al primo campionato le abbiamo perse tutte, tranne la partita in casa con il Bologna. Buttala via però una vittoria nel derby...».

«Nel '46-47 invece ne abbiamo vinte tante. Io avevo diciotto anni. Che campionato è stato?»

«Ah, una festa più grande della Liberazione!» Il professore ferma la manovella per concentrarsi meglio. «Prime sei partite di campionato: sei vittorie! Nel girone d'andata facciamo fuori Inter, Milan e Juve! Alla fine arriviamo terzi dietro al Grande Torino e alla Juventus. Terzo, il Modena fondato dai miei studenti! Sembrava un sogno, ogni domenica era Natale...»

«Non ci faceva gol nessuno. Eravamo un muro. Miglior difesa del campionato, anche meglio del Grande Torino.»

«Ah, per forza. Là dietro c'era Nisky che fermava tutti. Il più forte difensore del campionato. Ce lo volevano portare via, ma lui non ha mica tradito. Che capitano... Lo sapevi che Renato Braglia è di Bomporto come me e i fratelli Sentimenti? L'ho visto nascere, come il Modena.»

«Sì, lo sa. Glielo racconti tutte le volte» sospira la moglie.

«Guardi, professore, cosa le ho portato» annuncia Benito allungando una vecchia figurina *Tecnicolor* della Nannina in cui Braglia sorride di trequarti, con la maglia gialla e blu del Modena, su sfondo rosso.

«Nisky...» sussurra Attilio sorridendo.

Bice sorride a Tullio e lo ringrazia in silenzio per quell'attimo di piccola felicità regalata al marito. L'amore, in fondo, fa come la zigrinatrice: accosta due anime, ci passa sopra e le unisce per sempre.

Benito carica sul furgone gli scatoloni di figurine imbustate dagli ospiti della Casa di Riposo, poi passa a ritirare quelle del carcere che sono sempre un po' di meno rispetto a quelle consegnate. Il rischio che qualche calciatore venga fatto sparire è messo in conto, non sono monaci certosini, ma anche il contributo dei detenuti alla causa Panini è prezioso. In cella imbustano giocatori che evadono al posto loro, nascosti come i marinai di Ulisse nell'antro del Ciclope. I trentacinque centesimi all'ora di ricompensa finiscono in fumo di sigarette.

Giuseppe passa invece a raccogliere il lavoro delle Visitandine di Baggiovara, alle porte della città. L'ordine è presente a Modena da oltre trecento anni e si è appena trasferito nel nuovo monastero fatto costruire dal cavalier Marazzi, industriale della ceramica di Sassuolo. Tra i vari manufatti delle suore di clausura, ricami, marmellate, rosari, si sono inserite le figurine da infilare nelle bustine, anche se l'anziana Superiora ha dovuto superare qualche riserva di opportunità: «Mettere tra le mani delle giovani monache quei giovanotti con le gambe scoperte...».

«È un'ulteriore prova di fede e di vocazione, sorella. Glielo dice un ex seminarista» ha sostenuto il Vècio che si è presentato al primo incontro in monastero con un mazzo di immaginette di Giovanna Francesca di Chantal, fondatrice dell'ordine, fatte stampare da Bertolini.

Le zigrinatrici sono entrate in massa nelle case dei modenesi e hanno morsicato il bordo dei tavoli, come le macchinette tritacarne. Le famiglie, alla sera, si raccolgono e fanno gioco di squadra, dividendosi i compiti: chi pesca le quattro figurine dallo scatolone assicurandosi che siano una diversa dall'altra, chi le infila nella bustina e poi sul piatto della zigrinatrice, chi gira la manovella per saldare i due bordi.

Sotto i tetti di Modena si indovina un operoso formicaio al lavoro. I Panini hanno assunto collaboratori per la distribuzione e la raccolta del lavoro a domicilio. La prima settimana di gennaio Benito può far partire i primi camion dal cortile di Castelmaraldo.

Uno stormo di milioni di figurine è pronto a volare via e a ricoprire l'Italia.

I Panini fanno gol

Dopo un paio di settimane di distribuzione è già chiaro che il successo della stagione scorsa verrà replicato.

L'edicola in corso Duomo e quelle della provincia vengono immediatamente saccheggiate, il telefono dell'agenzia ricomincia a trillare senza sosta, Benito annota le ordinazioni di figurine, i camion vanno e vengono nel cortile di Castelmaraldo. Ma è solo quando irrompe un enorme FIAT 690 rosso, con otto paia di ruote e una Madonnina lampeggiante sul tetto, che i Panini sospettano di avere realizzato qualcosa di più di una semplice replica, forse un vero e proprio boom.

Dall'autocarro smonta un autista elegantissimo, in rigato scuro, camicia bianca, abbagliante papillon giallo, scarpe bicolori bianche e nere, capelli impomatati. Un tipo asciutto, sulla trentina, una specie di Tony Renis dai lineamenti gentili e dal sorriso instancabile.

Balza sul retro del camion con l'agilità di un ragazzino, apre il telone grigio e lo fa scorrere all'indietro. Poi si volta e studia le case attorno. Tra i curiosi affacciati alle finestre, attirati dal rombo dell'autocarro, c'è anche una ragazza. L'autista la saluta sollevando il braccio: «Buona giornata, *mademoiselle*!».

In piedi sul camion, davanti al telone raccolto, così elegante, sembra un attore o un cantante sul palco, con il sipario alle spalle.

E infatti comincia a cantare, rivolto alla ragazza: «*Staje luntana da 'stu core, a te volo cu' 'o penziero: niente voglio niente spero ca tenerte sempre a fianco a me! Si' sicura 'e chist' ammore comm'io so' sicuro 'e te! Oj vita, oj vita mia, oj core 'e chistu core! Si' stata 'o primmo ammore e 'o primmo e ll'urdemo sarraje pe' me!*».

«Ma lo conosci?» chiede Giuseppe a Benito uscendo dal retro dell'agenzia.

«No, io no.»

«Però ha una bella voce. Diamogli una mano» suggerisce il Vècio che recupera la fisa dalla Millecento grigia parcheggiata in cortile e, ai piedi del palco a otto ruote, si mette ad accompagnare il cantante che, senza interrompere la canzone, strizza l'occhio in segno di intesa.

Al termine dell'esibizione, dalle finestre piovono applausi.

Il cantante ringrazia con un inchino teatrale e salta a terra con la sicurezza di un ginnasta a fine esercizio: «Grazie per la musica, signore».

«Complimenti per la voce» ricambia Giuseppe.

«A Napoli si nasce cantando. A primavera, poi, mi sento un uccellino. Io sono Mimmo Giordano, piacere» si presenta il camionista.

«E io sono Giuseppe Panini» risponde il Vècio stringendogli la mano.

«Allora è lei che cercavo: i fratelli Panini.»

«Lui è Benito, uno dei fratelli. Perché ci cercava?»

«Per riempire questo camion di figurine» spiega Giordano.

«Da Napoli ci chiama un certo Lucio Minuto. È lui che distribuisce in zona» fa sapere Benito.

«*Lo so, ma chillo è nu chiochiaro*... Dorme in piedi come i cavalli. Quante bustine vi ordina? Una alla volta! *'A mosca dint'o vescovato*... Dobbiamo fare le cose in grande! Qui sta passando la fortuna, signori, bisogna *zomparci 'ncoppa*! *'A fortuna è comme l'anguilla: cchiù penzammo d'a pute' acchiappa' e cchiù 'nce sciulia*. Ma stavolta l'anguilla la prendiamo per la coda e non ci scappa!» si scalda il napoletano.

«Dove l'ha vista la fortuna che passa?» domanda il Vècio.

«Nelle edicole di Napoli. Non ce n'è una senza cartacce a terra. Tutte uguali, bianche e rosse. Sono le bustine che le creature stracciano in tutta fretta, davanti all'edicola, per scoprire quali figurine hanno trovato. Se in un ristorante vedo sui tavoli piatti pieni di gusci di cozze, le ordino anch'io, perché penso che siano buone. Riempitemi il camion di cozze, fratelli Panini, e io ve le vendo tutte. A Napoli, in Campania, anche in Sicilia, se serve. Vedrete che tra due settimane sono di nuovo qui a rifornirmi e allora deciderete se è meglio fare affari con Mimmo Giordano o con Lucio Minuto. Io vendo il pesce ai pescatori.»

«Quante figurine vorrebbe?» chiede Benito.

«Quante ce ne stanno sull'autocarro» risponde il napoletano che estrae dalla tasca una plateale mazzetta di banconote, lenzuoli da diecimila lire. «Mimmo paga alla consegna. Qui c'è oro per tutti, gente. *Chi tene denare campa felice, chi nun 'e tene magna alice.* A me piace mangiare l'aragosta, non le acciughe. *Jamme, ja'!*»

Il carico svuota gli scantinati di Castelmaraldo.

«Se passate da Napoli, ricordatevi di chiamare Mimmo Giordano che vi organizza una cena e una festa da pascià!» si raccomanda il distributore, già al posto di guida.

«Lo faremo di sicuro» promette il Vècio. «Buon viaggio, Napoli!»

Mimmo si sporge dal finestrino, con un colpo di clacson saluta la ragazza ancora affacciata alla finestra e parte cantando: «*Si' stata 'o primmo ammore e 'o primmo e ll'urdemo sarraje pe' me!*»

Giuseppe si preoccupa immediatamente di rifornire, ma si scontra con i ritardi di consegna delle bustine. Un pomeriggio litiga in modo furibondo con il responsabile del sacchettificio Isa, usando termini che avrebbero fatto impallidire i marinai di Maracaibo.

Come gli dice Benito: «Vècio, se invece di usare il telefono aprivi la finestra, ti sentivano lo stesso a Bologna».

Più o meno fa lo stesso con lo stampatore, incalzato dagli ordini che si stanno accumulando in agenzia e che alimentano la sindrome dell'imbuto. La differenza tra le due litigate è che lo stampatore è di Modena e quindi si becca la sfuriata di persona.

«Faccio quello che posso, Peppino» si difende all'angolo Ivo Bertolini. «Stampo appena mio padre mi mette a disposizione le macchine, lo sai. Anche di notte...»

«Io so solo che non basta e stiamo buttando dei soldi in strada! Ci chiedono merce che non riusciamo a consegnare e prima o poi si stancheranno di chiedercela! È adesso che dobbiamo mungere la vacca! Lo capisci?»

«Io sì, prova a farlo capire a mio padre! L'azienda è sua e se l'è costruita grazie ai dépliant di piastrelle e al materiale informativo per le fabbriche di ceramica. Scordati che rinunci a questi lavori per dedicarsi alle figurine. Non ci crede, lui, alle figurine, crede alle piastrelle. Quando non stampa per gli industriali di Sassuolo, stampo io. Anche di notte, anche all'alba. Di più non posso, Peppino.»

«Ma la ceramica è il passato, Ivo, le figurine sono il futuro!» attacca il bisonte.

Anche la mattina del 19 aprile, il telefono dell'agenzia di distribuzione è un trillo continuo. Benito è seduto al solito tavolino per annotare le ordinazioni.

Solleva la cornetta e risponde in modo meccanico: «Fratelli Panini, buongiorno».

Risponde la voce affannata di Lena: «Ho le doglie, Ben...».

Poche ore più tardi, Tullio tiene in braccio la piccola Antonella e non smette di sorriderle, senza gli occhiali neri. Ha nel cuore un sentimento tipo: *brotta impestèda vàca* se è bella la felicità... La prima figlia è scivolata dolcemente nella vita, senza dover lottare come era toccato al padre.

«Mi assomiglia, vero?» chiede al Vècio.

«È la tua figurina, Ben.»

«Tutto il papà» conferma Veronica accanto al letto di Lena.

Il 29 luglio nasce Silvia, la seconda figlia di Franco ed Emilia.

L'11 agosto viene al mondo Annamaria, terzogenita di Giuseppe e Maria.

A dicembre di questo anno di grazia, 1962, il bilancio dei fratelli Panini è di tre figlie e di quindici milioni di bustine vendute. La raccolta *Calciatori 1961-62*, la prima fatta in casa, ha quintuplicato il fatturato delle figurine acquistate dalla Nannina. Il sorriso del direttore della filiale del Banco si è rafforzato ulteriormente.

Poco prima di Natale, Giuseppe passa dal carcere di Modena a lasciare regali per i detenuti, consegna una generosa offerta alla Superiora delle Visitandine di Baggiovara e organizza di persona il pranzo del 25 per gli ospiti della Casa di Riposo: tortellini, salumi, bolliti, Lambrusco, solo roba di ottima qualità acquistata da Fini.

Ha già spedito in Venezuela la lettera di auguri per Umberto e la Tina, firmata dai fratelli e da Olga.

Di suo pugno ha aggiunto il post scriptum: "Torna, Biàtta. L'America è qui. Abbiamo bisogno di te".

Figurine di petrolio

Umberto, Tina e Manuela hanno trascorso la Pasqua con i Bovinelli sulle Ande, alla Mesa de Esnujaque, dove una colonia di tedeschi ha costruito un grazioso villaggio.

Una vacanza piacevole e rilassante, ma il fresco della montagna è già una nostalgia.

Biàtta, dopo una giornata di lavoro ai pozzi, nella fornace di Campo Boscan, rientra in casa con le mani sporche di petrolio e la stanchezza che gli cola dagli occhi. Rischia di annerire la Manù che sta giocando con Toledo, coloratissimo pappagallo guacamaio. Frena a stento l'istinto di prendere in braccio la figlia e di baciare la moglie.

«È arrivata una lettera» lo avvisa la Tina che sta governando i fornelli.

«La mamma?» chiede Umberto.

«No, Peppino.»

«Un'altra?»

Dopo gli auguri di Natale, il Vècio ha scritto in Venezuela praticamente ogni settimana e sempre con lo stesso finale: "L'America è qui. Torna".

Ha scelto la strategia della goccia che buca la roccia.

La goccia di Olga cade con intervalli più lunghi, ma non troppo, diciamo una lettera ogni venti giorni, e sempre con lo stesso rintocco: "Torna".

Umberto ha provato a invitarla a Maracaibo: "Vieni tu, *mamèina*. Così scopri l'America come Colombo".

Gli ha risposto: "Se vengo io, ti vedo solo io. Se vieni tu, ti vedono tutti i fratelli".

Olga indirizza tutte le sue lettere "all'emigrante Umberto Panini". Lui ha provato a spiegarle che il termine "emigrante" da quelle parti non suonava troppo bene e che i colleghi lo prendevano in giro. Le ha suggerito una nuova intestazione: "Al Señor Umberto Panini". Olga gli ha risposto che la parola "emigrante", in virtù di una legge di inizio secolo, le consentiva di spedire la lettera senza affrancarla. Umberto ha promesso di inviarle il valore dei francobolli in cambio della nuova intestazione. Ma la Casarèina ha continuato a scrivere "all'emigrante" e a risparmiare i francobolli che alla sera imbusta con un berretto da baseball in testa.

Questa volta la lettera del Vècio è diversa. Nella busta ci sono quattro piccole immagini rettangolari e sul foglio una sola frase: "Studia una macchina che infili in una bustina queste cose qua". E poi i saluti: "Ciao Pellaccia. Torna. I fratelli".

Umberto, pensieroso, si passa più volte tra le dita le quattro figurine e poco a poco le annerisce tutte. Quattro calciatori di Serie A annegati in un mare di petrolio. Si porta i pensieri sotto la doccia. L'ingegno di *Smartlèda* si è messo in moto, la sfida comincia a entrargli nella pelle, come una goccia nera, come la prima elica che ha aggiustato, come la pressa del demolitore d'auto, coma la trippatrice. Durante la cena, guarda la moglie: «Torniamo in Italia?».

La Tina non è più la donna che due anni prima confidava all'Emilia di non sentire la nostalgia della Patria. Due anni, a un oceano da casa, sono molto lunghi. Continua a stare bene con gli amici italiani, a divertirsi il sabato sera, al cinema o alla balera, non le manca nulla, ma il pensiero dei genitori e dei parenti, con il passare dei giorni, si è fatto sempre più frequente e sempre più struggente, così come il ricordo della campagna emiliana e di un clima meno spietato di quello di Maracaibo.

La domanda a bruciapelo del marito non l'ha colta di sorpresa. Pendeva da giorni sulla tavola e sulle sue giornate.

Ha la risposta pronta: «A tre anni è giusto che la Manù conosca i nonni, i cugini e l'Italia».

«Potremmo andarci a giugno. In Italia ci sono le elezioni e fanno gli sconti per gli emigranti che tornano a casa. Non dobbiamo decidere subito di trasferirci. Stiamo un po' a Modena e poi vediamo come ci sentiamo.»

«Torniamo in aereo?» chiede la moglie.

«Certo. Sei arrivata con venticinque giorni di mare, ora possiamo permetterci di rientrare con mezza giornata di cielo.»

«Però non ci saranno gli ufficiali in divisa bianca che mi invitano a ballare.»

«Non hai perso il vizio di fare ingelosire il tuo filarino» commenta Biàtta con ricordi di glicine.

La moglie sorride: «Mi mancheranno i serpenti della palude».

«Dovrai accontentarti delle mie sorelle.»

«La Manù vorrà portarsi dietro Toledo.»

«Scherzi? Se il pappagallo impara le parolacce di Benito, ci arrestano tutti.»

Lo tenete il "Candido"?

Olga lo considererà lo scherzo più riuscito di Umberto, in assoluto quello più bello da ricordare.

Complici i fratelli, che hanno tenuto nascosto il suo arrivo, Biàtta si presenta un sabato mattina di giugno all'edicola di corso Duomo e chiede alla madre: «Lo tenete il "Candido"?».

A sei anni dalla partenza per il Venezuela.

La Casarèina lascia cadere il libretto di poesie dialettali, si alza dallo sgabello ed esce dal chiosco come se stesse prendendo fuoco. L'abbraccio forte e interminabile al figlio è un fiume che ha rotto gli argini, un'anomalia, non rientra nell'affettuosità sincera, ma austera e controllata di una madre di otto figli che ha sempre dovuto dosare le attenzioni in parti uguali, come porzioni di minestra. È un'eccezione evangelica per la pecorella che torna in gregge.

Infatti Giuseppe, Benito e Franco, che hanno seguito di nascosto lo scherzo di Biàtta, si scambiano sorrisi di meraviglia.

Umberto accarezza i capelli della madre che un tempo pettinava: «*Mamèina*, lei è Manù, la tua nipotina».

Olga si china, le parla, la prende in braccio, la porta all'interno dell'edicola e le fa scegliere alcuni giornaletti da colorare e delle bamboline di pezza appese a una rastrelliera. Finalmente abbraccia la Tina.

«Hai visto che te l'ho riportato come mi hai chiesto, mamma?»

«Quattro anni, ci hai messo...»

I fratelli portano subito Umberto a via Castelmaraldo. Gli mostrano i locali dell'agenzia, lo scantinato con gli scatoloni di figurine e la zangola a pedali, gli raccontano il processo di lavorazione e di distribuzione.

«Se ho capito bene, la cosa funziona» conclude Umberto.

«Funziona?» ripete il Vècio. «I numeri daglieli tu che lavori in banca, Franco.»

«La collezione 1960-61, che abbiamo acquistato a Milano, ha venduto tre milioni di bustine, la prima che abbiamo prodotto noi, la raccolta 1961-62, quindici milioni. Questa che è in edicola, la collezione 1962-63, sta arrivando ai trenta milioni con un raddoppio del ricavo.»

Numeri che colpiscono Umberto come una *smartlèda*: «*Hombre, es un tesoro!*».

«No, Biàtta, è solo l'inizio del tesoro. Te l'ho detto, l'America è qui. Raddoppieremo ogni anno. Seguici e ti spieghiamo come.»

Escono dall'agenzia.

«Noi prendiamo la mia auto, tu vieni dietro in moto» ordina il Vècio.

«Quale moto?» chiede Umberto.

«Quella» risponde Benito indicando una Laverda 2000 Twin rossa, parcheggiata in cortile.

«Di chi è?»

«Tua. È il nostro regalo per il ritorno» spiega Franco.

«È bellissima... Non me l'aspettavo... Avete esagerato, fratelli...» ringrazia *Smartlèda* confuso.

«Te l'ho detto che siamo pieni di soldi. Naturalmente la moto è tua solo se resti. Non te la puoi portare in Venezuela.»

«Allora non è un regalo, è un ricatto...» sorride Umberto accarezzando il sellino di pelle. «Questa Laverda è una bomba. La Maserati moto ha chiuso, vero?»

«Sì, tre anni fa» conferma Franco.

«Ho fatto bene a venir via prima.»

«Non sei venuto via, ti hanno cacciato perché molestavi le operaie» precisa Benito.

Raggiungono un'area edificabile in viale Po, proprio accanto all'Aerautodromo dove il collaudatore Umberto aveva dato il cambio al maestro Fangio. L'impianto è caduto in disgrazia.

Nel giugno di due anni prima, la Cooper di Giulio Cabianca era uscita dalla pista e aveva imboccato un cancello rimasto aperto. L'auto era piombata sul traffico della via Emilia ed erano morte tre persone, oltre al pilota veronese. Da allora l'Aerautodromo non ha più ospitato gare automobilistiche.

I quattro fratelli Panini s'incamminano in un campo.

«Con i guadagni di questi anni, abbiamo acquistato questo terreno» racconta il Vècio disegnando nell'aria i confini della proprietà. «Qui sorgerà la nostra azienda: fabbrica, uffici, magazzini e anche qualche appartamento. Per la mamma, prima di tutto. È ora che smetta di passare gli inverni al gelo. Affitteremo l'edicola di corso Duomo. Ormai non dipendiamo più dai giornali. Abbiamo già preso l'appuntamento dal notaio. Fondiamo le Edizioni Panini. Se ci stai, Biàtta, sarà una società di quattro soci. Quattro come le figurine nella bustina e nessuna doppia: ognuno avrà il suo compito. Franco si occuperà dei conti e del progetto editoriale, Benito della distribuzione, io faccio il presidente e tengo insieme i pezzi, tu ti occuperai delle macchine da stampa e di tutta la meccanica. È il tuo pane. Abbiamo risolto il problema della tipografia, ma ce ne sono ancora un sacco da mettere a posto.»

«Chi vi stampa?» chiede Umberto.

«Ho convinto Ivo Bertolini a staccarsi dal padre e mettersi in proprio. Ha trovato un socio, Paolo Artioli, che ha già esperienza nel settore perché stampava le figurine della Liebig. Hanno messo insieme le prime sillabe dei cognomi e fondato una società: l'Arbe. Lavorano solo per noi. Sono giovani, hanno voglia di fare, hanno capito che le figurine sono il filone giusto. Cresceranno con noi. Quando qui sarà tutto finito, gli affitteremo un capannone, ci metteranno dentro le macchine e avremo lo stampatore in casa. L'idea finale è questa: portare dentro tutto, essere autosufficienti, non dipendere da nessuno. Il problema più grosso, al momento, sono le bustine.»

«Perché?» chiede Umberto.

«Perché il sacchettificio non riesce a stare dietro ai nostri ritmi, ci rallenta la produzione. Ci mancano sempre le bustine... Questo sarebbe il tuo primo incarico: trovare il modo di produrne molte di più. E poi, il sogno: creare una macchina che imbusti da sola le figurine. Non possiamo andare avanti con le monache e i carcerati... A quel punto, con la stampatrice, l'imbustatrice e la nostra agenzia di distribuzione, non ci mancherebbe nulla. Pensi che si possa inventare una macchina che imbusti automaticamente le figurine?»

«Un paio di idee ce le ho.»

«Allora consideriamola fatta. Come l'edicola nuova. Grande, Biàtta!» si esalta Benito.

Umberto si accovaccia, raccoglie una manciata di terra e se la passa tra le dita, come se dovesse saggiarne la qualità per la semina: «Eh, non è così semplice. Soprattutto decidere se tornare in Italia. Voi avete trovato un tesoro qua, ma io l'ho trovato là. Ho molti interessi, contratti in corso, sono già socio di una società... Ci devo pensare un po' su. E poi devo sentire anche cosa dice la Tina. Stiamo bene là, abbiamo buoni amici. Ma, soprattutto, Maracaibo galleggia sul petrolio e del petrolio ci sarà sempre bisogno. Non possiamo sapere quanto durerà la moda delle figurine».

«Biàtta, del calcio non potremo mai fare a meno. Più del petrolio» carica il bisonte. «È appena partito qualcosa che non si fermerà più. Gli stadi sono sempre pieni, la gente alla domenica cammina con il transistor all'orecchio per sentire "Tutto il calcio minuto per minuto", le partite vanno in televisione, entrano nelle case, più i bambini guardano i loro campioni, più li vogliono tenere in mano. Il Milan ha appena vinto la Coppa dei

Campioni. I campioni d'Europa sono in Italia, nel nostro album! Rivera contro Mazzola, Rocco contro Herrera, la Juve di Boniperti e Sivori... Fatti un giro in centro e te ne accorgerai, la gente non parla d'altro. Credimi, anche noi, qui su questo terreno, galleggiamo su un mare di petrolio. Inventaci un pozzo e lo tiriamo fuori tutto.»

«In fondo, si tratta solo di rifare una cosa che abbiamo già fatto da bambini» ricorda Franco, «una società di figurine.»

«Quale società?» chiede Benito, spiazzato.

«La scatola di legno in Rua Muro. Non ricordate?»

«È vero!» esclama Peppino illuminato da un lampo di memoria. «Tenevamo tutte le nostre figurine in quella scatola. Ognuno di noi poteva prenderne quante voleva per giocarci con gli amici.»

«Ma con l'impegno a riporre nella scatola di legno un numero superiore a quelle che aveva prelevato» precisa il bancario. «Lavoravamo già sugli interessi.»

Da viale Po, Umberto raggiunge direttamente il centro di Modena. Passa a salutare gli amici del bar e i bottegai di piazza San Giacomo: il lattoniere Zacon, il figlio del partigiano Thompson, la carbonaia Agnese...

«Ho passato sei anni con la faccia nera anch'io» le dice.

Arrivato accanto alla bottega di via Malatesta, spegne la Laverda e si avvicina spingendola silenziosamente all'indietro, con il tubo di scappamento rivolto all'interno. Mette in moto e sgasa a tutta riempiendo di fumo il negozio: «*A sun turné, Maròch!*».

Il ciabattino siciliano emerge come un diavolo dai vapori infernali, urlando furibondo: «Sul *Titanic* dovevi imbarcarti, cornuto!».

Terra, acqua, aria, fuoco

Giuseppe si affaccia in cucina dove sorelle e cognate stanno preparando il pranzo: «Mi raccomando: i tortellini e le tigelle più buoni che abbiate mai fatto in vita vostra! Neppure quando prendevate i morosi per la gola...».

«Si capisce. Umberto se lo merita, dopo sei anni all'altro mondo...» risponde Maria Luisa.

«Non basta che siano buoni perché è tornato. Devono essere ancora più buoni perché non riparta più!»

Grande adunata di famiglia, a Marzaglia, nelle tenute dei Lolli, per festeggiare il ritorno di Biàtta e della Tina dalla Merica. Non c'è una briciola di nuvola sulla tovaglia azzurra. Il sole già estivo rende ancora più preziosa l'ombra cucita insieme da lecci, bagolari e querce secolari che accoglie la lunga tavolata di una trentina di Panini: Olga, generi, nuore e quindici nipoti. Una magnifica domenica di giugno che sembra apparecchiata apposta per festeggiare qualcosa.

Non poteva esserci palcoscenico migliore per quell'incantatore di Umberto, incontrastato dominatore del pranzo. Pendono tutti dalle sue labbra, grandi e piccoli. Racconta l'imbarco sulla *Franca C.* con la fisarmonica in braccio, la notte passata con uno scooter legato alla caviglia, la *smartlèda*, il petrolio... Un fiume in piena. Spalanca gli occhi dei bambini allungando ad arte la misura dei serpenti e delle cernie, trasforma una tranquilla battuta di caccia al cinghiale in un branco di animali scatenati che caricano come bisonti. Ogni tanto si affaccia in scena la Tina, come l'assistente del lanciatore di coltelli, per aggiungere un particolare, per ricordare le iguane che spuntavano dal forno o i vigili che fermavano il traffico del centro per farla attraversare.

I tortellini sono stati indimenticabili, come li pretendeva Giuseppe che ora, a fine pranzo, già transitati i caffè e gli amari, provoca il fratello: «Ma sai ancora suonare la chitarra o solo riparare le trivelle?».

«Suonare è come fare l'amore: non lo dimentichi mai.»

La Tina gli tira una gomitata al fianco, i bambini sono ancora a tavola.

Dopo una vita, rieccola l'Orchestra Panini in azione: Giuseppe con la fisa, Benito alla batteria, Umberto alla chitarra. Tutti e tre in camicia bianca, con le cravatte allentate e le maniche rimboccate. Vasco fa ballare la Maria. Franco riprende tutto con la sua Kodak Brownie, a casa si divertirà a montare le immagini e anche questa serena giornata a Marzaglia diventerà un film nell'archivio di famiglia.

I bambini hanno ricevuto il permesso di muoversi.

Tommaso, che ha sette anni e il pallone sotto braccio, punta i due alberi che più assomigliano a una porta da calcio, seguito da Walter e Antonio, di due anni più giovani. Sono i figli di Norma, Maria Napoleon e Giuseppe. Le loro sorelle, Luisa, dieci anni, Roberta, nove, e Tiziana, sette, prendono le biciclette. La Manù e la Lauretta, che hanno tre e due anni, scarabocchiano dei fogli bianchi con le matite colorate, accanto alle madri, la Tina e l'Emilia che hanno accostato le sedie per chiacchierare.

Veronica, l'unica senza figli, raccoglie l'Antonellina dalle mani della Lena e se la coccola sulla sedia a dondolo. Giulio, l'agronomo, ha una grappa nuova da fare assaggiare a Vasco.

La Olga ci ha provato a dare una mano per sparecchiare, ma è stata respinta da un'insurrezione di figlie e nuore: «*Bòuna lè, mamèina...* Hai già lavorato abbastanza».

E così la Casarèina si siede in disparte a osservare, come una Madonna nei quadretti ex voto, accanto alla scenetta del miracolato.

"Hai visto, Tonino, quanti nipoti abbiamo? Li hai contati? Sono quindici e mancano i due della Edda che è ancora a Maddaloni. Sono una nonna di famiglia numerosa... Dici che mi daranno la medaglia anche stavolta? Guarda la Maria Giulia com'è diventate grande. Ha già ventun anni, è una donna, bella come sua mamma quando correva gli 800 metri a Viserba. Si meritava una creatura anche la Nica, ma lei non se n'è mai fatta una pena. Dà il cuore per i figli degli altri. Lo vedi? I più piccoli sono tutti da lei... I nipoti più grandi la chiamano zia Chicca e divorano le sue torte. Lo senti la Maria Luisa quanto parla? Quel povero Vasco deve aver una pazienza... ma forse stanno bene insieme proprio per questo, si sono divisi bene i compiti. Napoleon parla e comanda, Vasco ascolta e obbedisce. L'hai mai visto Beni sorridere tanto così? Quando prende in braccio l'Antonellina diventa un altro, si trasforma, sembra perfino più bello... È sempre appuntito come un rastrello, la figlia lo arrotonda come un secchio. Quel cosino gli fa perdere la testa. L'ha chiamata come te. Hai due nipoti Antonio e un'Antonella: non puoi lamentarti. E allora, aviatore, sei orgoglioso dei tuoi ragazzi? Ti hanno ascoltato: hanno usato la testa e ora non hanno più padroni. Hanno messo su un'azienda tutta loro. Hai visto quanti soldi che hanno tirato fuori dalle figurine? *Un èter miliòun!* Come dicevi tu, quando ti nasceva un figlio... Ma stavolta sono milioni veri e senza soffrire, basta mettere al mondo dei calciatori di carta. Speriamo solo che Umberto non faccia uno scherzo dei suoi e torni in Venezuela. È così bello rivederli tutti insieme. Oggi sono felice e serena come non ricordavo più. Abbiamo fatto un bel lavoro, Tonino: quattro bravi figlioli. Ognuno lo è a suo modo e tutti insieme fanno un mondo. Non credi? Peppino è l'acqua, s'infila dappertutto, s'interessa di ogni cosa e, quando scorre vorticoso, non c'è diga che tenga, non c'è batosta che lo freni. Sono andati male i fiori? Andranno bene i calciatori. È il capo che eri tu. Umberto è la terra, è concreto, solido come l'edicola nuova che ha messo in piedi. Il suo lavoro si tocca. Fa tutto con le mani, si sporca, come i contadini, come il buon Dio quando ha creato l'uomo dal fango. Franco è l'aria perché sta tutto nei suoi pensieri. A volte finisce con la testa tra le nuvole, come da piccolo quando leggeva i fumetti o rubava le mappe dalla caserma dei tedeschi. Ama i libri come li amavo io, ha il cervello svelto, come ce l'avevate tu e tuo padre inventore. Benito è il fuoco, gli basta una scintilla per divampare e quasi sempre è il primo a scottarsi. Ma è un fuoco buono, di passione e generosità, brucia anche per gli altri, senza pretendere ricompense, senza farsi vedere, come il fuoco dentro la stufa. Abbiamo fatto un buon lavoro, Antonio. Quattro bravi figlioli. E quattro brave figliole che sono l'acqua, l'aria, la terra e il fuoco delle loro famiglie e hanno tanti meriti anche nel miracolo delle figurine. Tonino, i tuoi figli sì che sanno vendere il sapone..."

Umberto e la Tina non hanno il respiro pesante e regolare degli addormentati. Sono svegli, anche se la stanza è buia e la notte piena. Fissano il soffitto che non si vede. È come se ognuno dei due attendesse dall'altro una rivelazione.

«È stato bello rivedere l'Emilia» confida la Tina rompendo il silenzio. «Ci siamo scritte tante lettere in questi anni. È come se non ci fossimo mai lasciate. Davvero una cara amica.»

Umberto non commenta. Lascia colare altro silenzio nel buio.

«Hai visto come giocavano bene insieme la Manù e la Laura? Sembrava che si conoscessero da sempre. Hanno solo qualche mese di differenza. Diventeranno buone amiche.»

Biàtta tace ancora.

La Tina non sollecita risposte. Sta pensando a voce alta.

Lascia passare altro tempo al buio e poi riprende: «Non mi ricordavo più quanto fosse bella l'Italia e la nostra terra. Sotto gli alberi della Norma si stava come in paradiso. Se penso alla fornace di Maracaibo...».

Altro silenzio, altro buio: «I miei genitori sono invecchiati e invecchieranno sempre più in fretta».

Una breve pausa, che serve per mettere in colonna le parole dette finora, poi la Tina fa la somma: «Umberto, io non torno in Venezuela».

Biàtta risponde posando delicatamente una mano sulla pancia della moglie che è incinta di quattro mesi: «Marco nascerà a Modena».

«Sai già che è un maschio?»

«Le mie mani non sbagliano mai.»

Banca addio

Lauretta, due anni, seduta immobile al centro della tavola del soggiorno, sembra una bambola di porcellana. Osserva incantata la televisione. E non sta guardando i cartoni animati di Carosello, sta seguendo, rapita, la lezione del maestro Alberto Manzi che volta una pagina del suo grande blocco, montato su un cavalletto, scrive una parola con il carboncino e la illustra con un piccolo disegno. È così che ogni sera, prima di cena, istruisce migliaia di analfabeti che, tornati a casa dalla fabbrica o dai campi, prendono appunti davanti alla televisione. Come ricorda il titolo della popolare trasmissione Rai: "Non è mai troppo tardi". Il maestro Manzi sta accompagnando un milione e mezzo di italiani alla licenza elementare.

Il rito si ripete ogni sera, ma Franco Panini non ha fatto ancora l'abitudine all'attenzione spettacolare che la figlia, a centro tavola, dedica ogni volta alle lezioni del maestro. E ogni sera sorride al commento di Emilia: «È come sua madre. Si fa incantare da quelli che parlano bene».

«Solo tua madre non riesco a incantare...»

«Ci vorrà del tempo ma bisogna capirla. Io conosco i numeri delle figurine e so che in banca ti tengono il posto perché hai preso un anno di aspettativa. Ma per la Ricordina sei solo un pazzo che ha rinunciato al lavoro più sicuro che c'è al mondo, nella casa dei soldi, per vendere santini di calciatori in mutande.»

«E soprattutto quel pazzo è il marito di sua figlia.»

«Esatto. Con il tempo capirà anche lei che razza di affare sono le figurine, ma nel frattempo cerca di cambiare marciapiede se la incroci per strada...»

La mattina seguente Franco entra al Banco di San Geminiano e San Prospero per l'ultimo giorno di lavoro. Deve salutare tutti, a partire dal numero uno.

Curiosamente, la scrivania del direttore è dominata dal primo piano di un cane lupo, formato album, con cornice d'argento. Accanto, senza cornice, molto più piccoli, sfilano moglie e figli, in formato figurine.

«Panini, mi spiace perderla e mi spiace per la bella carriera cui rinuncia» spiega il direttore. «Lei ha talento, volontà, mestiere, come dimostrano le promozioni che ha ricevuto in questi anni. Ha un corridoio davanti che probabilmente l'avrebbe condotta fino a questo ufficio. Ma ho sotto gli occhi tutti i giorni i conti della sua famiglia e non posso dire che la sua scelta mi sorprenda, né la biasimo...»

«Direttore, la ringrazio per la comprensione, per le promozioni, per l'aspettativa e per tutto quello che ha fatto per me dal giorno dell'assunzione. I soldi sono importanti, naturalmente, i guadagni delle figurine erano assolutamente imprevisti, ma le assicuro che non lascio la banca per questo. Abbiamo inventato un prodotto che non c'era, ci siamo imbarcati in un'avventura che non sappiamo dove ci porterà. Un po' come il presidente Kennedy che ha promesso agli americani di sbarcare sulla luna entro dieci anni. Ecco, io parto per la luna, direttore. E, soprattutto, mi metto in viaggio con i miei fratelli: è questo l'aspetto più bello della missione.»

«Allora le auguro di arrivare sulla luna. Anche perché, se la vedessi tornare dopo l'aspettativa, vorrebbe dire che gli affari Panini sono andati male e ci rimetterebbe anche la banca...»

Allo scadere del turno di lavoro, Franco saluta a uno a uno i compagni d'ufficio.

«Passaci a trovare, ogni tanto» si raccomanda la Baraldi. «Non dimenticarti di noi...»

«Certo. Ricordo i numeri di conto corrente degli estranei, vuoi che mi dimentichi dei colleghi?»

Per il capufficio Franco Scaramelli ha un pensiero speciale: una figurina.

Gli avesse passato un assegno intestato a suo nome, non l'avrebbe fatto altrettanto felice. Franco, tramite Liverani, l'amico fotografo di Benito, si è procurato una foto degli anni Trenta di Scaramelli giocatore, e Bertolini ne ha ricavato una figurina Panini con nome e cognome, pitturandogli addosso la maglia del Modena.

Il capufficio è quasi commosso: «Grazie, Panini. Questo è un gol alla Cesarini, proprio nel finale...».

Uscito dalla banca, Franco studia il cielo grigio. Pioviggina leggero, non è il caso di aprire l'ombrello. S'incammina lentamente verso corso Duomo, con la consapevolezza di aver appena chiuso un capitolo importante della sua vita. Arrivato all'edicola, prima ancora di salutare la madre, si specchia nella Casa del Bambino e gli viene da sorridere: quella vetrina gli aveva restituito l'immagine di un ragazzino in calzoni corti e lo aveva spinto a studiare per entrare in banca con i calzoni lunghi; ora vede un padre di famiglia che ha appena lasciato la banca, per occuparsi di calciatori in calzoni corti, di cose da bambini...

«Come sta Lauretta?» chiede Olga.

«Bene. Presto le daranno il diploma di quinta elementare.»

«A due anni?» domanda la Casarèina che non sa del maestro Manzi.

Franco sente la suocera chiamarlo da lontano, e saluta di fretta Olga: «Ciao, mamma. Devo scappare».

«Ma sei appena arrivato... Raccontami come è andata in banca» chiede invano.

Uèllas si è già allontanato verso via Castelmaraldo a passo spedito, fa finta di non sentire nonna Ricordina che lo chiama e sventola l'ombrello chiuso come un mattarello.

Nello scantinato trova i tre fratelli.

Giuseppe e Benito rovesciano alcuni cartoni di figurine nelle zangole. Umberto le chiude, poi preme i tasti alla base dei cavalletti di sostegno e i tre cubi di legno si mettono a girare sull'asse inclinato, con un ronzio da alveare, senza nessun ciclista che pedali.

«Funziona!» esclama Benito.

«Ti ricordi qualcosa che ho fatto io che non funzionasse?»

«Hai messo il motore alle zangole...» osserva Franco.

«Tanto per cominciare» precisa Giuseppe. «Poi il nostro socio farà tutto il resto.»

«Avete deciso di restare in Italia?» chiede Franco.

«Rientro in Venezuela solo io. Un mese o due, credo. Il tempo che serve per chiudere gli affari e vendere la casa.»

«Io oggi ho chiuso con la banca.»

«Bene. Allora siamo ufficialmente un'azienda di quattro soci» riassume il Vècio. «A settembre partiamo tutti insieme. Nei primi mesi del '64 ci trasferiremo in viale Po. La collezione *Calciatori 1964-65* uscirà dallo stabilimento nuovo.»

«Dal nostro castello» rifinisce poeticamente Franco.

«Non avessi un osso di vitello nella schiena, vi chiederei di salirmi sulle spalle e di fare la torre come sul Panaro, per festeggiare, ma l'urlo possiamo farlo» suggerisce Giuseppe stendendo il braccio.

I fratelli, divertiti, gli ricoprono la mano con le loro.

«Chi comanda?»

«I Panini!»

«Chi comanda?»

«I Panini!»

I calciatori restano nascosti nella pancia di legno delle zangole, come gli achei all'interno del cavallo di Troia.

La Dolce Vita

Nel cortile di via Castelmaraldo si sono radunate le quattro mogli dei Panini.

Il colto Franco commenta: «Sembrate le donne spartane alla partenza dei loro uomini per la guerra. Sapete cosa gli auguravano? "Tornate con lo scudo o sopra lo scudo." Cioè, vincitori o morti».

«A noi basta che torniate senza figli illegittimi» ribatte l'Emilia.

«Guardate che non andiamo in vacanza» precisa Giuseppe. «Stiamo partendo per un viaggio di lavoro.»

«L'ho capito quando hai caricato la fisarmonica sulla Millecento» chiosa la Maria.

Quel viaggio è stata un'idea di Franco.

Una sera ha appeso a una parete dell'agenzia una cartina geografica dell'Italia e, con un carboncino in mano, ha fatto una lezione da maestro Manzi ai fratelli: «Ho studiato bene i registri delle ordinazioni di Benito e ho capito due cose. La prima è che sono i distributori a fare la differenza. Alle agenzie che consegnano anche i giornali arriva il primo carico di figurine, ma poi non si curano di rifornire velocemente i punti vendita. A farlo sono i singoli distributori che hanno contatti quotidiani con edicole e negozi. Soprattutto se sono svegli e hanno voglia di fare. Chiamano Tullio, fanno l'ordine oppure vengono direttamente con il camion e lo riempiono di figurine, come ha fatto quel

Mimmo Giordano. Dobbiamo costruirci una rete di persone del genere, di gente fidata che ha capito che abbiamo trovato un filone d'oro ed è disposta a scavare con le mani».

«Hai ragione» ha approvato il Vècio. «L'ho pensato fin dall'inizio: dobbiamo avere in squadra solo collaboratori che conosciamo di persona, che lavorano con entusiasmo per la causa come fosse la loro. In fondo, le prime figurine, quelle della Nannina, le abbiamo imbustate in casa. Mogli e sorelle ci stanno dando una mano a rispondere alle lettere dei bambini e a spedire le figurine mancanti che ci chiedono. Quando saranno pronti gli uffici di viale Po potranno lavorare lì. Gli operai e impiegati da assumere li pescheremo tra amici e conoscenti. Il vantaggio è che non serve esperienza perché il lavoro delle figurine l'abbiamo inventato noi. Basta la buona volontà. Ho già allertato Balestrazzi, il fruttivendolo, e Sabatini, il parrucchiere. E Bononcini che ci ha aiutato con la foto di Bolchi. Anche tu, Biàtta, comincia a pensare di farti una squadra di meccanici per studiare e costruire le tue macchine e fare manutenzione a quelle dell'Arbe.»

«Lo sto già facendo. Ho chiesto a Vasco di pensarci. È in gamba, lavora alla Maserati. Quelli bravi vengono sempre via dalla Maserati.»

«Quelli scarsi invece li licenziano» ha scherzato Benito.

«La seconda cosa che hai imparato, Franco?» ha chiesto Giuseppe.

«Che abbiamo ancora parecchi buchi nella rete. È naturale, siamo all'inizio. Al Nord andiamo bene, in Campania andiamo benissimo, grazie a quel Mimmo Giordano, ottimi numeri anche in Sicilia, ma qui per esempio – fa un cerchio con il carboncino in corrispondenza dell'Umbria – abbiamo un buco. E un buco ce l'abbiamo qui, nelle Marche. E poi in Puglia, in Basilicata, in Calabria... Ripeto, in questa fase la velocità di rifornimento è tutto. Altrimenti la domanda cala. Non dobbiamo lasciare i bambini a mani vuote, devono continuare a gettare le bustine strappate davanti alle edicole. Dobbiamo rammendare i buchi nella rete di vendita.»

Umberto osserva i cerchi di carboncino sulla cartina e domanda: «Scommetto che hai già un'idea per il rammendo».

«Ce l'ho. Ci mettiamo in macchina tutti e quattro e andiamo a cercare altri Mimmo Giordano per l'Italia. In quattro o cinque giorni partiamo e torniamo. Andiamo a predicare come i primi apostoli e allarghiamo la nostra chiesa. Intanto passiamo a conoscere i distributori che abbiamo già e che sentiamo solo al telefono. Ha ragione il Vècio: la forza della nostra azienda dev'essere il rapporto tra le persone. Li conosciamo e regolarizziamo il rapporto di lavoro con un contratto che vale per tutti: area di competenza, percentuale di guadagno, doveri, diritti, nero su bianco. Quando avremo messo a regime lo stabilimento di viale Po e avremo una rete di distribuzione agile e fidata, non ci mancherà più niente. Solo di portare i soldi ai miei ex colleghi in banca.»

I fratelli hanno approvato senza riserve l'idea del viaggio da rammendo.

«Una solo domanda, Uèllas. Ma questa cartina l'hai rubata ai tedeschi, mentre io mi spaccavo la schiena a portar via la stufa di ghisa?»

E così, in questa splendida mattinata del settembre 1963, che sembra uno scampolo d'estate, i quattro fratelli Panini si mettono in viaggio verso sud, imboccano l'Autostrada del Sole, passano sotto le scarpe degli italiani che bevono il caffè negli autogrill a ponte. I figli di Antonio stanno cambiando la loro storia con un'idea di successo, come ha fatto Giorgio Fini, figlio del salumiere Telesforo.

Guida Benito, non senza un certo orgoglio. È il più abile al volante, per via delle tante consegne in furgoncino. Al suo fianco il capo, Giuseppe, dietro Franco e Umberto, i fratelli minori.

Nessuno di loro ha ancora quarant'anni.

La ragione del viaggio è nota a tutti, ma ne esiste una seconda, non meno importante, inconfessata: passarsi una mano di coccoina sulla schiena e incollarsi uno all'altro, fare squadra, all'inizio di un'avventura che, nelle speranze, dovrà tenerli insieme per tutta la vita. Devono riabituarsi alla reciproca presenza, alle abitudini e alle particolarità di ciascuno. In fondo, è dagli anni lontani della colonia fluviale sul Panaro che non condividono una serie di giorni e di notti. La guerra, poi la malattia di Giuseppe, il servizio di leva di Franco, il Venezuela di Umberto. Ora tutti e quattro sono imbustati nella stessa Fiat grigia.

Il primo rammendo, a Firenze.

Nell'elegante villa fiesolana dei fratelli Tenerani, Franco, forte della sua esperienza bancaria, tratta un buon accordo commerciale e, concedendo qualche percentuale in più, ottiene anche la copertura dell'Umbria per un periodo di prova. Numeri alla mano, Benito fa notare che a Grosseto e Massa-Carrara la vendita è inferiore rispetto alla media delle altre province toscane.

«Be', però i bambini da quelle parti hanno un bel mare» si giustifica Duccio, il maggiore dei Tenerani. «Non si possono lamentare, se arriva qualche figurina in meno.»

«Si ricordi che l'Umbria non ha spiagge» avverte Umberto.

I due fratelli fiorentini promettono di rafforzare la distribuzione nell'area di Grosseto e di Massa-Carrara, prima di invitare a pranzo i Panini in una trattoria di Settignano.

Benito divora con entusiasmo la bistecca fiorentina e apprezza ancora di più il Chianti prodotto dagli stessi Tenerani, tanto che, alla ripresa del viaggio, si mette a russare prima ancora che la Millecento esca dalla città.

«Marciamo su Roma come papà?» chiede Giuseppe.

«Dritti su Roma» conferma Franco. «C'è una donna che ci aspetta.»

«L'Emilia lo sa?» chiede Umberto.

«Non aspetta me. È la segretaria del distributore di zona.»

«Perché incontriamo la segretaria e non il distributore?» domanda il Vècio.

«Perché, quando l'abbiamo chiamata per fissare l'appuntamento di oggi con il distributore, ci ha pregato di passare prima dal negozio del padre» spiega l'ex bancario.

«Ti ha spiegato per cosa?»

«Una proposta importante, dice.»

«In un negozio?»

«Una bottega di vini e olii a Trastevere.»

«Altro vino. È la grande giornata di Tullio...» commenta Umberto. «Non fa in tempo a svegliarsi che si riaddormenta.»

La fiaschetteria di Gislando Gualdi, che tutti chiamano Gino, ricorda una caratteristica cantina dei Castelli, in roccia e legno. I tavolini sono ricavati da sezioni di botti antiche. La pancia del cantiniere riprende la forma delle botti.

Lavinia, che ha una treccia bionda e il naso aquilino del padre, serve bicchieri di Frascati agli ospiti e va subito al sodo: «Non vi faccio perdere tempo. Io mi accorgo di quanta richiesta ci sia per le vostre figurine, perché le ordinazioni le raccolgo io, ma al mio capo sembra che non interessi. È come se incontrasse una banconota da diecimila lire sul marciapiede, ma non la raccogliesse per evitare lo sforzo. Forse gli bastano i soldi che fa, forse è troppo anziano per cambiare abitudini. Non so. So che a volte mi ordina di dire che le figurine sono esaurite anche se non è vero».

«Infatti le vendite a Roma non sono eccezionali, in rapporto alla dimensione dell'area» conferma Franco.

«Vengo al punto» accelera Lavinia. «Mio padre non è anziano e non ha problemi a cambiare abitudini. Passate a noi la distribuzione. Lo vedete, questa bottega è grande e sotto abbiamo una cantina ancora più grande. La svuotiamo di vino e la riempiamo di calciatori.»

«Volete rinunciare a questo vino delizioso?» chiede perplesso Benito con il bicchiere in mano.

«Il vino a Roma lo vendono tutti, le figurine ancora nessuno.»

«E poi non c'è tutta questa differenza» interviene il padre. «Il vino giovane frizza come il nostro De Sisti, quello vecchio migliora col tempo, come Giacomo Losi, *core de Roma*. L'avrete capito, tifo giallorosso. Il calcio mi piace e mi piace l'idea di vendere dei calciatori. E poi abito davanti a una scuola.»

«E quindi?» sollecita Umberto incuriosito.

«E quindi tutte le mattine vedo i bambinetti che hanno in mano quei cartoncini: li scambiano, li lanciano, ci giocano... Mio nipote è sempre qui a chiedermi le dieci lire per le bustine. Credo che Lavinia ci abbia visto giusto: questo è un buon affare. E mi piace l'idea di lasciarle un'attività che funziona. Non voglio che faccia la vinaia per tutta la vita. Io il gusto dell'avventura nuova ce l'ho ancora e anche la voglia di lavorare. Se serve vado a casa dei bambinetti e gli appiccico pure le figurine sull'album.»

I Panini si scambiano occhiate d'intesa: questo è l'entusiasmo che vanno cercando.

Annullano l'appuntamento con il vecchio distributore, cui spediranno presto una lettera di revoca dell'incarico, e vanno direttamente a cena in via Trilussa, dove assaggiano una carbonara fatta con tutti i sentimenti, servita direttamente in padelle di rame. Qui rifiniscono l'accordo commerciale e, chiacchierando, imbarcano un nuovo apostolo. Gino è in affari con il fratello Tazio, che gestisce una bottega di vini dalle parti di Macerata. Gli spedisce il vino dei Castelli da rivendere in zona. Anche Tazio Leoni è disposto a passare alle figurine.

Un altro rammendo nella rete. Il maestro Franco può cancellare il cerchio di carboncino sulle Marche.

I Panini smaltiscono la cena, non leggerissima, camminando lentamente verso il centro, godendosi i giochi delle ombre sulla pietra antica e il fascino della città eterna che regala una porzione di passato a ogni svolta.

«Com'è cambiata Roma da quando ci sono venuto per il Giubileo...» sospira Franco.

«Tutta l'Italia è cambiata» commenta Giuseppe.

«A Roma c'è la Dolce Vita. L'avete visto il film?» chiede Benito.

«*Mamèina* l'ha stroncato: una porcheria.»
«Perché lo dice la Democrazia cristiana.»
«Per me è un capolavoro, Fellini un genio e Mastroianni un attore da Oscar» sentenzia Franco.
«Io mi tengo l'Anitona» annuncia Benito. «Arriviamo fino alla Fontana di Trevi?»
«Vuoi farci il bagno come la Ekberg?»
«No, buttiamo una moneta dentro come i turisti. Porta fortuna.»
«Tra l'altro il distributore siciliano che vediamo domani alloggia all'Excelsior di via Veneto, che è un monumento della Dolce Vita. Ci ha dato appuntamento lì.»
«Deve avere le tasche piene, allora.»
«È un barone» risponde Franco.
«Nel senso che bara sui conti?»
«No, nel senso della nobiltà. Ma so poco altro. Solo che si chiama Accorsio Paternò, che vive a Palermo e che fa ottimi numeri in Sicilia.»
I Panini arrivano alla Fontana di Trevi.
Benito recupera una moneta dalla tasca, ma Giuseppe lo ferma: «Aspetta. Gettiamo una figurina invece dei soldi, così porta fortuna all'album».
«Ma galleggia...» fa notare Franco.
«Lasciamola galleggiare» sentenzia Giuseppe, ed estrae dalla giacca un mazzetto di calciatori tenuti insieme da un elastico.
«Te le sei portate dietro?» chiede Umberto.
«Anch'io» risponde Franco tirando fuori le sue.
«Anch'io» fa eco Benito.
Si guardano e scoppiano a ridere.
Ognuno dei tre fratelli fa volare una figurina nella fontana.
«Pellacce, visto che abbiamo le figurine, facciamoci una partita» propone Benito spostandosi verso una casa che si affaccia sulla piazza.
«Partita a cosa?» chiede Umberto.
«A muretto. Si schiaccia la figurina con il pollice contro il muro

e si stacca il dito di colpo in modo da farla volare. La figurina che cade su un'altra si porta via tutto il piatto.»

«Ok» approva il Vècio.

«Vi avverto, sono allenato. Non c'è partita» promette Benito.

Ognuno dà una parte di mazzetto a Umberto.

Benito fa volare la prima, Giuseppe la seconda che cade troppo vicino al muro, Franco sfiora quella di Tullio, Umberto vola troppo lontano, Benito plana sulla figurina di Uèllas.

«Gol! Ve l'avevo detto... Non c'è partita.»

Si avvicina un gruppetto di americani. Due uomini riprendono la partita con la cinepresa, una giovane donna chiede le regole del gioco. Franco, che conosce bene l'inglese, le risponde. Si fermano altri curiosi.

«Preso!» festeggia Umberto. «Benito, ti sei dimenticato che le mani di Biàtta possono fare di tutto...»

La partita si riduce a un accanito testa a testa tra i due. Il capannello degli spettatori s'ingrossa. Arrivano anche dei bambini del quartiere.

«Volete giocare?» chiede il Vècio. «Coraggio, prendete un mazzetto a testa.»

I bambini non se lo fanno ripetere.

La partita viene interrotta da un vigile urbano in giacca bianca: «È vostra quella cartaccia che galleggia nella fontana?».

«Non è cartaccia, sono figurine stampate a regola d'arte» precisa Peppino.

«Per me è cartaccia» ribadisce il vigile. «Se tutti vengono qua a buttare dentro qualcosa, la fontana diventa una discarica.»

«Ma questa fontana è famosa proprio perché tutti vengono qua a buttarci dentro qualcosa» fa notare Franco.

«Monetine, non cartaccia.»

Tullio perde la pazienza: «Ascolti, urbano, risolviamo subito il problema».

Si fa largo tra la folla dei curiosi, marcia a passo deciso fino alla fontana e ci entra con le scarpe e i pantaloni, con l'acqua che gli arriva a mezza coscia. Raccoglie le tre figurine galleggianti e se le mette in tasca.

Gli spettatori gli regalano una spettacolare ovazione. Piovono applausi anche dalle finestre. E lui risponde trionfante, sollevando le braccia e sorridendo come l'Anitona.

La Dolce Vita dei Panini.

Sfida a duello

Accorsio Paternò accoglie gli ospiti nel raffinato bar dell'Hotel Excelsior di via Veneto. Più dei baffi appuntiti e dei due vistosi anelli d'oro alla mano destra, stupisce la colazione che gli hanno appena servito: brioche farcita di gelato e bicchierino di vodka pura.

«Convengo che non è un menu convenzionale di primo mattino, ma io odio tutto ciò che è convenzionale» spiega Paternò. «Per dovere di nobiltà. Cosa posso offrirvi?»

«Quattro caffè molto convenzionali» risponde Umberto.

«Non le nascondo, barone, che il suo interesse per le nostre figurine, passione così popolare, infantile, ci ha sorpresi...» confessa Franco.

«Qui vi sbagliate, signori» ribatte il nobile. «Il calcio non è convenzionale, è nato come passatempo per aristocratici. Se poi conosceste la storia di Palermo, non vi meravigliereste affatto. Avrete sentito parlare del principe Raimondo Lanza di Trabia.»

«L'ho visto spesso sulle riviste della nostra edicola accanto a belle donne» risponde Benito.

«Gran viveur, il principe» conferma Paternò. «Le sue estati siciliane in compagnia di Errol Flynn sono rimaste leggendarie. Forse addirittura un flirt con Rita Hayworth. Lo sapete che è lui l'uomo in frac di Modugno? Raimondo è stato presidente del Palermo che nel gennaio del 1951 si è trovato addirittura al primo posto in Serie A. Amico di Gianni Agnelli, il principe voleva fare del Palermo la Juve del Sud. Ha comprato grandi giocatori come Bronée e Galli. Si sedeva all'hotel Gallia di Milano e trattava di persona con gli agenti dei calciatori. Quella poi è diventata la sede ufficiale del calciomercato. Lo ha inventato lui. E io faccio lo stesso. Compro e vendo calciatori. Sono di carta, ma cambia poco.»

«E lo fa molto bene, a giudicare dai dati di vendita» commenta Giuseppe.

«Potrei farlo molto meglio, senza le invasioni barbariche di un napoletano. È per questo che ho voluto incontrarvi a Roma.»

«Mimmo Giordano» dice a colpo sicuro Franco.

«Vi avviso che l'ho ufficialmente sfidato a duello. Cominciate a cercarvi un altro agente in Campania.»

«A duello? Non le sembra esagerato, barone?» commenta Benito. «Io sono impulsivo, ma anche lei non scherza.»

«Non si tratta di carattere, ma di onore» spiega il siciliano. «Per un nobile non c'è altro modo per difenderlo: ha fatto affari nel mio territorio, ha rubato guadagni che non gli spettano. Qualcuno deve spiegare a quel brigante che la Sicilia è indipendente da tempo, qui i Borboni non comandano più! Potrà scegliere l'arma.»

«Guardi, signor Paternò» prova a mediare Franco. «Noi stasera lo incontriamo a cena. Le garantisco che gli imporremo, per contratto, di restare nei confini della Campania. Per compensare il danno, le proponiamo di considerare l'area della Calabria. Gliela potremmo affidare, se ha qualche conoscente di fiducia che lavora bene come lei.»

Accorsio Paternò si affila il baffo destro, pensieroso, poi svuota il bicchierino di vodka in un sorso solo: «Questa soluzione potrebbe darmi soddisfazione. Al di là dello stretto, a Reggio Calabria, ho un giovane nipote che potrebbe fare al caso nostro. Diciamolo: di questi tempi i nobili hanno bisogno di lavorare o pranzano con posate d'argento e piatti vuoti».

Un altro rammendo nella rete.

I Panini si rimettono in viaggio e imboccano il tratto di autostrada Roma-Napoli inaugurato giusto un anno prima, nel settembre del 1962.

L'accoglienza dei Fulgeri è ancora una volta calda, come il sole del Meridione, soprattutto per Umberto che qui ci ha passato due anni.

Zio Armando lo affronta in posizione da lottatore: «Guarda che sono ancora in grado di metterti con la schiena a terra».

Biàtta si curva nella stessa posa, con le braccia avanti, e risponde: «Non ci riuscivi quando eri giovane...».

Si abbracciano forte.

«Funziona ancora la trippatrice?» chiede Umberto prima di abbracciare anche Claudio.

«Alla grande» risponde il cugino.

La più emozionata è Edda che si ritrova davanti quattro fratelli e, mentre li bacia, considera la capriola che ha fatto la vita. Nel periodo più difficile per la famiglia Panini, dopo la morte del padre, con la madre che lavorava all'Accademia Militare, lei era la *rezdóra* di casa, combatteva la fame con un pugno di fagioli in una pentola d'acqua, faceva bastare un finocchio per otto fratelli, bolliva le patate che facevano infuriare Benito. Ora i quattro fratelli che sta baciando sono imprenditori di successo, hanno milioni in banca e un nuovo stabilimento in costruzione.

Umberto si era presentato con una valigia e un berretto di carta in testa in cerca di lavoro, ora è tornato insieme ai suoi fratelli per offrire lavoro a tutti.

Come spiega Giuseppe durante il pranzo: «Ripeto quello che ho scritto in cento lettere spedite in Venezuela: l'America l'abbiamo trovata noi. Edda, Loreno, se volete tornare a Modena, come ha fatto Umberto, c'è lavoro per tutti. Lavoro sicuro che crescerà. Ed è lavoro di famiglia. Potete anche abitare in uno degli appartamenti che stiamo costruendo nella palazzina degli uffici. Edda, staresti accanto a quello della mamma. Abbiamo fatto come voi a Maddaloni con la mortadella: abbiamo venduto bene un prodotto che prima non c'era. Claudio, se vuoi passare dagli insaccati alle imbustate, il posto in squadra c'è... Posso affidarti una regione intera, la Puglia, che non è lontana da casa. Dovrai gestire la distribuzione delle figurine in tutta la regione. Ti organizzi come vuoi, ti fai la tua squadra. Pensaci».

«Neanche Federico II aveva un potere del genere in Puglia» aggiunge Franco.

«Però dovrai rinunciare al regno della trippa» lo avverte Biàtta.

Dopo pranzo, i fratelli raggiungono Napoli.

Hanno prenotato un albergo alla Riviera di Chiaia, non lontano dal borgo dei pescatori di Castel dell'Ovo dove Mimmo Giordano ha fissato la cena. Prendono possesso delle camere. Si rinfrescano, si rilassano.

Manca un'ora all'appuntamento con il distributore. Decidono per una passeggiata sul lungomare, anche se il via vai frenetico di nuvole nere, con rari squarci di azzurro, promette scherzi. Infatti vengono sorpresi da uno scroscio improvviso.

Si riparano di corsa sotto la tenda di un ristorante.

«Guardate» indica Benito.

I fratelli osservano in silenzio.

Dalle bustine Panini, accartocciate davanti all'edicola vicina, è partito un rigagnolo rosso che attraversa il marciapiede in discesa e cade in strada.

«Sanguinano» annuncia Peppino.

«C'entra san Gennaro?» domanda Biàtta.

«È l'anilina delle bustine, solubile nell'acqua» spiega il maestro Franco.

«No, è sangue» insiste il Vècio, solenne. «Le nostre figurine sono vive.»

Naturalmente, l'ingresso in scena di Tony Renis, nella hall dell'hotel dei Panini, è teatrale e chiassoso. Urla, pacche, abbracci, sorrisi...

Mimmo Giordano cambia umore quando si accomodano al bar dell'albergo e Franco introduce il tema Paternò.

«Ma lo sapete che mi ha sfidato a duello?» chiede il napoletano.

«Sì, ce lo ha detto» risponde Benito. «Devi scegliere l'arma.»

«Già scelta. Gli sparo in fronte.»

«Stai buono, Mimmo...» ribatte il Vècio.

«Sapete cosa diciamo quando qualcuno si dà troppe arie?» chiede il distributore. «*Simm' tutte purtualle...* Siamo tutti arance di Palermo... Perché un giorno delle arance siciliane caddero da un carretto, finirono nella fogna e si sentivano migliori delle altre. *Ma sempe dint' a chiavica steveno!*»

«Mimmo, c'è lavoro per tutti, senza bisogno di pestarsi i piedi, e ce ne sarà sempre di più» conclude Peppino.

«Lascia in pace la Sicilia, che ti comporta anche spese di viaggio, e prenditi la Basilicata» propone Franco. «Te la diamo in concessione. Una regione tutta tua, vicino a casa.»

Tony Renis si placa: «*Vabbuò*, amici, mi prendo la Basilicata, la Val d'Aosta e pure l'Alto Adige... Tutto quello che volete voi, l'importante e che *nun ce facimmo 'o sang' amaro* e roviniamo la festa che vi ho apparecchiato. L'hai portata la fisarmonica, Peppino?».

«Naturale» risponde il Vècio.

«Allora andiamo al ristorante» esorta Giordano. «Ho invitato due amici che ci stanno aspettando. *Jamme, guagliu'...*»

"Due amici" significa una tavolata matrimoniale da una cinquantina di persone, molte ragazze giovani e allegre.

Il Vècio si sente in dovere di dirlo: «Vi ricordo che siamo sposati, Pellacce».

Giuseppe e Umberto sono nati per cantare, suonare e far baracca. Il loro talento di mattatori, a contatto con l'esuberanza di Mimmo e l'allegria dei suoi amici napoletani, è fiamma sul gas: esplode una serata indimenticabile, anche per le generose portate di pesce. La giusta festa per la missione al Sud che sta riuscendo nel migliore dei modi, di rammendo in rammendo. Franco ha piantato bandierine in quasi tutti i posti scoperti, cerchiati dal carboncino.

Sono passate le due quando rientrano in albergo.

L'uomo della reception chiede proprio di Franco Panini.

«Sono io.»

«Sua moglie ha lasciato un messaggio, dice di chiamarla appena può» riferisce l'impiegato.

Franco si fa passare la linea in cabina. I fratelli gli rivolgono sguardi preoccupati.

Franco esce dalla cabina e cerca gli occhi di Benito: «L'Antonella non è stata bene».

«Perché non ha chiamato la Lena?» chiede subito Tullio.

«Perché è in ospedale» spiega Franco.

«È morta?» domanda Benito squarciato da un presentimento.

«No» risponde troppo in fretta Franco. «Ha avuto la febbre alta, la Lena l'ha portata in ospedale. C'è là anche la Tina. I dottori la stanno curando.»

«Prendiamo la roba e troviamoci giù tra dieci minuti» ordina il Vècio.

«Non è meglio se dormiamo un paio d'ore?» consiglia Umberto. «Abbiamo bevuto, siamo stanchi. Riposiamo un po' e recuperiamo per strada.»

«Partiamo subito. Guido io» decide Benito che ha i pugni chiusi e lo sguardo fisso.

A bordo della Millecento grigia non parla nessuno. Solo Giuseppe dice due volte: «Piano, Ben».

All'altezza di Frosinone, arriva un ticchettio dal motore.

«Rallenta e accosta, Ben» consiglia subito Umberto. «Se vai avanti, è peggio. Spacchi tutto.»

«Cos'è?» chiede Franco.

«La cinghia di trasmissione, temo.»

Benito tira una manata al volante, rallenta, accosta e spegne l'auto.

Umberto apre il cofano e conferma: «Sì, è danneggiata la cinghia».

«Puoi aggiustarla?» chiede Benito.

«No, va cambiata.»

«Non possiamo proseguire fino a un distributore o a un'officina?» domanda Franco.

«Valvole e pistoni andrebbero a sbattere e si spaccherebbero anche loro» spiega Umberto.

Benito tira un calcione a una ruota, poi si schiaccia le tempie con i palmi delle mani, come per contenere il dolore che gliele sta facendo esplodere.

«Cosa facciamo?»

«Sono le 5, ora non possiamo fare niente» risponde Umberto. «Andrò a comprare una cinghia e la sostituisco io, così non perdiamo tempo con il trasporto in officina e la riparazione. Tra poco aprono i bar e proviamo a telefonare a casa.»

«Vieni in macchina a riposare un po', Ben» suggerisce Giuseppe. «Fa freddo fuori.»

Benito si è seduto contro un paracarro, non risponde e non si muove. Franco prende un giubbotto dall'auto e glielo mette sulle spalle. Si siede accanto. Arrivano anche Umberto e Giuseppe. I quattro Panini sono seduti a terra, vicini, sotto un cielo buio, in un silenzio squarciato ogni tanto dalla coltellata di un'auto in transito.

Poco prima delle 6, Benito si alza: «Vado a telefonare».

Franco lo accompagna, Umberto va a cercare un'officina. S'incamminano verso le case. Giuseppe resta a guardia dell'auto.

Trovano un bar aperto, con l'insegna gialla del telefono pubblico. Una donna sta portando fuori un tavolino. Indica la cabina all'interno.

«Chiamo l'Emilia. La Lena sarà ancora in ospedale» propone Franco.

Ma Tullio fa il numero di casa lo stesso.

Gli risponde la moglie che singhiozza: «Ben... Ben... Ben... Non c'è più... Non c'è più...».

Benito lascia cadere la cornetta senza riappenderla all'apparecchio.

Lo fa Franco che paga la telefonata, esce e trova Benito a terra, accovacciato su un fianco, con le gambe raccolte. Un bozzolo di dolore che piange silenziosamente.

Umberto cambia la cinghia di trasmissione e si mette al volante.

Arrivano a Modena a metà pomeriggio. La Millecento raggiunge il portone di casa proprio mentre gli addetti dell'agenzia funebre lo stanno incorniciando di nero. Benito vede il lutto prima di aver visto sua figlia. È questo che lo scatena.

Smonta dall'auto che non si è ancora fermata e si avventa sui drappi strappandoli via con rabbia e rovesciando il tavolino con il quaderno delle firme.

«Che fretta avete? Che fretta avete?» urla agli uomini in nero che si allontanano. «*Brotta impestèda...*»

Una deficienza immunitaria congenita. Insospettata e fulminante. Alle sei del pomeriggio Antonella bruciava per la febbre, a mezzanotte era già fredda in ospedale, senza vita.

Nascere, crescere, innamorarsi: tutto è sempre stato difficile per Benito. Una guerra senza licenze. Antonellina, venuta al mondo con tanta facilità, così bella, così serena, così affettuosa, era parsa una liberazione e invece ora Benito sa che è stato soltanto un armistizio di diciassette mesi e che alle spalle avrà sempre e comunque uno sfondo nero. Come la formazione dell'Udinese.

TERZA PARTE

Pizzaballa

Umberto, dopo aver applicato il motore alle zangole che mescolano le figurine, attacca il problema delle bustine.

Con la distribuzione e il fatturato che raddoppiano a ogni collezione, non sono più sopportabili i ritardi del sacchettificio bolognese e soprattutto i ritmi lenti di produzione. Umberto ha fatto acquistare una macchina tedesca, la Windmueller Matador, che può sfornare fino a cinquecentomila bustine al giorno.

Gli è piaciuto subito quel mezzo nome spagnolo che lo riporta ai giorni eroici del Venezuela, ma la nuova macchina gli sembra pigra come gli operai romani di Fuffo. La Panini ha bisogno di un milione di bustine al giorno, almeno. Perciò ci ha messo mano e le ha tirato il collo fino a raddoppiare la produzione. Ci fosse una Norimberga delle macchine da lavoro, Umberto probabilmente finirebbe alla sbarra.

Un giorno sono capitati a Modena i tecnici della Windmueller, in visita clienti, hanno studiato le modifiche apportate da Umberto e le hanno inserite a catalogo. I tedeschi che imparano a produrre di più dagli italiani: una rivoluzione...

Il problema successivo è stato quello della collocazione. Dove piazzarla? Perché lo stabilimento di viale Emilio Po non è ancora pronto.

I Panini hanno affittato una specie di deposito a cielo aperto, non lontano dal cantiere. Umberto ha prolungato la tettoia di lamiere in modo che potesse riparare la Matador dalle intemperie e ogni giorno fa la spola con un vecchio furgoncino per trasportare le bustine nell'agenzia di via Castelmaraldo.

Eccolo che imbocca la via Emilia Ovest con un carico di cartoni che sembra un gioco di equilibrio. Proprio davanti alla Caserma Campale, l'auto che lo precede inchioda senza motivo. Umberto, che procedeva a buona andatura, è costretto a fare altrettanto e la costruzione di scatoloni si sbriciola. Sulla carreggiata si rovescia una cascata di bustine bianche e rosse, molte si appiccicano all'asfalto bagnato, altre turbinano nell'aria perché tira un vento freddo di primavera.

«*Puta madre...*» smoccola Umberto, come ai tempi del Varadero, davanti al tappeto di carta che ricopre la via Emilia.

Inutile affannarsi a raccoglierle, quelle uscite dagli scatoloni sono ormai anime perse. Carta straccia.

Tre ragazzini, che hanno assistito alla scena da lontano, piombano di corsa e cominciano a tirare zampate per aria. La manna dal cielo... Ma in pochi secondi i loro occhi si riempiono di delusione e diventano giovani pescatori di perle con i gusci in mano.

«Sono vuote...» si arrende il più grande.

«Se mi aiutate a togliere gli scatoloni dalla strada, ve ne do un po' di quelle piene» patteggia Biàtta.

«Le fai tu le fifi? Sei un Panini?» chiede il secondo.

«Sì, sono un Panini» conferma Umberto che, con l'aiuto dei ragazzini, libera la carreggiata dagli scatoloni.

«Però ci dai anche Pizzaballa» tratta il terzo, a lavoro fatto.

«Perché proprio Pizzaballa?»

«Perché non lo trova nessuno. Manca a tutti.»

«Ve l'ho detto: non l'hanno mai stampato» spiega il più grande. «È un trucco. Così uno non finisce mai l'album e continua a comprare figurine...»

«Questo non è vero» assicura Umberto con un tono severo da genitore. «Noi stampiamo lo stesso numero di figurine per tutti i calciatori dell'album. Te lo posso giurare sui miei figli. Venite domani pomeriggio nella nostra sede di via Castelmaraldo che vi regalo un po' di bustine.»

«A che numero?» chiede il secondo.

«Via Castelmaraldo 32» risponde Biàtta.

«Ci dai anche Pizzaballa?» domanda il primo.

«Le bustine sono chiuse, non posso sapere cosa ci troverete dentro» spiega Umberto.

«Lo vedete? Pizzaballa non esiste...» deduce il terzo, con l'amarezza di un saggio che ne ha viste troppe.

Umberto rientra alla Panini.

Sulla soglia trova Giuseppe che lo accoglie con un'espressione preoccupata: «Cosa è successo?».

«Si è ribaltato il carico in via Emilia» risponde il fratello. «Come fai a saperlo? Ce l'ho scritto in fronte?»

«No, ha telefonato la polizia» spiega Giuseppe. «Stanno ricevendo un sacco di chiamate. Pare che piovano bustine su tutta Modena.»

«Quando avremo la nostra imbustatrice nei capannoni di viale Po, non pioveranno più.»

«A che punto sei?» chiede Franco.

«Ho in testa la Bestia. La sto tirando fuori. Ci lavoro notte e giorno» risponde Umberto. «Avete sentito qualcosa a proposito della figurina di Pizzaballa, il portiere dell'Atalanta?»

«Pizzaballa?» domanda Veronica. «Non mi chiedono altro...»

«Cioè?» domanda Umberto.

«Leggi qua...» suggerisce la Chicca spingendo avanti alcune lettere con calligrafia da bambino. «Pizzaballa, Pizzaballa, Pizzaballa... Non lo trovano nelle bustine e spediscono i francobolli per farselo mandare a casa. Scrivono o telefonano. Alla prima telefonata, ho messo giù. Pensavo che avessero sbagliato numero e cercassero una pizzeria.»

«Abbiamo anche noi un Feroce Saladino, allora» deduce Franco.

«*Ma cum'él posìbil?*» domanda Giuseppe, perplesso.

«È semplice. Quando il fotografo è andato a fare le foto all'Atalanta, Pizzaballa non c'era perché infortunato» spiega Benito. «La figurina è stata stampata con mesi di ritardo e sta entrando in commercio solo ora. L'hanno trovata in pochi.»

Umberto studia il mazzetto dei Pizzaballa sulla scrivania. Veronica li infilerà nelle varie buste, annoterà l'indirizzo e li spedirà in ogni angolo d'Italia.

Il bergamasco Pierluigi Pizzaballa, portiere di riserva dell'Atalanta 1963-64, è un bel ragazzo di venticinque anni, dai capelli corti e castani. Il sole gli illumina la parte sinistra del viso e gli lascia in ombra quella destra. Sembra una luna. Indossa una maglia nera, con il colletto azzurro e lo stemma tricolore della Coppa Italia, vinta nella stagione precedente. Di questo trofeo va particolarmente fiero perché è il primo nella storia del club e, soprattutto, perché la vittoriosa finale contro il Torino a San Siro l'ha giocata lui e non il titolare Cometti.

Pizzaballa è diventato portiere per forza, i fratelli più grandi lo costringevano a stare tra i pali e lo prendevano a pallonate. All'inizio si copriva la faccia, alla fine la palla gli restava incollata alle mani. Ha fatto il garzone nella drogheria di Verdello e ora ha una casella tutta sua sull'album Panini che sembra la locandina "wanted" dei film western. I bambini gli hanno messo sulla testa una grossa taglia di doppioni, ma nessuno riesce a trovarlo.

Il giorno seguente i tre ragazzi vengono a riscuotere la ricompensa. Umberto regala loro una ventina di bustine a testa. Ringraziano sorpresi da tanta generosità, con occhi da mattina di Natale.

Biàtta li lascia allontanare tatticamente, poi li richiama: «Dimenticavo queste...».

E allunga tre Pizzaballa.

«Lo vedi che esiste?» domanda al più grande dei tre, il vecchio saggio.

Nuovo orizzonte

La pagina introduttiva dell'album *Calciatori 1965-66* riporta le tre solite cellette d'alveare che contengono le lettere E, P, M: Edizioni Panini Modena. Ma, sotto la scritta, scorre un nuovo indirizzo: viale Emilio Po, 380.

Le figurine, finalmente, hanno trovato una casa tutta loro. I lavori al cantiere sono finiti. Questa è la prima collezione uscita dalle mura di proprietà dei fratelli Panini. La palazzina gialla dell'ingresso ospita gli uffici e, al terzo piano, l'appartamento di Olga, stretto tra quelli di Edda e di Giuseppe.

Benito è sceso a Maddaloni con un furgone Volkswagen, ha caricato sorella, cognato, bagagli e li ha portati via per sempre dal regno delle mortadelle. C'è troppo da fare in quello delle figurine. Il viaggio di ritorno al Nord è stato un'odissea perché si sono rotti i freni e Tullio ha attrezzato un sistema di fortuna. Ogni volta che doveva rallentare, tirava i cavi con una chiave inglese.

Loreno si occupa del magazzino e lavora nell'officina di Umberto, Edda sbriga mansioni di segreteria e raccoglie i francobolli che spediscono i collezionisti per avere in cambio le figurine mancanti. Si aggiunge spesso anche Olga che per anni ha messo ad asciugare francobolli tra le pagine di un giornale, con un berretto da baseball in testa, sotto la luce di una lampada. Quei quadratini, che erano cerotti sulla pelle di una antica miseria, sono diventati il marchio di una nuova ricchezza.

Sulla testa, più spesso, ora tiene un cappellaccio di paglia perché la Casarèina ha preteso dai figli un fazzoletto di terra, all'ingresso, davanti alla palazzina gialla, da coltivare a orto, cui bada ogni giorno. Non è solo un passatempo e un ricavo di verdura, è anche un modo per ricordare ai figli da dove sono venuti, dalla terra, che richiede cura e pazienza, perché le zucchine non escono in serie dalla Windmueller Matador. I valori di un tempo, come la fatica e il risparmio, che hanno traghettato la famiglia attraverso i secoli, restano vivi, anche se ora zampillano i milioni.

Veronica risponde alle lettere e dirige la sezione premi, cioè i regali da recapitare in cambio di "valide". Se serve, Maria rifornisce qualche rivenditore rimasto senza bustine. L'Emilia, la moglie di Franco, aiuta nel tempo libero come faceva già in via Castelmaraldo. Ha scoperto di essere incinta di Silvia, la secondogenita, in un pomeriggio di grande stanchezza, si era addormentata mentre imbustava figurine.

La Chicca si è imposta un impegno supplementare: annotare i nomi più strani dei collezionisti che scrivono per chiedere le mancanti: Melalavo Domenica, Russo Felice, Manno Assunto, Maddio Santo, Tromba Daria...

Ogni volta che s'imbatte in una perla, la legge subito a voce alta per divertire sorelle e cognate. In questo operoso alveare di sorelle e di cognate – nella nuova palazzina gialla di viale Emilio Po, così come nell'officina meccanica di Umberto e, in genere, in tutta la Panini – regna una leggera allegria da ubriacamento, la composta eccitazione di naviganti che hanno preso serenamente il largo, con il vento nelle vele, dopo la burrasca.

Alle spalle della palazzina gialla dell'ingresso, sfilano in serie i capannoni dai tetti appuntiti che sembrano per davvero una flotta di velieri. Caravelle di conquistatori d'altri tempi, salpate per occupare terre nuove, in cambio di immaginette colorate.

Negli ampi cortili di viale Po arrivano di continuo camion e rimorchi che ripartono carichi di figurine.

L'Italia, da cima a fondo, è ormai un campo giochi di bambini che si scambiano le doppie, si sfidano a "battino" o "contromuro" e pennellano coccoina alle mandorle sulla schiena dei calciatori, come fosse Vicks VapoRub, prima di metterli a dormire in album che si gonfiano sempre di più. "Fisarmoniche" li chiama il Vècio.

La consapevolezza di questa felice conquista, ormai definitiva, anima la lettera che i quattro fratelli firmano, rigorosamente in ordine di nascita (Giuseppe, Benito, Umberto, Franco), sul retro della copertina:

> Cari amici, il grande interesse suscitato da questa raccolta, sempre maggiore ogni anno che passa, e le centinaia di migliaia di lettere ricevute da ogni parte d'Italia, costituiscono il migliore apprezzamento alle nostre fatiche e motivo di viva soddisfazione per noi e per i nostri collaboratori. Non vi sono parole per ringraziare tutti voi per il magnifico apporto dato alle nostre iniziative.

Il testo della lettera gira attorno a una foto in bianco e nero che ritrae Gianni Rivera e alcuni giocatori del Milan davanti a Giuseppe Panini. In mezzo, stesi su un tavolino, ci sono fogli di figurine, ancora da tagliare, freschi di stampa. Il Golden Boy, in prima fila, ne segnala una con l'indice della mano destra. Sta parlando. Il Vècio lo ascolta sorridendo.

Il giovane Rivera era uno dei segni della Nannina che convinsero Giuseppe a tuffarsi nell'avventura delle collezioni di calciatori, quando aveva ancora addosso i lividi per le cambiali dei fiori. Ora il segno è lì, davanti a lui, in carne e ossa, al centro di uno stabilimento nuovo, costruito grazie ai milioni di figurine vendute. Nella memoria è diventato buono anche il profumo del frangipani, quasi come quello della coccoina alle mandorle.

Racconta la didascalia della foto:

"Il giovane fuoriclasse del calcio italiano ha compiuto una graditissima visita nel nostro nuovo stabilimento editoriale, dimostrando vivissimo interesse per tutta la nostra organizzazione e, in particolare, per il reparto grafico. Eccolo ripreso mentre osserva un foglio di figurine appena uscito dalla stampa. Fino a pochi anni orsono anch'egli era un appassionato collezionista di figurine e tutt'ora conserva un caro ricordo delle ore liete e spensierate trascorse in loro compagnia. Ora ben altri compiti lo attendono e si può star certi che li assolverà con il consueto impegno. Siamo altrettanto onorati di poter annoverare tra i nostri amici questo simpatico atleta, il quale, alle indiscusse qualità di grande campione, unisce doti di serietà professionale e di equilibrio tali da costituire chiaro esempio per tutti i giovani che intendono dedicarsi al gioco del calcio."

I fratelli Panini non ingannano i bambini con dei Feroci Saladini, garantiscono la fine dell'album grazie al servizio "mancanti" e indicano buoni esempi da seguire come il giovane Gianni Rivera: un messaggio rassicurante in più per le famiglie.

Il Golden Boy indossa una camicia bianca dalle maniche rimboccate e di una misura di troppo probabilmente, perché casca sulle spalle e si affloscia sul petto. Sembra ancora più Abatino di quanto lo veda Gianni Brera.

La camicia bianca e i pantaloni chiari di Giuseppe invece non fanno sconti. Fasciano una pancia che si è gonfiata parallelamente al fatturato, una delle metafore migliori del boom economico di casa Panini.

«Dev'essere colpa dell'osso che hai nella schiena, Vècio» gli ha detto un giorno Umberto. «Sei diventato il vitello grasso.»

I fratelli hanno mantenuto, più o meno, la loro costituzione fisica. Umberto è rimasto l'atletico meccanico sbarcato a La Guaira. La stempiatura di Benito ha guadagnato terreno ma, per il resto, gli anni sono stati rispettosi. L'età ha reso addirittura più affascinanti i lineamenti eleganti e i riccioli corti di Franco, il più piccolo. Solo Giuseppe si è appesantito, diventando ancora di più il totem di famiglia, il maggiore per età, carisma e dimensioni; la colonna portante che ha sorretto la casa dopo la morte di Antonio; il bisonte che, a forza di caricare, ha sfondato il futuro e trovato l'oro inventando un mestiere che non c'era.

Il Capo.

Il Capo ha convocato i tre fratelli da Fini in corso Canalchiaro, il ristorante dei signori, per festeggiare solennemente il primo album uscito dallo stabilimento nuovo.

«Come Ingrid Bergman» ha precisato.

Nel pistolotto introduttivo, in attesa degli antipasti, il Vècio riassume il senso della serata e della storia: «Ora a Modena ci sono tre F: Ferrari, Fini e Figurine. Ve lo dicevo che ce l'avremmo fatta. L'edicola ha preso il volo come il Bleriot che guidava nostro padre. Abbiamo usato la testa, non abbiamo padroni. Chi comanda?».

«I Panini!» urlano i fratelli, come ai tempi della colonia fluviale sul Panaro, sollevando bicchieri di bollicine e qualche sguardo indignato.

«Ferrari però vende auto in America e i tortellini Fini viaggiano ovunque. Dobbiamo seguirli anche lì» precisa Franco, posando il calice e, insieme, la leggerezza del brindisi.

Ha introdotto la discussione della cena.

«All'estero?» chiede Giuseppe.

«All'estero. Noi non siamo arrivati, siamo solo partiti. Dobbiamo costruirci una rete come abbiamo fatto in Italia.»

«Stavolta però non possiamo salire in auto e tirare dritto fino a New York» fa notare Umberto.

«No, ma il principio resta lo stesso: individuare gente fidata che conosciamo di persona e che abbia la passione di Mimmo Giordano» spiega Franco. «Partiamo dalle conoscenze che abbiamo, poi chiediamo in giro, ci informiamo da amici che lavorano all'estero, contattiamo possibili collaboratori, andiamo a trovarli... Invece della Millecento prenderemo l'aereo. Io qualche amo l'ho già buttato.»

«Cioè?» chiede il Vècio.

«Quest'estate, a Gabicce, abbiamo conosciuto una famiglia inglese. Erano nostri vicini d'ombrellone. Simpatici. Lui è un uomo d'affari, gli ho parlato delle figurine. Era interessato. Ho delle idee anche per il Belgio e la Germania. Ci serve gente del posto che conosca le leggi di quel Paese, e soprattutto le autorità, per trattare licenze e permessi vari. Professionisti che abbiano sotto controllo il mercato, per organizzare la distribuzione e fare accordi con altre aziende.»

«Dovrai insegnarci a tutti l'inglese...»

«Più che altro dovremo assumere dirigenti che lo parlino e che abbiano lavorato all'estero. Siamo stati promossi in Serie A, non possiamo mantenere la stessa struttura di quando giocavamo in C. Se vogliamo fare il salto, non ci basta più riempire di meccanici l'officina di Umberto, dobbiamo contare su una squadra di esperti in amministrazione, licenze, diritti...»

«Però se pensi di stampare un album per ogni nazione che c'è al mondo, gli operai in tuta dovranno essere sempre di più degli impiegati in giacca e cravatta» precisa Umberto con un certo orgoglio di casta.

«Lo spazio nei capannoni non manca. Ho fatto due conti. Ci stanno le macchine che servono per rifornire tutta Europa. Dobbiamo darci un orizzonte: Messico '70. Quest'estate si giocherà in Inghilterra. Tra quattro anni dovremo esserci anche noi. Penso a un album con tutti i giocatori che parteciperanno alla prossima Coppa del Mondo. Se stampiamo le didascalie in più lingue, possiamo fare un retro solo della figurina, ridurre i costi e venderle in tutte le nazioni. Vorrei fare un salto in Inghilterra per il Mondiale. Ho degli amici a Londra. Guardo qualche partita e intanto provo a prendere contatto con la federazione internazionale. Comincio a capire come funziona la questione dei diritti per le figurine.»

Giuseppe ripensa d'istinto all'album del Mondiale '58, quello con Pelé e Liedholm, stampato dalla Nannina. Un altro segno. Perciò concorda: «Bravo, Franco. Abbiamo fatto bene a farti studiare... Aveva ragione il Drake: da seduti non si fa niente. Andiamo alla conquista del mondo. Venderemo più figurine che Ferrari. Sempre che Biàtta ci faccia avere la sua imbustatrice magica...».

È qui che Umberto fa scattare l'annuncio: «La Bestia è pronta».

A notte fonda, in una deserta piazza Grande, dove i comunisti bruciavano i giornali della Olga, i fratelli Panini, allegri di Lambrusco, fanno volare le figurine e si giocano la rivincita della Fontana di Trevi.

L'introduzione alla collezione *Calciatori 1965-66* contiene un'informazione ai lettori, intitolata "La casella n. 12".

Sfogliando l'album qualcuno si stupirà di trovare 12 caselle numerate anziché le solite 11 di cui si compone una squadra di calcio. La novità è dovuta al fatto che, provvisoriamente per questo campionato, i giocatori che scendono in campo sono 12, essendo consentita la sostituzione del portiere in qualsiasi momento e per qualsiasi motivo.

Nella pagina dell'Atalanta, Pierluigi Pizzaballa ha i capelli molto più corti. Questa volta occupa la casella del portiere titolare, mentre il collega Zaccaria Cometti è retrocesso in quella del secondo portiere. Pizzaballa è entrato anche nel giro della Nazionale, eppure sorrideva molto di più nella collezione precedente.

Forse comincia a sospettare che la gloria non vale la sensazione di libertà che gli dava la sua condizione unica di introvabile.

La Fifimatic

Gino Fagnani, detto Lupo, arresta il furgone davanti all'ingresso dei capannoni Panini. È rientrato dal giro di consegna delle figurine da imbustare. Comincia a scaricare le padelle di plastica che le contenevano. Sono davvero tante. Una montagna gialla.

Svuotato il camioncino, Lupo va a bere un sorso d'acqua alla fontanella del cortile, poi entra in fabbrica a recuperare altre padelle di figurine per un secondo giro nelle case di Modena.

Esce dal capannone e si ritrova davanti la sorpresa: tutte le padelle sono tornate sul furgone. La montagna gialla è ancora al suo posto.

"Eppure sono sicuro di avere scaricato tutto..." si dice Gino che però tanto sicuro non è.

È il primo a sapere di avere la testa un po' così, ogni tanto s'ingrippa, gli va giù la catena e i pensieri si riempiono di confusione, come la nebbia quando scende sui campi. E quei maledetti colleghi ci giocano... Un giorno Umberto, che scherza anche mentre russa, lo ha mandato in farmacia a comprare le pastiglie dei freni. Il farmacista, con ammirevole compostezza professionale, gli ha chiesto: «Colpi di tosse nel motore?».

Lupo è tornato ululando furibondo: «Non le vendono le pastiglie dei freni in farmacia!», e ha rincorso tutti quelli che ridevano.

"Forse ho solo immaginato di aver scaricato il furgone, ma in realtà devo ancora farlo" si convince Fagnani che si guarda attorno nella speranza di trovare qualche testimone che glielo confermi. Ma il cortile è deserto.

Allora si rassegna a scaricare le padelle, una dopo l'altra.

Appena rientra nel capannone, Umberto e i suoi meccanici, che si erano nascosti in ogni angolo, spuntano come tigrotti di Mompracem dalla foresta e in tre minuti ricompongono la montagna gialla.

Questa volta il fattorino non ha più dubbi. Può anche essergli andata giù la catena una volta, ma due di fila no... Imbraccia un badile e si aggira per il cortile con i passi lenti e circospetti di un cacciatore.

Dal parcheggio delle biciclette sbucano Umberto e Jaures con le mani in tasca e l'indifferenza degli innocenti.

«Ciao, Gino. *Vót 'na man a scarghèr?*» chiede Biàtta.

Lupo carica con il badile e stana tutti gli operai nascosti in cortile: «Brutti figli di...».

Portano nomi e soprannomi da battaglia: Jaures, Carles, Wainer, Popi, Urbano, Lupo, il Gigante... Hanno eternamente le mani sporche e la tuta azzurra addosso con la lampo bianca che gli taglia la pancia come una cicatrice. Sono per davvero i tigrotti di Umberto, un esercito raccolto tra parenti e amici fidati. C'è Vasco, il marito di Maria Napoleon, strappato alla Maserati; Loreno, l'uomo della Edda strappato alle trippe; c'è Ivano, caporeparto, incazzoso come un puma, figlio di un bottegaio; doveva esserci anche Mario, il Rock Hudson della Dolores, che aveva già accettato la proposta di Benito, ma poi ha messo incinta una di Massa e la sua presenza è diventata inopportuna.

Sono meccanici, elettricisti, idraulici, sanno fare di tutto e fanno di tutto alla Panini: aggiustano motori, costruiscono macchine, scale e impianti, si occupano del riscaldamento, dei serramenti, dei pannelli per assorbire i rumori delle stampanti.

«Se vogliamo, in una notte smontiamo la Torre Eiffel e la rimontiamo in piazza Grande» li carica Umberto, che dal mattino alla sera indossa la loro stessa pelle azzurra, con la cicatrice bianca sulla pancia, e si è costruito una squadra di lavoro che è una macchina da guerra. Come ai tempi del Varadero, solo che adesso è lui l'indio Eleazar, il grande capo. Ha perfino un trono al centro dell'officina che in realtà è una poltrona da barbiere. L'ha fatta trasferire Franco Sabatini quando è stato assunto nel reparto incarto-busta. In qualsiasi ora della giornata, chiunque ne abbia bisogno si accomoda sulla poltrona girevole e "Franco al Barber" accorre con le forbici. Gli portano anche i bambini che in genere fanno resistenza. Per convincerli promette "un millino".

Il barbiere al lavoro trasforma ancora di più l'officina in un villaggio di guerriglieri, un piccolo esercito che si è cementato in fretta nella condivisione di fabbrica, ma ancora di più attraverso i piccoli riti dettati dallo spirito *spanizzo* di Umberto, che non costringerà mai nessuno a spiluccare un panino nei cessi, come fanno alla Maserati. Infatti, a metà mattinata, scatta la pausa spuntino.

Il Gigante, cioè Giancarlo Tedeschini, alto un metro e mezzo, sa cosa deve fare. S'intrufola nello sgabuzzino in cui Giuseppe conserva le casse di champagne ricevute in dono dai fornitori per Natale. L'omaggio annuale al presidente della Panini.

E così i tigrotti di Biàtta pasteggiano da signori: prosciutto, gnocco fritto e bollicine francesi. Quando la bottiglia è vuota, il Gigante va a riporla nella cassetta di legno, dove l'ha pescata, con tanto di turacciolo e gabbietta di ferro sopra. Il Vècio troverà le bottiglie immacolate, ma piene d'acqua.

È a quest'ora, più o meno, che si compie un altro rito: la passeggiata fatale dell'Adonella, telefonista di Fossalta. Potrebbe raggiungere il cortile per fumarsi la sigaretta della pausa direttamente dalla palazzina gialla, ma preferisce arrivarci attraversando il capannone della produzione per portarsi dietro gli occhi di tutti, come topolini: torvi quelli delle operaie, dilatati quelli degli uomini. Una passeggiata da diva, legittimata da un paio di apparizioni in un fotoromanzo della Lancio, anche se da comparsa, sullo sfondo dei protagonisti.

Adonella ha trentacinque anni, due figli, un marito che gestisce un'armeria nel centro di Modena, le unghie rosse, una predilezione per gli stivali di pelle e un seno generoso che non si affanna a nascondere.

Popi, vent'anni, il tigrotto più giovane, chitarrista dei Randagi, le dà i voti a ogni sfilata, come fosse Miss Italia. Tiene nella tasca della tuta azzurra quattro figurine: Mazzola che vale 8, un vecchio Charles juventino che vale 9 e il giovane Rivera della collezione '61-62 che vale 10. Sotto l'8 non scende per principio. Anzi, ha aggiunto al mazzetto il bolognese Pascutti che ha l'11 sulla maglia.

Ogni mattina, all'ora dello gnocco fritto, è battaglia, perché i colleghi lo provocano e lo sfottono.

Magari il Gigante butta lì: «Oggi non più di Mazzola... Guarda che faccia sbattuta...».

E Carles carica: «C'ha anche le occhiaie. L'armiere deve avere pistolettato tutta notte...».

Ma Popi espone Pascutti a oltranza: voto 11. E poi esce a chiacchierare in cortile e a coltivare il suo sogno da fotoromanzo Lancio: portare l'Adonella nel suo castello, cioè al Motel Luna che sta a duecento metri dalla Panini, dove il rischio di incontrare colleghi che hanno la pratica è altissimo.

A Modena avere l'amante si dice anche così: avere la pratica. Una variante generosa, complice, che trasforma la tresca illecita in un lavoro da sbrigare.

Caterino, per esempio, ex pallavolista dell'Avia Pervia, nelle pause pranzo si defila spesso con l'accortezza di un ladro nella vana speranza di non essere sorpreso dai tigrotti, che invece lo beccano regolarmente mentre lascia la fabbrica a passo veloce, senza tuta, ben pettinato. E ci sguazzano.

«Multa in arrivo...»

«Tamponamento!»

Al Motel Luna, Caterino incontra una vigilessa di Saliceto, Tonia, conosciuta in occasione di un incidente sulla via Emilia.

Smascherata la pratica con la Tonia, Caterino, nel reparto officina, è diventato Urbano un po' per tutti.

È grazie ai suoi meccanici che Umberto ha portato a termine la costruzione della Bestia. Ha lavorato all'idea e montato i primi pezzi da Zamenhof che in realtà si chiama Renato Vandelli. Il nome dell'inventore dell'esperanto gli è rimasto appiccicato addosso come *scutmài* perché la sua cartotecnica ha sede in via Ludwik Lejzer Zamenhof.

Nell'officina di viale Emilio Po, Biàtta ha completato l'opera, confrontandosi di continuo con la sua squadra, discutendo insieme i passaggi più complicati.

Magari Jaures contestava una scelta e proponeva l'alternativa: «*Me faré acsè...*».

Umberto la smontava d'istinto, difendeva il suo punto di vista con orgoglio da capo, poteva scapparci anche una litigata di parole grosse, poi però restava chiuso da solo per tutta la notte nell'officina a fare prove, come quella volta a Maracaibo nella sala macchine, e al mattino Jaures scopriva che il capo aveva applicato all'imbustatrice la soluzione che gli aveva suggerito.

E così ora la Bestia è pronta per il collaudo ufficiale, davanti ai tre fratelli schierati e ai tigrotti in tuta azzurra che attendono con trepidazione il varo della nave cui hanno lavorato per mesi.

«È molto semplice» spiega Umberto. «Vedete? Una bobina sopra con un lato della bustina, una bobina sotto con l'altro lato. I due fogli si srotolano e si uniscono, la macchina inserisce le figurine e sigilla i bordi con un filo di colla a caldo. Le bustine scorrono su un nastro e finiscono in scatole da 50 o 100 pezzi. Bastano due operai a gestirla: uno che inserisce il caricatore delle figurine già mescolate, l'altro che prende le scatole di bustine e le mette nei cartoni.»

Umberto fa un segno a Ivano che aziona la Bestia, mentre Popi infila il caricatore di figurine. Tutto si svolge alla perfezione. Giuseppe si avvicina al nastro, allunga un braccio e lascia che le figurine imbustate gli caschino in mano, come farebbe per raccogliere l'acqua di una sorgente.

«Guardate come sgorgano... Questo è il vero petrolio!» esclama il Vècio con un sorriso trionfale. «Te lo dicevo che l'America è qui... Biàtta, sei un genio!»

«Non ho inventato nulla, Vècio. L'ha fatto il buon Dio per tutti. Siamo venuti al mondo anche noi come queste bustine: un corpo sopra, uno sotto. È l'amore, vero Popi?»

Il ragazzo tira fuori Pascutti dalla tasca.

I tigrotti azzurri tuonano una risata.

«Quante bustine può fare?» chiede Franco.

«Potremo buttarne fuori dieci milioni al giorno. Facciamo un salto di produzione da uno a dieci.»

«È proprio quello che ci serviva per cambiare passo» conclude Giuseppe incrociando lo sguardo di Franco, il teorizzatore del nuovo orizzonte. «Con la Fifimatic siamo pronti a conquistare il mondo.»

«Fifimatic?» ripete Umberto.

«Fifi sono le figurine, come le chiamano i bambini» spiega Peppino. «Ci aggiungiamo "matic" perché sa di tecnologia, di futuro e di America. Con questa macchina siamo più avanti dei cowboy.»

«Giusto, Vècio» approva Umberto. «Suona bene: Fifimatic... Battezzata per sempre.»

«Collaudatela ancora per qualche giorno, poi cominciamo a farla lavorare sul serio» suggerisce Giuseppe. «E, soprattutto, costruitene in fretta delle altre. Mi immagino questi capannoni pieni di venti, quaranta Fifimatic a ritmo continuo. Ricopriremo la terra di figurine.»

Appena i tre fratelli si allontanano, Biàtta spedisce il Gigante a recuperare una bottiglia di champagne dallo sgabuzzino del capo e festeggia solennemente con i suoi tigrotti il varo della Fifimatic.

Non serviranno più monache e carcerati, le zigrinatrici non

morderanno più i tavoli delle case modenesi. Il piano di portare l'intero processo di lavorazione in fabbrica è stato di fatto realizzato. Lo stabilimento di viale Emilio Po ha risucchiato tutto. La figurina nasce nel capannone ed esce imbustata, pronta per l'edicola. Non servono più neppure le zangole a pedali o a motore, perché il problema della mescola è stato risolto una volta per tutte.

Il rischio di trovare doppie nella stessa bustina era dato dal fatto che il giocatore occupava sempre la stessa posizione nel foglio stampato e dalla distrazione di chi imbustava manualmente. La soluzione l'ha suggerita Franco, attingendo alla sua esperienza di appassionato bibliofilo: tagliare i fogli in parti più piccole, dette quadrotte, e mescolare le quadrotte prima ancora di ricavare le singole figurine, usando le intercalatrici delle legatorie che assemblano le segnature dei libri.

Umberto non ha dovuto inventarsi un'altra Bestia, ma semplicemente adattare un'intercalatrice Grassi Silvestrini di seconda mano alle esigenze della Panini: fogli di figurine e non pagine di libro.

Dopo qualche giorno di rodaggio a pieno ritmo, la Fifimatic mostra però il primo problema: una fiammata che solleva una lingua di fumo.

È Vasco ad accorgersene e a lanciare l'allarme: «Ferma! Ferma! Fuoco!».

Sandokan e i tigrotti si radunano al capezzale dei quattro calciatori abbrustoliti all'interno della navicella di carta.

«L'incollatura a caldo» sentenzia Ivan.

«Sì, ma è la prima volta che accade» fa notare Umberto.

«È uscita troppa colla, ha toccato un bordo della figurina e ha preso fuoco» teorizza Uber.

«Proviamo a ridurre il getto dell'adesivo» suggerisce Vasco. «La bustina dovrebbe incollarsi lo stesso.»

«Proviamo, ma credo ci sia poco da fare» sentenzia Biàtta. «Non possiamo rinunciare a colla, carta e calore e quindi neppure al rischio del fuoco. Dobbiamo solo stare attenti e fermare la Fifimatic in tempo, prima che il fuoco faccia troppi danni.»

«È così, capo» concorda Jaures. «C'è poco da fare. L'hai appena detto tu che questa macchina è come l'amore. E l'amore brucia. Guarda Popi... L'Adonella si accende la sigaretta e lui prende fuoco.»

La sentenza di Jaures è definitiva e sensata, ma il fatto di non poter trovare una soluzione al problema ha trapanato i pensieri di Umberto per giorni; un tarlo che ha lavorato anche al buio, prima del sonno, perché non è abituato alla resa, una soluzione l'ha sempre trovata, che si trattasse di trippa, navi, auto o petrolio.

Ci sta pensando anche ora, durante una tranquilla passeggiata con la Tina e i figli lungo l'affollata via Emilia. Domenica pomeriggio. Ha appena acquistato gelati per tutta la famiglia da un carrettino ambulante.

Si ferma di colpo e si stampa un palmo sulla fronte: «Ma certo!».

Sfila il sacchetto che confezionava il suo biscotto alla panna e se lo mette in tasca.

La Tina, già alterata dal pensieroso silenzio del marito, lo guarda storto: «Hanno inventato i cestini dei rifiuti».

La mattina dopo, Umberto mostra il sacchetto del biscotto ai suoi meccanici: «Non possono avere usato una colla a caldo, perché il gelato si scioglie».

Dal nome del sacchettificio registrato sulla confezione, la Veronica risale a una ditta di Torino che fa arrivare la speciale colla a freddo dalla Svezia. Umberto fa contattare direttamente l'azienda svedese per ordinare una partita di adesivo, in attesa di attrezzarsi per produrla in proprio alla Panini.

Problema Fifimatic risolto. Per l'amore è molto più complicato, come riconosce Jaures: «Non si può amare a freddo».

La definitiva entrata in funzione della imbustatrice merita una festa al Colombarone, il casolare di Marzaglia acquistato da Umberto anche per quello: radunare amici in campagna e far baracca. Che poi è da sempre un gran talento dei fratelli Panini, in particolare del Vècio e di Biàtta, gli ex americani di Spezzano. Ogni pretesto è buono, e se anche non ci fosse lo si inventa in un secondo, grazie alla regola della cravatta di Guido che in famiglia è diventata sacra.

L'ex militare Guido Trevisi, marito di Veronica, ha conservato la passione per i vestiti eleganti, con un'attenzione speciale alle cravatte che acquista di continuo da Tadini & Verza. Difficile rivedergli al collo un modello già indossato. Di sicuro è l'autista più elegante di tutta Modena, perché, quando i cognati hanno bisogno di qualche trasporto, Guido si rende utile al volante, senza però impoverire l'abbigliamento.

Se manca un pretesto, un Panini chiede: «Che cosa festeggiamo?», e un altro risponde: «La cravatta nuova di Guido». Baracca continua.

Al Colombarone sono stati invitati parenti, amici e tutti i dipendenti dell'azienda. I tigrotti sono calati al gran completo. L'Adonella si è presentata in tenuta da fotoromanzo: stivali bianchi di pelle e una rivoluzionaria minigonna gialla in vinile che attira sciami di commenti più della carta moschicida. È accompagnata dall'armiere, in abito di lino chiaro e Panama. Sembra uscito da un altro secolo. Il giovane Popi si strugge a distanza di sicurezza.

Umberto è nel suo regno, felice come un re. Ha sempre amato la campagna, ultimamente ancora di più. Gli anni trascorsi al di là dell'oceano hanno esasperato l'urgenza di radici profonde, piantate nella sua terra. Ha collegato un'antica macchina a vapore a un'affettatrice Berkel e ora sta riempiendo piatti di prosciutto in serie. Sorelle e cognate fanno circolare tigelle e Lambrusco.

I bambini si rincorrono in un pomeriggio estivo di aria ferma, sotto una lenta transumanza di piccole nuvole bianche.

Naturalmente il Vècio dà fiato alla fisa, nell'orchestra suona anche Popi, chitarrista dei Randagi che non stacca gli occhi dall'Adonella, spesso ricambiato.

Biàtta è il primo che la fa ballare al centro della corte, ammirato e invidiato dai suoi tigrotti.

Popi sospira e arde, ha i lembi del cuore incollati a caldo.

«Dev'essere molto legata alla nostra azienda quella ragazza» commenta la Tina, seduta all'ombra di un ciliegio.

«Perché?» chiede l'Emilia.

«Ha una gonna lunga come una figurina, sette centimetri...» risponde velenosa la moglie di Umberto.

Benito, occhiali scuri, tiene in braccio la piccola Antonella che ha quasi due anni. È nata quindici mesi dopo la scomparsa improvvisa della sorellina di cui ha preso il nome.

Una gioia che però non ha cancellato il dolore. Lo ha soltanto ricoperto.

Come quando incolli una figurina nuova su quella rovinata. Lo vedi subito che non è come le altre dell'album. È rimasto qualcosa sotto.

La secchia rapita

Il Prof si presenta con una pipa spenta in bocca e un romanzo della collana Urania in mano. Giuseppe lo fa accomodare nel suo ufficio, ricavato all'interno della palazzina rossa che ospita il settore grafico della Panini, in fondo al cortile.

«E allora, come andiamo?» chiede il Vècio.

«Andiamo male» risponde il Prof. «I bolognesi ci hanno portato via la secchia.»

Peppino, che si è appena seduto alla sua scrivania, rimbalza con uno scarto di attenzione: «Giura! Dalla Ghirlandina?».

«No, dalla pallavolo» precisa il Prof.

Franco Anderlini, classe 1921, ha fatto nascere la pallavolo a Modena.

Quattro anni più vecchio di Giuseppe, corporatura simile, solida, massiccia, stessa tempra da bisonte. Le ha provate tutte il figlio della fruttivendola Armida, in cielo e in terra: paracadutista durante la guerra e istruttore di sub alla Maddalena, dopo la pace.

Insieme alla pace, gli americani hanno portato in Italia anche il gioco inventato da William Morgan, professore di educazione fisica in un college del Massachusetts. La rete che impediva scontri tra le parti e la palla che scavalcava i muri per unire come un ponte erano l'inno a una nuova convivenza.

Collega di William Morgan, il professore Isef Franco Anderlini ha fondato nel '47 la società dell'US Ferrari Modena per mettere in campo i suoi studenti e portarli in Serie A come in gita premio. A quel punto, nel '52, ha fatto confluire la squadra nell'Avia Pervia, circolo sportivo storico, che aveva una sede tutta sua, in viale Monte Kosica, e lì ha cominciato a lottare per lo scudetto.

Era la stagione d'oro di Modena, l'Eldorado del gioco. Si potevano scegliere tra squadre di tutti i colori. I rossi andavano a schiacciare alla Villa d'Oro, fondata dai ragazzi della Crocetta. I bianchi palleggiavano all'ombra della Democrazia cristiana, sul campetto in terra battuta della parrocchia di Santa Agnese. I neri su quello piastrellato e scivoloso dell'Avia Pervia che da maggio a settembre diventava dancing.

«Per undici anni, dal 1952 al '63, lo scudetto non è mai uscito da Modena» racconta il Prof con orgoglio. «Tre li ha vinti la Minelli, tre la Villa d'Oro, cinque la mia Avia Pervia. Poi i nostri soldi sono finiti e la palla è rimasta a terra. Io sono ripartito dalla squadra dei pompieri della Menegola, mentre lo scudetto finiva a Firenze, a quelli della Ruini. Ora se lo sono preso i bolognesi. E sai chi li allena? Il mio Oddo. Il modenese Odone Federzoni, già. Gli ho insegnato a schiacciare che non camminava ancora...»

«Ci hanno rapito la secchia» conviene Giuseppe.

«Ma io ho i ragazzi buoni per andare a riprendercela. Non a caso studiano al liceo Tassoni. È lì che insegno io. Ci mancano solo i soldi per mettere su la spedizione. Ho parlato con Benito, che viene alle nostre partite. È sempre stato un grande appassionato di sport, lo sai meglio di me. Mi ha consigliato di parlarti. Eccomi qui. Certo che ne avete fatta di grana con le figurine...»

«Marte, Venere e Bacco stanno sempre con Modena, come al tempo del Conte di Culagna?»

«Puoi giurarci.»

«Quindi gli dei sono ancora con noi?»

«Vuoi mica che stiano con i *bulgnés*!»

«Ok. Cinquecentomila lire a stagione possono bastare?»

«Le faremo bastare» promette il Prof picchiando la pipa sulla copertina fantascientifica dell'Urania, come un battitore d'asta a prezzo fissato.

Non è tanto un'operazione di sponsorizzazione, perché le figurine volano per conto loro senza bisogno di spinte e perché, di fatto, non esiste concorrenza contro cui lottare. È piuttosto una questione di orgoglio e di riconoscenza. Soddisfare il desiderio di rivincita della città e ricambiare l'aiuto ricevuto.

Migliaia di mani modenesi, pie o assassine, hanno imbustato figurine e fatto decollare il sogno aziendale, ora i Panini si sentono in dovere di spingere il sogno sportivo della squadra che gioca con le mani e che rappresenta tutti i figli della Ghirlandina.

Fratelli e sorelle sono d'accordo. Veronica e Edda creano addirittura le maglie giallo-blu per i giocatori e si preoccupano di lavarle, perché i soldi ci sono, ma non da buttare via, come direbbe la Olga. Benito sarà il presidente.

Giuseppe non fonda solamente la nuova società di pallavolo, ma un intero Gruppo Sportivo Panini che comprende anche la squadra femminile, quella di rugby e quella di atletica leggera. E non si limita a mettere mano al portafoglio, investe del tempo per far crescere la squadra, per plasmarla con il suo carisma, per cementarla con il suo antico talento di incantatore, come se quei ragazzi fossero tutti fratelli minori seduti sul letto di Rua Muro. Per lo più sono adolescenti come Paolo Montorsi e Stefano Sibani, come Roberto Morandi e Rodolfo Giovenzana... Al pomeriggio stanno sui libri, poi vanno ad allenarsi.

Ogni sera, uscito dalla Panini, il Vècio passa dalla palestra del Tassoni, in viale Reiter, a seguire le lezioni del coach Anderlini. Di solito si ferma anche a bere qualcosa con la squadra al bar Nuovo Fiore. Racconta le sue barzellette irresistibili, ma deve impegnarsi perché quelle sconce del Prof sono leggenda.

Giuseppe segue le partite in panchina, accanto ai suoi ragazzi, e dopo le gare di campionato porta tutti a pranzo al Canarino da Arrigo, spesso anche gli avversari. È lo spirito geminiano con cui i figli della Olga hanno da sempre affrontato la vita: divertimento e ospitalità.

La Panini Modena viene subito promossa dalla Serie C alla B e l'anno successivo sbarca in Serie A. Servono rinforzi degni della categoria.

Anderlini richiama da Firenze il modenese Andrea Nannini, che ha appena vinto lo scudetto con la Ruini. Maglia numero 1. Ma soprattutto arriva da Praga un autentico fuoriclasse: Josef Musil, leggenda dello Slavia Praga, con cui ha vinto sette scudetti, il palleggiatore della Cecoslovacchia campione del mondo.

Un venerdì di febbraio smonta dal treno con la moglie Eva e il figlio Peter. Lo caricano subito su un pullman perché la Panini deve giocare a Firenze. Sembra uno scambio di spie. Lo portano a osservare la città da piazza Michelangelo, per fargli capire quanta bellezza lo attenda in Italia, poi dritti al palazzetto di via Dei per combattere la Ruini.

Ma Musil, a trentasette anni, non è venuto per fare il turista e tanto meno il divo. Ogni mattina pedala fino allo stabilimento Panini di viale Emilio Po, s'infila un camice azzurro e sbriga le mansioni di magazziniere, al pomeriggio va ad allenarsi nella palestra del liceo Tassoni. La gente gli vuole subito bene, anche perché ha un sorriso gentile e maniere morbide come le sue mani.

Se qualcuno lo ferma in fabbrica o per strada, Pepi, come lo chiama il Prof, tira fuori il vocabolarietto italiano-cecoslovacco che porta sempre con sé, traduce la domanda e si sforza di rispondere. Per i casi di massima perplessità si è costruito un commento che lo marchia come uno *scutmài*: «Mah, molto mah...».

Una sera, durante un allenamento alla Tassoni, Giuseppe osserva un ragazzino dai capelli scuri schiacciato in un angolo della palestra. Sembra che faccia lo sforzo di stringersi tra le spalle per occupare meno spazio possibile. Abbraccia un pallone da pallavolo sulla pancia.

Non è la prima volta che lo nota.

«È il palleggiatore della squadra allievi» racconta Anderlini.

«Viene tutte le sere a studiare Musil. Gli ruba ogni tocco, ogni palleggio. L'ho visto giocare, quel ragazzino: è bravo davvero. Presto me lo porto in prima squadra e ti dico già che un giorno lo vedrai giocarsi un'Olimpiade con la maglia della Nazionale. Lo chiamano Pupo.»

Anche il Vècio osserva incantato il palleggio magico del fuoriclasse di Praga, che toglie il rumore a ogni palla che sfiora. Casca sulle sue dita come su un panno di velluto e vola via senza emettere il minimo fruscio.

I ragazzini del Prof hanno trovato Gulliver. Possono andare a riprendersi la secchia rapita.

Ridolini

Franco Panini e Mario Baraldi, con i biglietti in mano, cercano il loro seggiolino numerato nella tribuna dell'Ayresome Park di Middlesbrough. Sono atterrati questa mattina in Inghilterra con un programma chiaro: assistere all'ultima partita del girone di qualificazione dell'Italia, accompagnarla da tifosi nella fase finale del Mondiale di calcio e intanto raccogliere il maggior numero possibile di informazioni sui diritti d'immagine delle varie nazionali e sul mercato delle figurine inglesi.

Il piacere e il dovere.

«Siamo qui» annuncia Franco.

«Ma cosa stanno facendo?» chiede sorridendo Baraldi, rivolto verso il campo. «Mai visto un riscaldamento del genere...»

Sorride anche Uèllas, come tutto il pubblico presente che solleva un brusio divertito: «Sono dei Ridolini per davvero, allora...».

Mentre i calciatori azzurri svolgono i consueti esercizi per sciogliere i muscoli nella loro metà campo, quelli coreani calciano in aria ciascuno il proprio pallone e lo colpiscono in rovesciata. Si vedono giocatori che si rotolano a terra, palloni che volano da tutte le parti... Sembrano per davvero le frenetiche comiche in bianco e nero di un tempo.

A definirli Ridolini è stato Ferruccio Valcareggi, collaboratore del commissario tecnico Edmondo Fabbri che li ha studiati nelle due partite precedenti. Ha scritto nella relazione: "Sono dei Ridolini tutti uguali che corrono sempre e non si fermano mai".

Nessuno pensa che i dilettanti coreani possano creare problemi ai campioni italiani, che hanno vinto la prima partita contro il Cile senza grandi meriti e perso la seconda contro l'Unione Sovietica senza grosse colpe. C'è ottimismo assoluto, all'Italia basta addirittura un pareggio per qualificarsi ai quarti di finale. Non saranno dei Ridolini a negarcelo...

L'arbitro francese dà il fischio d'inizio.

Come da pronostico, gli azzurri partono all'attacco. Nei primi minuti, Marino Perani, del Bologna, sbaglia tre gol, uno dietro l'altro, solo davanti al portiere. Tre gol che sembrano già fatti.

«Non c'entrerà mica il 17 che ha sulla schiena?» sospetta Baraldi che è grande e grosso e ha un vocione da orco.

«Ma no» lo rassicura il razionale Franco. «Adesso la palla entra...»

Mario Baraldi, maestro elementare al Villaggio Artigiano di Modena Ovest, quartiere in cui ha appena preso casa Franco, è un consulente della Panini per le collezioni di argomento non calcistico, una sorta di responsabile editoriale.

Dopo i primi album, i fratelli hanno deciso di diversificare e soprattutto aumentare la produzione, perché presto i capannoni si riempiranno di altre Fifimatic e di altri operai. Per ammortizzare i costi bisogna far andare le macchine tutto l'anno.

I Panini si sono seduti davanti al calendario e hanno studiato il piano editoriale delle figurine. Durante le vacanze estive e a Natale, i bambini hanno altro per la testa. L'album *Calciatori* esce a gennaio, a metà campionato, e impegna i collezionisti fino all'estate. Al ritorno a scuola gli studenti possono dedicarsi ad altre raccolte, magari di argomento didattico, che è anche un bel modo per strizzare l'occhio alle famiglie e rendere ancora più virtuosa la reputazione delle figurine. È qui, nella scelta dei temi, che la consulenza del maestro Baraldi diventa preziosa.

La prima collezione non calcistica uscita dai capannoni di viale Emilio Po è stata quella di *Aerei e missili*, un omaggio al patriarca Tonino che ha lottato in cielo contro il Barone Rosso. Poi quella sugli *Animali di tutto il mondo*, che ha ripreso la felice idea Astra degli anni Cinquanta con il tenero koala in copertina. In questo 1966 sono usciti gli album delle bandiere e della Terra, legati in modo particolare a Franco.

Quando da bambino doveva fingere di non chiamarsi Panini, per ingannare il padrone di casa ed entrare nell'appartamento di Rua Muro, Franco aveva scelto il cognome Bandiera, perché ha sempre amato "i vestiti delle nazioni", come diceva lui, quei pezzi di stoffa colorata che indossano gli Stati per farsi riconoscere dal resto del mondo. Trent'anni dopo, Franco ha messo in mano ai bambini un album pieno di bandiere.

Quello della Terra lo ha creato nel salotto di casa, artigianalmente, quasi come la figurina di Maciste Bolchi. Ha selezionato e ritagliato di persona dall'enciclopedia *Conoscere* i vari soggetti da cui poi ha fatto ricavare le figurine per la collezione.

Baraldi sta lavorando all'album degli *Uomini illustri*, di prossima uscita.

L'Italia continua a sprecare gol.

Nonostante la profezia di Franco, la palla non entra in porta, anzi la gara scivola lentamente verso l'incubo, come su un piano inclinato. Poco dopo la mezz'ora di gioco infatti s'infortuna al ginocchio Bulgarelli. Un altro bolognese. Aveva già problemi alla vigilia, ma Fabbri gli ha chiesto di stringere i denti. Precettato. Il capitano della squadra non può disertare. E ora il ginocchio gli ha ceduto in campo. Non sono ammesse sostituzioni, l'Italia dovrà giocare per un'ora con un uomo in meno.

I coreani, già animati dall'allegria dei sopravvissuti dopo essere scampati a tanti gol, prendono ulteriore coraggio dalla superiorità numerica e dal tifo inglese che si gonfia e li spinge all'attacco. Middlesbrough è città operaia, ideologicamente solidale con gli sfavoriti. Gli azzurri hanno la netta sensazione che il piccolo avversario si sia ingigantito di colpo.

La Corea del Nord passa in vantaggio prima della fine del tempo con un diagonale velenoso di tale Pak Doo-ik che supera il portiere Albertosi, vanamente disteso in tuffo, e fa esplodere di gioia l'Ayresome Park. Ci sarebbe un tempo intero per recuperare, ma ormai i coreani sono troppo convinti di essere stati prescelti dal destino per una giornata storica e portano a casa la missione.

Gli inglesi di Middlesbrough sono felici come neanche i coreani di Pyongyang. Sfollano sorridendo, come se avessero assistito a una burla, a una commedia degli equivoci più che a una partita di calcio.

È divertito anche lo spettatore seduto accanto al maestro Baraldi, che accenna qualcosa prima di allontanarsi.

«Cosa ti ha detto?» chiede Franco, incuriosito.

«Che il giocatore che ci ha fatto gol di lavoro fa il dentista» risponde il maestro.

«Siamo diventati noi i Ridolini...»

L'Italia, due volte campione del mondo, è stata eliminata dalla Corea del Nord che non aveva mai partecipato a un Mondiale. Nessun azzurro entrerà nell'*Album degli Uomini illustri*.

Franco aspetta che lo stadio si svuoti, prima di alzarsi. A schiacciarlo sulla poltroncina non è tanto la delusione per il risultato, quanto un dispiacere più intenso che sta cercando di mettere a fuoco.

È come se avesse assistito alla disfatta della squadra di famiglia, perché quei giocatori hanno dormito a lungo sotto il tetto di viale Emilio Po, li ha presi in mano più volte, ha visto le loro facce moltiplicate in mille quadrotte, frullate dalle intercalatrici e poi imbustate dalla Fifimatic.

Ha seguito da vicino la crescita di quei ragazzi, come si fa con i figli e con i nipoti.

Ha visto il giovane e spaesato Rivera dell'album '61-62 sorridere in carne e ossa in azienda e i suoi genitori diventare amici di famiglia di Giuseppe. Ha visto Albertosi e Mazzola affacciarsi tra gli "Altri titolari" e poi passare in fretta tra i primi undici. Ha visto i capelli di Pascutti sfoltirsi di album in album, fino quasi a scomparire nell'anno dello scudetto.

«Andiamo» suggerisce Franco alzandosi.

«La ricorderemo a lungo questa batosta» commenta il maestro Baraldi.

«Temo per sempre. Quando si parlerà di una sconfitta clamorosa, si dirà è stata una Corea, come si dice è stata una Caporetto. A Caporetto c'era mio padre, con la Corea c'ero io.»

Il piano di accompagnare l'Italia verso la finale del Mondiale è naufragato al primo giorno d'Inghilterra. Ma, per il resto, la missione va in porto, non tanto per i contatti che Franco riesce a tessere con dirigenti di molte federazioni straniere e per le informazioni che raccoglie sul mercato delle figurine inglesi, quanto per il fermento che respira a Londra nelle due settimane che lo portano alla finale di Wembley: gonne corte, capelli lunghi, musica nuova, libri antichi...

Prova l'esaltante sensazione di aver viaggiato nel tempo, più che nello spazio, e di essere sbarcato nel futuro, dove intende trascinare la Panini, oltre i confini nazionali e la provincia del campionato italiano di calcio.

Spalleggiato dal maestro Baraldi, che tiene volentieri il passo della sua curiosità intellettuale, Franco visita musei, biblioteche, gallerie d'arte, chiese, ascolta un concerto alla Royal Opera House, si spinge lungo la Queen's Walk, sulla sponda meridionale del Tamigi, fino a Waterloo Bridge, e setaccia botteghe di libri antichi, acquista giocattoli, dischi e regali per tutti. Porta alle figlie le prime Barbie, che la Mattel non ha ancora fatto arrivare in Italia.

Appena rimette il piede in casa e si toglie le scarpe, l'Emilia se ne accorge subito: «Hai le suole bucate...».

«Ho camminato molto.»

Sciopero

È stato Josef Musil a chiedere di poter lavorare alla Panini. Al mattino si annoiava e ha pensato che qualche ora in fabbrica lo avrebbe aiutato ad ambientarsi più in fretta e a imparare meglio la nuova lingua.

Il pallavolista cecoslovacco si diverte in modo particolare a manovrare il muletto del magazzino per caricare gli scatoloni di figurine sui camion. Una mansione che rientra nel suo talento di alzatore.

Un'altra richiesta Pepi l'ha fatta al prof Anderlini: allenarsi tutti i giorni, come era abituato a fare a Praga. La Panini non ha trovato solamente un palleggiatore dalle dita di velluto, ma un olimpionico che ha insegnato la professionalità agli studenti del liceo Tassoni.

Musil scende dalla bicicletta e la spinge a mano facendosi largo tra i dipendenti raccolti davanti ai cancelli di viale Emilio Po. Un picchetto di operai impedisce l'ingresso.

«Cosa succede?» chiede il pallavolista.

«Sciopero, oggi non si entra» risponde una delle tute azzurre di guardia.

Quella parola italiana non gli dice nulla, per cui domanda ancora: «Che cosa?».

«Sciopero» ripete l'operaio.

Musil deve ricorrere al vocabolarietto italiano-cecoslovacco.

È stagione di scioperi a Modena.

Nelle fabbriche si chiedono adeguamenti salariali, migliori condizioni di lavoro e il riconoscimento di figure di rappresentanza sindacale, tipo i delegati di reparto. Il vento della contestazione, che ha scavalcato le Alpi, è sceso fino in Emilia e ha agitato stabilimenti industriali e scuole.

Un'affollata e appassionata assemblea di studenti universitari nell'aula grande di Matematica, in corso Canalgrande, ha messo al mondo il movimento studentesco modenese che pretende una partecipazione diretta alla vita dell'ateneo saltando le associazioni studentesche, viste con crescente sospetto perché troppo dipendenti dai partiti. Più potere all'assemblea. Gli studenti hanno occupato l'università, organizzato "controcorsi" e teorizzato nuovi modelli di apprendimento. Viene occupato anche l'istituto tecnico Enrico Fermi di via Luosi.

Come accade nel resto d'Italia, le istanze dei lavoratori si saldano a quelle dei giovani. La miscela avviene in centri culturali come Il Portico di via Gallucci o il Circolo Formiggini di piazza Mazzini, dove il movimento studentesco ha piazzato anche una tenda di solidarietà, a sostegno della lunga vertenza degli operai Fiat. Quando, dopo mesi di lotta, la polizia sgombera il presidio, gli studenti spostano la tenda davanti ai cancelli della Fiat.

La polizia deve lavorare parecchio anche la sera dell'inaugurazione della stagione lirica al Teatro Comunale, bersagliato dalla contestazione di movimenti operai e studenteschi.

Popi, il giovane elettricista, individua l'Adonella che si è staccata dal capannello dei dipendenti per recuperare la bicicletta appoggiata al cancello della fabbrica. La intercetta e butta lì: «Niente sigaretta in cortile oggi. Andiamo a fumarcela in centro?».

«Devo sfilare in via Emilia così poi mi dai i voti?» chiede la telefonista montando in sella.

Popi non immaginava che sapesse della storia di Pascutti.

Si riprende in fretta dall'imbarazzo: «No, sciopero anche delle figurine. Solo una sigaretta e un caffè al Grande Italia».

Pedalano nella nebbia spessa di un inverno gelido, immersi nelle sciarpe.

Il chitarrista la guida nel suo covo di musicista, in Corso Garibaldi, e gli va subito di lusso perché, appena entrati, incrocia Maurizio Vandelli, cantante dell'Equipe '84 che lo saluta chiamandolo per nome. Indossa una camicia a fiori, una giacchetta minuscola e pantaloni a tubo sotto a un lungo cappotto verde di velluto.

«Lo conosci?» chiede l'Adonella.

La domanda consente al leader dei Randagi una risposta maestosa: «Qui ci conosciamo tutti».

Popi saluta altri ragazzi con affettata disinvoltura, mentre raggiunge un tavolino libero in fondo al locale.

L'Adonella studia un chiassoso gruppetto di ragazze al bancone del bar. Quella che sta intrattenendo le amiche porta una cofana di capelli scuri sulla testa e due enormi occhiali gialli.

«La conosci?» chiede Popi.

«L'ho già vista» risponde la telefonista.

«È Ambra Borelli con il suo gruppo, le Gatte. Prima suonava con i fratelli. Te li ricordi Johnny e i Marines?»

«Erano quelli che avevano le chitarre a forma di mitragliatrici?» risponde l'Adonella.

«Brava, quelli. Suo padre camminava su una corda. Era un equilibrista. Ambra andrà al prossimo festival di Sanremo.»

«Ma sono tutti cantanti qui dentro?» chiede l'impiegata.

«No, ci sono anche scrittori, poeti, pittori, fotografi... Lo vedi quel biondo con il foulard al collo?» domanda l'elettricista. «È pazzo da legare, ma disegna come un padreterno. Sembra Londra, non Modena. Quando entro qua, vengono le buone idee anche a me... Devono essere quelle che escono dalla testa degli altri. Che cantanti ti piacciono?»

«Mal dei Primitives» risponde di getto l'Adonella. «È bellissimo.»

«L'Equipe '84?» chiede ancora il leader dei Randagi.

«*29 settembre* è stupenda, dolcissima...» risponde la telefonista.

«Lo sai che non è dell'Equipe, vero? L'ha scritta Lucio Battisti» spiega Popi con tono da esperto. «Se ne scrive una così per i Randagi, vado in testa alle classifiche anch'io e mollo la Fifimatic» promette l'operaio.

«E poi chi me li dà i voti alla Panini?»

Il ragazzo risponde con un primo sorriso.

«*Seduto in quel caffè, io non pensavo a te...*» canticchia la telefonista.

«Io ti penso anche quando carico la Fifimatic» azzarda Popi con un secondo sorriso alla Mal dei Primitives.

L'Adonella non ritira gli occhi.

Avesse il mazzetto dei voti, il tigrotto di Biàtta darebbe almeno un Pascutti alla magia del momento, all'emozionante equilibrio degli sguardi.

È vero: sembra Londra, non Modena.

Ma non perché al Grande Italia scimmiottino l'Inghilterra e la moda dei tempi. Il vento del Nord qui non c'entra, lo spirito che fa fermentare le idee al caffè di largo Porta Bologna è evaporato direttamente dalla terra, è genio del luogo, è l'urgenza creativa di figli borghesi che vogliono cambiare le cose dei padri, senza essere ancora ossessionati dalla politica. Più dandy che rivoluzionari. Più fantasia che rabbia.

Il decennio era appena cominciato, il '68 era ancora lontano, ma il giovanissimo Francesco Guccini impugnava già una chitarra Gibson acustica e si confrontava al Grande Italia con i Nomadi e l'Equipe '84 che si chiamavano ancora i Monelli e i Leoni. Ha scritto canzoni per loro e testi per il biondo con il foulard che disegna da padreterno, Franco Bonvicini, in arte Bonvi, che proprio in questo '68 ha pubblicato le *Sturmtruppen*, parodia a fumetti dell'esercito nazista. Guccini e Bonvi hanno incrociato le loro esperienze con quelle di altri due modenesi visionari, Guido De Maria e Paul Campani, maestri del fumetto d'animazione, ed è nato Salomone, pirata pacioccone di Carosello.

Se Modena è diventata la capitale del beat italiano è per questo autentico fermento autoctono, per un crogiolo di arti e di artisti come il caffè Grande Italia che ha mescolato musica, poesia, fumetto, animazione, Daolio, Carletti, Vandelli, Sogliani, Guccini, Salinger, Camus, Steinbeck, Cattivik, Sergenten...

Che in questa ispirata fabbrica di idee ci sia anche una tuta azzurra della Panini non stona affatto. Anzi.

Le figurine sono pop, come gli anni Sessanta.

Josef Musil estrae il suo vocabolarietto italiano-cecoslovacco. Cerca sotto la lettera S, ma scopre che non è stata inserita la parola "sciopero". Nella sua patria è un termine senza significato.

Rinuncia a capire e informa: «Devo entrare per parlare con il signor Giuseppe».

Gli operai del picchetto si scambiano sguardi impacciati, ma nessuno se la sente di murare il fuoriclasse che sta riportando in alto la pallavolo di Modena.

I cancelli si aprono, Pepi s'incammina da solo in cortile.

La dialettica sindacale alla Panini è molto particolare. Una conferma è arrivata nei giorni scorsi, quando si è presentata in viale Emilio Po una rappresentanza della CGIL.

Giuseppe ha fatto accomodare gli ospiti nella sala riunioni della palazzina gialla e ha voluto che fosse presente anche il Comitato di fabbrica, oltre ai tre fratelli.

Una segretaria ha servito caffè e biscotti secchi.

Il capodelegazione, tanto per cominciare, ha ribadito che le figurine, anche se non escono in tutti i mesi dell'anno, non sono pomodori e perciò gli operai non possono essere considerati lavoratori stagionali, ma hanno diritto a un contratto a tempo indeterminato. Poi ha cominciato a leggere l'elenco dei provvedimenti da adottare in fabbrica a tutela dei lavoratori: «È necessario un pronto soccorso ben attrezzato in caso di necessità».

Carles, membro del Comitato di fabbrica, ha risposto: «Ce l'abbiamo già. Oltre al pronto soccorso, abbiamo di stanza un medico che fa servizio fino all'ultimo turno di lavoro».

«Bene» ha commentato il sindacalista segnando una crocetta sul foglio. «Abbiamo visto che in fabbrica lavorano numerose donne, che si occupano anche del trasporto dei fogli stampati. Quelle pile di fogli di figurine sembrano molto pesanti.»

«Lo sono» ha confermato Carles. «Per questo Umberto, il mio capo, ha fatto acquistare dei pareggiatori Schneider. Sono macchine a piani mobili che possono essere piazzate accanto alle stampanti. Due braccia meccaniche spostano i fogli da un piano all'altro, senza che nessuno debba sollevarli.»

Il sindacalista ha rilanciato: «Avete un parcheggio per le biciclette all'interno dei cancelli, proporzionato alla forza lavoro?».

«Sì, e Umberto ha costruito un camminamento protetto da una tettoia» racconta Carles, «in modo che, in caso di pioggia, possiamo raggiungere i capannoni senza bagnarci.»

«Indennità di trasporto?» ci riprova il rappresentante della CGIL.

«Ce l'abbiamo» ha risposto il meccanico.

Sembravano due bambini che spillavano un mazzo di doppie: «Celo... Manca... Celo... Manca...».

«Avete proprio tutto...» osserva il sindacalista con un sorriso leggermente nervoso.

È intervenuto Giuseppe: «Vedete, signori, il discorso è semplice. Noi siamo molto fortunati: ai bambini piacciono le nostre figurine e ne vendiamo un sacco. Ogni anno di più, ogni anno il doppio. Guadagniamo molti più soldi di quelli che ci servono. Possiamo permetterci di far lavorare nel migliore dei modi chi ha reso possibile il nostro successo. Tutto qui».

«Se i rappresentati di fabbrica hanno qualcosa da chiederci, ci troviamo in campagna a casa mia, al Colombarone, e ne parliamo» ha aggiunto Umberto. «Io attacco l'affettatrice Berkel, qualcuno mette in tavola il vino. Davanti a prosciutto, gnocco fritto e Lambrusco troviamo sempre un'intesa su tutto.»

«Ho capito. Ma, se non vi dispiace, preferirei arrivare in fondo alla lista dei punti da verificare» ha annunciato il rappresentante CGIL.

«Faccia pure» lo ha invitato il Vècio nel momento in cui entrava Olga con il suo cappellaccio di paglia.

Senza dire nulla, ha posato sul tavolo della verdura appena colta. Un omaggio per gli ospiti.

Il sindacalista ha ringraziato, scambiandosi occhiate con i compagni di delegazione, e ha chiesto: «Vorremmo visitare i locali della mensa: le cucine e l'area per consumare il pasto. Devono essere rispettate misure precise di distanziamento».

Carles ha aggiunto incautamente: «Non so se la notizia può tornarle utile. Ma noi del reparto officina ogni mattina facciamo merenda con bollicine francesi».

Giuseppe è schizzato subito in piedi urlando: «Ecco chi sono i ladri!».

Musil raggiunge l'ufficio del Vècio all'interno della palazzina rossa.

«Ciao, campione» lo saluta il presidente. «Cosa ci fai qui?»

«Gli operai mi hanno fatto passare» risponde il giocatore. «Ho un lavoro da finire in magazzino.»

«Lo finirai domani, Josef. Torna a casa» ordina il Vècio.

«Ho più cose da fare qui che a casa» spiega il cecoslovacco.

«Fatti una bella passeggiata in centro, allora. Modena è bella come Praga, quando c'è la nebbia» suggerisce Giuseppe. «Durante gli scioperi in corso, non vogliamo lavoratori in fabbrica. Pagheremo lo stesso la giornata. Ci vediamo stasera in palestra.»

Prendere soldi senza lavorare?

A Musil non sembra una bella cosa.

Infatti, incamminandosi verso il cancello, solo al centro del cortile, si sente in dovere di ribadirlo a se stesso: "Mah, molto mah...".

Il messire

Il Villaggio Artigiano, a Modena Ovest, è stato costruito nei primi anni Cinquanta per dare lavoro agli operai licenziati dalle officine. Casette tutte uguali: bottega o laboratorio al pianterreno, abitazione sopra. Il Comune ha lottizzato l'area in tante piccole proprietà per evitare che qualche azienda ammassasse terreno e costruisse grossi capannoni. È stata una distribuzione lenta, perché il passaggio, anche solo psicologico, dalla condizione di dipendente a quella di responsabile di un'attività propria non era banale come poteva sembrare.

Piano piano però il Villaggio Artigiano si è popolato di famiglie, spesso sofferenti, e il quartiere è diventato una cellula viva del '68 modenese, perché nella parrocchia di San Giuseppe Artigiano si sono stabiliti due preti operai, don Giuseppe e don Gianni, e un laico, Franco, che, spinti dal fermento di rinnovamento, hanno cominciato ad applicare alla lettera lo spirito del Vangelo e del Concilio Vaticano II.

Lavorano in fabbrica per potersi mantenere, non chiedono offerte per messe e funzioni liturgiche, con l'appoggio di volontari e associazioni hanno creato una mensa di quartiere, un circolo culturale, un doposcuola, corsi di musica e teatro...

Franco e l'Emilia hanno preso casa al Villaggio Artigiano che è a un passo dagli stabilimenti di viale Emilio Po. In fondo, anche la Panini è nata come attività di famiglia, promossa da operai licenziati: Giuseppe e Umberto...

Olga, Edda e Giuseppe abitano al piano superiore di una palazzina che ospita uffici a quelli inferiori. C'è un filo rosso di rinnovamento che lega le attività dei preti operai alla cultura popolare delle figurine e al maestro Baraldi che insegna nella scuola elementare del Villaggio e studia le collezioni da stampare. Se don Giuseppe e don Gianni aiutano i bisognosi del quartiere, l'album *Calciatori 1968-69* annuncia che sono stati donati a persone non vedenti i primi dieci cani guida. Un'iniziativa promossa dai Panini con il contributo dei collezionisti che spediscono bustine vuote.

Franco ed Emilia hanno ospiti a cena stasera.

Emilia accenna ad alzarsi da tavola per raccogliere i piatti degli antipasti, ma l'uomo con i baffi, che ha al collo un elegante foulard di seta damascata, la precede con uno scatto atletico: «La prego, signora, lasci fare a me».

«Lei è ospite, *monsieur* de Latre» fa notare la signora Panini.

«Ma sono anche messire, figlio di visconte. Un vero nobile non può accettare di farsi servire da una dama, per giunta in dolce attesa.»

Laura e Silvia, le bambine di casa, sorridono. Quell'uomo distinto che parla di visconti e di dame con un accento buffo è veramente divertente. Ha dei gemelli d'oro ai polsini della camicia bianca e tiene in equilibrio una pila di piatti sporchi.

«Mi conceda almeno di portare in tavola i tortellini.»

«Concesso.»

Adele, la donna rimasta seduta a tavola, sembra la più imbarazzata, perché toccherebbe a lei apparecchiare e sparecchiare, dal momento che è al servizio dai Panini, ma anche a lei il nobile ha imposto l'inoperosità.

Dopo l'ultimo tortellino, Raphael de Latre du Bosqueau affronta la questione: «Per cominciare, è bene riassumere la mia storia, anche se la conoscete già, in gran parte. Lo sapete, devo la vita a Adele e alla sua famiglia che mi hanno nascosto in tempo di guerra, quando sono stato paracadutato con mio fratello».

«A Campogalliano, giusto?» chiede Franco.

«Esatto» risponde Adele.

«Ci hanno nascosti nel granaio e non ci hanno denunciati neppure quando sono venuti i nazisti a perquisire la fattoria» riprende Raphael. «Hanno rischiato la vita per noi. Non ho mai dimenticato quel neonato tenuto per la caviglia dal gerarca tedesco, a testa in giù, come un coniglio.»

«So che lei è rimasto in Italia anche dopo la fine della guerra» ricorda l'Emilia.

«Sì, e avrei voluto restarci per sempre. Ero innamorato di Adele» racconta il messire. «Ma mio padre mi denunciò per diserzione, mi fece arrestare e mi riportarono in Belgio.»

«Suo padre l'ha fatta arrestare?» chiede la moglie di Franco, spiazzata.

«Per amore paterno, credo. Poi la vita ha fatto il suo corso e ci ha travolti. Io mi sono sposato in Belgio, Adele si è sposata in Italia, ma abbiamo continuato a scriverci. Sono tornato a Modena con la mia famiglia, ho conosciuto la sua. Ci siamo rivisti più volte. È rimasta sempre l'affascinante ragazza del granaio...»

«Se ti sente Nadine...» si schermisce Adele, tenendo gli occhi sui tortellini.

Ma il messire ha ragione. Nei quarant'anni della donna sono rimaste impigliate tracce di una bellezza antica e violenta.

«Nadine è la mia seconda moglie» racconta ancora de Latre du Bosqueau. «Una ragazza vallona, bellissima. È stata una passione travolgente, improvvisa. Impossibile opporle resistenza. Mio padre, fiammingo, mi ha chiesto di non sposarla. L'ho fatto e non me l'ha mai perdonato. Questa volta non ha potuto farmi arrestare, si è limitato a chiudere il rubinetto di famiglia. Sono stati anni non facili per noi e per nostro figlio. Oggi gestisco una pompa di benzina che ci dà da vivere. Non sempre a sufficienza. I nobili delle fiabe che hanno castelli e tesori sono un'altra cosa... Voi invece avete fondato un vero e proprio impero. Tutti i miei amici italiani, cui ho chiesto delle vostre figurine, mi hanno raccontato meraviglie. Congratulazioni sincere a lei e ai suoi fratelli.»

Franco ha notato i bordi lisi dei polsini, accanto ai gemelli d'oro. Un contrasto che dà ancora più forza al racconto onesto di Raphael.

«Un vero impero non sta all'interno di una nazione sola» interviene Franco. «Deve allargare i suoi confini e noi vorremmo farlo. È per questo che ho chiesto all'Adele di invitarla qui per una chiacchierata. So che anche in Belgio il calcio sta crescendo, la vostra Nazionale ha battuto 5-1 il grande Brasile, in amichevole. Non vedo perché le figurine non dovrebbero avere la stessa fortuna nel suo Paese.»

«Se sta pensando di offrirmi una collaborazione, deve sapere che io non ho la minima esperienza nel settore» dichiara subito de Latre.

«È l'ultimo dei problemi, Raphael: nessuno ha esperienza, perché il settore lo abbiamo inventato noi. Il nostro distributore di Roma faceva il vinaio, in Sicilia abbiamo un nobile come lei, in Puglia c'è mio cugino che produceva mortadelle... Nessuno aveva esperienza, però siamo riusciti a creare una rete di persone di fiducia in tutta Italia, e questa è stata la nostra fortuna. Vogliamo fare la stessa cosa all'estero.»

«Se ho capito bene, quindi, voi stampereste a Modena le figurine e gli album del campionato belga e io dovrei occuparmi della distribuzione e dei rifornimenti nei punti vendita» riassume il messire lisciandosi i baffi.

«Esattamente. Lei, muovendosi sul territorio, avrà più facilmente accesso a tutta una serie di informazioni, a cominciare dai migliori luoghi di vendita, edicole, negozi o altro, ed essendo in contatto diretto con i commercianti potrà essere più tempestivo nel rifornirli. Mettiamola così, Raphael: lei oggi ha un distributore, si tratterebbe di diventarlo...»

«Con la differenza che di benzina avremo sempre bisogno,

mentre di figurine possiamo farne a meno» fa notare de Latre du Bosqueau.

«Questo è vero» concorda l'Emilia. «Ma tenga conto che, per le figurine, mio marito ha lasciato il posto più sicuro che c'è al mondo: la banca. Di soldi ce ne sarà sempre bisogno, anche più della benzina. Però Franco si è buttato e, come le hanno confermato i suoi amici italiani, è andata molto bene. È questo che deve decidere, caro Raphael: se buttarsi o meno.»

Il messire belga risponde guardando Adele: «Lo sta dicendo a un ex paracadutista, signora Panini. L'ultima volta che mi sono buttato in Italia ho trovato la ragazza più bella del mondo».

«E allora buttati!» esclama la donna di servizio.

La seconda bandierina piantata da Franco sulla cartina d'Europa è svizzera. Questa volta il futuro distributore si è costituito in viale Emilio Po senza neanche il bisogno di convocarlo.

Si chiamano Rosa e Berto Guttenfelder. Lui ha basettoni e baffi a manubrio d'altri tempi, lei capelli raccolti che si aprono a sipario sulla fronte. Quando parlano, sorridono nello stesso modo affabile, come quei coniugi di lungo corso che, a forza di volersi bene, finiscono per assomigliarsi, anche nei tic. Rosa e Berto, che trasmettono una simpatia da cartone animato, hanno finito per assomigliare anche ai prodotti che smerciano. Paffuti e rotondi come dolci ripieni.

«Abbiamo un furgoncino rosso e da anni vendiamo paste e caramelle sul lago di Lugano e per le strade dei paesi vicini» racconta Rosa. «Sempre più spesso ci capitava di vedere le bustine stracciate delle vostre figurine davanti alle edicole. In Svizzera non è normale vedere carta per terra. Un giorno ho detto: "Pensa che bello se vedessimo sulle strade le confezioni dei nostri cioccolatini", e Berto mi ha risposto: "Perché invece non ci mettiamo a vendere quelle bustine?".»

«Ed eccoci qui» prosegue il baffone sorridente. «Potremmo distribuire le figurine nei negozi di dolci, non solo nel Canton Ticino, ma in tutta la Svizzera. Abbiamo le conoscenze per farlo. Naturalmente sono punti vendita frequentati dai bambini. Chi ama i krapfen ripieni di crema ama anche le bustine ripiene di calciatori. Credo che potrebbe essere un buon affare per noi e per voi.»

Se ne convincono anche Giuseppe e Franco. Il fatto di essere venuti fino a Modena a proporre la collaborazione e, più in generale, l'abitudine a inseguire i clienti per le strade sono garanzie di passione.

A mano a mano che la macchia di figurine si allarga in Europa, si consolida anche la struttura direttiva all'interno della palazzina gialla. Come aveva spiegato bene Franco da Fini, bisogna passare da un'organizzazione familiare a una industriale, perché la Panini ora gioca in Serie A e non più nei campionati parrocchiali.

Sorelle e cognate continuano la loro preziosa collaborazione in azienda, Veronica non smette di collezionare cognomi strani (Felice Mastronzo, Bruno Biondo, Massimo Ingegno, Benvenuta Vacca...), ma attorno a loro è aumentato il numero delle impiegate e, soprattutto, si è infoltito il quadro delle professionalità.

I fratelli Panini non possono più occuparsi di tutto in prima persona, devono cominciare a delegare, infatti stanno cercando di individuare tre professionisti di fiducia da mettere a capo di tre filoni aziendali: un esperto in amministrazione e bilanci; un responsabile del personale, con esperienza giuridica; e un vero direttore editoriale, preferibilmente un giornalista, che si occupi della programmazione e delle collezioni a tempo pieno, come il maestro elementare Baraldi non può fare.

Dopo colloqui, confronti e consulti, il tridente direttivo è stato individuato e sta per entrare in squadra. Il criterio di scelta è stato sempre lo stesso: non la radiografia dei curriculum, ma la conoscenza diretta, le sensazioni a pelle, il peso delle parole e degli sguardi.

Al terzo piano della palazzina gialla ci sono i tre appartamenti occupati da Olga e dalle famiglie di Giuseppe e Edda. La madre al centro, come una Madonna in una pala d'altare, tra il figlio maggiore e la figlia che cucinava e faceva da *rezdóra* quando Olga era una vedova di quarantun anni e otto figli.

Edda cucina ancora per i fratelli che, in genere, si fermano a pranzo in azienda. Il profumo di sugo è una costante ai tre piani dell'edificio, sale e scende per le scale. Serve a ricordare che è cambiato tutto, ma in fondo non è cambiato nulla.

Possono arrivare figure apicali al vertice dell'azienda, ma i valori restano gli stessi di Rua Muro.

È il sugo della storia, direbbe il Manzoni.

Il primo passo

Urbano porge una sedia all'Olga, che ringrazia con un sorriso che arriva da lontano. La Casarèina ha ripensato al proiettore di Antonio che illuminava il lenzuolo di Pozza.

I tigrotti stanno allestendo una piccola platea davanti al televisore che Umberto e Franco hanno posizionato all'esterno del Colombarone.

Se basta una cravatta di Guido a giustificare una festa, figuriamoci lo sbarco del primo uomo sulla luna...

Come tradizione, sono stati invitati tutti i parenti e tutti i dipendenti della Panini.

Domenica, 20 luglio 1969.

La storica diretta della Rai comincia alle 19.30. A condurla, nello studio romano di via Teulada affollato di ospiti, è un giovane giornalista biondo, ben pettinato, con occhiali di tartaruga e piccole lune sulla cravatta scura: Tito Stagno.

Ruggero Orlando, collegato dagli Stati Uniti, riferisce ciò che accade nello stanzone di Houston, dove gli ingegneri della Nasa in camicia bianca guidano la missione dell'Apollo 11. Parla con voce roca e tremolante, da vecchietto del West.

È lui, il vecchietto del West, a dare il primo annuncio importante: «Ore 13.48, le 19.48 in Italia. L'Aquila si è staccata dal Columbia e ha preso il volo! Il Lem, il modulo lunare che dovrà posarsi sulla luna, pilotato da Neil Armstrong e da Buzz Aldrin, ha cominciato l'ultima parte del suo viaggio, mentre Michael Collins resterà in attesa girando attorno al pianeta, pronto a riagganciarli a fine missione».

Il centinaio di ospiti del Colombarone, parte dei venti milioni di italiani affacciati alla televisione, accoglie l'annuncio con un applauso. Umberto lo interpreta come il segnale per mettere in azione l'affettatrice Berkel. I tigrotti fanno circolare prosciutto, tigelle e Lambrusco tra gli ospiti che non staccano gli occhi dallo schermo neppure mentre mangiano.

Le immagini che arrivano dallo spazio sono imperfette, ma meravigliose: due piccoli diamanti che solcano l'immensità buia dell'universo, due moscerini metallici che si avvicinano alla luna. Sono ben visibili le quattro zampe del Ragno lunare che dovranno posarsi al suolo.

L'Adonella è seduta accanto al marito, al figlio e alla Sabrina, la sua migliore amica, cognata del sindacalista Carles e cugina dell'armiere. È stata lei a presentarglielo. Naturalmente Popi ha più occhi per l'Adonella che per la luna.

«Dovremo fare un album sulla conquista dello spazio» suggerisce Giuseppe ingoiando una tigella.

«Di sicuro» concorda Franco che ha letto tutto quello che c'era da leggere sull'Apollo 11 e ne sa più di Ruggero Orlando.

Il Ragno lunare scivola via leggero come il Lambrusco, ma a un certo punto il vecchietto del West chiede la linea con voce affannata: «Qualcosa non va... Qualcosa non va a bordo...».

«Cosa non va, Ruggero? Spiegaci...» lo incalza Tito Stagno.

«Sul Lem si è accesa una sirena e lampeggia una scritta gialla: "codice 1.2002"» riferisce l'inviato.

«Cosa significa quel codice, Ruggero?» domanda il biondino da Roma.

«Gli scienziati della Nasa si stanno consultando. Quel codice non è mai venuto fuori nelle simulazioni a terra.»

«Quanto è distante il suolo lunare?»

«Non più di trecento metri. Ecco, mi stanno passando altre informazioni... e non sono buone purtroppo...»

«Dicci subito, Ruggero! Subito!» ordina Tito.

«Il computer di bordo è andato in tilt» informa l'anziano giornalista. «Hanno già superato il punto previsto per l'atterraggio. Armstrong ha disinserito il pilota automatico. Sarà lui a comandare manualmente l'atterraggio dell'Aquila.»

Un brusio di preoccupazione fermenta dalle sedie del Colombarone.

«Come si pilota quell'affare?» chiede il Vècio.

«Con la mano destra Armstrong impugna una leva che termina come l'elsa di una spada, con la sinistra una specie di cloche tipo quella delle auto» spiega Franco. «Con la prima regola la velocità orizzontale, con la seconda quella verticale, e intanto segue una specie di livella, tipo quella dei muratori, per tenere il Lem perfettamente perpendicolare al suolo. La posizione d'atterraggio.»

«Ci fosse a bordo Biàtta, avrebbe già risolto il guasto» commenta Benito.

«Magari basta una bella *smartlèda*» concorda Umberto.

Irrompe ancora la voce roca di Ruggero Orlando: «Si è accesa la spia del carburante! Armstrong ha a disposizione novanta secondi per portare giù l'Aquila... novanta secondi. Le sue pulsazioni sono salite a centocinquanta al minuto».

«Sono andati lunghi e hanno consumato più carburante del previsto, vero?» chiede Peppino.

«È così» conferma Franco. «Ora Armstrong deve atterrare in pochi secondi e non è semplice, perché rischia di sbattere contro vere e proprie montagne o cadere in crateri profondi metri. Se rovinano il modulo lunare e non possono riagganciarsi alla navicella, sono morti perché dalla terra non fanno in tempo ad arrivare i soccorsi.»

Al Colombarone cala un silenzio siderale.

Houston comincia il conto alla rovescia: «Vi restano sessanta secondi di carburante».

«Stiamo scendendo a 2,5 piedi al secondo» informa Aldrin.

«Il Ragno sta puntando un'area non più grande di una stanzetta di venti metri quadrati, non lontano ci sono crateri che sembrano bocche spalancate.»

Le immagini ora sono trasmesse da una telecamera fissata alle zampe del Ragno. Anche al Colombarone hanno tutti la sensazione di allunare. La superficie pietrosa del satellite si sta avvicinando sullo schermo. Le pulsazioni accelerano.

«Trenta secondi di carburante» avverte Houston. «Neil, portalo giù...»

Aldrin: «Proseguiamo a 2,5 piedi al secondo».

Houston: «Venti secondi».

Armstrong: «Abbiamo sollevato polvere».

Aldrin: «Avanti. Verso destra...».

Houston: «Dieci secondi».

Armstrong: «Vedo la nostra ombra sulla luna».

Tito Stagno si porta le mani alle orecchie, si concentra sulle parole degli astronauti che gli arrivano nell'auricolare, stringe i pugni e chinandosi in avanti sul microfono dà l'annuncio storico: «Ha toccato! Ha toccato il suolo lunare! Sono le 22.17 in Italia, le 15.17 a Houston: per la prima volta un veicolo guidato dall'uomo ha toccato un altro corpo celeste!».

Un boato di applausi scioglie la tensione nello studio della Rai e scatena l'entusiasmo al Colombarone, ma Franco lo spegne subito. Alza un braccio e chiede silenzio, avvicinando l'orecchio al televisore.

Dall'America arriva la voce roca del vecchietto del West: «No, non ha toccato. Mancano ancora dieci metri...».

Il biondino sorride isterico, dondola la testa e ribatte furibondo: «No, Ruggero! No, Ruggero!».

Potesse, volerebbe a Houston per strozzarlo con le sue mani.

«Ma ha toccato o no?» chiede Benito, confuso come tutti.

«Ha ragione Ruggero» sentenzia Franco che ha seguito la conversazione in inglese tra la Nasa e gli astronauti. «Il Ragno ha toccato il suolo lunare solo ora. Tito si era sbagliato.»

Aldrin annuncia: «Ok. Stop ai motori».

Armstrong: «Qui Base della Tranquillità. L'Aquila è atterrata».

Houston: «Qui abbiamo un bel numero di ragazzi che stavano diventando blu per l'asfissia. Ora possono riprendere a respirare. Grazie di tutto, Aquila».

Finalmente può liberarsi la gioia anche al Colombarone. Tutti applaudono e si abbracciano come nello stanzone delle camicie bianche. Umberto e Giuseppe fanno volare i tappi di champagne. I bicchieri si riempiono di spuma.

La Olga, in disparte al buio, come Michael Collins, fissa la luna con un sorriso leggero.

"Hai visto, Tonino, dov'è arrivato l'uomo? E tu che ti sentivi tanto in alto sul tuo piccolo aereo... Ho letto da qualche parte che le anime vanno a finire sulla luna. Se è così, ti terranno compagnia."

Benito, che ha in braccio la piccola Caterina addormentata, saluta tutti.

«Te ne vai sul più bello, Tullio?» chiede Giuseppe. «Ti perdi la passeggiata sulla luna?»

«Ci vorranno ore prima che escano» risponde il fratello. «Vado a mettere a letto le bambine.»

«Puoi fermarti a dormire qui» suggerisce Umberto. «Al Colombarone le camere non mancano.»

La maggior parte degli ospiti, soprattutto chi ha figli piccoli, preferisce fare come Benito. La fattoria si svuota.

La famiglia dell'Adonella è spaccata. Lei vorrebbe restare, l'armiere insiste per portare a letto il figlio che sembra un cappotto buttato su una sedia. Si è addormentato con le gambe distese e la testa rovesciata all'indietro.

La Sabrina offre la mediazione.

«Tu vai a casa con Marcello» suggerisce all'armiere. «La riaccompagno io, l'Adonella. Sono qua senza marito.»

Al Colombarone restano una ventina di irriducibili.

«Per restare svegli fino all'alba, c'è un solo modo: ballare e cantare. In piedi» ordina il Vècio. «Chi si siede è perduto! Come mi ha insegnato un giorno Enzo Ferrari.»

Popi, emozionato, pizzica le corde del basso sotto la prima luna abitata. Non deve più sorvegliare gli sguardi. L'Adonella, che ondeggia al centro della pista, si è staccata come l'Aquila dalla navicella Columbia e sta attraversando da sola la notte del Colombarone.

Quando Ruggero Orlando richiama tutti alle sedie, il chitarrista dei Randagi guadagna senza troppa fatica un posto accanto alla telefonista di Fossalta.

Lo sportello del modulo lunare si è aperto. Si affaccia un astronauta con una specie di scafandro bianco da palombaro e un grosso casco in testa.

La voce profonda di Armstrong annuncia dallo spazio: «Houston, sono pronto a scendere dall'Aquila».

Houston: «Ok, Neil. Fermati un minuto».

Armstrong, poco dopo: «Sto bene. Il minuto è passato. Vado».

Il comandante si aggrappa alla scaletta e scende dando le spalle alla telecamera. Ha una specie di zaino squadrato sulla schiena. Posa il primo piede sullo scalino. Si ferma. Fa un altro passo. Si ferma ancora.

«Come sto andando, Buzz?» chiede Armstrong.

«Benissimo, Neil. Muovi il destro ora...» risponde Aldrin.

Finalmente Armstrong è arrivato sull'ultimo gradino della scaletta.

Allunga la punta del grosso stivale lunare, ma la ritira immediatamente, come se avesse sfiorato qualcosa di troppo caldo o troppo freddo.

Ci riprova.

Questa volta il piede sinistro dell'astronauta affonda di qualche centimetro nella polvere lunare e si ferma, ben piantato al suolo.

Sono le 4.50 in Italia.

Il primo passo di Neil Armstrong in realtà è un volo, un brevissimo volo, il tempo che impiega la gamba destra a raggiungere la sinistra.

Nello stesso spazio di tempo e con la stessa delicatezza, la mano di Popi si è posata su quella dell'Adonella. E lei gli ha stretto le dita.

La secchia ripresa

«Dove credi di andare?» chiede la Maria vedendo il marito che si aggiusta la cravatta gialla davanti allo specchio.

«A festeggiare la Liberazione, naturalmente» risponde Giuseppe. «Oggi è il 25 aprile. Ricordati che sono stato partigiano.»

«Ah, ecco...» si tranquillizza la moglie. «Pensavo che eri così matto da andare alla partita di pallavolo.»

«Infatti è di quella liberazione lì che parlo. Liberi dal dominio dei bolognesi e dei fiorentini. È ora che Modena torni al potere!»

Il figlio Antonio, che ha dodici anni e la maglietta gialla della Panini già addosso, ricambia l'occhiolino del padre.

La Maria ha una faccia da guerra: «La prossima volta ti lascio rantolare nel letto. Ti sei già dimenticato cosa ti ha detto Manzini?».

«Mi ha proibito di andare in panchina e mi ha ordinato di controllare lo stress. Starò in tribuna e non ci sarà stress, perché vinciamo facile. Scendiamo, che siamo in ritardo. I pullman sono già pronti.»

Al volante di quello dei familiari c'è Guido, con una cravatta nuova, al volante di quello dei dipendenti Umberto in persona.

La Maria dondola la testa rassegnata. Tiziana e Annamaria si prendono cura del fratellino Francesco che ha una bandierina gialla in pugno.

Qualche settimana prima, Giuseppe ha avuto un attacco di angina, in piena notte.

Si è svegliato sudato, affannato, con un dolore forte al petto, al braccio e alla mandibola.

«Maria, o ho un cinghiale sul petto o c'è qualcosa che non va...»

La moglie lo ha portato subito al policlinico dove è accorso il dottor Manzini, medico di famiglia che poi gli ha prescritto la cura e le precauzioni da seguire. In realtà, Giuseppe non ha impiegato troppi giorni per recuperare i soliti ritmi di lavoro alla Panini. È come se avesse smaltito un raffreddore. Il Bisonte ha tirato dritto un'altra volta. E oggi, 25 aprile 1970, non ha nessuna intenzione di perdersi la festa scudetto della Panini che, all'ultima giornata di campionato, ha due punti di vantaggio in classifica sulla Ruini di Firenze. Le basterà vincere a Reggio Emilia contro La Torre, terz'ultima e già retrocessa, per conservare il primo posto e laurearsi campione d'Italia.

Non sarebbe la prima soddisfazione che il Gruppo Sportivo Panini darebbe a Giuseppe. Due anni fa, a Città del Messico, ha visto correre Renzo Finelli, di Anzola dell'Emilia, in una batteria dei 1500 metri. Un suo atleta, già primatista e campione d'Italia, è stato protagonista alle Olimpiadi, il più prestigioso evento sportivo al mondo. Un'altra figurina incollata nell'album dei sogni.

Innamorato da sempre dell'atletica leggera, Giuseppe si è regalato un viaggio nel cuore dei Giochi, accompagnato da Umberto che parla spagnolo e, dieci anni dopo una scommessa vinta, è tornato volentieri dall'altra parte dell'oceano.

Lungo il percorso cittadino della maratona, al diciassettesimo chilometro, hanno visto fermarsi Abebe Bikila, la leggenda scalza di Roma, sconfitto dalla fatica, dagli anni, da un ginocchio malconcio e dall'aria rarefatta.

L'Olimpiade è il massimo, ma lo scudetto della pallavolo, nella culla del gioco, in una città che lo attende da sette anni, dopo averne vinti undici di fila, non è un orgoglio inferiore. Anche perché arrivare fino a lì, sulla soglia del trionfo, è stata una battaglia dura, spietata, fatta anche di colpi bassi.

Come quella volta che, in un afoso pomeriggio fiorentino, i dirigenti di casa areavano solo la metà campo della Ruini, mentre dalla parte della Panini tenevano sbarrate porte e finestre così che si formasse a terra una condensa scivolosa. All'ennesima caduta, Morandi si è infortunato e il prof Anderlini, che teneva più alla salute dei suoi studenti che alla classifica, ha ritirato la squadra.

Al giovane e imbarazzato inviato della Rai hanno passato la linea per raccontare una partita di pallavolo che ormai non c'era più. Si chiamava Bruno Vespa.

Ma ora sono i fiorentini a essere scivolati dietro, a due punti dalla Panini capolista.

Nei pronostici di inizio stagione, i toscani avrebbero dovuto giocarsi il titolo con la Bumor Parma, campione in carica, mentre Bologna si era indebolita parecchio a causa di cessioni importanti. Ma gli studenti di Anderlini hanno steso quasi subito le due favorite e sono volati via, in gita di classe, perdendo una sola partita su ventuno. Manca solo una vittoria al titolo.

Benito, il presidente della squadra, nervosissimo dietro agli occhiali scuri, è seduto in tribuna accanto all'amico Aldo Malavasi, esperto d'auto. Antonella, che ha compiuto sei anni, sta qualche fila più in basso, insieme alle cugine. La Lena è rimasta a casa con le figlie più piccole, Rita e Caterina.

Popi osserva da lontano l'Adonella.

«Ho notato che da un po' di tempo non dai più i voti con le figurine» osserva Carles al suo fianco.

«Il gioco è bello finché è corto» se la cava il chitarrista.

«Non è che invece è successo qualcosa? Ti sei fatto la pratica?»

«Eh, magari...»

«Diceva "eh, magari" anche Caterino, poi l'ho beccato. Attento che io per queste cose ho fiuto...»

Giuseppe esce dallo spogliatoio e, camminando a testa bassa

per non incrociare lo sguardo della moglie in tribuna, va a sedersi in panchina.

Nel palazzetto di Reggio Emilia non potrebbe entrarci neppure uno spillo.

I tifosi arrivati da Modena lo hanno riempito in ogni anfratto e lo fanno rimbombare di canti e di cori. Gli spettatori in prima fila, seduti a terra con le ginocchia raccolte al petto, praticamente mettono i piedi in campo. L'arbitro ha avuto qualcosa da dire, poi, nell'impossibilità di trovare una soluzione, davanti a un muro di gente impaziente, ha fischiato l'inizio del gioco.

Come previsto, la partita è poco più di una passeggiata verso lo scudetto. La Panini vince il primo set per 15-3 e il secondo per 15-7, spinta dall'entusiasmo dei suoi sostenitori. Ma nel terzo set le cose cambiano.

Un po' l'orgoglio dei giocatori di casa, che vogliono regalare ai propri tifosi un'ultima soddisfazione prima di scendere in B, un po' l'emozione che fa tremare i ragazzi di Anderlini a un passo dalla meta, la partita diventa improvvisamente equilibrata. Anzi...

In un brusio di spaventata meraviglia, la Torre si aggiudica il combattutissimo terzo set agli spareggi: 16-14.

Il Prof raduna i suoi studenti davanti alla panchina: «Cancelliamo tutto e ripartiamo. Non è successo nulla. Tranquilli. Vinciamo in fretta il set e poi torniamo a casa a festeggiare».

«E se non vinciamo, Pepi» minaccia Giuseppe, «non ti farò più manovrare il muletto del magazzino. Sciopero!»

Musil commenta perplesso: «Mah, molto mah...».

I ragazzi scoppiano a ridere. È la risata che scaccia le formiche della tensione dalle braccia. Josef ricomincia a zampillare palloni senza suono, Nannini e Sibani riprendono a martellarli come chiodi. La Panini Modena vince il set per 15-3 e può scatenarsi la festa.

Giuseppe, Benito, Umberto e Franco si ritrovano abbracciati al centro del campo, trascinati via da un fiume di modenesi, come nei giorni della colonia sul Panaro. Chi comanda? I Panini! Hanno conquistato un'altra volta l'Italia, questa volta con dei giocatori in carne e ossa. Hanno reso felice la città che un tempo imbustava le loro figurine.

Gli occhi del Prof brillano: «Ci siamo ripresi la secchia, Giuseppe».

«La custodiremo a lungo nella Ghirlandina» promette il Vècio prima di obbedire a uno strattone violento della giacca.

È la Maria che di forza lo porta fuori dal palazzetto e lo carica sul pullman, al riparo da emozioni esagerate.

I giocatori afferrano Benito, il presidente, e lo lanciano in cielo a ripetizione, come fosse un pallone da schiacciare. Lui sorride felice, mentre va su e giù, come un bambino su una giostra. È felice per la vittoria dello scudetto, ma ancora di più perché di quel trionfo si riconosce dei meriti. È stato lui a portare Anderlini da Giuseppe, è stato lui a mettere in moto la storia.

Ancora una volta, come per l'edicola, come per l'agenzia di distribuzione dei giornali, dalla cui costola è nata l'avventura delle figurine, Benito è stato il primo fuoco, l'appassionato pioniere di una nuova frontiera. È stato il palleggiatore che ha consentito ai fratelli di schiacciare a terra il successo dell'azienda.

"Ma ora a chi alzo il pallone?" si chiede Benito Panini mentre le braccia forti dei suoi giocatori lo lanciano in aria.

Ora che non serve più pedalare in collina per consegnare i giornali, ora che non devo più annotare su un'agenda le ordinazioni dei distributori, ora che la gestione e la programmazione dell'azienda è ormai passata nelle competenze di professionisti laureati, io che sono l'unico dei fratelli a non aver studiato, che contributo posso dare? Che gratificazioni posso avere?

Non ho decisioni da prendere come Giuseppe, il capo; non ho nazioni da conquistare, come Franco che viaggia di continuo all'estero; non ho macchine da inventare come Umberto, il genio dei motori.

È da quella strana prospettiva, andando su e giù come un pallone, che Benito, per la prima volta, mette lucidamente a fuoco la sua situazione. E, per la prima volta, la proposta che anche oggi, in tribuna, gli ha rinnovato l'amico Aldo Malavasi gli appare più che interessante.

4-3

I sindacalisti lo hanno spiegato in modo crudo ai Panini: «Voi raccogliete figurine, non pomodori. Non avete diritto a dipendenti stagionali».

Anche perché la produzione è cambiata, le collezioni sono aumentate, al di là del calcio e dello sport. In viale Emilio Po, di fatto, si coltivano pomodori tutto l'anno. Le Fifimatic non stanno mai ferme.

La collezione dei cantanti uscita nel '68, per esempio, ha avuto notevole successo e viene aggiornata ogni anno con ottimi risultati di vendita. Anche i campioni della canzone hanno preso l'abitudine di far visita allo stabilimento della Panini, per specchiarsi come Narciso nella loro immagine riprodotta e fare il pieno di santini da elargire ai propri fan.

Magari approfittano di una tappa del Cantagiro in zona e si presentano in azienda, come ha fatto qualche mese fa Mino Reitano che ha parcheggiato il pullmino nel cortile e ha scaricato un esercito di fratelli e di cugini, per la gioia delle impiegate.

Il cantante calabrese, che indossava un inquietante pelliccIotto bianco in piena estate, aveva appena ritirato il disco d'argento per le cinquecentomila copie vendute con la canzone *Una chitarra, cento illusioni.*

Giuseppe gli è andato incontro per fare gli onori di casa: «Che bella sorpresa! Per me è come accogliere un parente...».

«Siete calabresi?» ha chiesto sorpreso, Reitano.

«No, ma mia figlia Tiziana è pazza di lei... Non ascolta altro. Perciò Mino Reitano è diventato uno della famiglia.»

«Dov'è ora Tiziana?» si è informato il cantante.

«In casa, noi abitiamo lì, al terzo piano» ha indicato Peppino. «La vado a chiamare.»

«No, non serve. La chiamo io» si è proposto Reitano che ha recuperato una chitarra dal pullmino e si è messo a cantare *Avevo un cuore che ti amava tanto* sotto le finestre della palazzina gialla.

La sua voce potente e inconfondibile ha stanato in pochi secondi la figlia di Giuseppe che si è affacciata con gli occhi più incantati del mondo, tipo quelli dell'Adonella quando si è presentato Mal dei Primitives, con un trench di pelle nera dal bavero alzato, stretto alla vita da una cintura annodata. Popi si macerava nell'invidia.

Alla Panini ormai sono abituati a momenti del genere, hanno imparato che le Fifimatic di Umberto posseggono una magia speciale: sfornano figurine che ogni tanto prendono vita.

In viale Emilio Po crescono pomodori tutto l'anno, ma è vero che ci sono mesi in cui la raccolta è molto più intensa e farebbero comodo più braccia del solito, soprattutto nel periodo di preparazione del nuovo album dei calciatori. Non si possono attivare contratti a termine ma, se c'è un'arte che i figli della Olga conoscono da sempre, è quella di arrangiarsi.

Giuseppe ed Erminia Losi, per esempio, lavorano alla Panini da ottobre a maggio, poi si licenziano e aiutano i genitori a gestire la pensione Louisiana a Forte dei Marmi, dove Giuseppe e la Maria passano parte delle vacanze estive, alloggiati a prezzo di favore. Una sorta di cambio merci.

È proprio qui, alla pensione Louisiana, che la sera del 17 giugno 1970, il Vècio assisterà alla partita che tutta l'Italia sta aspettando: la semifinale del Mondiale contro la grande Germania.

Giuseppe e la Maria sono seduti nella sala della televisione accanto a una coppia di amici, Teresio e Edera Rivera, genitori di Gianni che anche questa sera partirà dalla panchina, come contro il Messico, perché il commissario tecnico azzurro, Ferruccio Valcareggi, quello che aveva battezzato Ridolini i nostri carnefici coreani, ormai ha deciso così: un tempo l'interista Sandro Mazzola, un tempo il milanista Gianni Rivera. "La staffetta" come scrivono i giornali.

Il Vècio brontola a voce alta in difesa del Golden Boy che contro il Messico è entrato e ha ribaltato la partita: un gol e tanti passaggi illuminati per trasformare un pareggio (1-1) in una larga vittoria (4-1).

«Cosa poteva fare di più quel ragazzo? Come si fa a tenere fuori un Pallone d'oro?» domanda Giuseppe con l'impeto di un Renzo Tramaglino.

I presenti che affollano il Louisiana gli danno ragione e si scaldano come al Forno delle Grucce. Solo Teresio resta impassibile in prima fila, con gli occhi fissi alla televisione e le mani sulle ginocchia, come un padre antico che non contesta il brutto voto dato al figlio dalla maestra.

In tempo di guerra Teresio era operaio alla stazione di Alessandria, importante snodo ferroviario del nord Italia e quindi bersaglio delle bombe alleate. Quando suonava la sirena, Teresio saltava giù dal vagone in riparazione, inforcava la bici e riparava con la moglie in paese, a Valle San Bartolomeo. È durante una di queste fughe che è venuto al mondo Gianni, nella locanda della famiglia di Edera. I parenti di Teresio erano contadini. Umili origini, legate alla terra, come i Panini.

Le estati condivise al Forte e quel figlio calciatore-figurina hanno fatto crescere un'amicizia sincera. I Panini e i Rivera si tengono in contatto anche durante il resto dell'anno e si scambiano visite frequenti.

Una volta che la Maria è stata ospite nell'appartamento dei Rivera a Milano, in viale Misurata, ha poi scherzato con Giuseppe: «Ho dormito nel letto di Gianni. Credo di essere stata invidiata da tutte le ragazze d'Italia...».

L'ex partigiano Giuseppe e l'ex ferroviere Teresio, seduti accanto, sono ora pronti ad affrontare un'altra Germania. Il Louisiana esplode quasi subito, perché dopo otto minuti, il tempo che impiega un raggio di sole a toccare la terra, Boninsegna ha già fatto gol con uno splendido sinistro. E inizia la nostra resistenza.

Le maglie bianche assediano, gli azzurri si difendono, chiusi nel loro fortino difensivo, e respingono tutto. Gianni Rivera non è nato per spazzare via il pallone, ma entra nel secondo tempo e dà una mano come può.

S'infortuna il mitico capitano avversario, Franz Beckenbauer, detto "il Kaiser". Non può essere sostituito perché il c.t. tedesco ha già speso i suoi due cambi, allora gli imbragano la spalla lussata e gli inchiodano un braccio al petto.

Viene avanti così il Kaiser, fasciato come una mummia, inarrestabile come gli zombi che Romero ha portato al cinema due anni fa, puoi anche spararargli, ma il capitano tedesco avanzerà lo stesso palla al piede. La nostra difesa comunque regge e arriva vergine al novantesimo. Si aspetta solo il fischio finale. Nella sala del Louisiana sono già tutti in piedi, pronti a festeggiare e a correre in strada.

Karl-Heinz Schnellinger è un difensore biondo che gioca nel Milan. Non ha mai segnato un gol con la maglia della Nazionale. Se si sposta nell'area avversaria è solo perché la partita è ormai finita e l'ingresso degli spogliatoi è da quella parte. Vuole evitare di incrociare gli amici milanisti ed eventuali prese in giro. Ma, appena arriva nell'area azzurra, gli casca la palla tra i piedi e, in scivolata, la spinge in rete: 1-1. Tutto da rifare allo stadio Azteca di Città del Messico. Si va ai tempi supplementari.

Giuseppe si lascia cadere sulla sedia: «*Brotta impestèda..*».

Fosse in viale Emilio Po, brucerebbe in cortile tutte le figurine di Schnellinger. Crucco traditore...

La Germania passa addirittura in vantaggio con quel diavolo di Gerd Müller, basso e compatto come una lattina di birra. Pareggia Tarcisio Burgnich, detto la Roccia, un altro entrato nell'area nemica quasi per caso. Un ateo in chiesa. Gigi Riva segna il meraviglioso gol del 3-2 prima di abbandonarsi, stremato, come il Cristo di una Pietà, tra le braccia di Rivera che però è troppo leggero per sorreggerlo e i due rotolano a terra. Sembra finita. Macché...

All'inizio del secondo tempo supplementare, quel diavolo di Müller sfiora di testa una palla in volo. Gianni è di guardia al palo, come una spina al primo giorno di caserma. Dall'imbarazzo con cui reagisce, si vede che non è abituato a quella corvée difensiva.

La palla passa tra la pancia azzurra e il legno bianco: 3-3...

Tutti gli insulti che gli sta urlando il portiere Albertosi vorrebbero urlarglieli anche gli spettatori del Louisiana, ma si trattengono per rispetto di Teresio.

Rivera si incammina avvilito verso il centro del campo, a testa bassa. L'errore lo ha rimpicciolito più della camicia bianca che vestiva alla Panini.

Edera, con istinto materno, si copre la bocca con le dita. La Maria, con riflesso da amica, le posa una mano sulla spalla.

Il Golden Boy si fa passare subito il pallone e avanza. Si è messo in testa di dribblare tutti gli avversari e di entrare in porta per farsi perdonare, ma si rende conto che il muro bianco è troppo folto. Allora affida il pallone a un compagno e avanza. Boninsegna glielo restituisce pochi secondi dopo, con un cross rasoterra dalla sinistra.

Gianni è al limite dell'area e ha la porta in faccia, quasi completamente spalancata perché il portiere tedesco è rimasto a guardia del palo sinistro. Si chiama Sepp Maier, lo hanno battezzato il Gatto di Anzing per la sua incredibile agilità. Forse farà in tempo a recuperare la posizione e a proteggere l'enorme porzione di rete rimasta scoperta. Il portiere non ha il minimo dubbio che l'italiano stia per calciare da quella parte.

E invece Rivera incrocia il pallone e imbocca il sentiero del genio, che non è mai quello percorso dalla logica: incrocia il pallone con il piede destro e lo spedisce proprio dalla parte presidiata dal tedesco che però ora non c'è più perché si è lanciato verso il palo opposto.

Il gomitolo entra beffardo nella rete del Gatto.

Il più spettacolare contropiede della storia del calcio. Un azzardo assurdo, come rinunciare a un posto sicuro in banca per vendere figurine.

Italia-Germania 4-3!

Siamo in finale! Ci giocheremo il mondo contro il dio Pelé!

Questa volta si lascia andare anche il buon Teresio che abbraccia l'amico Giuseppe.

Per le strade di Forte dei Marmi si scatena il carnevale, esplodono i clacson. Come in tutto il resto d'Italia.

L'album *Mexico '70*, il primo interamente dedicato a un campionato del mondo, con testi e didascalie in sei lingue diverse che consentono di spostare le giacenze da una nazione all'altra, a seconda delle esigenze di mercato, con riduzione di sprechi e di rese, è molto più di un successo editoriale. È una finestra aperta sul mondo, è un biglietto da visita consegnato ovunque. Ora tutti sanno che potranno avere una collezione del genere anche per il loro campionato nazionale.

I fratelli Panini, forti di ulteriori, poderose, risorse entrate in cassa grazie a *Mexico '70*, sono definitivamente pronti a mettere in atto il piano di espansione internazionale teorizzato da Franco e già avviato in Belgio e in Svizzera.

Vogliono volare oltre l'Italia, come O Rei oltre le spalle della Roccia Burgnich nella sfortunata finale dell'Azteca, vinta dal Brasile.

Il Mondiale di Rivera e Pelé, i due segni indicati dalla Nannina, spalanca un nuovo futuro.

Non ci siamo mai visti

«A Milano ho amici che lavorano in una sala d'incisione» racconta Popi. «Ci lavoro un po' e intanto faccio serate con i Randagi. In un anno o due siamo a Sanremo. Torno e ti sposo.»

«Perfetto. C'è solo da stabilire se prima o dopo la cerimonia» osserva l'Adonella.

«Prima o dopo cosa?»

«Se mio marito ci spara prima o dopo le nozze.»

«E perché dovrebbe spararci?»

«Per il banale motivo che sono sua moglie.»

«Ma tu divorzi. Hanno appena fatto la legge apposta. Chi credi che l'abbia suggerita? Ho un sacco di amici anche a Roma.»

«Accontentati di quello che hai. È già troppo per te.»

Popi, sdraiato su un fianco, sta disegnando dei cerchi con un dito attorno a un capezzolo della telefonista: «No che non mi accontento. Veniamo qui da due anni. Dobbiamo invecchiare al Luna? Io ti amo».

«Taci e renditi utile» conclude l'Adonella che gli posa una mano sul collo e lo tira e sé.

Fanno la doccia insieme ed escono dalla stanza del motel nello stesso istante in cui esce la coppia dalla stanza accanto.

«Ecco perché non davi più i voti con le figurine...» dice Carles.

«Ecco perché hai fatto assumere tua cognata» ribatte Popi.

Dagli sguardi imbarazzati delle due amiche si direbbe che nessuna abbia mai confidato all'altra la pratica in corso.

«Naturalmente noi due non ci siamo mai visti» suggerisce il sindacalista.

«Non so neanche come ti chiami» assicura il chitarrista.

Il valzer di Masha

La cena è squisita, servita da camerieri in guanti bianchi, in un'elegante villa d'epoca di Bogenhausen, a Monaco di Baviera. Non lontano, in fondo a Prinzregentenstrasse, in cima a una colonna corinzia alta venticinque metri, apre le ali l'Angelo della Pace.

«Non nascondo che i dati di vendita che ci avete fornito mi hanno impressionato» riconosce Uli Pohl, l'imprenditore padrone di casa.

«E io non le nascondo che la crescita della nostra azienda ha sorpreso anche noi...» ammette Franco Panini attaccando un impegnativo Bauernschmaus, carne di maiale arrosto, accompagnata da crauti e canederli.

«I dati del Belgio sono particolarmente interessanti» osserva Pohl.

«Ha visto? La collaborazione con il nobile de Latre du Bosqueau è cominciata con la distribuzione dell'album di Messico '70. È andato a ruba e ha trascinato poi le collezioni successive del campionato belga. Credo che il nostro agente, ora, sia molto soddisfatto dell'accordo fatto...»

«Prima non lo era?» s'informa l'imprenditore.

«Per prudenza, ha preferito non metterci il suo nome e chiamare la nuova società "Panini Belgio". In caso di fallimento, sarebbe rimasto al coperto. Al contrario, in Francia i nostri soci non hanno voluto usare il nome Panini. La società si chiama "France Image". Sa come sono i francesi...»

«Sciovinisti» risponde in italiano Masha Pohl, l'affascinante moglie dell'imprenditore. «Con il naso sempre arricciato. Sanno tutto loro...»

«Anche in Francia, la società ha fatto subito buoni numeri» osserva il marito.

«Sì, e sono ancora più indicativi, perché è a una società di questo tipo che pensiamo per la Germania» spiega Alfredo Roma, il nuovo Direttore Finanza e Controllo dei Panini. «In Belgio, come in Svizzera, abbiamo semplici clienti che distribuiscono i nostri prodotti. Noi invece pensiamo di creare una rete di consociate, cioè di società fondate da noi e partecipate da imprenditori di fiducia che credono nella nostra idea. Al momento la Panini fattura due miliardi e quattrocento milioni all'anno, di cui un miliardo all'estero. Contiamo di invertire le proporzioni molto presto.»

«Inutile che le spieghi quanto potrà fare da traino al progetto il prossimo Mondiale di calcio che si svolgerà in Germania nel '74» aggiunge Franco.

«Ah, io non vedo l'ora che arrivi per prenderci la rivincita» commenta Masha ancora in italiano. «Ci avete rubato la partita in Messico.»

«Rubato non direi» precisa Franco con cortese fermezza. «Abbiamo giocato una partita splendida, celebrata in tutto il mondo, e abbiamo meritato di vincerla.»

«Meritato?» ripete la signora bionda, svuotando il calice di champagne che il cameriere alle sue spalle si affretta a rifornire. «Il nostro giocatore migliore aveva un braccio al collo, riprovateci al prossimo Mondiale, se ci riuscite...»

«Posso chiederle dove ha imparato un italiano così impeccabile?» domanda Roma.

«A letto.»

Franco e Alfredo controllano l'imbarazzo, mentre il marito

non sposta gli occhi dal piatto di Kalbsrahmbraten, vitello alla crema. Come se la moglie avesse appena detto: passami il sale.

Alfredo Roma, classe 1938, è stato un atleta di interesse olimpico. Ha sfiorato l'accesso ai Giochi di Roma '60 nei 400 ostacoli. Giuseppe Panini l'ha conosciuto proprio sui campi d'atletica, sua gran passione. Franco lo ha coinvolto come consulente in uno dei suoi primi viaggi all'estero per sfruttare la sua ottima conoscenza dell'inglese, quando Roma lavorava già alla Banca Popolare di Modena. Dopo un'esperienza in un'azienda di ceramiche, nell'aprile '72, il professionista ha ceduto al lungo corteggiamento dei Panini ed è entrato in viale Emilio Po come Direttore Finanza e Controllo.

In un'azienda a gestione famigliare, abituata a radunare il consiglio d'amministrazione sulle scale profumate di sugo, in cui il solo Franco sapeva leggere i bilanci, Alfredo Roma ha portato modernità e rigore di gestione. Ha introdotto le figure dei consulenti e certificato i bilanci.

Ma soprattutto ha razionalizzato il piano di espansione di Franco organizzando la rete delle consociate europee per consentire a Modena di avere il controllo di tutto, a cominciare dal prezzo di vendita: concedere sconti nelle piazze da lanciare, andare all'incasso in quelle più consolidate; studiare strategie di vendita e iniziative di promozione con i soci fidati, scelti sul posto; caricare le consegne in quel Paese, alleggerirle in quell'altro...

L'obiettivo finale è una galassia europea di figurine, ben sincronizzata e sempre sotto il controllo diretto della Panini, sottratta all'arbitrio dei singoli rivenditori.

La prima affiliata è nata in Francia, poco dopo l'arrivo di Roma in azienda: "France Image", con sede a Nizza, guidata da un gerente romano, Bruno Grillo, assistito da due figure operative molto pittoresche: Emil Bressier, eroe della Resistenza, e Georges Morguleff, decorato con la Legione d'onore.

Grandi manovre anche in Inghilterra, in puro stile Panini,

partendo cioè da una conoscenza fortuita e personale. Cyril Robinovic, ebreo russo diventato Robinson all'anagrafe londinese, e la moglie Alice, conoscono da anni Franco ed Emilia, vicini di ombrellone a Gabicce Mare. Cyril, oscuro giornalista-tecnico, sembra disposto ad acquistare il cinque per cento della nascente Panini UK. Franco e Alfredo sono già volati diverse volte oltre Manica per rifinire l'affare e individuare la sede della nuova filiale.

È durante queste spedizioni che si è saldata sempre di più l'intesa tra i due, che non è soltanto professionale. Roma accompagna volentieri Uèllas a caccia di incunaboli, lo assiste alle aste londinesi di libri rari, gli suggerisce musei o concerti. Adora la musica, suona il piano e sta studiando la viola da gamba. È anche un grande appassionato di volo, ha il brevetto da pilota. Franco e Alfredo condividono la stessa ansia culturale, la stessa fame di interessi nuovi.

Alla fine di una cena digestivamente molto impegnativa, Uli Pohl si addentra sempre di più nella trattativa, ipotizza la quantità di azioni da acquistare, tratta con Franco la percentuale di utile sul venduto, s'informa sulle rese e sulle spese di trasporto.

Masha si alza da tavola con un calice di champagne in mano e raggiunge il giradischi. Parte un valzer viennese.

«Mi fa ballare?» chiede a Roma.

«Volentieri» risponde Alfredo che ha ancora il fisico asciutto da ex ostacolista e un sorriso molto italiano.

È più alto di Franco, più estroverso, più disinvolto nelle relazioni, il senso musicale lo aiuta a muoversi in modo sicuro ed elegante.

Masha, figlia di uno dei più potenti editori tedeschi, indossa un abito da sera nero che le lascia scoperte le spalle e la schiena di latte, sulla quale cascano i capelli biondi acconciati alla greca.

Alfredo Roma stringe la presa e le strappa dal collo un intenso aroma di rose: «Mi stavo chiedendo se prima ci avesse fatto un complimento o meno».

«Quando?» chiede la donna.

«Quando ci ha svelato che ha imparato l'italiano a letto» risponde l'ex atleta.

«Certo che lo era» conferma la signora Pohl. «Se l'ho imparato così bene, vuol dire che ci sono tornata spesso.»

«Ma potrebbe anche voler dire che a letto lei è stata intrattenuta soprattutto a parole» precisa Roma. «E questo non ci fa onore.»

«Di sicuro questa sera abbiamo parlato troppo» taglia corto la donna.

Una piroetta li porta ancora più distanti dalla tavola da pranzo.

Usciti dalla villa di Boghenausen, Franco Panini si abbandona a un sorriso di piena soddisfazione: «Credo proprio di avercela fatta».

«Anch'io» assicura l'amico, non meno soddisfatto.

Poche settimane più tardi, Roma torna a Monaco per firmare i documenti di costituzione della nuova società: la Panini Verlag.

Questa volta viene accompagnato da Giuseppe che si trova molto più a suo agio nel mondo tedesco che in quello anglosassone. Raggiungono la Baviera in auto con la fisarmonica nel baule.

L'atto viene stipulato in Wiener Platz, nello studio di un vecchio notaio che, durante la lettura del documento, si alza in piedi e fa una specie d'inchino all'ospite ogni volta che deve pronunciare "Herr Cusèppe Panìnin".

Il Vècio dà di gomito ad Alfredo: «Ma di chi sta parlando? Di me?».

Alla sera fanno baracca in una birreria del centro. Giuseppe si mette la fisa sulle gambe e risucchia tutti gli avventori attorno a sé. Cantano, bevono.

Le figurine del partigiano Giuseppe stanno per invadere la Germania.

Un contropiede storico, come neanche Gianni Rivera.

Pinocchio

«Un signore ha fotografato tremila bambini in giro per la Toscana e poi hanno scelto me. Ho vinto» racconta Andrea.

«E perché hanno scelto proprio te?» chiede Antonella, figlia di Benito.

«Perché sono il più bravo» risponde il bambino.

«Chi lo dice?» ribatte Valerio, figlio di Edda.

«Il regista, il Maestro. È lui che comanda. Un giorno mi ha fatto andare a Cinecittà, che è una città finta dove girano i film veri. Eravamo in una stanza quasi buia, c'era un martello sul tavolo e un quadro alla parete. Mi ha chiesto: "Ma tu ce l'avresti il coraggio di fare a pezzi quel quadro?". Io ho preso il martello e ho distrutto il vetro del quadro.»

«E il regista?» chiede Laura, figlia di Franco.

«Si è messo a urlare: "Adesso me lo paghi!". E gli ho risposto: "Io non ti pago un bel niente! Sei tu che mi hai chiesto di romperlo, grullo!"» racconta il biondino. «Comunque mi hanno preso proprio per quella martellata, perché hanno capito che io non ho paura di niente e Pinocchio è un tipo come me che ne combina di tutti i colori.»

Questa volta la Fifimatic di Umberto ha fatto una magia per i bambini. Né calciatori né cantanti, ma Andrea Balestri, il bambino più famoso d'Italia, il piccolo attore protagonista del Pinocchio televisivo di Luigi Comencini.

Una media di ventuno milioni di telespettatori ha seguito le cinque puntate dello sceneggiato sulla Rai, andate in onda tra aprile e maggio del '72. Il film è diventato una collezione Panini che ha avuto un successo altrettanto clamoroso, tipo *Mexico '70*. Oggi Pinocchio è venuto a riempirsi le tasche di figurine, accompagnato dai genitori e da un rappresentate della produzione che deve ridiscutere questioni di diritti.

Andrea sta sfogliando l'album al pianterreno della palazzina gialla, insieme ad alcuni piccoli Panini. Hanno tutti dai nove ai tredici anni.

«Com'è la fatina? Buona?» chiede Anna Maria, davanti a una figurina di Gina Lollobrigida.

«Odiosa» risponde di getto Pinocchio.

I bambini si guardano perplessi. La fata turchina odiosa? Ma come?

«Odiosa?» ripete Manuela.

«Non mi garba per nulla» ribadisce Andrea. «Una volta è arrivata in ritardo di due ore alle riprese del film e le ho tirato dietro un sasso, ma non l'ho centrata. In una scena mi regalava un cioccolatino e io dovevo darle un bacino. Ho urlato al mio babbo che era sul set: "Baciala tu che ti piace tanto!". Poi ho dovuto piangere sulla sua tomba. Ho detto al regista: "Se non togliete la foto sulla lapide, io non piango". Allora il mio babbo mi ha dato una sberla vera, ho cominciato a piangere e abbiamo registrato la scena. Però il Maestro si è arrabbiato con il mio babbo e gli ha ordinato: "Mai più!". Il Maestro è simpatico, mi vuole bene. Mi diceva: "Se non ti ricordi le battute, non importa. Di' quello che ti viene in mente, anche le filastrocche, tanto la voce l'aggiungiamo dopo...".»

«E Geppetto?» domanda Valerio davanti alla figurina di Nino Manfredi che intaglia il tronco di ciliegio.

«È buono come un nonno. Anche con il Gatto e la Volpe vado d'accordo, sono dei veri amici. Mi fate vedere come nascono le figurine?» chiede Pinocchio con uno scarto improvviso d'attenzione.

Andrea studia incantato i grandi rulli delle Fifimatic, gli lasciano inserire un caricatore di figurine, corre dall'altra parte a ritirarle imbustate.

«Ma questo è il paese dei balocchi!» esclama euforico. «Potete prendere tutte quelle che volete?»

«Più o meno» conferma Valerio.

«Allora a scuola comandate voi... Chi non vi fa copiare o non vi porta la cartella, niente figurine.»

«Be', sì» riconosce Laura, «in effetti le figurine ci danno una certa importanza.»

«Solo che i nostri compagni di classe sono stupidi» spiega Anna Maria. «Noi gli regaliamo le "valide" e raccomandiamo: "Aspetta qualche giorno prima di andare a ritirare i palloni, le scarpe da calcio e gli altri premi", invece loro ci vanno cinque minuti dopo che gli regaliamo le fifi e così alla Panini ci scoprono subito...»

Pinocchio adocchia la poltrona di "Franco al Barber".

La raggiunge con uno scatto. Si dà la spinta con i piedi e gira su se stesso, come su una giostra, a ritmo sempre più vorticoso.

Smonta e recupera un paio di forbici: «Siediti che ti taglio i capelli!».

«Scordatelo!» si nega Valerio con un passo indietro.

«Dài... È divertente giocare al barbiere!» insiste il biondino sforbiciando l'aria.

«Facciamo che tu ti siedi e noi tagliamo» rilancia Laura.

«Andiamo fuori, che ho visto un gioco bellissimo!» ordina Andrea, che si mette a correre.

I Panini lo seguono. È veramente come il Pinocchio in tv, non sta fermo un attimo. Sembra di sentire in sottofondo la musichetta di Fiorenzo Carpi che ormai canticchiano in tutta Italia: *tatà-tatà-tatatatatatata...*

In cortile, accanto al parcheggio delle bici, ci sono pile di scatoloni pronti per essere caricati sui camion.

«Scaliamoli!» ordina il biondino.

«Aspetta, è pericoloso...» avverte la Manù.

«Ma no, basta farsi degli scalini. Così, guardate...» spiega Pinocchio che tira delle gran puntate ai cartoni, li buca, ci appoggia il piede dentro e sale come un geco. Ogni scarpata rovina le scatole di figurine all'interno, infatti passa un minuto e sbuca Lupo Fagnani con il badile in pugno ululando: «Scendi subito, delinquente!».

Valerio lancia l'allarme: «I carabinieri, Pinocchio! Scappiamo!».

Andrea salta a terra con un balzo da rana e si mette a correre con i nuovi amici che si stanno divertendo un mondo.

«Da questa parte! Correte! Alla palazzina rossa!» urla Laura.

Il fattorino li bracca con il badile. Gli è andata giù la catena.

Tatà-tatà-tatatatatatata...

Oggi per davvero il cortile di viale Emilio Po è il paese dei balocchi.

La collezione del burattino di Collodi è il primo grande successo Panini ricavato dalla televisione e il primo gol messo a segno dalla nuova struttura aziendale.

Una sera il modenese Arrigo Beltrami, giornalista in carriera, cresciuto al "Corriere dell'Emilia" e passato poi al "Sole" di Milano, torna a casa e la moglie lo informa: «Ha telefonato un certo Panini. Deve dirti qualcosa».

Giuseppe lo incontra e gli spiega: «Mi hanno parlato molto bene di lei. Sono convinto che sia la persona che stiamo cercando: un professionista competente ed esperto in editoria che segua la nostra produzione».

«La ringrazio per tanta stima» risponde Beltrami. «Non le nascondo che l'idea di tornare a casa non mi dispiace, ma purtroppo, come sa, la casa dei giornali è a Milano... Per un giornalista, le opportunità sono là. È a Milano che si costruisce il futuro.»

«Lei ha ragione, ma mi creda: di opportunità ce ne sono tante anche qua. Esiste una promessa di futuro più forte dell'America? Eppure mio fratello Umberto è tornato indietro perché ha capito che l'America è qui, in viale Emilio Po.»

«Tenga conto di un'altra cosa, signor Panini. Il mio lavoro mi piace e so di poterlo fare, non sono sicuro invece di saper fare quello che mi chiede. Io di figurine non so nulla.»

«Neanch'io prima di averle inventate. Non le chiedo di decidere subito. Venga a vedere da vicino di che cosa si tratta, si prenda un periodo di prova. Se il lavoro le interessa, porteremo avanti il discorso.»

Dopo poche settimane, Beltrami richiama il Vècio: «Mi sono preso un periodo di aspettativa. Se è ancora convinto, posso venire a provare. Senza impegno».

«Perfetto! L'aspetto in azienda domani. Senza impegno.»

La carica del bisonte è andata a segno un'altra volta.

Passa qualche giorno e Peppino infila la testa nell'ufficio di Beltrami, lasciando fuori il resto del corpo: «Per me il periodo di prova è terminato. Se il lavoro le piace, la faccio parlare con mio fratello Franco e vi mettete d'accordo per il contratto».

Il giornalista modenese entra alla Panini con la qualifica di caporedattore e nell'anno di Pinocchio, il '72, diventa direttore editoriale. Si prende cura del fortunato *Almanacco del Calcio*, una sorta di enciclopedia annuale del pallone, e insieme ai fratelli Panini programma le collezioni da stampare durante l'anno.

Non tutte le ciambelle riescono come Pinocchio.

L'album *Folklore*, per esempio, distribuito anche in Francia e in Belgio, invecchia in edicola. Eppure è costato tanta ricerca e anche dei bei soldi, perché la redazione si è procurata in ogni parte del mondo immagini spettacolari su usi, costumi e tradizioni dei popoli della terra. La Panini lo ha presentato come il suo fiore all'occhiello. Molte maestre hanno riconosciuto il valore dell'opera e spedito in viale Po entusiastiche lettere di complimenti.

Da qui la deduzione che servirà come bussola d'orientamento: ciò che piace agli insegnanti, molto probabilmente non piacerà ai bambini.

La collezione su Nick Carter invece fa subito boom.

Succede tutto molto in fretta e in modo semplice, come tante cose nella storia della Panini.

Bonvi, il biondino geniale delle Sturmtruppen, si presenta una mattina nell'ufficio di Franco Panini con una cartelletta di disegni sotto braccio: «Ho inventato un nuovo personaggio a fumetti per un programma televisivo della Rai. Secondo me può funzionare anche per le vostre figurine».

Franco studia le tavole, si consulta e gli propone: «Ti offro un milione».

Come il signor Bonaventura.

Affare fatto con una stretta di mano. Un mare di figurine vendute, nello stesso anno di Pinocchio.

Nick Carter, protagonista del fumetto, è la parodia di un detective letterario nella New York degli anni Quaranta: piccoletto, con un berretto da Sherlock Holmes schiacciato sulla testa, impermeabile alla Humphrey Bogart e cravattino rosso a pois. Ha due aiutanti: Patsy, un gigante curvo e un po' lento d'intuito, e Ten, cinesino che sforna massime a ripetizione: «Dice il saggio...». Il gran nemico si chiama Stanislao Moulinsky, abilissimo nei travestimenti più arditi, assistito dall'allievo prediletto, Bartolomeo Pestalozzi di Pinerolo.

Va in onda il giovedì sera, all'interno di "Gulp! Fumetti in tv", trasmissione ideata da Guido De Maria che, con la sua casa di produzione, la Vidmer, ha creato tanti personaggi di "Carosello", compreso Salomone, pirata pacioccone, studiato con gli amici Bonvi e Guccini, frequentatori del bar Grande Italia.

Il beat, "Carosello", "Gulp! Fumetti in tv"...

Le figurine non sono nate a Modena per caso, il seme non è stato portato dal vento. È caduto consapevolmente dove il terreno era più fertile, dove c'era più tradizione, più predisposizione al divertimento, al sorriso, all'innovazione. È germogliato tra le zolle degli *scutmài*, della secchia rapita, della collana i Classici del ridere, che l'editore ebreo Angelo Fortunato Formiggini aveva inaugurato nel 1912 con la pubblicazione del *Decamero-*

ne e chiuso nel '38, dopo centocinque titoli, suicidandosi dalla Ghirlandina in disprezzo delle leggi razziali.

L'inizio delle collezioni tratte dalle trasmissioni televisive ha reso necessaria la figura di un esperto in diritti e licenze. Dopo Alfredo Roma e Arrigo Beltrami, ecco la terza punta del nuovo tridente aziendale: Pietro Peia.

Peia è stato un pallavolista del prof Anderlini. Ha conosciuto Giuseppe e Benito in palestra. Si laurea in Giurisprudenza e vince un concorso in banca.

«Vedi se ti piace quel lavoro lì. Io ti tengo una sedia da noi» promette il Vècio che non fallisce neppure questo assalto.

Nel febbraio del '70, Pietro Peia, a venticinque anni, entra alla Panini, come direttore del personale. Poi comincia a occuparsi di diritti e a tessere i primi contatti con la Sacis, la concessionaria Rai nata con "Carosello" come organo di controllo dei contenuti pubblicitari prodotti all'esterno dell'azienda. Alle ore dei pasti è proibito pubblicizzare carta igienica, detersivi per il WC e altri prodotti sconvenienti, oltre che armi, contraccettivi, pompe funebri, giornali, pellicce, motoscafi, gioielli di valore superiore alle trecentomila lire...

Successivamente la Sacis riceve dalla Rai il mandato di commercializzare i programmi all'estero e di trattare i vari diritti.

Peia porta a casa *Pinocchio*. Beltrami, i fratelli e la redazione grafica ricavano la collezione, operazione non banale perché si tratta di scegliere trecento figurine da duecentottanta minuti di film. Quali saranno i fotogrammi più significativi per raccontare la storia? Quali le immagini più emozionanti che spingeranno i collezionisti in edicola?

Beltrami, Roma e Peia, la nuova catena direttiva, sono entrati pienamente in azione per allargare il mondo Panini e trascinarlo oltre i confini nazionali, verso il nuovo orizzonte indicato da Franco. Giuseppe, da sempre appassionato di enigmistica, inventore di giochi con lo pseudonimo di Paladino, li chiama i Bravi Ragazzi Panini, pescando dalle iniziali dei loro cognomi.

Benito guarda sempre più all'azienda di famiglia come a un bastimento che si è staccato dal porto e ha preso il largo, lasciandolo a terra.

Per questo, approfitta della presenza dei tre fratelli nella sala riunioni al primo piano della palazzina gialla per chiedere, senza allegria: «Cena alla trattoria Bianca stasera? Pago io».

Nessuno legge nella proposta un invito a far baracca.

Tutti sanno già cosa dirà a tavola.

La Alfacar

Benito aspetta che i fratelli abbiano ordinato e, appena il cameriere si allontana, racconta tutto d'un fiato, con lo sguardo basso, come se stesse leggendo degli appunti annotati sul tovagliolo che ha steso sulle gambe: «Io esco. Voglio aprire una concessionaria Alfa Romeo in via di Villanova, ho già visto i locali. Lo sapete che mi sono sempre piaciute le auto. Se ne vendono un sacco di questi tempi. La gente spende e fa a gara per avere la macchina nuova. Io qui non so cosa fare, non c'è più da tenere aperta l'edicola o da prendere le telefonate dei giornalai».

«Non sai cosa fare?» lo interrompe Giuseppe. «Puoi fare quello che vuoi, Benito. Più diventiamo grandi, più cose ci sono da fare. A cominciare dalla distribuzione. Invece di portare giornali a Pavullo, spediamo figurine a Parigi, ma cambia poco. Tu ne sai più di tutti. E, se ti sei stancato della distribuzione, passa alla palazzina rossa con Beltrami o lavora alle filiali nuove con Roma. C'è da riorganizzare anche il lavoro in fabbrica con le nuove Fifimatic e le assunzioni che abbiamo fatto.»

«Non devo trovare qualcosa per occupare il tempo, Peppino» prova a spiegare Benito togliendosi gli occhiali da sole. «Voglio un lavoro che mi dia delle soddisfazioni, una cosa tutta mia che mi piaccia, una sfida nuova da seguire in prima persona senza dover chiedere che decisione prendere. Come avete fatto tutti. Franco ha voluto studiare, lo ha fatto ed è arrivato in banca. Umberto voleva andare in America e ci è andato. Tu hai scommesso sulle figurine, anche a costo di mandarci sul lastrico con i fiori. Io sono sempre rimasto al mio posto, o in edicola o nell'agenzia dei giornali. Ora tocca a me. Io scommetto sulle auto.»

«Hai dei soci?» chiede Franco.

«Aldo Malavasi, lavora già per un autosalone dell'Alfa. Conosce tutti e ha esperienza nel mestiere. È un buon braccio destro.»

Arrivano in tavola le tagliatelle. Le prime forchettate sono silenziose. Ognuno mastica la notizia del fratello che lascia l'azienda.

«Siamo entrati insieme, c'eravamo impegnati a uscire insieme» ricorda Giuseppe.

«Le cose cambiano, Vècio. Stampavamo calciatori, ora stampiamo cantanti e burattini. E poi il bello del successo è che possiamo fare quello che ci piace, no? Tu che sei un politico vai alle riunioni degli industriali e hai fondato la Lega della pallavolo, Umberto si è comprato la fattoria e la terra, Franco va sempre a caccia dei suoi libri... Io ho la passione delle auto. Per cosa guadagniamo i milioni? Per fare le cose che ci piacciono, no?»

«Sì, ma noi non usciamo dall'azienda» osserva Biàtta versandosi il Lambrusco.

«Mica vado in Venezuela. Ci si vede come prima. Continuerò a seguire la pallavolo, naturalmente.»

«Una bustina di tre figurine invece di quattro è una bustina difettosa» aggiunge Franco.

«Uèllas, tu sei sempre all'estero, Giuseppe dirige tutto, Umberto segue le macchine. Voi siete necessari alla Panini, siete tre "valide". Io sono una doppia...»

«Tu sei valido come noi. E comunque non esci dalla bustina» decide il Vècio. «Ti tieni il dieci per cento delle azioni dell'azienda e, quando vuoi, rientri.»

«No, io non voglio niente» risponde Benito sollevando una mano aperta, come per respingere qualcosa. «Non è giusto. Non siete voi che mi mandate via, sono io che me ne vado.»

«Invece è giusto» osserva Franco. «Hai fatto la tua parte per fare nascere e crescere l'azienda e te ne devi tenere un pezzo.»

«Mi basta un prestito della Panini per avviare l'attività. All'inizio ci sono tante spese: l'affitto dei muri, le auto... Poi ve lo restituisco.»

«Avrai il prestito e le azioni» promette Giuseppe che impugna il bicchiere. «E ora un brindisi alle Alfa Romeo di Benito.»

«Sì, ma quando apre la concessionaria si fa baracca al Colombarone» rilancia subito Umberto sollevando il Lambrusco.

«Ah, sicuro» approva Benito. «Anche se Guido non compra una cravatta nuova.»

«Chi comanda?» urla quasi il Vècio.

«I Panini!» rispondono in coro i fratelli, facendo tintinnare i bicchieri.

Ma la torre del Panaro non è più alta come prima. Ora ne manca un pezzo.

Ha ragione Benito: la nuova ricchezza consente ai fratelli di coltivare le loro passioni. Nessuno sente il bisogno di ostentare il lusso o di comprarsi una Ferrari, che è il riflesso condizionato di ogni modenese che ha superato la soglia dell'agiatezza. Ai Panini non passa neppure per la testa. Umberto si tiene la sua Renault, Giuseppe la sua Fiat, Franco e Benito le loro Alfa Romeo.

È sempre stato così, fin dall'inizio, ed è ancora così: il grosso dei guadagni viene reinvestito per rendere ancora più competitiva l'azienda, poi, con quel che resta, ognuno alimenta i propri interessi, senza la necessità di cambiar vita e di mettere in porto uno yacht.

L'ultimo notevole investimento è stato fatto per la produzione della carta adesiva. Addio coccoina e profumo di mandorle, niente più massaggi al Vicks VapoRub... Gli album rigonfi di colla hanno smesso di assomigliare alle fisarmoniche di Peppino, ora sono schiacciati e impeccabili come i registri dei contabili. In una fase di transizione sono state usate le celline, inventate dai Panini nel '67.

Erano triangolini adesivi acquistabili a pacchetti in cartoleria. Ne attaccavi uno sulla pagina dell'album e ci schiacciavi sopra la figurina. Poi si è passati alla stampa su carta adesiva.

Inizialmente l'hanno acquistata all'estero, ma non aveva le caratteristiche adatte. La colla, per esempio, non era ben distribuita e poteva capitare che, nell'operazione di stampa, si spargesse sulle figurine così che le ventose delle Fifimatic, che dovevano imbustarle, ne risucchiavano più di una per volta. Macchine ferme, tigrotti continuamente in azione.

Allora Umberto ha deciso di commissionare carta adesiva a un'azienda di Soliera, a pochi chilometri da Modena, suggerendo precise istruzioni tecniche. La situazione è migliorata, ma i ritmi di produzione erano troppo lenti per un'azienda bulimica che stava conquistando l'Europa, ben oltre il calcio. Le cinque collezioni del 1970 sono diventate otto nel 1971, dieci nel 1972, undici nel 1973...

Solito problema, solita soluzione: «Facciamo noi».

Fondano una nuova società, l'Adespan (Adesivi Panini), che ha sede a Bomporto, il paese natale di Renato Braglia, mitico capitano del Modena. La danno in gestione a un amico fidato. Così riescono a soddisfare le esigenze della produzione e intanto mettono in cassa buoni profitti perché vendono ad altre aziende la carta adesiva che ha sempre più mercato.

"Facciamo noi" come quando Giuseppe e Franco, nei sabati della creazione, andavano in giro per tipografie con la fotografia di Maciste Bolchi in tasca. È passato poco più di un decennio, ma sembra un secolo, se si sfogliano gli album. Allora c'erano mostri a più teste, stessi busti usati per calciatori diversi, incarnati improbabili, dal pallore spettrale o abbrustoliti dal sole, i colori colavano dalle maglie... Ora i ritratti sono impeccabili, più fedeli degli specchi. Sono spuntate perfino le gambe. Nella collezione 1969-70, per la prima volta, i giocatori di Serie A sono ritratti a figura intera. Il pulcino è uscito dall'uovo. Nell'anno del primo passo sulla luna, vediamo anche i piedi dei centravanti. Un piccolo grande passo nella storia della Panini.

Investimenti e passioni.

Umberto ha acquistato un'azienda agricola appena fuori Modena, in località Corletto, vicino a Cognento. L'ha chiamata Hombre, perché i *llanos* del Venezuela gli sono rimasti impigliati nei sentimenti. Non è una grande proprietà, una trentina di ettari di terra, ma il piano è farla crescere negli anni, aggiungere altri campi e far lavorare la fattoria a ciclo completo: dal foraggio al formaggio. Il sogno è vedere sfilare nei capannoni centinaia di forme di Parmigiano Reggiano Dop, posate sulle assi a stagionare.

Il sogno di Franco invece è di creare presto una divisione libri all'interno della Panini e di usare finalmente le intercalatrici per assemblare pagine vere e non per mescolare quadrotte di figurine. Intanto, nei suoi viaggi all'estero, continua a procurarsi volumi sempre più rari e sempre più costosi, con una voracità montante.

Colleziona di tutto: classici francesi, che vanno tanto di moda, volumi illustrati del Settecento veneziano o di Piranesi, testi di letteratura: Dante, Boccaccio, Machiavelli, Ariosto, Tasso... Anche trattatistica: cucina, calligrafia, architettura, medicina, militaria, viaggi, cosmografia... testi religiosi a cavallo tra la Riforma e la Controriforma. Per amore della sua città, riserva un'attenzione speciale alle opere di Alessandro Tassoni, Ludovico Antonio Muratori, Jacopo Barozzi e a tutte le pubblicazioni che riguardano Modena. È per un'opera del genere che Franco Panini, per la prima volta, è diventato protagonista di un'asta di libri, lunedì 19 novembre 1973.

Ha fatto coincidere un appuntamento di lavoro a Londra, dove stava nascendo la filiale Panini, con un'asta di Sotheby's che aveva in catalogo un volume datato Modena 1540: l'*Opera Nova* di Achille Marozzo, trattato di scherma in-quarto, con titolo in elaborata cornice architettonica silografica e cinquantatré bellissime incisioni in legno a piena pagina.

L'asta era fissata per le 11, ma Franco, emozionatissimo, si è presentato con ore di anticipo al numero 34-35 di New Bond Street e ha atteso con ansia l'arrivo del lotto desiderato, in una sala elegante, affollata di librai abituati al rintocco del banditore.

Ecco il trattato del Marozzo...

Due librai cominciano a incrociare le offerte come lame di spada. Mimano un composto cenno di assenso e il banditore scandisce le cifre: 120 sterline... 130 sterline... 140 sterline... Il duello finisce con la resa di uno dei due librai dopo l'annuncio delle 150 sterline.

Il bon ton delle aste sconsiglierebbe il rilancio urlato, ma Franco ha troppa paura di non essere notato, teme che il martelletto possa calare come una ghigliottina e tagliarlo fuori: «*One hundred and sixty!*».

La voce gli è uscita stridula, le ultime due sillabe strozzate sono rimaste in gola.

Ha emesso una specie di sibilo, tipo un richiamo per anatre, e infatti un volo di sguardi si sposta immediatamente verso di lui, nel silenzio austero della sala. Sente caldo in faccia, vorrebbe dissolversi nell'imbarazzo, ma intanto il Marozzo è suo. Tornerà a Modena dopo secoli. Non glielo porta via più nessuno. Sorride.

Giuseppe colleziona fisarmoniche e inviti a convegni professionali, circoli culturali, seminari economici. Gli è esplosa una poderosa anima politica, nel senso etimologico del termine, ama cioè frequentare i salotti della *polis* modenese per rappresentare con orgoglio l'azienda Panini ovunque ce ne sia la possibilità. Dal momento che l'azienda delle figurine è diventata una delle realtà più prestigiose di Modena, e avere ospite il suo capo un privilegio non da poco, Giuseppe quasi ogni sera deve giustificare un impegno e questionare con la Maria che non riesce mai a trattenerlo in casa.

L'antico talento di incantatore non si è mai smorzato, anzi, si è dilatato insieme alla sua circonferenza addominale. Gli piace andare dove c'è tanta gente, stare in mezzo, ascoltare, parlare, trasformare l'uditorio in un pubblico. Partecipa a un seminario sulla ceramica refrattaria con lo stesso entusiasmo con cui radunava gli amici al bar di Spezzano o i tedeschi attorno alla sua fisa nella birreria di Monaco. Trova soddisfazione a incrociare i grandi imprenditori della zona, a confrontarsi con loro: una certificazione del successo raggiunto non meno gratificante dei fatturati.

La soddisfazione del Vècio raddoppia se solo ha la percezione che quegli imprenditori lo guardino come un imbucato, come l'ultimo arricchito di campagna che si è messo il vestito buono per venire in città.

Una volta era stato invitato a una cena-convegno sull'ultima generazione di protesi chirurgiche, organizzato a Sassuolo da una casa farmaceutica e dalla Camera di commercio di Modena. Ogni relatore si alzava e leggeva il suo contributo mentre gli altri partecipanti operavano con le posate nel piatto. Appena un anziano ricercatore, sottile come un'ostia, ha cominciato a dissertare sulla tubercolosi ossea, Giuseppe si è sentito in dovere di intervenire. Si è pulito la bocca nel tovagliolo, si è alzato e ha raccontato con passione la sua avventura a Cortina, dall'elioterapia all'incontro con il vitello, fino al trapianto riuscito, passando per la Maria svenuta nella neve e per Moravia fatto entrare dal finestrino di un treno.

Sfumati gli applausi, il sottile ricercatore ha ripreso la parola con malcelata insofferenza: «Ringraziamo il nostro ospite per il divertente e fantasioso racconto, ma ora rientriamo nella scienza. Per età più che per meriti, ho maturato una certa esperienza nel campo della spondilite e posso affermare con certezza che sono stati effettuati soltanto tre trapianti di midollo animale in tutta Europa. Due pazienti purtroppo sono morti subito dopo l'intervento».

«Io sono il terzo!» ha tuonato il Vècio sfilandosi la camicia con una teatralità da torero e mostrando a tutti la sua schiena da bisonte, deformata dall'osso di vitello e solcata da una cicatrice spettacolare.

Un'ovazione di meraviglia ha riempito la sala conferenze, molti si sono alzati in piedi ad applaudire. Giuseppe ha ringraziato sollevando un braccio, a torso nudo, come un pugile vittorioso sul ring.

C'è tutta la Modena che conta in via di Villanova, il giorno dell'inaugurazione della Alfacar. Anche il sindaco Germano Bulgarelli con la fascia tricolore al collo, anche la squadra di pallavolo al gran completo. Giuseppe ha invitato molti dei facoltosi imprenditori che frequenta alla Camera di commercio, Franco ha fatto venire il direttore del Banco di San Geminiano. L'ha presentato a Tullio avviando il rapporto di collaborazione. Umberto ha trasportato all'autosalone la Berkel per affettare il prosciutto.

Tutti i fratelli e le sorelle, a loro modo, si sono dati da fare affinché la cerimonia di apertura della concessionaria Alfa Romeo avesse la maggior risonanza possibile e quello fosse il gran giorno di Benito che, per una volta, non indossa gli occhiali da sole, così da godersi quella giornata luminosa.

È felice, fiero della sua nuova attività. Intrattiene gli invitati con la leggerezza di uno sposo, elegante come il giorno delle nozze. Mentre si sposta da un angolo all'altro della concessionaria, sorride spesso alla Lena, prende in braccio le figlie e accarezza le Alfa luccicanti, come fossero cagnoloni rossi.

Aldo Malavasi, che indossa una giacca chiara e un sorriso esagerato da presentatore di balera, si muove ancora più disinvolto e cerimonioso. È stato lui ad accogliere il sindaco e a presentarlo a Benito.

La scena non è sfuggita a Giuseppe: «Sembra lui il padrone e Tullio il socio».

«Un bravo venditore deve saper vendere bene se stesso» lo giustifica Umberto che ripensa a Giancarlo Bonini, il rappresentante di Boretto incontrato in Venezuela.

La Olga avrebbe evitato volentieri tutta questa confusione, sarebbe rimasta tranquillamente a casa a completare la custodia per la chitarra che gli ha chiesto Antonio, il figlio di Giuseppe. Gliela sta confezionando con la stoffa di vecchi blue-jeans. Molto meglio anche badare all'orto piuttosto che forzare sorrisi e stringere mani sconosciute, ma Benito ci sarebbe rimasto male. Era giusto esserci nel suo giorno da protagonista e mostrarsi orgogliosa almeno quanto lo era per l'ingresso in banca di Franco.

È contenta di vederlo finalmente sereno e soddisfatto di una cosa tutta sua, ma è anche preoccupata, come quando i figli erano bambini e Tullio se ne andava a giocare per conto proprio, senza i fratelli.

Come Mal dei Primitives

«Sono incinta.»

Popi sbanda come se avesse bucato. Non era il tono di uno scherzo. Accosta la 850 Spider sulla via Emilia. Spegne il tergicristallo in modo che la pioggia ricopra il parabrezza e possa creare l'intimità di un nido.

«Sei sicura?»

«Sicura, purtroppo» risponde l'Adonella senza guardarlo.

Popi le prende una mano: «Perché purtroppo?».

Lei libera la mano: «Perché è la fine».

«È l'inizio. Hai paura che ti molli e scappo con una più giovane? Tranquilla, resto e ti sposo, Ado. Io lo voglio un figlio. Sarà figlio di un Randagio, ma gli piacerà.»

Lei lo guarda per la prima volta: «Non è tuo».

«Certo che è mio.»

«Non è tuo.»

«Di chi dev'essere? È da anni che non hai rapporti con tuo marito.»

«Mentivo.»

«No, stai mentendo adesso perché sei terrorizzata. Normale. Si aggiusterà tutto, vedrai.»

«Non è tuo.»

«Parlo io con tuo marito. Non devi avere paura. Mi presento

armato anch'io. Sarà una strada in salita, ma arriveremo in fondo. Non siamo mica i primi...»

Prova a riprenderle la mano. Lei la strappa con rabbia e urla: «Non è tuo! Non è tuo! Non è tuo!».

Apre la portiera, smonta dall'auto e si mette a correre lungo la via Emilia. Popi la insegue e la ferma per un braccio.

L'Adonella si libera, gli afferra il giubbotto e gli urla in faccia altre tre volte: «Non è tuo!».

Ha gli occhi spalancati di una pazza. I nasi si sfiorano. Lei raggiunge di corsa un gruppo di persone che attende l'autobus sotto la pensilina.

«Vieni, dài, ti riaccompagno a casa» propone Popi, con tono morbido.

Ma l'autobus per il centro arriva troppo in fretta e la porta via.

Il chitarrista resta immobile, come una pianta messa sul balcone a prendere acqua. Quando la pioggia gli arriva alle ossa, si passa una mano sugli occhi per togliersi goccioline, lacrime, tutto.

Un mese più tardi, Popi è nell'ufficio di Umberto ad annunciare che se ne andrà. Ha trovato lavoro in uno studio d'incisione di Milano, proverà a proporsi a qualche casa discografica.

Biàtta sa tutto, ma non accenna a nulla e non prova a trattenerlo.

«Vai a Milano, diventi una star, noi ti mettiamo nell'album dei cantanti e poi torni alla Panini per fare il pieno delle tue figurine. Ok?»

Il chitarrista sorride: «Come Mal dei Primitives».

Se ne va un altro tigrotto: Wainer Vaccari.

Era entrato ragazzo con i capelli lunghi da vero pirata. Umberto, ex studente delle Belle Arti, lo ha sorpreso a scarabocchiare su un foglio, ha intravisto il talento e lo ha spedito dal sacchettificio all'ufficio grafico.

Un giorno Franco si è affacciato nella palazzina rossa: «Ci serve un nuovo marchio. Lavoraci, Wainer».

Wainer ha preso la foto di una rovesciata di Carlo Parola, scattata da Carlo Bianchi durante un Fiorentina-Juve del '50, e ci ha ricavato l'immagine più iconica del calcio italiano, finita su milioni di album e bustine, conosciuta in tutto il mondo.

«Umberto, voglio diventare un pittore» ha spiegato l'ex operaio annunciando le sue dimissioni dalla Panini.

Biàtta gli ha liberato le ali: «Buona rovesciata, Wainer».

Il Sacro Graal

Non hanno chiuso occhio Manuela, Laura e Silvia sui sedili posteriori dell'Alfa Romeo di Umberto, anche se Modena è distante ormai sei ore di strada. L'eccitazione per il viaggio che le ha portate attraverso le nevi delle Alpi e le condurrà prima fino a Francoforte, nel cuore dell'Europa, e poi in Costa Azzurra, le costringe a chiacchierare di tutto. Ma non è solo la destinazione a renderle elettriche, è anche lo scopo della missione che hanno intuito, sia pure in modo confuso: conquistare la Walt Disney. Significa che, se le cose andranno bene, le Fifimatic potranno imbustare principi e principesse e non soltanto calciatori e bandiere.

Le cugine Panini hanno fra i tredici e i quindici anni in quest'autunno del 1975.

Umberto è al volante. Franco, al suo fianco, detta il percorso con la cartina stradale sulle ginocchia.

«Se i tedeschi si accorgono che sono le mappe che gli hai fregato in caserma durante la guerra, ci arrestano tutti» scherza Umberto.

Al momento, la Walt Disney, per quanto riguarda figurine e card, è legata a un contratto di esclusiva europea con la Feher Cromos, società editoriale di Bilbao che ha già pubblicato *Bambi* e altre collezioni fortunate. I Panini hanno fissato un appuntamento con il gerente tedesco della Disney alla Fiera di Francoforte per cercare di avviare una prima collaborazione, con la segreta ambizione di diventare presto i licenziatari esclusivi della multinazionale californiana.

La mattina dell'appuntamento, Franco varca i cancelli della fiera con premonizioni trionfali e l'allegria di Pinocchio nel paese dei balocchi. In mezzo ai libri si sente forte e a suo agio, circondato da amici di carta che silenziosamente sosterranno la sua causa. Non ne dubita. Gioca in casa, nonostante le apparenze. Ma deve subito prendere atto dello spessore agonistico dell'interlocutore che lo ha fatto accomodare in un piccolo studio prefabbricato, ricavato all'interno del coloratissimo stand della Disney.

Il gerente tedesco, Dieter Schmauser, è un uomo giovane e lungo, sparato ulteriormente verso il cielo dalle righe del gessato. Mentre parla si schiaccia di continuo le sopracciglia con il pollice, come fossero celline che stanno per staccarsi dalla pagina dell'album.

«Ho studiato con attenzione i dati che mi ha spedito, signor Panini. Riconosco che sono interessanti, soprattutto nella progressione di crescita. Ma, con altrettanta onestà, devo dirle che il settore non è una nostra priorità e, personalmente, sono anche scettico sulla sua diffusione. In Germania, per esempio, le figurine non hanno grande seguito.»

Franco si affretta a smentirlo: «La Panini Verlag, nostra filiale tedesca, ci sta dando invece molte soddisfazioni, come avrà visto dagli ultimi bilanci. Senza falsa umiltà, abbiamo sviluppato una competenza nella produzione e nella distribuzione che nessuno in Europa può vantare. Sono sicuro che se potessimo occuparci delle figurine Disney nelle varie nazioni, in California si accorgerebbero dei nostri risultati».

«Ecco, il punto della questione è proprio questo, signor Panini» annuncia il gerente stampandosi un pollice sul sopracciglio sinistro. «L'accordo con gli spagnoli di Feher è stato un'eccezione e andrà rivisto. La nuova politica aziendale consiglia di evitare situazioni di monopolio e, piuttosto, di frammentare le licenze, anche all'interno di uno stesso Paese: una licenza per i libri, una per i quaderni e la cancelleria, una per le cartelle di scuola, una per le figurine e le card... Per intenderci, non vogliamo che una sola società venda le nostre figurine in tutta Europa.»

«Ma ha visto i numeri che abbiamo fatto con la collezione *Mexico '70* venduta in mezzo mondo?» insiste Franco.

«Sì, e ho visto anche le didascalie in sei lingue» ribatte Schmauser. «L'idea che sul retro della stessa figurina un bambino possa leggere Biancaneve, Snow White, Schneewittchen, Blanche-Neige... non mi entusiasma affatto. Gli verrebbe il mal di testa. I Sette Nani non sono calciatori. Ho la sensazione che tra il mondo delle vostre collezioni e quello dei nostri personaggi ci sia una certa distanza di principi.»

«Io invece sono convinto che Alice nei nostri album si divertirebbe come nel Paese delle Meraviglie.»

La conversazione si prolunga in una garbata battaglia di posizione, finché il gerente, dopo aver sbirciato l'orologio con frequenza crescente, è costretto a congedare l'ospite: «Mi deve perdonare signor Panini, ma ogni fiera è sempre una piccola valigia in cui si cerca di mettere dentro un guardaroba intero. Un appuntamento dopo l'altro...».

«La capisco» risponde Franco stringendo la mano del tedesco. «Quello che le chiedo è solo una prova. Ci consenta di ricavare una collezione da un vostro prodotto. Comunque vada l'esperimento, non rovinerà né voi, né noi. Se invece la pubblicazione dovesse dare risultati interessanti, potremo avviare una collaborazione che porterà vantaggi a entrambi.»

«Mi spiace. Al momento non siamo assolutamente in grado di accordarvi una prova del genere» conclude il gerente con uno scarto d'intransigenza. «Ma non vuol dire che non possa accadere in futuro. Restiamo in contatto, signor Panini.»

Rientrato in albergo, Franco viene assalito immediatamente dalla curiosità di Laura, Manuela e Silvia: «E allora?».

«Respinto con perdite...»

«Papà...» sospira la figlia.

«Abbiamo perso una battaglia, non la guerra» precisa Franco. «Anche nelle favole ci sono sempre delle difficoltà da superare all'inizio. Anzi, più difficoltà ci sono, più si apprezza poi il lieto fine. Giusto?»

«Giusto» concorda Umberto. «E comunque non abbiamo sprecato la giornata. Francoforte è una città affascinante. Godiamocela.»

Passeggiano per il Römerberg, la splendida piazza colorata nel cuore medievale della città, scalano i trecento scalini del campanile del Duomo per godersi una vista spettacolare da un'altezza mozzafiato, Franco impone una sterzata verso la casa natale di Goethe, nel centro storico.

Alla sera cenano in un elegante ristorante affacciato sul fiume Meno. Gli imponenti lampadari d'epoca, che pendono sui tavoli come ragni di cristallo, gli arazzi fiamminghi alle pareti, i camerieri in guanti bianchi, un arsenale di posate d'argento sulla tovaglia di fiandra precipitano Laura, Manù e Silvia in una piacevole atmosfera fiabesca che addolcisce la delusione del mancato accordo con Disney.

«È lui!» annuncia di colpo Franco con il corposo menu in mano.

«Lui chi?» chiede Umberto voltandosi nella direzione dello sguardo del fratello.

«Il dirigente della Disney.»

«Quello che hai incontrato stamattina?» domanda Manuela.

«Sì» conferma Franco.

«Non vorrai mica disturbarlo a tavola?» chiede preoccupata la figlia. «È insieme a un sacco di persone.»

Franco non gli stacca gli occhi di dosso e quando, dopo diverse portate, il gerente raggiunge il terrazzo che si sporge sul Meno, per fumarsi una sigaretta, lo raggiunge.

«Non mi dica che mi ha pedinato?» chiede Schmauser, in bilico tra la sorpresa e il fastidio.

«Naturalmente no. Semplice coincidenza. Ma nella mia vita ho imparato a non sottovalutare le coincidenze.»

«Le coincidenze, proprio perché sono coincidenze, non hanno significato» lo delude il gerente schiacciandosi un sopracciglio.

Parlano il tempo che impiega la brace della sigaretta a raggiungere il filtro.

Franco torna al tavolo con un sorriso di soddisfazione.

«Allora? Gli hai strappato il sì?» domanda Laura.

«No, ma gli ho strappato un altro appuntamento in fiera per domattina. Finché la partita resta aperta, possiamo sperare di vincerla.»

La mattina seguente, nello stand Disney, al termine di un'altra lunga chiacchierata, il dirigente tedesco annuncia la resa: «Le riconosco il merito della tenacia, signor Panini. Lei mi ha preso per sfinimento...».

Umberto, Laura, Manuela e Silvia, in attesa nel parcheggio della fiera, vedono Franco che si avvicina all'Alfa Romeo quasi di corsa, sollevando sopra la testa due dischi metallici, di colore argenteo, che s'incendiano quando vengono colpiti dal sole.

Quello è il Sacro Graal. La pellicola del film *Pippo olimpionico*, prodotto dalla Disney nel 1972, dal quale potranno ricavare una collezione di figurine. La prova che aveva chiesto Uèllas con tanta insistenza.

L'euforia per la conquista delle pizze cinematografiche frena bruscamente qualche ora più tardi, insieme all'Alfa Romeo che Umberto accosta a lato della carreggiata, poco dopo il confine di Strasburgo, nella campagna francese.

Dall'auto della gendarmeria scendono un uomo basso e massiccio, con un filo di baffi sottilissimo, quasi un tratto di matita, e uno più giovane e alto che dà l'idea di un pioppo.

L'agente basso controlla i documenti e domanda: «La targa?».

Si riferisce al cartello PROVA agganciato alla targa posteriore.

Franco, che parla un ottimo francese, spiega: «Questa è un'auto che abbiamo avuto in prova da nostro fratello che gestisce una concessionaria Alfa Romeo a Modena».

«Dovreste avere un documento che lo attesta.»

«Lo trova nel libretto» suggerisce Franco.

Il francese apre un foglio ripiegato e dondola la testa: «Questa è una scrittura privata. Doveva compilare un modulo apposito per poter circolare».

«C'è timbro, recapito e firma del concessionario» fa notare Franco.

«Ma andava compilato un modulo» insiste il gendarme.

«In Italia mi hanno assicurato che era sufficiente questo documento su carta intestata dell'autosalone» assicura Uèllas.

«Voi siete in Francia» obietta, secco, il poliziotto.

Franco si impone uno sforzo di autocontrollo: «Abbiamo attraversato quattro dogane, italiana, svizzera, tedesca e francese. Nessuno ha avuto da ridire».

Con un impeto da Luigi XIV, all'improvviso il gendarme urla: «*La douane c'est moi!*».

Un'occhiata di Umberto invita il fratello a non raccogliere la provocazione.

«Apra il baule» ordina il piccolo poliziotto che gira attorno all'auto, seguito dal pioppo.

Umberto obbedisce.

«Che cosa sono?» chiede il gendarme indicando le due pizze.

«Pellicole cinematografiche» risponde Franco.

«Le apra» ordina il francese.

Davanti al triacetato di cellulosa, arrotolato come un serpente nella cesta, il gendarme sorride di soddisfazione, neanche avesse scovato sacchetti di droga.

Allunga una mano.

«Delicatamente, per favore» suggerisce Franco.

Il poliziotto risponde con un'occhiataccia: «Le avete portate dall'Italia?».

«No, le abbiamo ritirate a Francoforte, in fiera. Siamo editori.»

«La bolla di accompagnamento?»

Umberto la estrae dalla seconda pizza.

«Non c'è il vostro nome» osserva il gendarme, con un altro guizzo di soddisfazione. «Potrebbero anche essere rubate.»

Umberto lampeggia al fratello un altro invito alla pazienza.
«Seguiteci» conclude il poliziotto.

Il pioppo si mette al volante. Il gruppo Panini, a bordo dell'Alfa Romeo, segue l'auto dei gendarmi fino al vicino commissariato. Vengono fatti accomodare in una saletta d'attesa, decorata con fotografie di aerei militari. Per due ore non succede assolutamente nulla. A turno, i due fratelli si alzano per sollecitare una risposta, ma vengono regolarmente respinti con la stessa motivazione: ci sono pratiche più importanti da sbrigare.

«Vogliono farci perdere la pazienza» commenta Umberto rimettendosi a sedere.

«Ci sono riusciti» risponde Franco, deciso a superare tutti gli sbarramenti e a raggiungere l'ufficio del gendarme dai baffetti sottili.

Se lo ritrova davanti, in mezzo al corridoio, con il verbale in mano.

Franco lo legge: «È uno scherzo...».

«No, è una multa» precisa serio il francese.

«Ma è una cifra astronomica! Assurda...» protesta l'editore. «Neanche avessimo rubato *La Gioconda*...»

«È la somma di due infrazioni gravi» spiega il poliziotto.

«Non ce l'abbiamo neppure una somma del genere!» esclama Panini estraendo la fodera delle tasche dei pantaloni con un gesto isterico.

«Trovi il modo di recuperarli, altrimenti io non posso lasciarvi ripartire» avverte il gendarme.

La minaccia, che rende l'incubo ancora un po' più kafkiano, incendia definitivamente Franco: «Ma questo è sequestro di persona!».

Umberto riporta la calma e convince il fratello a uscire in cerca di qualcosa da mangiare. Pranzano nella brasserie che domina la piccola piazza centrale.

«Passeremo la notte in prigione?» chiede Manuela, preoccupata.

«Ma no... Adesso ce ne andiamo» assicura Umberto.

Da un telefono pubblico, Franco chiama la filiale del Banco di San Geminiano e si accorda per l'invio di una somma di denaro alla banca del paese. La transazione, apparentemente semplice, s'incaglia tra i funghi della burocrazia come una pallina da flipper e arriva in buca poco prima delle 17.

I Panini sono liberi, finalmente.

Vengono scortati alla frontiera tedesca con il divieto di rientrare in Francia. Biàtta, con il Sacro Graal nel baule, punta a sud, sfiora il lago di Costanza, entra in Svizzera, scivola in Francia e raggiunge Marsiglia. Questa volta Manuela, Laura e Silvia, stremate dalla tensione, crollano quasi subito e dormono per gran parte del viaggio.

La prima cosa che fa Franco, rientrato a Modena, è una lettera di protesta alle autorità francesi, scritta su carta intestata Fratelli Panini. La risposta che riceve un paio di settimane più tardi, oltre alle scuse, contiene il rimborso della multa pagata e l'annuncio del provvedimento disciplinare a carico del gendarme in questione.

La collezione *Pippo olimpionico* si rivela un altro successone. Per un album solo, la Panini paga alla Disney royalty superiori a quelle versate dalla Feher Cromos di Bilbao in un anno intero.

Anche per questo, negli uffici di viale Emilio Po arriva una lettera firmata da Armand Bigle, presidente della Walt Disney Company France e responsabile per l'Europa e il Medio Oriente di tutta l'attività editoriale e di merchandising. È un invito a Parigi per discutere eventuali forme di collaborazione. Non c'è più bisogno di prenderli per sfinimento, chiamano loro.

Questa volta la favola tocca a Lucia, la più piccola delle quattro figlie di Franco ed Emilia. Già avere mamma e papà tutti per sé ha qualcosa di magico. E poi gli ori e gli stucchi dell'Hotel de Crillon, in place de la Concorde, il vestito nuovo per la cena, la sedia enorme che sembra un trono, il cibo dal gusto particolare, burroso, che le servono al ristorante Lasserre, sugli Champs-Élysées, dove monsieur Bigle e la moglie Betty hanno invitato gli ospiti italiani.

A un certo punto, il soffitto del ristorante si apre. Un colpo di teatro, come quando i camerieri eleganti, perfettamente sincronizzati, sollevano dai piatti le *cloche* di copertura. Si spalanca una minestra di stelle. Lucia sbalordisce.

In quell'attimo si avvicina al tavolo un signore basso e rotondo, con un pizzetto che cola da un sorriso gentile. È Bernard Craveuil, uno dei più famosi librai di Parigi. Ha riconosciuto Franco Panini. Chiacchierano brevemente, poi monsieur Craveuil si congeda e fa arrivare al tavolo dei Bigle una bottiglia di champagne.

La mattina seguente Franco restituisce la visita nella storica libreria Thomas Scheler, in rue de Tournon. Esce con una pila di volumi antichi in braccio.

La collaborazione con la Walt Disney si spalanca così, quasi per magia, come il soffitto del ristorante Lasserre.

Sandokan sull'Ape

All'ora di apertura degli uffici ci sono già curiosi sul marciapiede di viale Emilio Po, all'altezza del numero 380. Le segretarie rispondono che non ne sanno niente, che non hanno avuto conferme in azienda, ma che la voce è arrivata anche a loro. Nel dubbio questa mattina hanno curato maggiormente il trucco e scelto capi di abbigliamento più coraggiosi. L'Adonella sembra che debba tornare sul set della Lancio.

Verso le 10 il marciapiede della Panini è completamente affollato. Sono soprattutto donne e ragazze, ma anche ragazzini con la cartella in spalla che hanno marinato la scuola.

«Per me non arriva» sospetta una voce femminile.

«Chi deve arrivare?»

I curiosi, attirati dalla folla, si fermano, s'informano e la infoltiscono. A mezzogiorno si riempie anche il marciapiede di fronte e la gente tracima in strada.

A questo punto Giuseppe chiama i vigili che accorrono a transennare il viale, poi esce e cerca di convincere i presenti: «Buongiorno, sono il presidente della Panini. Ho l'impressione che si sia sparsa una falsa notizia. Vi assicuro che non stiamo aspettando nessuno. State sprecando del tempo. E il tempo è la cosa più preziosa che abbiamo».

«Lo dice solo per farci andar via!» ribatte qualcuno. «Ma noi non ci muoviamo.»

«Certo che arriva» concorda una ragazza. «Altrimenti i vigili non avrebbero messo le transenne. È in Italia. Il telegiornale lo ha fatto vedere a Torino...»

«Le transenne servono a evitare che qualcuno finisca sotto una macchina. Non aspettiamo nessuno, davvero» ribadisce Giuseppe mettendosi una mano sul cuore. «Ve lo giuro sulle mie figurine!»

Niente da fare. Nessuno si muove.

Da anni i modenesi vedono entrare calciatori, ciclisti, piloti e cantanti da quel cancello. Lo sanno anche i bambini che all'interno della Panini ci sono macchine magiche che trasformano le immagini delle persone famose in corpi veri.

Se una Fifimatic ha dato vita a Pinocchio, perché mai non dovrebbe mettere al mondo Sandokan?

Dal 6 gennaio 1976 all'8 febbraio, ventisette milioni di italiani hanno seguito alla Rai le imprese del pirata della Malesia e dei suoi tigrotti. Le transenne di viale Po spiegano bene il livello raggiunto dalla mania popolare per Sandokan.

Gli occhi da tigre, lo sguardo magnetico e il fisico da olimpionico di Kabir Bedi, attore indiano, hanno stregato milioni di italiane. Gli italiani invece si sono innamorati della francese Carole André, cioè della dolce Marianna, la Perla di Labuan amata da Sandokan.

Tutti hanno imparato a detestare l'inglese James Brooke, il rajah bianco di Sarawak, caricatura del potere spietato e arrogante, anche se Adolfo Celi recita in modo così divino che è praticamente impossibile odiarlo. I ragazzi hanno visto Sandokan correre incontro a una tigre nella foresta, sventrarla in volo con un kriss malese, e non vogliono altri eroi, mentre cantano "sale e scende la marea..." degli Oliver Onions.

Il pubblico delle figurine, popolare per costituzione, non poteva non rispondere con lo stesso entusiasmo. Infatti da viale Po sono partite milioni di bustine piene di pirati, dirette anche all'estero, perché lo sceneggiato della Rai è nato da una coproduzione con Inghilterra, Germania e Francia. Tutti a caccia di

Sandokan, come i soldati inglesi del rajah bianco. Mompracem in un album. La leggerezza in questi anni di piombo.

C'è stato solo un problema a inquinare la soddisfazione del successo.

Tanta era la domanda e la possibilità di guadagno che sono entrati in gioco i falsari. Un'organizzazione di Napoli ha ricavato figurine rudimentali fotografando le immagini televisive e ha cominciato a venderle imbustate. La polizia, che ha intercettato il traffico illecito, ha inviato una segnalazione immediata alla Panini e, al termine delle indagini, ha raggiunto Modena con una curiosa telefonata: «Abbiamo individuato la base dell'organizzazione. Possiamo anche darvi un indirizzo. Attenti, però. È gente pericolosa».

«Attenti noi?» ha ribattuto Umberto. «Attenti voi! Siete voi che fate la polizia, *nuèter a fàmm él figurèini*!»

Giuseppe ha chiamato Mimmo Giordano e gli ha spiegato la situazione.

«Così non va bene. Se vendono loro, non vendo io. Ma state tranquilli. Conosco l'indirizzo. Risolvo io» ha assicurato il concessionario campano.

Non si è più vista una figurina taroccata in tutta l'area di Napoli.

Comunque Giuseppe ha detto il vero: Kabir Bedi non verrà alla Panini.

Pietro Peia è riuscito a contattarlo nei giorni precedenti, grazie agli agganci in Rai, ma non è riuscito a inserire un passaggio a Modena nell'agenda dell'attore, che deve rientrare subito a Roma da Torino e poi imbarcarsi per Lahore. A Torino ha visitato la casa di Emilio Salgari e poi gli stabilimenti della Fiat. Gli operai devono averlo visto come il migliore dei sindacalisti possibili.

L'idea naturalmente viene a Umberto: «Vogliono Sandokan? Glielo daremo!».

Fasciano la testa di Gino Fagnani con un asciugamano rosso che diventa un turbante malese; gli disegnano barba e baffi neri con un turacciolo di sughero abbrustolito; gli annodano una sciarpa alla vita, sopra la tuta da lavoro, e gli mettono in pugno la sciabola di plastica di Francesco, il figlio minore di Giuseppe. Poi lo aiutano a montare sul retro dell'Ape Piaggio.

«Aprite il cancello» ordina Biàtta al volante del furgoncino.

Un trionfo così, tra due ali di folla in delirio, Lupo lo sognava da una vita.

Issa la spada di plastica verso il cielo e, con la fierezza di un vero eroe, urla la frase che gli hanno chiesto di ripetere in continuazione: «Sono la Tigre della Magnesia!».

La gente applaude divertita ed entusiasta, anche perché due giovani meccanici di Umberto, accovacciati sull'Ape, affondano le mani in un sacco e lanciano oltre le transenne figurine della collezione *Sandokan*.

Alla fine, una Tigre è arrivata comunque. La Tigre arriva sempre.

Non c'è mai stato tanto vento nelle vele dello stabilimento di viale Po: 10 milioni di bustine al giorno, 560 dipendenti, Fifimatic a pieno regime. Umberto ha potenziato ulteriormente la produttività con l'acquisto di una Nebiolo 4 colori alla Fiera di Düsseldorf. In realtà la macchina non esisteva ancora, appeso a un pannello dello stand c'era solo il disegno del progetto con scritto "Proposta Nebiolo per una 4 colori più uno in volta". Era una macchina che avrebbe consentito di stampare contemporaneamente foto e didascalia sul retro, mentre fino ad allora alla Panini venivano stampate separatamente.

Umberto ha puntato il dito sul foglio: «La compro».

«Guardi che non esiste ancora» ha precisato il rappresentante della Nebiolo. «È solo un progetto.»

«Lo so, ma i progetti si fanno per costruire le cose. Giusto?» ha chiesto Umberto. «La compro a scatola chiusa. Fate in fretta a costruirla, poi la metto a punto io a Modena.»

Così è avvenuto e i tempi di produzione si sono ridotti ulteriormente.

La nave Panini è lanciata al massimo in questa seconda metà degli anni Settanta, non rallenta mai. Ogni anno aumenta il numero delle collezioni e ogni collezione è un successo assicurato. La sensazione comune dei fratelli è di essere entrati nell'Età dell'oro, di aver raggiunto l'orizzonte indicato un giorno da Franco.

Nell'anno di Sandokan esce anche l'album *Montreal '76*, venduto in tutto il mondo con soddisfazione. Un'Olimpiade non raddoppia il fatturato aziendale, come accade ogni quattro anni con il Mondiale di calcio, ma è comunque una garanzia di ottima vendita.

Il boom delle Barbie invece è avvenuto quasi per caso, come tante cose nella storia della Panini.

Un giorno si è presentato nella palazzina gialla un agente della Mattel, azienda americana di giocattoli. Tale signor Porciani.

«Come saprà, la nostra bambolina bionda dall'aspetto adulto è stata una rivoluzione, in mezzo ai soliti bambolotti infantili» racconta l'agente. «Oggi Barbie è la bambola più venduta al mondo. Sono sicuro che farebbe la fortuna di una vostra collezione. Quanto potreste offrirci per i diritti?»

«Non glielo saprei dire» risponde Franco. «Mi chiedevo piuttosto quanto potreste offrirci voi per fare pubblicità alle vostre bambole con le nostre figurine. Come saprà, anche i nostri album sono stati una rivoluzione.»

Si accordano per un cambio merci. Pari e patta. Nessuno paga l'altro ed entrambi godono di un successo che buca il tetto delle previsioni più ottimistiche. La collezione è stata distribuita in Italia, Francia, Germania, Inghilterra, Olanda. L'anno seguente si replica con Big Jim.

Nel 1977 i Panini saccheggiano oro dalle tre miniere principali, aperte in tempi diversi con picconate visionarie: calcio, Walt Disney, Rai.

Esce l'ormai classico album della Serie A, che di anno in anno gonfia i numeri di vendita; parallelamente escono le collezioni del campionato inglese, belga e olandese, oltre a un *Eurofootball '78* di respiro internazionale che anticipa il Mondiale argentino.

In Francia, Germania, Inghilterra e Grecia milioni di bambini inseguono i topolini Bianca e Bernie della Disney per ingabbiarli nei loro album.

A un anno da Sandokan, sotto Pasqua, la Rai manda in onda un altro sceneggiato che conquista l'emozione popolare e ripete i ventisette milioni di telespettatori: *Gesù di Nazareth* di Franco Zeffirelli. Lo sguardo profondo dell'attore inglese Robert Powell ipnotizza gli italiani non meno degli occhi da tigre di Kabir Bedi. Per l'americana "Tv Guide", si tratta addirittura del migliore sceneggiato di tutti i tempi. Questa volta la critica ha poco da rimproverare al regista.

L'album *Jesus*, tratto dallo sceneggiato televisivo, accende una vivace discussione all'interno della palazzina rossa della Panini.

Franco ha imposto di togliere il volto di Gesù dalle bustine di figurine.

Arrigo Beltrami, il direttore editoriale, non è assolutamente d'accordo: «Lo sguardo di Gesù è tutto! È quello che emoziona la gente, anche in televisione».

«Infatti Gesù occupa tutta la copertina dell'album» fa notare Franco.

«Sì, ma in edicola espongono le figurine, non l'album» ribatte Beltrami. «Chi va in edicola, senza l'intenzione di comprare figurine, vede il volto di Cristo sulla bustina, ripensa alle emozioni del film e magari decide di fare la collezione... Quante collezioni abbiamo fatto senza il protagonista delle serie sulla bustina? Io non ne ricordo una.»

Franco ribadisce in modo definitivo la decisione presa per strada osservando alcune bustine di calciatori calpestate dai passanti: «Gesù Cristo non finirà sotto le scarpe di qualcuno. Non il nostro».

Un'altra collezione dai numeri miracolosi. Album come pani e pesci.

Ma non è tutto scontato come sembra. C'è sempre il rischio di incappare nei fiori di Giuseppe, quando meno te lo aspetti.

Un esempio. Arriva l'invito da parte della Disney per partecipare alla presentazione europea del film del regista Gary Nelson *The Black Hole*, costato milioni di dollari e annunciato come rivoluzionario per l'impiego di tecnologie all'avanguardia. Ci vanno Franco, che adora le librerie di Londra, e l'Emilia.

Gli americani hanno studiato un lancio colossale per la pellicola che deve aprire una saga e spalanca una galassia planetaria di interessi commerciali. In prima fila in sala siede il principe Filippo d'Edimburgo.

La collezione tratta da un film del genere spaccherà anche in edicola: nessuno ne dubita. E invece, in quegli anni, i bambini preferiscono raccogliere le figurine di *Furia*, il cavallo del West, e il vero successo galattico per la Panini arriva con *Heidi*, che ha effetti speciali insuperabili: le lacrime dell'orfanella svizzera, adottata dal nonno burbero in montagna, e il sorriso dell'amica Clara, che riesce ad alzarsi dalla sedia a rotelle.

Le figurine non sono il cinema. Altro pubblico, altra sensibilità, altro cuore. Ogni volta che un album tradisce la sua anima pop, per andare incontro ai gusti delle maestre o per volare in cieli più sofisticati, si brucia le ali come Icaro. Ormai è una verità assodata.

Ma non siamo nel '58. Non servono cambiali come per i fiori di Giuseppe. Anche se l'investimento per i diritti di *The Black Hole* si rivela un vero buco nero, nessuno se ne accorge. È una gocciolina nell'oceano di una ventina di collezioni di successo. E, comunque, poter rappresentare il film del momento resta un fiore all'occhiello che porta all'azienda un notevole ritorno di immagine.

Non è il film di Nelson a preoccupare i Panini, ma la Alfacar di Benito.

L'autosalone di via di Villanova non naviga in buone acque. I fratelli lo sanno da tempo.

Una sera Franco informa gli altri: «Alfredo Roma è passato da Tullio per aiutarlo a mettere in ordine i conti e ha trovato cose strane. Credo che dovremmo intervenire».

«Quali cosa strane?» chiede Umberto.

Franco spiega la situazione e, alla fine, Giuseppe, con tono fermo, da fratello maggiore, decide: «Ci pensiamo noi».

L'amore è...

La camminata veloce di Kim Grove nasconde la gravidanza più ancora del trench beige sbottonato. Il sorriso le accende la bellezza del viso come un interruttore, senza cancellare la sofferenza che le ha scavato gli occhi.

Franco Panini si alza dal tavolino del Café de Paris, appena la riconosce.

«In genere sono puntuale» si scusa la signora.

«Sono io che mi scuso per averle chiesto questo incontro che può sembrare inopportuno» risponde Franco stringendole la mano. «E comunque Monte Carlo non è il posto peggiore per aspettare qualcuno... Lei è mia figlia, Laura.»

Kim Grove ha lasciato la Nuova Zelanda quando aveva diciannove anni per girare l'Europa e il mondo. Si è fermata a Los Angeles dove nel '61 ha conosciuto un ingegnere informatico italiano, Roberto Casali, che poi ha sposato. Durante i primi tempi del fidanzamento, lei gli faceva trovare dappertutto cartoncini con un disegno e un pensiero d'amore. I più cominciavano con: "love is...", l'amore è...

A Roberto piacevano e incoraggiava Kim a tirarci fuori qualcosa di serio. Lui stesso girava per le redazioni dei vari giornali a mostrare le tavole della moglie. Il 5 gennaio 1970 sul "Los Angeles Times" è uscita la prima vignetta firmata Kim: due bambini nudi con gli occhi grandi, lui ha i capelli corti scuri, come Roberto, lei lunghi e chiari, come Kim. *Love is...*

È l'inizio di un successo mondiale: le vignette della disegnatrice neozelandese sono state pubblicate in 50 nazioni e tradotte in 25 lingue. I due bambini innamorati hanno riempito libri e quotidiani. Un pensiero del '72, il più famoso, "L'amore è... saper chiedere scusa", è finito in ogni angolo della terra, stampato su poster, magliette, cartoline, cuscini, tazze...

Nel '75, però, è stato diagnosticato a Roberto un cancro terminale, e Kim ha affidato a un disegnatore inglese le sue collaborazioni quotidiane per poter assisterlo fino alla fine. Vicini come i due bambini nudi. Kim e Bob.

Roberto è morto pochi mesi prima dell'incontro con Franco a Montecarlo, a trentun anni. Kim Casali sta aspettando il terzo figlio, grazie a uno dei primi esperimenti di inseminazione artificiale, con lo sperma congelato. La disegnatrice ha già ricevuto migliaia di attestati di incoraggiamento per la gravidanza dai suoi lettori e una condanna dall'"Osservatore Romano".

«Le chiedo ancora scusa per aver sollecitato questo incontro» prova a spiegare Franco Panini, «ma saremmo veramente onorati di poter pubblicare presto i suoi lavori in Italia. Non sarebbe un accordo commerciale come un altro. Non potevamo discuterne per telefono o per lettera. Per parlare della sua opera che è entrata così profondamente nella sua vita, mi sembrava doveroso parlarle di persona e guardarci negli occhi.»

«Lo apprezzo» confida la signora Casali.

Franco raccoglie dal tavolino l'album che si è portato dietro: «Questo è il nostro cavallo di battaglia: le figurine dei calciatori. Lo so, lei potrebbe chiedermi: ma cosa c'entrano i bambini delle mie vignette che ragionano d'amore con questi atleti grandi e grossi che prendono a calci un pallone? Mi creda, signora, c'entrano. Dopo tanti anni, dopo aver letto migliaia di lettere di piccoli collezionisti, posso garantirglielo: ogni figurina incollata alla pagina di un album è un atto d'amore. I bambini collezionano solo ciò che amano. Non scambierebbero la figurina del loro campione preferito con un album intero. Se lo portano in tasca e hanno in lui una fede incondizionata, paragonabile solo a quella degli innamorati. Io sono convinto che le figurine di *Love is...* sarebbero a casa loro nelle nostre collezioni».

«Le credo, signor Panini. E non pensi che io abbia pregiudizi verso lo sport. Anzi, io allo sport devo solo tanta gratitudine, perché è stato grazie allo sport che ho conosciuto mio marito» racconta Kim Grove accarezzandosi il grembo. «Frequentavamo lo stesso sci club a Los Angeles. Disegnavo le sue cadute sulle piste per prenderlo in giro. È cominciato tutto dallo sport. E poi lei non ha ancora usato la carta più convincente: Roberto era italiano. I miei due figli hanno nomi italiani: Pietro e Dario. Quello in arrivo si chiamerà Milo Roberto. L'Italia mi ha dato l'amore.»

«*Love is...* Italia» suggerisce Franco.

«*Love is...* Italia» ripete Kim con un sorriso.

«Sa, durante la Grande Guerra, mio padre scriveva bigliettini a mia madre dal fronte. Anche quelli erano pensieri d'amore. Nell'ultimo ha disegnato con cura la parola FINE per annunciarle che stava per tornare e all'interno delle lettere della parola FINE ha scritto "vivo solo per te, sogno solo te".»

«*Love is...* trasformare la guerra in amore» conclude la disegnatrice versandosi del tè.

Nel 1977 la Panini pubblica la prima serie di *Love is...* in cinque nazioni: Italia, Inghilterra, Germania, Francia e Olanda. La collezione registra un successo clamoroso ovunque e richiama in edicola un pubblico più femminile e più adulto.

La galassia delle filiali estere, sotto la cura di Alfredo Roma e dei fratelli, si allarga e assicura una fetta sempre più consistente del fatturato. Il segreto del buon funzionamento delle nuove società sono le solite tre regole d'oro: una pazienza contadina nel curare da vicino la pianticella che cresce; la conoscenza diretta delle persone delegate alla gestione; una buona rete di distribuzione.

Il mercato inglese, quello che sta dando le maggiori soddisfazioni, è un caso di scuola. Cura contadina: Franco e Roma hanno guidato in lungo e in largo per il Regno Unito, oltre duemila chilometri tenendo faticosamente la sinistra, fino ad emozionarsi davanti alle bustine stracciate davanti a una sperduta edicola scozzese.

Conoscenze dirette: di Cyril Robinson, vicino d'ombrellone a Gabicce Mare, diventato socio della Panini UK, sappiamo già. Il gerente della filiale spunta dall'incontro fortuito tra Alfredo Roma e Gino Montagnani, famoso costruttore, già presidente del Modena Calcio in Serie A, in Piazza Grande. «Deh, Alfredo, hai mica del lavoro da fare in Inghilterra? Ho un cugino che sta a Londra a far niente.» Così Manlio Guidetti diventa il responsabile della filiale inglese.

Distribuzione: la Panini stringe un accordo con la potente WH Smith. Ogni nazione ha la sua tipologia di punti vendita. In Francia ci sono le edicole, in Inghilterra i negozietti di giornali, cancelleria e dolciumi. *Confectionery*, dicono loro. La WH Smith copre città e paesi, stazioni ferroviarie e aeroporti. Arriva dappertutto. La Panini non poteva trovare alleato più forte.

Presidente della WH Smith è sir Simon Hornby, elegante e altolocato gentiluomo inglese, amante dei viaggi. Viene spesso in Italia, ospite di Franco che un anno gli ha procurato un palco d'eccezione in piazza del Campo per assistere al Palio di Siena. Hanno condiviso più di una vacanza. Gli Hornby sono diventati amici di famiglia. Come i Bigle. Franco, che parla più lingue, è uomo di relazioni; l'Emilia ha talento da first lady, e anche questo ha una ricaduta positiva sull'azienda.

Il treno merci, carico di figurine, che una mattina parte dalla stazione di Modena diretto a Leicester è la conferma definitiva della conquista di Albione. Non ci erano riusciti nemmeno gli antichi romani.

Il visconte de Latre du Bosqueau invece continua a venire a prendersi le figurine direttamente alla fonte. È uno degli eventi più attesi in viale Emilio Po, perché i calciatori possono avere fama, i cantanti fascino, ma l'eleganza di un vero nobile non ce l'ha nessuno.

Appena riconoscono la tromba del clacson del Tir belga, operaie e impiegate escono in cortile o si affacciano alle finestre della palazzina gialla per assistere allo spettacolo della muta: Raphael si sfila la pelle da paracadutista e lascia emergere quella di messire; si toglie cioè una specie di tuta da aviatore che veste per guidare e smonta dal camion in tenuta da crociera: pantaloni bianchi, giacca blu dai bottoni dorati, foulard. Omaggia le donne più vicine con un baciamano, le più lontane con un inchino, a volte regala rose rosse e, nell'attesa che gli operai carichino gli scatoloni sul Tir, beve un calice di champagne che Giuseppe ha messo in ghiaccio per il suo arrivo. Dopo una seconda muta, il messire riparte verso il Belgio.

Grazie alle figurine, ha ritrovato l'agiatezza economica di un tempo, gli stenti della pompa di benzina sono lontani. Un solo rimpianto: non aver avuto il coraggio, a suo tempo, di battezzare con il suo nome l'agenzia di distribuzione che oggi è il suo orgoglio.

I Panini sono bravi a coltivare filiali, ma anche a intervenire quando la piantina minaccia di crescere storta. Nonostante la fascinosa Masha, in Germania c'era qualcosa che non andava, i conti non tornavano. Le figurine tedesche scorrevano attraverso due canali: uno più tradizionale legato alle edicole e uno che passava dai grandi magazzini. I due canali avevano accordi diversi sulle rese e sugli sconti. La sensazione crescente era che, travasando il venduto da un bilancio all'altro, alla fine ci guadagnasse molto di più il gerente tedesco della proprietà modenese.

Al Villaggio Artigiano, Franco, da anni, ha una gentile vicina di casa nata in Germania, Edel. Una parola tira l'altra e, alla fine, Ghunter Plattig, fratello di Edel, è diventato il nuovo gerente della Panini Verlag.

Nella gestione della galassia dei soci e dei distributori, è fondamentale il ruolo di Giuseppe, per quel suo antico talento di incantatore, che allenava già con i fratelli piccoli in Rua Muro, e per il potere carismatico di saper spegnere ogni accenno di crisi buttandola in baracca, come al Colombarone con i sindacalisti.

Era successo in modo clamoroso qualche anno prima, quando Giuseppe aveva fiutato focolai di malcontento in diversi punti d'Italia e in Europa. Allora aveva invitato tutti, a spese dell'azienda, per uno splendido weekend sulla Costiera Amalfitana, affidando l'organizzazione al re del luogo, Mimmo Giordano. A Ravello si compose una tavolata spettacolare, una torre di Babele stesa in orizzontale, ricoperta di frutti di mare: i fratelli Angelakis di Atene, il distributore bulgaro che, in qualsiasi stagione dell'anno, si presenta con il suo cappottone viola di velluto, gli svizzeri Rosa e Berto, sempre più tondi e sorridenti...

Tutto era filato liscio fino a quando, all'altezza dei dolci, la vallona Nadine, dalla bellezza straripante e dal seducente vestito a veli, era uscita a prendere una boccata in terrazza, davanti a uno dei panorami più belli del mondo. Mimmo Giordano, già carico di Greco di Tufo, l'aveva seguita. La ragazza rientrò poco dopo, e sembrava che invece della luna avesse visto il demonio. Raphael de Latre du Bosqueau schizzò in piedi puntando il dito verso l'angolo più lontano della tavolata: «Quell'uomo ha cercato di sedurre mia moglie!». Nel brusio generale, Giordano tentò di arrangiare una difesa: «Ma cosa dice? Ho fatto solo dei complimenti alla signora... Un equivoco, forse... La lingua... Io parlo un pessimo francese...». Schizzò in piedi anche il barone Paternò: «Io credo alla signora! Quell'uomo ha cercato di fottermi la Sicilia! E l'ho sfidato a duello perché sono un nobile!».

«Anch'io sono nobile!» fece eco il messire belga.

«Ma se il primo mi ammazza, come lo affronto il secondo?» ha provocato Mimmo Giordano. E qui Giuseppe fece un vero capolavoro di diplomazia, alzandosi in piedi a sua volta e superando le urla con il suo vocione da balera: «Calma, amici! Calma! Rinfoderate le spade! Si è trattato senz'altro di un'incomprensione... Questo paradiso è il posto meno adatto del mondo per litigare. E poi mi serve l'attenzione di tutti perché è arrivato il momento di svelarvi la grande sorpresa che ho preparato per voi. Signore e signori, è con noi, gradito ospite: Gianni Rivera! Quello vero, mica la figurina...».

Un coro di meraviglia e un applauso poderoso accolsero il Golden Boy, entrato sorridente dal fondo della sala, con una giacchetta allegra da lungomare. Tutti spiazzati come Sepp Maier e tutti in fila per stringergli la mano. La tensione si sciolse all'improvviso.

Rivera ha risolto nel finale, come all'Azteca.

Aldo e Giulietta

Giuseppe, Umberto e Franco entrano nella concessionaria di auto usate, a pianta circolare, che spunta come un fungo sullo stradone per Lesignana. Si guardano attorno. Non si vede nessuno. Le auto sono sparpagliate senza un padrone, come pecore al pascolo.

Biàtta, con un gesto del mento, segnala un'Alfetta GT grigia in ottime condizioni. La sensazione è che la stessero cercando. La raggiungono.

Il cartello che la descrive garantisce un'immatricolazione recente e poche migliaia di chilometri di strada. In effetti sembra nuova.

Franco sale a bordo e impugna il volante, Umberto apre il cofano e studia il motore.

Aldo Malavasi, che si era incamminato a passo deciso verso i potenziali clienti, rallenta appena li riconosce, ma si rende conto di non potersi più defilare. Si limita a rinforzare il suo esagerato sorriso da piazzista.

«I fratelli... Che sorpresa» saluta il socio di Benito.

«Sorpresa anche nostra di vederti qua e non alla Alfacar» ribatte Peppino.

«Il proprietario è un amico. Sono passato a salutarlo» spiega Malavasi. «In genere io apro la Alfacar al mattino e Benito la chiude alla sera. Lo sapete meglio di me: a vostro fratello piace ancora fare la bella vita ogni tanto, e poi alla mattina dorme un po' di più... Io invece non ho più il fisico... Sono vecchio...»

«Già. Ora che Benito versa da bere a tutti quelli che gli stanno attorno, fa mattina» commenta Giuseppe.

«Glielo diciamo sempre noi: Benito, bada bene a chi dai fiducia e ti sta vicino» aggiunge Franco.

Malavasi cambia bruscamente discorso: «Gran bella macchina, vero Umberto? Di motori ne capisci più di tutti a Modena».

«Ah sì, è come nuova. Infatti è in vendita al prezzo di una macchina nuova» fa notare Umberto.

«Ha fatto meno di ventimila chilometri. È come se fosse appena uscita dalla fabbrica» commenta il socio di Benito. «Quei soldi li vale tutti.»

«Come mai conosci così bene questa Alfetta, se sei solo di passaggio?» chiede Giuseppe.

«Le ho dato un'occhiata prima, come state facendo voi.»

«Non è che per caso questa macchina è passata anche dalla Alfacar?» insinua Franco.

«Lo escludo in modo categorico. Un gioiello del genere me lo ricorderei senz'altro.»

«Il punto è proprio questo: che io invece me la ricordo benissimo» insiste Franco. «Vedi, tu non lo sai, ma io ho una memoria prodigiosa. Da sempre. È un dono naturale. Quando lavoravo in banca, conoscevo a memoria tutti i numeri dei conti correnti. Figuriamoci se posso dimenticarmi una targa con 313 dentro... 313 è la targa dell'auto di Paperino.»

«Ma cosa ci faceva questa Alfetta alla Alfacar, se non era in esposizione?» domanda ad arte Giuseppe.

«Io una ipotesi ce l'avrei» annuncia Franco.

«*Sintàmm*» lo sollecita Giuseppe.

«Il proprietario di questa Alfetta, probabilmente un uomo ricco, un ceramista di Sassuolo o qualcuno del genere, si presenta in via di Villanova, deciso a cambiare l'auto, anche se quasi nuova. I ricchi sono come i bambini, si annoiano in fretta dei giocattoli. Ovviamente si aspetta di vendere bene il suo usato poco usato. Il nostro Malavasi gli fa questa proposta: "L'Alfetta gliela compro io, a basso prezzo. Ma quello che perde glielo faccio recuperare con gli interessi, perché le applico un supersconto sull'auto nuova". In questo modo ci guadagnano sia il ricco cliente che il nostro Malavasi che poi rivende l'Alfetta alla concessionaria del suo amico, facendoci una bella cresta.»

«Quindi ci hanno guadagnato tutti tranne Benito che ha pagato la bevuta anche a questo giro» deduce Giuseppe.

«Esatto» conferma Franco. «Per questo i bilanci della Alfacar sanguinano sempre.»

«Ma questa è un'accusa! Come vi permettete?» esplode Malavasi. «Mi state dando del ladro!»

«A giudicare dai libri contabili che ho controllato e fatto controllare da esperti, si tratterebbe proprio di furto» conferma Franco con grande serenità. «Altro esempio. Nel cortile di via di Villanova c'è una Giulia GTA del '67 che, a giudicare dai chilometri, deve avere fatto un paio di giri del mondo. È il reso di un cliente che ha acquistato una nuova Alfa. La cosa strana è che la Alfacar ha valutato quel relitto poco meno di questa Alfetta quasi nuova. Dubito che i soldi di quella supervalutazione siano finiti tutti nelle tasche del cliente.»

«Voi non potete provare nulla! Io vi denuncio tutti per calunnia!»

«Questa è una ipotesi» concorda Franco sempre più olimpico nella sua compostezza. «La seconda ipotesi è che domattina tu ti presenti in via di Villanova e spieghi a Benito che, per ragioni di salute, di famiglia o per una nuova avventura professionale, sei costretto a rompere la società. Naturalmente senza pretendere compensi o buonuscite che ti sei già preso con largo anticipo in questi anni. Anzi, ti presenterai alla Alfacar con questa Alfetta e tornerai a piedi. Lo prenderemo come un parziale risarcimento.»

Pallido come un cencio, con le braccia cascate lungo i fianchi, come marionette dai fili rotti, Malavasi stavolta rinuncia alla reazione. Non urla più. È un pesce trascinato a riva che non sbatte più la coda.

«Hai una notte per pensarci, Aldo» conclude Giuseppe. «Se non ti vediamo domattina in via di Villanova, ci ritroveremo in tribunale.»

Umberto sigilla la discussione con un timbro sonoro: lascia cadere il cofano che si richiude con una detonazione metallica. Il botto fa tremare le vetrate e accorrere il proprietario della concessionaria che si appoggia a un bastone da montagna.

«Buongiorno, posso esservi utile?» domanda.

«Già fatto, grazie» risponde Giuseppe. «Ci piace l'Alfetta grigia. Credo che la prenderemo.»

Il giorno seguente Aldo Malavasi si presenta puntuale alla Alfacar, a bordo dell'Alfetta. Attende l'arrivo di Benito, gli parla, poi si allontana a piedi.

Giuseppe, Umberto e Franco non possono fare la torre in via di Villanova, uno sull'altro, anche perché non avrebbero più le forze per ricomporla, ma i sentimenti non sono poi così diversi dalla volta in cui salvarono il fratello dai bulli del Panaro.

Pearl Harbour

«Quante macchine ferme...» commenta Franco sulla scala di ferro che dagli uffici della Panini porta alla produzione.

«Anche le Fifimatic hanno bisogno di tirare il fiato. Le faremo ripartire» assicura Giuseppe che dal vitello in poi non ha mai economizzato sull'ottimismo.

I fratelli osservano le stampanti e le imbustatrici a riposo, come gli americani osservavano le navi bombardate nella baia di Pearl Harbour. Anche in questo caso c'entrano i giapponesi.

Dal 4 aprile 1978, Rai2 manda in onda alle 18.45 il cartone animato *Ufo Robot Goldrake*, tratto dal manga giapponese di Go Nagai e inserito nel contenitore "Buonasera con..." presentato dalla bionda Maria Giovanna Elmi. È un cartone rivoluzionario perché mette in scena per la prima volta i giganteschi robot smontabili che fanno la guerra tra loro per la conquista della terra con armi fantascientifiche.

Non c'è bambino italiano che non sappia cosa siano le alabarde spaziali o le lame rotanti, e che non canti "mangia libri di cibernetica, insalate di matematica". La sigla del programma ha superato il milione di dischi venduti. È stata musicata, tra gli altri, dal milanese Vince Tempera e dal ferrarese Ellade Bandini, che lavoravano anche con Guccini. Si torna sempre al Grande Italia.

Il successo di *Goldrake* è stato travolgente, ha coinvolto anche gli spettatori adulti, ha stravolto i canoni rassicuranti dei cartoni animati americani, ha scatenato dibattiti sull'opportunità della violenza nei prodotti per bambini.

Ma, purtroppo per i Panini, Ufo Robot è rivoluzionario anche per un altro motivo: le figurine della serie televisiva non sono uscite dallo stabilimento di viale Po. È questo il trauma da Pearl Harbour che i fratelli stanno cercando di smaltire: bombardati nel proprio territorio da una concorrenza che non hanno mai avuto e non sospettavano di avere.

Sembrava routine: ecco un altro prodotto giapponese di successo sulla Rai da cui trarre le figurine della collezione, come accaduto con *Heidi* di Hayao Miyazaki. E invece, quando Pietro Peia si presenta come al solito alla Sacis per trattare i diritti, scopre che questi sono già stati ceduti a un piccolo editore romano, Luigi De Rossi, che stampa la collezione di *Goldrake* con il marchio Edierre, e sbanca le edicole.

La riunione al primo piano della palazzina gialla sa tanto di comitato di crisi. Ci sono tutti attorno al tavolone: i fratelli Panini, Alfredo Roma, Pietro Peia, Arrigo Beltrami, il responsabile amministrativo Stefano Baraldi.

L'ex pallavolista Pietro Peia ha una devozione maniacale per il lavoro, che in azienda è diventata proverbiale. Uomo di legge, è intransigente con se stesso molto prima di esserlo con gli altri. Non ha il carattere estroverso e i mille interessi di Alfredo Roma. Non si presenterebbe mai in viale Emilio Po con una bombetta inglese in testa, come Roma.

Un giorno Giuseppe gli aveva chiesto: «Ma non dovevi essere in vacanza, Pietro?».

«Infatti sono entrato alle 8 e mezza e non ho fatto la barba» aveva risposto quello.

Vacanza trasgressiva per Peia significa questo: mezz'ora di sonno in più e la libertà di non radersi tutti i giorni.

Facile intuire quanto abbia sofferto per il caso *Goldrake*, il primo vero intoppo professionale dopo una cavalcata di sole soddisfazioni: i diritti degli sceneggiati Rai, portati a casa sempre a ottime condizioni, diventati poi collezioni di successo, da *Pinocchio* a *Sandokan*; ma soprattutto l'abilissimo lavoro diplomatico con l'Associazione Calciatori dell'avvocato Sergio Campana, per arginare le richieste della categoria sui diritti di immagine, che sono cresciute parallelamente al fatturato degli album.

Il rigore professionale, quasi monastico, costringe Peia a prendere subito la parola per illustrare la situazione e offrire una base di discussione.

La sua introduzione, più che una giustificazione, suona come un'ammissione di colpa: «La Edierre è una piccola casa editrice, praticamente un paio di stampanti in locali davvero ridotti. Ho preso qualche informazione. La qualità delle pubblicazioni precedenti non è assolutamente paragonabile alla nostra».

«Anche noi eravamo piccoli quando siamo partiti» ricorda Giuseppe. «Mescolavamo le figurine con il badile e la zangola.»

«Ha ragione» riconosce Peia. «Ho sbagliato a sottovalutare il pericolo e a fidarmi troppo della Sacis. Anche se piccolo, De Rossi vive pur sempre a Roma e si sa che a Roma, e alla Rai in particolare, le conoscenze dirette possono aprire portoni. Deve averne trovate di buone, questo signore. Mi hanno detto che lo hanno introdotto bene anche alla Beta Film, società tedesca di *licensing* che lavora molto con i giapponesi.»

«Non credo che abbiamo commesso degli errori» minimizza Franco per alleggerire il senso di colpa di Peia. «Prima o poi doveva succedere. Non abbiamo avuto concorrenza per quasi vent'anni. Era logico che qualcuno venisse a traino dei nostri successi. Non potevamo pretendere che ci stendessero solo tappeti rossi.»

«Quello che vorrei sapere io» interviene Umberto «è cosa diavolo sono le alabarde spaziali. I miei figli ne parlano di continuo e vogliono che gliene costruisca una, neanche fosse una Fifimatic.»

«Devi solamente procurarti un'asta lunga ventotto metri, pesante dodici tonnellate, e attaccarci ai lati due lame a mezzaluna» suggerisce Beltrami. «So tutto su Goldrake... È pilotato all'interno da Actarus che lotta contro il malvagio Re Vega. Tra le armi più potenti dell'Ufo Robot, oltre all'alabarda spaziale, ci sono le lame rotanti e i magli perforanti, cioè gli avambracci che si staccano e partono come missili a trivella.»

«Sono cartoni troppo violenti, lontani dalla sensibilità dei nostri bambini» osserva Baraldi. «Possono funzionare in Giappone o negli Stati Uniti. Da noi va bene Heidi. Passato l'effetto sorpresa, mi aspetto che il fenomeno dei robot da guerra si sgonfi. Le leggete le polemiche? Perfino scrittori come Alberto Bevilacqua e Dario Fo hanno sparato contro Goldrake.»

«Però uno come Gianni Rodari, che di letture per ragazzi se ne intende, si è schierato a favore» obietta Franco. «E io la penso come lui: i giapponesi sono stati bravi a creare una mitologia moderna che ai bambini piace. Anche ai nostri. Ha ragione Rodari: Goldrake, metà uomo e metà macchina, è il nuovo Ercole che era metà uomo e metà dio.»

«È come te, Vècio, che sei metà uomo e metà vitello» scherza Biàtta. «Potresti scagliare l'osso rotante...»

Sorridono tutti, tranne Peia, che accentua l'espressione preoccupata: «De Rossi sta già lavorando alle figurine del prossimo anno. Sarà un altro robot da battaglia. Si chiama Jeeg. Jeeg Robot d'acciaio, e naturalmente andrà anche in tv. Impossibile contrastarlo con un altro prodotto simile, perché l'Edierre ha drenato tutti i diritti giapponesi sul mercato».

D'istinto, gli sguardi puntano Giuseppe che siede a capotavola.

«Di impossibile non c'è nulla e io l'ho dimostrato. Anche perché conosco un'arma superiore alle lame rotanti: le monete sonanti.»

Franco incontra Luigi De Rossi in un bar vicino a Campo de' Fiori. È più giovane di quanto si aspettasse. Ha un filo di barba sottile, bianca, sul mento, e assottiglia gli occhi quando sorride.

«Credo di avere avuto un sacco di buone idee, ha pagato quella in cui credevo di meno» si racconta l'editore.

«Succede anche con le donne, spesso si conquistano quelle meno corteggiate» sorride Franco.

«È vero. La vita è buffa. I Panini, i re delle figurine, sono venuti a Roma per corteggiare me...»

«Lei ha vinto, se lo merita.»

«La piccola Corea ha battuto la grande Italia.»

«Sa che io ero presente a quella partita?» dice Franco. «Ora sono qui per evitare un'altra Corea.»

«Come pensa di fare?» chiede De Rossi.

«Quando gli avversari hanno un giocatore molto forte, si cerca di acquistare quel giocatore» spiega Panini.

«Non sempre è possibile» fa notare il romano. «La Juventus, per esempio, non è mai riuscita a strappare Gigi Riva al Cagliari.»

«Forse perché era sbagliato il prezzo.»

«Lei quanto pagherebbe per Gigi Riva?»

«Un miliardo di lire» risponde secco Franco tenendo gli occhi fermi.

L'editore romano sbircia da sopra la tazzina per cercare di capire se si tratti di uno scherzo o di un'offerta.

I Panini acquistano la casa editrice Edierre per un miliardo di lire e nel 1979 stampano con il proprio marchio la collezione di Jeeg Robot d'acciaio che pareggia il successo di Goldrake.

Due pallottole a testa

Sono una dozzina, forse quindici. Entrano a passo svelto, quasi di corsa, nell'atrio della Scuola di Amministrazione Aziendale di Torino, in via Ventimiglia. Probabilmente studenti in ritardo ai corsi del pomeriggio, iniziati alle 15 di questo freddo 11 dicembre 1979. A parte l'ingresso in gruppo, causato forse dallo stesso contrattempo (lo stesso tram guasto, lo stesso ingorgo stradale...), non attirano più di tanto l'attenzione perché sono giovani vestiti come tutti gli iscritti alla SAA, giacche, cravatte, tailleur... Molti impugnano valigette ventiquattrore.

Il gruppo si spacca in due: una metà si dirige verso l'Aula Magna dove è in corso una lezione per gli studenti del biennio universitario, l'altra metà verso l'ala del Master post-laurea, riservato a giovani professionisti già in carriera, che si perfezionano sotto la guida dei manager della Fiat, dell'Istituto San Paolo, della RV SKF e delle più prestigiose aziende torinesi.

In questa scuola immersa nel Parco Italia '61, inaugurata durante l'Expo di quell'anno, si forma la futura classe dirigente che dovrà pilotare il Paese fuori dagli anni di piombo, verso un nuovo, auspicato boom economico.

Alfredo Roma, che è stato compagno di università di Giorgio Pellicelli, direttore della SAA, ha sponsorizzato la partecipazione di Antonio, figlio di Giuseppe, e di Valerio, figlio di Edda, ventuno e vent'anni. Sono i maschi più grandi tra i nipoti di Olga e quindi, almeno anagraficamente, i primi indiziati per una futura direzione della Panini. Hanno già lavorato in azienda, per avere esperienza diretta del regno partendo dal basso, come accade ai rampolli destinati alla successione al trono. Ora, nella *business school* torinese, stanno imparando come si governa. Respirano figurine da quando sono nati, perché sono cresciuti nella palazzina gialla di viale Emilio Po, nei due appartamenti che abbracciano quello di Olga.

Antonio e Valerio prendono appunti al centro dell'Aula Magna, affollata dagli studenti del primo anno, mentre il docente di statistica spiega in cattedra aiutandosi con immagini proiettate alla lavagna e con una sottile asta di legno che usa come indicatore.

Una lezione come tante altre, finché si apre la porta dell'aula ed entra un giovane alto che annuncia con voce forte, ma tranquilla: «Sono di Prima Linea. State calmi e non vi succederà nulla».

Indossa un loden blu. Molti pensano a una goliardata di cattivo gusto. Non sarebbe la prima volta che quelli del secondo anno combinano scherzi del genere. Qualcuno si alza per uscire a fumare, ma il ragazzo alto, il terrorista Fabrizio Giai, spalanca il cappotto su un cinturone carico di due pistole e l'atmosfera nell'aula scarta di colpo.

A quel punto l'asta lunga e sottile conferisce al docente un aspetto grottesco: un improbabile spadaccino davanti a un giovane pistolero.

L'insegnante posa delicatamente l'indicatore sulla cattedra, si sfila gli occhiali e li ripone nel taschino della giacca con un definitivo gesto di resa.

Entra un secondo terrorista con una sacca sportiva in spalla. Estrae un Kalashnikov che punta verso gli studenti: «Questo gioiello funziona molto bene: è un AK47».

È il capo del commando, Sergio Segio, ha capelli folti e baffoni pendenti, da tricheco. Pesca dal borsone una bomba a mano: «In caso di assedio, siamo pronti».

I corsisti vengono fatti scendere dall'anfiteatro e fatti sedere sotto la lavagna con la testa tra le gambe. Si aggiungono gli studenti del secondo anno, quelli del Master, i docenti e il personale di segreteria, rastrellati nei vari locali e spinti nell'Aula Magna

Ora, sotto il tiro delle semi-automatiche e delle mitragliette rivoluzionarie, ci sono almeno duecento persone.

Una ragazza dalla camicia bianca che spunta dall'elegante golf a losanghe, sale in cattedra e legge un comunicato per giustificare quello che definisce un "atto di guerriglia metropolitana". È Susanna Ronconi, compagna di Segio.

Libertà, tirannia, usurpazione, sfruttamento, reazione... molte parole del proclama sono sovrapponibili a quelle che Actarus in genere riferisce a Re Vega. Nello specifico, la ragazza tratta di multinazionali, padroni, formazione di militari, del potere, e conclude con un'esortazione che suona come un ordine per via dei Kalashnikov puntati contro gli studenti: «Voi non dovete più studiare qua dentro. Se non sapete ancora sfruttare i lavoratori, non imparatelo mai!».

Si apre la porta dell'aula. Un terrorista entra con una bambina di dieci anni. La strattona con troppa forza e la bambina cade a terra.

Si alza immediatamente un bidello per soccorrerla: «È mia figlia. Non fatele del male. Vi prego».

Segio inchioda il padre appoggiandogli la canna del Kalashnikov sulla fronte.

L'incubo rotola sull'orlo dell'inferno. Se il colpo parte, qualcuno reagirà e può scapparci la carneficina.

Dopo secondi infiniti e un silenzio di ghiaccio, prende la parola un ostaggio, senza sollevare la testa piegata tra le ginocchia: «Io non sono un padrone. Io sono il figlio di un pastore sardo che ha speso tutto quello che aveva per farmi studiare e darmi un futuro migliore del suo».

«Se vuoi un futuro migliore, vai a rubare. È meglio che stare qui» ribatte la Ronconi.

Se non altro, lo scambio di battute ha spezzato la tensione.

Sergio Segio stacca la mitraglietta dalla fronte del bidello e va a disegnare una stella a cinque punte alla lavagna.

Fabrizio Giai consegna un proiettile a un docente: «Questo è un comunicato per il generale Dalla Chiesa».

La Ronconi annuncia: «Ora leggerò i nomi di alcuni di voi. Chi viene citato, si alza e ci segue».

Cinque studenti e cinque manager escono dall'aula accompagnati da Segio, Giai e Maurice Bignami.

Tutto il commando di Prima Linea rientra in aula pochi minuti dopo.

Un terrorista lascia scritto alla parete: "Onore a Barbara e Matteo", due militanti uccisi in uno scontro a fuoco con la polizia al Bar dell'Angelo in piazza Stampalia, periferia nord di Torino.

Si portano via un ostaggio: «Provate a chiamare i carabinieri e il vostro amico ha finito di vivere».

Escono e sigillano l'Aula Magna facendo passare del nastro isolante attorno alle maniglie.

Sono passati ventidue minuti dall'irruzione all'interno della SAA.

I componenti del commando si allontanano in direzioni diverse, senza correre. Si sciolgono come fantasmi nella città operaia.

L'ostaggio, rilasciato nell'atrio, libera i prigionieri.

Valerio soccorre una compagna di corso che sta per svenire. L'accompagna in bagno a rinfrescarsi ma, svoltato l'angolo del corridoio, si ritrova davanti uno scenario da mattatoio: giovani studenti e manager già nonni che piangono di dolore e di terrore con le ossa sbriciolate e brandelli di stoffa legati alle cosce per fermare l'emorragia.

L'esecuzione è stata scientifica: due pallottole a testa, tre solo ai due dirigenti Fiat più prestigiosi, quasi il riconoscimento di uno status. Li hanno messi al muro, con i polsi legati da corde di nylon nero, le bocche incerottate, poi hanno mirato alle gambe. Le urla hanno rimbalzato contro i cerotti e sono tornate in gola.

Antonio e Valerio, come gli altri ragazzi dell'istituto, cercano un telefono per tranquillizzare le famiglie prima che radio e tv diffondano la notizia dell'assalto.

Per due figli di Marzaglia e del Colombarone, per due spiriti geminiani arrivati dalla tranquilla serenità della provincia emiliana, non è stato facile ambientarsi in una città fredda, incolore, spaventata, dove covano i rancori di classe e dove alle 9 di sera, invece di cominciare a far baracca, scatta il coprifuoco.

Antonio e Valerio hanno provato a fare un po' gli americani, come Giuseppe e Umberto negli anni di Spezzano. Condividono un appartamento di pochi metri quadrati, ma hanno organizzato feste e invitato i compagni di corso per accorciare le distanze e tessere relazioni. In parte ci sono riusciti.

L'irruzione di Prima Linea sarebbe un alibi di ferro per tornare a casa. Le famiglie, scioccate dall'eco enorme che i dieci gambizzati di Torino hanno avuto sulla stampa e in televisione, l'hanno proposto alla prima telefonata: «Se non vi sentite tranquilli, rientrate a Modena».

I due Panini non sono voluti scappare. Antonio è figlio di un bisonte che non si è tirato indietro neppure davanti a un'operazione chirurgica quasi senza speranza. Valerio è figlio di Edda, la giovane *rezdóra*, che non si è arresa alla fame nel periodo più buio e l'ha combattuta con un finocchio e due patate in una pentola per sette fratelli.

Hanno avuto un peso importante le parole del presidente della Repubblica Sandro Pertini, arrivato in visita alla SAA due giorni dopo l'attentato. Ha incontrato gli studenti, ha tenuto un discorso emozionante, a braccio, sul valore di un'altra Resistenza, e anche gli indecisi hanno deciso di rimanere.

L'episodio conferma tragicamente, una volta di più, l'ingresso dei Panini tra le famiglie più ricche e più in vista del Paese. Sono entrati nel mirino dei Kalashnikov terroristici e dell'Anonima sequestri.

La questura di Modena è stata allertata perché in un covo di banditi sardi è stata ritrovata una lista di possibili vittime e tra queste figurava il nome Panini. La famiglia naturalmente è stata informata.

Per questa ragione, una domenica mattina del 1982, nell'appartamento di Franco ed Emilia al Villaggio Artigiano scoppia il panico: Luca, cinque anni, il figlio maschio arrivato sedici anni dopo la prima delle quattro femmine, in zona Cesarini direbbe l'ex capufficio di Franco, è sparito e la finestra della sua camera è aperta.

«Si sarà nascosto» ipotizza Laura, la sorella maggiore, tranquillizzante. «Adesso lo troviamo. Non abitiamo in un castello...»

Emilia e Franco osservano la finestra aperta nello stesso istante, poi si guardano, ma nessuno accenna all'altro l'ipotesi del rapimento cui stanno pensando.

Emilia si unisce alle figlie, che setacciano ogni angolo della casa ripetendo di continuo il nome del fratellino.

Franco studia la finestra, ma non trova segni di effrazione. La chiude. Non è stata forzata neppure la porta di casa. Esce a controllare che Luca non sia sgattaiolato in giardino, prende l'auto e fa un rapido giro del quartiere. Rientra e, quando si è ormai rassegnato a impugnare la cornetta del telefono per informare i carabinieri, sente l'annuncio liberatorio di Silvia: «È qui!».

Cos'era successo? Era successo che Luca non voleva assolutamente andare alla messa della domenica mattina e si era nascosto in un anfratto tra il suo letto e l'armadio, uno spazio minimo quasi invisibile. Nell'attesa che la casa si svuotasse, per poi saltare fuori, si è addormentato.

L'Emilia può scaricare la tensione con un pianto nervoso.

Franco ripensa a quando, all'età di Luca, gli toccava nascondersi, non per saltar messa, ma per non farsi vedere dal padrone di casa, l'avvocato Ramazzini. Allora erano troppo poveri per permettersi una casa intera, ora troppo ricchi per sentirsi al sicuro in casa propria.

Luca Panini, nato il 10 luglio 1977, è l'ultimo dei nipoti di Antonio e Olga. In ventisei anni, dal 1941 al 1977, gli otto fratelli

Panini hanno messo al mondo ventotto figli, compresi Antonella e Valerio morti neonati. Tra il maggiore dei maschi, Antonio, e il minore, Luca, corrono diciannove anni.

Il numero dei nipoti e la distanza di età tra i più giovani e i più vecchi lasciano già intuire che il ricambio generazionale non sarà un'operazione semplice.

Antonio e Valerio, studenti alla SAA di Torino, si stanno preparando per prendere il timone; altri nipoti hanno già cominciato a lavorare in azienda. Laura, per esempio, sta facendo esperienza nel campo del *licensing*, all'ombra del sapiente Pietro Peia. I giovani raccoglieranno il testimone dei vecchi, come succede in ogni famiglia e in ogni comunità da che mondo è mondo. Ma il passaggio non sarà elementare come in una staffetta di atletica leggera. Quando si costituì la Panini, Giuseppe, che era stato il padre dell'idea e quello che più cocciutamente l'aveva coltivata, avrebbe potuto rivendicare un ruolo di privilegio, anche nel computo delle azioni. Invece pretese l'equilibrio assoluto con i fratelli, timbrando la decisione con una frase che sapeva di taverna e di amicizia: «Le bevute vanno a pari: 25, 25, 25, 25».

Ma erano in quattro.

Come vanno a pari le bevute tra i sedici figli dei quattro fratelli, di cui alcuni ancora fermi ai succhi di frutta e altri già da tempo arrivati al Lambrusco?

Il trionfo dei tigrotti

Umberto approfitta della pausa di gnocco fritto e champagne per sfogliare la posta della mattinata. Trascura il resto e straccia la busta più grande, arrivata dalla Svizzera, perché sa che contiene una rivista tecnica.

Da quando si è messo in cerca di una nuova rotativa, i sentimenti sono tornati a frizzargli come ai tempi delle prime Fifimatic. Anche la Tina si è accorta che il marito, dopo anni, ha ripreso a fissare il buio prima di addormentarsi con un pensiero meccanico in testa. Lo sente muoversi nervoso.

Umberto ha cercato la nuova Bestia in tutto il mondo e si è abbonato a tutte le riviste di settore per restare aggiornato sui nuovi modelli e sulle proposte di mercato. La crescente espansione all'estero e l'acquisizione di nuovi diritti ha fatto impennare la produzione nella seconda metà degli anni Settanta. All'inizio del nuovo decennio, Biàtta sente il bisogno di mettersi al passo.

Deve aumentare la produzione degli album senza cambiarne il formato per non incidere sulle abitudini dei collezionisti. Gli serve una rotativa in grado di fare il 70x100 in piega.

«È lei! L'abbiamo trovata! È perfetta! C'è anche la foto!» esclama di colpo Umberto. «Venite a vedere!»

I meccanici in tuta azzurra e cerniera bianca circondano il capo con le bollicine in pugno.

«Mi aspettavo una donna» commenta deluso Carles.

«Questa è la Marilyn Monroe delle rotative: una Roland Variset!» spiega Umberto. «Di meglio al mondo non potremmo trovare. Una cosa sola non mi torna.»

«Cosa?»

«*Al prézi.*»

«Troppo?»

«*Tròp pòch.* La danno per diecimila franchi svizzeri, ma questa ne vale almeno un milione» spiega Umberto che svuota con un sorso solo il suo bicchiere di champagne e si dirige spedito agli uffici della palazzina gialla. Telefona al gruppo editoriale svizzero che ha messo in vendita la rotativa.

«Noi saremmo interessati alla Roland Variset, ho solo qualche dubbio sul prezzo...»

«Troppo cara?» chiede l'interlocutore.

«No, no. Va bene diecimila franchi!» si affretta ad assicurare Umberto. «Ma come possiamo fare?»

«Venga a vederla e ne parliamo.»

Umberto parte con Walter per Zofingen, cittadina nel Nord della Svizzera, tra Zurigo e Basilea. Walter, detto "Peppo", figlio di Vasco e Maria Napoleon, faceva lavoretti in officina già da bambino, durante le vacanze estive. Dopo il militare, è stato assunto da Biàtta e negli anni è diventato il suo braccio destro. Lo ha aiutato in particolare a sviluppare l'elettronica nelle Fifimatic di seconda generazione.

Umberto intuisce subito le ragioni del prezzo tanto favorevole: hanno sbagliato clamorosamente l'acquisto della rotativa. A loro ne serve un'altra che costa il doppio, perciò devono liberarsi al più presto di quella vecchia per far spazio a quella nuova.

Per i Panini invece la Roland Variset va benissimo. Umberto ha gli occhi di uno sposo per corrispondenza che scopre la sposa molto più bella di quanto gli apparisse nelle fotografie. La accarezza perfino. In fondo, le macchine sono state per davvero l'amore di una vita.

Al momento di firmare il contratto, il responsabile del gruppo editoriale si sente in dovere di chiederlo: «Ha letto bene tutte le clausole?».

«Certo» risponde Umberto.

Con una smorfia imposta da un imprescindibile senso di onestà svizzera, il dirigente punta la penna al centro del foglio: «Anche questa? Dovrete smontarla voi e portare via l'ultimo pezzo entro la sera del 18 agosto. Mi spiace, non possiamo concedervi di più. È in arrivo la rotativa nuova. E siamo alla fine di luglio...».

«Conoscesse i miei uomini, non sarebbe tanto preoccupato» spiega Biàtta, che firma con un tratto veloce e leggermente ondulato, un profilo di colline emiliane.

Umberto organizza la trasferta dei suoi tigrotti come avrebbe fatto per un concerto rock. Compra un pullmino e ci fa scrivere "Figurine Panini" sulle fiancate, riveste gli operai con tute nuove di zecca, prenota il miglior albergo di Zofingen e si mette al volante.

La mattina seguente arringa la ciurma come l'Ulisse dantesco: «Uomini, non siamo solo operai della Panini, noi qui siamo ambasciatori dell'Italia, per questo vestiamo una nuova tuta azzurra che sembra la maglia della Nazionale. Lo sapete cosa dicono di noi nelle barzellette, vero? I tedeschi e gli svizzeri lavorano, gli italiani battono la fiacca... Dimostriamo a questi signori che si tratta di una barzelletta, appunto. Nessuno sa fare presto e bene come noi».

«E se ci sono belle operaie bionde, non distraiamoci» aggiunge il caporeparto Zagni. «Non facciamoci riconoscere...»

«No, è il contrario, Ivano» lo contraddice Umberto, «facciamoci riconoscere! Facciamo vedere che siamo italiani e lavoriamo meglio degli altri!»

Così motivati, i tigrotti di Biàtta si avventano sulla rotativa come termiti su un mobile antico e cominciano a divorarla pezzo per pezzo, con una velocità d'esecuzione e una sincronia di movimenti che diventa presto uno spettacolo per i tipografi svizzeri. Gli elementi meccanici sono stati numerati a uno a uno per agevolare le operazioni, ma i tigrotti se ne fregano, divorano tutto a modo loro e a mezzogiorno hanno già smontato il primo tronco della rotativa.

Il delegato svizzero ne prende atto e avverte Umberto: «Vado a chiamare l'ingegnere dei cavi. Da noi non si sposta nulla senza la supervisione di un ingegnere».

L'ingegnere dei cavi si fa attendere.

Quando finalmente compare con una cartelletta da presentatore di telequiz, si guarda attorno e domanda: «Dov'è la parte smontata da caricare?».

«Sul Tir» risponde Umberto.

Giorno dopo giorno gli spettatori aumentano. Il passaparola richiama anche gli impiegati degli altri reparti e i giornalisti delle redazioni. Nessuno ha mai visto dei demolitori del genere.

La Roland Variset è una bestia lunga cinquanta metri. Ogni giorno i Tir se ne portano via un pezzo. Umberto dirige con orgoglio il lavoro dei suoi uomini, che si battono come leoni e si arrampicano sull'imponente rotativa come ninja sulle mura di una città assediata. Biàtta rivive i giorni eroici del Varadero. Dovesse servire, sente di avere ancora nelle braccia la forza per una *smartlèda* decisiva.

Allo scadere dell'ultimo giorno concordato per lo smontaggio resta un ultimo pezzo da caricare sul ventiquattresimo Tir da spedire in Italia. Ma è un blocco enorme, che non si può ridurre ulteriormente. Non passa dalla porta. Viene fatto passare dal tetto grazie a una gru che poi lo cala lentamente. Il camion si sposta altrettanto lentamente per poterlo accogliere nel punto più adatto.

Italiani e svizzeri osservano a faccia in su. Mancano pochi minuti alla chiusura della fabbrica. Sembra il rush finale di un Fil Rouge di "Giochi Senza Frontiere". Appena il pezzo di rotativa si adagia sul fondo del Tir, scatta un applauso istintivo e appassionato. Italiani e svizzeri si scambiano pacche sulle spalle e strette di mano. Per la prima volta, hanno tutti la sensazione di appartenere a un'unica squadra. Che ha vinto.

Umberto viene invitato in direzione dove, attorno a un tavolo di vetro, si è radunato il vertice aziendale.

«Signor Panini, volevamo complimentarci per il lavoro dei vostri uomini, che è stato veramente notevole. Confesso che la maggior parte di noi era scettica sul rispetto delle date contrattuali...» ammette l'uomo a capotavola che ha il nodo della cravatta grosso come un'arancia.

«Capisco. I soliti sfaticati italiani...» commenta Umberto.

«Ma ci resta ancora un dubbio» aggiunge lo svizzero.

«Quale?»

«Riuscirete a rimontare tutti i pezzi che avete distribuito in quei ventiquattro Tir?»

Qualcuno sogghigna.

«*Fàmm acsè*. Quanti siete in questo ufficio? Otto? Bene. Vi invito tutti per Natale a Modena che è una città molto bella e, se non la conoscete, merita senz'altro una visita. Tutto a mie spese, naturalmente. Sarete miei ospiti. Venite alla Panini e io vi faccio partire la Roland Variset davanti agli occhi.»

Così avviene.

I dirigenti del gruppo editoriale svizzero calano a Modena e assistono al varo della imponente rotativa che comincia a stampare i primi album.

Naturalmente, per l'occasione, si organizza una grande festa al Colombarone, con i Panini al gran completo, Olga, fratelli, sorelle, cognati, cognate, nipoti e tutti i dipendenti di viale Emilio Po. È anche l'occasione per scambiarsi gli auguri di Natale.

Cena e balli sulla musica dell'orchestra Panini: Giuseppe alla fisa, Benito alla batteria, Umberto al basso e Popi alla chitarra.

Il primo giorno che è tornato a lavorare alla Panini con la tuta azzurra, i compagni di reparto lo hanno accolto issando la figurina di Pascutti. Il cuore del chitarrista ha vacillato di commozione vera.

Popi ha ripreso a fondere la sua nuvoletta di fumo con quella dell'Adonella all'ora della pausa sigaretta, in cortile, ma non hanno più bisogno di sgattaiolare al Motel Luna perché ogni sera si riuniscono nella stessa casa, nello stesso letto. Il Randagio osserva il figlio più piccolo della compagna come si osserva uno specchio.

Love is... saper ritornare.

Non è diventato una figurina nell'album dei cantanti.

Wainer Vaccari invece ha centrato il suo sogno. L'ex operaio del sacchettificio, che ha disegnato la famosa rovesciata Panini, ha esposto in una personale nella prestigiosa galleria modenese di Emilio Mazzoli. Segnalato dal critico d'arte Achille Bonito Oliva, è stato invitato alla Biennale Trigon di Graz e ad altre mostre internazionali. Ha preso il volo.

La rovesciata che gli aveva augurato Biàtta è riuscita.

La lezione americana

Franco racconta di aver scoperto di chiamarsi Cosimo solo dai documenti di nozze. Si è sposato nel 1960. Tre anni prima Italo Calvino ha fatto salire Cosimo Piovasco sull'albero che lo ha sostenuto per una vita intera.

In fondo, una certa lontana parentela con il protagonista del *Barone rampante* c'è. Anche Franco, che leggeva i giornali prima ancora di liberarli dallo spago quand'era un garzone all'edicola di corso Canalchiaro, e che rubava mappe invece di stufe dalla caserma tedesca, ha sempre vissuto sospeso a qualche metro da terra, rapito da una storia di Edgar Wallace o dall'immaginazione.

Facile intuire la gioia e l'orgoglio con cui quell'ex bambino, nel 1978, inaugura ufficialmente la Divisione libri delle Edizioni Panini. Non che si sia mai vergognato di stampare calciatori, ma qualche volta gli è scappato detto: «Sì, ma che editori siamo? Editori di figurine...».

Ora i Panini diventano editori di libri veri, anche ambiziosi: volumi di archeologia, architettura, arti figurative, testi umanistico-rinascimentali... Opere che attirano soprattutto l'interesse degli studiosi e hanno anche un qualche riscontro in libreria. Certo, non c'è bisogno di transennare le strade come per *Sandokan* quando esce un libro del genere. Infatti, Umberto, che ha la battuta in canna da quando è nato, la chiama la Sottrazione libri e non la Divisione libri, perché i costi di stampa rosicchiano il fatturato più che ingrassarlo.

Ma neppure la fattoria Hombre di Umberto, né la collezione di fisarmoniche di Giuseppe né la pallavolo di Benito sono nate per far soldi. Per passione, semmai. I Panini sono dei ricchi che vivono da poveri, come dicono loro, proprio perché tutto quello che intascano lo reinvestono nell'azienda per farla crescere e nei propri interessi per divertirsi. Non hanno mai sentito il bisogno di accumulare e tanto meno di ostentare.

Franco Cosimo Panini è un amante dei libri felicemente corrisposto: ne colleziona di antichi, sempre più preziosi, ne insegue altri alle aste parigine o londinesi e ora ne stampa di nuovi. Cosa potrebbe chiedere di più?

È un intellettuale appagato e un imprenditore soddisfatto perché la campagna d'espansione internazionale continua con ottimi risultati.

Per capire quanto il Regno Unito sia diventato ormai provincia di Modena, basta osservare Franco Panini e Alfredo Roma in frac e papillon, accompagnati dalle rispettive signore in elegante abito lungo, al Glyndebourne Festival del 1984, la rassegna operistica che si tiene ogni anno nella cittadina dell'East Sussex. In loro compagnia, ci sono sir Simon Hornby e la moglie Sharon, nipote dello scrittore P.G. Wodehouse.

Il primo atto di *Così fan tutte* di Mozart è appena terminato e, come tradizione, molti spettatori, nei novanta minuti di intervallo, si concedono un esclusivo picnic sui prati circostanti, nella luce magica delle lunghe serate estive. I Panini e i Roma alloggiano nel castello che ospita la regina Elisabetta quando è in viaggio da quelle parti.

Un onore del genere si spiega certamente con il grado di amicizia e di confidenza che lega i Panini agli Hornby, dopo tanti anni di viaggi e vacanze condivisi, ma anche con la montagna di sterline che l'agenzia WH Smith ha guadagnato distribuendo le figurine di Modena nel Regno Unito.

Sir Simon Hornby, ben introdotto a Buckingham Palace, ha lavorato anche di finissima e sommersa diplomazia per procurare all'amico Franco il consenso alla pubblicazione di una collezione sulla famiglia reale, con tanto di introduzione del Gran Ciambellano di Corte che, invece del pagamento di diritti, ha suggerito una generosa donazione benefica.

Le figurine dei regnanti inglesi sono andate a ruba, in Italia e all'estero, e hanno allargato il ventaglio dei collezionisti, come dimostra la telefonata ricevuta da Veronica in viale Po: una donna di settant'anni ha chiamato a nome della madre novantenne per avere le ultime cinque figurine mancanti. Due antiche bambine che hanno salvato dall'aggressione del tempo i loro sogni di principesse.

Non meno significativa è la presenza di Franco e famiglia alla festa in costume organizzata dalla Walt Disney nel suggestivo castello di Eltz, costruito su una rupe di Wierschem, tra Coblenza e Treviri, in Germania.

Un raduno di soci e amici europei alla presenza del grande capo, Roy Edward Disney, figlio di Roy Oliver e nipote del patriarca Walt. Al suo fianco Vince Jeffers, responsabile mondiale del *licensing*, che ha scritto la storia del merchandising inventandosi il cappello di Davy Crockett con pelliccia e coda di procione.

Anche in questo caso conta l'amicizia con i coniugi Bigle, ma contano ancora di più le copiose royalty versate dai Panini a partire da *Pippo l'olimpionico* strappato con i denti alla Fiera di Francoforte.

In uno squarcio di autentico Medioevo, Franco Panini, avvolto in un mantello orlato di ermellino, riceve l'attestato di merito direttamente dalle mani di Roy Disney, che gli tocca la spalla con una spada d'altri tempi. L'Emilia rivede il suo antico cavaliere in maglione rosso che le declamava i versi di Dante e le faceva vedere posti nuovi con la sola magia della parola.

Ma non sono solo rose. L'America per esempio è una spina. La conquista della frontiera statunitense, l'ultima grande frontiera inesplorata, si rivela molto meno eroica di quella di Davy Crockett.

I Panini decidono di assaltarla nei primi anni Ottanta, a vent'anni giusti dal primo album dei calciatori. La strategia è la solita: persone fidate alla guida della filiale e l'appoggio di un distributore forte sul territorio.

A dirigere la Panini Usa viene scelto un altro modenese, Carlo Morandi, che ha lavorato in viale Emilio Po e conosce bene lo spirito dell'azienda. Un distributore più potente della Topps non avrebbero potuto trovarlo.

La Topps è una vera e propria istituzione americana.

È stata fondata nel 1938 a Brooklyn, New York, da quattro fratelli, guarda caso, i fratelli Shorin: Abram, Ira, Philip, Joseph. Il padre Morris aveva lasciato loro un'azienda di tabacco, a suo tempo florida e poi andata in fumo con la Grande Guerra e la Grande Depressione. I fratelli pensano di sfruttare gli stessi canali commerciali, ma di cambiare prodotto: chewing gum. Promettono che sarà gomma di primissima qualità, il top appunto, e per caratterizzare ulteriormente la nuova azienda la battezzano con una "p" in più: Topps.

La Topps penetra piano piano nelle abitudini e nei sentimenti degli americani. Durante la Seconda guerra mondiale, uno spot raccomanda: «Chiudi la bocca e mastica». Cioè, occhio che il nemico ci ascolta. È come se la Topps combattesse al fronte, al fianco degli alleati che stanno liberando l'Europa.

Nel 1947 un nuovo prodotto, la Bazooka Bubble Gum, spacca il mercato. Nel pacchetto, insieme alla gomma da masticare, c'è anche la figurina di un personaggio famoso, dello sport o dello spettacolo. Da allora, per gli americani e per il resto del mondo che importa i prodotti dell'azienda di Brooklyn, Topps significa chewing gum e *cards*.

I Panini riescono a inserire un nuovo prodotto, la figurina adesiva per album, nel fiume maestoso della distribuzione Topps. Un gran bel colpo. A Modena si stampano e si imbustano collezioni con il marchio Topps che poi vengono distribuite negli States. Franco e Alfredo, forti del loro inglese perfetto, volano di continuo oltreoceano per perfezionare gli accordi. Trattano con Arthur Shorin, figlio di uno dei fratelli fondatori, Joseph, che ha preso le redini dell'azienda. Bel tipo questo Arthur, che a sette anni teneva già concerti di piano alla Carnegie Hall di New York.

Franco ha sperimentato con Hornby e Bigle quanto la confidenza, se non proprio l'amicizia, agevoli gli affari. Anche per questo si fa accompagnare spesso dall'Emilia, come la volta in cui riesce a fare coincidere un appuntamento alla Topps con un concerto di Luciano Pavarotti al Metropolitan di New York.

Pavarotti è cresciuto giocando con i fratelli Panini in Rua Muro. Praticava il lancio del peso all'Avia Pervia dove sua sorella Lella giocava a pallavolo. La madre di Luciano lavorava alla manifattura tabacchi insieme alla madre di Mirella Freni. I due futuri cantanti hanno avuto la stessa balia che evidentemente curava bene le ugole.

Terminato il concerto, che ha avuto un'accoglienza trionfale, Franco e l'Emilia cercano di raggiungere i camerini. Uèllas ha in mano un tubo da architetto perché Pavarotti gli ha chiesto un favore: portargli da Modena i progetti aggiornati della villa che sta ristrutturando.

I coniugi Panini superano una serie di sbarramenti, ma l'ultimo, a pochi metri dalla meta, si rivela insormontabile: una monumentale guardia di colore che ruota un collo grosso come il tubo di una stufa per dire "no mi dispiace".

L'alibi dei disegni da consegnare non regge.

Franco però riesce a convincerlo a recapitare al Maestro un biglietto da visita.

Dopo pochi secondi, l'imponente mole del tenore emerge dal camerino del Metropolitan e regala l'ultima, potente aria della serata: «Panini, troia, *ven chè*!».

Si apre una strada nel mare dei frac. Franco la imbocca come

Mosè, con il tubo della legge in pugno, e raggiunge l'amico che lo cancella con un abbraccio.

Un'altra volta, sotto Pasqua, Pavarotti è ospite dei Panini al Colombarone.

Norma ha cucinato un tacchino maestoso, proporzionato alla mole e alla fama del concittadino. Lo sta portando in tavola, ma inciampa in qualche cosa, il piatto le scappa dalle mani e si frantuma in mille pezzi. Il tacchino esplode come se fosse stato farcito di tritolo.

Sulla lunga tavolata dei Panini cala un silenzio teatrale. Tutti osservano i brandelli di carne seminati sul pavimento come farebbero davanti allo scenario di un incidente stradale.

Pavarotti è il primo a riprendersi. Si alza con un piatto vuoto in mano, si china, raccoglie un pezzo di tacchino e annuncia: «Questo non ha toccato terra». Dopo un paio di passi, si china ancora faticosamente: «Anche questo è salvo... Questo è cascato sulle ossa, bene...».

Sull'esempio del Maestro, si alzano tutti da tavola con i piatti in mano e completano quello strano gioco, con un'intesa tacita e divertita.

«Complimenti, Norma, è veramente squisito! E l'ultimo passaggio sul cotto toscano gli ha dato qualcosa in più...» assicura Pavarotti al primo boccone, quando tutti sono tornati a sedersi.

La Casarèina gli sorride, grata, dal capo opposto del tavolo: un acuto di cortesia e sensibilità che non dimenticherà.

C'è una differenza sostanziale tra l'inglese WH Smith e l'americana Topps: il primo è solamente distributore, la seconda è anche produttrice di *cards*.

I primi risultati, inferiori alle attese, hanno alimentato una serie di considerazioni. Una su tutte: per tradizione e vocazione, la casa di Brooklyn bada soprattutto alle *cards* piuttosto che a promuovere il prodotto nuovo. Da questa considerazione nasce un temerario piano di guerra: rendersi indipendenti; acquistare in proprio le licenze più importanti, a cominciare da quella del baseball; stampare le figurine con marchio Panini e non più Topps; partire per davvero alla conquista dell'America.

In poche parole, il potente Arthur Shorin, da alleato, diventa concorrente. Il Paladino di Modena muove guerra allo Zio Sam.

L'ottimismo dettato da vent'anni di successi e la poderosa capacità d'investimento mettono il cappello da Davy Crockett sulla testa della Panini che si lancia al galoppo verso la nuova frontiera: acquista i diritti del campionato di baseball, presenta la nuova collezione con uno show hollywoodiano, ingaggia testimonial d'eccezione, la sponsorizza con uno spettacolare presidio di giornali e televisioni e, soprattutto, apre un faraonico quartier generale nel cuore di Manhattan, su Madison Avenue.

Ma non è facile far guerra a un'azienda che per mezzo secolo ha fatto masticare gli americani, e ha fatto amare generazioni di eroi dello sport. E non è facile, da stranieri, celebrare il baseball che gli *yankees* considerano una religione tutta loro. E, soprattutto, non è facile fregare una vecchia volpe come Arthur Shorin...

Il signore della Topps ha alimentato ad arte un'asta feroce sui diritti del baseball, per la gioia della Lega americana, e si è fatto da parte al momento opportuno, tenendosi stretta la licenza delle *cards*. I Panini si sono ritrovati con il cerino in mano e una montagna di dollari da sborsare.

Il classico passo più lungo della gamba.

Alla luce dei risultati modesti, Modena pianifica una composta ritirata. Si ricalibrano gli investimenti e le aspettative, si ricolloca la sede in zona molto più defilata ed economica rispetto a Madison Avenue.

L'America per i Panini è stata la Russia di Napoleone.

Strategia sbagliata per eccesso di fiducia, sottovalutazione del nemico, luogotenenti non all'altezza della situazione. Ma l'impero di Modena, fondato su fatturati d'acciaio, non ha vacillato. Nessuna Waterloo all'orizzonte. Solamente la conferma che la verità di Giuseppe, spedita più volte a Umberto in Venezuela per convincerlo a ritornare, è ancora valida a vent'anni di distanza: «L'America è qui!».

Nell'83, mentre negli Stati Uniti e in Canada esce la collezione sul baseball, senza grossi risultati, la Panini sbanca l'Europa, e non solo, con un altro clamoroso successo che ha fatto epoca: i Puffi. Milioni di album venduti in Italia, Spagna, Francia, Olanda, Germania, Inghilterra, Usa e Canada.

Gli omini blu disegnati dal belga Peyo, in realtà, sono venuti al mondo nel '58, l'anno dei fiori di Giuseppe, ma hanno fatto il botto solo quando Hanna e Barbera, i padri di Tom e Jerry, hanno prodotto il cartone animato che le neonate tv Fininvest hanno cominciato a trasmettere dal 1981.

L'intuizione geniale è di una ragazza milanese di venticinque anni, Alessandra Valeri Manera, capostruttura dei programmi per ragazzi. Con i soli ricavati del merchandising, Alessandra si ripaga l'acquisto dei diritti. Tutta la pubblicità che farcisce i cartoni è utile puro che entra nelle tasche di Berlusconi. Il grande capo, che non aveva messo in conto un affare del genere al di fuori della prima serata, dà carta bianca alla ragazza che scrive anche i testi per le canzoni di Cristina d'Avena, puntualmente in hit parade.

Scoppia la puffo-mania. Umberto Eco dedica un saggio di semiotica al linguaggio degli omini blu. I meccanici di Umberto devono combattere quotidianamente per strapparsi da dosso l'etichetta, perché, agli occhi del resto dell'azienda, quelle tute azzurre sono inequivocabili: puffi al comando del Grande Puffo, Umberto.

Non scherziamo. Tigrotti sì, puffi no...

Pietro Peia non ha la facilità di relazione di Alfredo Roma, ma con Alessandra Valeri Manera, che ha carattere affine, nodoso, trova un'intesa naturale e si porta a casa la prima di una serie di galline dalle uova d'oro, trasmesse sulle reti del Biscione.

Omini blu, ma anche calciatori azzurri.

Il trionfo al Mundial di Spagna dell'82, che spalanca la stagione d'oro dei quotidiani sportivi, fa toccare picchi di vendita record anche alla Panini che stampa e ristampa l'album di Pablito

Rossi, l'eroe azzurro. Si superano i trecento milioni di bustine. In pochi giorni, il piccolo centravanti rimasto senza menischi, nato a Prato, la città degli stracci, ha ripercorso il grande sogno italiano dei quattro figli di Olga: dal nulla al tutto, grazie alla fantasia e alla passione.

Una bella rivincita, sedici anni dopo la Corea, ma Franco, che era presente in Inghilterra nel '66, non se la prende di persona perché arriva in Spagna solo il giorno dopo la finalissima con la Germania. Al massimo, può godersi le felicitazioni di qualche spagnolo che riconosce la targa italiana e applaude al suo passaggio. È con la figlia Laura e il fidanzato Enrico che devono seguire un corso di *licensing* internazionale a Barcellona.

Laura ed Enrico si sposano a settembre. Sono le prime nozze di un figlio dei quattro fratelli. Un'altra bandierina piantata dal tempo che passa.

Laura raggiunge il duomo di Modena a bordo di una scintillante Rolls-Royce guidata dal visconte Raphael de Latre de Bosqueau.

A pochi metri di distanza, c'è l'antica edicola di Olga, da dove il giovane Benito urlava allo sposo: «Pensaci, coglione, che sei ancora in tempo!».

È sempre Franco che rappresenta la Panini a Parigi e, alla presenza del sindaco Jacques Chirac, ritira dalle mani del principe Filippo d'Edimburgo il prestigioso riconoscimento del WWF, di cui il nobile inglese è presidente, per il valore educativo delle collezioni sulla natura. Non rientrano nelle motivazioni ufficiali, ma pesano parecchio anche le ricche donazioni che fanno dell'azienda modenese uno dei primi finanziatori dell'organizzazione internazionale per l'ambiente.

«Qualche anno fa abbiamo dedicato un album anche ai regnanti inglesi» ricorda Franco ritirando il premio.

«Conosco bene quella famiglia» commenta il principe con composto umorismo anglosassone.

Dalla metà degli anni Settanta, quando è cominciata l'espansione all'estero, e per tutti gli anni Ottanta, è stato soprattutto Franco Cosimo Panini a guidare l'azienda. Giuseppe, che ha messo in mare la barca e ha retto il timone per il primo tratto di navigazione, si è gradualmente staccato per dedicarsi ai suoi impegni politici e a progetti immobiliari sempre più incalzanti.

Si è aperta progressivamente una forbice tra i due fratelli, che non è mai sfociata in clamorose divergenze di vedute o discussioni laceranti, ma che all'interno dell'azienda è chiara a tutti. Ci sono due diverse correnti, chiamarle fazioni sarebbe troppo: da una parte la squadra di Franco e Alfredo Roma, dall'altra quella di Giuseppe e Pietro Peia.

Franco e Roma hanno una visione chiara del futuro della Panini e del piano di crescita: imbarcare un socio di minoranza prestigioso che porti in dote un management solido, in modo da guidare la transizione da un tipo di gestione famigliare, non più sostenibile, a uno manageriale, in vista dell'ingresso in Borsa.

In questa ottica, Franco suggerisce di acquistare altre azioni della Mondadori e di passare dal due per cento già in possesso della Panini, al dieci per cento. Giuseppe non è d'accordo, preferirebbe investire nella costruzione di una nuova sede a Londra.

Il confronto tra i fratelli è duro, anche aspro, e apre una finestra significativa sul futuro prossimo: da una parte l'impegno editoriale, dall'altro il mattone.

Franco Cosimo, l'editore rampante che passerebbe la vita a leggere sul ramo di un albero, non rinnegherà mai i libri che sono stati la sua vita. Una sera che le figlie erano ancora piccole e, durante la cena, il telegiornale annunciava una scoperta scientifica nel campo della medicina, Franco, per riflesso condizionato, è scattato a recuperare un librone del Cinquecento e lo ha spalancato sulla tavola: il *Chirurgiae universalis opus absolutum* di Giovanni Andrea Della Croce. Ha mostrato alle bambine i disegni degli strumenti che usavano all'epoca per trapanare il cranio e, nelle varie immagini, i gatti che attendevano gli avanzi delle operazioni sotto il lettino del chirurgo.

L'Emilia naturalmente si è infuriata per la polvere che il librone ha rovesciato sulla tavola apparecchiata e per l'opportunità di mostrare alle bambine corpi squarciati e trippe esposte all'ora di cena.

Adesso Franco sta covando un sogno che lo eccita molto di più dell'ingresso in Borsa: la pubblicazione del più spettacolare album di figurine della storia, la Bibbia di Borso d'Este, realizzata in sei anni, dal 1455 al 1461, per i duchi di Ferrara, e conservata nella Biblioteca Estense di Modena. Le 1212 pagine del preziosissimo codice contengono cinquemila immagini miniate, incorniciate da un'apoteosi di motivi ornamentali.

Il sogno di Franco Cosimo Panini è di stampare un giorno in facsimile quel capolavoro e metterlo a disposizione di tutti. Entrare nella Biblioteca Estense, come aveva fatto nella caserma dei tedeschi, ignorare ancora una volta la stufa, e scappare fuori per portare alla gente quel meraviglioso album di cinquemila figurine.

«Buon lavoro, Panini»

L'applauso che ha riempito la sala si prolunga convinto, oltre la durata convenzionale. Un disco incantato, un aliante che non perde quota. Giuseppe Panini, salito sul palco, sembra più divertito che emozionato. Solleva un paio di volte il braccio per ringraziare e, appena ritorna il silenzio, si avvicina al microfono: «Anno davvero strano questo 1985. Il Verona vince lo scudetto e io divento presidente della Camera di commercio di Modena...».

La risata esplode secca come un colpo di fucile.

«È un onore rappresentare i lavoratori e le imprese della mia città. E per questo vi ringrazio, signori» prosegue il Vècio. «Oggi, quando parlano della Panini, tanti usano la parola impero. L'impero delle figurine... Sì, bello, suona bene, ma per far nascere quell'impero io e i miei fratelli all'inizio abbiamo impugnato dei badili e ci siamo messi a mescolare migliaia di figurine. Anche quando suono, faccio andare le braccia. Lo sapete che mi piace la fisarmonica. Insomma, tutto quello che posso promettervi è che mi rimboccherò le maniche anche da presidente, perché ci sono tante cose da fare per dare più forza ai prodotti del nostro territorio, in tutti i campi.»

Peppino sa che in sala ci sono imprenditori con titoli di studio superiori al suo, ma non si sente certo un imbucato. La sua forza è la forza di un'azienda che ha conquistato il mondo. Quando la Presidenza del Consiglio dei ministri renderà pubblica la

"Situazione patrimoniale dei titolari di cariche direttive di alcuni Enti", Giuseppe Panini, con un reddito di poco inferiore al miliardo di lire, figurerà al sesto posto in una graduatoria di millesettecento nomi, unico presidente di una Camera di commercio presente nella lista.

Sceso dal palco, il Vècio stringe una mano dopo l'altra. Fiero e grato dell'incarico, ma pienamente consapevole di esserne degno.

Non si sente in imbarazzo neppure davanti agli occhiali neri del Drake.

«Buon lavoro, Panini» gli augura Enzo Ferrari.

«Grazie, vedrà che sarà un buon lavoro» risponde Giuseppe. «Credo che sia venuto il momento di saldare il debito di gratitudine.»

«Quale debito?» chiede l'ingegnere sorpreso.

«Lei non se lo ricorda, ma tanti anni fa io lavoravo per lei e lei mi ha licenziato.»

«Davvero? E perché?» domanda il Drake.

«Perché dovevo dare aria a un forno e lo facevo da seduto. Lei mi ha strigliato: "Non si lavora da seduti'!", e poi mi ha cacciato. Non mi avesse licenziato, lei avrebbe avuto un cattivo operaio e io non avrei fondato il mio impero.»

«Se è andata così come dice, ho sbagliato» ammette Enzo Ferrari. «I miei piloti lavorano tutti da seduti. Cosa sarebbe il Cavallino senza i suoi piloti?»

Per davvero Giuseppe si rimbocca le maniche e si dà da fare nel suo nuovo incarico che non sarà mai un semplice distintivo al petto. Si muove soprattutto in una direzione: l'istruzione dei giovani che dovranno rendere competitiva Modena nel futuro.

Apre il liceo linguistico Mercurio, perché oggi conoscere le lingue è diventato troppo importante. Avvia in città il primo biennio di Ingegneria. Con l'aiuto della Comunità europea istituisce la Sada: Scuola di Amministrazione e Direzione Aziendale. Inizia i lavori per la costruzione della bretella stradale Sassuolo-Modena. Tutte opere concrete e di buon senso. Per esempio, risolve l'annosa diatriba tra Casinalbo e Formigine, paesi uniti da una rotaia guasta che nessuno dei due comuni ha mai voluto mettere a posto.

Decisione inappellabile del Vècio: «Riparate un binario a testa». Stop.

Fonda una società incaricata di promuovere in Italia e all'estero i prodotti tipici del territorio modenese. Non si risparmia. Ora non lavora più solo per la sua azienda, si occupa anche di quelle degli altri, senza trascurare le proprie passioni. Al giovedì per esempio, c'è la briscola da giocare alla Fontanina di Serramazzoni, dove ha comprato una casa che chiama la sua dacia. Qualsiasi preoccupazione di lavoro si squaglia in una serata con gli amici di una vita, con la fisa sempre a portata di mano e un bicchiere di Lambrusco per tirar tardi.

La Maria, i figli e il dottor Manzini glielo ricordano di continuo che ha passato i sessant'anni, con un osso di vitello nella schiena e il cuore puntellato dai bypass, ma non sarebbe più il Vècio se imparasse a vivere a marce basse.

Infatti paga il conto.

La Maria è svegliata in piena notte da una sensazione di pericolo. Un allarme istintivo, da animale di bosco. Il suo uomo non è a letto. Tutte le volte che Giuseppe si è sentito male è successo al buio, come se si vergognasse di farsi vedere sofferente. Come i gatti, che quando devono morire scappano e si appartano.

La Maria trova il marito disteso in bagno. È bianco come il lavandino, sembra morto. Telefona all'ambulanza e poi al dottor Manzini, il medico di famiglia che è già al Policlinico quando arriva Giuseppe. Il protocollo non lo consentirebbe, ma Manzini, che intuisce la gravità delle condizioni del Vècio, ordina il trasferimento immediato alla clinica Sant'Agostino e intanto chiama il professor Vecchiati che dovrà operarlo per provare a tenerlo tra i vivi.

Il chirurgo lo apre prima ancora che l'anestesia entri in circolo, estrae con foga gli organi interni che appoggia sul tavolino della sala operatoria, poi affonda le braccia nel ventre e, premendo forte con i pugni, ferma l'emorragia addominale. Inizia una battaglia disperata di attimi e di sangue.

I fratelli e il figlio Antonio hanno raggiunto Maria in sala di attesa. Manzini ha pronosticato cinque o sei ore di operazione, perché l'intervento sarebbe stato molto complicato. Quando, dopo sole tre ore, il professor Vecchiati si affaccia in corridoio con il volto sfatto dalla fatica e dalla tensione, la Maria si prepara al peggio.

Umberto le cinge le spalle con un braccio.

Invece il chirurgo le dà speranza: «È andato tutto bene. Vediamo nei prossimi giorni. Ma è troppo attaccato alla vita, per farci brutti scherzi. Io uno così forte non l'ho mai operato...».

Franco, Umberto e Benito festeggiano con uno sguardo e con lo stesso sospiro lungo.

Il bisonte ne è venuto fuori un'altra volta.

Quando riapre gli occhi, la Maria gli fa: «Stavolta sono io che ti ho trovato nella neve».

Giuseppe si sforza di sorridere: «Meno male che non avevo il pigiama bianco».

«Mi hai fatto spaventare» ammette la moglie.

«Mi hai voluto, mi tieni ancora.»

Qualche giorno più tardi, il professor Vecchiati passa a visitarlo in corsia.

«Hai già provato a urinare?» chiede il chirurgo.

«Sì» risponde Giuseppe.

«Nessun problema?»

«Tutto regolare. Perché?»

«Perché ti ho rimesso dentro i pezzi in tutta fretta e temevo di aver sbagliato a rimontare qualcosa» spiega il chirurgo.

«*Tóla dólza*» gli ripetono tutti. Vacci piano stavolta, *take it easy*, Peppino. Ma chi conosce il Vècio sa che quella raccomandazione cade in un pozzo senza fondo e non fa rumore.

Rimessosi in piedi, il bisonte carica e realizza il sogno che ha in corpo da tempo, comune a molti imprenditori di successo: un importante investimento immobiliare. Giuseppe punta il centro direzionale Modena Due, che sta per essere ultimato in via Scaglia, periferia sud-est, non lontano da viale Po, in posizione strategica, a un passo dall'autostrada.

È una costruzione che assomiglia curiosamente a Goldrake: un corpo centrale a torre, alto cinquanta metri, e ai lati due costruzioni basse a mezzaluna, le alabarde spaziali, appunto. Il Vècio pensa di acquistare una delle alabarde. Si siede a trattare. Quando si rialza, si è comprato tutto il centro direzionale, trascinato da una visione irresistibile come nel '58 per la collezione di fiori.

Appena Franco lo viene a sapere, rivede il fratello seduto nella stanzetta del Banco di San Geminiano e San Prospero davanti alle cambiali. Si è avventurato in un investimento poderoso: peserà sul futuro della Panini?

Ma questo è il Vècio. Non fosse così, se ascoltasse le ragioni della prudenza, non sarebbe lui e la Panini non sarebbe mai nata, perché non avrebbe saccheggiato i fondi di magazzino della Nannina. Di più: non fosse così, il Vècio sarebbe sotto terra da un pezzo, perché non avrebbe mai accettato di mettersi un osso di vitello nella schiena, con percentuali minime di riuscita e nessun precedente confortante.

Il progetto Modena Due non è folle, anzi, si incastra alla perfezione nel piano che sta realizzando come presidente della Camera di commercio: spingere Modena sempre più al centro della geografia commerciale italiana ed europea; trasformare la città in un vero polo economico internazionale, valorizzandone i prodotti e creando una nuova classe di imprenditori. Ferrari, Fini, Panini e non solo. Modena Due ospiterà sedi e uffici delle nuove società e metterà a disposizione ogni tipo di servizio. Gli uomini d'affari arrivati da ogni parte del mondo potranno cenare e trattare ai piani alti della torre, dove sorgerà un ristorante con vista panoramica aperto fino a tarda notte, come avviene nelle capitali europee. Questa è la grande visione del Vècio.

E poi l'idea di gareggiare in altezza con la Ghirlandina, sotto sotto, lo esalta. Il centro direzionale sfida il cielo, i manager internazionali lo riempiranno di lingue diverse come a Babele, sarà visibile a chilometri di distanza.

Le bustine si stracciano, le figurine scoloriscono, il mattone resta. Modena Due è la piramide di Giuseppe, che resisterà al tempo, la cattedrale di uffici che passerà ai figli, è Goldrake pronto ad affrontare qualsiasi Re Vega.

Intanto, in attesa della cattedrale, il Vècio si è procurato una tana. È lui a definirla così: "la mia tana". Si tratta di un ampio seminterrato, in un palazzone sulla via Emilia, chiamato Centro 2000 e che contiene, rilegate, le collezioni della "Gazzetta dello Sport" e di altri quotidiani; trecentomila foto e centomila cartoline di Modena che hanno dato corpo agli otto volumi pubblicati delle *Fotocronache modenesi*; vecchi album e almanacchi Panini; riviste di enigmistica e tutte le pubblicazioni della Biblioteca Enigmistica Italiana che Peppino ha fondato nel 1980; coppe, maglie e borse della squadra di pallavolo; oggetti antichi, come la zangola che mescolava le figurine e una zigrinatrice di quelle che i modenesi un tempo fissavano ai tavoli di casa per sigillare le figurine.

La tana del Paladino non è solo uno scantinato, è la perfetta geografia dell'anima di Giuseppe, la rivelazione del segreto della sua eternità: si è legato alla vita con così tante passioni che la morte non è mai riuscita a strapparlo via, anche quando sembrava in grado di farlo. Si è legato alle cose, ma soprattutto alle persone.

La tana non è lo scrigno di un avaro geloso, è un tesoro raccolto per la città. Non c'è un solo oggetto contenuto nello scantinato che non sia a disposizione dei modenesi per la consultazione. Al comune di Modena ha regalato cinquecentomila figurine per farne un museo. Al Museo di Castelfidardo ha donato gran parte delle sue fisarmoniche.

Il cuore di Giuseppe è un'altra piazza Grande, aperta agli altri.

Pochi sanno che ha messo a disposizione della comunità di recupero L'Angolo di don Suffritti una sua villa di Formigine. E non si è limitato a regalare uno spazio, ci ha messo anche del tempo: passa sempre a portare la "Gazzetta dello Sport", ogni tanto si ferma a pranzo con qualche campione della pallavolo, perché, se quei ragazzi riescono ad appassionarsi allo sport, forse sarà un po' più facile liberarli dalle loro dipendenze.

Una mattina di dicembre, molti anni prima, poche settimane dopo la morte della piccola Antonella, gli aveva telefonato la Lena. Aveva nevicato tutta la notte. Modena era affondata nel bianco.

«Peppino, voglio andare al cimitero. Benito non è in casa. Se penso a quella bambina sotto tutta questa neve... Sarà il suo primo Natale là dentro.»

«Vieni che andiamo» aveva risposto semplicemente Giuseppe.

La Lena abitava poco distante. Si era presentata che il Vècio era ancora in pigiama. Si è vestito, ha liberato l'auto dai cumuli di neve e insieme hanno raggiunto il cimitero che era un mare bianco, con le lapidi che spuntavano come vele. Scomparsi i vialetti e le tombe a terra. Giuseppe scavava con il badile, apriva una stradina e avanzava come una nave rompighiaccio, la Lena, barchetta fragile, veniva dietro a piccoli passi finché hanno raggiunto la fotina sorridente di Antonella che sembrava contenta di tutta quella neve.

Questo è Giuseppe Panini.

Una mattina del novembre 1987 la segretaria annuncia la visita di una donna. Il nome lo fa sussultare. Giuseppe si alza dalla scrivania del suo ufficio, nella palazzina rossa dei grafici, si sistema il nodo della cravatta con un gesto meccanico e si avvicina alla porta per accogliere l'ospite.

«Che bella sorpresa mi ha fatto...» saluta il Vècio impostando un elegante baciamano. «Devo dire che il tempo si è completamente dimenticato di lei. Dove si è nascosta così bene?»

Luisa Grossi sorride: «È per questo che trent'anni fa lei era il mio giornalaio preferito... E lo è ancora. Frangipane?».

«Sì, da quando l'ho respirata nel suo ufficio e le figurine della Nannina mi hanno portato tanta fortuna, una pianta di frangipane nel mio ufficio non manca mai» racconta Giuseppe, che aiuta la signora a sfilarsi il cappotto.

La Nannina si sposta verso un sorridente Gianni Rivera appeso alla parete, al fianco del Vècio. È una foto scattata a Ravello, durante la cena dei venditori, la sera in cui Mimmo Giordano aveva insidiato la moglie di messire Bosqueau.

«Glielo dicevo che quel giovane calciatore era un segno, ricorda?» chiede la signora Grossi.

«Certo che lo ricordo» conferma Giuseppe. «E se lei è venuta a Modena per rinfacciarmi l'ingratitudine di tutti questi anni, la capisco. Ne ha il sacrosanto diritto. Le devo tantissimo, eppure in tutto questo tempo non mi sono mai fatto vivo. Imperdonabile, al limite del vergognoso. Se sono ancora in tempo, accetti le mie scuse e la gratitudine della mia famiglia.»

«Ma le sembra che alla veneranda età di settantacinque anni io affronti i nebbioni padani e arrivi fino a Modena per farmi dire grazie o scusa?» chiede la donna. «Quello che avete costruito è fantastico. Io vi ho seguiti passo passo, con orgoglio, come se anch'io avessi avuto dei meriti nella vostra grande avventura.»

«Certo che ce li ha avuti, signora» si affretta a riconoscere Giuseppe.

«Come io sono stata presente ai vostri inizi, ci tenevo che voi foste presenti alla mia fine» spiega la Nannina. «Per questo sono qui, per annunciarle che dopo quarant'anni esatti, 1947-1987, la mia casa editrice ha smesso di pubblicare figurine.»

«Perché?» chiede d'istinto Peppino.

«Perché ho settantacinque anni e perché delle figurine i miei figli non ne vogliono proprio sapere. Come d'altra parte io non ne volevo sapere dei cappelli da donna che fabbricava mio padre. Giusto così. Mi sentivo in dovere di comunicarlo al mio giornalaio preferito.»

«Un segno?» chiede il Vècio. «Sa, sto meditando di smettere anch'io.»

«Questo dovrà deciderlo lei da solo. Come fece trent'anni fa, quando le mostrai le figurine di Rivera e Pelé» sentenzia la Nannina.

Agh sàmm

Il medico di famiglia le ha messo in mano un'ecografia, il solito incomprensibile contrasto tra bianchi e neri, però ne parla come se l'immagine avesse l'inesorabilità e la facilità di lettura di un semaforo.

«Lo vede?» chiede il dottore. «Il fegato è completamente saturo di grasso. Suo marito ha un fisico forte, può durare ancora tre anni, ma non di più.»

La Lena ha la sensazione di essere tornata di colpo nel camerino della boutique con il vestito da sposa arricciato ai piedi, mentre Veronica le svela che Benito è stato con altre donne.

Le tornano in mente le stesse domande di allora. Perché? Perché tanta crudezza? Che bisogno c'era? Perché non aggiungere almeno un "mi dispiace", che non sarebbe servito a nulla, ma un pochino forse sì? D'accordo l'onestà professionale e il diritto-dovere della verità, ma perché non fingere uno spiraglio di speranza senza nascondere la gravità della situazione? Perché tanta cattiveria? Non me la merito io, non se la merita Benito che avrà il suo carattere, ma è sempre stato un uomo buono.

Per dire. Era un cacciatore, ma la volta che ha sparato a un'anatra e poi ha scoperto i suoi anatroccoli nel canneto, ha smesso per sempre. Benito era capace di gesti del genere. Una sera che tornava dai boschi, ha investito una volpe. L'ha raccolta, l'ha fatta curare, ma è morta. L'ha imbalsamata e l'ha tenuta nel sottotetto dove conserva le sue collezioni più care. Anche una di fucili, sì, ma ha riempito la casa di animali perché le nostre tre figlie imparassero ad amarli. Negli anni abbiamo avuto: quattro cani, dodici gatti, le galline, cinque acquari di cui uno con tartarughe e tritoni, una voliera piena di uccelli, un merlo parlante, una piccionaia in solaio, i pappagallini, di cui due inseparabili che gli ha regalato Olga...

La Lena osserva il medico, ma non lo ascolta più. È come se lo vedesse al di là del vetro di un acquario, mentre muove le labbra come un pesce. Posa l'ecografia sulla scrivania, saluta ed esce dall'ambulatorio. Sceglie un giro largo, che passa dal centro della città, per avere tempo per pensare e non rientrare a casa troppo in fretta.

Forse non siamo stati inseparabili come i due pappagallini che gli ha regalato Olga, ma ci siamo voluti bene, a modo nostro. Da fidanzato mi regalava fiori e monete romane, mi aiutava nei miei lavoretti da sarta, ma voleva che chiudessi le tende delle finestre perché temeva che qualcuno potesse sorprenderlo a togliere il filo di un'imbastitura. Non sono stata la donna forte di cui aveva bisogno. Quando è morta Antonellina, a quel modo, mi sono strapazzata ad andare avanti e indietro al cimitero e ho perso la figlia che stava nascendo. Poi è arrivata un'altra Antonella, bellissima. Benito la prendeva in braccio e le chiedeva: «Perché tua sorella non poteva essere come te?». Io lo rimproveravo: «Non dire queste cose, anche se non capisce, perché poi le resta dentro il senso di colpa». Ricordo quando nacque Rita, la più piccola. Piansi così tanto la morte di mia madre che mi si ruppero le acque. Era la vigilia di Natale, nevicava. Raggiungere l'ospedale fu un'odissea. Ci arrivai che ero uno straccio e il dottore chiese a Benito: «Devo salvare sua moglie o sua figlia?». Povero... Dopo quello che aveva sofferto per Antonellina. Stramazzò a terra senza forze. Maria, sua sorella, rispose per lui: «A casa hanno due figlie che non possono restare senza madre». Grazie a Dio, ci salvarono entrambe. La verità è che perdere una figlia di un anno in poche ore è stata una bomba che ci ha fatti saltare in aria tutti e due. Siamo andati avanti per le nostre figlie, ma non abbiamo mai più rimesso insieme i pezzi. Io non gli ho mai rimproverato le serate con gli amici, le bevute che gli hanno ammazzato il fegato, le cattiverie che venivano a riferirmi, perché sapevo che non stava facendo niente di male, era solamente in fuga da un dolore. Lo ero anch'io, a modo mio. Le mie figlie comunque hanno sempre avuto un ottimo padre. Benito ha dei fratelli splendidi, che gli hanno sempre voluto bene e lo hanno sempre protetto. Ma confrontarsi con loro non è mai stato facile. Anche Benito ha del talento e tante belle qualità, anche lui ha tanti meriti nel successo dell'azienda che hanno messo in piedi. Ma poi la cosa è diventata troppo grande, o forse lui si è convinto di essere troppo piccolo per tenere il passo degli altri tre e ha provato a camminare da solo. È stato sfortunato. Colpa anche mia, non sono riuscita a trasmettergli la forza di cui aveva bisogno. Ognuno si è appoggiato all'altro, ma non siamo rimasti in piedi. Che poi se voleva, Benito, sapeva essere forte. Davanti alla 'ndrangheta non ha mai chinato la testa. Gli hanno sparato nella vetrina della concessionaria, gli hanno rubato auto in pieno giorno, ma lui il pizzo non l'ha mai pagato. Prima di entrare in casa, la Lena fa mente locale: siamo nel 1983. Più tre fa 1986.

Il 16 luglio 1984 Caterina Panini, la Ketty, figlia di Benito, sostiene l'esame di maturità. Ma se è così tesa e pallida non è per l'interrogazione orale che l'attende, è per un altro test che si sta svolgendo parallelamente: quello di gravidanza. La zia Anna, che ha cinquantacinque anni, finge che il campione da analizzare sia suo.

L'esame di maturità va bene, quello di gravidanza no: Ketty è incinta a diciotto anni.

L'annuncio della lieta novella in famiglia è burrascoso.

La Lena è intransigente: «Con il pancione non ti sposi!».

Benito la prende anche peggio. Non passa dal letto, resta tutta la notte a riflettere in taverna, e qualche giorno più tardi accetta di incontrare il fidanzato di Ketty, che ha quattro anni in più della futura sposa.

La Lena, la Ketty e la Rita osservano la scena dal balcone del primo piano, con una certa ansia. Sanno che può succedere di tutto, anche perché Benito esce di casa e va incontro all'ospite, un ragazzone di quasi due metri, con una bottiglia di spumante. Difficile dire se voglia usarlo come corpo contundente o come conciliante strumento di brindisi. Commedia o tragedia?, si chiedono le donne del loggione.

Ma Benito, che sotto una sottile buccia burbera ha solo polpa di bontà, dà la sua benedizione alle nozze e, quando gli riferiscono che il figlio in arrivo sarà maschio, lascia partire un urlo da stadio. Circondato da quattro femmine, Tullio finalmente potrà contare sull'alleanza di un nipotino. Solo qualche momento di tensione per la scelta del nome.

«Michael? Ma se è italiano, perché dobbiamo chiamarlo Michael?» si chiede Benito.

«Anch'io sono italiana, papà, però mi chiami Ketty» fa notare la figlia.

«Ma il tuo vero nome è Caterina» ribatte il padre.

«Il suo vero nome invece è Michael.»

«Io lo chiamerò Michele» decide Benito.

«No papà, tu lo chiamerai Michael, come tutti gli altri, perché quel povero bambino non potrà sentirsi chiamare in mille modi diversi» spiega Ketty, «altrimenti va in confusione!»

«Mike?» rilancia Benito.

Viene accettato Mike come soluzione di compromesso.

Caterina si sposa il 19 settembre 1984; il figlio nasce il 7 marzo 1985 e, come prevedibile, Benito se ne innamora perdutamente, ce l'ha sempre in braccio, se lo porta dietro anche quando va a prendere il giornale. Confessa alla Lena: «Devo vivere almeno fino a quando potrò insegnargli come si pesca in montagna».

Da quando è rientrato in Panini, dopo la sfortunata avventura alla Alfacar, Benito si è occupato solo della squadra di pallavolo.

Nel 1985 inizia una nuova era, sotto la guida di un giovane allenatore argentino che Giuseppe ha convinto a trasferirsi da Jesi. Si chiama Julio Velasco, ha l'età di Cristo in croce e si esprime a parabole. Se il prof Anderlini aveva l'indole impetuosa e trascinante del Battista e del Vècio, Velasco ha il carisma della parola che plasma, un po' come Franco. Dice cose tipo: «Il vincente trova soluzioni, il perdente cerca alibi». Il prof Anderlini è morto tragicamente pochi mesi prima, nel gennaio '84, in uno schianto sull'Autostrada del Sole, nei pressi di Prato.

L'arrivo del guru di La Plata è la scintilla che fa esplodere un arsenale di giovani talenti: Lucchetta, Vullo, Bernardi, Cantagalli... una generazione di fenomeni. Con loro, ormai trentaduenne, c'è anche Pupo Dall'Olio, il ragazzino che, ai tempi degli allenamenti con Anderlini, se ne stava schiacciato in un angolo della palestra a rubare i segreti del palleggiatore Musil.

In questa stagione 1985-86 la Panini Volley vince tutto, dappertutto. I ragazzi di Velasco vanno a Bologna a riprendersi la secchia rapita in casa dei campioni in carica e poi sollevano anche Coppa Italia e Coppa delle Coppe. Un irripetibile anno di grazia che sembra fatto apposta per regalare al presidente Benito le ultime soddisfazioni.

Di trionfo in trionfo, Tullio perde peso e viene scagliato sempre più in alto dai suoi giocatori. Andrea Lucchetta, che scherza anche quando dorme, lo afferra sempre per un braccio e, con l'aiuto di un compagno, lo issa alla sua altezza nelle foto di festa. Benito sorride, veramente felice.

Sta bene in mezzo ai suoi ragazzi, sta bene seduto in panchina accanto al carismatico Julio, che un giorno spiega agli apostoli: «Il mondo non si divide in vincenti e in perdenti, ma tra brave e cattive persone. Tra le cattive persone ci sono anche dei vincenti, purtroppo. E tra le brave persone, purtroppo, ci sono anche dei perdenti».

Poche settimane dopo l'ultimo trionfo, Benito decide di festeggiare i venticinque anni di matrimonio con Lena a Levanto, nella sua residenza estiva, che adora. Ha acquistato il Castelletto nel '78, perché Rita, la figlia più piccola, a detta del medico di famiglia, aveva bisogno di respirare aria buona. Un villino Liberty, che ricorda la struttura di un castello, appartenuto a una ballerina della Scala e poi lasciato andare. Tullio ci ha messo il cuore per riportarlo all'antico splendore.

E con lo stesso cuore ha organizzato questa festa che è molto più di una celebrazione, è l'ultimo saluto alle persone che ama. Li vuole tutti attorno a sé: moglie, figlie, fratelli, sorelle, nipoti, parenti. Prenota i pullman per trasportarli in Liguria e si fa riservare l'intera osteria Tumelin per la cena: ci sono anche i suoi due migliori amici e compagni di pesca, il gigantesco Ottavio, sommozzatore dei pompieri, e il pittore-scultore Renzo.

Tullio è felice, anche se si è stancato molto, ed è orgoglioso dei complimenti dei fratelli per come ha curato la villa e preparato la festa, che non sarebbe potuta riuscire meglio.

Domenica 17 agosto, di rientro dalla casa di Franco e dell'Emilia, a Coscogno, dove ha fatto anche il bagno in piscina, Benito comunica alla famiglia: «Se gli esami vanno bene, torno a Levanto con la zia Anna e mi riposo un po'». Ma il giorno seguente, lunedì 18, si sente male e, con una lucidità definitiva, annuncia: «*Agh sàmm...*», ci siamo.

Lo portano alla clinica Esperia, lo attaccano a un respiratore, ma mercoledì 20 agosto 1986 Benito Panini muore, a cinquantasette anni. Tre anni, come aveva previsto il dottore spietato.

Annamaria, la figlia di Giuseppe, passa a prendere Antonella, Caterina, Rita e le porta in ospedale. La Lena allarga le braccia andando loro incontro, come la Madonna di una pietà, e quelle capiscono.

A Olga hanno nascosto la gravità delle condizioni del figlio finché hanno potuto. La notizia la devasta dentro, come la malattia invisibile di un albero. Fuori appare solo un dolore composto. La prima volta che le hanno mostrato quel figlio settimino, nato troppo gracile, era nelle mani di un medico che le aveva domandato: «Lo vuole tenere?».

Olga se lo è attaccato al petto per un mese intero. Anzi, per cinquantasette anni, perché sapeva che era il più fragile di tutti. Solo adesso gliel'hanno strappato via.

Il funerale viene celebrato nella cappella della clinica.

Si presentano undici parroci, ognuno all'insaputa dell'altro. Undici, un'intera squadra di preti che si offre per il rito, per ragioni d'affetto e gratitudine. Ognuno racconta come è stato aiutato negli anni da Benito che non era certo un animale da chiesa. Un'offerta all'oratorio, un aiuto a una comunità di recupero, un contributo a una buona causa... Questa beneficenza sommersa, di cui non erano a conoscenza neppure i fratelli, è forse il modo migliore per raccontare chi fosse Benito Tullio Panini.

Un altro modo è ricordare che, all'inizio della storia, non c'è stato protagonista più importante di lui, quando Giuseppe era ammalato e Umberto e Franco badavano ai propri sogni. Si alzava alle 4 del mattino, andava in stazione a ritirare i giornali e li portava nell'agenzia per gli edicolanti della città che passavano a ritirarli. Poi apriva il chiosco di corso Duomo e ci restava fino alle 8. Quando Veronica arrivava a dargli il cambio, caricava sul furgoncino le buste con gli avanzi di magazzino scontati e faceva il giro dei paesini dell'Appennino. Rientrava a casa alle 10 di sera.

Una mattina, durante la guerra, Benito tornava da Bologna con i giornali per l'edicola e incontrò i tedeschi in ritirata che fecero saltare il ponte di Sant'Ambrogio. Si buttò nel fiume e restò a mollo fino a sera. Una famiglia di contadini lo accolse in casa, gli offrì un piatto di minestrone che rifiutò con una scusa perché odiava il minestrone. Tornò a casa tre giorni dopo, sporco e affamato, quando Olga ormai non ci sperava più. Senza quel lavoro massacrante, senza l'accordo per la distribuzione della "Gazzetta dello Sport", procurato da Benito, l'edicola avrebbe avuto vita breve. Senza di lui, la grande favola non sarebbe mai iniziata. I tre fratelli che lo piangono all'Esperia sono i primi a saperlo.

Non hanno voluto che un quarto li aiutasse a trasportare la bara.

Giuseppe sta davanti da solo e regge la cassa sulla sua schiena da bisonte. Franco e Umberto camminano alle sue spalle. È l'ultima volta che fanno la torre come sul Panaro.

La Lena prega con un'antica moneta romana stretta in pugno, sacra come un grano di rosario.

La figurina più preziosa

La malattia ci ha messo solo sei mesi a scavare l'albero.

Giovedì 12 febbraio 1987, l'Emilia passa da viale Emilio Po e la Olga ne approfitta per consegnarle del lavoro da fare a casa: «Mi dai una mano con questi rammendi?».

Strano perché di solito avviene il contrario. Da sempre è la Casarèina che aiuta le nuore se c'è l'orlo di un pantalone da cucire, una camicia da smacchiare, una manica da accorciare, un abito da riprendere ai fianchi.

Sarà stanca, pensa l'Emilia, portandosi via il lavoro in un sacchetto di plastica.

La notte successiva Olga, che il mese precedente ha festeggiato gli ottantasette anni, si addormenta per l'ultima volta.

È la Edda a trovarla nel letto. I fratelli accorrono uno dopo l'altro. Quello che meno riesce a schermare il dolore è Umberto, che abbraccia la madre in lacrime e non smette di ripetere: «*Mamèina, mamèina, mamèina...*».

Era dal giorno del suo arrivo in Venezuela, quando aveva scoperto le lettere di Olga nascoste nella valigia, che non piangeva per lei. Quei sei lunghi anni trascorsi oltre oceano l'hanno legato alla madre più di quanto lo abbiano allontanato, anche perché sapeva che di quella distanza lei aveva sofferto.

Dopo la morte di Olga, Umberto partirà per una vacanza in Venezuela con la figlia Manuela. Sembra una fuga dal dolore, è esattamente il contrario: il rifugio nella terra in cui, per effetto della distanza e della nostalgia, più si è sentito vicino a sua madre.

Vuole conoscere meglio, con gli occhi del visitatore, la nazione che lo ha accolto da lavoratore. Nell'escursione sulle Ande lo accompagna l'amico di un tempo, il barese Domenico Cicorella, detto "Minguccio", ex collega alla Transporte.

Fanno sosta a un valico. Biàtta si allontana da solo, incappucciato dai suoi pensieri come il Pico el Águila in questa giornata di nuvole basse.

Si siede su un masso e si accorge che davanti a sé, su una grossa pietra, c'è scritta una frase: "*No llores si baja el sol, porque las lágrimas no te dejan ver las estrellas*".

Non ha il minimo dubbio: queste parole le ha incise Olga nella roccia, questa è la terza lettera che gli ha nascosto in valigia: "Non piangere se tramonta il sole, perché le lacrime non ti lasciano vedere le stelle".

Quando rientrerà a Modena, Umberto farà incidere la massima su un grosso masso che esporrà all'interno della Hombre, la sua azienda agricola in continua espansione. Ha comprato altra terra, altre mucche. Ha già calcolato che riuscirà a produrre fino a dodici forme di Parmigiano al giorno. Dal foraggio al formaggio.

Che poi è un altro modo per restare vicino alla Casarèina, figlia di un casaro.

Allestiscono la camera ardente in fabbrica, nella sala delle spedizioni.

Sfila tutta Modena a omaggiare la donna che per oltre vent'anni è stata un punto di riferimento al centro della città, non meno della Ghirlandina; la giornalaia che non mancava mai, neanche nelle giornate più fredde con il termometro sotto zero, i guanti di lana a mezze dita e il berretto calato sulle orecchie; la donna che ha messo in fuga chi voleva bruciarle i giornali; la vedova che a quarantun anni si è caricata otto figli sulle spalle e li ha sposati uno dopo l'altra; la "madre di famiglia numerosa" che ha marciato fino all'Accademia Militare per pretendere un posto di lavoro e che di notte, alla luce fioca di una lampada, staccava i francobolli dalle buste e li metteva ad asciugare tra le pagine dei giornali; la nonna di ventisei nipoti, che cuciva le fodere delle chitarre e che fino all'ultimo giorno ha badato all'orto di viale Po, per ricordare a tutti che nulla si raccoglie senza cura e senza piegare la schiena.

Apparentemente questa è una storia di uomini, la fantastica avventura di quattro fratelli che hanno inventato un mestiere, creato un impero e fatto sognare generazioni di bambini. Era la stessa Olga a raccomandarlo ai figli: «Non mescolate le mogli con gli affari. Le donne devono restare a casa a far da mangiare».

E invece, in questa storia di uomini, il personaggio più importante è stato una donna: Olga Cuoghi in Panini, la Casarèina, la coccoina di una famiglia intera, la figurina più preziosa dell'album dei sogni.

La figurina è femmina. Sono femmine le Fifimatic. È declinato al femminile l'intero ciclo di produzione che il Paladino Giuseppe, con l'estro dell'enigmista, ha sintetizzato in una parola sola, fi-bu-sca: figurina, bustina, scatola.

Olga ha raggiunto Benito nella cappella di famiglia, al cimitero di San Cataldo, dopo soli sei mesi. E, dopo quarantasette anni, è tornata al fianco di Antonio, come sulla panchina del fidanzamento, come sul sidecar in viaggio per Viserba.

Tonino, nella fotina sulla lapide, sorride *spanizzo* come sempre. *Amo solo te, sogno solo te.*

EPILOGO

Già a metà degli anni Ottanta Alfredo Roma si incammina sulla strada tracciata con Franco Panini: l'individuazione di un socio autorevole per far crescere l'azienda di Modena e portarla in Borsa. Parla con il finanziere Jody Vender, pioniere con la Sopaf del private equity e del venture capital, e con Gianmario Roveraro che conosce dai tempi dell'atletica leggera perché il presidente di Akros è stato campione italiano di salto in alto.

Il direttore della "Gazzetta di Modena", mantovano, gli fa poi conoscere Roberto Colaninno che a Mantova ha fondato la Sogefi, entrata presto nell'orbita di Carlo De Benedetti. Colaninno sta rastrellando azioni Mondadori per conto dell'Ingegnere. Roma gli mette a disposizione quelle della Panini guadagnandosi la gratitudine e la confidenza di De Benedetti che, dopo una serie di incontri, accetta di acquistare il venticinque per cento della Panini. La Mondadori ne acquista un altro dieci per cento e, a quel punto, il piano sembra a un passo dalla realizzazione: Panini ha il socio forte che cercava (De Benedetti) per entrare in Borsa e può inserire nel Cda manager affermati che guideranno la crescita aziendale oltre la gestione familiare. La vendita di una quota considerevole di azioni, il trentacinque per cento, porta in cassa capitali che, tra l'altro, possono finanziare il prestito a tasso agevolato che ha chiesto Giuseppe per i suoi investimenti immobiliari. Sembra tutto perfetto, tutto pronto per il cambio di passo che traghetterà viale Po nel futuro.

Ma sul tavolo della discussione si ammassano i fattori. Il primo, il più importante: Olga non c'è più. Si è portata via la colla che teneva uniti tutti i pezzi, nel momento in cui le forze centrifughe sono sempre più potenti: Peppino risucchiato dalla politica e dal mattone, Umberto dalla campagna. Se n'è andato anche Benito, la bustina dei fratelli non sarà mai più a quattro figurine. Senza Olga e Tullio, qualcosa si è rotto per sempre. Per tutti. E poi quei sedici nipoti che vanno dal succo di frutta al Lambrusco, qualcuno lavora già in azienda, qualcun altro no: come si passa un testimone a sedici mani tese?

Come si tira la pastella per così tanti Panini seduti a tavola, senza creare dei buchi? E poi le correnti di potere.

Tornati dalla Scuola di Amministrazione Aziendale, Antonio e Valerio sono stati neutralizzati in mansioni minime, di segreteria o poco più, all'ombra di Roma e Peia. Il management ha allargato i gomiti per non far passare i legittimi successori. Qualcuno ha intercettato la domanda: «Che cosa vogliono questi due leoni?».

Franco invece ripete spesso un'altra frase: «Si vendono troppe Nintendo». I videogiochi incombono come i robot giapponesi, qualche anno fa. I bambini che verranno avranno ancora voglia di attaccare figurine all'album e di contendersele a muretto? Un altro fattore sbattuto sul tavolo.

Alla fine arriva il momento di decidere.

Giuseppe convoca i fratelli.

«Sala riunioni?» chiede Umberto.

«Cena alla Bianca» precisa il Vècio.

Giusto così. Al ristorante dove Benito ha comunicato che se ne sarebbe andato. Non sarà un'assemblea di soci, ma una riunione tra fratelli, tra antichi tessitori di sogni, legati dai sogni e dagli anni.

La notte precedente l'incontro, Giuseppe sale in soffitta, indossa il busto di ferro e si guarda allo specchio. Sembra per davvero un robot giapponese.

Franco invece passa la serata sul divano con l'Emilia a rivedere vecchi filmini. È sempre stato lui, appassionato di tecnologia, il custode della memoria. Ha sempre rincorso l'ultimo modello di cinepresa. Ecco la Veronica che arriva in bicicletta davanti all'edicola, si vede anche la Olga che sbuca dai giornali... questa è la gita di gruppo a Firenze, in piazza Michelangelo ci sono proprio tutti, manca solo Umberto che è ancora in Venezuela... certo che Guido è sempre elegante come un damerino... Giuseppe tiene per la manina Annamaria che muove i primi passi... ecco Benito nello sgabuzzino di via Sant'Agata... questo è il suo matrimonio, era davvero felice... l'orchestra Panini in una delle mille feste al Colombarone...

Mentre la casa è già immersa nel sonno, Uèllas esce sul balcone e osserva la luna, velata da una nuvola sottile. Ha fatto il calcolo. Oggi la Panini riesce a produrre dieci milioni di bustine al giorno. A mettere in fila tutte quelle figurine si arriva sulla luna e si torna indietro: settecentottantamila chilometri.

È allo sbarco dei caffè in tavola, dopo una cena robusta di chiacchiere leggere, che i fratelli Panini affrontano la questione.

Franco riassume la situazione aziendale e le strategie studiate da Alfredo Roma per dare un futuro solido alla società.

Giuseppe ricorda le motivazioni che suggerirebbero la cessione, dalla morte di Olga e Benito alla difficile transizione ai figli, alla complicata evoluzione del mercato di settore e della concorrenza.

Qui Franco lascia intravedere una via di fuga mai considerata: che sia lui a rilevare anche le quote dei fratelli e a proseguire da solo, con un socio forte. In fondo, è l'unico che ha una passione esclusiva, definitiva per l'editoria. L'editore rampante sa già per certo che non scenderà mai dall'albero dei libri.

Ma Giuseppe chiude la porta prima ancora che si spalanchi: «Siamo entrati insieme, usciremo insieme».

A questo punto, a Franco non resterebbe che lo strappo. La guerra. Andare avanti comunque, cercare nuovi alleati, tenersi strette le proprie quote azionarie e lottare per dilatarle. Ma a che prezzo?

Vorrebbe dire rompere con i fratelli e coinvolgere nel conflitto anche sedici figli, anzi, ventisei, includendo anche quelli delle sorelle, che stanno crescendo insieme come fratelli, come un'unica, allegra, compagnia da spiaggia; vorrebbe dire dare a Olga, ovunque sia, lo spettacolo di una famiglia spaccata, dopo una vita spesa per tenerla insieme; vorrebbe dire mai più Natale e vacanze insieme, mai più Marzaglia, mai più Colombarone, mai più fisa e chitarra, mai più l'affettatrice Berkel attaccata al motore; vorrebbe dire non aggiungere più sorrisi e filmati a quelli appena rivisti in salotto con l'Emilia.

Per quanto l'editoria sia una passione potente, ne vale davvero la pena?

Franco Cosimo Panini risponde di no e il giorno dopo, ad Alfredo Roma che ha già il dito sul pulsante, ordina: «Schiaccia».

Alfredo Roma telefona a Kevin Maxwell, figlio di Robert, magnate inglese dell'editoria, fondatore e presidente della Maxwell Communications Corporation e del Mirror Group Newspapers. Roma ha già conosciuto Kevin e sa dell'interesse del gruppo per le figurine, che sono state anche campo di battaglia contro l'acerrimo nemico, l'australiano Rupert Murdoch. Guerra di calciatori e tabloid.

Roma informa Kevin Maxwell che la Panini è in vendita.

La mattina del 29 luglio 1988, il jet privato di Kevin, un Hawker Siddeley, atterra sulla pista dell'aeroporto di Bologna. È un ragazzo cortese, dal volto appuntito che mostra anche meno dei suoi ventinove anni.

Ad attenderlo c'è Alfredo Roma che lo carica su un'auto con autista e lo porta a Modena, in viale Emilio Po. I fratelli Panini gli mostrano l'azienda, lo portano a pranzo, poi Kevin si ritira nella palazzina degli uffici a consultare i bilanci.

Riemerge in fretta, ammirato: «Complimenti per la chiarezza dei vostri libri. È stato come leggere un fumetto per bambini...».

«La trasparenza è il nostro orgoglio, insieme al settantadue per cento della quota di mercato» precisa Roma. «Certifichiamo il bilancio dal 1971, quando era obbligatorio solo per le società quotate in Borsa. Nell'81 abbiamo certificato il primo bilancio consolidato, insieme alla Fiat.»

Kevin telefona al padre, poi propone a Roma: «Se torna a Londra con me, le faccio avere una lettera d'intenti. Le prometto che questa notte dormirà nel suo letto».

L'Hawker Siddeley riparte dalla pista di Bologna alle 17.30 diretto a Heathrow. Dall'aeroporto londinese, Roma e Kevin raggiungono in elicottero il tetto del quartier generale della Maxwell Communications, nella City. Robert li accoglie in ufficio, davanti a un piatto di ostriche e caviale. Alfredo Roma torna a Bologna a bordo di un Boeing 727 svuotato dei 180 posti e arredato come un appartamento: letto matrimoniale, salotto, cucina. Gli addetti dell'aeroporto di Bologna osservano sorpresi l'unico passeggero che sbarca.

L'Hawker Siddeley, proveniente da Londra, torna a posarsi sulla pista di Bologna una mattina di metà agosto. Carica Alfredo Roma e prosegue per Roma dove imbarca Franco Panini, arrivato dalla sua casa di vacanza in Toscana. Il jet vola a Nizza. A bordo di un elicottero raggiungono il *Lady Ghislaine*, il lussuoso yacht di Robert Maxwell, una balena bianca lunga cinquantaquattro metri, battezzata con il nome della figlia minore. L'editore è un'enorme macchia colorata a poppa: camicia hawaiana e costume dalle tinte carnevalesche.

Franco Panini resta per qualche secondo immobile davanti alle pale dell'elicottero. Ha l'impressione di osservare la parte migliore della sua vita che si sta lentamente fermando.

Si accordano sugli ultimi dettagli dell'intesa, sulle date per la *due diligence* e per le firme sul contratto.

L'atto finale va in scena il 15 ottobre 1988, a Parigi, all'hotel Ritz.

Il giorno prima, Franco Panini si fa un regalo, come si usa con i bambini per convincerli ad affrontare il dentista. Dall'amico libraio Bernard Clavreuil acquista uno dei pezzi più preziosi della sua collezione: un *Convivio* di Dante in prima edizione, stampato a Firenze da Francesco Bonaccorsi, nel 1490. È l'unica edizione del *Convivio* edita nel Quattrocento, in 4° piccolo, rilegata in marocchino rosso a grana lunga.

Il giorno dopo, mentre si incammina con Roma verso l'hotel di place Vendôme, Franco fa notare: «Lo sai come chiamano le figurine i bambini francesi? Le paninì. Anche se non sono figurine stampate da noi. Noi le chiamiamo fifi, loro paninì».

«E pensare che non ci hanno fatto usare il nome Panini per la nostra società, che abbiamo dovuto chiamare France Image» commenta Alfredo.

«Capisci? È la pena dantesca del contrappasso» esclama Franco. «Oggi usano il nostro nome anche per le figurine degli altri. Hanno fatto le barricate invano. Abbiamo conquistato la Francia nell'intimità.»

Franco firma i documenti che sanciscono il passaggio della Panini a Robert Maxwell per centocinquanta miliardi di lire. Mondadori ne aveva offerti centoventi. Dall'accordo resta esclusa la Divisione libri, che Franco Panini tiene per sé.

Ancora una volta è riuscito a scappare dalla caserma con dei volumi in braccio.

La mattina del 5 novembre 1991, Robert Maxwell scomparirà misteriosamente dal suo yacht, *Lady Ghislaine*, nel mare delle Canarie. Introvabile come Pizzaballa.

«Pronti?» chiede il pilota, che si allaccia un pionieristico caschetto di cuoio.

«Vola che i viennesi ci aspettano!» esclama Giuseppe al suo fianco.

«Chi comanda?» chiede Umberto, seduto con Franco alle spalle del Vècio.

«I Panini!» rispondono in coro prima che il piccolo aereo prenda velocità e s'immerga nel cielo di Modena, come un sasso in una torta di nuvole.

La prima meta è il cimitero di San Cataldo.

Il pilota scende di quota, i tre fratelli affondano le mani nei sacchi di figurine e le scagliano fuori dai finestrini. Sulle tombe di Tonino, della Olga e di Benito cade una fitta nevicata di fiocchi di carta, calciatori che ondeggiano nell'aria e si adagiano lenti, come carezze, tra lumini e crisantemi.

«Ora bombardiamo l'edicola!» ordina il Vècio.

L'aereo vira verso il centro della città.

Mentre lascia cadere le figurine su corso Duomo, Franco ripensa all'Epifania del '45 quando con Umberto aprì per la prima volta il chiosco dei giornali. Nevicava fitto e osservando i fiocchi che scendevano giocava a salire in cielo. Ripensa a quando proprio dal cielo cascavano le bombe e lui correva fino all'androne dell'Archivio Notarile per mettere in salvo l'incasso dell'edicola e soprattutto i fumetti di Edgar Wallace. Da allora non ha mai smesso di proteggere i libri.

Con i ricavi per la cessione a Maxwell, ha fondato una casa editrice che porta il suo nome: Franco Cosimo Panini Editore. Pubblicherà bellezza, i monumenti più affascinanti d'Italia e, un domani, le perle nascoste nei musei, quei codici miniati, pieni di spettacolari figurine d'autore, che meritano di essere condivisi. Lo ha già deciso.

Con la sua parte, il Vècio ha dato invece serenità e corpo ai suoi progetti immobiliari. Infatti, dopo aver lanciato figurine su Rua Muro, appena il Beechcraft Bonanza vira verso la periferia e sfiora le torri di Modena Due, Giuseppe racconta con orgoglio del ristorante che inaugurerà presto: «Cinque piani di roba, mica uno solo... Lo sapete, io o faccio le cose in grande o non le faccio».

«È dalla collezione dei fiori che lo sappiamo» commenta Franco.

«Al decimo piano ho piazzato le sale riunioni, attrezzate con la più moderna tecnologia: linee telefoniche, fax, schermi, proiettori. All'undicesimo piano ci sono le cucine. Al dodicesimo e tredicesimo le due sale ristorante da cento posti con vista spettacolare sulla città. Al quattordicesimo, il terrazzo per il dopo cena e per altri incontri d'affari, perché a pancia piena, con il Lambrusco in circolo, si tratta molto meglio. D'estate, tanta musica. Vuoi che non mi presenti con la fisa? Oltre il quattordicesimo piano, ho fatto costruire una cupola di venti metri con la scritta luminosa "Modena Due" che ruota. Così in altezza arrivo fino alla Ghirlandina e ci vedono anche dalla luna. Cucina aperta fino alle tre di notte. Modena diventa New York. Cosa dite?»

«Dico che farai le tre tutte le notti, con la musica e il Lambrusco, e la Maria ti verrà a cercare con il mattarello al quattordicesimo piano» risponde Umberto.

Con lo stesso orgoglio del fratello, appena il bimotore si dirige in campagna, verso Cognento, Biàtta mostra le terre della Hombre e racconta come l'ha fatta crescere investendo la sua quota di Panini: gli ettari da trenta sono diventati trecento, le vacche da latte cinquecento, nutrite dai foraggi prodotti nei campi di proprietà e allevate nei boschi piantati apposta.

«Ho letto che se durante la mungitura ascoltano la musica classica le mucche si rilassano e producono latte di qualità migliore. Voglio provare.»

«Potresti chiamare Pavarotti» suggerisce Franco.

«No, poi canta il Nessun dorma *e gli danno retta. Le vacche hanno bisogno di riposo per produrre bene.»*

La risata del Vècio fa traballare l'aereo come una turbolenza.

Se erano rimaste ancora delle riserve nella mente di Franco sulla decisione di cedere l'azienda tre anni prima, il folle volo le ha spazzate via definitivamente. L'allegra complicità di un momento come questo non è commerciabile. Così come, più in generale, non lo è l'armonia con i fratelli e con le rispettive famiglie.

Ognuno ha investito la propria quota di ricavi seguendo le proprie inclinazioni e ha innescato un'attività gratificante che darà futuro anche ai propri figli evitando loro una lacerante competitività all'interno della stessa azienda.

In questo modo, i Panini sono riusciti a salvare il loro vero tesoro, la loro reale unicità che non è quella di avere inventato un prodotto che non c'era e di avere fondato un impero industriale, arrivato a fatturare centottanta miliardi di lire all'anno.

No, l'unicità è avere fatto tutto questo senza aver mai rinunciato alla propria normalità. Aver mantenuto le stesse abitudini, le stesse auto, le stesse case, le stesse amicizie, gli stessi affetti. Di otto famiglie non se n'è rotta una, come invece capita spesso nel trasloco del tempo. In tanti anni di feste a Marzaglia o al Colombarone non c'è un solo parente che si sia sfilato e abbia smesso di partecipare.

Questa è la vera, irripetibile unicità dei Panini: una famiglia italiana di successo che ha attraversato trent'anni con una brocca d'acqua in testa, senza versarne neppure una goccia.

Sono rimasti tutti nella fotografia, che è affollata come lo era quella di inizio Novecento, quando la sposina Olga si era trasferita a casa di Tonino e tirava la sfoglia per la prima volta, sotto gli occhi di tutti.

È proprio sulla vecchia fattoria di Mami l'inventore, a Pozza di Maranello, che in questo momento i fratelli Panini stanno rovesciando figurine.

«Bene. Ora torniamo in città e concentriamoci sui viennesi» ordina il Vècio.

È soprattutto per loro, al di là degli anniversari, che è stato concepito il folle volo.

L'aereo sorvola l'ex Aerautodromo, diventato Parco Enzo Ferrari, in omaggio al Drake, scomparso nell'88, l'anno della cessione della Pani-

ni. Ultimo pilota a vincere un gran premio di motociclismo nella Piccola Indianapolis è stato Giacomo Agostini nel 1976. L'anno successivo, in quell'area, Enrico Berlinguer ha raccolto mezzo milione di persone.

Biàtta ripensa al giorno lontano in cui condivise il circuito con il mitico Fangio.

«Ecco i viennesi!» indica Franco.

Il pilota si abbassa sul cortile della scuola elementare di via Nicoli. Dev'essere l'ora della ricreazione.

I viennesi, in codice, sono i bambini.

È nato tutto per loro ed è grazie a loro che tutto è stato possibile. Grazie alla loro passione, alla loro fede nei sogni, alle letterine spedite all'Ufficio Mancanti, alla gioia di inventarsi mille giochi di figurine. Se lo sono meritati questo bombardamento simbolico.

Giuseppe, Umberto e Franco svuotano i sacchi dai finestrini.

I bambini si raccolgono al centro del cortile, urlano, saltano, vanno incontro a quell'inatteso volo di farfalle. Arraffano le figurine, come facevano i cittadini viennesi nelle piazze con i volantini tricolori lanciati dagli Ansaldo S.V.A. della Squadriglia Serenissima.

Non è soltanto un gesto di gratitudine quello dei fratelli Panini, è anche la loro ultima lezione: ragazzi, continuate a credere nei sogni e nell'impossibile. Lo vedete? Potrete trovare la figurina che vi manca per terminare l'album nella prossima bustina, potrete conquistarla sfidando al gioco un amico o trattarla in uno scambio di doppie. Celo manca.

Certo. Ma potrebbe anche scendere dal cielo. Così, per magia.

Cielo e basta.

Spunta improvvisamente da una nuvola, come una goccia di sangue da una ferita.

È Franco il primo a riconoscerlo e a indicarlo: «Il Barone Rosso!».

«Ora capirete che non vi raccontavo balle in Rua Muro» dice Antonio mentre arma la mitragliatrice.

I figli spalancano gli occhi, come da bambini a tavola, dopo il pranzo della domenica.

Ringraziamenti

Ringrazio per la cortesia la famiglia Panini, che mi ha messo a disposizione ricordi e documenti preziosi, e ha permesso alla mia fantasia di dare vita al romanzo.

Un grazie particolare a Laura Panini che è stata più spesso al mio fianco in questo viaggio appassionante e non mi ha mai fatto sentire una figurina invadente.

Ringrazio anche Lodovico Arginelli e Gian Carlo Iattici che hanno sorvegliato il dialetto modenese.

Indice

SECONDA PARTE

Mondadori Libri S.p.A.

Questo volume è stato stampato
presso ELCOGRAF S.p.A.
Stabilimento - Cles (TN)

Stampato in Italia - Printed in Italy